로빈슨 크루소
Robinson Crusoe

아로파 세계문학 13 |

로빈슨 크루소
Robinson Crusoe

대니얼 디포
Daniel Defoe

이현주 옮김

아로파

차례▎

만약 어떤 개인의 세상 모험담이 대중에게 널리 알려질 가치가 있고 출판되었을 때 인정받을 만하다면, 이 이야기의 편집자인 필자는 이 작품이야말로 그에 합당한 모험담이라고 생각한다.

이 남자의 인생에서 일어난 놀라운 사건들은 현존하는 그 어떤 사건보다도 더 신기하다. (필자의 생각이다.) 어떤 이의 삶도 이렇게 기적 같고 다채로울 수는 없을 것이다.

이 이야기는 겸손하고 진정성 있는 태도로 적혀 있으며 사건들을 종교적으로 활용하여 다음과 같은 용도로 사용하고 있다. 현명한 사람들이라면 다른 사람을 가르치기 위해 이 작품의 사례들을 활용할 것이며, 우리 삶에서 어떻게든 나타나는 신의 섭리에 대한 지혜를 정당화하고 기리는 경우에도 이 작품의 사례들을 활용할 것이다.

편집자는 이 일이 역사적인 사실이라고 믿는다. 그 속에 허구 같은 것이 보이지 않기 때문이다. 이런 류의 작품들이 어차피 빠르게 읽고 마는 책이니 독자들을 가르치기 위해서든 즐겁게 해주기 위해서든 작품에 손질을 했다 해도 별 차이가 없을 것이다. 그렇기 때문에 필자는 세상 사람들에게 정중한 인사말을 건네지 않더라도 이 모험담을 출판한 것으로도 세상 사람들에게 대단한 봉사를 했다고 생각한다.

⛵ 로빈슨 크루소
– 로빈슨 크루소의 인생과 모험

And now being to enter into
a melancholy relation of a scene of silent life,
such perhaps as was never heard of in the world before,
I shall take it from its beginning, and continue it in its order.
It was, by my account, the 30th. of Sept.

나는 1632년에 요크 시(市)의 괜찮은 집안에서 태어났다. 아버지는 브레멘 출신으로 처음에 헐에 정착한 외국인이셨으니, 우리 가족은 그 지역 토박이는 아니다. 아버지는 무역으로 쏠쏠히 재산을 모았고, 사업을 그만둔 뒤로는 요크에서 사셨다. 거기서 어머니를 만나 결혼하셨는데, 어머니 쪽은 성(姓)이 로빈슨으로 그 지역에서는 꽤나 유명한 집안이었다. 그래서 내 이름을 로빈슨 크로이츠네라고 지으셨으나, 영어가 늘 그렇듯 말이 전와(轉訛)[1]되면서 언젠가부터 우리 가족의 성은 '크루소'라고 불리고 쓰이게 되었다. 아니, 우리 스스로 그렇게 부르고 썼다. 그래서 내 친구들도 늘 내 성을 그렇게 불렀다.

내게는 형이 두 명 있었다. 큰형은 예전에 그 유명한 록하트 대령이 지휘하던 플랑드르의 영국 보병대 소속 중령이었는데, 됭케르크 전투에서 스페인 군대와 싸우다가 전사했다. 우리 부모님이 내 소식을 모르셨던 것처럼, 나도 둘째 형이 어떻게 되었는지는 전혀 몰랐다.

나는 우리 집 셋째 아들로, 특별히 어떤 직업 교육을 받은 것도 아니어서 아주 어릴 때부터 내 머리는 산만한 생각들로 꽉 차기 시작했다. 연로했던 아버지는 집에서나 시골의 무상 교육으로 배울 수 있는 수준치고는 꽤 괜찮은 교육을 받게 해주셨고, 나를 법조계에 입문시킬 작정이셨다. 하지만 나는 바다로 나가는 것 말고는 어떤 일에도 만족하지 못했다. 이런 생각 때문에 나는 아버지의 의지, 아니 명령과 강하게 맞부딪쳤고 어머니나 다른 친척들의 간청과 설득도 완강히 거부했으니, 내게 닥칠 그 불행한 삶으로 나를 밀어붙이는 무언가가 내 타고난 성격에 잠재해 있던 모양이다.

현명하고도 진중한 분이었던 아버지는 내 계획이 무엇인지 예견하셨다. 그리고 진지하고도 훌륭한 훈계의 말씀으로 나를 말리셨다. 어느 날 아침, 통풍(痛風) 때문에 서재에 갇혀 살다시피 하던 아버지가 나를 불러 이 문제에 대해 따뜻한 말로 타이르셨다. 굳이 아버지의 집과 고향을 떠나려는 것이 단순히 여기저기 떠돌아다니려는 마음 때문이 아니냐고 따져 물으셨다. 또한 아버지는 자신의 뜻에 따라 내가 고향을 떠나지 않으

---

1) corruptions. 어떤 말이 본래의 뜻과 달리 전해져 굳어짐을 뜻한다.

면 당신이 좋은 곳에 나를 소개해 줄 것이고, 내가 열심히 일하기만 하면 재산을 모아 편안하고 즐겁게 인생을 살 수 있는 전망이 있다고 덧붙였다. 그리고 배를 타고 모험에 나서는 자들은 아주 지독한 팔자를 타고난 사람들이거나 대망(大望)을 품은 월등한 사람들로, 진취적인 사업을 일으키고 남들이 가지 않는 비범한 길을 선택하여 유명해지려는 사람들이라고도 말씀하셨다. 이런 일들은 모두 내가 이루기에는 너무 고상한 일이거나 천한 일이며, 내 위치는 중간 계층 혹은 서민 중에서도 상류 계층이라고 할 만하다고 하셨다. 아버지의 오랜 경험에 따르면, 이 중간 계층의 삶이 인간이 행복을 누리기에 가장 적합하다고 했다. 이들이 세상에서 가장 좋은 위치인 이유는 막노동자처럼 빈곤과 역경, 힘든 노동과 괴로움에 시달리지도 않고, 상류 계층 사람들처럼 오만이나 사치, 야심과 시기심으로 인해 거북할 일도 없기 때문이다. 아버지는 이 중간 계층이 얼마나 행복한지는 다른 사람들이 전부 이 처지를 부러워한다는 한 가지 사실만으로도 판단할 수 있을 것이라고 덧붙이셨다. 왕들도 그렇게 높은 신분으로 태어나 겪는 불행한 결과를 자주 한탄하면서 두 극단적인 신분, 즉 비천한 신분과 고귀한 신분의 중간 신분으로 태어나기를 바란다는 것이다. 그리고 지혜로운 사람까지 가난도 많은 재산도 필요 없다고 기도했다는 사실은 이것이 진정한 행복의 올바른 기준임을 증언하는 바라고 덧붙이셨다.

아버지는 앞으로 번번이 깨닫게 될 사실이라며 이제부터 말하는 내용들을 잘 생각해 보라고 말씀하셨다. 인생의 재앙은 상류 계층과 하류 계층이 나누어 가지며, 중간 계층은 최소한의 고난에 직면하고 상류 계층이나 하류 계층만큼 수많은 인생의 굴곡을 겪지 않는다. 그뿐 아니라 한편으로는 부도덕하고 사치스럽고 호사스러운 생활 때문에, 다른 한편으로는 힘든 노동이나 부족한 생필품, 열악하고 부족한 음식물 때문에, 다시 말하면 각자의 삶의 방식 때문에 자연스럽게 질병에 걸리는 사람들과는 달리 중간 계층은 여러 심신상의 질병이나 걱정에 시달리지 않는다. 그리고 중간 계층의 삶은 온갖 미덕과 온갖 즐거움을 누릴 수 있도록 설계된 삶으로, 평화와 풍요로움은 중간 계층의 운명을 시중드는 시녀들이고 절제와 중용, 평온과 건강, 친교, 온갖 즐거운 오락거리와 바람직한 쾌락들은 중간 계층의 삶에 따라다니는 축복이다. 이런 식으로 중간 계층 사람들은 조용하고도 순탄하게 세상을 살다가 편안하게 죽는다. 그들은 신체적, 정신적으로 고된 노동에 당황하지 않고, 일용할 양식을 벌기 위해 노예로 팔려 가지도 않으며, 영혼으로부터 평화를 앗아 가고 육체로부터 평온을 가로채는 당혹스러운 상황에 괴롭힘을 당하지도 않는다. 또한 시기심이라는 감정이나 위대한 지위를 향해 비밀스럽게 타오르는 야망으로 인해 분노할 일도 없다. 그들은 그저 안락한 상태에서 순조롭게 세상을 살아가며, 삶의 쓴맛은 빼고 달콤함만 현명하게 맛보면서 모든 일상의 경험을 통해 그것을 더욱 지혜롭게 알아 가는 법을 배워 나갈 뿐이다.

이렇게 말씀하신 아버지는 진심으로 그리고 애정 넘치는 태도로 내게 제발 어린아이처럼 굴면서 타고난 천성과 신분이면 피해 갈 수 있는 불행을 자초하지 말라고 타이르셨다. 아버지는 내가 밥벌이를 하러 다닐 필요도 없고, 당신께서 나를 도와줄 것이며, 방금 전까지 아버지가 권한 중간 계층의 신분으로 내가 무리 없이 살 수 있도록 애써 주겠다고 하셨다. 그리고 만약 내가 세상에 나가 아주 편안하고 행복하게 살지 못한다면, 행복을 막은 것은 전적으로 내 운명이거나 내 잘못 때문이지 아버지에게는 일말의 책임도 없다고 말씀하셨다. 내게 해(害)가 될 걸 뻔히 알기에 그런 행동을 하지 말라고 경고함으로써 아버지로서의 의무를 다했다는 것이었다. 한마디로, 아버지는 만약 내가 당신의 지시대로 집에 머물러 정착한다면 나를 지극히 관대하게 대하겠지만, 집을 떠나겠다는 나를 격려해서 내 불행에 일조하는 일 따위는 하지 않겠다는 입장이셨다. 그리고 이 모든 말씀을 맺으면서 내게 큰형을 본보기로 삼으라고 말씀하셨다. 아버지는 내게 하신 것처럼 저지대[2]에서 벌어진 전쟁에 참가하지 말라고 형을 진지하게 설득했지만, 결국 실패했다. 형은 철없는 욕망을 품고 군대에 입대했다가 결국 전사하고 말았다. 아버지는 나를 위한 기도를 멈추지는 않겠지만, 내가 어리석게도 이 길로 간다면 하나님께서 축복을 내려주시지 않을 거라고 과감하게 단언했다. 그리고 이다음에 내가 예전 생활로 되돌아가려 해도 도와주는 이가 하나도 없을 때, 아버지의 충고를 무시한 걸 후회하게 될 거라고 덧붙이셨다.

아버지 본인은 실제로 그렇게 될지 몰랐겠지만 결국엔 참된 예언이 되어 버린 마지막 말씀을 하실 때, 아버지 얼굴에서는 눈물이 줄줄 흘러내리고 있었다. 특히 죽은 형 이야기를 하실 때 그랬다. 그리고 아무도 도와줄 사람이 없어 잔뜩 후회하게 될 거라고 말씀하실 때도 감정이 많이 격해졌는지 말을 잇지 못하셨다. 아버지는 감정이 너무 북받쳐 올라서 더 이상 말을 못 하겠다고 하셨다.

나는 아버지 말씀에 진심으로 감동을 받았다. 사실 그러지 않을 사람이 누가 있겠는가? 그래서 나는 해외로 나가겠다는 생각을 접고 아버지의 바람대로 집에 정착하기로 결심했다. 아아! 그러나 며칠이 지나자 그 결심은 싹 사라지고 말았다. 간단히 말하면, 나는 아버지의 끈덕진 만류

---

2) low country. 여기서 말하는 저지대란 유럽 북해 연안의 네덜란드, 벨기에, 룩셈부르크로 구성된 지역이다.

를 피하기 위해 몇 주 뒤에 몰래 도망치기로 마음먹었다. 그러나 나는 맨 처음 격렬하게 달아오른 내 결심이 부추기는 만큼 성급하게 행동하지는 않았다. 나는 어머니가 평소보다 기분이 좋아 보일 때, 내 생각을 말씀 드렸다. 내 생각이 온통 바깥세상 구경에 쏠려 있는 탓에 무슨 일을 하건 흔들림 없이 해낼 수 없을 것이 분명하며, 아버지 허락 없이 나를 떠나게 하느니 차라리 허락을 해주시는 편이 낫지 않느냐고 말했다. 그리고 내 나이가 이제 열여덟이어서 상인의 제자나 변호사의 서기로 들어가기에 는 너무 늦었다고도 했다. 혹여 내가 그런 일을 시작하더라도 끝까지 해 내지 못할 것이라 확신하며, 분명 일정 기간을 다 채우기 전에 주인에게 서 도망쳐 바다로 갈 것이라고 말씀드렸다. 어머니가 아버지께 말씀드려 서 내가 딱 한 번만 해외로 나갈 수 있게 허락받아 주신다면, 만약 집을 나갔다가 마음에 들지 않아 돌아올 경우에는 다시는 집을 나가지 않겠으 며 내가 잃어버린 그 시간을 메우기 위해 두 배는 더 열심히 일하겠노라 고 약속했다.

내 말을 듣고 어머니는 크게 화를 내시며 아버지에게 그렇게 말해도 아무런 소용이 없을 거라고 말씀하셨다. 어머니는 아버지가 내게 이득이 되는 일을 너무나도 잘 알고 계시기 때문에 크나큰 화가 될 일은 어떤 것 도 허락할 리 없다고 하셨다. 그러고는 아버지가 그렇게까지 애정을 갖 고 자애롭게 말씀하셨는데도 내가 어떻게 그런 생각을 할 수 있는지 이 해할 수 없다고도 하셨다. 결국 어머니는 내가 내 자신을 망칠 생각이면 그 어떤 도움도 주지 않을 것이며, 두 분이 내 생각에 동의할 일은 결코 없을 거라 믿어도 좋다고 말씀하셨다. 한마디로, 어머니도 나의 파멸에 크게 관여할 생각이 없다는 입장이었다. 아버지는 반대하셨지만 어머니 는 기꺼이 허락하셨다는 말이 내 입에서 절대로 나올 수 없게 하겠다는 뜻이었다.

어머니는 아버지께 내 말을 절대로 전하지 않겠다고 하셨지만, 나중에 들은 바로는 아버지께 내 얘기를 모두 알리셨다고 한다. 아버지는 크게 걱정하시면서 한숨을 내쉬더니 이렇게 말씀하셨다고 들었다. "저 아이는 집에 있으면 행복하겠지만, 해외로 나간다면 이 세상 누구보다 불행하고 비참한 처지에 놓이게 될 거야. 그래서 나는 절대로 허락할 수가 없어."

이 일이 있고 1년쯤 뒤에 나는 결국 집에서 도망쳐 나오고 말았다. 그 사이에도 내내 사업을 하며 정착해 보라는 여러 제안에 고집스럽게 귀를 막았고, 아버지와 어머니를 붙잡고 내가 타고난 기질대로 하고 싶어 하는 일이 무엇인지 알면서 어떻게 그토록 반대만 하시냐며 수시로 설득했다. 그러다가 우연히 헐에 갈 일이 생겼다. 당시만 해도 도망치겠다는 의도는 전혀 없었다. 그런데 함께 간 친구 하나가 자기 아버지 배를 타고 런던에 갈 거라며 내게 함께 가자고 꼬드겼다. 친구는 뱃사람들이 흔히 써먹는 미끼를 던졌다. 뱃삯을 안 받을 테니, 부모님과 상의할 필요도 없고 부모님께 떠난다는 전갈을 보낼 필요도 없으며 그냥 내 소식이 두 분 귀에 들어가게 놔두라고 했다. 결국 나는 하나님과 아버지께 축복을 청하지도 않고 여타의 상황이나 결과에 대해 전혀 고려하지도 않은 채, 하나님만이 알고 계신 그 불길한 날인 1651년 9월 1일, 런던행 배에 올랐다. 내 생각에 그 어떤 모험가의 불운도 나보다 더 일찍 시작되거나 더 오래 지속되지는 않았을 것이다. 배가 험버 강을 벗어나자마자 바람이 불기 시작했고 파도가 너무나도 무시무시하게 치솟아 올랐다. 한 번도 바다에 나가 본 적이 없던 나는 표현할 수 없을 정도로 심한 뱃멀미에 시달렸고 극심한 공포에 사로잡혔다. 그제야 나는 내가 한 짓을 진지하게 반성하고, 그토록 못되게 굴면서 아버지의 집을 등지고 나의 의무를 저

버린 데 대해 하늘이 얼마나 정당하게 심판을 내린 것인지 생각하기 시작했다. 부모님이 내게 건넨 모든 선의의 충고와 아버지의 눈물, 어머니의 애원이 새삼스레 마음속에 떠올랐다. 아직은 내 양심이 그 후에 변해 버린 것처럼 굳어진 게 아니었기에, 부모님의 충고를 무시하고 하나님과 아버지에 대한 나의 도리를 저버렸다고 스스로를 질책했다.

이 와중에 폭풍은 더 거세졌고, 난생처음 보는 풍랑은 높아져만 갔다. 사실 이 풍랑은 이후 여러 번 목격하게 될 풍랑이나 불과 며칠 뒤에 만난 풍랑에 비하면 별것도 아니었지만, 당시에는 내가 풋내기에 불과했고 이런 일에 대해서는 아는 것이 전혀 없었기 때문에 그 정도로도 충분히 큰 충격을 받았다. 나는 파도가 칠 때마다 그것이 우리를 삼켜 버릴 것이라고 예상했고, 배가 파도의 골짜기 밑으로 떨어질 때마다 다시는 위로 떠오르지 못할 거라고 생각했다. 이런 심적인 고통 속에서 나는 수없이 맹세하고 결심했다. 만약 하나님이 이번 항해에서 내 목숨을 살려만 주신다면, 그래서 내가 마른 땅에 다시 발을 내디딜 수만 있다면, 곧장 아버지가 계신 집으로 돌아가서 살아 있는 동안에는 다시는 배를 타지 않을 것이고, 아버지의 충고를 받아들여 다시는 이런 비참한 불행 속으로 내 자신을 내던지지 않으리라고 말이다. 그제야 나는 중간 계층의 삶에 대한 아버지의 말씀이 얼마나 옳았는지, 아버지가 바다의 폭풍우이건 육지에서의 재난이건 그런 것들을 단 한 번도 겪지 않고 얼마나 편히 평생을 살아오셨는지 똑똑히 깨달았다. 나는 진심으로 뉘우치는 탕아(蕩兒)처럼 아버지가 계신 집으로 돌아가기로 결심했다.

폭풍우가 끊임없이 몰아치는 동안 나는 이렇게 현명하고 냉정한 생각을 계속했다. 실제로 그 후로도 얼마간은 그랬다. 하지만 다음 날 바람이 약해지고 바다가 점차 평온해지자, 그런 생각에 다소 덤덤해지기 시작했

16

다. 그래도 그날 내내 뱃멀미가 싹 가시지 않은 바람에 기분은 무척이나 침울했다. 그런데 해질 무렵부터 날씨가 맑게 개고 바람이 완전히 멈추면서 매력적이고 아름다운 저녁이 찾아왔다. 태양은 완벽할 정도로 깨끗하게 졌다가 다음 날 아침에 떠올랐다. 바람이 거의, 아니 전혀 불지 않는 상황에서 평온한 바다 위로 태양이 내리쬐고 있는 모습을 보니, 이제껏 그렇게 기분 좋은 풍경은 본 적이 없다는 생각이 들었다.

그날 밤 나는 잠을 푹 잤다. 뱃멀미도 더 이상 나지 않아서 기분이 아주 좋았다. 전날 그토록 거칠고 끔찍했던 바다가 그렇게 짧은 시간 안에 이토록 잔잔하고 쾌적한 모습으로 바뀔 수 있다는 게 신기하다는 생각을 하며 바다를 바라보았다. 그때 행여 내 선한 다짐이 지속되기라도 할까 봐 나를 꼬드겼던 친구가 내게 다가와 어깨를 치며 말했다. "그래, 봅. 겪어 보니 어때? 장담하는데 어젯밤에 넌 무척 겁을 먹었을 거야. 사실 어제 바람은 산들바람 수준이었어." 내가 말했다. "산들바람이라고? 그건 끔찍한 폭풍이었어." 그러자 친구가 "폭풍이라니. 그런 게 폭풍이라고? 바보가 따로 없구나. 그런 바람은 아무것도 아니야. 괜찮은 배랑 장애물 없는 항로만 있으면, 그 정도 돌풍은 대수롭지 않은 일이지. 하지만 봅, 넌 아직 신출내기 선원이니까. 자, 가서 펀치 술이나 한잔하자고. 그러면 폭풍 같은 건 잊게 될 거야. 지금 날씨가 얼마나 좋은지는 봐서 알 거 아냐?"라고 말했다. 내 이야기의 이 슬픈 대목을 간략하게 줄여 말하면, 우리는 모든 뱃사람들이 전부터 그래 왔듯이 펀치 술을 만들어 취하도록 마셔 댔다. 나는 그날 하룻밤의 사악한 폭음으로 모든 후회와 과거 행동에 대한 온갖 반성, 미래에 대한 모든 다짐을 죄다 잊어버렸다. 한마디로, 폭풍이 잦아들면서 바다가 다시 고요한 수면과 안정된 평온을 되찾았던 것처럼, 내 성급했던 반성은 끝나 버렸고 바다가 나를 삼킬 거라는 공포와 불안감도 잊혔다. 예전에 품었던 내 욕망이 조류처럼 되돌아오자, 고통 속에서 다짐했던 맹세와 약속을 까맣게 잊고 말았다. 사실 몇 차례 자책에 빠지기도 하고, 가끔은 진지한 생각들이 다시 되돌아오려고 애쓰는 것 같기도 했다. 하지만 나는 그런 생각들을 떨쳐 버리고 마치 병에서 회복한 사람처럼 나 자신을 추슬렀다. 내가 발작이라고 이름 붙인 그런 생각이 되살아날 때마다 술을 마시고 뱃사람들과 어울리며 즉시 그걸 제압해 버렸다. 그리하여 대엿새 만에 나는 양심을 누르고 완벽한 승리를 거둘 수 있었다. 양심에 시달리지 않기로 결심한 젊은이라면 누구라도 원할 만한 상태에 이른 셈이었다. 그러나 내게 다시 한 번 시련이 닥쳤고, 이런 경우에 대개 그렇듯이 하나님은 내가 변명할 여지조차 일체 남겨 주지 않기로 결정하신 모양이었다. 왜냐하면 내가 이번 폭풍을 구원받을 기회로 생각하지 않는다면, 그다음 찾아올 폭풍은 우리 가운데 가장 못되고 철면피한 악당조차 위험에서 구하고, 자비를 베풀어 달라고 고백하게 만들 정도로 심할 예정이기 때문이었다.

바다에 나간 지 엿새째 되던 날, 우리는 야머스 항(港) 정박지로 들어갔다. 바람이 역풍인 데다가 날씨가 평온해서 폭풍이 몰아친 이후로 그다지 많이 나아가지 못했던 것이다. 7~8일 동안 계속 역풍, 즉 남서풍이 불어서 이곳에 닻을 내리고 정박할 수밖에 없었다. 강을 타고 들어갈 바람을 기다리는 배들이 공동으로 이 항을 이용하는 터라, 뉴캐슬 항을 떠나온 많은 배들도 함께 묶여 있었다.

하지만 우리는 여기서 너무 오래 머물지 말고 조류를 따라 강을 타고 올라갔어야 했다. 바람이 너무 세차게 불지 않았더라면 말이다. 정박한 지 네댓새쯤 지났을 때, 바람이 아주 매섭게 불었다. 하지만 정박지가 항구나 다름없다고 여겼고, 닻도 잘 내려져 있는 데다가 정박 도구들도 아주 튼튼해서 우리 선원들은 아무런 걱정 없이 지냈다. 그들은 위험하다는 생각은 전혀 하지 않은 채 뱃사람들답게 희희낙락하면서 시간을 보냈다. 그러나 여드레째 되는 날 아침에 바람이 더욱 거세졌다. 우리는 모두 힘을 합쳐 중간 돛대를 걷어 내고, 배가 최대한 수월하게 정박해 있도록 모든 것을 손봐 두었다. 정오가 되자 파도가 정말로 높아졌다. 우리 배는 뱃머리가 물에 잠긴 상태에서 여러 번 파도를 뒤집어썼다. 한두 번은 닻이 풀린 것 같았는데, 그때마다 선장은 비상용 닻을 내리라고 명령했다. 결국 우리 배는 앞쪽으로 닻을 두 개 내려놓고 닻줄은 끝까지 풀어 놓은 상태로 머물러 있었다.

그때 정말 끔찍한 폭풍이 불어 왔다. 이제 뱃사람들의 얼굴에서도 겁에 질리고 놀란 기색이 느껴지기 시작했다. 선장은 불철주야 배를 지키려 애를 썼지만, 내 옆을 지나 선실을 들락날락할 때마다 여러 번 혼잣말로 이렇게 기원하는 것을 들을 수 있었다. "신이시여, 우리에게 자비를 베푸소서. 우리 모두 끝장날 지경입니다. 다 망할지도 모릅니다." 맨 처음 난리법석이 났을 때, 나는 삼등칸 내 선실에 멍하니 누워 있었다. 그때 심정은 설명하기 힘들다. 처음 참회할 때의 심정으로 되돌아가기는 쉽지 않았다. 내가 아주 확실하게 짓밟고 스스로 마음을 굳게 닫아 버린 감정이기 때문이었다. 나는 죽음의 고통은 이미 지나갔으니 이번 폭풍은 처음처럼 별일 아닐 것이라고 생각했다. 그러나 방금 말한 것처럼 선장이 내 옆을 지나가며 우리 모두 끝장날 판이라고 말하자, 끔찍한 두려움이 몰려왔다. 선실에서 나와 밖을 내다봤는데, 그토록 암울한 광경은 일찍이 본 적이 없을 정도였다. 파도가 산더미처럼 솟아올라 3~4분 간격으로 우리 배를 덮쳤다. 주위를 둘러보니 사방이 온통 곤경에 처한 모습뿐이었다. 우리 옆에 정박해 있던 배 두 척은 짐을 잔뜩 싣고 있던 터라 뱃전 너머로 돛대를 잘라 버린 상태였다. 그때 우리 선원들이 우리보다 1마일[3] 정도 앞에 정박해 있던 배가 침몰했다고 고함을 질렀다. 닻이 풀린 배 두 척이 돛대도 서 있지 않은 상태로 정박지를 벗어나 바다로 떠밀려 가면서 모험 아닌 모험을 하고 있었다. 가벼운 배들은 파도에 크게 흔들리지 않아서 그나마 가장 잘 버티고 있었지만, 그 배들 중에 두세 척은 스프리트 세일[4]에만 의지한 채 바람에 떠밀려 우리 배 옆을 지나갔다.

저녁 무렵에 항해사와 갑판장이 선장에게 앞 돛대를 잘라 내는 게 좋겠다며 이 일에 대해 허락을 구했다. 선장은 영 내키지 않는 눈치였지만, 갑판장이 그렇게 하지 않으면 배가 침몰할 거라고 강력하게 항의하자 승낙했다. 그들이 앞 돛대를 잘라 내자, 주(主) 돛대만 느슨하게 서 있게 되었다. 하지만 배가 크게 흔들리는 바람에 결국엔 주 돛대까지 잘라 냈고, 결국 갑판 위에는 아무것도 남지 않게 되었다.

이 상황에서 배를 처음 탄 신출내기인 데다가 불과 며칠 전에도 그토록 겁에 질렸던 내가 어떤 심정이었을지는 누구라도 짐작할 수 있을 것이다. 그렇지만 당시의 내 심정이 어땠는지 표현할 수 있다면, 내가 처음에 느낀 죄책감과 그 죄책감을 버리고 처음의 그 사악한 결심으로 되돌아간 데 대한 공포가 죽음을 눈앞에 둔 두려움보다 열 배는 더 컸다는 말이 적당할 듯하다. 그리고 여기에 폭풍에 대한 두려움이 더해지니, 내 상태는 말로 설명할 수 없는 지경에 이르렀다. 그러나 아직 최악의 사태는 지나가지 않은 상태였다. 어찌나 계속해서 맹렬하게 몰아치는지 선원들도 이 정도로 최악의 폭풍은 보지 못했다고 인정할 정도였다. 우리 배는 썩 튼튼했지만 싣고 있는 짐이 많아서 심하게 흔들렸기 때문에, 선원들

---

3) mile. 1마일은 약 1.6킬로미터에 해당한다.
4) spirit-sail. 네모꼴 돛에 활대가 비껴 질려 있는 형태를 말한다.

은 이따금 배가 침몰할 거라고 외쳐 댔다. 이 점에 있어서는 내가 유리한 게 있었는데, 내가 누군가에게 물어보기 전까지는 '배가 침몰하다'는 말이 무슨 뜻인지 몰랐기 때문이었다. 어쨌든 폭풍이 어찌나 거셌던지, 나는 흔히 볼 수 없는 광경까지 목격했다. 선장과 갑판장 그리고 나머지 선원들 중에서 그나마 지각 있는 사람들이 기도를 올리며 배가 침몰하는 순간을 시시각각 기다리고 있는 모습을 보게 된 것이었다. 한밤중에 온갖 고통을 겪는 동안 배 밑을 둘러보러 내려갔던 선원 한 명이 배에 구멍이 나서 물이 들어온다고 소리쳤다. 다른 선원 한 명도 선창(船倉)에 물이 4피트[5]나 찼다고 외쳤다. 그러자 모두에게 물을 퍼내라는 지시가 내려졌다. 그 말에 나는 내 심장이 멎을 수도 있겠다는 생각이 들었고, 침대 옆에 앉아 있다가 그만 바닥에 나자빠지고 말았다. 그러나 선원들이 나를 일으켜 세우며, 지금까지는 내가 아무것도 하지 못했지만 다른 사람들처럼 물을 퍼내는 일은 할 수 있을 거라고 말했다. 그 말에 나도 기운을 차려 아주 열심히 물을 퍼냈다. 한참 물을 퍼내고 있던 중에, 선장은 폭풍을 견디지 못하고 바다로 떠밀려 가는 가벼운 석탄선 한 척이 우리 쪽으로 다가오는 모습을 보고 조난 신호용 대포를 쏘라고 명령했다. 그게 무슨 뜻인지 전혀 몰랐던 나는 깜짝 놀라 배가 부서졌다거나 너무나도 끔찍한 일이 벌어졌다고 생각했다. 그야말로 나는 너무 놀라 까무러친 것이다. 그때는 다들 자기 목숨만 생각하고 있던 터라, 어느 누구도 내가 어떻게 되었는지 신경 쓰지 않았다. 그저 어떤 선원이 펌프 쪽으로 가다가 내가 죽은 것 같았는지 나를 발로 밀어 옆으로 치우고 계속 누워 있도록 놔두었을 뿐이었다. 나는 한참 후에야 정신을 차렸다.

---

5) foot. 1피트는 약 30.5센티미터에 해당한다.

다들 계속 물을 퍼냈지만, 선창의 물은 점점 차오르기만 했다. 배는 침몰할 게 분명해 보였다. 폭풍이 조금 잦아들기 시작했지만, 그래도 항구에 닿을 때까지 우리 배가 내리 항해한다는 것은 불가능했기 때문에 선장은 계속 조난 신호용 대포를 발사하라고 했다. 그러자 우리 배 바로 앞에 정박해 있던 소형 선박 한 척이 우리를 도우려고 과감하게 보트 한 척을 보내 왔다. 보트가 우리 쪽으로 가까이 오는 것도 아주 위험한 일이었으며, 우리가 그 보트에 타거나 그 보트가 우리 배 옆에 가까이 대는 것도 불가능했다. 마침내 그쪽 보트 선원들이 우리 목숨을 구하기 위해 자기 목숨을 걸고 열심히 노를 저어 다가왔고, 우리 선원들은 배의 고물[6] 너머로 부표를 매단 밧줄을 최대한 길게 풀어 그들에게 던져 주었다. 그들은 갖은 애를 쓰고 위험을 무릅쓴 끝에 밧줄을 잡았고, 마침내 그들이 탄 보트를 우리 배의 고물 아래로 바짝 당겨 놓은 우리는 모두 보트에 올라탈 수 있었다. 보트에 타고 보니, 그들이나 우리나 그들의 본선까지 가는 것은 아무 소용이 없다고 생각했기에 그냥 보트가 가는 대로 놔두고 최대한 해변으로 다가가게만 하자는 데 모두 동의했다. 그리고 우리 배의 선장은 만약 해변에 도착하다가 보트에 구멍이 나면 그들의 선장에게 합당한 보상을 하겠다고 약속했다. 그렇게 우리는 노를 젓기도 하고 그냥 떠 있기도 하면서 해변 쪽으로 경사가 진, 북쪽의 윈터튼 곶(串)까지 떠밀려 갔다.

우리가 배에서 탈출한 지 15분도 채 지나지 않아 배가 가라앉는 모습이 보였는데, 그때 나는 난생처음으로 배가 바다에서 침몰한다는 게 무슨 뜻인지 깨달았다. 사실을 고백하자면, 나는 선원들이 배가 가라앉는

---

6) stern. 배의 뒷부분을 말하며, 선미(船尾)와 같은 뜻이다. 배의 앞부분은 이물이라고 한다.

다고 말했을 때 차마 그곳을 쳐다보지도 못했다. 내가 보트에 올라탔다기보다는 그들이 나를 보트에 밀어 넣었다는 게 더 정확한 표현이었다. 그때부터 한편으로는 너무 놀라고 다른 한편으로는 앞으로 일어날 일들이 두려워서, 말하자면 내 심장은 이미 멈춘 것이나 다름없는 상태였다.

이런 지경에서 선원들은 보트를 해변에 가까이 대려고 힘차게 노를 저었다. 몇 차례 파도를 넘다 보니 해변이 보였다. 많은 사람들이 우리가 해변에 가까이 오면 도와줄 생각으로 해변을 따라 뛰어다니고 있었다. 하지만 우리는 천천히 해안가로 다가갔을 뿐, 그곳에 닿을 수가 없었다. 마침내 윈터튼 등대를 지나 해안이 서쪽의 크로머 쪽으로 굽어지는 곳에 이르자, 육지 때문인지 바람의 격한 기세가 다소 꺾였다. 결국 우리는 여기로 들어갔고, 결코 쉽지는 않았지만 어쨌든 모두 무사히 육지에 내려 야머스까지 걸어갔다. 거기서 우리는 불운한 선원들로 인정되어 행정관들은 물론, 선주(船主)와 일부 상인들로부터 인정 넘치는 대우를 받았다. 우리는 행정관들이 마련해 준 좋은 숙소에서 머물 수 있었고, 런던이든 헐이든 원하는 곳으로 갈 수 있을 만큼 충분한 돈도 받았다.

그때 내가 분별력이 있어서 헐로 돌아간 뒤 집으로 향했더라면, 나는 행복했을 것이다. 그리고 축복받은 우리 구세주 예수님의 예화(例話)를 상징하는 우리 아버지는 나를 위해 살찐 송아지까지 잡으셨을 것이다.[7] 내가 타고 도망친 배가 야머스 정박지에서 난파되었다는 소식을 들은 아버지가 내가 바다에 빠져 죽지 않았다는 사실을 확실히 알게 된 것은 그로부터도 한참 뒤였다.

그러나 내 불길한 운명은 어떤 것도 막을 수 없을 정도로 집요하게 나

---

7) 성경에 나오는 돌아온 탕자 이야기에 빗대었다. 해외로 떠돌며 재산을 축내던 아들이 집으로 돌아오자 아버지가 그를 위해 살찐 송아지를 잡아 성대한 잔치를 베풀었다는 이야기다.

를 밀어붙였다. 나의 이성과 그보다 더 차분한 나의 판단력이 집으로 돌아가라고 여러 차례 강력히 외쳤지만, 내게는 그걸 실행할 힘이 없었다. 나는 이것을 뭐라고 말해야 할지 모르겠다. 또한 그것을, 파멸이 우리 눈앞에 있는데도 스스로 파멸의 도구가 되라고 재촉하거나 멀쩡히 눈을 뜬 채 파멸을 향해 돌진하라고 하는, 거역할 수 없는 비밀스러운 천명이라고 주장하지도 않겠다. 피할 수 없는 불행이 기다리고 있는 천명이자 내가 도저히 피할 수 없는 천명이 분명히 있고, 그것들은 내가 혼자서 차분히 생각해 낸 논리와 설득을, 그리고 첫 항해에서 얻은 그 생생한 두 가지 교훈까지 거스르고 반대 방향으로 가게 만든다.

선장 아들이자 전에 나를 대담하게 만드는 데 일조한 내 친구는 이제 나보다 더 풀이 죽어 있었다. 일행이 여러 숙소에 분산되어 머문 탓에 그 친구를 다시 만나 이야기를 나눈 건 야머스에 도착하고 2~3일이 지난 뒤였다. 항해가 끝난 후 처음 만난 친구는 목소리부터 달라진 듯했다. 아주 우울한 표정으로 머리를 절레절레 흔들면서 어떻게 지냈는지 묻더니 자기 아버지에게 내가 누구인지 설명하고는, 내가 더 먼 외국으로 나가기 위해 시험 삼아 이번 항해에 동행했을 뿐이라고 덧붙였다. 그러자 친구의 아버지는 나를 보며 매우 준엄하고도 걱정스러운 목소리로 말씀하셨다. "이보게 젊은이, 이제는 더 이상 바다로 나가지 말게. 이번 일을 자네가 선원이 될 팔자가 아니라는 명백하고도 확실한 징표로 삼아야 해." 내가 "왜 그러십니까, 선장님? 선장님도 다시는 바다에 나가지 않을 겁니까?"라고 묻자, 그가 "그건 다른 경우야. 바다 일은 내 천직이야. 따라서 내 의무기도 하지. 하지만 자네는 이번에 시험 삼아 바다를 나갔다니, 자네가 고집을 피우면 어떤 결과를 맞이할지 하늘이 이 항해에서 제대로 맛을 보여 준 게 아닌가 싶어. 어쩌면 이번에 우리에게 이런 일이 생긴 것도 다 자네 때문인지 모르겠군. 타르시시[8]로 가는 배에 탄 요나[9] 이야기처럼 말이야. 이보게, 자네 정체가 뭔가? 왜 배를 탔나?"라고 되물었다. 질문을 받고 나는 사정을 이야기했다. 말을 마치자, 그는 이상하리만치 벌컥 화를 내면서 말했다. "이런 재수 없는 놈을 내 배에 태우다니 도대체 뭘 한 거지? 1천 파운드[10]를 준다 해도 다시는 너를 내 배에 태우지 않을 거야." 내가 말했듯이, 사실 그는 자신이 본 손해 때문에 흥분해서 정신이 나간 상태였고, 그가 내게 그런 말을 할 권한은 없었다. 하지만 잠시 뒤에 그는 다시 내게 진지하게 말을 건네면서 감히 하나님의 섭리를 시험하다가 파멸하지 말고 아버지에게 돌아가라고 간곡히 타일렀다. 그러고는 하나님의 손이 나를 막고 있는 것을 보지 않았냐고 덧붙이며 이렇게 말했다. "이보게, 젊은이. 만약 자네가 아버지께 돌아가지 않으면, 자네는 어디를 가든 재앙과 좌절만을 겪다가 결국 자네 아버지 말씀대로 될 걸세."

나는 그의 말씀에 제대로 답도 하지 않았고, 우리는 곧바로 헤어졌다. 그리고 나는 다시 그를 보지 못했다. 그가 어디로 갔는지 모른다. 나는 수중에 얼마간 쓸 수 있는 돈이 생겼으므로 육로를 이용하여 런던으로 갔다. 그곳으로 가는 도중에도 그랬지만, 런던에 도착해서도 나는 인생에서 어떤 행로를 택해야 할지, 즉 집으로 갈지 바다로 나갈지를 두고 내 자신과 여러 번 갈등했다.

집으로 돌아가는 문제에 관해 말하자면, 수치심이 머릿속에 떠오른

---

8) Tarshish. 성경에 나오는 고대 국가를 말한다.
9) Jonah. 히브리의 예언자이다. 니네베로 가서 그 주민들에게 경고하라는 하나님의 뜻을 어기고 타르시시로 도피하다가 항해 중에 큰 풍랑을 만났다. 요나는 배 안에 신의 노여움을 산 인물이 탔다고 생각한 선원들에 의해 바다에 던져졌다가 기적처럼 살아났다.
10) pound. 영국의 화폐 단위를 말한다.

그 최선의 제안을 막아섰다. 이웃들에게 얼마나 비웃음을 살지, 아버지와 어머니는 물론 다른 사람들 얼굴까지 봐야 하는 게 얼마나 수치스러울지가 즉시 머리에 떠올랐다. 이후에 내가 종종 목격한 바에 따르면, 인간, 특히 젊은이들의 마음은 이런 문제를 이끌어 가야 하는 이성에 비해 너무나도 불합리하고 앞뒤가 맞지 않는다. 그래서 그들은 죄를 짓는 것은 부끄러워하지 않으면서 후회하는 것은 부끄러워한다. 그리고 사람들에게 당연히 바보 취급을 받아야 할 행동은 창피해하지 않으면서 올바른 방향으로 되돌아가는 것은 창피해한다. 사실은 그것이 현명한 사람으로 평가받는 일일 뿐인데도 말이다.

하지만 나는 한동안 이런 어중간한 상태로 지냈으며, 어떤 조치를 취할지, 어떤 인생행로를 택할지도 결정하지 못했다. 집으로 돌아가는 일은 억누르기 힘들 정도로 내내 마음에 내키지 않았다. 그런 상태로 잠시 지내다 보니, 내가 겪은 고통에 대한 기억도 희미해졌다. 그리고 그 기억이 약해지면서 마음속에 조그맣게 자리 잡고 있던, 집으로 되돌아가고 싶다는 충동까지도 함께 사라져 버렸다. 결국 나는 그 생각을 아예 접어 버리고 항해 기회를 찾아 나섰다.

처음 나를 아버지 집에서 도망치게 만들고 큰돈을 벌어보겠다는 엉뚱하고 미숙한 망상을 심어 준 그 사악한 기운이, 온갖 선한 충고와 아버지의 간청과 명령에도 귀를 닫게 만들 정도로 그토록 강력하게 내게 자만심을 불어 넣은 그 사악한 기운이 이제 사업 중에서도 가장 불운한 사업을 내 눈앞에 제시했다. 결국 나는 아프리카 해안으로 향하는, 선원들이 속된 말로 기니라 부르는 곳으로 향하는 배[11]에 올라탔다.

---

11) 여기서 기니행 배는 주로 노예 무역을 위해 떠나는 배를 일컫는다.

이 모든 모험을 하면서 선원으로 배에 타지 않은 것도 내게는 큰 불운이었다. 선원으로 배에 탔더라면 보통의 경우보다는 조금 더 힘들게 일했겠지만 앞 돛대 선원의 일과 임무 정도는 배웠을 것이다. 그러다가 시간이 흐르면 선장은 못 되더라도 항해사나 부선장 자격은 얻었을 것이다. 그러나 늘 더 나쁜 쪽을 택하는 팔자인 나는 이 경우에도 마찬가지 선택을 했다. 주머니에는 돈이 있었고 괜찮은 옷도 걸쳤기 때문에 나는 늘 신사인 척하며 배에 오르곤 했다. 그래서 나는 배에서 할 일도 없었고, 무언가 배우지도 않았다.

일단 나는 운이 좋아서인지 런던에서 꽤 괜찮은 사람들을 만났는데, 당시의 나처럼 할 일 없고 한가한 젊은이들에게 늘 주어지는 행운은 아니었다. 그런 녀석들에게는 대개 악마가 잊지 않고 아주 일찍부터 유혹의 덫을 놓기 마련이니 말이다. 아무튼 내 경우는 그렇지 않아서, 내가 맨 처음 사귀게 된 사람은 기니 해안에 다녀온 적이 있는 선장이었다. 그는 거기서 꽤 성공을 거두었던 터라 다시 한 번 다녀오려고 마음먹고 있었다. 내가 당시엔 상냥한 편이었기에 그는 나를 말벗으로 삼기 좋아했고, 내가 바깥세상을 보고 싶다고 말하자 공짜로 배를 태워 주면 동행하겠냐고 물었다. 그냥 밥이나 같이 먹는 친구가 되어 주면 된다는 조건이었다. 그리고 만약 내가 괜찮은 물건을 가져갈 수 있다면 교역이 허용하는 여러 이익을 얻을 수도 있고, 그렇게 되면 좋은 결과를 얻을지도 모른다고 말했다.

나는 그 제안을 받아들였다. 솔직하고 공명정대한 이 선장과 아주 돈독한 친분 관계를 맺었고 함께 항해를 떠났다. 그리고 나는 밑천을 약간 마련했고, 선장의 사심 없는 일처리 덕분에 그 돈을 꽤 많이 불릴 수 있었다. 나는 선장이 구입하라고 지시한 싸구려 물건이나 잡동사니를 40파운드어치 가져갔었다. 이 40파운드에 대해 말하자면, 서로 연락을 주고 받은 몇몇 친척들의 도움으로 마련한 돈이었다. 내 생각에 친척들이 아버지 아니면 적어도 어머니에게 내 첫 사업에 돈을 대주라고 설득하여 받아 온 듯했다.

이 항해는 나의 모든 모험들 중에서 성공했다고 말할 수 있는 유일한 사건이었다. 물론 그 성공은 정직하고 강직한 선장 친구 덕분이었다. 나는 그의 밑에서 항해에 필요한 계산법과 규칙들을 제대로 익혔고, 항해 일지 작성법과 관측법도 배웠다. 한마디로 선원이라면 알고 있어야 할 것들을 배웠다. 그는 내게 이런 것들을 가르치는 동안 즐거워했고 나도 그에게 배우면서 기뻤다. 요컨대, 나는 이 항해를 통해 선원이자 상인으로 변신했다. 귀향하면서 나는 5파운드 9온스[12] 분량의 사금(砂金)을 가져왔는데, 런던에 돌아와 팔았더니 거의 3백 파운드가 생겼다. 이 항해를 계기로 내 머리는 야심들로 가득 차게 되었고, 바로 이 야심이 나의 파멸을 완성시켰다.

그러나 이 항해에서도 불운이 아예 없었던 것은 아니었다. 특히 아프리카 기후의 극심한 더위로 인해 나는 지독한 열사병에 걸렸고, 여행 내내 몸이 아팠다. 우리가 주로 무역을 한 곳이 북위 15도 부근이었고, 심지어는 적도까지 내려간 지역의 해안도 있었기 때문이었다.

이제 나는 기니 무역상으로 자리를 잡았다. 하지만 내게 너무나 큰 불운이 닥쳤다. 나의 친구가 영국에 도착한 직후 세상을 떠났기 때문이었다. 이후 나는 다시 기니로 항해를 결심했고, 이전 항해에서 항해사를 하다가 지금은 죽은 선장의 배를 지휘하게 된 사람과 같은 배를 타고 떠났

---

12) pound, ounces. 1파운드는 약 485그램, 1온스는 약 28그램에 해당한다.

다. 이 항해는 일찍이 그 누구도 겪지 못한 가장 불행한 여행이 되고 말았다. 나는 새로 모은 재산 중에서 1백 파운드가 채 안 되는 돈을 갖고 항해에 나섰다. 남은 2백 파운드는 내게 진심으로 대해 준 선장의 미망인에게 맡겼다. 그런데 이 항해 중에 우리는 끔찍한 불행에 빠지고 말았다. 배가 카나리아 제도(諸島)를 향해, 더욱 정확하게 말하면 그 섬들과 아프리카 해안선 사이를 지나고 있을 때였다. 어둑어둑한 새벽 무렵에 살레에서 온 터키 해적선이 우리 배를 습격했다. 해적들은 돛을 죄다 올리고 우리를 전속력으로 추격해 왔다. 우리도 추격을 뿌리치기 위해 활대를 펼 수 있는 한, 혹은 돛대가 견딜 수 있는 한 최대로 돛을 폈다. 하지만 해적들이 점점 더 간격을 좁혀 오는 걸로 보아 몇 시간 뒤면 우리를 따라잡을 게 분명해 보였다. 이에 우리는 전투태세를 갖췄다. 우리 측 포는 열두 문이었고, 해적들의 포는 열여덟 문이었다. 오후 3시쯤, 해적선이 우리 배를 따라잡았다. 그런데 의도한 바와는 달리 그들이 배를 우리 배의 고물이 아니라 옆에 비스듬히 걸치는 실수를 저지른 덕분에, 우리는 포 여덟 문을 그쪽으로 겨누어 집중포화를 퍼부었다. 그러자 그들도 우리의 대포 공격에 반격을 가했고, 배에 타고 있던 2백 명에 가까운 해적들이 소총 사격을 퍼붓다가 방향을 틀어 후퇴했다. 하지만 우리 선원들은 다들 숨어 있었기 때문에 한 명도 다치지 않았다. 해적들은 다시 우리를 공격할 준비를 했고, 우리도 방어를 준비했다. 하지만 다음번 공격에서는 반대쪽 측면에 배를 대더니 60명의 해적들이 우리 선원들을 쓰러뜨리며 갑판 위로 들이닥쳤다. 그들은 즉시 갑판을 난도질하고 삭구(索具)들을 마구 잘라 버렸다. 우리는 소총, 단창, 탄약 상자 등 온갖 무기를 동원하여 그들과 맞서 싸우며 두 번이나 그들을 갑판에서 몰아냈다. 그렇지만 이 슬픈 이야기는 간단하게 우리 배는 못쓰게 되었으며 선원 중

세 명이 죽고 여덟 명이 부상을 입었다는 것으로 요약된다. 결국 우리는 항복할 수밖에 없었고, 모두 포로로 붙잡혀 무어인[13]들이 장악하고 있는 살레 항으로 끌려갔다.

내가 받은 대우는 처음에 걱정한 것만큼 끔찍하지는 않았다. 게다가 나는 나머지 선원들이 그 나라를 가로질러 황제의 궁으로 끌려간 것과는 달리 해적선 선장의 개인 전리품으로 취급되어 그의 노예가 되었다. 내가 아직 어리고 민첩해서 그가 하는 일에 적합하다는 이유에서였다. 졸지에 무역상에서 노예로 전락한 이 깜짝 놀랄 변화 앞에 나는 완전히 주눅이 들었다. 그리고 나를 도와줄 사람이 아무도 없을 정도로 불행해지리라는 아버지의 예언을 다시금 되돌아보니, 더 이상 나쁠 수가 없을 만큼 제대로 그의 말씀이 실현되었음을 알게 되었다. 마침내 하나님의 호된 손길이 나를 덮쳐 구원받을 수 없는 파멸에 이른 것이었다. 아아! 그러나 이 불행은 내가 앞으로 겪게 될 불행에 비하면 맛만 본 수준에 불과했고, 자세한 내용은 이어지는 이야기에서 등장할 것이다.

내 새 주인이자 보호자인 그는 나를 자신의 고향 집으로 데려갔다. 그래서 다시 바다에 나갈 때 그가 나를 데리고 다닐 것이라는 희망을 품었다. 그러다가 언젠가 그가 스페인이나 포르투갈 군함에 잡히면 내가 자유의 몸이 될 거라고 믿었다. 그런데 이러한 희망은 이내 사라졌다. 그가 바다에 나갈 때면 정원을 돌보거나 노예로서 집안일을 하라고 나를 뭍에 두고 나갔고, 항해에서 돌아온 뒤에는 선실에서 자면서 배를 지키는 일만 시켰기 때문이었다.

그곳에서 나는 오로지 탈출해야겠다는 생각만 했다. 어떤 방법으로 달

---

13) Moor. 8세기경에 이베리아 반도를 정복했던 이슬람교도를 막연히 부르는 말이다.

아날지 계획을 세워 봤지만, 조금이라도 가능성이 있는 방법을 찾을 수 없었다. 그런 계획을 상상하는 것조차 조금도 합리적으로 보이지 않았다. 내 생각을 털어놓고 얘기할 사람도 없었고, 함께 그 계획을 시작할 사람도 없었다. 나 외에는 영국인이든 아일랜드인이든 스코틀랜드인이든 동료 노예도 없었다. 그래서 2년 동안 나는 종종 내 멋대로 탈출을 꿈꾸기는 했지만, 그 계획을 실행에 옮기겠다는 희망 섞인 전망은 전혀 가질 수 없었다.

2년 정도가 지난 뒤에 묘한 상황이 전개되면서 나는 이곳을 탈출하여 자유의 몸이 되겠다는 해묵은 생각을 다시 꺼내게 되었다. 그 무렵 나의 주인은 평소보다 오래 집에 머물렀고 출항 준비를 하지 않았는데, 돈이 없어서라고 들었다. 어쨌든 그는 일주일에 한두 번, 날씨가 좋으면 그보다 더 자주 모선(母船)에 딸린 중형 보트를 타고 정박지로 나가 낚시를 했다. 그는 항상 나와 젊은 마레스코[14]를 데려가서 노를 젓게 했는데, 우리는 주인의 비위를 잘 맞추었으며 나는 뛰어난 낚시 솜씨도 보여 주었다. 그래서 그는 가끔 나와 자기 친척인 무어인 한 명 그리고 그 젊은 마레스코를 바다로 보내 요리에 쓸 물고기를 잡아오게 했다.

한번은 아주 잔잔한 아침에 물고기를 잡으러 나갔다가 안개가 너무 짙어지는 바람에 해안에서 0.5리그[15]도 나가지 못했는데 앞이 보이지 않는 일이 생겼다. 우리는 어느 방향으로 노를 젓는지도 모르고 그날 하루 종일 그리고 그다음 날 저녁까지 죽어라 노만 저어 댔다. 아침이 되어서야 우리는 우리가 해안 쪽으로 노를 젓지 않았고 해안 반대편 바다로 적어도 2리그나 흘러갔다는 사실을 알게 되었다. 죽을 만큼 힘들었고 약간의

14) Maresco. 유럽의 남서부 대서양과 지중해 사이 이베리아 반도에 살던 이슬람교도를 말한다.
15) league. 1리그는 약 4.8킬로미터에 해당한다.

위험을 감수하긴 했지만, 어쨌든 우리는 다시 제대로 방향을 잡을 수 있었다. 아침이 되면서 바람이 새로 불기 시작한 덕분이었다. 하지만 우리는 너무도 배가 고파졌다.

어쨌든 우리 주인은 이 사건을 계기로 경각심을 느꼈던지, 앞으로는 좀 더 조심해야겠다고 마음먹은 모양이었다. 우리에게 **뺏은** 영국 선박의 대형 보트를 곁에 두고 있던 그는 나침반과 비상식량을 갖추지 않고는 절대로 낚시를 나가지 않겠다고 결심했다. 그래서 그는 나처럼 영국인 노예인 자기 배의 목수에게 대형 보트 가운데에 자신만의 전용 공간을 자그맣게 만들라고 지시했다. 화물선 선실처럼 뒤에 서서 배의 방향을 잡거나 아딧줄[16]을 당길 수 있는 공간을 마련하고, 앞쪽으로는 한두 사람이 서서 돛을 움직일 수 있도록 해두었다. 그 배는 이른바 양어깨 돛을 달고 항해했는데, 돛의 아래 활대가 선실 위 쇠고리에 고정되어 있었다. 선실은 아주 아늑하고 나지막했다. 주인이 노예 한두 명을 거느린 채로 들어와 누울 수 있는 공간이 있고, 식사용 탁자와 그가 먹기에 적당해 보이는 술, 빵, 쌀, 커피 등을 넣어 둘 작은 수납장까지 갖추어져 있었다.

우리는 이 보트를 타고 자주 낚시를 나갔다. 내가 주인에게 물고기를 잘 잡아 주었기 때문에 그는 늘 나를 데리고 나갔다. 하루는 재미 삼아 그런 것인지 낚시를 위해서인지 주인이 그 동네 무어인 유지 두세 명과 이 보트를 타고 바다에 나가기로 약속을 잡았다고 알려 왔다. 그는 손님들을 위해 특별한 준비를 시켰다. 평소보다 많은 비상식량을 밤새도록 보트에 싣게 했을 뿐 아니라 해적선에 있던 화약, 총탄과 함께 머스킷 총세 정도 준비해 놓으라고 했다. 그들은 낚시 외에 들새 사냥도 할 작정인

---

16) main-sheet. 바람의 방향을 맞추기 위하여 돛을 매어 쓰는 줄을 말하며, 여기서는 중심 돛을 조종하는 줄을 가리킨다.

모양이었다.

　나는 그가 지시한 대로 모든 것을 준비해 놓았다. 다음 날 아침, 나는 보트를 깨끗이 청소하고 깃발들을 내건 뒤에 손님을 맞이할 만반의 준비를 마치고 기다렸다. 그런데 얼마 지나지 않아 주인이 혼자 보트에 오르더니 손님들에게 갑자기 일이 생겨서 뱃놀이를 연기하게 됐다고 말하고는, 내게 평소대로 무어인 남자와 또 다른 노예를 데리고 바다로 나가서 물고기를 잡아오라고 지시했다. 저녁에 손님들이 집에서 식사를 하기로 했으니 물고기를 잡는 대로 곧바로 집으로 가져오라고도 명령했다. 나는 시키는 대로 모든 준비를 했다.

　그 순간 예전에 품었던 탈출 생각이 불현듯 머리를 스쳐 갔다. 이제 작은 보트 한 척을 내 맘대로 부릴 수 있음을 깨달았기 때문이었다. 그리하여 주인이 자리를 떠나자 나는 낚시 준비가 아닌 항해 준비에 나섰다. 그런데 배를 어디로 몰아야 할지 알지 못했고, 생각도 하지 않았다. 그저 여기를 벗어날 수만 있다면 어느 곳이든 그곳이 내가 갈 길이었다.

　제일 처음 짜낸 계략은 구실을 만들어 이 무어인에게 배에서 먹을 것을 얻어 오자고 제안하는 일이었다. 그래서 나는 그에게 우리가 감히 주인의 빵을 먹어서는 안 된다고 말했다. 그도 맞는 말이라며 러스크[17]나 비스킷 비슷한 빵 한 바구니와 물 세 통을 보트로 가져왔다. 나는 주인의 술병 상자가 어디 있는지 알고 있었다. 생김새로 보아 영국인들에게서 빼앗은 전리품인 게 분명했다. 그래서 나는 무어인이 뭍에 간 새를 틈타서 마치 주인을 위해 실어 두는 것인 양 술병 상자를 보트에 옮겨 놓았다. 그리고 무게가 50파운드 넘게 나가는 밀랍 덩어리와 노끈과 실 한 꾸

───────────

17) rusk. 수분이 적은 서양 과자를 말한다.

러미, 손도끼와 톱, 망치도 옮겨 놓았다. 이 모든 것들은 나중에 상당히 쓸모가 있었는데 특히 밀랍은 초로 만들어 썼다. 그러고서 나는 또다시 그를 속였고 이번에도 그는 순진하게 넘어왔다. 그의 이름은 이스마엘이었는데, 사람들은 그를 뮬리 혹은 몰리라고 불렀다. 그래서 나도 "몰리, 우리 주인님 총이 지금 보트에 있어. 혹시 화약과 총알을 조금 가져올 수 없을까? 우리끼리 알캐미 새(마도요의 일종)를 잡아먹을 수도 있잖아. 주인님께서는 본선 총포 저장고에 두시는 걸로 아는데."라고 말했다. 그는 그러겠다고 대답했고, 얼마 있다가 1.5파운드 정도, 어쩌면 그보다 더 많은 화약이 들어 있는 커다란 가죽 주머니와 총알이 5~6파운드 정도 들어 있는 주머니를 가져와서 모두 보트에 실었다. 동시에 나는 커다란 선실에서 주인의 화약도 조금 찾아냈고, 거의 빈 술병을 가져다 내용물을 다른 병에 쏟아붓고는 그 병에 화약을 담았다. 그렇게 필요한 것을 모두 챙긴 다음 우리는 항구를 벗어나 물고기를 잡으러 갔다. 항구 입구에 있는 성곽 초소 사람들은 우리가 누군지 알고 있었기 때문에 우리에게 전혀 신경 쓰지 않았다. 우리는 항구에서 1마일도 벗어나지 않은 곳에서 돛을 내리고 낚시를 시작했다. 내 바람과는 반대로 북쪽에서, 정확히는 북동쪽에서 바람이 불었다. 바람이 남쪽에서 불었다면, 분명히 스페인 해안이나 적어도 카디스 만(灣)에는 도착했을 것이다. 하지만 바람이 어느 쪽에서 불든 내가 있던 그 진저리 나는 곳에서 일단 벗어난 뒤에 나머지는 운명에 맡기자는 게 내 결심이었다.

한참 동안 낚시를 했지만 한 마리도 잡지 못했다. 사실 나는 물고기가 낚시 바늘에 걸릴 때도 그가 보지 못하게 낚싯대를 들어 올리지 않았다. 나는 무어인에게 이곳은 안 되겠다고, 이러다간 주인님께 제대로 물고기를 갖다 드리지 못하겠다면서 더 멀리 나가야 한다고 말했다. 아무 문제가 없을 거라고 생각한 그는 내 말에 동의했다. 그는 보트 앞쪽에 있었기 때문에 돛을 올렸고, 키를 잡고 있던 나는 보트를 1리그 정도 더 끌고 나간 다음 낚시를 할 것처럼 다시 배를 정박시켰다. 그런 뒤에 키를 아이에게 맡기고 무어인이 있는 앞쪽으로 다가간 다음, 그의 뒤에 있는 무언가를 집는 척 몸을 구부렸다가 재빨리 그의 가랑이 사이로 팔을 넣고 그를 들어올려 바다로 밀어 던져 버렸다. 그는 코르크 마개처럼 수영을 잘했기 때문에 곧바로 수면 위로 올라왔다. 그러고는 나를 부르며 보트에 올라가게 해달라고, 나와 세상 어디든 가겠다고 하면서 애원했다. 그가 배를 향해 아주 힘차게 헤엄쳐 왔을 뿐 아니라 바람도 거의 불지 않아서 금세 우리를 따라잡을 것만 같았다. 그 순간 나는 선실로 들어가 새잡이용 총을 들고 나와 그를 겨누며 이렇게 말했다. "나는 네게 아무런 해도 입히지 않았어. 그리고 네가 조용히 있으면, 앞으로도 그럴 거야. 너는 헤엄을 잘 치니 충분히 육지까지 갈 수 있어. 파도 또한 잠잠하니 부지런히 뭍으로 가면 아무런 해를 입지 않을 거야. 하지만 네가 보트에 가까이 온다면 머리통을 쏴버리겠어. 나는 자유를 찾기로 결심했으니까." 그러자 그는 몸을 돌려 해안 쪽으로 헤엄쳐 갔다. 나는 그가 수월하게 뭍에 도달하리라는 사실을 의심하지 않았다. 그의 수영 실력은 꽤 뛰어났기 때문이었다.

사실 이 무어인을 데려가고 아이를 물에 빠뜨릴 수도 있었지만, 그자를 믿는 위험을 감수할 수는 없었다. 그가 사라지자, 나는 사람들이 슈리라고 부르는 아이를 향해 몸을 돌렸다. 그러고는 이렇게 말했다. "슈리, 네가 내게 충성을 다한다면 나는 너를 훌륭한 사람으로 만들어 줄 거야. 하지만 네가 충성을 다하겠다고 얼굴을 쓰다듬지 않는다면, 다시 말해서 마호메트와 그의 아버지의 수염을 걸고 내게 맹세하지 않는다면, 너도

저 바다에 던져 버릴 거야." 그러자 아이는 내 눈앞에서 미소를 지으면서 믿지 않고는 못 배길 만큼 순박한 표정으로 그러겠다고 말했다. 아이는 세상 어디라도 나와 함께 가겠다고 하면서 내게 충성을 맹세했다.

헤엄을 치고 있는 무어인이 보이는 동안은 곧장 바다를 향해 나아갔다. 정확히 말하면 바람이 불어오는 쪽으로 배를 몰아갔다. 내가 지브롤터 해협 쪽으로 간 것처럼 보이게 만들기 위해서였다. (사실 제정신인 사람이라면 누구든 그렇게 하는 게 당연했다.) 왜냐하면 우리가 남쪽으로, 야만인들이 사는 해안으로 갈 거라고 생각할 사람은 없었기 때문이었다. 그곳으로 갔다가는 카누를 타고 온 흑인들에게 둘러싸여 죽임을 당하거나 한 번이라도 육지에 발을 내디뎠다가는 사나운 짐승들이나 더 잔인무도한 야만인들에게 잡아먹힐 게 분명했다.

하지만 나는 날이 어둑어둑해지자마자 남쪽으로 항로를 바꾼 다음, 해안과 멀어지지 않기 위해 다시 약간 동쪽으로 배를 틀었다. 새로 강한 바람이 불어오는 데다가 파도가 잔잔해서 순조롭게 항해할 수 있었다. 다음 날 오후 3시쯤 처음으로 육지에 가까이 갔는데, 나는 살레에서 남쪽으로 1백50마일 밖에 떨어지지 않은 곳에 온 것으로 짐작했다. 사람이 한 명도 보이지 않는 것이 정말로 모로코 황제는 물론 어떤 왕의 영역에서도 벗어난 곳처럼 보였다.

그러나 내가 무어인들 사이에서 느낀 공포감과 그들 손에 잡혀 있는 동안 느낀 그 끔찍한 불안감이 너무나 컸기 때문에 나는 배를 멈추거나 해안으로 다가가거나 닻을 내릴 생각이 전혀 없었다. 이런 식으로 닷새를 더 항해하는 동안 바람은 계속 순조롭게 불어 주었다. 그리고 그때 바람이 남풍으로 바뀌었다. 나는 혹여 추격해 오는 배가 있었더라도 이제는 포기했을 거라고 결론 내렸다. 그제야 나는 과감하게 해안으로 다가가 작은 강 입구에서 닻을 내렸다. 그게 무엇인지, 어디인지, 위도가 어찌 되는지, 어떤 나라인지, 어떤 부족이 사는지, 무슨 강인지도 몰랐다. 한 사람도 보이지 않았는데, 사실 보고 싶은 마음도 없었다. 내가 가장 원한 것은 마실 물이었다. 우리는 강어귀에 도착해서 날이 어두워지면 곧바로 해안으로 헤엄쳐 간 다음 그 지역을 탐사해 보기로 했다. 그런데 날이 깜깜해지자, 종류도 모르는 야생 짐승들이 울부짖고 으르렁거리고 울어 대는 소리가 들려왔다. 그 소리가 어찌나 무서웠던지, 그 가여운 아이는 두려움에 죽을 지경이 되어서 날이 밝을 때까지는 제발 해안에 가지 말자고 애원했다. "그래, 슈리. 가지 않으마. 하지만 낮에 저 사자들만큼 무서운 야만인들을 만날지도 몰라."라고 내가 말하자, 슈리는 노예들끼리 대화할 때 배운 영어로 "총으로 쏴서 도망가게 만들어요."라고 웃으며 대답했다. 어쨌든 나는 아이의 쾌활한 모습에 기분이 좋아져서 아이에게 술 한 모금을 (주인의 술병 상자에서 꺼내서) 건네며 기운을 북돋워 주었다. 어쨌든 슈리가 옳은 조언을 했기 때문에 나는 받아들였고, 작은 닻을 내린 뒤 밤새 가만히 있었다. 내가 '가만히'라고 한 이유는 우리가 단 한숨도 잠을 못 잤기 때문이다. 닻을 내리고 두세 시간 정도 지났을 때, 엄청나게 덩치가 큰, 온갖 종류의 (이름 모를) 짐승들이 몸을 식히기 위해 해안으로 내려와 물속에 뛰어들어 뒹굴고 씻어 대는 모습이 보였다. 그 짐승들은 난생처음 듣는 끔찍한 울음소리와 비명을 질러 댔다.

슈리는 몹시 두려움에 떨었고, 사실 나 역시 마찬가지였다. 우리는 그 거대한 동물 중의 하나가 우리 보트 쪽으로 헤엄쳐 오는 소리를 듣고 더더욱 놀랄 수밖에 없었다. 그 동물이 보이지는 않았지만, 내쉬는 숨소리만 들어도 괴물처럼 사납고 거대한 짐승임을 알 수 있었다. 슈리는 이놈이 사자일 거라고 말했다. 사실 그럴 수도 있었다. 어쨌든 겁에 질린 슈리는 닻을 올리고 노를 저어 도망치자고 소리쳤지만, 나는 "아냐, 슈리. 부표를 매단 밧줄만 풀어 놓고 그만큼만 바다로 나가도 멀리 따라오지 못할 거야."라고 말했다. 그런데 내가 그 말을 마치자마자 (무엇인지 모를) 그 짐승이 어느새 노를 두 번만 저으면 닿을 수 있는 거리까지 다가온 것이 느껴졌다. 나는 깜짝 놀라 곧바로 선실로 뛰어 들어갔고, 총을 들고 나와 놈에게 발사했다. 그러자 녀석은 잽싸게 몸을 돌려 해안 쪽으로 다시 헤엄쳐 갔다.

하지만 총성이 울려 퍼진 직후에 해안가뿐 아니라 내륙 안쪽에서 더 크게 들려 온 끔찍하고 소름 끼치는 울음소리와 짖어 대는 소리를 설명하기는 불가능하다. 생각건대 그 짐승들은 총성을 한 번도 들어 본 적이 없는 듯했다. 이 일로 나는 밤에 해안에 접근하는 것은 불가능하다고 확신했다. 하지만 낮에 접근하는 것 또한 문제였다. 야만인들 손에 붙잡히는 일도 사자나 호랑이에게 잡히는 것만큼 나쁜 일이었기 때문이다. 적어도 우리는 그 위험을 똑같이 두려워했다.

그렇기는 하지만, 어쨌든 우리는 식수 때문에 해안 어디든 가야 했다. 보트에는 1파인트[18]의 물밖에 남아 있지 않았다. 언제, 어디서 물을 구하느냐가 문제였다. 슈리는 자신에게 항아리를 하나 주면 물이 어디 있는지 알아내서 가져오겠다고 했다. 내가 "왜 네가 가니? 내가 가고 네가 보트에 남으면 안 되는 이유가 있니?"라고 묻자 아이가 어찌나 애정 넘치게 대답을 하던지, 나는 그 이후로 쭉 그 녀석을 사랑하지 않을 수 없었다. 슈리는 "야만인들이 나타나면, 나를 잡아먹어요. 주인님은 도망가요."라고 말했고, 나는 "슈리, 우리 둘이 같이 가서 야만인들이 나타나면

---

18) pint. 1파인트는 약 0.6리터에 해당한다.

그들을 죽이면 돼. 그러면 우리 둘 다 잡아먹히지 않을 거야."라고 말했다. 나는 슈리에게 비스킷 한 조각을 먹으라고 주고는 앞서 말한 주인의 술병 상자에서 술을 꺼내 한 잔 마시라고 권했다. 우리는 적당해 보이는 해안 가까이에 보트를 댄 다음, 무기와 물을 담을 항아리 두 개만 들고 해안까지 걸어갔다.

야만인들이 강을 따라 카누를 타고 내려올까 봐 두려웠기 때문에 보트가 보이지 않는 곳까지 들어가고 싶지는 않았다. 그런데 아이가 내륙으로 1마일 정도 들어간 곳에 저지대가 있는 것을 보더니 그곳까지 천천히 걸어갔다. 그리고 머지않아 아이가 나를 향해 뛰어오는 모습을 보고, 나는 야만인에게 쫓기고 있거나 들짐승을 보고 겁을 집어먹었다고 생각하여 아이를 돕기 위해 급하게 달려갔다. 하지만 가까이 가서 보니, 아이 어깨에 무언가가 걸쳐져 있었다. 알고 보니 아이가 총으로 잡은 동물이었는데, 토끼처럼 생겼지만 색이 다르고 다리가 더 길었다. 어쨌든 아주 좋은 식량이었기 때문에 우리는 무척 기뻐했다. 하지만 그 가여운 슈리가 그렇게 기뻐하며 돌아온 더 큰 이유는 훌륭한 식수를 찾은 데다 야만인들이 전혀 보이지 않는다는 사실 때문이었다.

나중에 알고 보니, 우리는 물 때문에 그렇게까지 고생할 필요가 없었다. 우리가 있던 강어귀에서 조금만 더 위쪽으로 가면, 약간 높은 지대까지 흘러 들어간 바닷물이 빠져나간 뒤에는 깨끗한 물이 흐르는 곳이 있다는 사실을 알게 되었기 때문이다. 우리는 항아리 가득 물을 채우고 우리가 잡은 토끼도 배불리 먹었다. 그리고 그 지역에서 어떤 인간의 발자국도 발견하지 못하고 다시 여행에 나설 채비를 했다.

예전에 이 해안 쪽으로 항해를 온 적이 있었기 때문에 나는 카나리아 제도와 베르데 곶 제도가 그 해안에서 멀지 않다는 것을 잘 알고 있었다.

그러나 우리가 현재 있는 곳의 위도를 알아낼 관측 도구가 없었고, 그 두 제도들의 위도가 얼마였는지 정확히 알지도, 하다못해 기억조차 하지 못했기 때문에 그쪽으로 가려면 어디로 가야 하는지 혹은 언제쯤 바다로 나가야 할지 알 수 없었다. 그렇지 않았더라면 나는 그때 두 제도에 속한 섬 몇 개를 손쉽게 발견할 수 있었을 것이다. 어쨌든 나는 그저 이 해안을 따라가다 보면 영국인들이 무역하는 지역에 도달하게 될 테고 그들이 통상적인 거래를 위해 타고 온 배를 만날 수 있을 것이므로 그들이 우리를 구출하여 데려가기만을 바랄 뿐이었다.

최선을 다해 계산해 보니 내가 지금 있는 곳은 모로코 황제의 영역과 흑인들의 영역 사이에 있는, 야생 동물들 외에는 아무도 살지 않는 황무지인 게 틀림없었다. 흑인들은 무어인들을 두려워했기 때문에 이 지역을 버리고 더 남쪽으로 가버렸고, 무어인들은 이곳이 척박해서 살 만하지 않다고 생각했기 때문에 포기했다. 사실 양측은 여기에 살고 있는 엄청나게 많은 수의 호랑이와 사자, 표범 등의 맹수 때문에 이곳을 포기했다. 결국 무어인들은 사냥할 때만 여기를 이용했는데, 그때도 군대처럼 한 번에 2천~3천 명씩 떼를 지어 찾아왔다. 실제로 해안을 따라 거의 1백 마일을 가는 동안 낮에는 아무도 살지 않는 황무지만을 목격했고, 밤에는 야생 동물들이 울부짖거나 으르렁거리는 소리만 들을 수 있었다.

낮 시간에 한두 번은 카나리아 제도의 테네리프 산 정상인 테네리프 피코를 본 듯해서 그곳에 도착할 수 있다는 희망을 품고 거기까지 모험을 해볼까 마음을 먹기도 했다. 하지만 두어 번 시도하다가 역풍이 불고 내 작은 보트가 감당하기에는 파도 또한 너무 높아서 포기하고 말았다. 그래서 나는 애초의 계획대로 계속 해안을 따라가기로 결심했다.

그곳을 떠난 이후로도 나는 식수 때문에 여러 번 뭍에 내려야 했다. 한 번은 아침 일찍 꽤 높은 지대 밑에 닻을 내렸는데, 밀물이 들어오기 시작한 참이라 우리는 배가 더 안쪽으로 밀려들어 가도록 가만히 머물러 있었다. 그때 나보다 더 면밀히 주변을 관찰하던 슈리가 조용히 나를 부르며 해안에서 멀리 떨어지는 게 좋겠다고 말했다. 슈리는 "저기 봐요. 저 작은 언덕 옆에 무서운 맹수가 잠들어 있어요."라고 말했다. 슈리가 가리킨 곳을 쳐다보니 정말로 무서운 맹수가 보였다. 언덕이 자기 몸을 가려 주는 차양이라도 되는 듯 해안가 언덕 아래에 몸집이 거대한 사자가 누워 있었다. 내가 말했다. "슈리, 네가 해안으로 가서 저놈을 죽여." 그러자 슈리는 잔뜩 겁에 질린 얼굴로 대답했다. "내가 죽인다고요! 저놈이 나를 입으로 먹어요." 아마도 사자가 한입에 자기를 먹을 거라는 얘기 같았다. 나는 아이에게 가만히 있으라고만 하면서 더 이상 말을 붙이지 않았다. 나는 머스킷 총에 가까운, 우리가 갖고 있는 가장 큰 총을 꺼내 꽤 많은 양의 화약과 두 발의 산탄 총알을 장전한 뒤에 내려놓았다. 이다음 또 다른 총에는 총알 두 발을 장전해 두었다. 우리에겐 총이 세 정 있었으니 마지막 세 번째 총에는 그보다 작은 총알 다섯 발을 장전했다. 나는 첫 번째 총으로 최선을 다해 그놈의 머리를 겨눴지만, 코 위로 다리를 들어 올린 채 누워 있던 탓에 산탄이 그놈의 무릎 부근에 맞아서 뼈만 부러뜨렸다. 녀석은 처음에는 으르렁거리면서 일어나다가 자기 다리가 부러진 걸 보고 그냥 푹 주저앉더니 다시 세 다리로 일어서서 울부짖었는데, 이제껏 그렇게 끔찍한 소리는 들어 본 적이 없었다. 나는 그놈의 머리를 맞추지 못해서 약간 놀랐지만, 이내 두 번째 총을 집어 들었다. 녀석이 움직이기 시작하는 모습을 보고 다시 총을 쐈고, 이번에는 머리를 제대로 맞췄다. 나는 그놈이 별다른 소리도 못 내고 쓰러지면서 살려고 발버둥치는 모습을 흡족하게 바라보았다. 그 모습에 힘을 얻은 슈리는 자기가 해안가에 다녀오겠다고 했다. 내가 그러라고 하자, 녀석은 물속으로 뛰어들더니 한 손에 총을 들고 다른 한 손으로는 헤엄을 치며 해안가로 다가갔다. 사자 옆으로 가까이 간 슈리는 사자의 귀에 총구를 겨누고 머리에 총을 쏴서 완전히 숨통을 끊어 놓았다.

이놈은 굉장한 사냥감이기는 했지만, 식량은 아니었다. 나는 아무짝에도 소용없는 맹수를 쏘느라 화약과 총알 세 개를 써버린 게 후회스러웠다. 하지만 슈리는 사자의 몸 일부분을 갖겠다고 하면서 보트에 올라타서는 내게 도끼를 달라고 했다. 내가 "뭐 하려고, 슈리?"라고 물었더니, "나 저놈 머리 잘라요."라고 대답했다. 하지만 슈리는 머리를 자르지 못했고 대신 발을 잘라서 가져왔는데, 발 하나도 엄청나게 컸다.

그런데 그 순간 사자 가죽은 어떤 식으로든 우리에게 가치가 있을지 모르겠다는 생각에 나는 가죽을 벗기기로 작정했다. 그렇게 슈리와 함께 사자 가죽을 벗기는 일을 시작했는데, 그 아이가 나보다 훨씬 더 일을 잘 했다. 나는 막상 어떻게 해야 할지 몰랐던 탓이었다. 두 명이서 하는 데도 꼬박 하루가 걸렸지만 결국에 우리는 가죽을 다 벗겼다. 그런 다음 선실 위에 널어놓고 햇빛에 말렸더니 이틀 만에 다 말라서 나중에 바닥에 까는 용도로 사용하게 되었다.

그곳에 머무른 이후 우리는 열흘 내지 열이틀 동안 계속 남쪽을 향해 항해했다. 식량이 크게 줄기 시작해서 우리는 식량을 아주 아껴 먹었다. 그리고 식수 때문인 경우를 제외하고는 뭍에 내리지 않았다. 이렇게 계속 남쪽으로 내려간 이유는 감비아 강이나 세네갈에, 다시 말하면 베르데 곶 근처에 이르기 위해서였는데, 그곳에서는 유럽 배를 만날 수도 있을 거란 기대가 있었다. 만약 그렇게 되지 않으면 나는 어떤 방향으로 가야 할지 알 수가 없었다. 근처 섬을 찾아 나서든지 흑인들 틈에서 죽든지 둘 중 하나였다. 나는 유럽에서 기니 해안이나 브라질, 혹은 동인도 제도로 가는 배들이 베르데 곶이나 카나리아 제도를 거쳐 간다는 사실을 알고 있었다. 한마디로 나는 바로 이 지점에 내 운명을 몽땅 건 셈이었다. 여기서 배를 만나거나 아니면 죽는 수밖에 없었다.

이렇게 작정하고 이미 말한 대로 열흘 정도를 더 내려갔더니, 사람들이 사는 육지가 보이기 시작했다. 항해하면서 지나간 두세 곳에서는 사람들이 해안가에 서서 우리를 쳐다보고 있는 게 보였는데, 그들이 모두 흑인이며 실오라기 하나 걸치지 않았다는 것도 알 수 있었다. 한번은 해안가의 그들에게 가까이 가보고 싶은 생각이 들었다. 하지만 훌륭한 조언자인 슈리가 "가면 안 돼요, 가면 안 돼요."라고 내게 말했다. 그럼에도 내가 그들에게 말을 걸기 위해 해안가로 더 가까이 갔더니 그들이 우리 배를 따라 꽤 오래 해안을 달리는 것을 볼 수 있었다. 그들의 손에는 무기가 없었으며, 단 한 사람만 가늘고 긴 막대기를 들고 있었다. 슈리는 그것이 창이며 겨냥을 잘 하면 상당히 멀리까지 던질 수 있다고 말했다. 그래서 나는 일정한 거리를 유지하면서 그들에게 손짓 발짓으로 말을 건넸고, 특히 먹을거리를 좀 달라는 몸짓을 했다. 그들은 내게 배를 멈추라고 손짓을 하면서 고기를 가져다주겠다고 했다. 우리가 돛 상단을 내리고 정박하자, 이들 중 둘이 뭍 안쪽으로 뛰어 들어갔고 30분도 안 되어 말린 고기 두 덩어리와 곡물을 들고 왔다. 아마 그 지역의 주요 농산물인 듯했지만, 둘 다 무엇인지는 모르는 것들이었다. 이제는 우리가 받고 싶은 저것을 어떻게 받느냐가 문제가 되었다. 나도 위험을 무릅쓰고 그들이 있는 해안까지 가는 게 꺼려졌고, 그들도 똑같이 우리를 두려워하고 있었다. 그런데 그들이 양측 모두를 위해 안전한 방법을 생각해 냈다. 그들은 해안가로 음식물을 가져와서 땅에 내려놓은 뒤 멀리 떨어져서 우리가 그것들을 배에 싣는 모습을 지켜보았다. 그러고 나서야 그들은 다시 우리 가까이로 왔다.

우리는 그들에게 보답할 것이 없어서 그저 고맙다는 몸짓만 했다. 그런데 바로 그 순간 그들에게 멋지게 신세를 갚을 기회가 찾아왔다. 우리가 해안가에 정박해 있는 동안, (우리가 판단하기에는) 마침 거대한 맹수 두 마리가 추격전을 벌이면서 산에서 바다 쪽으로 사납게 달려오고 있었다. 수컷이 암컷을 쫓고 있는 것인지, 두 마리가 장난을 치는 것인지 아니면 화가 난 것인지는 알 길이 없었다. 사실 이런 광경이 흔한 것인지 아니면 별난 일인지도 알 수가 없었다. 하지만 나는 후자라고 생각했다. 왜냐하면 우선 몹시 굶주린 동물들은 밤이 아니면 좀처럼 나타나는 법이 없었고, 두 번째로는 사람들, 특히 여자들이 아주 많이 놀란 모습이었기 때문이었다. 창인지 화살인지를 갖고 있던 남자만 여자들에게서 멀어지지 않았을 뿐 나머지는 모두 도망쳐 버렸다. 그러나 그 두 맹수가 곧바로 물에 뛰어든 것을 보면 그놈들은 흑인들을 습격할 생각이 없는 듯했다. 그 짐승들은 마치 장난을 치러 온 듯 바다에 뛰어들어 헤엄을 쳤다. 마침내 그중 한 녀석이 내가 처음 예상한 것보다 더 가까이 우리 보트 쪽으로 다가오기 시작했다. 하지만 나는 녀석이 오기만을 기다리며 엎드려 있었다. 나는 최대한 신속하게 총을 장전해 놓고 있었고, 슈리에게도 나머지 총 두 개를 장전해 놓으라고 시켰다. 놈이 사정권 안에 들어오자마자 나는 총을 발사했고, 머리를 정통으로 맞췄다. 놈은 즉시 물속으로 가라앉았지만 곧바로 다시 떠올랐다. 이후 녀석은 살기 위해 발버둥이라도 치는 듯 떠올랐다 가라앉기를 반복했다. 녀석은 정말로 안간힘을 써서 해안가로 나아갔지만, 치명상을 입은 데다 물속에서 난리를 친 탓인지 해안가에 다다르기 전에 죽었다.

이 가여운 인간들이 내 총소리와 총에서 나오는 불빛에 깜짝 놀란 모습은 표현하기 힘들 정도였다. 그들 중 몇몇은 두려움으로 인해 금방 숨이 넘어갈 것 같았고, 공포심을 못 이기고 죽은 사람처럼 쓰러진 이들도 있었다. 하지만 그들은 맹수가 죽어서 물속에 가라앉는 모습과 내가 그들에게 해안으로 오라고 손짓하는 모습을 보고는, 용기를 내어 이쪽으로 다가와 맹수를 찾기 시작했다. 나는 물에 비친 피를 보고 그놈을 찾아낸 다음, 녀석의 몸에 밧줄을 건 뒤 그들에게 끌어당기라고 다른 쪽 밧줄을 건네주었다. 그들은 해안가까지 그놈을 끌어당겼고, 그것이 아주 기이하게 생긴 표범임을 깨달았다. 그놈의 얼룩은 감탄이 절로 나올 정도로 멋졌다. 그들은 내가 맹수를 죽인 도구가 무엇인지 궁금해하면서 두 손을 들어 감탄했다.

남은 또 한 마리 맹수는 총소리와 불빛에 놀라 겁을 먹고 헤엄쳐서 해안으로 도망치더니 곧장 자신들이 온 산으로 달아나 버렸다. 멀리 떨어진 탓에 어떤 짐승인지 알 수도 없었다. 나는 흑인 원주민들이 이 맹수의 고기를 먹고 싶어 한다는 것을 즉시 알아차렸다. 그래서 나는 그들에게 그것을 기꺼이 선물로 줄 생각이었다. 내가 그들에게 죽은 맹수를 가져가도 된다고 손짓하자, 그들은 아주 고마워하면서 지체 없이 손질을 시작했다. 그들은 칼을 갖고 있지 않았지만, 예리한 나뭇조각으로 우리가 칼로 하는 것보다 훨씬 더 쉽게 손질하기 시작했다. 그들이 내게 살코기를 조금 권했지만 나는 다 가지라는 몸짓을 하면서 거절했다. 대신 가죽은 갖고 싶다고 표시하자, 그들은 아주 흔쾌히 맹수의 가죽과 식량까지 한아름 안겨 주었다. 나는 그게 무엇인지는 알 수 없었지만 일단 받았다. 그리고 그들에게 물이 필요하다는 몸짓을 하면서 항아리 하나를 꺼내 와서 거꾸로 들고 텅 비었음을 보여 주며 항아리를 채우고 싶다는 의사를 표시했고, 그들은 곧바로 동료들에게 소리를 질렀다. 곧 여자 두 명이 흙으로 만들어 햇볕에 구운 듯 보이는 큰 용기를 들고 나왔다. 그들은 앞서처럼 나를 위해 용기를 땅에 내려놓았다. 나는 슈리에게 항아리를 들려 해안가로 보냈고 세 항아리 모두를 채우게 했다. 그 여자들도 남자들처럼 홀딱 벗고 있었다.

이렇게 해서 변변치는 않지만 뿌리채소류와 곡물에다 물까지 얻은 나는 그 친절한 흑인 원주민들을 뒤로하고 다시 항해에 나섰다. 나는 해안에 가까이 가지 않으면서 11일 정도를 계속 나아갔다. 그러던 중에 육지가 바다 쪽으로 길게 삐져나온 모습이 눈에 들어왔는데, 내가 있는 곳에서 대략 4~5리그 앞이었다. 바다가 아주 잔잔했기 때문에 나는 뭍과 거리를 유지하면서 그 곳을 향해 갔다. 육지에서 2리그 정도 되는 거리를 두고 그 곳을 돌다가 마침내 반대편 육지도 바다 쪽으로 향해 있는 모습을 발견했다. 그때 나는 이곳이 베르데 곶이며 그 육지들은 그 무렵부터 베르데 곶 제도라 불린 섬이라고 결론지었다. 실제로도 그런 게 분명했다. 그러나 섬들과의 거리는 여전히 너무 멀었고, 내가 어떻게 하는 것이 최선인지 알 수도 없었다. 만약 바람의 방향이 달라지면, 어떤 섬에도 도달하지 못할 수 있기 때문이었다.

이런 어려운 상황에 빠진 나는 골똘히 생각에 잠겨 선실로 들어갔다. 슈리에게 키를 맡기고는 바닥에 앉아 있는데 갑자기 슈리가 "주인님, 주인님, 돛을 단 배요!"라고 큰 소리로 외쳤다. 이 어리석은 아이는 예전 주인이 배를 타고 우리를 잡으러 온 줄 알고 겁을 잔뜩 집어먹은 상태였다. 하지만 나는 우리가 그들의 추격을 벗어날 정도로 멀리 왔음을 알고 있었다. 선실에서 뛰어나오자마자 나는 배를 목격했을 뿐 아니라 그 배의 정체도 알 수 있었다. 아마도 흑인 노예를 사러 기니 해안으로 가고 있는 포르투갈 배인 것 같았다. 그러나 그 배의 항로를 지켜보니 그들이 다른 곳으로 가고 있으며 해안으로 더 가까이 올 생각이 없다는 확신이 들었다. 그 순간 나는 어떻게든 그들에게 말을 걸어 볼 심산으로 최대한 돛을 올리고 바다 쪽으로 나아갔다.

돛을 모두 올리고 속도를 냈지만, 그들에게 가까이 가기란 불가능하며 어떤 신호를 보내기도 전에 그들이 지나쳐갈 거라는 생각이 들었다. 내가 있는 힘껏 속력을 올리다가 절망에 빠지려던 순간, 아마도 그들은 망원경의 도움으로 나를 본 것 같았다. 그들은 우리가 난파된 본선에 속한 유럽인의 배라고 생각한 모양이었다. 그들은 우리 보트가 따라올 수 있도록 배의 속력을 줄여 주었다. 이에 용기를 얻은 나는 가지고 있던 주인의 깃발을 펄럭이며 조난 신호를 보냈고 총까지 쐈다. 그들은 깃발과 연기는 모두 봤지만, 나중에 들은 얘기로 총소리는 못 들었다고 했다. 이 신호에 그들은 정말로 친절하게도 배를 멈추고 나를 기다려 주었다. 결국 세 시간여 만에 나는 그들을 따라잡을 수 있었다.

그들은 포르투갈어, 스페인어, 프랑스어를 써가며 나에게 누구냐고 물었지만, 나는 하나도 알아듣지 못했다. 그러다가 마침내 배에 타고 있던 스코틀랜드 출신 선원 하나가 내게 물었고, 나는 그에게 대답했다. 나는 그에게 내가 영국인이며 살레의 무어인들에게 노예로 잡혀 있다가 탈출해 왔다고 했다. 그들은 나를 배에 태웠고, 아주 친절하게 나를 맞아 주며 물건들까지도 모두 옮겨 싣게 해주었다.

끔찍할 정도로 비참하고 가망 없는 상황에서 이렇게 구조되고 보니, 그 기쁨은 말할 수 없을 정도로 컸다. 아마 누구라도 그렇게 생각할 것이다. 나는 곧바로 나를 구해 준 보답으로 그 배의 선장에게 내가 가진 모든 것을 주었다. 그러나 너그럽게도 그는 아무것도 받지 않겠다고 하면서 오히려 브라질에 도착하면 내 물건을 모두 안전하게 넘겨주겠다고 했다. 그는 내게 이렇게 말했다. "내가 그대를 구한 것은 다른 이유 때문이 아니라 내 자신도 그렇게 구조를 받으면 기뻤을 것이라는 생각 때문이었소. 언젠가 나도 그런 상황에서 구조될 운명을 맞이할지 모르잖소. 게다가 내가 당신을 모국에서 아주 멀리 떨어진 브라질로 데려가 놓고 당신이 가진 것을 모두 차지한다면, 당신은 거기서 굶어 죽고 말 것이오. 그건 내가 살린 목숨을 다시 뺏는 것이나 마찬가지라오. 절대로 안 될 말이지요. 이봐요, 영국인 선생. 내가 당신을 공짜로 그곳까지 데려다주겠소. 그 물건들은 거기서 지낼 때 필요한 물건들을 사고 고향으로 다시 돌아가는 뱃삯에 도움이 될 것이오."

그분은 너그럽게 제안했을 때처럼 실행할 때도 정말 사소한 부분까지 정의로웠다. 그는 선원들에게 누구든 내 물건에 손을 대면 안 된다고 했다. 그리고 내 물건을 모두 맡은 뒤에 흙으로 만든 항아리 세 개까지 빠짐없이 적은 정확한 목록을 만들어 내게 건네주었다.

보트에 대해 말하자면, 그것은 아주 훌륭했다. 선장도 그 사실을 알고 자기 배에서 쓸 용도로 내 보트를 사겠다고 말했다. 그는 내게 얼마를 받겠냐고 물었다. 나는 그가 모든 면에서 후한 대접을 해주었는데 어떻게 보트 가격을 매길 수 있겠냐고, 그냥 전적으로 그에게 맡기겠다고 했다. 이 말을 들은 그는 내게 브라질에 가면 80에이트[19]를 주겠다는 지불 각서를 써주겠으며, 브라질에서 그보다 더 많은 액수를 주겠다는 사람이 나타나면 그만큼을 더 주겠다고 했다. 그리고 그는 내가 데리고 있는 슈리의 몸값으로 60에이트를 지불하려 했는데, 나는 그 제안을 받아들이기

---

19) Piece of Eight. 옛 스페인 은화의 단위를 말한다.

가 싫었다. 선장이 슈리를 갖는 게 내키지 않아서가 아니라 내가 자유를 되찾기까지 너무나도 충실하게 나를 도와준 그 불쌍한 아이의 자유를 파는 게 정말 싫었기 때문이었다. 그러나 내가 그 이유를 설명하자 그는 충분히 그럴 수 있다고 인정하고는 이런 타협안을 제시했다. 슈리가 기독교로 개종하면 10년 뒤에 자유의 몸이 된다는 계약서를 써주겠다는 것이었다. 슈리가 기꺼이 선장에게 가겠다고 해서 나는 선장에게 그 아이를 넘겼다.

우리는 브라질까지 아주 순탄하게 항해했고, 22여 일 만에 올 세인츠 만이라고도 불리는 토도스 로스산토스 만에 도착했다. 이렇게 나는 인간에게 닥칠 수 있는 가장 비참한 상황으로부터 다시 한 번 구출되었다. 그리고 이제부터 무엇을 하고 살아갈지를 생각해야 했다.

선장이 베푼 너그러운 대접은 모두 다 기억하려 해도 그럴 수가 없다. 그는 뱃삯을 받지 않았고, 내 보트에 있던 표범 가죽에는 20더컷[20]을, 사자 가죽에는 40더컷을 지불했다. 또한 그는 내가 갖고 있던 모든 물건을 정확히 돌려주었을 뿐 아니라 내가 팔려고 하는 물건들, 예를 들면 술병 상자, 총 두 정, 양초를 만들고 남은 밀랍 덩어리도 구입해 주었다. 아무튼 나는 내 모든 물건을 처분하여 2백20에이트를 마련했고, 이 돈을 갖고 브라질에 상륙한 것이다.

브라질에 간 지 얼마 되지 않아 나는 선장만큼이나 착하고 정직한 사람의 집을 소개받았다. 브라질 말로 '인제니오'라는 농장과 제당 공장을 소유한 사람이었다. 나는 한동안 그 사람과 함께 지내면서 사탕수수를 재배하는 법과 설탕을 만드는 방법을 배우고 익혔다. 그리고 농장 주인

---

20) Ducats. 과거 유럽 여러 국가들에서 사용된 금화를 말한다.

들이 정말로 잘살고 단기간에 부자가 되는 모습을 보면서 나도 여기에 정착해도 좋다는 허가를 받을 수만 있다면 이들 사이에서 농장을 운영해 보겠다고 결심했다. 그사이에 나는 런던에 남겨 둔 돈을 송금받을 방법을 찾아봐야겠다고 생각했다. 이런 목적에서 나는 일종의 귀화 증서를 받자마자 아직 경작되지 않은 땅을 가능한 많이 사들였다. 그리고 영국에서 송금받게 될 돈에 맞춰 농장을 운영하고 정착할 계획을 세웠다.

마침 이웃 중에는 리스본 출신의 포르투갈인이 살고 있었다. 부모님은 영국인이고 이름은 웰스였는데, 그도 나와 비슷한 처지였다. 내가 그를 이웃이라고 한 이유는 그의 농장이 내 농장 바로 옆에 있었고 서로 아주 친하게 지냈기 때문이었다. 나나 그 친구나 가진 밑천이 꽤나 적었는데, 우리는 대략 2년 동안 먹고살 식량을 얻기 위해 농사를 지었다. 하지만 우리는 점차 재산을 늘려 나갔고 농장도 자리를 잡기 시작했다. 그래서 3년째 되는 해에는 담배를 좀 재배했고, 다음 해에 사탕수수를 키울 작정으로 각자 꽤 넓은 땅을 준비해 두었다. 그러나 우리 둘 다 일손이 부족한 게 문제였는데, 그때만큼 슈리와 헤어진 일이 잘못되었다고 뼈저리게 느낀 적이 없었다.

아아! 그러나 절대로 옳은 일은 하지 않고 늘 그른 일만 하는 나로서는 크게 놀랄 일도 아니었다. 하지만 그냥 계속 그렇게 사는 것 외에는 별다른 대책이 없었다. 이제 나는 내 재능과 완전히 동떨어지고 좋아하는 삶과는 정반대인 일을 하게 된 셈이었다. 내가 이런 일을 하기 위해 아버지의 집을 버리고 아버지의 모든 선한 충고를 저버렸다니. 아니 어쩌면 나는 아버지가 전에 권해 준 바로 그 중간 계층 내지는 서민 중에서 상류 계층으로 살게 된 것이나 다름없었다. 사실 처음부터 그렇게 살기로 결심했다면 그냥 아버지 집에 머물러 있었어도 상관없었을 것이고, 그랬다면 이때까지 세상에서 겪은 고초로 인해 피곤할 일도 없었을 것이다. 나는 내 자신에게 이런 말을 자주 했다. "그냥 영국에서 친구들과 지내도 이렇게 살아갈 수 있는데, 굳이 고향에서 5천 마일이나 떨어진 이 황무지까지 와서 나에 대해 조금이라도 알고 있는 세상으로부터 어떤 소식도 듣지 못한 채 이방인과 야만인들에 둘러싸여 살고 있다니."

이처럼 나는 극도로 후회하는 심정으로 내 처지를 비관했다. 앞서 말한 이웃 말고는 대화를 나눌 사람도 없었고, 내 손으로 직접 하지 않는 한 어떤 일도 해낼 수가 없었다. 나는 "이건 나 말고는 아무도 살지 않는 황량한 무인도에 표류하여 사는 삶이나 다를 게 없어."라고 말하곤 했다. 하지만 하나님은 사람들이 자신의 현재 처지를 그보다 더 나쁜 처지와 비교할 때면 그 두 처지를 바꾸라고 말하며 과거에 얼마나 행복하게 살았는지를 경험으로 깨닫게 하시니, 이 얼마나 정당한 처사이며 모두가 숙고해야 하는 처사란 말인가. 다시 말하면, 내가 깊이 생각한 황량한 섬에서의 고독한 삶이 바로 내 운명이 된 일은 정당한 처분이라는 것이다. 그곳에서 계속 그 상태로 살았으면 십중팔구 엄청나게 부자가 되고 번창했을 삶을 그 고독한 삶과 그리 자주 부당하게 비교한 사람이 바로 나였으니 말이다.

농장을 계속 운영해 보겠다는 계획이 어느 정도 자리를 잡아 가던 무렵, 바다에서 나를 구해 준 친절한 선장이 돌아왔다. 배에서 짐을 내리고 항해를 석 달 정도 준비하느라 배가 그곳에 머물게 되었기 때문이었는데, 그에게 런던에 남겨 둔 얼마 안 되는 재산 얘기를 꺼내자 그는 다음과 같은 진심 어린 친절한 조언을 건네주었다. 그는 늘 나를 부르는 호칭인 "영국인 선생."으로 이야기를 시작했다. "내게 편지와 제대로 된 위임장을 써주시오. 당신 돈을 맡고 있는 런던의 그분에게 당신 돈을 리스본에 사는, 내가 알려 주는 사람에게 보내서 이 나라에 적합한 물건들로 바꿔 달라는 주문장과 함께 말이오. 하나님의 뜻이라면, 내가 돌아올 때 그 물건들을 당신에게 가져다줄 수 있을 것이오. 그러나 인간의 일은 변하고 재앙을 겪기 마련이니 당신이 갖고 있는 재산의 절반인 1백 파운드어치만 물건을 사달라고 하시오. 우선 운을 시험해 봅시다. 그래서 아무 일이 없다면, 똑같은 방식으로 나머지를 주문하면 될 것이오. 혹시나 실패하더라도 남은 돈이 있으니 다시 물건을 주문할 수 있을 겁니다."

너무나도 신중하고 친절한 조언이어서 나는 그것이야말로 내가 선택할 수 있는 방법들 중 최선이라고 확신하지 않을 수 없었다. 그래서 나는 그의 말대로 돈을 맡겨 놓은 영국 선장의 미망인에게 보낼 편지와 포르투갈 선장이 원하는 위임장을 준비했다.

나는 영국 선장의 미망인에게 나의 모험과 노예 생활, 탈출 과정, 바다에서 포르투갈 선장을 만난 과정, 그가 보여 준 인간적인 행동 등에 대해 빠짐없이 설명했다. 그리고 지금 내가 처한 형편이 어떤지, 어떤 물건이 필요한지까지도 함께 적었다. 리스본에 도착한 정직한 포르투갈 선장은 영국인 상인들을 통해 물품 주문장과 함께 내 소식을 자세히 적은 편지를 런던의 한 상인에게 보낼 방법을 찾았고, 다시 그 상인이 미망인에게 내 소식을 제대로 전해 주었다. 부인은 내 돈을 전달해 주었을 뿐 아니라 나에게 그토록 인간적인 대접을 베푼 포르투갈 선장에게 감사의 표시로 자기 주머니까지 털어 후한 선물을 보냈다.

런던의 상인은 그 1백 파운드를 선장이 지시한 영국 물품들로 바꾸었고, 곧바로 그것들을 리스본에 있는 선장에게 보냈다. 선장은 그 물품들 전부를 브라질까지 안전하게 가져왔다. 물품들 중에는 내가 지시하지 않았는데도(내가 사업에 아직 미숙해서 생각하지도 못했던 것들이다.) 그가 농장 운영에 필요하다고 생각해서 챙겨 준 여러 연장과 철제 물품, 장비들이 포함되어 있었는데, 모두 내게 큰 쓸모가 있었다.

이 물품들이 도착했을 때, 나는 내게 행운이 찾아왔다고 생각했다. 그만큼 그 일이 성사된 게 기뻤기 때문이었다. 나의 훌륭한 관리인인 선장은 미망인에게서 선물 받은 5파운드로 6년 동안 일할 하인을 한 명 사서 데려왔고, 내가 아무리 감사의 표시라고 하는데도 약간의 담배 외에는 어떤 것도 받으려 하지 않았다. 담배도 내가 직접 재배한 것이기 때문에 받았다.

하지만 이게 다가 아니었다. 내 물품들은 모두 영국에서 만든 것들로 옷감, 직물, 베이즈 천같이 이 나라에서 특히나 값이 나가고 탐내 하는 물건들이었다. 나는 꽤 큰 이익을 남기면서 그것들을 팔 수 있는 방법을 찾아냈다. 마침내 나는 처음 물건 값의 네 배가 넘는 돈을 손에 쥐었고, 이제는 내 불쌍한 이웃보다 한없이, 다른 말로 하면 농장을 키우는 데 있어서 훨씬 앞서갈 수 있었다. 그렇게 돈을 벌어서 내가 처음 한 일은 흑인 노예와 유럽인 하인을 산 것인데, 선장이 리스본에서 사다 준 하인 말고 두 명을 더 하인으로 두게 된 것이었다.

그러나 번영을 지나치게 남용하면 종종 최대의 역경을 일으키는 원인이 되는 법이니, 내가 바로 그랬다. 나는 이듬해에 농장 운영에서 큰 성공을 거두었다. 내 농장 부지에서 대형 담배 뭉치를 50개 넘게 재배했는데, 이는 생필품을 얻으려고 이웃들에게 처분한 것보다 더 많은 양이었다. 이것들은 각각 1백 웨이트[21]가 넘게 나갔고, 리스본에서 선단(船團)이 돌아올 때에 맞춰 잘 처리하여 비축해 두었다. 그런데 이렇게 사업이

---

21) weight. 1웨이트는 약 50킬로그램에 해당한다.

번창하고 재산도 불어 가자, 머릿속은 내가 감당할 수 없는 사업 계획과 일들로 꽉 차기 시작했다. 실제로 사업의 귀재들도 망하게 하는 그런 계획들 말이다.

내가 그 당시의 처지에 계속 머물렀다면, 모든 행복한 일들이 다가올 여지가 있었을 것이다. 아버지께서는 그런 이유로 평온하고 한적한 삶을 그토록 진지하게 권하고 중간 계층의 삶을 살면 행복한 일들이 무궁무진하다고 그리도 현명하게 설명하셨던 것이다. 그러나 내게는 다른 일들이 기다리고 있었다. 그리고 나는 여전히 내 모든 불행을 자초하는 고집 센 장본인이었다. 특히 내 잘못을 키워 놓아서 나중에 슬픔에 빠지고 한가로이 내 자신에 대해 반성할 거리를 두 배로 늘려 놓는 그런 사람이었다. 이 모든 실수는 외국으로 떠돌아다니고 싶어 하는 어리석은 성향에 고집스럽게 집착하면서 그 성향에 따라 행동한 결과물이었다. 이는 타고난 본성과 하나님의 섭리가 내게 똑같이 제시한 길이자 나의 의무로 삼으라 한 인생 전망과 삶의 방식을 올바르고 소박하게 추구하기만 하면, 분명 내게 이익이 될 것이라는 견해에 정면으로 충돌하는 것이다.

부모님 집에서 도망칠 때 그랬던 것처럼 나는 이번에도 만족할 줄을 몰랐다. 나는 새 농장에서 부유하고 성공한 사업가로 살겠다는 행복한 전망을 버리고 사물의 이치가 인정하는 것보다 더 빠르게 성공하고 싶은 경솔하고 무절제한 욕망을 쫓았을 뿐이었다. 그리하여 나는 어떤 인간도 빠진 적 없고 아마도 이 세상에서 건강한 삶을 유지하는 일과는 절대로 조화될 수 없는 깊은 불행 속으로 내 자신을 던져 버리고 말았다.

그래서 지금부터 내 이야기의 구체적인 사실들을 바른 순서대로 말하겠다. 독자들도 짐작하겠지만 나는 브라질에서 거의 4년 동안 살고 있었고 농장을 기반으로 꽤 번창하고 성공적인 삶을 살기 시작했다. 나는 그

나라 말을 배웠을 뿐 아니라, 이웃 농장주들은 물론 그 지역 항구인 산살바도르 상인들과도 알고 지내면서 친분을 쌓았다. 그리고 그들과 이런저런 이야기를 나누는 중에 기니 해안에 다녀온 두 번의 항해에 대해 자주 언급했다. 거기서 어떤 식으로 흑인들과 교역을 했는지, 해안에서 구슬, 장난감, 칼, 가위, 도끼, 유리 제품 같은 잡동사니를 팔고 사금이나 기니의 곡물, 상아는 물론 브라질에서 부릴 수 있는 다수의 흑인 노예를 사는 게 얼마나 쉬운지 이야기했다.

그들은 이런 주제로 이야기할 때면 아주 주의 깊게 들었다. 특히 흑인 노예를 사는 문제와 관련된 부분에 관심을 보였는데, 사실 당시에 노예 무역은 그렇게까지 활발하게 이루어지지 않은 데다가 스페인과 포르투갈 왕의 허가를 얻어야만 가능한 독점 사업이기 때문이었다. 따라서 흑인 노예는 극소수만 들여올 수 있었고 그 값도 엄청나게 비쌌다.

그러던 어느 날, 우연히 알고 지내는 몇몇 상인 및 농장주들과 그와 관련된 얘기를 아주 진지하게 나눈 일이 있었다. 그런데 다음 날 그들 중 세 사람이 나를 찾아와 전날 밤에 내가 그들에게 한 이야기를 진지하게 심사숙고했다고 하면서 내게 비밀스러운 제안을 하겠다고 했다. 그들은 비밀을 지킬 것을 요구하더니 자신들이 기니로 갈 선박을 마련하려 한다고 했다. 그들도 나와 마찬가지로 농장을 갖고 있는 사람들이며 부족한 노예 때문에 크게 곤란을 겪고 있는 처지인데, 노예를 브라질에 데려오더라도 공식적으로 매매할 수가 없으니 딱 한 번만 그곳 해안에 가서 몰래 흑인 노예를 데려온 다음 나눠서 각자 농장에서 부리자는 얘기였다. 결론적으로, 그들은 내게 기니 해안에서 노예 교역을 맡아 줄 화물 관리인으로 가주지 않겠냐고 물었다. 대신 그들은 내가 한 푼도 내지 않더라도 내 몫의 흑인 노예를 나눠 주겠다고 제안했다.

정착할 곳과 돌봐야 할 농장이 없는 사람, 그것도 아주 상당한 규모로 번창할 테고 넉넉한 자산도 딸린 농장을 소유하지 않은 사람에게 한 제안이었다면, 사실 제법 괜찮은 제안이라 할 수 있었다. 그러나 나는 이미 농장 사업에 진출하여 기반을 잡아 놓은 데다가 농장을 막 시작했을 때와 같이 3~4년은 더 열심히 일해야 했다. 게다가 영국에서 나머지 1백 파운드까지 송금받게 되면, 그때쯤엔 약간만 재산이 늘어도 3천~4천 파운드의 자산가가 넉넉히 되고도 남을 것이었다. 또한 그 돈은 계속 불어날 것이라, 그런 항해를 생각한다는 것은 나 같은 상황에 처한 사람으로서는 도저히 저지를 수 없는 터무니없는 짓이었다.

하지만 나는 스스로를 파멸시킬 팔자라, 아버지의 선한 충고를 무시하면서 나의 첫 방랑 계획을 억누르지 못했던 것처럼 그 제안에 버티지 못했다. 요컨대 나는 그들에게 기꺼이 가겠다고 말했는데, 단 그들이 내가 없는 동안 농장을 돌봐 주는 일을 맡고 내가 잘못되면 지시하는 대로 농장을 처분해 준다는 조건을 달았다. 그들은 모두 그러겠다고 약속했고 그것을 계약서 형태로 정리하여 날인했다. 나는 정식으로 유서도 작성했다. 내가 죽을 경우 전에 내 생명을 구해 준 배의 선장이 포괄적 상속인이 되어 내 농장과 재산을 처분한다는 내용이었다. 그는 내가 유언장에서 지시한 대로 내 재산을 처분하면서 농장에서 나온 생산물의 절반을 갖고 나머지 절반은 영국으로 보내야 했다.

한마디로 나는 내 재산을 지키고 농장을 유지하기 위해 최대한 주의를 기울였다. 하지만 만약 내가 내 이익을 살피고 내가 해야 할 일과 하지 말아야 할 일을 판단하는 데 그 절반만큼이라도 신중했더라면, 분명 내가 전도유망한 미래를 외면한 채 성공하던 사업을 두고 떠난다거나 온갖 흔해 빠진 위험이 수반된 항해를 나서는 일은 없었을 것이다. 물론 내 자신에게 닥칠 특별한 불운을 예상할 근거들이 있었다는 사실은 말할 것도 없었다.

그러나 나는 무언가에 쫓기는 사람처럼 이성보다는 헛된 망상의 명령을 맹목적으로 따랐다. 배에 모든 장비가 갖춰지고 화물이 실리고 이 항해의 동업자들이 계약서대로 모든 일을 끝마치고, 나는 그 불길한 시간인 1659년 9월 1일에 배에 올랐다. 이날은 내가 헐에서 부모님의 권위에 반항하고 내 이익에 반하는 바보 같은 짓을 하려고 부모님을 떠난 8년 전 그날과 같은 날이었다.

우리 배는 화물 적재 용량이 1백20톤 정도였고, 여섯 문의 포를 싣고 있었다. 선장과 선장의 수종(隨從), 나 외에 선원은 열네 명이었다. 우리는 흑인들과의 교역에 적합한 구슬, 유리, 조개껍데기, 장난감, 특히 작은 거울과 칼, 가위, 손도끼 같은 잡동사니를 실었을 뿐 대형 화물은 싣지 않았다.

배에 오른 바로 그날 출항한 우리는 우리 쪽 해안을 따라 올라가면서도 일정 거리를 유지하며 북쪽으로 향했다. 북위 10도나 12도쯤에 도달하면 아프리카 해안 쪽으로 쭉 나가려는 계획이었는데, 그 시절에는 다들 그런 항해 방식을 이용한 것 같다. 우리 쪽 해안을 따라 산아우구스티누 곶에 이를 때까지는 지독하게 더운 것만 빼면 날씨가 무척 좋았다. 우리가 그곳으로부터 바다 쪽으로 점점 더 나아가니 더 이상 우리 시야에서 육지가 보이지 않았다. 우리는 페르난두데누로냐 제도를 향해 가는 것처럼 방향을 북북동으로 잡고 그 섬들을 동쪽에 끼고 항해해 나갔다. 이 항로로 12일 정도를 가다 보니 적도를 통과했다. 마지막 관측에 의하면 우리는 북위 7도 22분에 위치해 있었는데, 그때 토네이도인지 허리케인인지 예상치 못했던 맹렬한 폭풍이 불어오기 시작했다. 폭풍은 남동쪽에서 불기 시작하여 북서쪽으로 가더니 다시 북동쪽에 머물렀는데, 그때부터 어찌나 끔찍하게 불던지 12일 내내 우리는 아무것도 하지 못하고 그저 폭풍에 떠밀려 갈 수밖에 없었다. 운명과 그 사나운 바람의 지시에 우리의 행방을 내맡길 뿐이었다. 사실 말할 필요도 없는 이야기지만, 그 12일 동안 나는 날마다 바다가 우리를 삼켜 버릴 것이라고 생각했고 배에 타고 있던 어느 누구도 목숨을 건지리라는 기대를 가질 수 없었다.

이런 고통 속에서 폭풍에 대한 공포에 사로잡힌 것도 모자라 선원 한 명이 열대성 열병으로 목숨을 잃고 또 다른 선원과 수종이 파도에 휩쓸려 바다에 빠져 죽는 사고까지 발생했다. 12일쯤 되던 날, 날씨가 약간 진정되는 듯했다. 선장이 최선을 다해 관측한 결과, 배가 있는 곳이 북위 11도 근처라는 사실을 알아냈다. 경도상으로는 산아우구스티누 곶에서 서쪽으로 22도나 벗어나 있었다. 그는 배가 기니 해안 혹은 흔히 거대한 강이라 부르는 오리노코 강, 즉 아마존 강 너머의 브라질 북부 지역을 향하고 있음을 깨닫고서 어떤 항로를 택할지 나와 상의하기 시작했다. 배에 물이 샜고 많이 파손된 상태였기 때문에 그는 브라질 해안으로 곧장 되돌아가려고 했다.

나는 그의 의견에 단호히 반대했다. 아메리카 대륙의 해안 지도들을 살펴본 우리는 카리브 해 제도 부근에 들어설 때까지는 사람 사는 데로 배를 피할 곳이 없다는 결론을 내렸다. 그래서 일단 바베이도스 섬을 향해 계속 항해해 가기로 결정했다. 멕시코 만이나 멕시코 해협으로 배가 끌려 들어가지 않도록 먼 바다로 다닌다면 15일 정도면 쉽게 그곳에 도착할 수 있을 거라 기대했다. 실은 우리 배도 그렇고 우리도 그렇고 누군가의 도움 없이는 아프리카 해안까지 도저히 항해해 갈 수 없었다.

이런 계획하에 우리는 어떻게든 영국령(領) 섬에 도달하려고 항로를 서북서쪽으로 변경하여 나아갔다. 그곳에 가면 도움을 받을 수 있을 거란 희망을 품었건만, 우리의 항해는 그와는 다르게 결론 나고 말았다. 위도 12도 18분 위치에서 두 번째 폭풍이 불어닥쳤기 때문이다. 이번에도 폭풍은 여지없이 우리 배를 서쪽으로 맹렬히 몰아갔고 모든 인간의 교역 항로에서 멀어지게 만들어 놓았다. 그리하여 우리는 이제 바다에서 모두 목숨을 구한다고 해도 우리나라로 돌아가지도 못하고 야만인들에게 잡아먹힐 위험에 처할 판이었다.

이런 고통스러운 상황에서도 여전히 바람은 아주 거칠게 불어 댔는데, 어느 이른 아침에 선원 한 명이 "육지다!"라고 크게 외쳤다. 드디어 우리가 지금 이 세상 어디에 있는지 알 수 있으리라는 희망에 부풀어 모두들 선실에서 뛰쳐나온 그 순간, 배가 모래톱에 부딪쳤다. 그러자 순식간에 배가 멈춰 버리면서 어마어마한 파도가 우리를 덮쳤는데, 우리는 그 즉시 모두가 휩쓸려 사라지는 줄만 알았다. 우리는 물보라와 물거품을 피하기 위해 곧바로 비좁은 숙소로 몰려갔다.

이런 상황을 겪어 본 적이 없는 사람이라면 그런 처지에 놓인 사람들이 얼마나 깜짝 놀랐을지 설명하거나 상상하기는 쉽지 않을 것이다. 우리는 우리의 위치가 어디인지, 어느 땅까지 밀려온 것인지, 이곳이 섬인지 육지인지, 사람이 사는지 아닌지도 몰랐다. 그리고 처음보다는 잦아들었다고 해도 여전히 바람이 거셌기 때문에 어떤 기적이 일어나 곧바로 바람의 방향이 바뀌지 않는 한 배가 산산조각이 나지 않고 몇 분이라도 더 버텨 줄 거라고 기대조차 할 수 없었다. 한마디로 우리는 서로를 쳐다보고 앉아서 매순간 죽음을 기다리고 있는 상황이었다. 모두들 내세를 준비하듯 행동하고 있었는데, 이런 상황에서는 할 수 있는 일이 거의 또는 전혀 없기 때문이었다. 그나마 당장 위안이 되는 일, 사실 유일한 위안거리였던 일은 우리의 예상과는 달리 배가 아직 부서지지 않았다는 것과 선장이 바람이 약해지기 시작했다고 말한 것이었다.

바람이 약간 잦아들었다는 생각은 들었지만, 여전히 배가 모래톱에 너무 깊게 걸려 있어서 빠져나갈 수 있다는 기대는 할 수 없었다. 우리는 진정 끔찍한 상황에 처해 있었기에 최선을 다해 목숨을 구해야겠다는 생각만 했다. 폭풍이 닥치기 전까지는 고물에 보트가 한 척 달려 있었다. 하지만 처음 거세게 바람이 불 때, 배의 방향키에 부딪쳐 곧바로 부서져 바다로 가라앉았다가 멀리 떠밀려 가버리고 말았기 때문에 보트에 대한 희망은 접을 수밖에 없었다. 그리고 배에 다른 보트가 하나 더 있었지만, 그것을 바다로 내릴 수 있는지가 의심스러웠다. 하지만 이런 문제로 논쟁을 벌일 겨를이 조금도 없었다. 모두들 매 순간 배가 산산조각이 날 것이라고 예상했고, 몇몇은 이미 배가 부서지기 시작했다고 말했기 때문이었다.

이 고통스러운 상황에서 항해사가 나머지 선원들과 힘을 합쳐 보트를 들어서 배의 옆쪽으로 넘긴 뒤 밧줄에 매달아 놓았다. 모두가 보트에 옮겨 타자, 그는 밧줄을 풀어 보트를 바다에 띄웠다. 총 열한 명이었던 우리는 하나님의 자비심과 거친 바다에 우리 자신을 내맡겼다. 폭풍이 상당히 잦아들었지만, 파도는 여전히 무시무시할 정도로 높게 해안을 덮치고 있었기 때문이다. 네덜란드인들이 폭풍우에 휩싸인 바다를 부르는 대로 '광란의 바다' 그 자체였다.

당시의 상황은 말 그대로 아주 암울했다. 파도가 너무 높아 보트가 버티지 못할 테고 결국 우리 모두 물에 빠져 죽을 운명이라는 것이 불 보듯 뻔해 보였다. 돛을 펴는 문제에 대해 말하면, 일단 돛이 없었을 뿐 아니라 설혹 있다 해도 그것으로 아무것도 할 수 없는 상황이었다. 우리는 육지 쪽으로 열심히 노를 저었는데, 마치 처형장에 끌려가는 사람들처럼 참담하기가 그지없었다. 보트가 해안에 가까이 가면 갈수록, 부서지는 파도에 충돌하여 산산조각이 나리라는 것을 모두들 알고 있었기 때문이었다. 그러나 우리는 우리의 영혼을 가장 진심 어린 태도로 하나님께 맡겼다. 파도가 우리를 해안 쪽으로 몰아가고 있는 상황에서 우리 손으로 최선을 다해 뭍으로 다가가고 있었으니, 이는 스스로 파멸을 재촉하는 셈이었다.

그 해안이 어떤 곳인지, 바위인지 모래톱인지, 가파른 절벽인지 얕은 여울인지 도무지 알 수가 없었다. 우리가 조금이라도 합리적이라며 기대를 걸어 볼 만했던 유일한 희망은, 혹시나 어떤 만이나 강어귀에 닿게 된다면 정말 운 좋게도 우리가 보트를 그쪽으로 저어 가서 바람이 없는 육지 쪽으로 들어갈 수 있을 것이고 그렇게 되면 잔잔한 물결을 만날 수도 있겠다는 생각이었다. 그러나 만이나 강어귀같이 보이는 지형이 전혀 없었다. 도리어 해변에 가까이 다가갈수록 육지가 바다보다 더 무시무시해 보였다.

사실 밀려갔다고 하는 게 정확하겠지만, 어쨌든 우리 계산으로 1.5리그 정도 노를 저었을 때 산더미같이 큰 성난 파도가 보트 뒤쪽을 내리 덮쳤다. 이는 우리에게 최후의 일격을 기대하라고 경고하는 것과 같았다. 요컨대 파도가 어찌나 맹렬했던지 보트는 단 한 번에 뒤집혀 버렸다. 결국 우리는 보트에서 떨어져 나간 것은 물론, 제각기 사방으로 흩어졌고, "오 하나님!" 하고 비명을 지를 틈도 없이 한순간에 모두 물속으로 빨려 들어갔다.

물속으로 가라앉을 때 내가 느낀 당혹감은 어떤 감정이라고 설명하기 힘들다. 내가 수영을 잘 하기는 했지만 숨을 고를 수 있을 만큼 파도를 이겨 내지는 못했고, 파도는 나를 끌고 간 건지 아니면 싣고 간 건지 해안에서 꽤 멀리 떨어진 곳에 나를 떠밀어 둔 뒤에 기력이 다한 듯 나를 맨땅과 가까운 곳에 내버려 두고 돌아갔다. 하지만 나는 바닷물을 하도 많이 마셔서 반죽음 상태가 되어 있었다. 그래도 목숨뿐 아니라 정신도 남아 있던 나는 생각보다 내가 육지에 가까이 있는 것을 알아채고는 두 발로 일어서서 다시 파도가 밀려와 나를 덮치기 전에 가능한 빨리 앞으로 나아가려고 애썼다. 그러나 파도를 피하는 일이 불가능하다는 것을 이내 깨닫고 말았다. 파도는 거대한 언덕만큼 높았고, 나는 나를 쫓고 있는 그 사나운 적을 보았지만 대항할 만한 무기도 힘도 없었기 때문이다. 내가 할 수 있는 일이란, 그저 숨을 참으면서 가능한 내 몸을 물 위로 떠오르도록 하고 가능한 숨을 아낀 상태로 헤엄을 쳐서 해안 쪽으로 나아가는 것뿐이었다. 그 순간에는 파도가 나를 해안 쪽으로 꽤나 멀리 몰고 갔듯이 나를 다시 바다로 휩쓸어 갈까 봐 정말로 무서웠다.

다시 파도가 나를 덮쳤고 나는 곧장 그 속으로 20~30피트 정도 끌려 들어갔다. 내 몸이 엄청난 힘과 속도로 해안 쪽으로 멀리 떠밀려 가는 게 느껴졌다. 나는 숨을 참으면서 있는 힘을 다해 계속 앞으로 헤엄쳐 나가려고 했다. 더 이상 숨을 참을 수가 없어서 가슴이 터질 것 같은 느낌이 들던 그 순간, 내 몸이 떠오르는 듯했다. 나는 내 머리와 양손이 물 밖으로 나왔다는 사실을 깨닫고는 곧바로 안도의 한숨을 내쉬었다. 그런 상태로 단 2초밖에 있을 수 없었지만 그것만으로도 내게는 큰 도움이 되었는데, 숨을 쉬고 새로이 용기를 얻을 수 있었기 때문이었다. 그리고 다시 한참 파도에 파묻혔지만, 이번에는 그리 오래 걸리지 않은 덕에 숨을 참을 수 있었다. 파도가 힘이 빠졌다가 다시 돌아오려고 한다는 사실을 감지했을 때, 나는 돌아오는 파도를 등지고 해변 쪽을 향해 섰다. 발밑으로 다시 바닥이 느껴졌다. 나는 잠시 가만히 서서 숨을 돌렸다. 그리고 파도가 다시 나를 뒤쫓을 때까지 해변을 항해 있는 힘을 다해 냅다 달렸다. 그러나 이번에도 나는 그 맹렬한 파도로부터 벗어날 수 없었다. 다시금 나를 덮쳐 온 파도로 인해 두 번이나 몸이 물 위로 떠올랐다가 전처럼 앞으로 실려 갔는데, 해안이 아주 평평해서 더 쉽게 쓸려 갔다.

이 두 번의 파도 중에 마지막 파도로 인해 나는 거의 죽을 뻔했다. 바다가 이전처럼 나를 황급히 끌고 가서는 암초에다 내려놓았는데, 정확히 말하면 나를 그곳에 내동댕이쳤다. 어찌나 충격이 컸던지 나는 잠시 의식을 잃었고, 사실 구조도 바랄 수 없는 절망적인 상태에 빠졌다. 옆구리와 가슴 쪽에 입은 충격으로 몸에서 숨이 완전히 빠져나간 것처럼 가슴이 턱 막혔다. 만약 파도가 곧바로 다시 돌아왔다면, 나는 분명히 물속에서 질식사했을 것이다. 그러나 다행히 파도가 돌아오기 전에 조금 정신이 돌아온 나는 물에 다시 잠기게 될 것을 예감하고 파도가 되돌아갈 때까지 바위를 꽉 붙잡고 숨을 참고 있기로 마음먹었다. 육지에 가까워져서 그런지 이제는 파도가 처음만큼 높지 않아서 파도가 가라앉을 때까지 바위에 붙어 있다가 한 번 더 뛰어갈 수 있었다. 그 덕에 해변에 더 가까워진 나는 다시 한 번 파도에 파묻혔지만 휩쓸려 가지는 않았다. 그리고 한차례 더 내달려 마침내 육지에 도달할 수 있었다. 운 좋게도 나는 해변 벼랑 위로 기어 올라가 풀밭에 앉았는데, 드디어 파도가 미치지 못하는 안전한 곳에 도달한 것이었다.

마침내 안전한 해변에 상륙하게 된 나는 하늘을 올려다보며 몇 분 전만 해도 희망을 가질 여지조차 없던 나의 목숨을 살려 주신 데 대해 하나님께 감사드렸다. 거의 무덤까지 갔다가 목숨을 구했을 때 영혼이 느끼는 무아지경과 황홀감을 살아 있는 사람들에게 제대로 표현할 길은 없을 것이다. 이제야 나는 목에 밧줄을 걸고 곧 있을 사형 집행을 기다리고 있는 사형수에게 집행 유예 영장을 전달할 때 항상 의사를 대동하는 관습이 이해가 되었다. 의사는 그 사실을 전달받은 사형수가 순간 너무 놀라는 바람에 심장에서 원기가 빠져서 기절할까 봐 사형수의 몸에서 피를 뽑아 몇 방울 흘려보내는 일을 한다.

갑작스러운 기쁨은 슬픔과 마찬가지로 처음에는 정신을 빼놓는 법이다.

나는 두 손을 위로 쳐들고 이리저리 해변을 걸어 다녔다. 말하자면, 내 온몸은 구원받았다는 생각에 사로잡혀 있었다. 나는 물에 빠져 죽은 동료들을 생각하면서 설명할 수 없는 몸짓과 동작들을 수도 없이 했다. 나 외에는 아무도 살아남지 못한 듯했다. 나는 이후에도 그들은 물론 그들의 흔적조차 찾지 못했는데, 다만 챙 없는 모자 세 개와 챙이 있는 모자 하나, 짝이 안 맞는 신발 두 개만 파도에 떠내려왔다.

그러고 나서는 좌초된 배 쪽으로 시선을 돌렸다. 부서지는 파도와 거품이 너무 어마어마해서 잘 보이지 않았는데, 어쨌든 멀리 떨어져 있는 그 배를 보자, '오, 세상에! 내가 어떻게 이 해변까지 올 수 있었지?'라는 생각이 저절로 들었다.

나는 내 처지에서 그나마 위안이 되는 부분을 생각하며 마음을 달랬다. 그리고 내가 있는 곳이 어디인지, 다음에 무엇을 해야 할지를 알아보기 위해 주위를 둘러보았다. 나는 마음속 위안이 이내 사라짐을 느꼈다. 다시 말해, 구원받았지만 끔찍한 처지에 놓여 있었던 것이다. 나는 바닷물에 흠뻑 젖었지만, 바꿔 입을 옷도 없었고 뭔가 위로가 될 먹을 것이나 마실 것도 없었다. 그대로 굶주림에 지쳐 죽거나 야생 짐승에게 잡아먹히는 것 말고는 예상할 수 있는 게 전혀 없었다. 특히나 괴로웠던 점은 생계를 위해 짐승을 사냥하거나 죽이는 데 쓸 무기나, 나를 잡아먹으려는 동물들로부터 나 자신을 방어할 무기를 갖고 있지 않다는 것이었다. 요컨대 내게는 칼 한 자루, 담배 파이프, 상자에 든 담배 약간 외에는 아무것도 없었다. 이것이 내가 가진 식량의 전부였고 이 사실이 나를 끔찍한 심적 고통에 빠뜨렸다. 나는 한동안 미친 사람처럼 여기저기를 뛰어다녔다. 그러다가 밤이 찾아왔고, 그 부근에 굶주린 짐승이라도 있으면 내 운명이 어찌 될지 상상하니 마음이 무거워져 왔다. 그런 짐승들은 밤에 먹이를 찾아 밖으로 나오기 십상이니 말이다.

당시 내 머릿속에 떠오른 유일한 해결책은 근처에 있는 나무 위로 올라가는 것이었다. 가시가 많긴 하지만 전나무같이 잎이 무성한 나무였다. 나는 그곳에서 밤을 새우면서 다음 날 내가 어떤 죽음을 맞이할지나 생각해 볼 작정이었다. 나에겐 살 가망이 없어 보였기 때문이었다. 일단 나는 마실 물이 있는지 찾아보기 위해 근처 해변을 1펄롱[22] 정도 걸었다. 기쁘게도 물이 있어서 허겁지겁 마신 다음 허기를 참아 보려고 입속에 담배를 조금 털어 넣었다. 다시 나무로 돌아온 나는 그 위로 올라가 혹시나 잠이 들어 움직여도 떨어지지 않도록 자리를 잡았다. 나는 방어용 곤봉처럼 짧은 막대기를 만들어 쥐고는 자리에 누웠는데, 너무 피곤했던 나머지 금세 잠이 들고 말았다. 나 같은 처지에서 그렇게 할 수 있는 사람은 거의 없다 싶을 정도로 편안하게 잠을 자고 나니 기운이 되살아났고 내가 정말 그런 상황에 처했었나 싶은 생각마저 들었다.

잠에서 깨니 날은 환히 밝아 있었다. 날씨는 맑았다. 폭풍이 잦아들어

---

22) furlong. 1펄롱은 약 200미터에 해당한다.

서 파도는 전처럼 거세게 치솟거나 넘실거리지 않았다. 그러나 나를 가장 놀라게 만든 건 따로 있었다. 모래톱에 걸려 있던 배가 밤사이 출렁거리는 조류에 밀려 원래 있던 자리에서 내가 처음 언급한 바위, 다시 말해 내가 세게 부딪치는 바람에 멍이 들고 만 그 바위까지 떠내려와 있었다는 사실이었다. 이 바위는 내가 있던 해변에서 1마일 정도밖에 안 되는 곳에 있었고 배가 똑바로 서 있는 것 같아 보여서 올라가 보고 싶은 생각이 들었다. 그러면 적어도 내게 필요한, 쓸 만한 물건들을 챙길 수 있을 것 같았다.

나는 나무 위 내 거처에서 내려와 다시 주위를 둘러보았다. 내 눈에 가장 먼저 들어온 것은 보트였다. 보트는 바람과 파도가 육지 위로 던져 놓은 것처럼 내 오른편으로 2마일 정도 떨어진 곳에 놓여 있었다. 나는 보트까지 가보려고 해변을 따라 가능한 멀리까지 걸어갔는데, 막상 그곳에 가보니 나와 보트 사이에 폭이 0.5마일은 되어 보이는 좁고 기다란 물줄기가 흐르고 있었다. 당장은 어찌할 도리가 없어 되돌아왔다. 사실은 본선에 가보고 싶은 마음이 더 컸던 탓인데, 나는 거기서 당장 목숨을 이어가는 데 필요한 뭔가를 찾을 수 있기를 바랐다.

정오가 조금 지나자 바다가 아주 잔잔해지고 썰물이 아주 멀리까지 빠져 있었다. 나는 배에서 4분의 1마일 정도 떨어진 곳까지 갈 수 있었는데, 거기서 새삼스레 슬픔이 벅차오르는 느낌이 들었다. 우리가 배 안에 남아 있었다면 모두들 살아남았을 거라는 사실이 분명해 보였기 때문이었다. 다시 말하면 우리는 모두 해변에 무사히 도착할 수 있었을 테고, 그랬으면 나는 이렇듯 어떤 위안과 함께할 동료도 없이 홀로 남아 이토록 비참한 상황을 겪지도 않았을 것이다. 이런 생각을 하니 나도 모르게 다시 눈물이 쏟아졌다. 하지만 눈물을 흘린들 아무런 위안도 되지 않았기에, 가능한 배에 올라가 보기로 결심했다. 날씨가 지독히도 더웠기 때문에 나는 옷을 벗고 헤엄쳐서 그곳에 도착했다. 막상 가까이 가보니 위로 올라갈 방법을 알아내는 게 더 큰 문제였다. 배가 좌초되어 물 밖으로 높이 솟아 있는 상태라 손으로 붙잡을 만한 게 전혀 없었기 때문이었다. 나는 배 주위를 두 차례 헤엄쳤다. 두 번째로 헤엄을 칠 때 작은 밧줄을 발견했다. 처음에 왜 그걸 보지 못했는지 의아한 생각이 들었다. 어쨌든 앞쪽 사슬에 걸려 있던 밧줄이 충분히 밑에까지 내려와 있었기 때문에 아주 힘이 들긴 했지만 밧줄을 붙잡을 수 있었다. 나는 밧줄을 도움 삼아 배의 앞 갑판으로 올라갔다. 가서 보니 배 밑바닥에 구멍이 나서 선창에 엄청나게 많은 물이 차 있었다. 하지만 배는 단단한 모래 또는 흙 둔덕에 박힌 채 선미(船尾)는 언덕 위를 향하고 있었고 선수(船首) 부분은 거의 물에 닿을 듯 내려가 있었다. 이 덕분에 배의 뒤쪽 부분은 아무런 해도 입지 않았고, 그 안에 있는 것들은 모두 물에 젖지 않은 상태였다. 내가 가장 먼저 한 일은 당연히 무엇이 망가졌고 무엇이 멀쩡한지 수색해 보는 것이었다. 그리하여 맨 처음 알게 된 사실은 배의 모든 비상식량이 물에 젖지 않아 마른 상태였다는 것이다. 무언가로 속을 채워야겠다는 생각이 강해져서 나는 빵 저장실로 가서 비스킷을 주머니에 한가득 넣었다. 시간을 허비할 수 없었기 때문에 비스킷을 먹으며 다른 것들을 둘러보았다. 그리고 대형 선실에서 럼주를 찾아내서는 한 잔을 쭉 들이켰는데, 다가올 일을 처리하기 위해 기운을 내려면 술기운을 빌려야만 했다. 앞으로 내게 정말로 요긴하게 쓰일 여러 물건들을 챙겨 가려면 그 순간 내게 필요한 것은 보트밖에 없었다.

가만히 앉아서 가질 수 없는 것이 눈앞에 나타나기를 바라 봤자 아무 소용이 없었다. 그런 극단적인 상황에 처하다 보니 융통성이 생겼다. 그 순간 배에 여분의 활대 여러 개와 커다란 원형 목재 두세 개, 중간 돛대 한두 개가 있었다는 게 생각이 났고, 나는 그것들로 작업을 시작해야겠다고 마음먹었다. 갑판 위에 무게를 감당할 수 있을 만큼 최대한 목재들을 펼쳐 놓은 뒤, 서로 떨어져 나가지 않도록 하나씩 밧줄로 묶었다. 이 작업을 마친 나는 배 옆쪽으로 내려가서 그것들을 내 쪽으로 끌어당긴 다음, 네 개씩 모아 양쪽 끝을 최대한 단단히 묶어 뗏목 형태를 갖췄다. 그리고 그 위에 짧은 널빤지 조각 두세 개를 엇갈리게 댔더니 그 위를 걸어 다녀도 될 정도로 충분히 단단하다는 것을 확인할 수 있었다. 하지만 널빤지들이 너무 가벼워서 아주 무거운 물건은 견딜 수 없을 것 같았다. 그래서 나는 목수들이 쓰는 톱으로 중간 돛대를 세 토막으로 자른 다음, 그것들을 뗏목에 덧댔다. 정말로 고되고 힘든 작업이었지만, 나는 필요한 물건들을 챙길 수 있다는 희망에 힘을 얻어서 다른 상황이었다면 도저히 할 수 없었을 만큼의 작업을 해냈다.

이제 내 뗏목은 웬만한 무게는 견딜 수 있을 정도로 튼튼해졌다. 그다음으로 내가 걱정해야 할 일은 무엇을 실을 것이며 실어 놓은 그 물건들을 어떻게 파도에 젖지 않고 무사히 가져갈까 하는 문제였다. 그러나 나는 이 문제를 오래 고심하지는 않았다. 우선 나는 손에 잡히는 널빤지와 판자들을 가장 먼저 뗏목에 실었다. 그런 다음 내게 가장 필요한 것이 무엇인지 생각한 후, 선원용 궤짝 세 개를 부수고 그 안에 든 것들을 비워 내 빈 궤짝들을 뗏목에 내려놓았다. 나는 첫 번째 궤짝에는 비상식량, 즉 빵과 쌀, 네덜란드 치즈 세 덩어리, 우리가 배에서 많이 먹던 말린 염소고기 다섯 덩이, 닭 모이로 비축해 둔 유럽 곡식 약간을 채워 넣었다. 우리가 데려온 닭들은 모두 잡아먹어서 없었고, 보리와 밀이 약간씩 있었지만 몹시 실망스럽게도 쥐 새끼들이 그 곡식을 죄다 먹어 치우거나 망쳐 놨음을 나중에 알게 되었다. 술의 경우에는 선장이 갖고 있던 브랜디 몇 상자를 찾아냈다. 모두 합쳐서 5~6갤런[23] 정도 되는 아라크 술이었는데, 그냥 상자째로 실어 놓았다. 그것들은 궤짝에 넣을 필요도 없을뿐더러 따로 넣을 공간도 없었다. 한참 이런 작업을 하고 있는데, 아주 잔잔하지만 썰물이 빠져나가는 게 보였다. 굴욕스럽게도 나는 해변 모래사장에 벗어 놓고 온 내 외투와 셔츠, 조끼가 떠내려가는 것을 그저 바라볼 수밖에 없었다. 내가 입은 바지는 무릎이 훤히 보이는 리넨 바지일 뿐이었다. 나는 그 바지와 양말 차림으로 헤엄쳐 배에 올라와 있었다. 옷가지가 떠내려가는 바람에 나는 하는 수 없이 여기저기 옷더미를 뒤져 보았다. 옷은 충분히 있었지만, 일단은 당장 필요한 옷만 챙겼다. 눈길이 더 많이 가는 물건들이 있었기 때문이었다. 이를테면 해변에서 작업할 때 필요한 연장들이 그랬다. 한참을 뒤진 끝에 나는 목수의 연장통을 발견했다. 내게는 어찌나 유용한 전리품이었는지 그 당시에는 배에 한가득 실려 있는 금보다도 훨씬 더 소중했다. 나는 연장통 안을 들여다보느라 시간을 허비하지 않고 뗏목 위에 연장통을 통째로 내려놓았다. 그 안에 뭐가 들었는지 대충은 알고 있었기 때문이었다.

그다음으로 관심을 가진 물품은 탄약과 무기였다. 대형 선실에 아주 쓸 만한 새 사냥용 총 두 정과 권총 두 정이 있어서 우선 그것들부터 챙겼다. 그리고 뿔로 만든 화약통과 조그만 총알 주머니, 낡고 녹슨 칼 두 자루도 같이 챙겼다. 내가 알기로는 배에 화약이 세 통 있었지만, 포수가 어디에 두었는지 알 수가 없었다. 그래도 한참을 뒤진 끝에 찾고 보니, 두 통은 물에 젖지 않아서 쓸 만했지만 나머지 한 통은 물에 젖어 있

---

23) gallon. 1갤런은 약 4.5리터이다.

었다. 나는 무기와 함께 멀쩡한 화약통 두 통도 뗏목에 실었다. 이제 웬만한 것들은 다 실었다는 생각이 들자 그것들을 어떻게 뭍으로 가져갈지가 고민이었다. 돛도 노도 키도 없었기 때문에 산들바람이 불어도 내 항해가 완전히 실패할 판이었다.

이런 나에게 세 가지 사실이 용기를 주었다. 첫 번째는 바다가 고요하고 잔잔하다는 점, 두 번째는 밀물이 시작되어 바다가 해변으로 흐르고 있다는 점, 세 번째는 미풍이지만 바람이 육지로 불고 있다는 점이었다. 나는 구명보트에 딸려 있던 부러진 노 두세 개를 찾았고, 상자에 들어 있던 연장들 외에 톱 두 개, 도끼 한 개, 망치 한 개까지 찾아낸 뒤 이 모든 짐을 싣고 바다로 나섰다. 뗏목은 1마일 정도는 잘 나아갔지만, 나중에 보니 내가 전에 상륙한 곳에서 약간 먼 곳으로 가고 있었다. 이를 통해 나는 그곳에 바닷물을 끌어들이는 물살이 있다는 것을 알게 되었고, 그래서 그쪽에서 작은 개천이나 강을 발견할 수 있기를 바랐다. 그런 곳이라면 내 짐을 부릴 항구로 이용할 수 있을 것 같아서였다.

그곳은 내가 상상한 그대로였다. 내 앞으로 육지가 조금 벌어져 있는 게 보였고 그 안으로 강한 물살이 흘러 들어가고 있는 것을 발견했다. 그래서 나는 뗏목이 가능하면 물살의 한가운데에 머물도록 노를 저었다. 하마터면 여기서 두 번째로 배가 난파될 뻔했는데, 만약 그렇게 됐더라면 나는 정말로 마음이 아팠을 것이다. 해안에 대해서는 아무것도 모르는 상태여서 뗏목의 한쪽 끝은 모래톱에 걸리고 다른 한쪽은 걸리지 않은 채 떠 있었다. 자칫하면 물에 떠 있는 쪽으로 뗏목의 모든 짐이 미끄러져 전부 물속으로 직행할 수도 있었다. 나는 궤짝들이 미끄러지지 않도록 있는 힘을 다해 상자를 등으로 막고 있었지만, 죽을힘을 다해도 뗏목을 바다 쪽으로 밀치지 못했고 내가 취하고 있는 자세를 바꾸지도 못했다. 그저 온 힘을 다해 궤짝을 떠받치고 있을 뿐이었는데, 그렇게 거의 30분을 버티고 있었다. 그때 마침 바닷물 수위가 높아지면서 뗏목이 다소 평형을 유지하기 시작했다. 조금 더 지나자 수위가 점점 더 높아지면서 마침내 다시 뗏목이 떠올랐다. 나는 갖고 있던 노를 저어 뗏목을 수로로 진입시켰고, 물길을 따라 조금 더 올라가서 마침내 작은 강 입구에 도달할 수 있었다. 그곳은 양쪽이 육지였고 강한 물살이 흘러 들어오고 있는 상태라 어느 쪽이 짐을 내리는 데 적합할지 알아보기 위해 양쪽의 육지를 둘러보았다. 나는 조만간 바다를 지나는 배를 볼 수 있으리라는 희망을 버리지 않았기 때문에 강 위쪽으로 너무 많이 올라가고 싶지는 않았다. 그래서 나는 가능하면 해안 가까이에 자리를 잡기로 결심했다.

마침내 강 오른쪽 기슭에서 작고 후미진 곳을 발견했다. 나는 아주 힘들고 어렵게 그곳으로 뗏목을 끌어가서는 노로 땅을 짚을 수 있을 정도로 뭍에 가까이 접근한 뒤 뗏목을 곧장 거기로 밀어붙이려 했다. 그런데 이곳에서도 나는 모든 짐을 물속에 빠뜨릴 뻔했다. 그곳 기슭이 꽤 가팔라서, 다시 말하면 경사가 있어서 뗏목을 대기에 적합한 곳이 없었기 때문이었다. 기슭에 가까이 대면 저번처럼 뗏목의 한쪽은 떠 있고 다른 한쪽은 가라앉을 것이라 또다시 짐이 위험해질 듯했다. 내가 할 수 있는 일이란 노를 닻 삼아 땅에 꽂고 평평한 해안 가까이에 뗏목 옆구리를 바싹 붙인 채로 조류가 가장 높아질 때까지 기다리는 것뿐이었다. 수위가 높아지면 뗏목이 가까이 있는 땅 위로 물이 넘칠 것이라 기대했는데, 정말로 그렇게 됐다. 뗏목이 거의 1피트 정도나 물 위에 떠 있는 걸 보고 수위가 충분히 높아진 것을 확인한 나는 곧바로 뗏목을 아까의 그 평지로 밀었다. 그러고는 다시 부러진 노 두 개를 땅속에 박는 방법으로 뗏목을 단단히 고정 내지 정박시켰다. 노 하나는 뗏목의 한쪽 끄트머리에, 다른 노는 반대쪽 끄트머리에 꽂았다. 그런 식으로 뗏목을 고정시켜 놓은 다음 나는 물이 빠져나갈 때까지 가만히 있다가 물이 빠진 뒤에 뗏목과 내 모든 짐을 무사히 뭍에 내려놓았다.

다음에 할 일은 주변 지역을 돌아보고 거주하기에 마땅한 곳과 어떤 상황에서도 안전하게 짐을 보관할 수 있는 장소를 찾는 것이었다. 그때까지 나는 내가 있는 곳이 어디인지, 대륙인지 섬인지, 사람이 사는지 안 사는지, 맹수들의 위협이 있는지 없는지도 모르는 상태였다. 마침 내가 서 있는 데서 1마일이 안 되는 곳에 아주 가파르게 높이 솟은 산이 하나 있었다. 그 산은 그곳에서 북쪽으로 능선처럼 이어진 다른 산들보다 높아 보였다. 나는 새 사냥용 총 한 정과 권총 한 정, 뿔 화약통 하나를 꺼내 무장한 다음, 무엇이 있나 살펴보러 그 산 정상까지 올라갔다. 그러나 무척 힘들고 어렵게 정상까지 올라간 나는 내 숙명의 참담함에 다시 한 번 고개를 숙일 수밖에 없었다. 내가 있는 곳이 사방이 바다로 둘러싸인 섬이라는 사실을 알게 되었기 때문이었다. 여기서 한참 떨어진 곳에 있는 암석 몇 개 외에 육지는 전혀 보이지 않았고, 서쪽으로 대략 3리그 떨어진 곳에 이 섬보다 작은 섬 두 개가 있었다.

또한 나는 내가 도착한 이 섬이 메마른 땅이라는 사실도 알 수 있었고, 야생 짐승들 말고 사람이 살지 않는 무인도라고 믿어도 무방하다고 생각했다. 사실 그때까지 그 섬에서 야생 짐승들을 본 적은 없었지만 새들은 상당히 많이 목격할 수 있었는데, 그 종류를 알 수 없을 뿐 아니라 새를 잡더라도 그걸 먹어도 되는지조차 알 수 없었다. 해안으로 돌아오는 길에 커다란 새 한 마리가 큰 숲 옆의 나무에 앉아 있는 것을 보고 총을 쏘았다. 내 생각으로는 천지 창조 이래에 최초로 그 섬에서 총이 발사된 것 같았다. 내가 총을 쏘자마자 숲속 여기저기서 온갖 종류의 무수한 새들이 어지럽게 날카로운 소리를 내지르고 각기 제 울음소리대로 지저귀며 날아올랐기 때문이었다. 그 많은 새들 중에 어떤 종류인지 알 수 있는 새는 한 마리도 없었다. 내가 죽인 새는 색깔과 부리가 매와 비슷해서 매의 일종이라고 생각했는데, 발톱은 딱히 특별한 게 없었다. 살코기는 썩은 듯한 맛이라 아무짝에도 쓸모가 없었다.

주변 정황을 그 정도 파악한 데 만족하며 뗏목으로 돌아온 나는 뭍에 짐을 내려놓기 시작했다. 그날 나머지 시간을 모두 그 일을 하는 데 보냈다. 나는 밤에는 어찌해야 할지, 어디서 쉬어야 할지도 알지 못했다. 맹수가 나타나 잡아먹을지도 모르는 상황에서 땅에 누워 잠드는 게 두려웠다. 나중에 알고 보니, 사실 그런 것을 두려워할 필요는 전혀 없었다.

그러나 나는 뭍으로 가져온 궤짝과 널빤지들로 내 주위를 둘러놓은 다음, 그날 밤을 지낼 수 있도록 일종의 오두막을 지었다. 식량에 대해 말하자면, 나는 그때까지 어떤 방법으로 먹고살아야 할지를 몰랐다. 다만 새를 잡은 그 숲에서 토끼 비슷한 동물 두세 마리가 튀어나오는 모습을 봤을 뿐이었다.

나는 아직 본선에서 엄청나게 많은 물건들을 가져올 수 있다는 사실을 떠올리기 시작했다. 그 물건들은 내게 요긴하게 쓰일 게 분명했다. 특히 배의 삭구와 돛, 기타 육지로 실어 나를 수 있는 물건들이 그랬다. 그래서 나는 가능하다면 다시 한 번 배에 올라가 보기로 결심했다. 처음 불었던 것처럼 다시 폭풍이 불면 배는 산산조각이 날 게 분명하다고 생각했기에, 그 배에서 내가 가져올 수 있는 것을 모조리 가져올 때까지는 다른 모든 일을 제쳐 두기로 마음먹었다. 그때 나는 다시 뗏목을 타고 갈지를 놓고 머릿속에서 일종의 회의를 열었는데, 그 방법은 실현 불가능해 보여서 결국 전처럼 바닷물이 빠질 때 다시 가기로 결정했다. 그리고 나는 실제로 그렇게 했다. 다만 오두막을 나서기 전에 옷을 벗어 두고 바둑판 무늬 셔츠와 리넨 바지 차림에 가벼운 신발만 신고 나섰다는 점이 이전 과 달랐다.

나는 전처럼 배에 올라 두 번째 뗏목을 준비했다. 한 번 경험이 있었던 터라 뗏목을 다루기 힘들게 만들지도 않았고 짐을 너무 많이 싣지도 않 았지만, 내게는 정말로 유용한 물건들을 싣고 나올 수 있었다. 우선 목수 의 창고에서 작은 못과 대못이 가득 든 주머니 두세 개를 찾았고, 거대한 나사 잭[24], 손도끼 10여 개, 그리고 무엇보다도 숫돌이라 불리는 대단히 요긴한 물건까지 발견했다. 나는 이 모든 것들 외에 포수의 물건도 여러 개 챙겼는데, 쇠지레 두세 개, 머스킷 총 총알 두 통, 머스킷 총 일곱 정, 또 다른 사냥총 한 정, 소형 총알이 가득 든 큰 주머니, 큼직하게 말아 놓 은 얇은 납판 등이었다. 그런데 마지막 물품인 납판 덩어리는 너무 무거 워서 배의 옆구리 쪽으로 들고 갈 수가 없었다.

나는 이런 것들 외에 남자 옷가지들 전부와 앞 돛대의 중간에 다는 돛 여분, 해먹, 침구 등도 챙겼다. 이것들 모두를 두 번째로 만든 뗏목에 싣 고 무사히 해안으로 가져오고 나니 마음에 큰 위안이 되었다.

뭍을 비운 동안에 나는 해안가에 있는 내 식량을 누군가가 먹어 치울 까 봐 걱정했지만 막상 돌아와서 보니 아무도 다녀간 흔적이 없었다. 다 만 어떤 궤짝 위에 야생 고양이처럼 생긴 동물이 앉아 있었는데, 내가 그 쪽으로 가자 약간 멀리 도망가더니 다시 가만히 서 있었다. 고양이는 아 주 침착하고 무관심한 표정으로 나와 친해지고 싶다는 듯 나를 빤히 쳐 다보고 앉아 있었다. 내가 녀석에게 총을 겨눴지만, 녀석은 그게 뭔지 몰

---

24) skrew-jack. 작은 힘으로 무거운 것을 수직으로 들어 올리는 기중기의 하나이다.

74

라서인지 전혀 개의치 않아 했고 몸을 움직여 도망치려 하지도 않았다. 그걸 보고 나는 비스킷 한 조각을 던져 주었다. 물론 비스킷이 많지 않아서 아낌없이 줄 수 있는 형편은 아니었지만, 어쨌든 녀석은 다가와 냄새를 맡고는 비스킷을 냉큼 먹어 치웠다. 그리고 만족스러웠는지 더 달라는 표정을 지어 보였다. 하지만 나는 녀석에게 고마움을 표시하면서도 더 주지는 않았다. 그러자 녀석은 다른 곳으로 가버렸다.

두 번째로 뭍에 짐을 부린 뒤, 나는 화약통이 워낙 크고 무거운 탓에 부득이하게 화약통을 열어서 조금씩 나누어 옮겼다. 미리 잘라 놓은 막대기 몇 개와 돛을 이용하여 이미 머릿속에 계획해 둔 작은 텐트를 만들기 시작했다. 비나 햇볕에 손상될지 모르는 물건들을 모두 이 텐트 안에 들여놓았다. 그리고는 요새처럼 사람이든 짐승이든 갑작스러운 공격을 해도 막아 주도록 텐트 주위에 빈 궤짝과 통들을 동그랗게 쌓아 두었다.

이 일을 모두 끝낸 뒤 나는 텐트 입구 안쪽을 널빤지로 막고 바깥쪽에는 빈 궤짝을 세워 놓았다. 그리고는 땅바닥에 침대를 펴고, 머리맡에는 권총 두 정을, 옆으로는 엽총 한 정을 나란히 놓은 후 처음으로 잠자리에 들었는데, 밤새 아주 평온하게 잘 잤다. 그 전날 밤에 거의 잠을 못 잔 데다 하루 종일 배에서 물건들을 뭍으로 실어 나르느라 중노동을 한 탓에 너무 피곤하고 졸렸기 때문이었다.

이제 내 개인 창고는 어떤 곳 못지않게 온갖 종류의 물건들로 가득 차 있었지만, 그래도 만족스럽지가 않았다. 배가 지금처럼 똑바로 서 있는 동안에 가져올 수 있는 물건은 죄다 가져와야 한다고 생각했기 때문이었다. 그래서 나는 매일 바닷물이 빠질 때마다 배에 올라 이런저런 것들을 가져왔다. 특히 세 번째 갔을 때는 최대한 많은 삭구들과 내가 찾을 수 있었던 짧은 밧줄 전부와 밧줄용 실을 가져왔고, 때가 되면 돛을 수선할 때 쓰려고 범포(帆布) 여분과 바닷물에 젖은 화약통도 가져왔다. 한마디로 나는 돛이란 돛은 거의 모두 가져온 셈이었다. 다만 그것을 조각조각 잘라서라도 한 번에 가능한 많이 가져온 이유는 그것들이 돛으로는 더 이상 쓸모가 없지만 단순한 천 조각으로는 사용 가능했기 때문이었다.

그러나 내게 더 큰 위안이 된 일은 내가 이런 식으로 대여섯 번을 왔다 갔다 한 뒤에 이제는 손댈 가치가 있는 물건이 더 이상 배에 없을 거라고 생각한 마지막 순간에 나타났다. 모든 일을 끝마친 뒤에, 빵이 든 큰 통 하나와 럼주인지 독주인지 모를 술이 든 작은 통 하나 그리고 설탕 한 박스와 고운 밀가루 한 통을 발견한 일이 바로 그것이었다. 바닷물에 젖어 못쓰게 된 식량 외에 다른 것은 더 이상 기대할 수 없다고 생각했던 터라 나는 무척 놀랐다. 나는 즉시 빵이 든 통을 비우고 빵을 조금씩 나눈 뒤 잘라 둔 돛 조각으로 일일이 쌌다. 한마디로, 무사히 이것들도 모두 뭍으로 옮겨 왔다는 것이다.

다음 날 나는 다시 배에 갔다. 이미 운반하기 쉽고 나누기에 적합한 것들은 배에서 모조리 챙겨 나온 터라 나는 닻줄 작업부터 시작했다. 운반하기 쉽게 긴 닻줄을 조각조각 자른 다음 닻줄 두 개와 굵은 밧줄 하나 그리고 손에 넣을 수 있는 철물들을 모두 챙겼다. 그런 다음 사형 돛 활대와 뒤쪽 돛 활대, 그리고 자를 수 있는 모든 목재를 이용하여 대형 뗏목을 만들었고 그 무거운 물건들을 모두 싣고 떠났다. 하지만 이제 내 운이 다하기 시작했는지, 이번 뗏목은 너무 다루기가 힘들고 짐도 너무 많이 실은 탓에 이전처럼 끌기가 수월하지도 않았다. 결국 앞서 내 물건들을 내려놓았던 그 작은 만으로 들어선 후 그만 뗏목이 뒤집히는 바람에 나와 모든 짐들이 물속에 빠지고 말았다. 나야 해안에 가까이 있어서 크게 피해를 입지 않았지만, 내 물건들은 상당 부분 잃어버리고 말았다. 특히 아주 요긴하게 쓸 수 있을 거라고 생각한 철물이 그랬다. 그러나 물이 빠진 후, 나는 닻줄 조각 대부분과 철물 몇 개는 회수할 수 있었다. 물론 물에 들어가서 건져 와야 했기 때문에 엄청나게 피곤한 작업이긴 했다. 이후에도 나는 매일 배에 가서 내가 가져올 수 있는 물건들을 챙겼다.

　어느덧 뭍에 도착한 지 13일이 흘렀고, 배에 열한 번이나 다녀왔다. 그동안 나는 사람이 두 손으로 가져올 수 있는 것이라 생각되는 물건은 모두 다 가져왔다. 만약 날씨가 계속 잠잠했다면 배 전부를 조각내어 가져왔을 게 분명하다. 하지만 열두 번째로 배에 오를 준비를 하고 있을 때, 나는 바람이 일기 시작한다는 느낌을 받았다. 그래도 나는 물이 빠졌을 때를 이용하여 배에 올랐다. 그리고 더 이상 찾을 수 있는 물건이 없겠다 싶을 정도로 충분히 선실을 뒤졌다고 생각한 순간, 선실에서 서랍이 여러 개 달린 사물함 하나를 발견했다. 한 서랍에는 면도기 두세 개와 커다란 가위 그리고 쓸 만한 칼과 포크가 열댓 개씩 있었고, 다른 서랍에는 대략 36파운드어치에 해당하는 돈이 들어 있었다. 구체적으로는 유럽 동전과 브라질 동전 몇 개, 스페인 에이트 몇 개, 금화와 은화 몇 개씩이었다.

　나는 이 돈을 보면서 혼자 미소를 지으며 큰 소리로 말했다. "아, 이 마약 같은 놈들아. 네 녀석들이 대체 무슨 소용이 있겠니? 나한테는 아무런 가치도 없으니, 땅에 떨어졌다 해도 집어 올 필요가 없어. 차라리 저기 저 칼 하나가 네 녀석들 한 무더기만큼 가치가 있겠다. 너희를 써먹을 방법이 없어. 그러니 그냥 여기 있다가 목숨을 구해 줄 가치도 없는 생명체처럼 바다 밑바닥으로나 가버려." 하지만 나는 생각을 고쳐 먹고 돈을 챙겨 들어 범포 조각에 싸놓았다. 그러고는 다시 뗏목을 만들 생각에 빠져들기 시작했는데, 그 계획을 준비하다 보니까 하늘이 잔뜩 흐려지고 바람이 불기 시작했다. 15분쯤 지나니 해안 쪽에서 새롭게 강풍이 불어

왔다. 상황이 이쯤 되자, 해안 쪽에서 바람이 불고 있는 상황에서 뗏목을 만드는 게 아무런 소용이 없으며 밀물이 밀려오기 전에 빨리 뭍으로 돌아가는 게 상책이라고 생각했다. 그렇게 하지 않으면 아예 뭍에 이르지 못할 수도 있겠다 싶었던 것이다. 그래서 나는 곧바로 물로 뛰어들어 본선과 해안 사이 수로를 헤엄쳐 건너갔는데, 몸에 지닌 물건들의 무게와 거세진 파도 때문에 헤엄치는 게 몹시 힘들었다. 순식간에 바람은 아주 강해졌고, 만조(滿潮)가 되기 전인데도 이미 폭풍이 불어 대기 시작했다.

어쨌든 나는 무사히 작은 텐트로 돌아왔고, 모든 재산을 아주 안전하게 옆에 두고 누울 수 있었다. 밤새 바람이 아주 강하게 불어 댔다. 아침에 일어나 밖으로 나오니 배가 더 이상 보이지 않았다. 다소 놀랐지만, 나는 이내 다음과 같은 만족스러운 생각에 마음을 진정시킬 수 있었다. '나는 전혀 지체하지 않고 조금도 게으름을 피우지 않은 덕에 내게 쓸모가 있을 만한 물건은 죄다 배에서 가져왔어. 그리고 시간이 정말로 더 있다 해도 배에는 가져올 수 있는 물건은 거의 남지 않았어.'

이제 나는 배에 대한 생각이나 배에서 물건을 가져온다는 생각은 더 이상 하지 않기로 했다. 예외가 있다면 난파선에서 떨어져 나와 해안까지 밀려온 물건들이었다. 실제로 나중에 이런저런 물건들이 밀려왔지만, 내게는 별로 소용없는 것들이었다.

이제 내 생각은 혹시나 나타날 수 있는 야만인이나 섬에 있을 수도 있는 맹수로부터 내 자신을 지키는 일에 온통 집중되었다. 따라서 그 일을 어떻게 해야 할지, 어떤 거처를 만들어야 할지, 땅속에 동굴을 팔지 아니면 땅에 텐트를 칠지, 여러모로 생각해 보았다. 결국 나는 동굴도 파고 텐트도 치기로 했는데, 이 대목에서 그 방법을 세세히 설명해도 될 듯싶다.

나는 내가 지금 있는 곳이 정착하기에 적합한 장소가 아니라는 사실을 이내 깨달았다. 특히 그곳이 바다와 가깝다는 사실과 저지대 습지라는 점이 그랬다. 나는 그곳이 건강에 좋지 않을뿐더러 가까운 곳에 신선한 식수가 없어서 더더욱 안 좋다고 생각했다. 그래서 나는 건강에 더 좋고 편리하기도 한 장소를 찾아보기로 마음먹었다.

나는 현재의 처지에서 내게 바람직하다고 생각하는 몇 가지 사항들을 따져 봤다. 첫째, 건강에 좋은 곳이고 방금 말한 깨끗한 마실 물이 있는지 둘째, 뜨거운 햇빛을 피할 수 있는 곳인지 셋째, 사람이든 동물이든 굶주린 생명체로부터 안전한지 넷째, 바다가 보이는지 등이다. 네 번째 사항은 혹시 하나님께서 지나가는 배를 내게 보여 주신다면, 내가 구조될 수도 있는 그 유리한 순간을 놓치지 않기 위해서이다. 나는 아직 모든 기대를 내버리고 싶지 않았다.

이 사항들에 적합한 곳을 찾던 중에 언덕 오르막 옆에 있는 작은 평지를 발견했다. 이 작은 평지 쪽을 향한 언덕의 전면은 주택의 외벽처럼 경사가 가팔라서 그 무엇도 언덕 꼭대기에서 내 쪽으로 내려올 수 없을 듯했다. 그리고 이 바위 언덕 옆에는 동굴의 입구나 문처럼 닮아서 약간 우묵하게 들어간 공간이 있었는데, 실제로 바위에 동굴이 있다거나 바위 안쪽으로 들어가는 길이 나 있는 건 아니었다.

나는 바위가 파인 공간 바로 앞의 풀밭 평지에 텐트를 치기로 결심했다. 이 평지는 가로 길이가 1백 야드[25]를 넘지 않고 세로는 가로의 두 배 정도 되었는데, 마치 문 앞 잔디밭처럼 펼쳐져 있었다. 평지가 끝나는 지점부터 바닷가의 저지대까지는 사방이 불규칙하게 울퉁불퉁한 땅이었다. 평지는 언덕 옆 북북서쪽에 있어서 해가 남서쪽으로 내려갈 때까지

---

25) yard. 1야드는 약 91.4센티미터에 해당한다.

는 매일 뜨거운 햇빛을 피할 수 있었다. 그 지역에서는 남서쪽 부근에서 해가 진다.

텐트를 치기 전에 나는 바위가 파인 공간 앞에 반원을 그렸다. 바위로부터 재면 반지름이 대략 10야드 정도 되고, 처음 시작되는 부분부터 끝까지 재면 지름이 20야드 정도였다.

나는 이 반원에 두 줄로 튼튼한 장대를 세운 다음, 그것들이 말뚝처럼 아주 굳게 설 때까지 땅에 박았다. 그중에서 가장 큰 장대는 그 끝이 땅에서 대략 5.5피트 정도였고, 장대 맨 위는 날카롭게 만들어 놓았다. 두 줄 사이의 거리는 6인치가 넘지 않았다.

그런 다음 나는 두 줄로 세운 장대 사이의 반원 안에 전에 배에서 잘라온 닻줄들을 차례로 겹겹이 걸은 다음 2.5피트 정도 높이로 다른 장대를 기존 장대에 비스듬히 박아서 마치 장대에 가시가 붙어 있는 것처럼 만들었다. 이 담장은 정말로 튼튼해서 사람이든 짐승이든 그 안으로 들어오거나 넘어올 수 없었다. 이 작업을 마치는 데는 엄청난 시간과 노동이 필요했는데, 특히 숲에서 장대를 잘라서 그곳으로 가져오고 또 그걸 땅에 박는 일이 힘들었다.

이곳으로 들어가는 출입구는 문이 아니라 짧은 사다리로 울타리를 넘어가는 방식으로 만들었다. 안으로 들어온 뒤에 사다리를 들어 올려 안쪽으로 들여놓으면, 내 거처가 완벽한 울타리 안에 있고 온 세상으로부터 나를 지킬 수 있는 요새가 되리라는 생각에서였다. 그 덕분에 나는 밤에 편안하게 잠을 잘 수 있었다. 그렇지 않았다면 나는 잠들 수 없었을 것이다. 하지만 나중에 안 사실인데 나는 적의 위험을 경계할 필요가 전혀 없었다.

나는 앞에서 열거한 내 모든 재물과 식량, 무기, 비품 들을 이 울타리 혹은 요새 안으로 끌어다 놓느라 무진장 고생을 했다. 그런 다음 1년 중의 한 계절 동안 세차게 내리는 비를 피하기 위해 커다란 텐트를 쳤고, 그 안에 다시 작은 텐트를 쳤다. 한마디로 이중으로 텐트를 친 셈이다. 그리고 바깥 텐트 위에 배의 돛들 사이에서 챙겨 온 방수 천을 덮었다.

그리고 한동안은 뭍으로 가져온 침구 대신 해먹 위에서 잤는데, 항해사가 쓰던 아주 좋은 제품이었다.

나는 이 텐트 안에 식량을 포함하여 비에 젖으면 못 쓰게 되는 것들을 모두 들여놓았다. 이렇게 모든 물품을 집어넣은 뒤에 그때까지 열어 두고 드나들던 출입구를 메우고 앞에서 말한 대로 짧은 사다리를 이용하여 출입했다.

이 모든 일을 끝낸 뒤에 나는 바위 쪽을 파기 시작했다. 파헤친 흙과 돌을 텐트를 통해 모두 옮긴 다음, 작은 둔덕 모양으로 울타리 안에 쌓았다. 그로 인해 땅바닥이 1.5피트 정도 높아졌다. 이렇게 해서 나는 텐트 바로 뒤에 동굴을 만들어 놓았고, 이 동굴은 내 집의 지하 저장고 같은 역할을 했다.

이 모든 일을 완벽하게 마무리 짓는 데는 많은 노동이 필요했고 여러 날이 걸렸기 때문에 다시 앞으로 돌아가서 당시 내 머릿속을 차지하고 있던 문제들이 어떤 것이었는지 설명해야겠다. 텐트를 치고 동굴을 만들겠다는 계획을 세우고 났더니, 곧바로 먹구름이 짙게 끼고 비가 세차게 내리기 시작했다. 그리고 갑작스럽게 번개가 쳤고 그다음에는 누구나 예상할 수 있듯이 천둥소리가 크게 들렸다. 나는 번개에 크게 놀란 게 아니라 번개처럼 순식간에 내 머릿속을 지나가는 어떤 생각에 놀랐다. '아이고, 내 화약!' 단 한 번의 폭발로 내 모든 화약이 끝장날 수 있다고 생각하자 가슴이 철렁 내려앉았다. 나를 지키는 일뿐 아니라 내 먹을거리를 구하는 일도 전적으로 화약에 달려 있었기 때문이었다. 내가 그렇게까지 내 자신의 위험을 걱정한 적이 없었던 것 같은데, 사실 화약에 불이 붙어 터졌더라면 나는 무엇 때문에 죽는지도 몰랐을 것이다.

이 일로 너무 놀란 나는 폭우가 그치자 내 모든 작업, 즉 집을 짓고 담장을 보강하는 일을 제쳐 두고 화약을 조금씩 나누어 보관해 둘 주머니와 상자를 만드는 일에 전념했다. 앞으로 무슨 일이 일어나더라도 화약이 한꺼번에 터지는 일이 없어야 한다는 생각에서였다. 화약을 이렇게 분리해서 보관하면 만약 한쪽에서 터진 화약에서 발생한 불이 다른 화약으로 옮겨붙어 연달아 터지는 일은 없을 터였다. 나는 이 작업을 거의 이주일 만에 다 끝냈다. 모두 합쳐서 2백40파운드 정도 되는 화약을 1백개가 넘는 주머니에 분리했다고 생각한다. 바닷물에 젖은 화약통은 별로 위험하지 않다고 생각했기에 마음속으로 부엌이라고 정한 새로 만든 동굴에 넣어 두었다. 나머지는 습기에 영향을 받지 않도록 바위 여기저기 구멍에 숨기고서는 신중하게 그 자리를 표시해 두었다.

이 작업을 하는 동안 적어도 하루에 한 번씩은 기분 전환도 하고 먹을 만한 사냥감이 있는지 알아보기도 하려고 총을 들고 밖으로 나갔다. 이 섬에서 나는 게 무엇인지 알아 두기 위해 섬을 가능한 자세히 볼 생각이었다. 처음 나간 날, 곧바로 이 섬에 염소들이 살고 있다는 사실을 알게되었는데, 내게는 크게 만족스러운 발견이었다. 그런데 내게 불행한 문제가 따라붙었으니, 그것은 바로 염소들이 너무 겁이 많고 예민한 데다가 걸음까지 빨라서 세상에서 그놈들을 습격하는 일만큼 어려운 일이 없을 것이라는 문제였다. 그러나 나는 이 사실에 낙담하지 않았고, 언젠가녀석들 중 한 마리를 총으로 쏠 날이 올 거라는 사실을 의심하지 않았다. 실제로 얼마 지나지 않아 그런 일이 생겼다. 그놈들이 자주 다니는 곳을 파악한 나는 다음과 같은 방법으로 매복하면서 그놈들을 기다렸다. 내가 알아낸 바에 따르면, 녀석들은 내가 계곡에 있는 것을 보면 자기들이 바위 위에 있을 때도 크게 놀라면서 달아나 버리지만, 자기들이 계곡에서 풀을 뜯고 있고 내가 바위 위쪽에 있으면 나를 전혀 알아차리지 못했다. 이 사실로부터 나는 염소들이 눈의 위치 때문에 시선이 아래로만 향하는 탓에 자기들보다 위에 있는 사물은 쉽게 보지 못한다는 결론을 얻었다. 따라서 이후부터는 늘 이런 방식으로 내가 먼저 바위에 올라가 녀석들보다 높은 위치를 차지했다. 그렇게 하면 종종 녀석들을 제대로 맞출 수가 있었다. 이 염소들 중에 내가 가장 먼저 잡은 것은 암컷이었는데, 새끼에게 젖을 먹이던 녀석이라 마음이 많이 아팠다. 새끼 염소는 내가 다가가서 쓰러진 어미를 들어 올리는데도 가만히 어미 옆에 서 있었다. 그뿐 아니라 어미를 어깨에 메고 돌아가는 나를 졸졸 따라 내 울타리까지 왔다. 하는 수 없이 어미를 내려놓은 뒤에 새끼를 키우며 길들일 생각으로 안아서 울타리 안으로 데려왔지만, 내가 주는 먹이를 도통 먹지 않는 바람에 부득이 죽여서 잡아먹을 수밖에 없었다. 아무튼 내가 아주 아껴 먹는 편이라 이 염소 두 마리로도 한동안 먹을 만큼 고기가 나왔다. 그 덕에 내 식량(특히 빵)을 최대한 아낄 수 있었다.

이렇게 거처를 정하고 나니 불을 피울 장소를 찾고 땔감을 마련하는 일이 절대적으로 필요하다는 생각이 들었다. 내가 그 일을 위해서 무엇을 했는지와 동굴을 어떻게 넓혔는지 그리고 어떤 편의 시설을 만들었는지 등은 적절한 대목에서 자세히 밝힐 생각이다. 하지만 우선은 내 자신에 대한 이야기와 내 생활에 대한 생각들을 짧게 이야기해야겠다. 충분히 상상할 수 있겠지만, 나는 이런 생각들을 많이 했다.

나는 내 처지를 암울하게 전망하고 있었다. 그 이유는 앞서 말한 대로 내가 거센 폭풍으로 인해 처음에 의도했던 항로에서 한참 벗어나, 다시 말하면 사람들이 이용하는 일반적인 교역 항로에서 수백 리그는 족히 떨어진 그 섬까지 떠밀려 와서, 이 황량한 곳에서 이토록 쓸쓸한 방식으로 내 인생을 끝내는 것은 하나님께서 결정하신 일이라고 판단할 근거가 충분했기 때문이었다. 이런 생각을 하고 있으면 눈물이 펑펑 쏟아졌다. 가끔 나는 하나님께서 이처럼 철저하게 당신의 피조물을 파멸시켜서 극도로 비참하게 만들고 도움의 손길 하나 기대할 수 없이 완전히 좌절하게 만듦으로써, 제정신이 아니면 그런 삶에 감사할 수 없을 것으로 생각하게 만드는 이유가 무엇이겠냐고 나 자신에게 훈계했다.

그러나 이런 생각이 들 때면 항상 뭔가 다른 생각이 퍼뜩 떠오르면서 나를 제지하고 나무랐다. 특히 어느 날 엽총을 손에 들고 바닷가를 걸으면서 현재의 내 처지를 곰곰이 생각하면서 우울해하고 있을 때의 일이었다. 그때 말하자면 내 이성이 다음과 같이 내게 훈계했다. "그래, 네가 비참한 처지인 건 맞아. 하지만 제발 기억하라고. 나머지는 다 어디로 갔지? 모두 열한 명이 보트에 타지 않았어? 나머지 열 명은 어디 갔냐고? 왜 그들이 살아남지 않고 네가 죽지 않았지? 왜 너만 선택된 거지? 여기서 사는 거랑 저기 빠져 죽는 거 중에 뭐가 더 낫니?" 그래서 나는 바다를 가리켰다. "모든 해악은 그 안에 있는 좋은 일 그리고 그 일에 수반되는 더 나쁜 일들과 함께 고려해야 하는 법이야."

그때 다시 내게는 먹고살 게 정말로 잘 갖춰져 있다는 생각이 났다. '배는 처음에 좌초된 곳에서 해안 가까이까지 떠밀려 왔고 나는 배에서 모든 물건을 가져올 시간이 충분했어. 그런 일이 일어날 확률은 10만 분의 1이야. 만약 그렇게 되지 않았더라면, 내 처지는 어땠을까? 내가 처음 해변에 도착했을 때처럼, 생필품은커녕 생필품을 조달하거나 만드는

데 필요한 물건 하나 없는 상태로 살아왔다면, 내 처지는 어땠을까?' 나는 특히 큰 소리로 (물론 나 자신에게) 이렇게 말했다. "엽총이 없었다면, 탄약이 없었다면, 무언가를 만들거나 작업할 때 쓸 수 있는 연장이 없었다면, 옷가지, 침구, 텐트, 갖가지 덮을 것이 없었다면 나는 어떻게 했을까?" 지금 나는 이 모든 것들을 충분히 갖고 있었다. 그리고 탄약을 다 써서 총 없이 살아야 하더라도 아무런 지장 없이 먹고살 수 있을 듯했다. 나는 살아 있는 한 부족함 없이 살아갈 수 있을 것이라고 생각했다. 처음부터 나는 앞으로 일어날지도 모르는 사고들, 앞으로 다가올 시간, 즉 내 탄약을 다 쓴 뒤뿐만 아니라 심지어 내 건강과 기력이 다한 후의 시간에 대해서도 어떻게 대비할지 생각하고 있었다.

솔직히 말하면, 내 화약이 단 한 번의 폭발로 모두 파괴될지도 모른다는 생각은 품어 본 적이 없었다. 그래서 지금 막 설명한 것처럼 천둥 번개가 칠 때 나는 그런 생각 때문에 무척이나 놀랄 수밖에 없었다.

이제부터 나는 이 세상 누구도 들어 본 적이 없을 법한 내 적막한 삶의 풍경에 대한 우울한 이야기를 해나갈 예정이며, 그 시작 지점부터 출발하여 순서대로 이야기를 계속 이어 나갈 생각이다. 내 계산이 정확하다면 앞에서 이야기한 대로 내가 이 무시무시한 섬에 첫발을 내디딘 것은 9월 30일이었다. 추분(秋分)의 해가 거의 내 머리 바로 위에 떠 있었고, 내 관측에 의하면 당시의 위치는 북위 9도 22분이었다.

섬에서 열흘 내지 열이틀을 지냈을 때, 책과 펜, 잉크가 떨어지면 시간 계산을 놓칠 수도 있고 심지어 안식일과 일하는 날도 구분하지 못할 수도 있겠다는 생각이 들었다. 그래서 이를 예방하기 위해 나는 칼을 이용해 커다란 기둥에 대문자로 도착한 날짜를 표시하고는 그 기둥을 대형 십자가 모양으로 만들어 내가 처음 상륙한 해변에 세워 놓았다. 그리고

'나는 1659년 9월 30일에 이곳 해안에 왔다.'라고 새겨 놓았다. 이 사각형 기둥 옆면에는 매일 칼로 눈금을 표시를 했는데, 7일째 되는 날은 나머지 날보다 두 배 더 길게 표시하고, 매달 첫째 날에는 그 긴 눈금보다 두 배 더 길게 표시했다. 그렇게 나는 나만의 달력을 만들어서 매주, 매달, 매해 시간을 계산했다.

다음으로 할 얘기는, 앞에서 언급했듯이 내가 여러 번에 걸쳐 배에서 가져온 많은 물건들 중에는 가치는 덜하지만 전혀 쓸모없지는 않은 물건들이 있었다는 것이다. 앞에서 제대로 밝히지 않은 것들인데, 대표적으로 펜, 잉크, 종이, 선장·항해사·포수·목수가 갖고 있던 짐 꾸러미, 나침반 서너 개, 계산 도구 몇 가지, 해시계, 망원경, 해도(海圖), 항해 서적 등이다. 나는 이것들이 내게 필요할지 아닐지를 몰라서 일단 한꺼번에 그러모아 가져왔다. 그리고 훌륭한 성경 세 권도 발견했는데, 내가 영국에서 가져온 짐에 들어 있던 것들로 다른 내 소지품과 함께 챙겨 온 것들이다. 그리고 포르투갈 책도 몇 권 있었는데, 그중 두세 권은 로마 가톨릭 기도서였다. 나는 함께 발견한 다른 책들을 포함하여 모든 책들을 조심스럽게 챙겨 두었다. 참, 그리고 배에는 개 한 마리와 고양이 두 마리가 있었다는 사실도 잊으면 안 되는데, 그 녀석들의 별난 역사는 때가 되면 따로 이야기할 기회가 있을 듯싶다. 어쨌든 나는 고양이 두 마리를 모두 데려왔고, 개의 경우에는 내가 처음 짐을 해변으로 싣고 간 그날 혼자서 배에서 뛰어내려 해변까지 헤엄쳐 나를 찾아왔다. 이후 이 개는 여러 해 동안 나의 충직한 하인이 되어 주었다. 물론 그 개가 내게 집어다 주길 바라는 물건이 있었던 것도 아니고, 내게 알랑거릴 수 있는 친구가 되어 주기를 바란 것도 아니었다. 다만 나는 그 녀석이 내게 말을 할 수 있기를 바랐지만, 그건 있을 수 없는 일이었다. 앞에서 말했듯이, 나는 펜과 잉크, 종이를 찾아냈고 그것들을 최대한 아껴 썼다. 앞으로 보여 주겠지만, 나는 잉크가 다 떨어지기 전까지는 모든 것을 아주 정확하게 기록했다. 하지만 잉크가 다 떨어진 뒤에는 그렇게 기록할 수가 없었다. 아무리 방법을 궁리해 봐도 잉크를 만들 수는 없었던 탓이다.

그리고 이 일을 겪으면서 나는 배에서 물건들을 그렇게 많이 챙겨다 놓았는데도 아직도 여러 가지 물품들이 부족하다는 사실을 절감했다. 가령 잉크도 그런 물건들 중의 하나였고, 흙을 파거나 퍼내는 데 필요한 삽, 곡괭이, 가래 같은 연장이나 바늘, 핀, 실 같은 물건들도 마찬가지였다. 하지만 속옷 없이 살아가는 것은 크게 어려움 없이 금세 익숙해졌다.

이렇듯 도구가 없는 탓에 하는 일마다 힘에 부쳤다. 내 거처를 에워싸는 조그만 울타리를 완벽하게 세우는 데도 1년 가까이 걸렸다. 겨우 들 수 있을 정도의 무거운 말뚝 혹은 기둥을 숲에서 잘라서 준비하는 데도 오랜 시간이 걸렸고, 그것들을 집으로 나르는 일은 더 오래 걸렸다. 그래서 어떤 때는 말뚝 한 개를 잘라 집으로 가져오는 데 이틀을 보내고 그걸 땅에 박는 데 셋째 날을 다 썼다. 처음에 말뚝을 박을 때는 숲에서 무거운 나무를 가져다 썼고, 나중에야 마침내 쇠지레를 생각해 냈다. 그 물건을 찾아내긴 했어도 어쨌든 말뚝을 땅에 박는 일은 아주 힘이 들고 지루했다.

하지만 내가 해야 할 일이 아무리 지루한들 걱정할 필요가 뭐가 있단 말인가. 내게는 그런 일을 할 시간이 남아돌았다. 그리고 그런 일이 끝나도 먹을 것을 찾아 섬을 돌아다니는 일 빼고는 내가 기대할 수 있는 별다른 일도 없었다. 나는 매일 조금씩 섬을 정찰하고 다녔다.

이제 나는 내 환경과 처지에 대해 진지하게 숙고하기 시작했다. 그리고 내 상황을 글로 작성했는데, 내게 상속인이 있을 것 같지는 않은지라

나 다음으로 이 섬에 오게 될 누군가에게 글을 남기기 위해서는 아니었고, 매일 내 처지에 대한 고민으로 머리만 아프게 만드는 생각으로부터 벗어나기 위한 행동이었다. 내 이성이 의기소침해진 내 마음을 지배하기 시작할 때 나는 최대한 내 자신을 위로하기 시작했고, 나쁜 일과 좋은 일을 비교하면서 내가 처한 상황을 그보다 더 나쁜 상황과 구분 지을 수 있는 뭔가가 내게 있다고 생각했다. 나는 지금껏 내가 겪은 불행과 내게 기쁨을 준 위안거리를 장부의 차변과 대변[26]처럼 아주 공평하게 열거해 보았다.

나쁜 점	좋은 점
나는 구조될 가능성이 전혀 없는, 끔찍할 정도로 황량한 섬에 난파되었다.	하지만 나는 살아 있고, 우리 배의 나머지 동료들처럼 익사하지 않았다.
말하자면 나는 온 세상 사람들로부터 비참하게 소외되었다.	하지만 모든 선원들 중에서 나만 선택되어 목숨을 구했다. 그리고 기적적으로 나를 죽음으로부터 구해 주신 분께서 나를 이 상황에서 구해 주실 수도 있다.
나는 사람들로부터 격리되고, 인간 사회로부터 추방된 외톨이다.	하지만 나는 먹을 것이 없는 이 메마른 땅에서 굶어 죽지 않고 살아 있다.
내게는 몸을 덮을 옷도 없다.	하지만 나는 무더운 지역에 살게 되었으니, 옷이 있다고 해도 입을 수가 없을 것이다.

---

26) debtor and creditor. 차변(借邊)은 자본의 감소나 손실을 기록하는 부분이며, 대변(貸邊)은 자본의 증가 등의 이익을 기록하는 부분이다. 여기서 차변은 나쁜 점에, 대변은 좋은 점에 해당한다.

나는 인간이나 짐승의 폭력에 맞설 방어책이나 수단을 갖고 있지 않다.

하지만 나는 아프리카 해안에서 본 것처럼 나를 해칠 만한 맹수가 한 마리도 보이지 않는 섬에 난파되었다. 만약 그런 데에서 난파되었다면 어땠겠는가?

내게는 대화를 나누거나 내 마음을 편하게 해줄 상대가 없다.

하지만 하나님은 놀랍게도 해안 가까이까지 배를 보내 주셨다. 그래서 나는 거기에서 내게 필요한 것을 충족시킬 뿐 아니라 내가 살아 있는 한 먹고살 수 있게 해줄 만큼의 아주 많은 필수품을 가져올 수 있었다.

전체적으로 살펴볼 때, 이 장부는 세상에 너무나도 비참한 상황은 지극히 드물며, 다만 그 상황 안에서도 부정적인 것과 감사해야 하는 긍정적인 것이 공존할 뿐임을 증명해 주는 물건이었다. 그러니 세상의 온갖 상황 중에서도 가장 비참한 상황을 경험한 나를 길잡이로 삼아 여러분도 그 안에서 자기 자신을 위로하는 뭔가를 찾아내고, 좋은 점과 나쁜 점을 나란히 설명해 놓은 장부를 보고 이왕이면 대변 쪽으로 마음을 기울이길 바란다.

이제 심적으로 내 상황을 편안하게 받아들이고 혹시나 지나가는 배가 보일까 싶은 마음으로 바다를 내다보는 일도 그만두었다. 그러고서 나는 내 생활 방식에 적응하고 최대한 내 상황을 편하게 만드는 데만 전념하기 시작했다.

내 거처는 이미 설명했듯이 바위 옆에 텐트를 치고 말뚝과 밧줄로 만든 튼튼한 울타리를 두른 상태였는데, 이제는 그 울타리를 담장이라고 부르는 게 나을 듯싶다. 울타리 바깥에 대략 2피트 두께로 뗏장을 쌓아 일종의 담장을 세웠기 때문이다. 그리고 얼마 후에, 내 생각에는 1년 반쯤 뒤에 그 담장에서 바위까지 서까래를 비스듬히 올려놓은 뒤에 나뭇가지같이 비를 막을 수 있는 것들로 지붕을 이어 놓았다. 그 섬에는 1년 중에 한동안 폭우가 내렸다.

내가 이 울타리와 바위 속에 만든 동굴로 내 모든 물건들을 어떻게 옮겨 놓았는지는 이미 앞에서 설명한 바 있다. 그런데 처음에 이 물건들을 뒤죽박죽하게 쌓아 놓는 바람에 물건들이 무질서하게 놓여 있어서 내 공간을 다 차지해 버렸고 내 몸을 돌릴 공간조차 없었다는 사실도 이야기해야겠다. 그래서 나는 동굴을 안쪽으로 더 파내어 넓히는 작업에 착수했다. 바위가 푸석푸석한 모래로 되어 있어서 내가 힘을 가하면 쉽게 무너졌다. 맹수 걱정은 하지 않아도 된다는 사실을 알게 된 후, 바위 오른편으로 파고들어 가다가 다시 한 번 오른쪽으로 틀어서 파나간 덕에 결국엔 밖으로 나갈 수 있었다. 다시 말하면, 내 울타리 혹은 요새에 밖으로 나가는 문을 만든 셈이었다.

이 작업 덕분에 나는 뒷길로 드나들듯 텐트와 창고에 갈 수 있었을 뿐 아니라 내 물건들을 저장할 공간까지 확보할 수 있었다.

이제 나는 내게 가장 필요하다고 느껴진 물건들을 만드는 작업에 전념하기 시작했다. 특히 의자와 탁자가 없으면 살면서 누릴 수 있는 몇 안 되는 위안거리를 즐길 수가 없었다. 탁자 없이는 즐겁게 글을 쓸 수도 먹을 수도 없었고, 다른 여러 가지 일들을 할 수도 없었다.

그래서 나는 바로 작업을 시작했는데, 여기서 한 가지 지적해야 할 사항이 있다. 이성은 수학의 핵심이자 원천이므로 이성에 따라 모든 것을 표현하고 맞추고 가장 합리적으로 사물을 판단한다면, 누구든지 조만간 온갖 물건을 만드는 기술을 숙달할 수 있다는 사실이다. 나는 그때까지 살면서 연장을 다뤄 본 적이 없었다. 그런데 시간이 지나면서 손수 일해

보고 응용하고 고안을 해내다 보니, 특히 연장만 있다면 내게 필요한 것은 무엇이든 만들 수 있다는 사실을 마침내 깨달았다. 심지어 아무런 연장 없이도, 때로는 손도끼와 자귀[27]만 있어도 아주 많은 물건들을 만들수 있었다. 아마도 그 물건들이 그처럼 엄청난 노동을 통해 만들어진 적은 없었을 테지만 말이다. 예를 들어, 나는 널빤지가 필요하면 나무를 자른 다음에 그것을 세워 놓고 도끼로 양쪽 면을 계속 쳐서 평평하게 만들었다. 그렇게 해서 결국 널빤지처럼 얇아지면 자귀로 매끈하게 다듬었다. 사실 이런 방법으로는 나무 한 그루로 널빤지 하나밖에 만들지 못하지만 내게는 참을성 있게 작업하는 것 외에는 다른 해결책이 없었다. 널빤지나 판자 하나를 만드는 데 그토록 많은 시간과 노동량을 들여야 하는 것도 어쩔 도리가 없었다. 그러나 나에게 시간이나 노동은 별다른 가치가 없었던 터라 무슨 일을 할 때 일방적으로 시간과 노동을 투입해도 상관없었다.

여하튼 앞에서 말한 대로 나는 우선 탁자와 의자를 만들었다. 그리고 이것들은 본선에서 뗏목으로 실어 온 짤막한 널빤지들로 만들었다. 한편, 앞에서 말한 대로 내가 직접 널빤지를 만들고 나서는 동굴 한쪽 면을 따라 폭이 1.5피트인 커다란 나무 선반들을 제작했다. 거기에 내 모든 도구, 못, 철물 들을 올려놓기 위해서였다. 한마디로, 이런 식으로 모든 물건들을 제자리에 분리해 놓고 손쉽게 꺼내 쓰려고 했다. 나는 바위벽에 못을 박아 엽총이나 다른 걸 만한 것들을 모두 걸어 놓았다.

이리하여 누군가 내 동굴을 봤다면, 그곳은 필요한 물건들이 모두 모여 있는 종합 창고처럼 보였을 것이다. 나는 모든 물건들이 손에 쉽게 닿

---

27) adze. 나무를 깎아 다듬는 연장의 하나를 말한다.

을 수 있도록 준비해 두었다. 내 모든 물건들이 그렇게 잘 정돈되어 있는 것을 보는 게, 특히 모든 필수품들이 그렇게 많이 모여 있는 모습을 확인하는 게 내게는 큰 낙이었다.

그때부터 나는 매일 일기를 쓰기 시작했는데, 사실 처음에 나는 너무 조급하게 굴었다. 할 일이 많아서 허둥지둥했을 뿐 아니라 마음도 너무 뒤숭숭했다. 아마 그때부터 일기를 썼다면 재미없는 내용들로 가득 찼을 것이다. 예를 들어, 9월 30일 그날 일기는 다음과 같았을 것이다. 간신히 익사를 면하고 뭍에 도달한 뒤, 나를 구해 주신 하나님께 감사의 기도를 올리는 대신, 먼저 배 안에 가득 찬 소금물을 엄청나게 토해 냈다. 정신을 조금 차리고 나서는 해변을 뛰어다니며 주먹을 움켜쥐고는 머리와 얼굴을 마구 치면서 나의 불행에 대해 "난 끝장이야. 끝장이라고!"라고 외치며 절규했다. 그러다 지치고 어지러워서 땅에 누워 쉴 수밖에 없었지만, 잡아먹힐지 모른다는 두려움 때문에 함부로 잠에 들 수도 없었다.

그리고 며칠이 지났고 나는 배에 올라 거기서 끌어낼 수 있는 물건이란 물건은 죄다 챙겨 온 뒤에도 작은 산꼭대기에 올라가고픈 마음을 억누를 수 없었다. 거기에서 혹시나 배를 볼 수 있지 않을까 기대를 품고 멀리 바다를 쳐다보았다. 그때 아주 멀리서 돛이 보이는 것 같아 희망에 부풀어 기뻐하면서 눈이 멀 정도로 뚫어져라 쳐다봤지만 배는 더 이상 보이지 않았다. 나는 그 자리에 주저앉아 어린애처럼 엉엉 울었다. 내 어리석은 바보짓 때문에 불행만 커진 것이다.

어쨌든 이 모든 일들을 극복해 내고, 살림 도구와 거처를 모두 정리하고, 탁자와 의자를 만들고, 내가 할 수 있는 한 주위의 모든 것을 말끔하게 정리하고 난 뒤에 나는 일기를 쓰기 시작했다. 그리고 잉크가 떨어졌을 때 일기를 중단할 수밖에 없었다. 그때까지 쓴 일기를 아래에 그대로 옮겨 놓아 여러분에게 공개하겠다. (비록 다음의 일기는 이 자세한 내용 전부를 반복해서 이야기하는 것이 되겠지만 말이다.)

일기

1659년 9월 30일. 불쌍하고 가련한 나, 로빈슨 크루소는 끔찍한 폭풍을 만나 배가 어느 해안 앞바다에서 난파되어 이 암울하고 불운한 섬 해안에 오게 되었다. 나는 이 섬을 절망의 섬이라 불렀는데, 함께 배를 탄 동료들은 모두 익사했고 나도 거의 죽을 뻔했기 때문이다.

내가 처한 이 암울한 상황으로 인해 나는 하루 종일 괴로웠다. 나에겐 먹을 것, 집, 옷, 무기, 몸을 피할 장소가 없었다. 구조될 가능성도 전혀 없는 절망에 빠진 내 눈앞에는 죽음만이 보일 뿐이었다. 야생 짐승에게 잡혀 먹거나 야만인에게 죽임을 당하거나 먹을 게 없어 굶어 죽을 것이다. 밤이 다가오자 나는 야생 짐승이 두려워 나무에 올라가 잠을 잤다. 밤새 비가 왔는데도 잠은 푹 잤다.

10월 1일. 아침에 일어나 보니, 만조 때 바다 위로 떠오른 배가 섬 해안 가까이로 밀려와 있는 모습을 보고 무척이나 놀랐다. 배가 눈에 들어오자 한편으로는 위안이 되었다. 배가 똑바로 서 있고 부서지지 않은 채로 있는 모습을 보니 바람이 잦아지면 배에 올라가서 내 고통을 덜어 줄 먹을 것과 필요한 것을 갖고 나올 수 있겠다는 생각이 들었기 때문이었다. 하지만 다른 한편으로는 동료들을 모두 잃었다는 슬픔이 되살아났다. 만약 우리가 모두 배에 머물러 있었다면 배를 구할 수 있었거나 적어도 지금처럼 모두 익사하는 일은 없었을 거라는 생각이 들었다. 그리고 동료 선원들이 살아남았더라면, 아마도 우리는 배의 잔해를 이용하여 보트를 만들어 세상의 다른 곳으로 갈 수 있었을 거라는 생각도 들었다. 거의 하루 종일 이런 생각들 때문에 마음이 복잡했다. 하지만 마침내 나는 배가 거의 젖지 않았다는 사실을 깨달았고, 최대한 모래톱 가까이로 간 다음 헤엄쳐서 배에 올라갔다. 이날은 바람은 전혀 불지 않았지만, 계속 비가 내렸다.

10월 1일부터 24일까지. 이 기간 동안은 여러 번 배에 올라 배에서 갖고 나올 수 있는 것은 모두 가져오는 일만 했다. 만조 때마다 뗏목에 물건들을 실어 해안으로 왔다. 뜨문뜨문 맑은 날도 있었지만, 이 기간 동안에도 비가 많이 내렸다. 아마 이때가 우기인 것 같다.

10월 20일. 뗏목이 뒤집히는 바람에 뗏목에 실은 모든 물건들이 물에 빠졌다. 하지만 물이 얕고 물건들이 대개 무거웠기 때문에 바닷물이 빠졌을 때 물건들을 다시 많이 찾았다.

10월 25일. 밤낮없이 종일 비가 내렸다. 돌풍도 불었다. 그러는 동안 배가 산산조각이 났다. 전보다 좀 더 강하게 바람이 분 탓에 배의 잔해 외에는 더 이상 배를 볼 수 없었다. 그것도 간조(干潮) 때만 볼 수 있었다. 이날은 내가 챙겨 온 물건들이 비에 젖어 망가지지 않도록 덮어서 안전하게 지키면서 보냈다.

10월 26일. 거의 하루 종일 해안가 여기저기를 돌아다니면서 거처로 적합한 곳을 찾아다녔다. 밤에 야생 동물이건 사람이건 나를 공격해 올 수 있으니 안전을 확보하는 것이 가장 신경 쓰였다. 밤이 가까워졌을 때, 바위 아래에 적당한 곳을 찾아 거처로 정하고는 텐트 칠 터를 반원으로 표시했다. 나는 이중으로 말뚝을 박고 말뚝 안에 밧줄을 넣은 뒤에 바깥은 뗏장으로 보강하는 공사를 해서 담장 내지 요새를 만들기로 마음먹었다.

10월 26일부터 30일까지. 가끔 비가 억수같이 쏟아졌지만, 모든 물건을 나의 새로운 거처로 옮기는 작업을 열심히 했다.

31일. 아침에 엽총을 들고 먹을거리를 찾아보고 섬이 어떻게 생겼는지도 알아볼 겸 섬 안쪽으로 들어갔다가 암염소를 잡았다. 죽은 암염소의 새끼가 집까지 나를 쫓아왔는데, 먹이를 먹으려 하지 않아서 나중에 그 녀석 역시 죽었다.

11월 1일. 바위 아래에 텐트를 쳤다. 그리고 처음으로 거기서 잤다. 안쪽에 해먹을 걸어 놓을 말뚝을 박느라 최대한 넓게 만들었다.

11월 2일. 궤짝과 널빤지, 뗏목을 만들 때 쓴 나뭇조각들을 모두 모아서 그것들로 내 거처에 울타리를 둘렀는데, 내가 요새를 만들기 위해 표시해 둔 지점보다 조금 안쪽에 세웠다.

11월 3일. 엽총을 들고 나갔다가 오리같이 생긴 새 두 마리를 잡았는데, 고기가 아주 맛있었다. 오후에는 탁자를 만들기 시작했다.

11월 4일. 아침부터 내 일과 시간을 정하기 시작했다. 총을 들고 나가는 시간, 잠자는 시간, 기분 전환을 하는 시간으로 나눴다. 다시 말해, 비가 오지 않으면 아침마다 총을 들고 두세 시간 정도 나갔다 온 다음 11시 정도까지 일을 했고, 갖고 있는 먹을거리로 점심을 먹었고, 12시부터 2시까지는 날씨가 너무 더워서 누워 낮잠을 자고 저녁에 다시 일을 하는 식이었다. 오늘과 다음 날의 작업 시간은 온통 탁자를 만드는 데 할애했는데, 내가 아직까지는 아주 한심한 기술자였기 때문이다. 하지만 얼마 안되어 시간과 필요는 자연스럽게 나를 완벽한 기술자로 만들어 놓았다. 아마 누구라도 그랬을 것이라고 생각한다.

11월 5일. 이날은 총을 들고 개와 함께 멀리까지 나갔다. 야생 고양이를 한 마리 사냥했는데, 가죽은 아주 부드러웠지만 고기는 아무짝에도 쓸모가 없었다. 내가 죽인 모든 동물은 가죽을 벗겨 보관했다. 바닷가로 돌아오면서 여러 종류의 바닷새를 봤지만 도통 무슨 새인지 알 수가 없었다. 두세 마리의 물개를 보고는 깜짝 놀라 겁에 질렸다. 그것들이 무엇인지 잘 몰라서 한참을 쳐다보고 있자니, 그놈들이 바다로 들어가 버리면서 내 눈앞에서 사라지고 말았다.

11월 6일. 아침에 산책을 마치고 난 뒤 탁자 만드는 작업을 다시 시작했다. 마음에 들지는 않았지만 결국 완성했다. 얼마 지나지 않아 나는 탁자를 고치는 법도 익혔다.

11월 7일. 이때부터 날씨가 다시 좋아졌다. 7일, 8일, 9일, 10일, 12일의 일부는(11일은 일요일이었다.) 의자를 만드는 데 온통 매달렸다. 실컷 야단법석을 부린 끝에 봐줄 만한 모양의 의자가 탄생했지만, 결코 마음에 들었다는 이야기는 아니다. 의자를 만드는 동안에도 여러 번 의자를 뜯어내곤 했다. 특기 사항: 곧 일요일을 지키는 일을 게을리하고 말았다. 말뚝에 일요일을 표시하는 걸 깜빡하는 바람에 어느 날이 일요일인지 잊어버렸다.

11월 13일. 이날은 비가 와서 기분이 아주 상쾌해졌고 땅도 식었다. 그런데 끔찍한 천둥과 번개가 동반되면서 나는 화약 때문에 큰 걱정에 빠지고 무척 두려움을 느꼈다. 비가 그치자마자 나는 보관해 둔 화약을 가능한 한 여러 꾸러미로 나눠 놓기로 결심했다. 그래야 위험하지 않을 터였다.

11월 14일, 15일, 16일. 이 사흘 동안 작고 네모난 궤짝이나 상자 들을 만들었다. 많아 봤자 1~2파운드 정도의 화약을 담을 수 있는 크기였다. 그 상자들에 화약을 나누어 담은 후 가능한 서로 떨어뜨려서 두었고 안전하게 분리하여 보관했다. 이 3일 중 하루는 커다란 새를 잡았는데 고기 맛이 좋았다. 하지만 그 새를 뭐라고 불러야 할지 몰랐다.

11월 17일. 이날부터 텐트 뒤 바위를 파내는 작업을 시작했다. 더 편리한 공간을 확보하기 위해서였다. 특기 사항: 이 작업을 하는 데는 다음의 세 가지 도구가 절실하게 필요했다. 곡괭이, 삽 그리고 외바퀴 손수레 또는 바구니였다. 그래서 일단 작업을 중단하고 어떻게 그 물건들을 구하거나 만들지 궁리하기 시작했다. 곡괭이의 경우에는 쇠지레를 대신 사용했는데, 무겁기는 해도 쓰기에 충분히 괜찮았다. 하지만 삽이나 가래가 다음 문제였다. 이 도구는 절대적으로 필요했기 때문에 그것 없이는 아무 일도 효율적으로 할 수 없었다. 하지만 어떤 종류의 삽을 만들어야 할지도 알 수가 없었다.

11월 18일. 다음 날 숲을 뒤지던 중에 브라질에서 사람들이 엄청 단단하여 철나무라고 부르던 나무와 비슷한 것을 찾았다. 엄청나게 고생을 하고 도끼를 거의 망가뜨려 가면서 이 나뭇조각을 잘라 냈다. 나무가 너무 무거워서 이것을 집으로 가져오는 일도 무척 힘들었다.

나무가 엄청나게 강한 이유도 있었지만 별다른 방법이 있는 것도 아니라, 삽을 만드는 데는 오랜 시간이 걸렸다. 사실상 조금씩 나무를 파내서 삽이나 가래 모양으로 만들어 가는 방식으로 작업했는데, 손잡이 모양은 영국에서 쓰는 삽과 정확히 똑같았다. 다만 넓적한 쪽 바닥에 쇠붙이를 대지 않았기 때문에 아주 오래갈 수는 없었다. 그러나 내게 필요한 용도에 맞게 충분히 제 몫을 해주었다. 아마도 이 세상에 그런 식으로 만들었거나 그토록 오래 걸려 만든 삽은 결코 없을 것이다.

그래도 여전히 일하기는 힘들었는데, 바구니나 외바퀴 손수레가 없어서였다. 고리버들 세공품을 만들 정도로 잘 구부러지는 나뭇가지 같은 재료가 없었던 탓에, 아니 적어도 아직까지 발견하지 못한 탓에 바구니는 어떤 방법으로도 만들 수가 없었다. 외바퀴 손수레의 경우에는 바퀴를 제외한 모든 것을 만들 수 있을 듯했다. 하지만 바퀴에 관한 한, 어떠한 지식도 없었고 어떻게 시작해야 할지도 몰랐다. 게다가 바퀴의 굴대나 축에 들어가는 철제 축머리를 만들 방법이 전혀 없었기 때문에 그냥 포기해 버렸다. 따라서 나는 동굴에서 파낸 흙을 나르기 위해서 노동자들이 벽돌공에게 회반죽을 날라다 줄 때 사용하는 운반통 같은 것을 만들어 썼다.

이 작업은 삽을 만드는 일만큼은 어렵지 않았다. 그래도 이 운반통과 삽을 만들고, 결국엔 헛수고가 됐지만 외바퀴 손수레를 만드는 데 무려 나흘이나 걸렸다. 물론 아침에 총을 들고 산책을 나가는 시간을 제외하고 그렇다는 얘기다. 아침 산책은 대부분 빼먹는 법이 없었고, 거의 매번 괜찮은 먹을거리를 집으로 가져왔다.

11월 23일. 이 도구들을 만드느라 다른 작업은 중단된 상태였다. 그래서 연장 만드는 일을 끝낸 후에는 체력과 시간이 허락하는 한 동굴 파는 작업을 계속했다. 내 물건들을 더욱 널찍한 곳에 보관할 수 있도록 동굴을 넓고 깊게 파내는 데 꼬박 18일이 걸렸다.

특기 사항: 이 기간 동안 나는 이 방 혹은 동굴이 창고, 무기고, 부엌, 식당, 지하 저장실을 모두 겸한 공간이 되도록 충분히 널찍하게 만들었다. 내 잠자리에 대해 말하면, 나는 계속 텐트에서 잤는데 1년 중 우기만 예외였다. 그때는 비가 너무 많이 내려서 몸을 마른 상태로 유지할 수가 없을 정도였다. 그 때문에 나중에 나는 바위에 장대들을 비스듬히 기대서 그 위에 울타리 안의 모든 거처를 덮을 수 있는 서까래를 올린 다음, 그 위에 초가지붕처럼 칼 모양의 긴 잎사귀와 나뭇잎을 얹었다.

12월 10일. 동굴 혹은 저장실이 완성되었다고 생각할 즈음, 갑자기 한쪽 천장에서 엄청난 양의 흙이 무너져 내렸다. (동굴을 너무 크게 만들어서 그런 것 같다.) 한마디로 나는 이 일에 질겁할 정도로 놀랐는데, 다 그럴 만한 이유가 있었다. 만약 그때 내가 그 밑에 있었더라면, 나는 무덤 파는 일꾼을 따로 부를 필요도 없을 뻔했다. 이 사고 때문에 나는 다시 작업을 하느라 무진장 고생을 했는데, 무너진 흙을 밖으로 날라야 했기 때문이었다. 그리고 그보다 더 중요한 일은 다시는 흙더미가 무너지지 않도록 천장을 떠받치는 일이었다.

12월 11일. 이날은 전날의 작업을 계속 이어서 했다. 두 개의 버팀목 내지 기둥을 천장까지 고정시킨 다음 각각의 기둥 위에 널빤지 두 장을 엇갈리게 올려놓았는데, 다음 날 이 작업을 끝냈다. 이후에도 버팀목을 더 가져와서 세웠고 널빤지를 더 얹어 놓았다. 마침내 일주일쯤 뒤에는 지붕이 안정된 듯했다. 줄지어 서 있는 버팀목들은 집을 구분해 주는 칸막이 역할을 톡톡히 했다.

12월 17일. 이날부터 20일까지 선반을 설치했고, 걸 수 있는 것은 모두 걸어 두려고 기둥에 못을 박았다. 이제야 집 안에 질서 같은 게 잡히기 시작했다.

12월 20일. 이제 모든 물건을 동굴 안으로 들여왔으니 집에 필요한 가구를 갖추는 일도 시작했다. 음식물을 정리해 둘 요량으로 나무판 조각들을 조립하여 찬장 같은 가구를 만들었다. 한편 나무판이 점점 부족해지기 시작했다. 그래도 탁자는 하나 더 만들었다.

12월 24일. 밤낮을 가리지 않고 비가 많이 내렸다. 그래서 꼼짝도 않고 집에 있었다.

12월 25일. 하루 종일 비가 왔다.

12월 26일. 비가 그쳤다. 땅이 전보다 훨씬 더 시원하고 상쾌해졌다.

12월 27일. 어린 염소 한 마리를 죽였다. 다른 한 마리는 내가 쏜 총에

다리를 맞았고, 끈에 묶어 집으로 데려왔다. 부러진 다리에 붕대를 감고 부목을 대주었다. 특기 사항: 내가 극진히 돌봐 준 덕에 녀석은 살아났다. 다리도 회복되었고, 전처럼 건강해졌다. 그런데 이렇게 오랫동안 돌봐 줬더니 녀석이 점점 온순해졌고, 급기야는 문 앞의 조그만 풀밭에서 풀을 뜯어 먹으면서 떠나려 하지 않았다. 이때 처음으로 동물을 길들여 키울 수 있겠다는 생각이 들었다. 그럴 수만 있다면 화약과 총알이 다 떨어져도 식량을 확보할 수 있겠다 싶었다.

12월 28일, 29일, 30일. 바람 한 점 없이 무척 더웠다. 그래서 저녁에 먹을거리를 구하러 나간 것 외에는 멀리 나가지 않고 집에만 있었다. 그동안 집 안 물건들을 정리하며 시간을 보냈다.

1월 1일. 여전히 엄청 더웠다. 그래도 이른 아침과 저녁 늦게는 총을 들고 멀리 나갔다. 낮 동안에는 꼼짝 않고 집에 있었다. 이날 저녁 섬의 중심부에 위치한 계곡 쪽으로 가까이 가봤더니 염소가 무척이나 많았다. 녀석들이 지나치게 겁이 많았고 공격하기가 여간 어려운 게 아니었지만, 개를 데려와서 사냥을 시켜 봐야겠다고 마음먹었다.

1월 2일. 그래서 다음 날, 나는 개를 데리고 나가서 염소들을 공격하라고 시켰다. 하지만 내 생각은 잘못된 것이었다. 모든 염소들이 한꺼번에 정면으로 덤비니까 개도 위험을 느꼈는지 녀석들에게 가까이 가지 않으려고 했다.

1월 3일. 담장 혹은 방벽을 만들기 시작했다. 누군가로부터 공격을 당할 수 있다는 경계심이 여간해서 가시지 않아 아주 두껍고 튼튼하게 만들기로 결심했다.

특기 사항: 이 방벽은 앞서 설명했기 때문에 일기에 적힌 내용은 일부

러 생략하려 한다. 이 방벽을 만들고 마무리하여 완성하는 데 1월 3일부터 4월 14일까지의 긴 시간이 걸렸다는 점만 언급하면 충분하다. 방벽은 길이가 24야드밖에 되지 않았다. 그리고 바위 한쪽 끝에서 대략 8야드 떨어진 반대편까지 반원 형태로 되어 있으며, 뒤편 가운데에 동굴 문이 있었다.

이 시간 내내 나는 정말 열심히 일했다. 비 때문에 며칠, 아니 가끔은 몇 주 동안이나 방해를 받았지만, 방벽이 완성될 때까지는 결코 완벽하게 안전하지 못하다고 생각했다. 이 모든 일을 마치는 데 얼마나 많은 노동이 들어갔는지 일일이 얘기해도 믿기 어려울 것이다. 특히 숲에서 말뚝을 가져와서 땅에 박는 일이 그랬는데, 내가 말뚝을 필요 이상으로 크게 만들었기 때문이다.

이 방벽을 완성하고 방벽 바깥쪽 가까이에 뗏장을 올려 울타리를 치고 나자, 누가 이곳 해안에 도착한다 해도 감히 여기를 사람 사는 곳으로 생각하지 못하리라는 확신이 들었다. 나중에 아주 놀라운 일이 일어났을 때 얘기하겠지만, 이렇게 해둔 것은 참 잘한 일이었다.

이 기간에 비가 오지 않는 날에는 매일 숲으로 사냥을 나갔다. 그리고 이렇게 산책을 하면서 내게 도움이 될 만한 무언가를 자주 발견하곤 했다. 특히, 산비둘기처럼 나무에 둥지를 트는 게 아니라 집비둘기처럼 바위 구멍에 둥지를 트는 야생 비둘기의 일종을 발견했다. 나는 어린 비둘기를 몇 마리 데려다가 길들여 키워 보려고 했다. 실제로 잘되는 듯싶었지만 다 크고 나니까 모두 날아가 버렸다. 아마 녀석들에게 줄 먹이가 없었던 탓에 제대로 먹지 못해 도망간 듯했다. 어쨌든 나는 종종 녀석들의 둥지를 발견하여 새끼들을 잡아 왔는데 새고기 맛은 일품이었다.

그리고 이렇게 집안일을 하다 보니까 필요한 물건이 꽤나 많다는 사실을 깨달았다. 처음에 나는 이런 물건들을 만드는 건 불가능하다고 생각했고, 실제로 그중 몇몇은 정말 그랬다. 예를 들어 테를 두른 나무통은 절대 만들 수가 없었다. 앞에서 얘기한 대로, 작은 물통 한두 개는 있었지만 여러 주 동안 매달려 봐도 직접 나무통을 만드는 경지에는 도달할 수 없었다. 통 뚜껑을 씌울 수도 없었을 뿐 아니라 물이 새지 않도록 나무판을 서로 꽉 맞물리게 맞출 수도 없었다. 결국 나는 포기하고 말았다.

다음으로 나는 양초가 없어서 아주 불편했다. 그래서 대개 7시 무렵 날이 어두워지자마자 잠자리에 들 수밖에 없었다. 아프리카 항해 길에 양초를 만들어 쓰던 밀랍 덩어리가 기억났지만, 이곳엔 그런 것이 없었다. 유일한 해결책은 염소를 잡을 때 나오는 기름을 모아 두는 것이었다. 나는 진흙으로 만들어 태양에 구운 작은 접시에 기름을 담고 뱃밥[28]으로 만든 심지를 꽂아 등잔불로 사용했다. 양초처럼 흔들리지 않고 선명하지는 않지만, 그래도 빛을 얻을 수 있었다. 이 모든 일을 하는 와중에 내 물건들을 뒤지다가 앞에서도 잠깐 얘기한 적이 있는 작은 주머니 하나를 발견했다. 닭 모이용 곡식이 들어 있는 주머니였다. 내 짐작으로는 이번 항해가 아니라 저번에 리스본에서 들어올 때 사용하던 주머니 같았다. 쥐들이 주머니 안에 남은 얼마 안 되는 곡식을 죄다 먹어 치운 상태라 주머니 속에는 곡식 껍데기와 먼지밖에는 보이지 않았다. 나는 번개에 대비해 화약을 나눠 놓을 주머니로 쓰려고 이 주머니에 들어 있던 곡식 껍질들을 바위 밑 요새 한쪽에 털어 버렸다.

곡식 껍질들을 내버린 때는 방금 전에 이야기한 큰비가 내리기 조금

---

28) oakum. 배의 틈으로 물이 새어 들지 못하도록 틈을 메우는 물건으로, 흔히 천이나 대나무의 얇은 껍질을 쓴다.

전이었다. 그 후 나는 아무런 신경도 쓰지 않았고, 내가 그곳에 무엇을 내다 버렸다는 사실조차 기억하지 못하고 있었다. 그로부터 한 달쯤 지났을 때, 나는 그 땅에서 무언가 초록색 줄기 같은 게 솟아나 있는 것을 발견했다. 나는 한 번도 본 적 없는 식물이라고 생각했다. 그러다 약간 시간이 더 지난 뒤 거기에서 이삭이 열두어 개쯤 나와 있는 것을 보고는 깜짝 놀랐고 어리둥절해졌다. 그 이삭들은 우리 유럽에서 나는 보리와, 아니 우리 영국에서 나는 보리와 완벽하게 똑같은 품종의 녹색 보리 이삭이었다.

이 일로 내가 얼마나 놀라고 당혹스러웠는지는 말로 표현하기 힘들다. 그때까지 나는 종교적 토대 위에서 행동한 적이 전혀 없었다. 실제로 머릿속에 종교 개념 같은 것도 거의 없었고, 내게 어떤 일이 일어났을 때 그것이 운이라거나 사람들이 쉽게 말하는 하나님 좋으실 대로 일어난 일이라고 생각하는 편이었다. 그러니 이런 일을 하신 하나님의 목적이 무엇이냐고, 세상사를 다스리시는 하나님의 명령이 무엇이냐고 묻는 일도 없었다. 그러나 내가 볼 때 곡물이 자라기에는 적합하지 않은 풍토에서 특히나 어디서 온 것인지도 모르는 보리가 자라고 있는 모습을 보니, 그 불가사의함에 놀랄 수밖에 없었다. 이에 나는 하나님께서 씨를 뿌리지 않았는데도 기적적으로 이 곡식이 자라게 하셨다고 생각한 것은 물론, 순전히 이것이 척박하고 비참한 곳에서 살아가는 내 생계를 위해 하신 일이라는 생각을 갖기 시작했다.

이런 생각에 가슴이 약간 뭉클해졌고, 눈에서는 눈물이 흘러내렸다. 나는 이런 자연의 경이로움이 나 때문에 일어났다며 나 자신을 축복하기 시작했다. 사실 이 일이 더욱더 기이하게 느껴진 것은, 보리 이삭 주위에서 바위 가장자리를 따라 다른 곡식 줄기들도 흩어져 자라고 있는 모습이 보였기 때문이었다. 보아하니 그것들은 벼 이삭이었는데, 아프리카 해안에 상륙했을 때 거기서 벼가 자라는 모습을 본 적이 있어서 알 수 있었다.

나는 이 곡식들이 순전히 나를 도우시려는 하나님의 섭리의 산물로 생각했을 뿐 아니라 근처에도 보리나 벼가 더 있으리라는 것을 의심하지도 않았다. 그래서 곡식을 더 찾아내려고 그동안 가본 적이 있는 섬의 곳곳을 찾아가 온갖 구석과 바위 밑을 들여다봤지만, 그 무엇도 찾을 수 없었다. 마침내 내가 그곳에 닭 모이 주머니를 털었던 일이 문득 떠오르자 그 놀라워하던 마음이 수그러들기 시작했다. 사실을 고백하자면, 이 모든 일이 너무나도 흔한 일에 불과하다는 사실을 깨닫고 나자 하나님의 섭리에 감사하던 종교적인 마음 역시 줄어들기 시작했다. 아무리 그렇더라도 이번 일에 대해서는 기적이 일어난 것처럼 몹시 기이했고, 예상할 수 없는 하나님의 섭리에 대해 감사해야 마땅했다. 왜냐하면 하늘에서 떨어진 선물처럼 열두어 개의 곡식 알갱이가 손상되지 않은 채로 (나머지는 모두 쥐가 먹어 버렸는데도) 무사히 남아 있었다는 사실과 내가 하필이면 바로 그 자리에 그것을 버렸다는 사실은 실제로 하나님의 섭리에 의해 이루어진 일이나 마찬가지였기 때문이다. 그곳은 높은 바위 밑 그늘이어서 곧바로 싹이 올라올 수 있었다. 만약 그 당시 주머니를 다른 곳에 털어 버렸더라면 싹은 햇볕에 바싹 타서 죽어 버렸을 것이다.

나는 이 보리 이삭들을, 다들 알고 있는 보리 수확철인 6월 말경까지 조심스럽게 보존했다. 나는 때가 되면 빵을 만들 수 있을 정도로 충분한 양을 수확할 수 있을 거라고 희망하면서 낟알들을 모두 간직해 두었다가 다시 씨를 뿌리기로 작정했다. 하지만 4년이나 지난 뒤에야 나는 이 곡식을 조금이나마 맛볼 수 있었고, 나중에 차례가 되면 그때 이야기하겠지만 그것도 아주 아껴 먹어야만 했다. 내가 첫해에 뿌린 씨앗들이 때를 제대로 맞추지 못해서 모두 죽었기 때문이다. 건기(乾期) 직전에 씨를 뿌린 탓에 마땅히 나와야 하는 싹도 전혀 나오지 않았다. 이 이야기는 나중에 다시 하겠다.

이 보리 외에 앞서 말한 스무 개 내지 서른 개의 벼 이삭도 있었다. 나는 이것들도 보리 이삭처럼 똑같이 조심스럽게 보관했다. 그리고 그 용도와 목적도 보리처럼 빵이나 다른 음식을 만들려는 것이었다. 나는 시간이 좀 지난 뒤이긴 했지만, 굽지 않고 쌀을 요리하는 법을 알아냈다. 어쨌든 다시 일기로 돌아가겠다.

나는 이 서너 달 동안 방벽 작업을 끝내기 위해 죽도록 열심히 일했다. 결국 4월 14일에 방벽을 완성했다. 나는 문을 이용하지 않고 사다리로 방벽을 넘어가는 방법으로 출입했으니, 밖에서 보면 그곳에 사람이 산다는 표시가 전혀 나지 않을 듯했다.

4월 16일. 사다리를 완성하고는 그것을 타고 방벽 꼭대기까지 올라간 다음 사다리를 끌어 올려서 안쪽에 내려놓았다. 이렇게 해서 내 거처는 완벽하게 울타리가 쳐진 셈이었다. 울타리 안쪽 공간은 넉넉했다. 먼저 방벽에 오르지 않고는 밖에서 그 어떤 것도 내게 접근할 수 없었다.

이 방벽이 완성된 바로 다음 날, 내 모든 수고가 한번에 물거품이 되고 내 목숨까지 잃을 뻔한 사건이 발생했다. 사정은 이랬다. 당시 나는 방벽 안 텐트 뒤편의 동굴 입구에서 바쁘게 일을 하다가 대단히 끔찍하고 놀라운 일 때문에 잔뜩 겁에 질리게 되었다. 갑자기 동굴 천장 쪽과 언덕 가장자리가 무너져 내 머리 위로 흙더미가 쌓였고, 동굴 안에 세워 둔 기둥 두 개가 무시무시한 소리를 내며 부러졌던 것이다. 겁에 질린 나는 실제 원인이 무엇인지는 전혀 짐작하지 못하고 그저 저번에 동굴 천장에서 흙더미가 무너졌던 것처럼 이번에도 그런 줄로만 생각하고 있었다. 나는 흙더미에 묻힐까 봐 두려워서 사다리가 있는 쪽으로 달려갔지만 거기도 별로 안전하지 못하다는 생각이 들어 방벽을 타고 밖으로 넘어갔다. 예상컨대 언덕 쪽 흙더미가 무너져 내리면 나를 덮칠 것만 같았다. 사다리를 타고 내려와 단단한 땅 위에 발을 내딛자마자, 나는 이 모든 일이 끔찍한 지진 때문임을 분명하게 깨달았다. 내가 서 있는 땅이 대략 8분 간격으로 세 번이나 흔들렸다. 세상에서 가장 튼튼한 건물도 무너뜨릴 만큼 강한 진동이 세 차례 지나간 뒤, 내게서 0.5마일 정도 떨어진 지점의 바닷가 근처 커다란 바위 윗부분이 평생 한 번도 들어 본 적이 없는 굉음을 내며 무너져 내렸다. 나는 바다 역시 지진의 진동으로 격렬하게 움직이는 모습을 보고는 진동이 섬에서보다는 바닷속에서 더 강력했다고 생각했다.

한 번도 지진을 겪어 본 적이 없고, 지진을 겪어 본 사람에게 그에 대한 이야기조차 들어 본 적이 없었던 나는 지진 자체에 너무 놀란 나머지 마치 죽은 사람처럼 혹은 온몸이 마비된 사람처럼 멍해졌다. 땅이 흔들리면서 뱃멀미에 시달린 사람처럼 속도 메스꺼웠다. 그러나 바위가 굴러떨어지는 소리에 정신이 번쩍 들었고, 멍한 상태에서 깨고 나니 이번엔 극심한 공포가 밀려왔다. 그 당시에는 언덕이 내 텐트와 모든 가재도구들 위로 내려앉아 모든 것이 한순간에 묻혀 버릴 수도 있다는 생각만 했고, 그런 생각이 들면 다시 한 번 가슴이 철렁 내려앉았다.

세 번째 진동이 끝나고 한동안 진동이 더 이상 느껴지지 않자 나는 용기를 내보려고 했다. 하지만 생매장을 당할까 두려워서 다시 담을 넘어 들어갈 용기는 나지 않았다. 나는 그냥 풀이 죽은 채로 수심에 잠겨 어찌할 바를 모르고 땅바닥에 가만히 앉아 있었다. 이런 일이 벌어지는 동안에도 나는 조금도 종교적인 생각을 진지하게 품어 보지 않았고, 다만 "아, 신이시여. 자비를 베푸소서."와 같은 흔한 말을 되풀이할 뿐이었다. 그리고 지진이 끝난 뒤에는 그런 말조차 내뱉지 않았다.

그렇게 땅바닥에 앉아 있는데, 비가 쏟아질 듯 하늘이 잔뜩 흐려지면서 구름이 끼는 것이 보였다. 곧이어 바람이 조금씩 거세지더니 30분도 채 지나지 않아 무시무시한 허리케인이 불기 시작했다. 갑자기 바다가 온통 허연 물거품으로 뒤덮이고 해변 역시 부서지는 파도에 뒤덮였다. 나무들도 뿌리째 뽑혀 나갔다. 엄청나게 끔찍한 폭풍우가 휘몰아친 것이다. 한 세 시간 동안 폭풍이 몰아치다가 잦아들기 시작했고 두 시간 정도 뒤에는 완전히 잠잠해졌는데, 이내 다시 비가 아주 세차게 내리기 시작했다.

이러는 내내 나는 너무 겁에 질리고 낙담한 채로 땅바닥에 앉아 있었다. 그러다가 불현듯 이 바람과 비가 지진 때문에 생긴 현상이고 지진 자체는 힘이 소진되어 끝이 났으니 다시 동굴에 들어가도 괜찮겠다는 생각이 들었다. 이런 생각을 하자 다시 기운이 나기 시작했는데, 쏟아지는 비 때문에라도 마음을 굳힐 수 있었다. 일단 방벽을 넘어간 나는 텐트 안에 앉았지만, 비가 너무 세차게 퍼붓는 바람에 텐트 역시 금방이라도 무너져 내릴 것만 같았다. 나는 흙더미가 머리 위로 쏟아질까 봐 너무나도 두렵고 불안했지만 어쩔 수 없이 동굴 안으로 들어갔다.

이 격렬한 비로 인해 나는 새로운 작업을 시작해야만 했다. 새로운 요새에 하수구처럼 물이 빠져나갈 수 있는 구멍을 내는 일이었다. 그렇게 하지 않으면 동굴이 물에 잠길 것 같았다. 얼마 동안 동굴에 있으면서 더이상 지진의 진동이 없다는 것을 확인하자 마음이 좀 더 차분해지기 시작했다. 그리고 기운을 북돋우기 위해 작은 창고에 가서 럼주를 조금 들이켰다. 그 순간 나에게는 정말로 필요한 일이었다. 그때는 술을 마셨지만, 술이 떨어지면 더 이상 구할 수 없다는 사실을 알고 있었기 때문에 평소에는 항상 아주 아껴 마셨다.

밤새도록 그리고 다음 날도 거의 종일 비가 내렸다. 그 때문에 멀리 나갈 수는 없었지만, 마음은 점점 더 차분해졌다. 나는 어떻게 하는 것이 최선일지 생각하기 시작했다. 만약 이 섬이 지진이 자주 발생하는 지역이라면 더 이상 동굴에서 살 수는 없는 일이며, 사방이 트인 공간에 작은 오두막을 짓고 그곳을 여기에 세운 것처럼 방벽으로 둘러싸서 맹수나 사람으로부터 나를 안전하게 보호해야 한다는 결론을 내렸다. 다시 말해서 지금 있는 곳에 계속 머물러 있다가는 이제나저제나 생매장을 당할 게 분명하다는 결론이었다.

이런 생각을 하면서 나는 텐트도 지금 있는 곳에서 다른 곳으로 옮겨야겠다고 결심했다. 텐트가 언덕의 가파른 절벽 바로 아래에 있었기 때문이었다. 지진이 다시 발생하기라도 한다면, 내 텐트 위로 절벽이 무너질 게 분명했다. 그래서 나는 4월 19일과 20일, 이틀 동안 어디로 거처를 옮길지 궁리하며 지냈다.

생매장을 당할 수도 있다는 두려움으로 나는 마음 편히 잠을 잘 수 없었다. 하지만 울타리 없는 밖으로 나가 잔다는 것도 불안하기는 마찬가지였다. 게다가 주위를 둘러보며 모든 것이 얼마나 가지런히 정돈되어 있고 내가 얼마나 쾌적한 공간에서 지내며 얼마나 위험으로부터 안전한지를 생각하니 거처를 옮기기가 정말 싫어졌다.

이런 생각을 하는 동안, 거처를 옮기는 일에는 정말로 많은 시간이 소요될 것이니 확실한 거처를 만들어 놓기까지는 위험을 감수하며 지금 이곳에 만족할 수밖에 없다고 결론 내렸다. 이렇게 결정하고 나니 한동안 마음을 안정시킬 수 있었다. 최대한 속도를 내서 전처럼 원 안에 말뚝과 밧줄로 방벽을 세우고, 방벽이 완성되면 그 안에 텐트를 치기로 결심했다. 하지만 새로운 거처가 완성되어 이사하기에 적합한 곳이 될 때까지는 위험을 무릅쓰더라도 지금 있는 곳에 머물기로 했다. 이날이 21일이었다.

4월 22일. 다음 날 아침에 나는 이 계획을 실행에 옮기기 위한 방법을 구상하기 시작했다. 하지만 도구 때문에 어쩔 줄을 몰랐다. 내게는 큰 도끼가 세 개 있고 작은 손도끼는 아주 많았지만(원주민들과의 교역을 위해 손도끼를 실었기 때문이다.), 옹이투성이의 단단한 나무를 너무 많이 잘라 내고 패다 보니 도끼들 대부분은 날이 무뎌졌고 금이 많이 갔다. 회전식 숫돌이 있기는 했지만 숫돌을 돌려서 도구들을 갈 수도 없었다. 이 문제로 고민을 어찌나 많이 했던지, 그 모습은 중요한 정치 문제를 고민하는 정치인이나 사람의 생사를 고심하는 판사와 다를 게 없었다. 결국 나는 발로 돌릴 수 있는, 끈이 달린 바퀴를 생각해 냈다. 사용하는 동안에는 양손을 자유롭게 쓸 수도 있었다. 특기 사항: 나는 영국에서 이런 회전식 숫돌을 본 적이 없었다. 아니, 적어도 영국에서 흔하게 숫돌을 봤지만 숫돌을 어떻게 사용하는지 주의 깊게 보지는 않았다. 게다가 내 숫돌은 엄청나게 크고 무거웠다. 이 기계를 완성하는 데에 꼬박 일주일이 걸렸다.

4월 28일, 29일. 도구들을 가는 데 꼬박 이틀을 보냈다. 숫돌을 돌리는 내 기계는 아주 잘 작동했다.

4월 30일. 오랜 시간이 지나 빵이 많이 줄어들었다는 사실을 깨닫고 얼마나 남았는지 살펴보았다. 그리고 나는 빵을 하루에 하나만 먹기로 결심했다. 그러고 나니 마음이 몹시 무거워졌다.

5월 1일. 아침에 바다 쪽을 쳐다봤다. 마침 바닷물이 빠져 있어서 평소보다 넓어 보이는 해변 위에 뭔가가 보였는데, 큰 나무통 같았다. 가까이 가보니 조그만 통 하나와 난파선의 잔해 두세 조각이었다. 최근 허리케인에 떠밀려 해안까지 온 모양이었다. 난파선 쪽으로 시선을 돌려 보니 배가 전보다 더 높이 물 밖으로 나와 있는 것처럼 느껴졌다. 해안으로 떠밀려 온 통을 살펴보고 나는 이내 그것이 화약통이라는 사실을 알 수 있었다. 화약은 물에 젖어서 돌처럼 딱딱하게 굳어 있었다. 그래도 일단은 그 통을 해변으로 굴려 놓았다. 그리고 난 후 모래사장으로 내려가서 그 통을 좀 더 살펴보기 위해 잔해 쪽으로 최대한 가까이 갔다.

배에 다가가 보니, 배가 이상하게 옮겨져 있는 것이 보였다. 전에 모래에 박혀 있던 앞 상갑판이 적어도 6피트 이상 들려 올라가 있었고, 내가 샅샅이 배를 뒤지고 나온 직후에 배가 산산조각이 나는 바람에 선미 부분은 나머지 부분과 분리되어 있었다. 말하자면, 선미 부분은 파도의 힘에 의해 위쪽으로 던져졌다가 한쪽으로 쓰러져 있었다. 선미 바로 옆 부분 위로 모래가 엄청 높게 밀려와 있었다. 전에는 나와 배 사이에 커다란 물웅덩이가 있어서 난파선에 4분의 1마일 정도까지 가까이 접근하려면 헤엄을 쳐야 했지만, 이제는 물이 빠지면 걸어서도 바로 배 앞까지 다가갈 수 있었다. 처음에는 이걸 보고 크게 놀랐지만 지진 때문에 이렇게 된 거라고 이내 결론 내렸다. 지진의 격렬한 충격으로 인해 배는 전보다 더 심하게 부서져 있었다. 그래서인지 바닷물에 의해 흩어진 많은 물건들이 매일 파도와 바람을 타고 점점 더 많이 육지 쪽으로 떠밀려 왔다.

이 일로 인해 나는 이사 계획에 대한 생각에서 완전히 벗어났다. 특히 그날은 배 안에 들어갈 방법을 찾느라 엄청나게 바빴지만, 그럴 수 있을 거라고는 전혀 기대할 수 없었다. 배의 내부가 온통 모래로 가득 차 있었기 때문이었다. 하지만 어떤 일에도 절망하지 않는 법을 배운 터라, 배에서 떼어 올 수 있는 것은 무엇이든 가져오기로 마음먹었다. 배에서 얻을 수 있는 모든 물건들이 어떻게든 내게 도움이 될 거라고 판단했기에 무엇이든 배에서 떼어 올 작정이었다.

5월 3일. 일단 톱으로 작업을 시작했다. 우선 선미 갑판의 위쪽 부분을 지탱하던 것으로 보이는 대들보 일부를 잘라 냈고, 그것을 다 자른 뒤에는 모래가 가장 높이 쌓여 있는 옆쪽에서부터 최대한 모래를 치워 냈다. 하지만 밀물이 들어오는 바람에 작업을 중단할 수밖에 없었다.

5월 4일. 낚시를 나갔다. 지칠 때까지 작업을 했지만 먹을 만한 물고기는 한 마리도 잡지 못했다. 막 자리를 뜨려는 순간, 새끼 돌고래 한 마리를 낚았다. 밧줄을 만드는 섬유로 길게 낚싯줄을 만들었지만 낚싯바늘은 없었다. 그래도 그걸로 내가 먹기에 충분한 물고기를 자주 잡았다. 잡은 물고기는 모두 햇볕에 말려 먹었다.

5월 5일. 난파선에서 일했다. 또 다른 대들보 하나를 잘라 내고 갑판에서 커다란 전나무 판자 세 개를 가져와서 한꺼번에 묶은 다음, 밀물이 들어올 때 헤엄을 쳐서 해변으로 가져왔다.

5월 6일. 난파선에서 일했다. 배에서 쇠로 된 볼트 몇 개와 철제 물품들을 여러 개 얻었다. 나는 아주 열심히 일했다. 무척 피곤해진 몸으로 집으로 돌아와서 이 일을 그만둘까 생각을 했다.

5월 7일. 난파선에 다시 갔다. 하지만 이번에는 일하러 간 게 아니었다. 그런데 대들보가 잘린 탓에 난파선이 제 무게를 못 견뎌 내려앉은 게 보였다. 배의 여러 조각들이 덜렁거리는 것처럼 보였다. 선창 안쪽이 활짝 열려 있어서 그곳을 들여다볼 수 있었는데, 그 안은 물과 모래로 가득 차 있었다.

5월 8일. 난파선에 다시 갔다. 물과 모래가 꽤 깨끗하게 치워진 갑판을 들어 올려 보려고 쇠지레를 갖고 갔다. 널빤지 두 개를 뒤틀어서 빼낸 다음, 이번에도 밀물에 맞춰 해안으로 가져왔다. 쇠지레는 다음 날 쓰려고 배에 두고 왔다.

5월 9일. 난파선에 다시 갔다. 쇠지레로 난파선 본체로 들어가는 길을 냈다. 나무통 몇 개가 만져져서 쇠지레로 그것들을 헐거워지게 만들었지만, 완전히 부술 수는 없었다. 말아 놓은 영국산(産) 납판들도 만져졌다. 그것들을 움직일 수는 있었지만, 너무 무거워서 옮길 수가 없었다.

5월 10일, 11일, 12일, 13일, 14일. 매일 난파선에 갔다. 많은 양의 목재 조각들과 판자, 널빤지, 2~3백 파운드의 철물을 챙겼다.

5월 15일. 납판 중에서 한 조각이라도 떼어 올 수 없을까 해서 손도끼를 두 개 가지고 갔다. 도끼날 하나를 납판 뭉치에 대고 다른 도끼로 그걸 쳐봤지만, 납판들이 물속에 1.5피트 정도 잠겨 있어서 힘을 주어 내려칠 수가 없었다.

5월 16일. 밤에 바람이 세차게 불었다. 거센 파도 때문에 배는 더욱더 파손된 듯했다. 하지만 식량으로 쓸 비둘기를 잡느라 숲에서 너무 오랜 시간을 보냈더니 조류 때문에 난파선에 갈 수가 없었다.

5월 17일. 난파선 잔해 몇 개가 내가 있는 곳에서 2마일쯤 떨어진 해안으로 떠밀려 온 게 보였다. 무엇인지 보러 갔더니 뱃머리 조각이었다. 너무 무거워서 가져올 수는 없었다.

5월 24일. 이날까지 매일 난파선에서 일했다. 고되게 일한 덕에 쇠지레로 꽤 많은 물건들을 떼어 낼 수 있었다. 처음 밀물이 되었을 때, 나무통 몇 개와 선원들이 쓰던 서랍장 두 개가 물에 떠올랐다. 하지만 이날은 바람이 해안 쪽에서 불어서 목재 조각 몇 개와 큰 나무통 한 개 외에는 아무엇도 육지로 떠내려오지 않았다. 나무통에는 브라질산 돼지고기가 들어 있었는데, 짠 바닷물과 모래 때문에 먹을 수 없는 상태였다.

6월 15일까지 나는 먹을거리를 찾아 나서야 하는 시간을 제외하고는 매일 이 작업을 계속했다. 작업 도중에도 밀물이 들어오는 시간에는 먹을거리를 찾아 나섰고, 물이 빠지면 배로 갈 준비를 했다. 이 무렵까지 나는 목재, 널빤지, 철물 등을 꽤나 많이 가져왔기 때문에 방법만 알았다면 보트 하나는 너끈히 만들 수도 있었을 것이다. 그 외에도 납판을 조금씩 나누어 여러 번 가져왔더니 합쳐서 1백 파운드 정도가 되었다.

6월 16일. 바닷가로 내려갔다가 거북이인지 자라인지 모를 큰 놈을 발견했다. 거북이를 본 것은 처음이었는데, 그 지역이 문제가 있었거나 거북이가 희소해서가 아니라 순전히 운이 나빠서였다. 나중에 알게 된 바로는, 내가 그 섬의 반대편에 살았더라면 매일 거북이 수백 마리를 잡았을 것이다. 그러나 그랬더라면 아마도 거북이를 잡기 위해 비싼 대가를 치렀을지도 모른다.

6월 17일. 거북이를 요리하며 시간을 보냈다. 거북이 몸속에 알이 60개나 있었다. 이날 잡은 거북이 살은 내가 평생 맛본 고기 중에 가장 맛있고 상큼했다. 사실 이 끔찍한 섬에 상륙한 이후로 염소와 새고기만 맛봤으니 충분히 그럴 만했다.

6월 18일. 하루 종일 비가 와서 집 안에만 있었다. 나도 모르게 비가 차갑다는 생각을 했고, 쌀쌀하다는 느낌마저 들었다. 내가 아는 한, 그 위도에서는 흔치 않은 느낌이었다.

6월 19일. 심하게 아팠다. 날씨가 춥기라도 한 듯이 몸이 덜덜 떨렸다.

6월 20일. 머리가 너무 아프고 열이 나서 밤새 한숨도 못 잤다.

6월 21일. 몹시 아팠다. 몸은 아픈데 도와줄 사람도 없고, 내 처량한 신세가 하도 걱정돼서 죽을 만큼 두려웠다. 헐에서 폭풍우를 만난 이후 처음으로 하나님께 기도를 했다. 하지만 내가 뭐라고 지껄였는지, 왜 기도했는지 거의 기억이 나지 않는다. 머릿속이 온통 뒤죽박죽이었다.

6월 22일. 몸이 조금 나아졌지만, 병에 걸린 게 아닌가 싶어서 끔찍할 정도로 불안했다.

6월 23일. 다시 상태가 아주 안 좋아졌다. 춥고 몸이 떨렸고 지독한 두통에 시달렸다.

6월 24일. 훨씬 나아졌다.

6월 25일. 오한이 심했다. 발작적인 오한이 일곱 시간이나 지속되었다. 추웠다가 더웠다가를 반복하더니 조금씩 땀이 났다.

6월 26일. 조금 나아졌다. 먹을 게 없어서 총을 들고 나갔지만 몸에 힘이 하나도 없었다. 그래도 암염소 한 마리를 잡았고 아주 힘들게 집으로 가져왔다. 고기를 조금 구워 먹었다. 끓여서 수프를 좀 만들어 먹으면 좋으련만 냄비가 없었다.

6월 27일. 오한이 다시 심해져서 하루 종일 자리에 누워 있었다. 먹지도 마시지도 못했다. 목이 너무 말라 죽을 것 같았지만, 몸이 너무 약해져서 자리에서 일어나거나 마실 물을 가져올 힘조차 없었다. 다시 하나님께 기도를 올렸지만 현기증이 났다. 사실은 현기증이 나지 않더라도 너무 무지해서 무슨 말을 해야 할지 몰랐다. 그저 누워서 "주여, 저를 보살펴 주소서. 주여, 저를 불쌍히 여기소서. 주여, 저에게 자비를 베푸소서."라고 외쳤다. 오한이 사라질 때까지 두세 시간을 아무것도 못하고 그렇게 기도한 것 같다. 그러다가 잠이 들었는데 밤늦게까지 깨지 않았다. 잠에서 깼을 때 몸이 훨씬 좋아진 느낌이 들었지만, 몸에 힘이 하나도 없고 목이 너무 말랐다. 하지만 내 거처에는 물이 하나도 없었기 때문에 아침까지 누워 있을 수밖에 없었다. 그러다가 다시 잠을 잤는데, 이 두 번째 잠에 들었을 때 다음과 같은 끔찍한 꿈을 꾸었다.

내 생각에 나는 방벽 바깥쪽 땅바닥에 앉아 있는 듯했다. 지진이 일어나고 폭풍이 불 때 앉아 있던 바로 그곳이었다. 그런데 그때 눈부신 화염에 휩싸인 사람이 거대한 먹구름 속에서 땅으로 내려오는 게 보였다. 그의 온몸은 불꽃처럼 환히 빛나서 감히 그를 볼 수 없을 정도였다. 그의 표정은 너무나 무시무시해서 말로 설명할 수가 없었다. 그가 땅에 발을 내딛자, 방금 전 지진이 났을 때처럼 땅 전체가 흔들린다는 생각이 들었다. 불안하게도 온 하늘은 번쩍이는 화염으로 가득 찬 것처럼 보였다.

그는 땅에 내려오자마자 나를 죽이려고 긴 창인지 무기인지를 손에 들고 내 쪽으로 다가왔다. 그가 좀 떨어진 둔덕까지 오더니 내게 말을 걸었는데, 목소리가 너무도 소름이 끼쳤고 그때 느낀 공포는 말로 표현조차 하기 힘들다. 내가 알아들은 말은 "이 모든 것들을 보고 아직도 뉘우치지 않다니, 이제 너는 내 손에 죽을 것이다."라는 한마디뿐이다. 나는 그가 이 말과 함께 나를 죽이기 위해 손에 들고 있던 창을 들어 올렸다고 생각했다.

이 이야기를 읽게 될 어느 누구도 이 끔찍한 광경 앞에서 내 영혼이 느꼈을 공포감을 설명할 수 있으리라고 기대하지 말아야 한다. 내 말은 비록 꿈속이었을지라도 내가 그 정도로 두려워했다는 얘기다. 따라서 잠에서 깨어 그냥 꿈을 꾸었을 뿐임을 깨달았을 때도 내 마음속에 남아 있던 그 느낌은 어떻게도 표현할 수가 없다.

안타깝게도 나는 신학적 지식이 없는 사람이었다. 그나마 아버지의 훌륭한 가르침을 통해 얻은 신학적 지식도 8년 동안 이어진 부도덕한 항해 생활과 나만큼이나 지극히 사악하고 음란한 선원들과의 지속적인 교제로 인해 모조리 닳아 없어져 버린 상태였다. 내가 기억하기로 나는 그동안 하나님을 우러러보거나 내면을 들여다보며 내 삶의 방식을 반성하려 한 적이 단 한 번도 없었다. 반대로 어리석은 영혼만이 선에 대한 소망이나 악을 가리는 양심을 품지 못한 채 전적으로 나를 압도하고 있었다. 나는 평범한 선원들 중에서 가장 무정하고 경솔하고 사악한 선원이라고 생각되는 모습 그 자체였다. 그래서 위험에 빠졌을 때 역시 하나님에 대한 두려움을 조금도 느끼지 않았고, 구원을 받는데도 하나님께 감사할 생각을 전혀 하지 못했다.

이미 지나간 과거 이야기를 다시 거론하는 참에 다음의 이야기를 덧붙일 것이며, 이를 들으면 내 주장을 더 쉽게 믿을 수 있을 것이다. 나는 오늘날까지 온갖 불행한 사건들을 겪으면서도 그것이 하나님에 의해 이루어진 일이라거나 내가 지은 죄에 대한 정당한 벌이라는 생각을 단 한 번도 갖지 않았다. 이를테면 나는 그게 아버지에 대한 내 반항적인 행동이나 지금 내가 지은 크나큰 죄, 이제껏 사악하게 살아온 내 인생에 대한 징벌이라고 생각하지 않은 것이다. 황량한 아프리카 해안을 절박한 심정으로 항해해 내려가는 동안, 나는 단 한 번도 내가 어떻게 될지에 대해 생각하지 않았다. 그리고 내가 어디로 가야 하는지 하나님께서 알려 주시기를 바란 적도, 명백하게 나를 둘러싼 위험, 잔인한 야만인, 사나운 맹수로부터 나를 지켜 달라고 하나님께 바란 적도 없었다. 오히려 나는 하나님이나 하나님의 섭리에 대해서는 조금도 생각하지 않고 순전히 자연의 원리에 따라 상식이 지시하는 대로만 움직이는 짐승이나 마찬가지였으며 실제로는 상식의 지시조차 거의 지키지 않았다.

포르투갈 선장에 의해 바다에서 구조되어 배에 올라 그에게서 자비롭고도 공평하고 명예로운 대접을 받았을 때, 나는 감사하다는 생각을 조금도 하지 않았다. 그리고 다시 난파를 당하고 파멸하여 이 섬 앞바다에서 물에 빠져 죽을 위험에 처했을 때도 전혀 회개하지 않았고 그것을 하늘의 심판이라고 생각하지도 않았다. 그저 나는 종종 혼잣말로 "나란 놈은 늘 비참하게 살아갈 팔자인 운 나쁜 놈이야."라고 지껄였을 뿐이다.

사실 처음 해안에 상륙해서 다른 선원들은 모두 물에 빠져 죽고 나만 살았다는 것을 알았을 때, 나는 너무 기뻐서 어쩔 줄을 몰랐고 황홀감 같은 것을 느꼈다. 그때 하나님의 은총이 도와주셨더라면 그런 황홀감은 진정 감사하는 마음으로 이어졌을 것이다. 그런데 그 황홀감은 시작이 끝인 감정, 즉 그냥 지나가 버리는 단순하고 흔해 빠진 기쁨으로 끝나고 말았다. 하나님께서 나를 지켜 주시고 나머지 사람들은 모두 파멸시켰는데, 오직 나만 선택하여 살려 주신 그 손길이 얼마나 선했는지는 조금도 깊이 생각해 본 적이 없었다. 하나님께서 왜 그렇게 내게만 자비로우셨는지 묻지도 않았다. 그것은 난파당한 선원들이 무사히 뭍에 오른 뒤에 기뻐하다가 펀치 술 한 잔을 들이켜고는 이내 모든 것을 잊어버리는 경우와 마찬가지였다. 사실 그때까지의 내 인생은 늘 이와 같았다.

심지어 나중에 차분히 생각을 해본 끝에 구조될 희망과 구원받을 전망이 전혀 없고 사람들의 손길이 닿지 않는 이 끔찍한 곳에 오게 된 내 처지를 깨달았을 때조차, 앞으로 굶어 죽지는 않겠다는 가능성을 본 이후에는 고통에 대한 생각이 모두 사라지면서 마음이 아주 편해졌고 내 생명을 지키고 먹고사는 데 적합한 일에 전념하기 시작했다. 나는 내가 이렇게 된 게 하나님의 심판이라거나 나를 반대하시는 하나님의 손길이라고 생각하며 괴로워하지 않았다. 그런 생각은 결코 해본 적이 없었다.

일기에서 잠시 언급한 곡식이 자란 사건은 처음에는 내게 약간 영향을 미쳤다. 내가 그 사건에 기적 같은 것이 존재한다고 생각한 동안에는 엄청난 영향을 주었다. 그러나 그게 기적이라는 생각이 사라지자마자, 그 사건이 안겨 준 감동도 이미 앞서 이야기한 대로 사라지고 말았다.

지진도 마찬가지였다. 성격상 그보다 더 끔찍한 일이 없으며, 그런 일들을 홀로 명령하는 보이지 않는 하나님을 그보다 더 직접적으로 가리키는 일이 없는데도 최초의 두려움이 사라지자마자 지진으로 인한 충격도 함께 사라졌다. 나는 가장 번창한 삶을 사는 경우처럼 하나님이나 하나님의 심판에 대해 생각하지 않았으니, 현재 내가 처한 상황으로 인한 고통이 하나님의 손길이 만든 산물이라는 생각은 더더욱 하지 못했다.

그러나 이제 몸이 아파 오면서 비참하게 죽을 수 있다는 생각이 서서히 현실로 다가오고, 강한 병마의 무게에 마음이 짓눌리며 격렬한 열병에 체력이 고갈되자, 그토록 오래도록 잠을 자던 양심이 깨어나기 시작했다. 나는 내 지난날에 대해 자책하기 시작했다. 그 삶이 보기 드물 정도로 사악했던 탓에 하나님의 심판을 자초하여 그토록 흔치 않은 타격을 입은 것이며 그토록 보복적인 방식으로 시달림을 받은 것이 분명했다.

내가 병에 시달린 지 이틀째인지 사흘째인지 되는 날에 이러한 반성이 내 마음을 아프게 짓눌렀다. 열병뿐 아니라 내 양심의 가혹한 질책까지도 어찌나 격렬했던지 나도 모르게 입에서 하나님께 올리는 기도 같은 게 새어 나왔다. 하지만 단지 공포심과 고통에서 나온 목소리일 뿐, 그 기도에 희망이나 바람이 동반되었다고 말할 수는 없었다. 머릿속은 온통 뒤죽박죽된 상태였다. 내가 저지른 죄에 대한 자각과 그런 비참한 상황에서 죽을 수 있다는 공포감이 너무나도 컸기 때문에 내 머릿속은 불안감과 온갖 망상으로 가득했다. 이렇듯 영혼이 허둥대는 상황에서 내 혀가 무슨 말을 내뱉을지 알 수 없는 일이다. 그것은 다음과 같은 외침에 가까웠을 것이다. "주여! 저는 참으로 불쌍한 인간입니다. 제가 병에 걸린다면 저는 분명 도와줄 사람이 없어서 죽을 것입니다. 저는 어떻게 되는 건가요!" 이러한 생각에 눈물이 펑펑 쏟아졌고, 한동안 아무 말도 할 수 없었다.

이 와중에 아버지가 내게 건넨 그 선의의 충고가 머릿속에 떠올랐고, 이 이야기를 시작할 때 언급한 아버지의 예언 역시 생각났다. '그런 바보 같은 길을 걷는다면 하나님께서 너를 축복해 주시지 않을 것이며, 나중에 시간적으로 여유가 생겼을 때 내 충고를 무시한 것을 반성하게 될 것이다. 그때는 과거로 돌아가려고 해도 도와줄 사람이 아무도 없을 것이다.' 나는 큰 소리로 이렇게 말했다. "자, 이제 아버지의 소중한 말씀이 현실이 된 거야. 하나님의 심판이 내게 닥쳤으니 나를 도와주거나 내 얘기를 들어 줄 사람이 아무도 없어. 자비롭게도 하나님은 나를 행복하고 편안하게 살 수 있는 삶의 위치와 계급에 속하게 해주셨는데, 나는 하나님의 명령을 거역하고 말았지. 나는 그 명령을 스스로 깨닫지 못했고 그게 얼마나 큰 축복인지 부모님을 통해 배우려 하지도 않았어. 나 때문에 부모님은 나의 어리석음에 한숨 쉬고 계시고, 이제 나는 그 결과로 이렇듯 한탄하는 신세가 된 거지. 나는 이 세상에 나를 자리 잡게 해주시고 나에게 모든 것을 편안하게 만들어 주셨을 부모님의 도움과 지원을 거절했어. 이제 나는 자연의 섭리조차 도울 수 없을 만큼 엄청나게 어려운 상황에 맞서 싸워야 해. 나는 아무런 지원도, 도움도, 위안도, 충고도 받을 수 없는 신세야." 그러고는 이렇게 울부짖었다. "주여, 제발 도와주소서. 제가 엄청난 곤경에 빠졌습니다."

이런 울부짖음을 기도라고 할 수 있을지 모르겠지만, 어쨌든 여러 해 만에 최초로 내가 하나님께 올린 기도였다. 하지만 일단은 일기로 돌아가겠다.

6월 28일. 잠을 좀 잤더니 기운이 어느 정도 회복되었다. 오한도 완전히 사라져서 자리를 털고 일어났다. 꿈 때문에 아직도 두렵고 공포심에 떨었지만, 다음 날 다시 오한이 찾아올지 모르니 아플 때를 대비하여 기운을 회복시켜 줄 무언가를 당장 챙겨 놔야겠다는 생각이 들었다. 먼저 나는 커다란 사각형 모양 병에 물을 가득 채운 뒤, 침대에서 손을 뻗으면 닿는 거리의 탁자 위에 올려놓았다. 물의 냉기가 오한을 일으킬 수도 있기 때문에 4분의 1파인트 정도의 럼주를 물에 섞었다. 그런 다음 염소 고기 한 덩어리를 숯불에 구웠는데, 도무지 넘어가지가 않았다. 주변을 걸어 다녔지만 기운이 너무 없는 데다가 내 비참한 처지를 생각하니 너무 슬펐고 마음이 무거웠다. 다음 날 병이 다시 도질까 봐 두렵기도 했다. 밤에 나는 저녁밥으로 거북이 알 세 개를 재 속에 넣어 구운 뒤 껍질째 먹었다. 이는 내가 기억하는 한 평생 처음으로 하나님께 축복을 구한 뒤 먹은 음식이었다.

식사를 마친 뒤에 조금이나마 걸어 보려고 했지만, 기운이 너무 없어서 총도 들 수가 없었다. (엽총 없이 산책을 나간 적은 없었다.) 그래서 나는 조금 걷다가 땅에 주저앉고는 눈앞에 펼쳐진 바다 쪽을 쳐다봤다. 바다는 참으로 평온하고 잔잔했다. 그곳에 앉아 있는데 문득 다음과 같은 생각이 떠올랐다.

그동안 그토록 많이 봐온 이 땅과 바다는 무엇일까? 도대체 어떻게 생겨났을까? 나는 누구인가? 야생이건 길들었건, 인간이건 짐승이건 이 모든 생명체들은 어디서 온 것일까?

분명 우리 모두는 어떤 비밀스러운 절대자에 의해 만들어졌다. 그분은 이 땅과 바다, 하늘과 대기를 만드셨다. 과연 그분은 누구인가?

그러자 이 모든 것을 만드신 분은 하나님이라는 생각이 자연스럽게 뒤

120

따랐다. 하지만 그때 기이한 생각이 들었다. 하나님이 모든 것을 만드셨다면, 그분은 그 모든 것을 인도하시고 지배하시고 더 나아가 그것들과 관계된 것들까지 전부 다스릴 것이다. 모든 것들을 만드실 수 있는 절대자라면 그것들을 인도하고 지배할 힘을 갖고 있는 게 분명하다.

그렇다면, 그분의 작품인 거대한 회로 같은 이 세상에서 그분이 모르거나 명하지 않은 일은 단 한 가지도 일어날 수 없을 것이다.

그리고 그분이 모르는 일이 단 한 가지도 일어나지 않는다면, 그분은 내가 이 섬에 와 있다는 것과 이토록 끔찍한 상황에 처해 있다는 것을 당연히 아실 것이다. 또한 그분이 명하지 않은 일은 어느 것도 일어날 수 없다면, 그분은 이 모든 일이 나에게 닥치도록 명하셨을 것이다.

이러한 결론들을 반박할 만한 근거가 전혀 떠오르지 않았다. 그래서 하나님이 이 모든 일을 내가 겪도록 명하신 게 분명하다는 생각이 더욱 강력하게 자리를 잡았다. 하나님은 나뿐 아니라 세상에서 일어나는 모든 일을 관장하시는 힘을 지닌 유일한 분이기 때문에 나는 하나님의 지시로 이 비참한 상황에 처한 게 분명했다. 그러자 곧바로 다음과 같은 생각이 들었다.

도대체 하나님은 나한테 왜 이러셨을까? 내가 뭘 했다고 이런 취급을 받았을까?

내가 불손한 말을 내뱉은 것처럼 그 즉시 내 양심이 그 질문을 제지했다. 그러고는 누군가의 목소리가 이런 말을 한다는 생각이 들었다. "이런 철면피를 봤나! 네가 뭘 했냐고 묻는 거냐? 네가 헛되이 보낸 그 끔찍한 삶을 되돌아보고 네가 뭘 했는지 스스로에게 물어봐야 하는 거 아니니? 왜 너는 훨씬 전에 파멸하지 않은 거지? 네가 야머스 정박지에서 물에 빠져 죽지 않은 이유는 뭘까? 왜 살레 해적들에게 배가 나포(拿捕)되었을 때 전투에서 죽지 않았고, 왜 아프리카 해안에서 맹수들에게 잡아먹히지 않았을까? 아니, 이곳에서도 너만 빼고 다른 선원들은 모두 죽었는데 왜 너만 물에 빠지지 않았지? 이런 상황인데도 네가 무엇을 했는지 묻고 있는 거야?"

이런 생각이 들자 나는 깜짝 놀란 사람처럼 말문이 막혔다. 나는 할 말이 아예 없어서 스스로에게 답변도 하지 못한 채 수심에 잠겨 슬픈 마음으로 자리에서 일어났다. 그리고 은신처로 돌아간 뒤 바로 잠자리에 들려는 사람처럼 방벽을 넘어갔다. 하지만 머릿속이 너무 복잡해서 도무지 잘 기분이 아니었다. 어두워지기 시작해서 의자에 앉아 등잔불을 켰다. 다시 몸이 아플지도 모른다는 불안감 때문에 너무 무서웠다. 그때 브라질 사람들은 거의 모든 병을 치료하는 데 담배 외에 다른 약을 쓰지 않는다는 사실이 생각났다. 마침 내 서랍장에는 마른 담배 한 덩이와 다소 덜 마른 담배가 조금 있었다.

나는 하나님의 명령에 따라 그곳으로 간 게 틀림없었다. 왜냐하면 이 서랍장에서 내 심신을 한꺼번에 고쳐 줄 수 있는 치료제를 발견했기 때문이었다. 서랍장을 열자 내가 찾던 물건, 즉 담배가 보였고, 그곳에 함께 넣어 둔 책 몇 권도 보였다. 나는 전에 언급한 성경 중 한 권을 꺼냈다. 그전까지 나는 시간적 여유도 없었을 뿐 아니라 성경을 들여다볼 마음의 여유도 없었다. 어쨌든 나는 성경을 집어 들어 담배와 함께 탁자로 가져왔다.

나는 담배를 어떻게 이용해야 내 병을 고칠 수 있는지 몰랐고 애초에 효과가 있는지 없는지도 확신하지 못했다. 하지만 나는 어떤 식으로든 되겠지 하는 심정으로 담배를 갖고 여러 가지 시험을 했다. 첫 번째로는 담뱃잎 한 조각을 떼어 입에 넣고 씹어 봤다. 처음에는 정말이지 머릿속이 마비되는 것 같았다. 담배가 덜 마른 상태에 맛도 강렬한 데다가 내가 담배에 많이 익숙하지 않은 탓도 있었다. 그다음으로는 소량의 담배를 한두 시간쯤 럼주에 담가 놓고 잠자리에 누울 때 그 럼주를 마시기로 했다. 마지막으로는 숯 위에 올려놓고 담배를 태운 후 숨을 참고 열기를 견딜 수 있을 때까지 코로 연기를 들이마셨다.

이런 일을 하는 와중에 나는 성경을 집어 들고 읽기 시작했지만, 담배 때문에 너무 머리가 어지러워서 적어도 그때는 참고 읽을 수가 없었다. 무심코 책을 펼쳤을 때 처음 내 눈에 들어온 구절은 다음과 같았다. "힘들 때 나를 부르라. 내가 너를 구해 주리니 네가 나를 찬미하리라."

내 상황에 너무나도 어울리는 구절이었다. 나중에 읽었을 때만큼은 아니더라도 그 구절은 당시 내게 깊은 감동을 안겼다. 사실 구해 준다는 말은 내게 아무런 의미도 없는 말로 들렸다. 그런 일은 나와 너무 거리가 멀었고 모든 것에 대해 불안감을 느끼고 있는 나에게는 도저히 불가능한 일이었기 때문에, 이스라엘의 자손들이 하나님께 고기를 먹게 해주겠다는 약속을 받았을 때 "하나님께서 이 황야에서 탁자를 차려 주실 수 있습니까?"라고 말한 것처럼 나 역시 "하나님께서 나를 이곳에서 구해 주실 수 있습니까?"라고 중얼거리기 시작했다. 그리고 여러 해 동안 내겐 어떤 희망도 없었기 때문에 이런 생각은 아주 빈번히 내 머릿속을 지배하고 있었다. 하지만 어쨌든 그 말은 내게 큰 감동을 주었으며, 나는 자주 그 말을 곱씹어 보았다. 시간이 늦었고, 앞서 말한 대로 담배 때문에 머리가 너무 어지러운 데다 졸리기까지 해서 잠을 자고 싶었다. 나는 밤에 뭔가 필요한 게 있을까 봐 동굴에 등잔불을 켜놓은 채 잠자리에 들었다. 그런데 나는 자리에 눕기 전에 평생 한 번도 하지 않은 행동을 했다. 하나님께 무릎을 꿇고 내게 한 약속을 지켜 달라고 기도를 올린 것이

다. 내가 어려울 때 하나님을 부른다면 나를 구해 주시겠다는 약속 말이
다. 나는 간간이 끊기는 미흡한 기도를 끝내고 담배를 담가 놓았던 럼주
를 들이켰다. 담배 맛이 배어 역하고 독한 맛이 나서 정말이지 가까스로
목구멍으로 넘겼다. 럼주를 마시고 잠자리에 들자마자 술기운이 맹렬하
게 머릿속으로 퍼진다는 느낌이 들었지만, 곧바로 깊은 잠에 빠져서 다
음 날 해가 중천에 뜰 때까지 한 번도 깨지 않았다. 해를 보니 대략 오후
3시 정도가 된 것 같았는데, 아니 사실은 내가 다음 하루를 꼬박 자고 그
다음 날 3시쯤에 일어난 것일지 모른다는 생각을 지금까지도 갖고 있다.
그렇지 않으면 여러 해 동안 매일매일을 일일이 계산하며 살았는데 나중
에 하루가 비게 될 이유가 없다. 내가 적도를 넘나드느라 하루를 잃었다
면 하루 이상의 날짜를 잃었어야 하기 때문이다.[29] 하지만 내 계산에 따
르면 딱 하루가 비는 게 확실한데 어떻게 그렇게 됐는지 좀처럼 알 수가
없었다.

어찌 됐든 간에, 잠에서 깨니 정말로 몸이 개운하다는 생각이 들었다.
기분도 좋고 상쾌했다. 자리에서 일어났을 때 전날보다 훨씬 기운이 생
겼고, 배가 고픈 걸 보니 속도 더 편안해진 듯했다. 요컨대, 다음 날에는
오한이 없어졌고 대신 계속 좋아지기만 했다. 이날이 29일이었다.

30일에도 물론 몸 상태는 좋았다. 나는 엽총을 들고 밖으로 나갔지만,
너무 멀리 가고 싶은 마음은 없었다. 흑기러기처럼 생긴 물새 한두 마리
를 잡아서 집으로 가져왔지만, 먹고 싶은 마음이 들지 않았다. 그래서 거
북이 알을 몇 개 더 먹었는데 아주 맛이 좋았다. 이날 저녁에 전날 내게
효과가 있었다고 생각한 약, 즉 럼주에 담근 담배를 다시 만들었지만, 이

---

29) 날짜 변경선을 기준으로 동쪽과 서쪽은 하루의 차이가 나며 적도는 날짜 구분과는 관련이 없다.
대니얼 디포는 적도와 날짜 변경선을 헷갈린 듯하다.

번에는 전날만큼은 많이 마시지 않았다. 담뱃잎을 씹는 일도, 담배 연기에 머리를 대는 일도 하지 않았다. 하지만 다음 날, 즉 7월 1일에는 내가 기대한 만큼 몸이 그리 좋지는 않았다. 오한이 조금 나기는 했지만 아주 심하지는 않았다.

7월 2일. 세 가지 방법을 모두 이용하여 약을 다시 만들었다. 마시는 양을 두 배로 늘렸고, 처음 먹었을 때처럼 몽롱해져서 잠이 들었다.

7월 3일. 오한과 발작이 완전히 사라졌다. 물론 그 후 몇 주 동안 기력을 완전히 회복한 것은 아니었다. 그렇게 기력을 모으는 동안 내 생각은 온통 '내가 너를 구해 주리라.'라는 성서 구절에 쏠려 있었다. 내가 구원될 가능성이 전혀 없다는 생각이 구원에 대한 기대를 가로막으며 마음을 아주 무겁게 짓눌렀다. 그런데 그런 생각으로 낙담하고 있을 때, 문득 내가 나의 주된 고통에서 구원받는 문제에 너무 집중하는 바람에 내가 이미 구원받았다는 사실을 무시했다는 생각이 들었다. 다시 말하면, 나는 스스로에게 다음과 같은 질문들을 던지지 않을 수 없었다. '병으로부터 경이적으로 구원받지 않았나? 너무나 고통스럽고 그토록 두려웠던 상황으로부터 구원받고도 그 사실을 알아차리지 못한 게 아닌가? 나는 내가 할 일을 다 했던가? 하나님께서 나를 구원해 주셨는데도 나는 그분에게 영광을 바치지 않았다. 다시 말하면, 나는 그것을 구원으로 인정하고 감사하지 않았다. 그러면서 어떻게 더 큰 구원을 기대할 수 있단 말인가?'

이런 생각에 마음속 깊이 가책을 느낀 나는 곧바로 무릎을 꿇고 하나님께 큰 목소리로 병에서 낫게 해주셔서 고맙다며 감사 기도를 올렸다.

7월 4일. 아침에 성경을 집어 들고 〈신약〉부터 진지하게 읽기 시작했다. 나는 매일 아침저녁으로 성경을 조금씩 읽기로 했는데, 몇 장(章)씩 읽어야 한다는 의무를 갖지 않고 생각나는 대로 읽기로 했다. 진지하게 성경 읽기를 시작한 지 얼마 되지 않아 나는 내 과거의 삶이 얼마나 사악했는지를 마음속 깊이 그리고 진심으로 깨달을 수 있었다. 그래서 내가 꾼 그 꿈의 느낌도 생생하게 되살아나서 '이 모든 일을 겪고도 네가 뉘우치지 않았다.'라는 말이 진정 머릿속을 떠나지 않았다. 나는 하나님께 참회할 수 있게 해달라고 진지하게 애원했다. 그런데 하나님의 뜻이었는지, 마침 그날 성경을 읽다가 '하나님이 그를 임금이자 구세주로 높이셔서 회개시키고 죄를 용서받게 해주셨다.'라는 구절과 마주하게 되었다. 나는 성경을 내려놓고 양손뿐 아니라 가슴까지 하늘을 향해 쳐들고는 황홀한 기쁨에 겨워 큰 소리로 외쳤다. "다윗의 아들인 예수이시여. 지극히 높으신 임금이자 구세주시여, 제게 뉘우치는 마음을 갖게 하소서!"

진정한 의미에서 이것이야말로 내 평생 처음으로 올린 기도였다. 이제야 내 처지를 제대로 인식하고 성경에서 말하는, 하나님의 격려의 말씀에 기초한 진정한 희망을 품고 기도했기 때문이었다. 이때부터 나는 하나님께서 내 기도를 들어 주시리라는 희망을 갖기 시작했다고 말할 수 있다.

그제야 나는 앞에서 언급한 '나를 불러라, 너를 구해 주리라.'라는 구절의 의미를 전과는 다르게 이해하기 시작했다. 이전에 나는 감금당한 내 처지에서 구출되는 것 외에는 구원에 대해 아무런 생각도 갖지 않았다. 실제로 내가 섬에서 자유롭게 지냈어도 이 섬은 내게 세상에서 가장 끔찍한 감옥이 분명했다. 그러나 이제 나는 그것을 다른 의미로 받아들이는 법을 배웠다. 이제 나는 내 과거의 삶을 끔찍한 혐오감을 갖고 바라보았고, 내 죄도 무시무시하다고 생각했다. 그래서 내 영혼은 하나님께서 나를 일체의 평안을 짓누르는 죄의 무게로부터 벗어나게 해주시는 것 외에는 어떤 것도 바라지 않았다. 내 고독한 삶에 대해 말하자면, 이제 그것은 아무 문제도 아니었다. 나는 그런 삶에서 벗어나게 해달라고 기도하지도 않았을 뿐 아니라 그런 생각조차 하지 않았다. 나의 그런 삶은 죄의 무게에 비하면 고려 대상조차 되지 못했다. 혹시 이 글을 읽게 될 사람들을 위해 이런 내용을 덧붙이고 싶다. 세상만사의 진정한 의미를 깨달은 사람들은 고통으로부터 구원받는 것보다 죄로부터 구원받는 것이 훨씬 더 큰 축복임을 알 수 있다는 사실을 말이다.

하지만 이제 이 이야기는 여기서 접고 일기로 돌아가겠다.

생활은 예전과 다름없이 비참했지만, 이제 나는 마음이 아주 많이 편안해졌다. 내 생각은 성경을 꾸준히 읽고 하나님께 기도를 올린 덕분에 더욱 숭고한 일을 향하고 있었다. 나는 그때까지는 전혀 알지 못했던 마음의 평안을 얻을 수 있었다. 그리고 건강과 기력 또한 회복됨에 따라 내게 필요한 모든 것을 얻고 최대한 규칙적으로 살아가기 위해 분주히 움직였다.

7월 4일부터 7월 14일까지 나는 주로 총을 들고 주변을 돌아다녔다. 물론 크게 앓고 난 뒤에 기력을 회복하는 중이라 한 번에 조금씩만 다녔다. 내가 얼마나 기력이 떨어지고 쇠약해졌는지는 상상하기 어려울 정도였다. 내가 사용한 처방은 완전히 새로운 것이었으며, 어쩌면 그런 방법으로 오한 발작을 고친 경우는 없었을지도 모른다. 내가 이 실험 결과에 근거하여 누군가에게 그 처방을 써보라고 권할 수 없는 것은 그 방법이 오한을 고치는 데는 효과가 있었지만 나를 쇠약하게 만드는 데 일조한 부분도 있었기 때문이다. 나는 한동안 신경과 팔다리가 종종 떨리는 증상을 겪었다.

나는 이번 일을 통해 우기에 멀리 돌아다니는 것, 특히 폭풍우와 허리케인이 동반된 빗속을 돌아다니는 일은 건강에 아주 안 좋다는 사실을 깨달았다. 건기에 내리는 비는 항상 그런 폭풍우가 동반되기 때문에 9월이나 10월에 내리는 비보다 훨씬 더 위험하다는 사실을 알게 되었다.

이제 이 불행한 섬에서 지낸 지도 10개월이 넘었다. 이런 상황에서 구조될 가능성은 완전히 사라져 버린 듯하다. 나는 인간의 모습을 한 어느 누구도 이 섬에 발을 디딘 적이 결코 없었다고 굳게 믿었다. 내 거처가 마음에 흡족한 느낌이 들 정도로 안전하게 완성되었다는 생각이 들자, 나는 이 섬을 더욱 완벽하게 알아보고 이 섬에서 나는 것들 중에 아직 모르는 것이 있는지 알아보고 싶다는 마음이 강하게 들었다.

7월 15일부터 나는 이 섬 자체를 더욱 자세히 알아보기 위해 길을 나섰다. 먼저 나는 강어귀부터 올라가 보기로 했다. 앞에서 말했듯이 내가 뗏목을 댔던 곳이다. 강을 따라 2마일 정도 올라갔을 때, 나는 조류가 더 이상은 올라오지 못한다는 사실과 이 강이 그냥 물이 졸졸 흐르는, 맑고 깨끗한 작은 시내에 불과하다는 사실도 알 수 있었다. 하지만 때가 건기라서 시내 곳곳에 물이 거의 없었고, 적어도 눈에 띌 만큼 시냇물을 이루며 흐를 정도로 양이 많지도 않았다.

이 시냇물 주변의 둑 위로 쾌적한 초원 내지 풀밭이 여러 군데 보였는데, 평탄했으며 부드러운 풀로 덮여 있었다. 고지대 옆으로 경사진 곳에는 물이 한 번도 넘쳐 흘러가지 않은 것처럼 보였다. 거기서는 거대하고 튼튼한 푸른 담배 줄기가 꽤 많이 자라고 있었다. 그 외에도 내가 모르거나 알 수 없는 다양한 식물들이 자라고 있었는데, 아마도 각각의 식물들에는 내가 알아낼 수 없는 효능이 있었을 것이다.

나는 그런 기후대에 거주하는 원주민들이 빵으로 만들어 먹곤 하는 카사바 뿌리를 찾아봤지만, 하나도 찾지 못했다. 커다란 알로에 나무를 봐 놓고도 그때는 그게 뭔지 몰랐다. 사탕수수도 몇 개 발견했지만 모두 야

128

생이고 제대로 관리된 게 아니라 완벽하지 않았다. 이번에는 이 정도 발견에 만족하기로 하고 돌아오는 길에 앞으로 발견할 과일이나 식물의 효능 또는 이점을 알아낼 방법이 뭐가 있을까 곰곰이 생각했지만, 결론을 낼 수가 없었다. 한 마디로 나는 브라질에 있을 때 자연을 주의 깊게 관찰한 적이 없기 때문에 들판에 자라는 식물들에 대해 아는 것이 거의 없었다. 적어도 내 곤궁한 처지에 어떤 식으로든 도움이 될 만한 지식은 거의 없었다.

다음 날인 7월 16일에도 나는 다시 같은 길을 따라 올라갔다. 전날 갔던 것보다 조금 더 올라갔더니 시냇물이 하나 보였다. 거기서부터 초원이 사라지기 시작했고 나무가 전보다 더 우거져 있었다. 여기서도 나는 여러 과일들을 발견했는데, 특히 땅에서는 무성히 자라고 있는 멜론을, 나무 위에서는 포도를 찾아냈다. 정말이지 포도 넝쿨이 나무 위에 사방으로 뻗어 있었고, 지금이 한창때인 듯 아주 잘 익은 포도송이들이 넝쿨에 주렁주렁 걸려 있었다. 나는 놀라운 발견에 대단히 기뻐했지만, 그것들을 덥석 먹으면 안 된다는 것을 경험을 통해 알고 있어서 조심했다. 북아프리카 해안에 있을 때, 거기서 노예로 일하던 영국인 몇 명이 포도를 잘못 먹고 설사와 고열에 시달리다 죽은 사실이 기억났기 때문이었다. 하지만 나는 이 포도를 제대로 활용할 방법을 찾았다. 그것은 바로 햇볕에 말려서 건포도로 보관하는 것이었다. 그렇게 해두면 포도가 나지 않을 때 두고 먹기 좋을 뿐 아니라 건강에도 좋겠다는 생각이 들었고, 실제로도 그랬다.

나는 그날 밤에 거처로 돌아가지 않고 거기서 밤을 보냈다. 말하자면 집 밖에서 처음 밤을 보낸 것이었다. 밤이 되자 나는 처음 섬에 도착했을 때처럼 나무에 올라가서 잠을 푹 잤다. 다음 날 아침에도 나는 탐사를 계속했다. 계곡의 길이로 판단할 때 정북 방향을 유지하면서 4마일 정도를 더 걸어갔다. 남쪽과 북쪽으로 작은 산들이 연달아 이어져 있었다.

이러한 행군 끝에 나는 탁 트인 평지에 도달했다. 그곳은 지대가 서쪽으로 기운 듯 보였고, 깨끗한 물이 솟는 작은 샘이 하나 있었다. 그 샘물은 언덕 옆쪽에서 솟아서 반대 방향, 즉 정동 방향으로 흘러내리고 있었다. 정말로 신선하고 푸릇푸릇한 초목이 봄철의 신록처럼 우거져 있어서인지 마치 잘 꾸며 놓은 정원을 보는 것 같았다.

그 아름다운 골짜기 옆쪽으로 조금 내려가 그곳을 바라보면서 이곳이 온통 내 것이고 내가 이 지역에 대해 누구도 빼앗을 수 없는 소유권을 가진 왕이자 군주라고 생각해 보니, (비록 다른 괴로운 생각과 뒤섞여 있었지만) 일종의 은밀한 기쁨 같은 것이 느껴졌다. 내가 이곳을 고스란히 옮길 수만 있다면 나는 영국의 어떤 영주 못지않게 완벽하게 그것을 상속 가능한 내 재산으로 삼을 수 있겠다는 생각이 들었다. 주위를 둘러보니 코코아, 오렌지, 레몬, 감귤 나무가 풍성하게 자라고 있었는데, 모두 야생이었고 그 당시에는 열매가 아주 조금 열려 있었다. 하지만 내가 딴 초록색 라임은 맛도 좋고 몸에도 아주 좋았다. 나중에 라임즙을 물에 타서 마셨더니 건강에도 좋았으며 시원하고 상쾌했다.

그리고 보니 이제 그것들을 따서 집까지 가져가는 일거리가 생긴 셈이었다. 나는 곧 닥쳐올 우기에 대비하여 포도는 물론 라임과 레몬까지 비축해 둬야겠다고 마음먹었다.

이를 위해 나는 한곳에 포도송이들을 왕창 따서 쌓아 놓았고, 다시 그보다 적은 양을 따서 다른 곳에 쌓아 놓았다. 그리고 라임과 레몬도 양껏 따서 모아 두었다. 나는 이것들을 몇 개씩만 골고루 챙겨서 집으로 돌아갔는데, 주머니든 자루든 뭔가 집어넣을 것을 만들어 와서 나머지를 모두 집으로 가져갈 작정이었다.

그렇게 그 탐사 여행에 사흘을 보낸 뒤 내 텐트 및 동굴이라 불러야 하는 집으로 돌아왔다. 그러나 집에 도착하기도 전에 포도는 모두 엉망이 되었다. 포도가 워낙 잘 익은 상태인 데다 즙의 무게에 짓눌리고 상하면서 모두 아무짝에도 쓸모가 없게 되고 말았다. 라임의 경우는 상태가 좋았지만 많이 갖고 오지를 않았다.

다음 날, 즉 19일에 나는 내 수확물을 집으로 가져올 작은 주머니 두 개를 만들어 그곳으로 돌아갔다. 그런데 막상 포도를 쌓아 놓은 곳에 가 보니 놀랄 수밖에 없었다. 딸 때는 정말로 맛 좋고 멀쩡했던 것들이 사방에 흩어져 있고 짓밟혀 있었기 때문이었다. 많은 포도송이들이 여기저기로 질질 끌려가 있었고 무엇인가가 게걸스럽게 먹어 치워 버린 모습이었다. 이 모습을 보고 나는 주위에 야생 동물이 살고 있고 그놈들이 이런 짓을 했다는 결론을 내렸다. 하지만 그놈들이 어떤 동물인지는 알 수 없었다.

어쨌든 나는 포도를 더미로 쌓아 두는 일도, 주머니에 담아 가져오는 일도 불가능하다는 것을 알게 되었다. 포도를 쌓아 두면 망가질 것이고 주머니에 담아 오면 자기 무게에 못 이겨 으깨질 것이었다. 그래서 나는 다른 방법을 택했다. 포도를 넉넉하게 딴 다음에 바깥쪽 나뭇가지에 걸어 햇볕에 말리기로 했다. 라임과 레몬의 경우는 내가 짊어질 수 있을 만큼 최대한 많이 갖고 돌아왔다.

이 여행을 마치고 집으로 돌아온 나는 흡족한 마음으로 그곳에 대해 곰곰이 생각했다. 과일도 많고 환경 자체가 쾌적할뿐더러 바다 쪽에서 불어오는 폭풍우로부터도 안전하고 주변 숲도 꽤나 내 마음에 들었다. 이러저러한 생각 끝에 내린 결론은 내가 하필이면 그 섬에서 가장 안 좋은 곳에 거처를 잡았다는 것이었다. 그래서 나는 거처를 옮기는 게 좋지 않을까 생각하면서 가능하다면 그 쾌적하고 과실이 넘치는 그곳에서 지금 거처만큼 안전한 곳을 찾아 선택하는 게 좋겠다고 생각했다.

이 생각은 오래도록 내 머릿속에 머물렀고, 실제로 한동안은 그곳이 정말로 마음에 들었다. 쾌적했기 그곳에 구미가 당긴 것이다. 하지만 이 문제를 좀 더 꼼꼼히 따져 보았더니, 내가 여기 바닷가에 있는 동안은 적어도 내게 뭔가 이로운 일이 발생할 여지가 있고, 나를 여기까지 오게 한 그 불운이 다른 불행한 존재를 똑같은 곳으로 끌고 올 수도 있다는 생각이 들었다. 그리고 물론 이런 일이 일어날 가능성이 거의 없다고 해도, 섬 한가운데 위치한 작은 산과 숲 사이에 나를 가둬 놓는다는 것은 내 삶을 구속하겠다는 뜻이고 아예 그런 일이 일어날 수 없게 할 뿐 아니라 불가능하게 만들어 버린다는 얘기였다. 따라서 나는 무슨 일이 있어도 이사를 가면 안 되는 처지라는 결론을 내렸다.

하지만 나는 그곳이 너무나 마음에 들어서 7월의 남은 기간 동안 그곳에서 많은 시간을 보냈다. 비록 다시 생각한 끝에 앞에서 말한 것처럼 이사는 안 하기로 결심했지만, 나는 그곳에 작은 정자 같은 것을 하나 지어 놓았다. 나는 정자에서 거리를 좀 두고 내가 넘어 다닐 수 있는 높이로 튼튼한 이중 울타리 방벽을 세웠다. 말뚝을 잘 박아 그 사이에 잔가지들을 채워 놓았다. 이제 나는 여기서도 아주 안전하게 잠을 잤는데, 가끔은 2~3일씩 머물기도 했다. 예전처럼 늘 사다리로 울타리를 넘었다. 이렇게 해서 나는 해변의 거처뿐 아니라 전원주택까지 갖게 되었다. 이 작업은 8월 초까지 계속되었다.

새로이 울타리를 완성하고 내 노력의 결과물을 즐기려고 할 즈음 우기가 찾아오는 바람에, 나는 처음 거처에서 꼼짝없이 지내야 했다. 저번 것과 비슷하게 돛대용 천으로 텐트를 잘 쳐놓았지만, 그곳에는 폭풍우를 피할 수 있는 은신처용 언덕이나 비가 억수같이 쏟아질 때 들어가 있을 동굴도 없었다.

말한 대로 8월이 시작할 즈음, 나는 정자를 마무리하고 그곳 생활을 즐기기 시작했다. 8월 3일에 나무에 매달아 놓은 포도가 완벽하게 말라서 정말로 훌륭한 건포도가 되어 있는 것을 보고 그것들을 나무에서 걷기 시작했다. 그렇게 포도를 거둬 놓고 보니 무척 만족스러웠다. 하마터면 곧이어 시작된 장맛비를 맞아 포도가 다 망가질 뻔했기 때문이었다. 그랬다면 나는 최고의 겨울 식량을 모두 잃어버렸을 것이다. 내가 수확한 건포도는 커다란 포도송이로 2백 개가 넘는 양이었다. 건포도를 모두 걷어서 동굴 집으로 거의 다 옮겨 놓자마자 비가 내리기 시작했다. 건포도를 집으로 가져온 8월 14일부터 10월 중순까지 양의 차이는 있었지만 매일 비가 내렸다. 가끔은 억수로 퍼부어서 며칠씩 동굴 밖으로 나가지도 못했다.

이 우기 동안 나는 식구가 늘어나는 바람에 무척 놀랐다. 나는 내 고양이 중 한 마리가 도망쳐서 죽지 않았을까 걱정하고 있었다. 이후 고양이가 어떻게 되었는지 전혀 알 수 없었는데, 8월 말쯤 그 고양이가 새끼 세 마리와 집으로 돌아와서 내게 놀라움을 안겼다. 더욱 이상했던 것은 내가 언젠가 야생 고양이라고 생각한 어떤 고양이를 총으로 쏴 죽인 적이 있었는데 당시 나는 그 고양이가 우리 유럽에서 보던 것과는 전혀 다른 품종이라고 생각했었다. 그런데 이 새끼들이 어미와 마찬가지로 집에서 키우는 품종이었던 것이다. 집에 있던 두 마리 모두 암컷이었기 때문에 나는 정말 이상한 일이라고 생각했다. 여하튼 이 세 마리를 시작으로 고양이들이 집에 득실거리게 되는 바람에 골치를 썩었다. 결국엔 해충이나 맹수처럼 고양이를 죽여 버리거나 집에서 최대한 내쫓을 수밖에 없었다.

8월 14일부터 26일까지 계속 비가 오는 바람에 나는 외출을 할 수 없었다. 비에 너무 젖지 않도록 매우 조심했다. 이렇게 집에 갇혀 있다시피 하니 먹을거리가 부족해져서 과감하게 두 번 밖으로 나갔다. 첫날은 염소를 잡고, 마지막 날인 26일엔 아주 큰 거북이 한 마리를 잡았다. 거북이는 내 입에 꽤 잘 맞았다. 나는 다음과 같이 식단을 짰다. 아침에는 건포도 한 송이를 먹고, 점심에는 염소 고기나 거북이 고기를 구워 먹었다. 불행히도 내게는 무엇을 끓이거나 삶을 용기가 없어서 저녁에는 거북이 알 두세 개를 먹었다.

이렇게 비 때문에 집에 틀어박혀 있는 동안 나는 매일 두세 시간씩 동굴을 넓혔다. 한쪽으로 동굴을 점차 넓혀 나가다 보니 언덕 밖까지 도달하여 바깥으로 나가는 문을 만들었다. 울타리 방벽 너머로 통하는 문이었다. 나는 그 문으로 드나들었다. 하지만 그쪽을 열어 놓는 게 항상 마음 편한 일만은 아니었다. 전에는 완벽하게 차단된 상태에서 지낼 수 있었지만, 이제는 그 문 때문에 무엇이든 침입할 수 있다는 생각이 들었다. 하지만 아직 두려워할 만한 생명체가 있는지는 확인하지 못한 상태였고, 지금까지 섬에서 본 가장 몸집이 큰 동물은 염소였다.

9월 30일에 나는 이 섬에 상륙한 지 1년이 되는 불행한 기념일을 맞이했다. 막대 기둥에 새긴 눈금을 보고 섬에 온 지 365일이 되었다는 사실을 알 수 있었다. 이날 나는 엄숙하게 금식을 하며 지냈고, 따로 종교 의식도 치렀다. 가장 진지하고 겸손한 태도로 바닥에 엎드려 하나님께 내 죄를 고백하고, 하나님의 공정한 심판을 인정하면서 예수 그리스도를 통해 내게 자비를 베풀어 달라고 기도를 올렸다. 열두 시간 동안, 해가 지기 전까지 아무것도 먹지 않고 있다가 해가 진 후에야 비스킷 한 조각과 포도송이 하나를 먹었다. 그다음 하루를 시작할 때와 같이 하루를 마치며 잠자리에 들었다.

지금까지 섬에서 지내는 동안 나는 안식일을 지키지 않았다. 처음에는 마음속에 종교에 대한 의식이 전혀 없었기 때문이었고, 얼마 지난 후에는 평일보다 더 길게 금을 새기는 방법으로 안식일을 표시하면서 일주일을 구분하는 것을 깜빡 잊는 바람에 무슨 요일인지 몰랐기 때문이었다. 이제 앞에서 말한 대로 날짜를 다 계산해 본 덕에 1년이 지난 것을 알았으니, 365일을 일주일씩 나누어 매주 일곱 번째 날을 안식일로 따로 구분할 수 있었다. 비록 끝까지 날짜를 계산해 보니 하루 이틀 정도가 비는 것을 알게 됐지만 말이다.

이 일이 있고 얼마 지나지 않아 잉크가 떨어지기 시작했다. 그래서 나는 매일의 일상을 계속 기록하는 것은 포기하고, 대신 살면서 가장 주목할 만한 사건들만 기록하면서 잉크를 아껴 쓰는 것에 만족하기로 했다.

이제는 우기와 건기가 규칙적으로 나타나는 게 보이기 시작하자, 나는 두 시기를 구분하여 그에 따라 할 일을 미리 준비해 두는 법을 터득하게 되었다. 하지만 나는 모든 것을 터득하기 전에 값비싼 희생을 치렀으며, 온갖 경험을 통해 그 모든 것을 얻을 수 있었다. 지금부터 하려는 이야기는 내가 시도한 일 중에 가장 실망스러운 부분일 것이다. 앞에서 내가 보리와 쌀 이삭이 저절로 솟은 줄만 알아서 깜짝 놀랐고 그때 보리와 쌀 이삭을 조금 챙겨 두었다는 얘기를 했었다. 대략 벼 이삭은 30개, 보리 이삭은 20개 정도가 있었는데, 우기도 끝난 뒤였고 내 쪽에서 봤을 때 태양도 남쪽에 있어서 나는 씨를 뿌리기에 딱 좋은 때라고 생각했다.

그래서 나는 나무 삽으로 최선을 다해 땅 한쪽을 간 다음 두 구획으로 나눠서 씨를 뿌렸다. 그런데 씨를 뿌리다가 문득 지금이 씨를 뿌리기에 좋은 시기인지 알 수 없으니 첫 파종에 내가 가진 씨앗을 모두 뿌리는 건 바람직하지 않다는 생각이 들었다. 그래서 씨를 3분의 2만 뿌리고 각각 한 줌 정도는 남겨 두었다.

이 일은 나중에 내게 정말로 큰 위안이 되었다. 그때 뿌린 씨앗 중에 싹을 틔운 게 하나도 없었기 때문이었다. 씨앗을 뿌린 뒤에 비가 전혀 내리지 않는 건기가 곧바로 이어지면서 흙에 곡식이 자랄 수 있게 도와줄 물기가 하나도 없었다. 결국 아무것도 올라오지 못하다가 우기가 시작되면서 마치 새로 뿌린 듯이 씨앗이 자랐다.

내가 처음 뿌린 씨앗들이 전혀 자라지 않았다는 사실을 알게 된 나는 실패의 원인을 쉽사리 가뭄이라고 판단하고는 수분이 좀 더 많은 촉촉한 땅을 찾아 다시 파종을 하려고 했다. 나는 내 정자 근처에 땅 일부를 다시 간 다음, 춘분(春分)을 조금 앞둔 2월에 나머지 씨앗을 뿌렸다. 이제는 우기에 속한 3~4월이 오기 때문에 물이 충분히 공급될 수 있었고, 그 덕에 싹이 아주 기분 좋게 솟아나서 수확량도 꽤 괜찮았다. 하지만 갖고 있는 씨를 모두 뿌릴 엄두가 나지 않아 남아 있는 씨 중에 일부만 뿌렸기 때문에 최종 수확량은 그리 많지 않았다. 보리와 쌀은 각각 0.5펙[30]을 넘지 않았다.

그러나 이러한 시행착오를 통해 나는 이 일에 아주 능숙해졌고, 이제는 언제 씨를 뿌려야 적합한지를 정확히 알 수 있었다. 나는 해마다 두 번 파종하여 두 번 수확할 수 있다는 사실도 알아냈다.

이 곡식이 자라고 있는 동안, 나는 나중에 내게 큰 도움이 된 작은 사실 하나를 발견했다. 11월쯤에, 정확히는 우기가 끝나고 날씨가 좋아지

---

30) peck. 1펙은 약 9리터에 해당하는 용량이다.

기 시작할 무렵, 나는 내 정자를 찾았다. 몇 달을 오지 않았는데도 모든 것이 내가 떠날 때 그대로였다. 내가 만들어 놓은 둥근 이중 울타리는 견고하고 온전했을 뿐 아니라 근처에서 자라는 나무에서 잘라 박은 말뚝마다 나뭇가지가 길게 자라 있었다. 버드나무 윗가지를 치고 나면 다음 해에 나뭇가지가 새로 돋아나는 현상과 비슷했다. 나는 이 말뚝들을 잘라 낸 나무를 뭐라 불러야 할지 몰랐지만, 그 어린 나무들이 자라는 모습을 보니 놀라우면서도 무척 기뻤다. 나는 가지치기를 해서 가능한 비슷하게 자라도록 최선을 다해 정리했다. 3년 뒤에 그것들이 얼마나 아름답게 자랐는지는 믿을 수 없을 정도이다. 이제는 나무라고 불러도 될 듯한 이 울타리는 직경이 25야드 정도의 원형이었지만, 곧이어 나무들로 뒤덮이면서 건기 내내 지내도 될 정도로 완벽한 그늘을 만들어 주었다.

이 일을 계기로 나는 말뚝을 더 잘라 내어 내 첫 번째 거처의 방벽 주위에도 반원 형태로 이런 울타리를 치기로 마음먹었고, 실제로도 그렇게 했다. 처음 울타리에서 8야드 정도 떨어진 곳에 두 줄로 심은 나무 혹은 말뚝들은 이내 쑥쑥 자랐다. 처음에는 내 거처를 덮어 주는 훌륭한 가리개 역할을 했고 나중에는 방어용으로도 톡톡히 역할을 했다. 이 이야기는 나중에 때가 되면 하겠다.

내가 알아낸 바로는 이곳의 계절은 유럽에서처럼 여름과 겨울로 나뉘는 게 아니라 우기와 건기로 구분되었고, 대개 다음과 같았다.

2월의 후반, 3월, 4월의 전반
우기, 이때 태양의 위치는 춘분점 위 또는 그 근처이다.
4월의 후반, 5월, 6월, 7월, 8월의 전반
건기, 이때 태양의 위치는 적도 북쪽이다.

8월의 후반, 9월, 10월의 전반

우기, 이때 태양의 위치가 다시 돌아온다.

10월의 후반, 11월, 12월, 1월, 2월의 전반

건기, 이때 태양의 위치는 적도 남쪽이다.

가끔 우기는 바람이 부는가에 따라 더 길어지거나 짧아지기도 했지만, 내가 관찰한 결과는 대체로 이랬다. 비를 맞으며 밖에 돌아다닐 때 좋지 않은 일이 생긴다는 사실을 경험으로 알게 된 후에는 부득이 나가야만 하는 경우가 없도록 미리 식량을 준비해 놓는 데 주의를 기울였다. 그리고 우기에는 되도록이면 집 안에서 지냈다.

이 우기 동안에도 나는 할 일이 많았다. (그래서 시간을 보내기도 딱 좋았다.) 내가 힘들여 일하고 지속적으로 몰두하지 않으면 마련할 재간이 없는 것들이 꽤 많았기 때문이었다. 나는 특히 바구니를 직접 만들어 보려고 여러 가지 방법을 시도했지만, 재료로 택한 잔가지들마다 잘 부러지는 바람에 아무 소용이 없었다. 그런데 내가 어릴 적에 아버지가 사시던 마을의 바구니 가게에서 세공업자들이 고리버들 세공 제품을 만드는 모습을 즐겨 봤던 것이 지금의 나에게 아주 큰 도움이 되었다. 아이들이 다 그렇듯이 당시에 나도 주제넘게 돕겠다고 나서기도 했고 그들이 바구니를 어떻게 만드는지 유심히 관찰하기도 했다. 실제로 가끔은 세공업자들을 거들기도 했던 터라 고리버들 세공 방식을 완벽하게 알고 있다. 그러니 내게 필요한 것은 재료밖에 없었다. 그런데 그때 내가 말뚝으로 쓰려고 잘라 낸 나뭇가지들이 영국의 갯버들이나 버드나무, 고리버들만큼 질길지도 모르겠다는 생각이 들어서 그걸로 바구니를 만들어 보기로 했다.

다음 날 나는 내 스스로 전원주택이라 부르는 그 집으로 갔다. 다른 가지들보다 짧은 것들을 조금 잘라 봤더니 내가 원하는 목적에 딱 맞다는 사실을 알 수 있었다. 그래서 다음에는 많은 양을 잘라 낼 수 있는 손도끼를 준비하여 갔는데, 그곳에는 그 나무가 워낙 많아서 수월하게 찾아낼 수 있었다. 나는 원형 울타리 안에서 이것들을 쌓아 말렸고 사용하기에 적당히 말랐을 때 동굴로 모두 날랐다. 그리고 다음번 우기 내내 최선을 다해 엄청나게 많은 바구니를 만드는 일에 열중했다. 나는 필요에 따라 흙을 나르는 용도나 물건을 운반하거나 보관하는 용도로 썼다. 물론 아주 멋지게 만든 것은 아니었지만, 어쨌든 내 목적에 맞게 사용하는 데 문제는 없었다. 이후에 나는 바구니가 떨어지는 일이 절대 없도록 신경을 썼고, 하나가 망가져서 못쓰게 되면 또다시 만들었다. 특히 곡식을 담아 둘 수 있는 깊고 튼튼한 바구니를 만들었는데, 곡식을 많이 수확하게 되면 자루 대신 쓸 생각이었다.

이 어려운 일을 능숙하게 처리하느라 막대한 시간을 쓰고 난 뒤 나는 내게 필요한 다른 두 가지 물건도 만들 방법이 있는지 알아보려고 했다. 우선 내게는 럼주로 거의 가득 찬 작은 통 두 개와 평범한 크기의 유리병 몇 개, 물이나 술 같은 것을 담을 수 있는 네모난 모양의 병 외에는 액체를 담을 만한 용기가 없었다. 배에서 가져온 커다란 주전자 말고는 무언가를 끓여 먹을 냄비도 없었다. 그 주전자는 내가 바라던 용도, 이를테면 수프를 만들거나 고기를 끓여 먹기에는 너무 컸다. 두 번째로 내가 갖고 싶었던 것은 담배 파이프였다. 당시 나에게는 그것을 만드는 일이 불가능해 보였지만, 결국엔 그것도 만들 방법을 찾아냈다.

나는 여름 혹은 건기 내내 두 번째 말뚝 혹은 막대를 심는 일과 세공품 만드는 일에 전념했다. 그런데 또 다른 일이 생기면서 내가 할애할 수 있겠다고 생각했던 것보다 더 많은 시간이 소모되었다.

앞서 나는 섬 전체를 둘러보고 싶은 마음이 커서 시냇물 근처까지 올라갔고, 다시 정자를 지은 곳과 섬 반대편 바다가 보이는 탁 트인 곳까지 올라갔다는 얘기를 한 적이 있다. 이제 나는 섬을 가로질러 그쪽 바닷가에 가보기로 결심했다. 그래서 엽총과 도끼를 챙기고 평소보다 많은 양의 화약과 총알을 준비하고는 비스킷 빵 두 덩어리와 꽤 많은 양의 건포도를 주머니에 넣어 개와 함께 여행을 떠났다. 앞서 얘기한 내 정자가 있는 계곡을 지나서 서쪽으로 바다가 보이는 곳에 이르자 날씨가 워낙 맑아서인지 저 멀리 있는 육지가 뚜렷하게 보였다. 섬인지 대륙인지는 알 수 없었지만, 서쪽에서 서남서쪽으로 아주 멀리 뻗어 있는 육지는 꽤나 지대가 높아 보였다. 짐작컨대 적어도 15~20마일 정도는 떨어져 있는 것 같았다.

나는 이 육지가 아메리카 대륙의 일부일 것이라는 추측만 했고 그곳이 이 세상 어디쯤에 속해 있는지 알 수 없었다. 내가 관찰한 내용을 모두 종합해 보면, 그곳은 스페인령 근처가 분명했다. 온통 야만인들로 득실거리는 곳일 수도 있었다. 만약 그곳에 상륙했더라면 나는 지금보다도 더 열악한 상황에 처해 있을 것이다. 따라서 나는 이제부터 인정하고 믿기 시작한 하나님의 섭리가 모든 것이 최선의 결과를 향해 가도록 명령하셨음을 받아들였다. 한 마디로 나는 이런 생각으로 내 마음을 진정시킨 뒤에 그곳에 가봤으면 하는 헛된 희망으로 나 자신을 괴롭히는 일을 그만두었다.

게다가 이 일에 대해 조금 더 생각해 보니, 저 육지가 스페인 해안이라면 언젠가는 이쪽저쪽으로 지나가는 배를 볼 것이 분명하다는 결론이 나왔다. 하지만 만약 그렇지 않다면 그곳은 브라질과 스페인령 사이에 위치한 야만인 해안이라는 얘기였다. 그들은 사람을 잡아먹는 식인종이므로 최악의 야만인들이라고 할 수 있었다. 그들은 자기들 손에 들어온 사람은 반드시 죽여서 잡아먹었다.

나는 이런 생각을 하면서 아주 천천히 앞으로 걸어갔다. 나는 내가 지금 와 있는 지역이 내 거처가 있는 곳보다 훨씬 더 살기 좋다는 사실을 알게 되었다. 탁 트인 초원은 온갖 꽃과 풀로 아름답게 장식되어 있었고 사방이 아주 멋진 숲으로 둘러싸여 있었다. 앵무새도 무척 많이 보였는데, 가능하다면 한 마리를 잡아서 길들여 나한테 말하는 법을 가르치고 싶었다. 약간 고생은 했지만 결국 나는 새끼 앵무새를 한 마리 잡았다. 막대기로 앵무새를 쳐서 쓰러뜨린 뒤 그 녀석이 정신을 차렸을 때 집으로 데려왔다. 하지만 앵무새가 말을 할 수 있게 만들기까지는 여러 해가 걸렸다. 어쨌든 나는 녀석에게 내 이름을 아주 친근하게 부르도록 가르쳤다. 별일은 아니지만 이후에 재미있는 사건이 일어나는데, 때가 되면 이야기하겠다.

나는 이번 여행이 참으로 즐거웠다. 저지대에서는 그냥 내가 생각하기에 토끼로 보이는 동물과 여우를 봤지만 지금까지 내가 본 종류들과 아주 달랐다. 이 동물들을 여러 마리 잡기는 했지만 먹어 보고 싶은 마음은 없을뿐더러 무모하게 먹어 볼 필요도 없었다. 먹을거리가 부족하지 않은 데다가 내 식량이 꽤 좋은 것들이었기 때문이었다. 특히 세 가지 먹을거리, 즉 염소, 비둘기, 거북이에다가 포도까지 더하면 런던의 식료품 시장인 레든 홀 시장도 손님 수에 비례하여 이보다 더 훌륭하게 식탁을 차릴 수 없을 것이다. 내 처지에 비록 한숨이 절로 흘러나올지라도 먹을거리 때문에 극한까지 내몰리지 않는다는 점에서, 더군다나 그것들이 풍부하고 맛있기까지 하다는 점에서 나는 감사해야 할 이유가 충분했다.

이번 여행을 하면서 나는 하루에 2마일 이상을 곧장 가지 않았다. 대신 뭔가를 발견할 수 있는지 둘러보기 위해 아주 여러 번 방향을 틀기도 하고 돌아가기도 했다. 그래서 하룻밤 묵기로 마음먹은 지점에 도착할 때쯤에는 무척 지쳐 있었다. 나는 나무에 올라가서 쉬거나 한 나무와 다른 나무 사이에 일렬로 막대기를 박아 놓는 방법 등으로 야생 동물이 다가와 잠을 깨우지 못하게 했다.

해변에 도착한 순간, 나는 내가 그 섬에서 최악의 장소에 거처를 정했다는 사실을 새삼 깨닫고 놀랐다. 이쪽 해안은 무수히 많은 거북이들로 뒤덮여 있는데 반해, 반대쪽 해안에서는 1년 반 동안 겨우 세 마리밖에 보지 못했기 때문이었다. 그리고 온갖 종류의 새들이 무수히 많았는데 전에 본 것들도 있고 아닌 것들도 있었다. 많은 새들이 식용으로 아주 좋은 것들이었다. 하지만 펭귄이라 불리는 녀석들만 빼고는 이름을 알 수 없었다.

물론 맘껏 새를 잡을 수도 있었지만 나는 화약과 총알을 아껴야 했다. 그래서 먹을거리로 더 나은 암염소를 잡고 싶은 마음이 더 커졌다. 이곳에는 내가 사는 쪽보다 염소가 더 많았지만, 염소에게 다가가기가 훨씬 더 어려웠다. 지형이 평평하고 고른 탓에 내가 언덕에 있을 때보다 염소들이 나를 훨씬 더 빨리 알아차렸다.

이 지역이 내가 사는 지역보다 훨씬 더 살기 좋다는 점은 인정하지만, 이쪽으로 거처를 옮기고 싶은 마음은 전혀 없었다. 이미 내 거처에 정착한 상황이라 그곳이 자연스럽게 느껴졌고, 이곳에 있는 내내 집을 떠나 여행을 와 있다는 느낌이 계속 들었다. 그래도 나는 해안을 따라 동쪽으로 12마일 정도를 여행한 다음, 커다란 말뚝을 세워 표시해 놓고 집으로 돌아가기로 마음먹었다. 그리고 다음 여행은 내 거처에서 동쪽으로 가서 섬의 반대쪽으로 쭉 돌다가 말뚝까지 도달해 보자고 결심했다. 이 이야 기도 순서가 되면 해주겠다.

나는 올 때와는 다른 길로 돌아갔다. 섬 전체를 손쉽게 파악할 수 있을 거란 생각에 지형만 봐도 내 첫 번째 거처를 당연히 찾을 수 있으리라 판 단했다. 하지만 오산이었다. 2~3마일 정도 갔을 때 내가 아주 큰 계곡을 따라 내려가고 있음을 깨달았는데, 숲으로 뒤덮인 언덕에 둘러싸인 곳이 라서 해의 위치만 파악할 수 있을 뿐 도대체 어느 방향으로 가야 할지 알 수가 없었다. 하루 중 그 시간에 해가 어디에 있는지 잘 알지 못했다면 그마저도 어려운 일이었을 것이다.

게다가 더 운이 나빴던 것은 이 계곡에 있는 동안 사나흘째 계속 안개 가 끼는 바람에 해가 보이지 않았다는 사실이다. 나는 아주 불안한 마음 으로 헤매고 다니다가 결국엔 바닷가로 가서 내가 세운 말뚝을 찾은 다 음, 왔던 길로 되돌아가야만 했다. 그러고 나니 쉽게 집으로 돌아올 수 있었지만, 날씨가 무척이나 더웠고 엽총, 탄약, 도끼 등의 물건들이 몹시 무겁게 느껴졌다.

이번 여행 도중에 내 개가 새끼 염소 한 마리를 습격하여 덮친 일이 있 었다. 나는 녀석을 산 채로 잡기 위해 잽싸게 뛰어가서는 개에게서 염소 를 떼어 냈다. 할 수만 있다면 염소를 집으로 데려가서 키우고 싶었다. 사실 탄약과 총알이 다 떨어져도 새끼를 한두 마리 잡아다가 가축으로 키우면 그 녀석들을 잡아먹을 수 있지 않을까 자주 생각하곤 했었다.

나는 늘 갖고 다니는 밧줄용 실로 끈을 만들어 이 새끼 염소에게 목줄 을 걸었다. 그러고는 조금 힘들었지만 녀석을 정자까지 끌고 와 그곳에 가둬 놓고 왔다. 거의 한 달 넘게 집을 비운 터라 집에 너무 가고 싶어서 안달이 날 지경이었다.

내 옛집으로 돌아와 해먹에 누우니 얼마나 흡족한지 말로 다 표현할 수 없을 정도였다. 짧지만 정해진 거처 없이 여기저기 돌아다닌 이번 여행이 내게는 결코 유쾌하지 않았다. 그에 비하면 내가 혼잣말로 내 집이라 부르는 이곳이야말로 내게는 완벽한 거처였다. 그리고 주변의 모든 것이 나를 너무나도 편하게 만들어 주었기 때문에 나는 이 섬에 눌러 사는 것이 내 운명이라면 다시는 집에서 멀리 떠나지 않겠다고 결심했다.

나는 집에서 일주일 동안 머물면서 긴 여행의 여독을 풀고 기운을 회복했다. 그동안 나는 아주 중요한 일에 대부분의 시간을 썼는데, 그 일은 이제 완벽하게 길이 들어서 나와 많이 친해진 앵무새 폴의 새장을 만드는 것이었다. 그 일을 마치고 나자 작은 원형 울타리에 가둬 놓고 온 가여운 새끼 염소가 떠올랐다. 그 녀석을 집으로 데려오거나 먹을 것을 줘야겠다는 생각이 들었다. 정자에 가보니 녀석은 내가 가둬 둔 곳에 그대로 있었다. 실제로 그 녀석은 밖으로 탈출할 수 없는 신세였기 때문에 아무것도 먹지 못해 굶어 죽기 직전이었다. 눈에 띄는 대로 나뭇가지와 관목 가지들을 잘라서 곧장 녀석에서 던져 주었다. 녀석이 그걸 다 먹는 것을 보고 전처럼 목줄을 묶어 끌고 갈려고 했지만, 녀석이 너무 허기졌던 탓인지 하도 온순하게 굴어서 그럴 필요도 없었다. 녀석은 그냥 개처럼 나를 졸졸 따라왔다. 계속 먹이를 주니 녀석은 너무나도 사랑스럽고 순하고 귀엽게 굴었다. 그래서 그때부터 그 녀석은 나의 애완동물 중 하나가 되었고 이후에 결코 내 곁을 떠나려고 하지 않았다.

추분 우기가 다시 찾아왔다. 그리고 9월 30일은 내가 이 섬에 도착한 기념일이어서 전과 마찬가지로 엄숙하게 보냈다. 섬에 온 지 2년째가 되었지만 처음 이곳에 온 날처럼 구조될 가망은 전혀 없었다. 나는 고독한 처지 속에서도 내가 누린 온갖 놀라운 자비로움을 겸손하고 감사하는 마음으로 인정하면서 온종일을 보냈다. 그것마저 없었다면 내 처지는 한없이 더 비참해졌을 것이다. 나는 내가 자유로운 사회에서 세상의 모든 쾌락을 누리며 살 때보다 이 고독한 처지에서 더 행복할 수 있다는 것을 기꺼이 알려 주신 하나님의 은혜에 대해 소박하고도 진심 어린 감사를 드렸다. 그리고 하나님께서 내 고독한 삶에 부족한 것, 즉 다른 사람과의 교류가 없는 부분을 하나님의 존재로 완벽하게 벌충해 주시고, 그분의 섭리에 의지하라고 지지하고 위로하고 격려해 주심으로써 내 영혼에 은총을 전해 주시고, 영원한 내세의 존재에 대한 희망을 주신다는 점에 대해서도 감사를 드렸다.

이제야 나는 지금 내가 살고 있는 이 삶이 아무리 비참한 상황일지언정 과거에 영위했던 그 사악하고 지긋지긋하고 가증스러운 삶보다 훨씬 더 행복하다는 것을 제대로 느끼기 시작했다. 이제 내 슬픔과 기쁨이 모두 바뀌었다. 처음 내가 여기 도착했을 때나 지난 2년 동안에 비하면, 내 욕망 자체도 변했고 내 성질을 분출하는 양상이 달라졌을 뿐 아니라 즐거워하는 일도 완전히 새로워졌다.

예전에는 사냥이나 섬을 둘러보기 위해 주위를 돌아다닐 때면 갑자기 내 처지가 떠오르면서 내 영혼에 고통이 엄습하곤 했다. 나를 둘러싼 숲, 산, 황야를 둘러보거나 내가 이 무인도에서 구원받을 가능성도 없이 바다의 영원한 창살과 빗장에 갇혀 사는 죄인 같다는 생각만 하면, 심장이 무너져 내리면서 죽을 것만 같았다. 마음이 아주 평온할 때도 이런 생각이 폭풍처럼 불쑥 치밀어 오르면, 양손을 움켜잡고 어린아이처럼 목 놓아 울곤 했다. 가끔은 일하는 중에도 그런 생각이 나를 덮쳤는데 그럴 때면 이내 바닥에 주저앉아 한숨을 쉬며 한두 시간을 그저 멍하니 땅바다만 바라보았다. 사실 이런 경우가 내게는 더 좋지 않았다. 울음을 터뜨리거나 말로라도 감정을 분출할 수 있다면, 슬픔이 제풀에 지쳐서 앞서 말했던 생각이 사라지거나 줄어들었을 것이기 때문이다.

그러나 이제 나는 새로운 생각으로 나 자신을 단련하기 시작했다. 나는 매일 하나님의 말씀을 읽고 그로부터 얻은 모든 위안을 내 현재 상태에 적용했다. 어느 날 아침, 너무 슬픈 생각이 들어서 성경을 펼쳤더니 다음과 같은 말씀이 적혀 있었다. "나는 결코, 결코, 너를 떠나지 아니하며 너를 버리지 아니하리라." 나는 이 구절을 보자마자 나를 위한 말씀이라는 생각이 들었다. 그렇지 않다면 왜 내가 하나님과 사람들로부터 버림받은 사람처럼 내 처지를 슬퍼하고 있는 바로 그 순간에 그 구절이 그런 식으로 내 눈앞에 펼쳐졌겠는가? 그때 나는 말했다. "하나님께서 나를 버리지 않으신다면, 이 세상이 나를 버린다 해도 그것은 전혀 나쁜 일이 아니며 아무런 상관도 없습니다. 반대로 내가 세상을 다 갖고 하나님의 은혜와 축복을 잃고 만다면, 그보다 더한 상실은 없을 것입니다."

이 순간부터 나는 지금 홀로 버려진 이 상황이 세상의 어떤 특별한 상황에 처한 것보다 더 행복할 수 있다는 결론을 마음속으로 내리기 시작했다. 이런 생각을 하며 나는 나를 이곳에 데려오신 데 대해 하나님께 감사를 드리려 했다.

그런데 그 순간 그게 뭔지는 모르겠지만 어떤 생각이 떠오르면서 머릿속에 충격이 가해졌다. 차마 입 밖으로 내뱉을 수 없는 표현이었다. (사실 나는 크게 들릴 정도로 말했는데) 아마 "아무리 네가 만족하려고 애써도 지금의 처지에서는 오히려 구출되기를 진심으로 기도하고 싶을 텐데 되레 감사하는 척을 하다니 어찌 그리 위선자처럼 굴 수 있지?" 정도의 말이었을 것이다. 그렇게 나는 그쯤에서 멈추고 말았다. 하지만 말로다 표현하지는 못해도 나는 나를 그곳으로 데려오신 하나님께 감사했다.

146

그리고 그 어떤 괴로움을 안겨 주는 섭리라 해도 그것을 통해 내 지난 삶을 직시하고 나의 사악함을 한탄하고 회개할 수 있도록 눈을 뜨게 해주신 데 대해 하나님께 진심으로 감사드렸다. 성경을 펼치거나 닫을 때마다 내 내면 속 영혼은 내가 시키지 않았는데도 영국에 있는 친구가 내 물건들과 함께 성경을 챙기도록 인도하시고 이후 난파선에서 내가 성경을 꺼내게 도와주신 하나님을 언제나 찬양했다.

나는 이런 마음가짐으로 섬에서의 세 번째 해를 시작했다. 이 해에 내가 무슨 일을 했는지 첫해만큼 자세히 이야기해서 독자들을 귀찮게 하지는 않겠지만, 뭉뚱그려 말하자면 이렇다. 나는 좀처럼 게으름을 피우지 않았고, 매일 내가 처리해야 하는 몇 가지 일에 따라 시간을 규칙적으로 나눠 썼다. 첫 번째로 하나님께 기도를 드리고 성경을 읽는 시간을 매일 세 번씩 따로 떼어 놓았다. 두 번째로 엽총을 들고 먹을거리를 찾으러 나가는 시간인데, 비가 오지 않으면 대개 매일 아침 세 시간 정도를 할애했다. 세 번째는 잡거나 구해 온 식량을 정돈하고 말리고 보존하고 요리하는 시간으로, 이 일은 하루 중 많은 시간을 차지했다. 해가 중천에 떠 있는 한낮은 열기가 너무 심한 탓에 밖으로 돌아다닐 수가 없어서 저녁때 네 시간 정도만 일할 수 있었다는 사실도 고려해야 한다. 예외가 있다면, 가끔 사냥과 작업 시간을 바꾼다는 것이었는데, 아침에 일을 하고 오후에 총을 들고 밖에 나가기도 한다는 말이다.

이처럼 노동에 할당된 시간이 짧았다는 사실 외에 내가 하는 일이 엄청나게 힘이 많이 들었다는 사실도 덧붙이고 싶다. 도구도 부족하고 도와주는 이도 없고 기술도 없었기 때문에 하는 일마다 시간이 꽤 오래 걸렸다. 일례로 동굴에 설치하려던 긴 선반용 널빤지 한 장을 만드는 데에는 42일이 걸렸다. 만약 톱질을 잘하는 사람 두 명이 톱과 톱질 구덩이를 갖고 일을 했다면 반나절 만에 같은 나무로 널빤지 여섯 장은 거뜬히 만들었을 것이다.

내 경우는 다음과 같았다. 먼저, 내가 원하는 널빤지는 폭이 넓기 때문에 커다란 나무를 베어 쓰러뜨려야 했다. 이 나무를 베어 쓰러뜨리는 데 사흘이 걸렸고, 가지를 쳐내고 통나무나 목재 형태로 만드는 데 이틀이 더 걸렸다. 말로 다 표현할 수 없을 만큼 무수히 많은 도끼질로 통나무 양쪽을 다듬고 운반할 수 있을 만큼 가볍게 만들었다. 그런 다음 나무를 뒤집어서 한쪽 면을 한쪽 끝에서 다른 쪽 끝까지 널빤지 형태가 되도록 부드럽고 평평하게 만들었다. 다시 그쪽을 아래로 돌린 다음, 널빤지 두께가 3인치 정도 될 때까지 다른 쪽을 깎아 내면 양면이 매끄러운 널빤지가 된다. 누구라도 널빤지 한 장을 만드는 데 내 손이 얼마나 많은 노동을 하는지 짐작할 수 있을 것이다. 하지만 열심히 참고 일한 덕에 그 일뿐 아니라 다른 여러 가지 일들도 완수할 수 있었다. 내가 특별히 이 이야기를 하는 것은 그토록 하찮은 일에 왜 그렇게 많은 시간이 드는지 알려 주기 위해서이다. 즉 도움의 손길과 연장이 있다면 별일도 아닌 일을 나 혼자 두 손만 갖고 하다 보니 엄청난 노동과 막대한 시간이 필요하다는 이야기다.

그러나 이런 조건에도 불구하고 나는 참고 열심히 일해서 많은 일들을 해낼 수 있었다. 정말이지 내가 처한 상황 때문에 내가 직접 해야만 하는 일들을 모두 해냈으며, 이어지는 이야기에서 자세히 밝힐 생각이다.

이제 11월과 12월이 되었으니 나는 보리와 쌀 수확을 기대하고 있었다. 곡식을 재배할 생각으로 거름을 주고 갈아 놓은 땅은 그리 넓지 않았다. 앞에서 말했듯이 건기에 파종을 해서 농사를 완전히 망치는 바람에 보리와 쌀 씨앗이 0.5펙도 채 안 되었기 때문이었다. 그러나 이번 수확은 잘될 것 같았다. 그런데 느닷없이 나타난 여러 종류의 적들 때문에 다시 모든 수확물을 잃을 위험에 처하게 되었는데, 그놈들을 퇴치하는 일이 꽤나 힘들 것 같았다. 첫 번째로, 염소와 내가 토끼라고 부른 야생 동물들이 골칫거리였다. 이놈들은 달짝지근한 보리와 쌀 잎사귀를 맛보더니 밤낮을 가리지 않고 찾아와 싹이 나오자마자 모조리 먹어 치워서 줄기로 자랄 시간조차 주지 않았다.

나는 보리와 쌀 주위를 울타리로 둘러싸는 것 외에는 별다른 해결책을 찾지 못했다. 나는 엄청나게 고생을 해가며 울타리를 만들었는데, 사실 빨리 설치해야 했기 때문에 더 힘들었다. 다행히 내 경작지가 그리 넓지 않았기 때문에 3주 정도 만에 아주 훌륭한 울타리를 완성시킬 수 있었다. 또한 낮에는 내가 그 동물들을 총으로 쏘고 밤에는 문 근처에 박은 막대기에 개를 묶어 두고 지키게 했다. 개는 그곳에 서서 밤새도록 짖어댔다. 그 덕분에 얼마 지나지 않아 적들은 물러났다. 곡식은 아주 튼튼하고 잘 자라서 빠른 속도로 익어 가기 시작했다.

그러나 앞서 곡식 잎사귀가 나올 때 동물들이 망쳐 놓았던 것처럼, 이삭이 열리기 시작하자 이번엔 새들이 내 농사를 망쳐 놓으려고 했다. 곡식이 얼마나 잘 자라고 있나 둘러보러 갔다가 몇 가지 종류인지 알 수 없을 정도로 많은 새들이 내 얼마 안 되는 곡식을 둘러싸고 있는 모습을 보았다. 말하자면 그놈들은 내가 떠날 때까지 지켜보는 것 같았다. 나는 그 즉시 총을 쏘았다. (항상 총을 갖고 다녔기 때문이다.) 총을 쏘자마자 곡식 사이에 있어서 전혀 보이지 않았던 새들이 떼를 지어 날아올랐다.

이 일로 나는 크게 화가 났다. 그렇게 며칠만 더 지나다가는 그놈들이 내 모든 희망을 먹어 치울 게 분명해 보였다. 그렇게 되면 나는 굶게 될 것이고 다시는 곡물을 재배하지 못할 터였다. 나는 어떻게 해야 할지 몰랐지만, 어쨌든 밤낮을 안 가리고 지키는 한이 있다 해도 내 곡식을 절대로 뺏기지 않겠다고 결심했다. 우선 나는 밭에 들어가서 피해가 어느 정도인지 확인했다. 놈들은 꽤 많은 양을 망쳐 놓은 상태였다. 하지만 녀석들이 먹기에는 덜 익었던지 손실이 아주 크지는 않았다. 남은 것들을 잘 지킬 수만 있다면 수확량이 괜찮을 듯했다.

밭 옆에서 총에 장전을 하고 옆으로 물러나서 보니 이 도둑놈들이 죄다 주변 나무 위에 앉아 있는 걸 쉽게 포착할 수 있었다. 내가 갈 때만 기다리는 모양이었는데, 실제로도 그런 것으로 드러났다. 내가 떠나는 것처럼 밭에서 멀어지면서 그놈들의 시야에서 벗어나자마자 그놈들이 하나둘씩 곡식에 다시 내려앉았다. 나는 너무 화가 나서 더 많은 새들이 내려앉을 때까지 참고 기다리지 못했다. 그놈들이 지금 먹고 있는 낱알 하나하나가 결과적으로는 곡식 한 펙 정도는 족히 될 거라는 생각이 들었기 때문이었다. 그래서 울타리에 다가가자마자 총을 쏴서 세 마리를 죽였다. 내가 바라던 결과였다. 나는 다른 놈들에게 공포심을 불러일으킬 생각으로 영국에서 악명 높은 도둑들을 처리하듯이 이놈들을 잡아다가 사슬에 매달아 걸어 두었다. 이 방법이 얼마나 좋은 결과를 가져왔는지는 상상조차 할 수 없을 것이다. 그 새들이 곡식 근처에 얼씬도 하지 않은 것은 물론, 아예 섬의 그쪽 지역 전체를 포기하고 떠났기 때문이었다. 밭에 허수아비를 걸어 놓은 동안은 밭 근처에서 새 한 마리도 보기 힘들었다.

여러분도 확신하겠지만, 나는 이 결과가 무척이나 기뻤다. 그리고 1년 중의 두 번째 수확기인 12월 말경에 곡식을 수확했다.

그런데 불행히도 나에게 곡식을 베는 데 쓰는 큰 낫이나 작은 낫이 없어서 고생을 했다. 내가 할 수 있는 일이라고는 배의 무기고에서 챙겨 온 날이 넓은 칼이나 단검 하나로 낫 비슷한 것을 만드는 일밖에 없었다. 어쨌든 내 첫 수확량이 많지는 않아서 그것을 베는 데는 크게 어려움이 없었다. 한마디로 나는 내 식대로 수확을 했다. 이삭만 잘라 내서 내가 만든 바구니에 담아 나른 다음, 양손으로 비벼서 털었다. 마침내 추수를 해놓고 보니 0.5펙의 씨앗에서 쌀은 거의 2부셸[31]이, 보리는 2.5부셸 이상이 나왔다. 물론 당시에 측정할 도구가 없었기 때문에 이건 내 짐작에 불과하다.

어쨌든 이 수확은 내게 큰 격려가 되었다. 나는 하나님 뜻과 일치한다면 조만간 빵도 만들 수 있겠다고 기대했다. 그런데 이 대목에서 나는 다시 당황할 수밖에 없었다. 곡식을 갈거나 가루로 만드는 방법과 이걸 깨끗이 정리해서 터는 방법도 몰랐기 때문이었다. 설령 가루로 만든다고 해도 빵을 만드는 방법도, 굽는 방법도 몰랐다. 이러한 이유들에 많은 양의 곡식을 비축해 두고 지속적으로 안전하게 공급해 보자는 마음까지 더해지면서 이번에 수확한 곡식은 맛보지 않고 다음 농사철을 대비해서 씨를 모두 보존해야겠다고 마음먹었다. 그동안에 나는 곡식을 재배하고 빵을 만드는 이 엄청난 작업을 완수하는 데만 머리를 쓰고 시간을 투입하기로 작정했다.

이제 나는 빵을 만들어 먹기 위해 일한다고 해도 틀리지 않았다. 빵 만드는 일에 대해 자세하게 생각해 본 사람은 거의 없겠지만, 알고 보면 이 빵 하나를 준비하고 빚어서 말리고 매만지고 굽고 완성하는 데 필요한 사소한 일들이 놀라울 정도로 무수히 많았다.

완전히 자연 그대로의 상태에 처해 있던 나는 매일 이 사실을 깨달으

---

31) bushel. 1부셸은 약 36리터에 해당한다.

면서 좌절에 빠졌다. 어떻게 보면 내가 뜻밖에 그리고 실제로는 놀랍게 처음 곡식 씨앗을 얻게 된 이후 매 순간 이 사실을 절실하게 느꼈다고 할 수 있다.

우선 내게는 땅을 갈아엎을 쟁기나 땅을 팔 삽, 가래가 없었다. 전에도 얘기했듯이 나무 삽을 만들어 이 어려움을 극복하긴 했지만 이 삽은 딱 나무처럼 맥없이 일을 했다. 만드는 데 상당히 많은 날이 걸렸지만, 쇠 부분이 없어서 더 빨리 닳을 뿐 아니라 작업은 더욱더 어려웠고 성과 역시 훨씬 더 형편없었다.

하지만 나는 이 상황을 참고 견뎠다. 작업하기가 나빠도 기꺼이 감수하면서 인내심을 갖고 일을 해나갔다. 씨앗을 뿌리고 나니 써레가 없었다. 나는 갈퀴나 써레로 땅을 고르지 못하고 그냥 커다란 나뭇가지를 끌고 다니면서 땅바닥을 긁을 수밖에 없었다.

이미 말한 대로 곡식이 자라고 있는 동안이나 곡식이 다 자란 후에 밭에 울타리를 치고 안전하게 곡식을 지키는 일, 곡식을 베어 수확하고 말리는 일, 집으로 운반하고 탈곡하는 일, 왕겨를 제거하여 저장하는 일을 하는 데 너무나도 부족한 것들이 많았다. 어찌 됐든 이 일들을 모두 마치고 나니 다시 그것을 가는 제분기가 없었고 곱게 거를 체가 없었고 빵을 만들 이스트와 소금, 빵을 굽는 오븐이 없었다. 앞으로 이야기하겠지만 나는 그것들 없이 이 모든 일들을 해냈다. 어쨌든 곡식은 내게는 헤아릴 수 없을 만큼의 위안이자 이득이 되었다. 앞에서도 말했듯이 도구가 부족해서 모든 일이 힘들고 지루할 수밖에 없었지만, 달리 어찌할 도리가 없었다. 또한 시간적으로 크게 손해를 본 것도 아니었는데, 이미 일과를 구분해 놓을 때 하루 중 몇 시간은 매일 이런 일들을 하도록 정했기 때문이었다. 그리고 더 많은 양을 비축해 놓을 때까지는 빵을 만드는 데 곡식을 사용하지 않기로 작정했기 때문에 이후 여섯 달 동안은 본격적으로 나의 노동력과 창의력을 투입하여 (수확하게 될) 곡물을 빵 제조에 적합하게 만들어 놓는 작업에 필요한 도구들을 만들었다.

그러나 이제는 1에이커³²⁾가 넘는 땅에 파종할 수 있을 정도로 씨가 많았기 때문에 우선은 더 넓은 땅을 준비해야 했다. 이 일을 하기 전에 나는 적어도 일주일 정도 시간을 들여 삽을 만들었다. 완성하고 보니 정말이지 너무 변변치 못하고 무거워서 그 삽으로 작업을 하려면 힘이 두 배로 들었다. 그래도 나는 그 삽으로 일하면서 넓고 평평한 땅 두 군데에 씨앗을 뿌렸다. 이번에는 집에서 최대한 가까운 곳에 터를 마련하여 신경을 쓰려고 했다. 씨를 뿌린 뒤에 나는 튼튼한 울타리로 그곳을 둘렀다. 울타리 말뚝은 전에 사용한 적이 있는 나무에서 모두 잘라 왔다. 나는 1년 뒤에 그 말뚝이 순식간에 자라서 싱싱한 울타리가 될 것이며 거의 손볼 일이 없을 것이라는 사실을 알고 있었다. 이 작업은 석 달 안에 마칠 만큼 간단하지는 않았는데, 그 기간 대부분이 우기여서 밖으로 나갈 수 없었기 때문이다.

비가 내려서 밖에 나갈 수 없을 때에는 집 안에서 다음과 같은 작업을 했다. 늘 이야기했듯이 나는 일하는 동안에는 앵무새에게 말을 걸고 그 녀석에게 말하는 법을 가르치며 기분 전환을 했다. 나는 짧은 시간 안에 앵무새에게 자기 이름을 말하는 법을 가르쳤다. 마침내 녀석은 꽤 큰 소리로 '폴'이라고 말할 수 있었는데, 섬에 살면서 내 입이 아닌 다른 입에서 나온 말을 들은 것은 그때가 처음이었다. 어쨌든 이것은 나의 일이라기보다는 그냥 내 작업에 도움이 되는 정도의 일이었다. 내가 말한 대로

---

32) acre. 1에이커는 약 4제곱킬로미터에 해당한다.

이제부터 내 양손에 엄청나게 중요한 일이 맡겨질 예정이었기 때문이다. 나는 오래전부터 이런저런 방법을 동원하여 토기를 만들려고 했다. 내게 는 몹시 아쉬운 물건이었지만 어떻게 만들어야 할지 알 길이 없었다. 그 런데 그 지역이 대단히 덥다는 사실이 떠오르자, 적당한 찰흙만 찾아낼 수 있다면 서툴지라도 냄비 같은 것을 분명 만들 수 있을 듯했다. 그런 다음 햇볕에 말리면 충분히 단단해지고 튼튼해져서 들고 다닐 수도 있고 마른 물품이나 보관이 필요한 물품 정도는 충분히 담을 수 있으리라 생 각했다. 더구나 이 토기는 내가 계획하고 있는 곡식과 가루 등을 준비하 는 데도 필요해서, 나는 가능하면 크게 만들려고 마음먹었다. 항아리처 럼 한곳에 세워 놓고 그 안에 물건을 넣어 둘 수 있을 만큼은 돼야 한다 고 생각했다.

내가 찰흙 반죽을 세우기 위해 서투른 방법을 얼마나 많이 동원했는 지, 얼마나 보기 흉한 그릇을 만들었는지, 찰흙이 자체 무게를 견딜 수 있을 정도로 단단하지 못해서 얼마나 많은 그릇들이 안으로 밖으로 허물 어져 내렸는지 이야기하면 독자들은 아마 나를 불쌍하게 생각하거나 비 웃을 것이다. 너무 급하게 만드는 바람에 뜨거운 햇빛을 보자 수도 없이 금이 갔을 뿐 아니라 말리기 전에 단지를 옮기기만 했는데 산산조각이 난 일도 비일비재했다. 한 마디로 나는 두 달여에 걸쳐 찰흙을 찾아내 그 것을 파내고 반죽한 뒤 집으로 가져와서 작업을 하느라 갖은 고생을 했 는데도 항아리라고도 부를 수 없는 흉측한 그릇 두 개밖에 만들지 못했 다는 것이다.

한편 이 그릇 두 개가 햇볕을 받아 아주 단단하고 바짝 마른 상태가 되 자, 나는 이것들을 아주 살며시 들어 올린 다음 그럴 목적으로 미리 만들 어 놓은 커다란 세공 바구니 안에 깨지지 않게 다시 내려놓았다. 이 그릇

154

들과 바구니 사이의 빈틈은 볏짚과 보릿단으로 꽉 채워 두었다. 나는 이 두 단지가 항상 마른 상태를 유지할 테니 마른 곡식과 곡식을 빻을 때 나오는 가루를 보관할 수 있으리라고 생각했다.

큼직한 단지를 만들려는 계획은 수없이 실패했지만, 그보다 작은 그릇들은 좀 더 성공적으로 만들었다. 이를테면 자그마한 둥근 단지나 납작한 접시, 주전자나 작은 병 등은 대강 손으로 빚어낸 것들이다. 햇볕의 열기가 이상하리만치 그것들을 단단하게 구워 주었다.

그러나 이 모든 것은 내 궁극적인 목적을 해결해 주지 못했다. 나는 액체를 담을 수 있고 불에도 견딜 수 있는 토기를 만들고 싶었지만, 이 토기들 중에는 그럴 수 있는 게 아무것도 없었다. 그런데 얼마 후에 우연히 다음과 같은 일이 벌어졌다. 고기를 요리하느라 제법 크게 불을 피웠다가 요리를 마치고 막 불을 끄려던 참이었다. 그 순간 불 속에서 깨진 토기 조각 하나가 보였는데 돌처럼 딱딱하게 타서 타일처럼 붉어져 있었다. 나는 그것을 보고 놀라면서도 기분이 좋았다. 그러고는 "깨진 조각을 불에 구울 수 있다면 분명 통째로도 구울 수 있겠어."라고 혼잣말을 했다.

그래서 나는 토기를 구워 만들려면 어떻게 불을 때야 하나 궁리하기 시작했다. 나는 옹기장이들이 그릇을 굽는 가마에 대해서 전혀 아는 게 없었다. 납을 조금 갖고 있었지만 납으로 유약을 바르는 방법도 전혀 몰랐다. 나는 커다란 물병 세 개와 단지 두세 개를 차례로 쌓고 그 주위에 장작을 쭉 둘러놓은 다음, 장작 밑에는 타고 남은 잿더미를 듬뿍 깔았다. 그런 다음 장작에 불을 지피고, 안쪽에 있는 단지가 벌겋게 달아오를 때까지 바깥쪽과 위에다가 새로운 장작을 계속 보충했다. 달궈진 그릇들을 보니 전혀 금이 가지 않았다. 그릇들이 선명한 붉은색이 된 것을 보고 대여섯 시간 정도 그 열기 속에 계속 놔두었는데, 그릇들 중 하나가 깨지지는 않았지만 녹아 흐르는 게 보였다. 찰흙에 섞인 모래가 격한 열기에 녹아내린 탓이었다. 계속 놔두면 유리로 변할 것 같아서 그릇의 붉은빛이 약해지기 시작할 때까지 서서히 불의 세기를 줄여 나갔다. 불이 너무 빨리 약해지지 않도록 밤새 지켜보았고, 아침이 되자 아주 근사하다고는 할 수 없지만 꽤 훌륭한 물병 세 개를 얻을 수 있었다. 다른 토기 두 개도 내가 원하는 만큼 단단하게 구워졌다. 그중 하나는 모래가 녹아내린 덕에 완벽한 광택까지 생겼다.

이 실험이 끝난 후에 용도에 맞게 온갖 종류의 토기를 부족함 없이 만들어 썼다는 사실은 언급할 필요도 없을 것이다. 하지만 누구든 짐작할 수 있듯이 그 모양은 아주 변변치 못하다고 밝혀야 할 것 같다. 모양을 내어 만드는 방법을 전혀 알지 못해서인데, 그냥 아이들이 만든 진흙 떡이나 반죽하는 법을 배우지 못한 여자가 만든 파이 같았다.

그 어떤 하찮은 일을 하고 느낀 기쁨도 내가 불에 견디는 토기를 만들었다는 사실을 알았을 때 느낀 기쁨과 같을 수는 없었는데, 나는 그릇이 식을 때까지 기다릴 수가 없었다. 그래서 고기를 끓여 먹으려고 그릇 하나에 물을 붓고 다시 불 위에 올려놓았다. 그릇은 감탄이 저절로 나올 정도로 훌륭하게 제 기능을 해냈다. 새끼 염소 고기를 조금 넣고 수프를 끓였는데 무척이나 맛이 좋았다. 물론 원하는 만큼 제대로 맛을 내는 데 필요한 오트밀과 다른 재료들이 없었지만 말이다.

다음으로 내가 신경 쓴 것은 곡식을 찧거나 빻는 돌절구를 만드는 일이었다. 제분기의 경우에는 내 두 손으로 그것을 만들어 낼 정도로 기술이 완벽하다는 생각은 전혀 없었다. 막상 이 물건을 만들려니 도대체 어찌해야 할지 막막할 뿐이었다. 다른 일도 마찬가지지만, 세상의 모든 직업들 중에서 특히 석공 일을 하기에는 내가 완벽하게 자격 미달인 사람이기 때문이었다. 또한 내게는 돌을 어찌해 볼 도구도 전혀 없었다. 속을 파내어 돌절구로 만들 만한 커다란 돌이 있는지 찾는 데 여러 날을 보냈지만 전혀 찾을 수가 없었다. 단단한 암벽이 있긴 했지만 그것을 파내거나 잘라 낼 방법이 없었다. 게다가 그 섬의 바위들은 돌절구를 만들 만큼 단단하지가 않았다. 모두 잘 부서지는 모래바위라서 그 무거운 절굿공이의 무게를 견뎌 낼 수도 없을 것이고 곡식을 빻았을 때 모래와 뒤섞일 게 분명해 보였다. 그렇게 돌 하나를 찾느라 아주 많은 시간을 허비한 끝에 나는 포기하고 말았다. 대신 거대하고 단단한 나무토막을 찾아보기로 마음먹었고, 실제로도 훨씬 수월하게 찾을 수 있었다. 내 힘으로 옮길 수 있을 정도의 커다란 나무토막을 구한 나는 그것을 둥글게 만들고 도끼와 손도끼로 바깥쪽을 다듬은 다음, 브라질 원주민들이 카누를 만드는 방식대로 불을 이용하고 무한한 노동력을 들여 그 안을 움푹하게 팠다. 이 일을 마친 뒤에는 철나무라 불리는 나무로 엄청나게 육중한 절굿공이 혹은 방망이를 만들었다. 이것은 다음번에 곡식을 수확할 때를 대비하여 미리 준비해 둔 것으로, 곡식을 수확하면 갈거나 빻아서 가루로 만들어 빵을 만들 작정이었다.

그다음으로 어려운 일은 가루를 부드럽게 만들고 왕겨나 껍질을 분리하는 데 쓰는 체를 만드는 것이었다. 체가 없으면 어떤 빵도 만들어 먹을 수 없다는 것을 알고 있었다. 이 일은 그냥 생각만으로도 아주 어려운 일이었다. 그것을 만드는 데 꼭 필요한 도구, 그러니까 가루를 걸러 낼 미세하고 얇은 천이나 직물이 없었기 때문이었다. 그래서 이 대목에서 작업이 완전히 중단된 채로 여러 달이 지났다. 정말이지 어찌해야 할지 알 수가 없었다. 완전히 누더기가 된 것 외에는 리넨 천도 없었다. 염소 털이 있었지만, 그것으로 천을 짜거나 실을 잣는 방법을 몰랐고 설사 알았다 해도 그 작업을 할 도구가 없었다. 결국 내가 생각해 낸 해결책은 이러했다. 나는 배에서 가져온 선원들의 옷들 중에 캘리코나 모슬린으로 만든 목도리가 있다는 것을 기억해 냈고 그 천 조각으로 세 개의 체를 만들었는데, 이 일을 하기에 딱 좋았다. 그래서 여러 해 동안 그럭저럭 이 체들을 사용하며 지냈다. 이후에 어떻게 했는지는 기회가 있다면 이야기하겠다.

다음으로 생각해야 할 부분은 곡식을 수확했을 때 빵을 어떻게 만드는 가였다. 우선 내게는 이스트가 없었다. 하지만 그 문제에 관해서는 이스트를 마련하는 일 자체가 불가능하기 때문에 크게 신경 쓰지 않기로 했다. 하지만 오븐의 경우에는 정말이지 고민할 게 많았다. 하지만 마침내 오븐도 다음과 같이 실험해 볼 방법을 찾았다. 우선 폭이 아주 넓지만 깊지는 않은 토기를 몇 개 만들었다. 구체적으로 말하면, 직경은 2피트 정도이지만 깊이는 9인치를 넘지 않았다. 나는 다른 그릇들처럼 이 그릇들도 불에 구워 내서 보관해 두었다. 그리고 빵을 굽고 싶을 때 화로에 불을 크게 피웠다. 화로 바닥에는 정확하게 사각형이라고는 할 수 없지만 어쨌든 내가 직접 만들어 구워 낸 사각형 타일들을 깔아 놓았다.

땔감이 거지반 다 타서 잉걸불이나 숯불이 될 즈음 그것들을 화로 앞쪽으로 끌어와서 화덕 바닥을 온통 덮어 버리고, 화로가 아주 뜨거워질 때까지 놔뒀다가 그것들을 모두 걷어 냈다. 그런 다음, 내 빵 덩어리를 화로 위에 올려놓고 그 위에 토기를 덮은 다음, 열기를 지키고 더하기 위해서 다시 숯불을 끌어다가 토기 바깥을 덮었다. 그리하여 나는 이 세상에서 가장 훌륭한 오븐 못지않게 내 보리 빵을 구워 냈다. 게다가 나는 얼마 지나지 않아 완벽한 제빵사가 되어 여러 종류의 쌀 케이크와 푸딩도 직접 만들어 먹었다. 사실 파이는 새나 염소 고기 외에는 넣을 재료가 하나도 없었던 탓에 만들 수가 없었다.

이 모든 일을 하느라 이곳에 온 지 3년째가 되는 해의 대부분을 보냈다고 해서 전혀 놀랄 필요는 없다. 이 일들을 하는 중에 곡식을 새로 수확하고 다른 집안일도 했다는 이야기는 꼭 해야겠다. 나는 그해 농사철에 곡식을 수확해서 집으로 무사히 가져온 다음 이삭 채로 큰 바구니에 담아 놨다가 시간이 날 때 곡식알을 비벼 댔다. 곡식알을 탈곡할 바닥이나 도구가 없었기 때문이었다.

이제 정말이지 비축할 곡식 양이 늘어나서 좀 더 큰 헛간을 짓고 싶은 마음이 간절해졌다. 곡식을 쌓아 둘 장소가 필요했던 것인데, 실제로 수확량이 아주 많이 늘었기 때문에 보리는 대략 20부셸, 쌀도 그 정도나 그 이상이 되었다. 이제는 아낌없이 먹어야겠다고 작정할 정도로 많은 양이었다. 사실 이미 오래전에 빵이 다 떨어지기도 했을뿐더러 꼬박 1년 동안 얼마만큼의 양이면 충분히 먹고살 수 있는지 알아보고 싶기도 했다. 그리고 파종은 1년에 한 번만 하기로 마음먹었다.

전체적으로 보아, 보리와 쌀 40부셸은 내가 1년 동안 소비할 수 있는 양보다 많다는 사실을 알았기에 나는 매년 그 전해에 심은 것과 같은 양을 심기로 결심했다. 그 정도면 빵과 여러 음식을 충분히 만들어 먹을 수 있겠다고 생각했다.

여러분은 내가 이 모든 일들을 하는 와중에도 섬 반대쪽에서 본 그 육지 생각을 여러 번 했으리라 확신할 것이다. 실제로 그쪽 해안에 가보려는 은밀한 바람을 품기도 했다. 나는 그곳이 육지이고 사람이 살고 있는 땅임을 확인한다면, 내가 더 멀리 이동할 방법이나 어쩌면 마침내 탈출할 방법을 그곳에서 찾을 수 있지 않을까 상상했다.

그러나 이런 상상을 하는 내내 나는 다음 상황에 대한 위험성을 전혀 고려하지 않았다. 아프리카 사자나 호랑이보다 훨씬 포악하다고 생각할 근거가 충분한 야만인들 손에 붙잡힐지도 모른다는 일 말이다. 만약 내가 그들 손에 붙잡히기라도 한다면, 그들에게 죽임을 당하고 잡아먹힐 확률이 1천 퍼센트는 되고도 남을 것이다. 나는 카리브 해 원주민들이 식인종, 즉 사람을 잡아먹는 자들이라는 얘기를 들은 적이 있었다. 그리고 위도로 볼 때 내가 그들이 사는 해안으로부터 멀지 않다는 사실도 알고 있었다. 식인종이 아니라고 해도 그들이 나를 죽일지도 모를 일이었다. 예전에 그들 손에 잡힌 많은 유럽인들이 열 명에서 스무 명씩 함께 뭉쳐 다녔는데도 다들 그렇게 죽었기 때문이다. 게다가 나는 혼자이고 방어 수단도 거의, 아니 전혀 없는 형편이니 말할 것도 없다. 이 모든 문제들을 당연히 고려해야 했는데도 나중에야 그런 생각이 든 것이다. 처음에는 전혀 그런 걱정을 하지 않고 마냥 그쪽 해안에 가보고 싶다는 생각만 머릿속에 가득 차 있었다.

이에 나는 내 몸종 슈리가 아쉬웠고 아프리카 해안에서 1천 마일 이상 항해했던, 양어깨 돛이 달린 대형 보트가 있으면 좋겠다는 생각이 들었지만, 아무 소용 없는 생각이었다. 그때 문득 우리 선박에 있던 보트를 보러 가야겠다는 생각이 들었다. 앞에서 얘기한 대로, 그 보트는 우리가 처음 난파되었을 때 폭풍우에 의해 해안까지 한참을 떠밀려 와 있었다. 그 보트는 처음 있던 자리에 거의 그대로 있었지만 온전한 상태는 전혀 아니었다. 보트는 파도와 바람의 힘 때문에 뒤집혀서 바닥이 거의 위쪽을 향해 있었고, 해안의 높다랗고 거친 모래 등성이에 걸려 있었다. 하지만 전처럼 주변에 바닷물이 있는 것은 아니었다.

수리를 도와줄 일손이 있어서 바다에 보트를 띄울 수 있었다면 보트는 아주 잘 나갔을 것이고, 나는 그 보트를 타고 손쉽게 브라질로 돌아갈 수 있었을 것이다. 그러나 그 보트를 돌려서 바닥이 아래로 가도록 곧바로 세우는 일은 그것을 섬으로 옮기는 일만큼이나 불가능하다는 것을 쉽게 예견할 수 있었다. 그래도 나는 숲으로 가서 나무를 잘라 지렛대와 굴림대를 만든 뒤에 그것들을 갖고 보트로 되돌아갔다. 그러고는 그 도구를 이용해 할 수 있는 무언가를 시도해 보기로 마음먹었다. 내가 이 보트를 뒤집어 똑바로 놓을 수만 있다면 망가진 부분을 쉽게 수리할 수 있을 것이고, 그 보트가 꽤나 쓸 만할 테니까 아주 수월하게 그걸 타고 바다로 나갈 수 있을 거라고 스스로에게 말했다.

나는 이런 쓸데없는 일을 하느라 그 어떤 수고도 아끼지 않았는데 내 생각에 그 일을 하는 데 서너 주는 허비한 것 같다. 마침내 내 하찮은 힘으로는 보트를 들어 올리는 게 불가능함을 깨닫자, 나는 보트 아랫부분을 약하게 만들어 쓰러뜨릴 생각으로 보트 밑의 모래를 파내기 시작했다. 그러고는 그 밑에 목재들을 끼워 보트가 쓰러지더라도 제대로 자리 잡게 하려고 했다.

하지만 모래를 다 파내도 보트는 조금도 움직이지 않았다. 또한 여전히 그 아래로 들어갈 수도 없었다. 그러니 바다 쪽으로 보트를 움직여 가는 것은 더더욱 생각할 수도 없었다. 결국 나는 그 일을 포기할 수밖에 없었다. 그러나 보트에 대한 희망은 포기했어도 본토에 가보고 싶은 욕망은 그 방법이 불가능해 보일수록 줄어드는 게 아니라 커지기만 했다.

그렇게 더 커진 욕망 때문에 결국 나는 그 기후대의 원주민들이 아무런 도구나 누군가의 도움 없이 커다란 나무줄기로 만드는 카누나 페리아구아[33]를 직접 만들 수 있겠다는 생각까지 하게 되었다. 나는 이 일이 가

---

33) periagua. 통나무배를 가리킨다.

능할 뿐 아니라 손쉬울 거라고 생각했다. 그것을 만든다는 생각과 내가 흑인이나 원주민들보다 편리한 도구들을 더 많이 갖고 있다는 생각에 무척이나 흡족해졌다. 하지만 그것은 내가 원주민들에 비해 더 불리한, 그 특수한 상황에 처해 있다는 사실은 고려하지 않고 내린 결론이었다. 한마디로, 내가 카누를 만들어 물에 띄우려 할 때 그것을 물까지 옮겨 줄 사람이 없다는 사실을 생각하지 못한 것이다. 그것은 도구가 없어서 생기는 어려움보다 훨씬 더 극복하기 어려운 문제였다. 설사 내가 숲에서 커다란 나무를 골라서 어렵사리 베어 내어 연장으로 나뭇가지들을 잘라 내고 겉을 다듬어서 보트 모양을 제대로 갖춰 놓았고, 그 안쪽은 불로 태우거나 깎아 내서 속을 움푹 파내어 보트를 만들었다고 치자. 이렇게 다 해놓아도 물에 띄울 수 없으면 그냥 나무가 서 있던 그 자리에 둘 수밖에 없다.

다들 내가 이 보트를 만들면서 어떻게 내가 처한 상황을 전혀 고려하지 않을 수 있었냐고 생각할 것이다. 바다까지 어떻게 보트를 가져갈지 바로 생각했어야 했는데 말이다. 사실 나는 보트를 타고 바다를 항해할 생각에만 사로잡혀 있어서 육지에서 보트를 어떻게 끌어 내릴지는 단 한 번도 생각하지 않았다. 실제로 카누의 속성상 바다에서 카누를 45마일을 몰고 가는 것이 육지에 있는 카누를 45패덤[34] 끌고 간 뒤 바다에 띄우는 것보다 훨씬 더 쉽다.

나는 보트 제작을 계속했다. 제정신인 사람으로서 가장 바보 같은 짓거리를 한 것이었다. 나는 내가 보트를 띄우는 일을 실행할 수 있을지 판단하지도 않고 계획에 만족하고 있었다. 그 일이 어려울 거라는 생각이

---

34) pathom. 1패덤은 약 1.8미터에 해당한다.

자주 들기는 했다. 하지만 그런 의문이 들 때마다 나는 스스로에게 '일단 만들어 놓자. 보트가 완성되면 어떻게든 끌고 나갈 방법을 분명 찾을 수 있을 거야.'라는 어리석은 답변을 내놓으며 의구심을 막아 버렸다.

이는 정말로 앞뒤가 뒤바뀐 방법이었다. 하지만 나는 나의 열렬한 상상에 굴복하여 작업에 착수하고 말았다. 나는 삼나무 한 그루를 베었다. 솔로몬도 예루살렘에 신전을 지을 때 이런 나무를 쓰지 않았는지 무척 궁금하다. 22피트 길이의 이 나무는 밑동 바로 위의 직경이 5피트 10인치나 되고 상단 부분 직경은 4피트 11인치였는데, 거기서부터 굵기가 다소 얇아지면서 가지로 갈라져 있었다. 당연히 나무를 쓰러뜨리는 데 무진장 고생을 했다. 나무 아랫부분을 도끼로 패고 잘라 내는 데만 20일이 걸렸다. 그리고 나뭇가지들과 잔가지들을 자르고 사방으로 뻗어 있는 윗부분의 가지들을 쳐내는 데 다시 14일이 걸렸다. 나뭇가지와 잔가지들을 도끼와 손도끼로 쳐내고 잘라 내는 일이 얼마나 힘들었는지는 말로 다 표현할 수도 없다. 이 일을 끝내고 나서 모양을 잡고 카누가 똑바로 뜰 수 있도록 균형을 생각하며 카누 아래쪽을 보트 바닥처럼 다듬는 데 한 달이 걸렸다. 그리고 다시 안쪽을 파내어 정확한 보트 모양으로 만들기까지 거의 석 달이 걸렸다. 나는 불을 이용하지 않고 순전히 망치와 끌만 갖고 고된 노동으로 이 작업을 해냈다. 이렇게 해서 결국 아주 근사한 페리아구아가 탄생했다. 스물여섯 명이 너끈히 탈 수 있을 정도로 크게 만들었으니 나는 물론 내 짐까지 빠짐없이 싣기에 충분했다.

이 작업을 모두 마치고 나니 너무 기뻤다. 실제로 나는 나무 하나로 이렇게까지 큰 카누나 페리아구아를 만든 사례를 본 적이 없었다. 여러분도 잘 알듯이 이 카누가 탄생하기까지는 엄청나게 힘겨운 노동이 들어갔다. 이제 물로 가져가는 일만 남았는데, 카누를 물에 띄우기만 했더라면 나는 지금까지의 그 어떤 항해보다도 무모하고 불가능해 보이는 항해를 시작했을 게 분명했다.

그러나 카누를 물에 띄우기 위해 온갖 방법을 동원했지만 모두 실패하고 말았다. 물론 여기에서도 나의 한없는 노동이 소모되었다. 카누는 물에서 1백 야드 정도 떨어진 곳에 있었다. 하지만 첫 번째로 불편했던 것은 카누가 계곡과 가까운 언덕 위에 있었다는 점이었다. 이 문제를 해결하기 위해 나는 땅을 파서 내리막을 만들기로 작정했다. 나는 땅을 파는 일을 시작했고, 엄청난 노동이 들어갔다. 하지만 구원이 바로 눈앞에 있는데 누가 힘들다고 불평할 수 있겠는가. 하지만 이 일을 완수하고 어려움을 극복해 놓고 보니, 그보다 훨씬 더 어려운 문제가 남아 있었다. 난파선에 딸린 보트처럼 이 카누도 내 힘으로는 전혀 움직일 수가 없었다.

카누를 물까지 가져갈 수 없다는 사실을 인정한 나는 카누에서 물까지의 거리를 측정한 뒤, 카누 쪽으로 물이 들어올 수 있게 독[35] 내지는 운하를 파보자고 결심했다. 일단 나는 작업을 시작했다. 그리고 일을 시작하면서 얼마나 깊고 넓게 운하를 파야 하는지 파낸 흙을 어떻게 내버릴지 계산했더니, 나 말고는 아무도 없기 때문에 내 두 손으로 작업하면 10~12년이 걸려야 작업이 끝날 수 있다는 결론이 나왔다. 육지 쪽이 높기 때문에 맨 위쪽에서 적어도 20피트의 깊이로 파야만 했다. 정말 내키지 않았지만 결국 나는 이 시도 역시 포기하고 말았다.

이 일로 나는 크게 낙심했다. 그리고 비록 너무 늦었지만, 그제야 나는 얼마만큼의 대가를 치러야 하는지 계산하지도 않고 또 그 일을 끝마칠 수 있는 내 능력을 제대로 평가하지도 않고 일단 일부터 시작한 행동이

---

35) dock. 선박의 건조나 수리 또는 짐을 싣고 부리기 위한 설비를 말한다.

얼마나 어리석은 것인지 깨달았다.

이 작업을 하는 중간에 나는 이 섬에 온 지 4년째 되는 해를 맞이했고, 전과 마찬가지로 정성스럽고 아주 편안한 마음으로 기념일을 보냈다. 나는 성경을 꾸준히 읽고 그 내용을 진지하게 실천하려는 노력과 하나님의 은총이 주시는 도움에 힘입어 이전에 알고 있던 지식과는 전혀 다른 지식을 얻었다. 나는 세상만사에 대해 다른 생각을 품게 되었다. 나는 이 세상을 이제 나와는 동떨어져 있고 아무런 상관이 없을 뿐 아니라 내가 기대할 것도, 바랄 것도 없는 곳이라고 생각했다. 요컨대 나는 이 세상과 아무런 관련도 없고 또 관련될 가능성도 없었다. 나는 이런 태도가 내세에서 지금 세상을 바라보는 것과 비슷하다고 생각했다. 다시 말하면 내가 한때 살았지만 지금은 빠져나오게 된 곳으로 생각했다. 그러니 내가 아버지 아브라함이 부자(富者)들에게 말한 것처럼 '너와 나 사이에는 큰 구렁텅이가 가로놓여 있다'고 말하는 건 당연한 일이었다.

무엇보다도 여기서 나는 세상의 사악함으로부터 벗어나 있었다. 내게는 육신이 탐하는 것, 눈이 쫓는 욕망, 세상에 자랑할 만한 것이 없었고, 내가 즐길 수 있는 것은 모두 갖고 있었기 때문에 탐할 것도 없었다. 나는 영지 전체를 소유한 영주였고, 원한다면 내 자신을 내가 소유한 이 땅 전체의 왕이나 황제라고 부를 수도 있었다. 경쟁자도 없었다. 통치권이나 지배권을 두고 나와 다툴 사람도 없었다. 나는 배 한가득 실을 만큼 곡식을 재배할 수도 있었지만, 그럴 필요가 없었다. 그래서 내게 충분하다고 생각하는 만큼만 재배했다. 거북이나 자라는 충분히 많았지만, 가끔 한 마리만 잡아도 충분히 먹을 수 있었다. 내게는 선단 하나를 건조할 수 있을 만큼 목재도 많았고, 그 배들이 완성되었을 때 모든 배에 포도주와 건포도를 만들어 실을 수 있을 만큼 포도도 많았다.

하지만 내가 사용할 수 있는 것만이 가치가 있을 뿐이었다. 내게는 먹을 것도 충분했고, 내게 필요한 물품을 만들 재료도 충분히 있었다. 그러니 다른 것들이 내게 무슨 소용이 있겠는가? 내가 먹을 수 있는 양보다 더 많은 동물을 잡는다면 개나 해충이 그것을 먹어 치울 것이다. 그리고 내가 먹을 수 있는 양보다 더 많은 곡식을 심는다면 모두 썩고 말 것이다. 내가 베어 낸 나무들은 연료로 쓸 때 말고는 소용이 없으니 땅에서 굴러다니다 썩을 것이다. 연료도 내가 음식을 조리할 때만 필요할 뿐이었다.

한마디로, 세상사의 본질과 그것에 대한 경험이 내게 다음과 같은 온당한 생각을 갖게 했다. 이 세상에서 좋다는 것들도 모두 내게 효용이 있는 만큼만 좋은 것이지 그 이상은 의미가 없다는 뜻이다. 그리고 우리가 쌓아 두는 것들은 실제로 남들에게 주고 말 것들이며, 우리는 우리가 쓸 수 있는 만큼만 즐기는 것이지 그 이상은 아니라는 뜻이다. 나는 어떻게 처리해야 할지 모를 정도로 많은 것들을 소유하고 있었다. 이 세상에서 가장 탐욕스러운 수전노라도 나와 같은 처지가 된다면 탐욕이라는 악덕을 깨끗이 치료받을 수 있었을 것이다. 나의 경우에는 욕망을 품을 가능성이 없었지만 예외가 있다면 내가 갖지 못한 물건들, 그 자체로는 사소하지만 내게는 정말로 유용한 물건들이 조금 아쉬웠다. 앞에서 잠시 언급했듯이, 내게는 금화와 은화를 포함하여 36파운드에 해당하는 돈 꾸러미가 있다. 아아! 하지만 아무짝에도 소용없는 더럽고 비참한 물건이 놓여 있을 뿐이었다. 나는 그것으로 할 일이 없었다. 그래서 종종 혼자 생각하기를, 그 돈을 조금 주고 담배 파이프 열댓 개나 곡식을 가는 데 쓰는 손절구를 하나 얻으면 얼마나 좋을까 싶었다. 아니면 그 돈을 몽땅 주고 영국에서 6펜스어치의 순무와 당근 씨앗을 얻거나 아니면 완두콩이

나 그냥 콩 한 줌, 잉크 한 병을 얻었으면 좋겠다고 생각하기도 했다. 지금 그 돈은 내게 도움이나 이익을 전혀 주지 못했다. 우기에 생기는 동굴의 습기 때문에 그냥 곰팡이만 쌓일 뿐이었다. 서랍 한가득 다이아몬드가 있었다고 해도 사정은 마찬가지였을 것이다. 그것들이 내게는 아무런 쓸모가 없으니 무가치한 물건들이었다.

이제 내 생활 자체는 처음보다 훨씬 수월해졌고, 육체적으로뿐만 아니라 심적으로도 훨씬 더 편해졌다. 나는 종종 감사하는 마음으로 고기 요리 앞에 앉아 이 황량한 곳에 이렇게 상을 차려 주신 하나님의 손길에 감탄했다. 나는 내가 처한 상황의 부정적인 면보다는 긍정적인 면을 더 많이 보는 법과 내게 부족한 것보다는 내가 누리고 있는 것을 생각하는 법을 배웠다. 때때로 이러한 의식의 변화는 말로 표현하기 힘들 정도로 은밀한 위안을 안겨 주었다. 이 대목에서 이런 이야기를 하는 것은 하나님께서 주신 것을 마음 편히 즐기지 못하고 불만을 품는 사람들에게 이 가르침을 일깨우기 위해서이다. 그들은 하나님이 주지 않은 것을 쳐다보며 탐하기 때문에 그런 마음을 품는다. 내가 보기에 자신에게 없는 것에 대한 온갖 불만은 자신이 가진 것에 대해 감사하는 마음이 없어서 생긴 것 같다.

이외에 또 다른 생각이 내게 크게 도움이 되었는데, 분명 나와 같은 곤경에 처한 사람들에게도 도움이 될 생각이었다. 자신의 현재 상황을 처음에 예상했던 상황과 비교해 보라는 것이다. 더 정확히 설명하면 하나님의 선하신 섭리가 기적적으로 본선을 뭍에 더 가깝게 좌초시켜 주시지 않았더라면 맞이했을 상황과 비교해 보라는 것이다. 배가 그곳에 좌초한 덕분에 나는 배에 가까이 갈 수 있었을 뿐 아니라 온갖 물건들을 뭍으로 가져옴으로써 큰 도움과 위안을 받을 수 있었다. 그 물건들이 없었다면 나에게는 작업할 도구도 나를 방어할 무기도 먹을거리를 얻는 데 필요한 화약과 총알도 없었을 것이다.

나는 긴 시간 동안, 아니 여러 날 동안 만약 내가 배에서 아무것도 갖고 나오지 못했다면 어떻게 행동했을지를 머릿속에 아주 생생하게 그려 보았다. 물고기와 거북이 외에는 먹을 것을 구하지 못했거나 아무것도 찾지 못해서 오래전에 죽었을 것이다. 설사 죽지 않았더라도 단순한 야만인으로 살아갔을 것이다. 설사 무슨 수를 써서 염소나 새를 잡았다 하더라도 가죽을 벗겨 몸통을 가르거나 내장을 분리하여 살만 잘라 낼 방법이 없어서 짐승처럼 이로 물어뜯고 손톱으로 잡아뗄 수밖에 없었을 것이다.

이러한 생각을 하다 보니 하나님께서 내게 베푸신 선의를 제대로 느낄 수 있었고, 온갖 역경과 불운에도 불구하고 내 현재 상황에 대해 크나큰 고마움을 느꼈다. 나는 내 비참한 처지를 "아, 나같이 고통을 겪는 사람이 어디 또 있겠나!"라고 말하는 경향의 사람들에게 생각해 보라고 권하지 않을 수 없다. 그런 사람들은 자신들보다 훨씬 더 안 좋은 상황에 처한 사람들도 있다는 점과 하나님께서 적절하다고 생각하신다면 지금보다 상황이 훨씬 더 안 좋아질 수 있다는 점도 생각해 보기 바란다.

희망으로써 마음을 편히 먹게 하는 데 도움을 준 또 다른 생각이 있었는데, 이는 내 현재의 처지와 내가 마땅히 처했어야 하는 상황, 즉 하나님의 손길에 충분히 기대할 만한 근거가 있던 상황과 비교하는 것이었다. 나는 하나님을 모르고 그분을 전혀 두려워하지도 않으면서 끔찍한 삶을 살아왔다. 나는 부모님께 훌륭한 가르침을 받았다. 두 분은 일찍이 하나님에 대한 종교적인 경외심과 의무에 대한 인식 그리고 내게 요구되는 존재의 본성과 목적에 대한 인식을 내 마음속에 불어넣으려고 부단히 애쓰셨다. 아아! 하지만 나는 어린 나이부터 배를 타고 떠돌아다니는 생활에 빠졌다. 이 선원 생활이라는 게 모든 생업 중에 하나님이 만드시는 공포가 늘 눈앞에 생생히 나타나는 일임에도 불구하고 나는 하나님을 전혀 두려워할 줄 모르는 생활을 이어 갔다. 일찍부터 그런 바다 생활에 빠져 선원들과 어울리게 되면서 그나마 품고 있던 미미한 신앙심마저도 사라지고 말았다. 부도덕한 동료 선원들의 비웃음을 사기도 했거니와 위험과 죽음에 대한 전망이 무뎌지면서 습관처럼 굳어졌기 때문이다. 또한 나와 비슷하지 않은 사람들과 대화를 나누거나 선한 이야기 또는 그럴 기미라도 있는 말을 들을 기회마저 오래전에 사라진 탓이기도 했다.

이렇게 나는 선한 생각이라고는 전혀 품지 않았다. 현재의 내 모습과 미래의 내 모습을 조금도 의식하지 않았기 때문에 그 엄청난 구원들, 즉 살레에서 도망친 뒤 포르투갈 선장에게서 구출돼서 브라질에 훌륭한 농장을 차리고 영국에서 온 화물까지 무사히 받은 일 등을 겪으면서도 단 한 번도 "하나님 감사합니다."라는 말을 입 밖에 내거나 마음속으로 하지 않았다. 또한 최악의 고통을 겪으면서도 하나님께 기도를 올릴 생각을 하지도 않았고, "주여, 저를 불쌍히 여기소서."라고 말하지 않았을뿐더러 욕설이나 불경스러운 말을 할 때 외에는 하나님의 이름을 언급조차 하지 않았다.

이미 앞에서 얘기했듯이 나는 여러 달 동안 내 사악하고 무정했던 과거의 삶을 마음속으로 끔찍하게 반성했다. 그리고 내 주위를 둘러보면서, 내가 이곳에 오게 된 이후로 하나님께서 얼마나 특별하게 나를 돌봐주셨는지와 하나님이 나를 얼마나 너그럽게 대해 주셨는지를 생각했다. 나는 하나님께서 내 사악한 행동으로 인해 내가 마땅히 받아야 할 양보다 훨씬 적은 벌을 내리셨을 뿐 아니라 내게 너무나도 큰 은혜를 베푸셨다고 생각했다. 이에 나는 내 참회가 받아들여진 것이며 하나님께서는 앞으로도 내게 더 많은 자비를 베푸시리라는 큰 희망까지 품게 되었다.

이런 생각들을 통해 나는 현재의 내 상황을 이렇게 처리하신 하나님의 의지에 복종할 뿐 아니라 진정으로 감사하도록 내 마음을 다스렸다. 내가 아직 목숨이 붙어 있는 사람으로서 내 죄에 대해 마땅히 받아야 할 벌을 받지 않았음을 명심한다면 나는 불평을 늘어놓아서도 안 되는 사람이었다. 그리고 나는 내 처지에서는 기대할 수도 없는 자비를 너무나도 많이 누렸기 때문에 내 처지에 대해 투덜거릴 게 아니라 항상 기뻐해야 했고, 수많은 기적들만이 가져다줄 수 있는 그 일용할 양식에 대해 매일 감사 인사를 올려야 했다. 나는 까마귀들이 엘리야를 먹여 살린 기적만큼이나 위대한 기적에 의해, 그것도 한 번이 아니라 여러 번에 걸쳐 나타난 기적에 의해 내가 살아가고 있다고 생각해야 했다. 세계의 무인도들 중에서 내가 버려진 이 섬만큼 내게 유리한 곳을 찾기는 불가능할 정도였다. 이 섬은 사람이 아무도 없는 곳이라 한편으로는 고통스러운 공간이었다. 그러나 다른 한편으로는 내 목숨을 위협할 만한 굶주린 맹수, 사나운 늑대, 호랑이가 발견되지 않은 곳이었고, 혹시나 먹었다가 해를 입을 만한 독을 지닌 동물과 나를 죽여 잡아먹을 야만인도 없는 곳이었다.

한마디로, 내 인생은 한편으로는 슬픔으로 가득했지만 다른 한편으로는 은총으로 가득 차기도 했다는 이야기다. 그리고 내 인생을 위안으로 가득 찬 인생으로 만들기에 부족한 것은 없었다. 나는 하나님께서 내게 선함을 베풀어 주셨고 이런 처지의 나를 얼마나 잘 돌봐 주셨는자 생각하는 것으로 매일 스스로를 위로하기만 하면 됐다. 그리고 이러한 점들을 제대로 깨달은 이후로는 슬픔을 떨쳐 버릴 수 있었다.

이 섬에서 생활한 지도 오래되었기 때문에, 내가 도움이 될 거라 생각해서 뭍으로 가져온 여러 물건들은 아예 없어졌거나 많이 줄어들거나 거의 소진된 상태였다.

앞에서 말한 대로 잉크도 거의 다 써버린 지가 꽤 되었는데, 남은 것을 물에 조금씩 타서 썼더니 색이 너무 엷어지는 바람에 종이 위에 검은 자국이 거의 보이지 않을 정도가 되었다. 나는 잉크가 남아 있는 동안 한 달 중에 주목할 만한 일이 일어난 날에는 그 날짜를 계산해 가며 기록해 두었다. 그런데 이상하게도 하나님의 섭리에 의해 내게 일어난 여러 가지 사건들의 날짜가 겹친다는 사실이 기억났다. 내가 운이 좋은 날이나 불길한 날을 지킬 정도로 미신을 잘 믿는 사람이었다면, 아마도 그 일을 아주 진기하게 생각했을 정도였다.

우선, 나는 바다로 가기 위해 아버지와 친구들을 버리고 홀로 달아난 그날이 내가 살레의 해적선에 붙잡혀 노예가 된 날과 같은 날짜임을 알게 되었다.

그리고 야머스 정박지의 난파한 배에서 탈출한 날은 나중에 보트를 타고 살레에서 도망친 날과 같은 날이었다.

또한 내가 태어난 날인 9월 30일은 26년 뒤에 기적적으로 내 목숨을 구하여 이 섬의 해안에 도착한 날과 같은 날이었다. 그렇게 내 사악한 삶과 고독한 삶은 둘 다 같은 날에 시작되었다.

잉크 다음으로 다 떨어진 것은 내 빵, 즉 배에서 가지고 나온 비스킷 빵이었다. 나는 1년 이상을 하루에 빵을 하나씩만 먹으며 마지막까지 극도로 아꼈지만, 직접 곡식을 재배하여 얻기 전까지 1년 가까운 시간 동안 빵을 먹지 못하고 지냈다. 이미 앞에서 얘기했듯이 내가 곡식을 얻은 자체가 기적에 가까웠기 때문에 감사하게 생각할 이유가 충분히 있었다.

내 옷도 아주 많이 망가지기 시작했다. 리넨 옷에 대해서 말하자면, 다른 선원들의 궤짝에서 찾은 체크무늬 셔츠 몇 개 말고는 대체품 없이 지낸 지가 한참 되었다. 나는 이 셔츠들을 조심스럽게 보관했는데, 셔츠 말고 다른 옷을 입고 지낼 수 없을 때가 수없이 많았다. 그래서 모든 선원들의 옷가지 중에서도 서른 개 정도 되는 셔츠가 내게는 큰 도움이 되었다. 선원들이 경비를 볼 때 입던 코트도 여러 벌 남아 있었지만, 너무 더워서 입을 수가 없었다. 날씨가 무척이나 더워서 사실 옷을 입을 필요가 없었지만, 그래도 알몸으로 다닐 수는 없었다. 사실 그러고 다니고 싶은 마음은 있었지만 실제로 그렇게 하지는 않았다. 아무리 혼자 산다고 해도 그건 도저히 생각할 수 없는 일이었다.

내가 알몸으로 다니지 못한 이유는 나체로 다니면 옷을 입었을 때보다 뜨거운 태양을 잘 견딜 수 없었다는 데에 있다. 옷을 벗고 다니면 따가운 햇볕 때문에 종종 살에 물집이 잡히곤 했는데, 그에 반해 셔츠를 입었을 때는 속으로 바람이 들어와서 통풍이 되어 옷을 안 입었을 때보다 두 배는 더 시원했다. 또한 테가 있든 없든 모자를 쓰지 않고서는 절대로 밖에 나갈 수가 없었다. 모자를 쓰지 않으면 머리에 너무 강렬한 햇볕이 직접적으로 닿아서 곧바로 두통이 생겼기 때문에 모자 없이는 다닐 수가 없었다. 반면 모자를 쓰면, 그 즉시 그런 두통은 사라졌다.

이런 생각이 들어 내가 옷이라고 부르는, 실제로는 누더기에 가까운 것들을 정돈해 보기로 마음먹었다. 내가 가지고 있는 조끼들이 다 해졌기 때문에 이제부터 내가 할 일은 갖고 있는 야간 경비복이나 다른 재료로 외투를 만들 수 있는지 시도해 보는 일이었다. 그래서 나는 옷 만드는 작업에 착수했는데, 실제로는 어설프게 기워 놓은 정도에 불과했다. 애처로울 만큼 형편없는 옷이었으니 말이다. 어쨌든 나는 임시변통으로 조끼 두세 벌을 만들어 입었고, 그 정도면 한동안 버틸 수 있으리라 기대했다. 반바지나 속바지의 경우에는 한심한 수준이긴 했지만 나중에 임시변통으로 만들어 입었다.

앞에서 내가 잡은 동물들, 즉 네 발 달린 동물들의 가죽을 모두 보관해 두었다고 얘기했는데 나는 그것들을 막대기에 쭉 널어서 햇볕에 말렸다. 개중에는 너무 말라 바싹 굳어 버리는 바람에 쓸모가 없어진 것들도 있었고 아주 유용해 보이는 것들도 있었다. 이 가죽으로 내가 처음 만든 것은 머리에 쓸 커다란 모자였다. 가죽의 털 부분이 바깥쪽으로 나오게 해서 빗물이 흘러내리게 했는데, 꽤 잘 만들었다. 그래서 이 모자를 만든 이후에는 완전히 가죽으로만 옷 한 벌을, 즉 조끼와 무릎이 나오는 반바지를 만들었다. 몸을 따뜻하게 하기보다는 시원하게 할 목적으로 상하의 모두 헐렁하게 만들었다. 이 대목에서 내가 그 옷들을 얼마나 볼품없게 만들었는지는 인정하고 넘어가야겠다. 내가 목수 일도 잘 못했지만, 옷 만드는 일은 그보다 더 못했기 때문이었다. 어쨌든 그 옷들은 임시로 입기에는 그런대로 훌륭했고, 조끼와 모자의 바깥쪽이 털로 되어 있어서 밖에 나갔다가 비가 오더라도 전혀 젖지 않았다.

그다음으로 내가 엄청난 시간과 노고를 들여 만든 것은 우산이었다. 우산은 정말이지 내게 꼭 필요한 물건이었기에 직접 만들어 봐야겠다는 마음이 컸다. 브라질에 있을 때 우산 만드는 모습을 본 적이 있었다. 브라질도 볕이 대단해서 우산이 아주 요긴하게 쓰인다. 나는 이곳도 적도에 가깝기 때문에 볕이 브라질 못지않게 강렬하다고 느꼈다. 게다가 나는 자주 밖으로 돌아다녀야 하기 때문에 햇볕뿐 아니라 비 때문에라도 우산은 내게 아주 유용한 물건이었다. 나는 우산을 만드느라 엄청난 고생을 했다. 그리고 한참 만에야 들고 다닐 수 있을 정도의 우산을 만들 수 있었다. 제대로 방법을 알아냈다고 생각해서 작업을 시작해도 두세

번은 실패했고, 그보다 더 많이 시도해 보고 나서야 마침내 내 기대에 그
럭저럭 부합하는 우산을 완성했다. 주된 어려움은 우산을 접는 걸 가능
하게 만드는 일이었다. 우산을 펼쳐지게 만들 수는 있었지만, 우산을 접
을 수 없으면 갖고 다닐 수가 없었다. 우산을 접을 수 없다면 늘 머리 위
로 들고 다니는 방법밖에는 없는데, 그것은 안 될 일이었다. 어쨌든 마침
내 나는 내가 원하던 우산을 만들어 냈다. 전부 가죽으로 덮고 가죽의 털
부분이 바깥쪽으로 가 있어서 차양처럼 비가 잘 흘러 내려갈 뿐 아니라
햇볕도 효과적으로 차단해 주었다. 나는 아주 뜨거운 날씨에도 예전에
시원한 날씨에 다닐 때보다 훨씬 더 편하게 돌아다닐 수 있었다. 우산이
필요하지 않을 때는 접어서 겨드랑이에 끼고 다녔다.

　이처럼 나는 정말로 편안하게 살았다. 하나님의 뜻에 복종하고 하나
님이 섭리하시는 바에 나 자신을 전적으로 맡기니 마음도 더없이 평온했
다. 그 덕분에 내 삶은 사람들과 지낼 때보다 더 나았다. 사람들과 어울
리지 못해서 아쉽다는 생각이 들기 시작하면, 스스로에게 이렇게 묻곤
했다. 그저 내 자신의 생각과 대화를 나누고, 감히 말해 보건대 불시에
터지는 기도를 통해 하나님과도 대화를 나누는 것이 속세에서 사람들과
어울리며 느끼는 최고의 기쁨보다도 더 좋지 않은가 하고 말이다.

　그 이후 5년 동안 내게 무슨 특별한 일이 일어났다고는 말할 수 없다.
그냥 예전과 똑같은 방식과 똑같은 마음가짐으로 똑같은 장소에서 살았
다. 내가 주로 한 일들은 다음과 같았다. 나는 해마다 보리와 쌀 농사를
짓고 건포도를 꾸준히 말리면서, 미리 1년치 소비량을 준비해 두었다.
해마다 하는 일과와 날마다 총을 들고 사냥을 나가는 일 외에 나는 한 가
지 일을 더 했다. 바로 카누를 만드는 일이었다. 결국 나는 카누를 완성
했고, 폭이 6피트이며 깊이가 4피트인 운하를 파내어 0.5마일 정도 떨어

진 계곡까지 카누를 운반했다. 지나치게 크게 만든 첫 번째 카누는, 당연히 그랬어야 했는데도 어떻게 물에 띄울지 미리 생각하지 않고 만들었다. 나는 그것을 물가로 가져가지도 못하고 카누 쪽으로 물을 끌어들이지도 못해서 결국엔 원래 있던 자리에 그냥 놔둘 수밖에 없었다. 다음번에는 더 현명하게 처신하라고 가르쳐 주는 기념물로 삼은 셈이었다. 실제로 다시 카누를 만들 때는 앞에서 말한 대로 물을 끌어다 댈 수 있는 거리인 0.5마일 이내에서 카누가 되기에 적합한 나무를 찾지 못했지만, 카누를 만들어 물에 띄우는 일이 결국엔 가능할 거라 생각했기 때문에 결코 포기하지 않았다. 그 일을 마치는 데 거의 2년이 걸렸지만, 나는 보트를 만들어 바다로 나갈 수 있다는 희망을 품고 고된 노동에도 불평하지 않았다.

내 작은 페리아구아를 완성해 놓고 보니 이번엔 크기가 문제였다. 첫 번째 카누를 만들 때 생각했던 계획, 즉 40마일 이상 떨어져 있는 육지까지 위험을 무릅쓰고 가보자는 의도와 보트의 크기가 전혀 맞지 않았던 것이다. 보트가 작아서 그 계획은 거기서 접을 수밖에 없었고, 이제는 더 이상 생각하지 않게 되었다. 하지만 어쨌든 보트가 생겼으니 다시 섬을 돌아볼 계획을 잡았다. 이미 설명했듯이 섬을 가로질러 반대편에 가본 적이 한 번 있었다. 그 짧은 여행에서 여러 가지를 발견한 뒤로 반대편 해안에 가보고 싶다는 마음이 아주 간절하게 들었다. 그래서 이제 보트도 생겼으니 섬을 한 바퀴 돌면서 항해해 보고 싶다는 생각만 하게 되었다.

나는 아주 신중하고 침착하게 이 목적을 위한 모든 일을 해내기 위해 보트에 작은 돛대를 세우고 본선에서 가져와 보관하고 있던 돛 조각들로 돛을 만들어 달았다. 나는 돛 조각을 상당히 많이 갖고 있었다.

돛대와 돛을 설치하고 보트를 시험 운전 해보았더니 아주 잘 나갔다. 그런 다음 보트 양쪽 끝에 비상식량과 필수품, 탄약 등을 비나 물보라에 젖지 않게 보관할 수 있는 자그마한 사물함 상자를 만들어 달았다. 보트 안쪽에 길고 작게 홈을 파서 엽총을 집어넣었다. 홈 위에 뚜껑을 달아서 총 역시 물에 젖지 않도록 했다.

선미 쪽 받침대에는 돛대처럼 머리 위에 세워서 햇볕을 막을 차양 역할을 하도록 우산도 부착해 놓았다. 그렇게 준비를 마친 나는 가끔 바다 쪽으로 짧은 항해를 나갔다. 하지만 계곡에서 멀리 떨어진 곳까지 나간 적은 없었다. 하지만 내 왕국을 한 바퀴 돌아보고 싶다는 생각이 간절해져서 마침내 나는 일주 항해를 해보기로 결심했다. 따라서 나는 항해 중에 먹을 식량을 배에 실었다. 보리 빵 스물네 덩어리와(비스킷으로 부르는 게 더 정확할 듯하다.) 내가 굉장히 자주 먹는 볶은 쌀 한 단지, 작은 럼주 병 하나, 염소 반 마리, 염소 사냥에 필요한 화약과 총알, 전에 말한 대로 다른 선원들의 궤짝에서 가져온 커다란 경비복 두 벌도 보트에 실었다. 한 벌은 바닥에 깔고 다른 한 벌은 밤에 몸을 덮는 데 썼다.

항해를 시작한 날은 섬에 감금된 날이라고 하는 게 맞겠지만 어쨌든 섬을 지배하게 된 지 6년째 되는 해의 11월 6일이었다. 항해는 내 예상보다 훨씬 더 길어졌는데, 섬 자체는 그리 크지 않았지만 섬의 동쪽에 도달했을 때 거대한 암초군(群)이 바다 쪽으로 2리그 정도 뻗어 나가 있다는 사실을 알게 되었기 때문이었다. 어떤 암초는 수면 위로 나와 있고 어떤 것은 물속에 잠겨 있었다. 그리고 그 암초군 너머로 마른 모래가 0.5리그 넘게 펼쳐져 있었다. 그래서 그 지점을 돌아가려면 바다 쪽으로 두 배나 더 멀리 나가야 했다.

처음에 암초군과 모래사장을 발견했을 때 나는 바다 쪽으로 얼마나 나가야 할지 몰랐고, 무엇보다도 다시 돌아올 수 있을지 의심스러웠던 탓에 항해를 포기하고 다시 돌아가려고 했다. 그래서 일단 나는 닻을 내렸다. 보트에는 본선에서 가져온 망가진 쇠갈고리로 닻 비슷한 것을 만들어 놓은 게 있었다.

보트를 안전하게 정박한 뒤에 나는 총을 들고 해변에 내렸다. 그리고 그 지점이 잘 보일 것 같은 언덕에 올라가서 암초군이 어느 정도로 넓은지 살펴본 뒤 모험을 계속하기로 결심했다.

그 언덕에 서서 바다를 바라보던 중에 나는 강한, 실제로는 아주 격렬한 해류가 동쪽으로 흘러서 암초가 있는 그 지점 가까이까지 온 것을 알아차릴 수 있었다. 그 해류가 왠지 위험해 보여서 더욱더 주목했다. 그 해류 안으로 들어가면 그 힘에 의해 바다로 휩쓸려 나가서 다시는 섬으로 돌아오지 못할 수도 있었다. 정말이지 내가 이 언덕에 먼저 올라가 살펴보지 않았더라면 실제로 그렇게 됐을 거라고 생각했다. 섬 반대쪽에도 조금 더 멀리서 흐를 뿐이지 똑같은 해류가 흐르고 있었다. 나는 해안가 바로 밑에서 강력한 소용돌이가 치는 것도 봤다. 그러니 첫 번째 해류에서 벗어나더라도 아무것도 하지 못한 채 곧바로 소용돌이에 휘말리고 말았을 것이다.

어쨌든 나는 이 지점에서 이틀을 머물렀다. 동남동쪽 방향에서 세차게 불어오던 바람은 앞서 말한 해류와 정반대 방향이어서 그 지점에서 부서지는 거대한 파도를 만들어 냈다. 그러므로 해안에 너무 가까이 정박해 있는 것은 그 파도 때문에 안전하지 못했고, 해류 때문에 해안에서 너무 멀리 떨어져 있는 것도 안전하지 않다는 결론이 나왔다.

사흘째 아침이 되자 밤새 바람이 약해지고 바다도 잔잔해져 있었다. 나는 과감하게 항해를 계속하기로 마음먹었다. 하지만 나는 무모하고 무지한 뱃사람들 모두에게 또다시 교훈을 안겨 준 셈이었다. 그 암초군 부근에 다다른 순간, 나는 해안으로부터 보트 길이만큼도 안 되는 지점에서 엄청나게 깊고 마치 방앗간 수문처럼 굉장히 **빠른** 해류가 흐르고 있다는 사실을 발견했다. 어찌나 맹렬하게 내 보트를 휩쓰는지, 할 수 있는 일이라고는 그 가장자리에서 겨우 보트를 버티게 하는 것뿐이었다. 하지만 보트는 해류 때문에 내 왼쪽에 있는 소용돌이로부터 점점 더 멀어져 가고 있었다. 게다가 나를 도와줄 수 있는 바람도 전혀 불지 않았고, 노를 저으며 무진 애를 써도 아무런 의미가 없었다. 마침내 나는 자포자기하는 마음이 들기 시작했다. 나는 섬 양쪽에서 흐르는 해류가 몇 리그쯤 떨어진 곳에서 다시 만날 것을 알고 있었다. 그렇게 되면 나는 다시 돌이킬 수 없을 정도로 표류하게 될 것이었으며, 이런 일을 피할 가능성도 전혀 보이지 않았다. 내 앞에 파멸 외에는 어떤 전망도 보이지 않았다. 바다는 상당히 잔잔했으니 바다 때문이 아니라 먹을 게 없어서 굶어 죽을 판이었다. 사실 해안에서 겨우 들어 올릴 수 있을 정도로 커다란 거북이 한 마리를 발견해서 보트 안으로 던져 놓기는 했었다. 그리고 커다란 토기 항아리 가득 마실 물도 있었다. 하지만 광활한 대양으로 떠밀려 나간다면 이 모든 것이 무슨 소용이 있겠는가? 그런 망망대해에서는 1천 리그를 떠밀려 가더라도 해안이나 대륙 또는 섬을 볼 수 없을 것이 분명했다.

이제 나는 하나님의 섭리가 인간이 처할 수 있는 가장 비참한 상황을 더 비참하게 만드는 게 얼마나 쉬운지 깨달았다. 이제 나는 그 황량하고 쓸쓸했던 섬을 세상에서 가장 쾌적한 곳으로 회상했고, 내가 마음속으로 기대할 수 있는 행복은 거기로 다시 돌아가는 것뿐이었다. 나는 애타는 소망을 품고 섬을 향해 손을 뻗으며 말했다. "아, 행복한 무인도여, 이제 다시는 너를 보지 못하겠구나! 이 불쌍한 놈아. 나는 대체 어디로 가고 있단 말인가?" 그러고는 감사할 줄 모르는 내 성격에 대해, 내 고독한 처지를 어찌 투덜거릴 수 있었는지에 대해 자책했다. 그다음으로 나는 다시 섬으로 돌아갈 수만 있다면 어떤 대가라도 치르겠다는 생각을 했다. 이렇듯 우리 인간은 자신이 처한 상황의 참모습을 모르고 있다가 그 반대의 처지를 겪어 보고 나서야 비로소 깨닫는다. 또한 자신이 누리는 것이 얼마나 가치 있는지 모르고 있다가 그것이 없어지고 난 후에야 비로소 깨닫는다. 나의 사랑하는 섬으로부터 (그때는 섬이 그렇게 느껴졌다.) 2리그를 망망대해로 떠밀려 나가 다시는 되돌아갈 수 없다는 절망에 빠졌을 때, 내가 얼마나 충격을 받았는지는 상상하기조차 힘들다. 그러나 나는 내 힘이 거의 소진될 때까지 보트를 최대한 북쪽으로, 다시 말하면 소용돌이가 위치한 해류의 옆쪽으로 최대한 나아가게 하려고 무진장 애를 썼다. 태양이 자오선(子午線)을 지나면서 정오가 되자, 남남동쪽에서 가벼운 산들바람이 불어오는 게 얼굴에 느껴졌다. 이 바람 덕분에 마음이 약간 가벼워졌고, 특히 30분쯤 더 지나면서 바람이 제법 강하게 불어와 더욱더 기분이 좋아졌다. 이때쯤에 나는 섬에서 놀랄 만큼 멀리 떨어져 있었는데, 만약 구름이나 안개가 조금이라도 끼었다면 나는 다른 방식으로도 끝장나고 말았을 것이다. 배에 나침반이 없었던 탓에 만약 단 한 번이라도 섬이 시야에서 사라지면 섬 쪽으로 어떻게 배를 저어 가야 할지 전혀 알 수 없었기 때문이었다. 하지만 날씨는 계속 맑았고, 덕분에 나는 돛대를 다시 세우고 돛을 활짝 편 다음에 가능한 북쪽으로 가면서 해류에서 벗어나려고 했다.

돛대와 돛을 세우고 나서 보트가 제대로 나아가기 시작했을 때, 나는 물이 맑아진 것만 보고도 곧 해류가 바뀌리라는 사실을 알 수 있었다. 해류가 강한 지점에서는 대개 물 빛깔이 흐릿한데, 그것에 비해 이곳의 물은 맑은 것을 보고 해류가 약해졌음을 깨달은 것이다. 그 순간 동쪽으로 약 0.5마일 정도 되는 곳에서 파도가 바위에 부딪쳐 부서지는 모습이 보였다. 내가 본 이 바위들 때문에 해류가 다시 갈라지게 되었고, 해류의 중심 물살은 바위를 북동쪽에 남겨 둔 채 더욱더 남쪽으로 향했다. 또 다른 물살은 바위에 부딪치는 힘에 의해 되돌아와서 강한 소용돌이는 만들었고, 그 소용돌이는 아주 급격하게 다시 북서쪽으로 흘러갔다.

교수대 사다리에 오르다가 집행 유예 영장을 받은 사람들, 도둑들 손에 죽기 직전에 구출된 사람들 혹은 그런 극단적인 상황에 처한 적이 있는 사람들은 내가 그 순간 얼마나 기쁨에 겨워 놀라 자빠졌을지 짐작할 수 있을 것이다. 나는 환희에 찬 마음으로 이 소용돌이의 흐름에 보트를 내맡기고는 강하게 불어오는 바람에 맞춰 돛을 펼치고 배 밑으로 흐르는 강한 해류와 소용돌이를 타고 신나게 나아갔다.

이 소용돌이는 내 보트를 곧장 섬 쪽으로 1리그 정도 끌고 갔는데, 처음에 나를 휩쓸고 간 그 해류가 있는 곳에서 북쪽으로 2리그 정도 떨어진 지점이었다. 그렇게 섬에 가까이 와보니 섬의 북쪽 해안, 즉 내가 처음 출발한 지점과는 반대 지점이 눈앞에 훤히 펼쳐져 보였다.

이 소용돌이 덕분에 1리그 이상을 더 나아가고 나서 해류의 힘이 소진되어 더 이상 도움이 되지 않았다. 그러나 나는 두 개의 거대한 해류, 즉 나를 휩쓸고 나간 남쪽의 해류와 1리그 정도 떨어진 곳에서 흐르는 반대편 북쪽의 해류 사이에 적어도 어느 쪽으로도 흐르지 않는 잔잔한 물살이 흐른다는 것을 알게 되었다. 섬이 바로 뒤에 보이는 이 해역에 도달한 나는 전처럼 세차게는 아니지만 그래도 산들바람 수준으로 불어오는 순풍을 타고 곧바로 섬을 향해 계속 배를 몰았다.

오후 4시쯤 섬과의 거리가 1리그 정도 되자, 이 재앙을 일으킨 암초들의 돌출부가 다시 눈에 들어왔다. 앞에서 설명한 대로 그 암초들은 남쪽으로 펼쳐져 있었고, 해류를 더욱더 남쪽으로 흐르게 하는 동시에 북쪽으로 또 다른 소용돌이를 일으키고 있었다. 이 소용돌이는 상당히 강력했지만 정북 방향으로 흐르고 있어서 정서 방향인 내 항로에 직접적으로 영향을 미칠 것 같지는 않았다. 어쨌든 다시 바람이 세차게 불기 시작하자 나는 이 소용돌이를 북서쪽으로 비스듬히 가로질렀고 약 한 시간 뒤에 해안에서 1마일쯤 되는 곳으로 들어섰다. 그곳은 물살이 잔잔했기 때문에 금세 해안에 도착할 수 있었다.

해안에 올라온 후 나는 무릎을 꿇고 하나님께 살려 주셔서 감사하다는 기도를 드렸다. 그러고는 이 보트를 타고 탈출하겠다는 생각은 모두 접기로 결심했다. 갖고 있던 음식으로 기운을 회복한 나는 전에 봐두었던 나무 아래 후미진 구석에 보트를 갖다 댔다. 여행으로 인한 노고와 피로로 지칠 대로 지친 나는 누워 잠을 잤다.

그런데 이제는 보트를 타고 어떤 길로 집으로 가야 할지 몰라 난감해졌다. 왔던 길에서 이미 너무 많은 위험을 겪은 터라 그 길이 어떤지는 너무 잘 알고 있었다. 반면, 반대편(서쪽을 말한다.) 길은 잘 알지도 못하는 데다 더 이상 모험을 감행하고 싶은 마음도 없었다. 그래서 나는 아침에 일어나 해안을 따라 서쪽으로 가다가 내 쾌속 범선을 안전하게 놔둘 만한 샛강이 있는지 살펴보기로만 했다. 보트가 필요할 때 다시 찾으러 올 생각이었다. 해안을 3마일 정도 따라갔더니 폭이 1마일쯤 되는 아주 괜찮은 샛강 어귀 내지 만 같은 곳을 찾았다. 그곳은 점점 좁아져서 아주 작은 개울로 이어졌는데, 내 보트를 대놓기에 아주 편리해 보였다. 아예 보트를 정박시킬 목적으로 만들어 놓은 작은 독처럼 안성맞춤인 곳이었다. 나는 그곳에 보트를 아주 안전하게 집어넣은 뒤에 뭍으로 가서는 내가 있는 위치를 알아 두려고 주변을 살펴보았다.

나는 그곳이 지난번 그쪽 해변으로 걸어서 여행할 때 왔던 곳에서 멀지 않음을 금세 알아차렸다. 날이 너무 더웠기 때문에 보트에서 총과 우산만 꺼내 들고는 행진을 시작했다. 지금까지 힘든 여행을 하고 온 뒤라 그 길은 충분히 편안했다. 저녁에 내 정자에 도착했는데, 모든 것이 지난번 떠날 때 그대로 남아 있었다. 앞에서 말한 대로 나는 내 전원주택을 항상 정돈해 두면서 지냈다.

나는 담장을 넘어간 뒤에 그늘에 누워 지친 팔다리를 쉬게 해주었다. 아주 지쳤기 때문에 금세 잠이 들었다. 내 이야기를 읽는 독자들이 이 대목에서 판단해 줬으면 하는 일이 있다. 한참을 자고 있던 중에 누군가가 내 이름을 여러 번 부르는, "로빈, 로빈, 로빈 크루소, 불쌍한 로빈 크루소, 너는 어디 있니, 로빈 크루소? 너는 어디 있어? 그동안 어디 있었어?"라는 목소리에 잠이 깼을 때, 내가 얼마나 놀랐을 것 같은가?

나는 그날 아침에는 노를 젓느라고, 오후에는 걸어 다니느라고 너무 피곤해서 죽은 듯이 잠이 든 상태였다. 완전히 깨지는 못한 채 잠이 들었다 일어났다를 반복하며 선잠을 자고 있었기에 누군가가 나를 부르는 꿈을 꾸고 있다고 생각했다. 하지만 그 목소리가 계속 "로빈 크루소, 로빈 크루소."라고 부르는 바람에 결국 잠이 완전히 달아났다. 처음에는 몹시 겁에 질렸다가 나중에는 극도로 놀라 벌떡 일어나 앉았다. 그런데 눈을 뜨자마자 나의 앵무새 폴이 울타리 꼭대기에 앉아 있는 모습이 보였다. 곧바로 나는 내게 말을 건 목소리가 바로 그 녀석이라는 사실을 깨달았다. 내가 그 녀석에게 그런 처량한 말투로 말을 걸면서 가르치곤 했기 때문이었다. 내가 가르친 말을 완벽하게 배운 녀석은 가끔 내 손가락 위에 앉아 자기 부리를 내 얼굴에 가까이 대고는 "가엾은 로빈 크루소, 너는 어디 있니? 그동안 어디 있었어? 여기엔 어쩌다 왔어?"라며 내가 가르친 대로 지저귀곤 했다.

어쨌든 범인이 앵무새인 것을 알았고 실제로 그곳에 어떤 사람도 있을 수 없다는 사실을 알고는 있었지만, 한참이 걸려서야 마음이 진정되었다. 먼저 나는 그 녀석이 어떻게 거기까지 갔는지 깜짝 놀랐다. 그리고 어떻게 다른 곳도 아닌 바로 그곳 주위를 지키고 있었는지도 놀라웠다. 어쨌든 나를 부른 게 다른 누구도 아닌 정직한 폴이었다는 사실을 납득하고 그 일은 그렇게 넘어가기로 했다. 손을 내밀며 "폴!" 하고 이름을 부르자 그 붙임성 좋은 녀석은 늘 하던 대로 내 엄지손가락 위에 앉아 마치 나를 다시 만나 반가워 죽겠다는 듯 계속 재잘댔다. "가엾은 로빈 크루소, 여기엔 어쩌다 왔을까? 그동안 나는 어디 있었을까?" 나는 녀석을 데리고 집으로 돌아왔다.

바닷가는 다닐 만큼 충분히 돌아다닌 셈이었다. 이제는 여러 날 동안 앉아서 할 일도 많았고, 내가 얼마나 위험한 상황에 처해 있었는지 되돌아보기도 해야 했다. 내가 사는 쪽으로 보트를 다시 가져왔으면 좋았을 테지만, 내가 둘러본 섬 동쪽으로 보트를 몰고 갈 수 있는 방법 중 실행 가능한 것을 알아낼 수가 없었다. 그쪽으로 모험을 감행한다는 것은 불가능함을 잘 알고 있었다. 그래서 생각만 해도 가슴이 움츠러들고 온몸의 피가 식는 것 같은 느낌이 들었다. 그리고 섬의 반대쪽에 대해 말하자면, 나는 그쪽으로도 어떻게 가야 할지 알지 못했다. 하지만 해류가 동쪽 해안을 지나갈 때처럼 거세게 반대쪽 해안을 통과한다고 상상해 보면, 그쪽에서도 전과 마찬가지로 해류에 휩쓸려서 섬 쪽으로 끌려갔다가 다시 먼 바다로 떠밀려 갈 위험에 처할 듯했다. 이런 생각을 하니 보트가 여러 달에 걸친 노고의 산물이고 바다에 보트를 띄우는 데도 다시 여러 달이 걸렸지만, 그냥 보트 없이 사는 데 만족하는 게 낫겠다고 생각했다.

여러분도 짐작하겠지만, 나는 거의 1년 동안을 이렇게 내 성격을 다스리면서 아주 조용하고 차분하게 살았다. 내 처지에 대한 생각도 안정을 찾았고 하나님의 처분에 내 자신을 내맡기는 것으로 충분히 위안을 얻었기 때문에, 사람들과 어울리지 못한다는 점만 빼고는 모든 면에서 아주 행복하게 지내고 있다고 생각했다.

이 기간 동안 나는 어쩔 수 없이 온 정성을 다해 물건들을 만들어 쓸 수밖에 없었기 때문에, 제작 기술도 꽤나 향상되었다. 나는 기회가 주어졌다면 아주 훌륭한 목수가 되었을 거라 자부하는데, 내가 가진 도구가 많지 않다는 사실을 고려하면 특히 그랬다.

이밖에 토기 제작에 있어서도 의외로 완벽한 경지에 이르렀다. 궁리를 거듭한 끝에 수레바퀴로 토기를 만드는 방법을 알아냈고. 그 덕에 토기를 아주 손쉬우면서도 더 좋은 품질로 만들 수 있었다. 전에는 차마 눈뜨고 보기 어려운, 엉망인 것들을 만들었지만 이제는 둥글고 보기 좋은 토기를 만들어 냈다. 하지만 담배 파이프를 만들어 냈을 때만큼 내 성과를 자랑하고 싶은 마음이 들고 내가 궁리해 낸 물건에 대해 그토록 큰 기쁨을 느낀 경우는 없었다. 막상 완성해 놓고 보니 아주 볼품 없고 다른 토기처럼 붉게 구워 냈을 뿐이었지만, 그 파이프는 단단하고 견고했을 뿐 아니라 담배 연기도 잘 빨아들였다. 나는 늘 담배를 피우고 있었기 때문에 내가 만든 담배 파이프가 아주 만족스러웠다. 본선에도 담배 파이프가 있었지만 이 섬에 담배가 자란다는 사실을 알지 못해 처음에는 파이프를 가져와야겠다는 생각을 하지 못했고, 나중에 본선을 다시 뒤졌을 때는 파이프를 하나도 찾을 수가 없었다.

고리버들 세공 기술 역시 일취월장하면서 나는 필요한 바구니들을 내가 고안해 낼 수 있는 만큼 많이 만들어 냈다. 모양새가 아주 훌륭한 것은 아니지만 물건을 보관해 두거나 집으로 나르는 용도로 사용하기에는 아주 편리하고 유용했다. 예를 들어 밖에서 염소를 잡으면 나무에 그것을 걸어 놓고 껍질을 벗기고 손질을 한 다음, 조각을 내서 바구니에 담아 집으로 가져왔다. 거북이의 경우도 마찬가지였는데, 우선 배를 갈라 알을 꺼내고 살을 한두 덩어리 챙겨 바구니에 담아서 집으로 가져왔다. 그 정도면 내가 먹기에 충분한 양이어서 나머지는 그냥 두고 왔다. 또한 속이 깊고 큰 바구니도 만들어서 곡식을 담아 두는 데 사용했는데, 곡식이 마르면 곧바로 손으로 비벼서 그 안에 보관해 두었다.

이제는 화약이 엄청나게 줄어든 게 느껴질 정도였다. 화약은 내가 마련할 길이 없는 것이라 화약이 더 이상 없을 때 어떻게 해야 할지, 다시 말하면 염소를 어떻게 잡을지를 진지하게 고민하기 시작했다. 이 섬에 온 지 3년째 되던 해에 얘기했듯이, 나는 새끼 염소를 키우면서 길들인 적이 있었다. 당시 나는 숫염소도 잡고 싶었지만 이 염소가 다 늙을 때까지 그 희망을 성취하지 못했다. 차마 이 암염소를 죽일 마음이 생기지 않아서 결국엔 수명이 다하여 죽을 때까지 놔두었다.

그러나 이제 여기 산 지가 11년째 되었고, 앞에서 얘기했듯이 내 탄약도 줄어들고 있던 터라 나는 덫이나 올가미를 이용하여 염소를 잡아 봐야겠다고 작정했다. 염소를 산 채로 잡을 수 있는지 알아볼 생각이었는데, 나는 특히 새끼를 밴 암염소를 잡고 싶었다.

나는 이 목적을 위해 염소를 잡을 덫을 만들었다. 나는 실제로 녀석들이 한 차례 이상 덫에 걸린 적이 있다고 믿었다. 하지만 내게는 철사가 없어 덫이 튼튼하지가 않았기 때문에 늘 덫은 부러져 있었고, 미끼만 먹어 버린 걸 발견할 뿐이었다.

마침내 나는 함정을 파야겠다고 결심했다. 나는 염소들이 자주 먹이를 먹으러 오는 지점에 커다란 구덩이를 여러 개 파놓고, 그 위에 내가 직접 만든 장애물을 걸쳐 놓은 뒤에 다시 무거운 물건을 올려놓았다. 그리고 몇 번은 덫을 설치하지 않고 보리 이삭과 마른 쌀을 갖다 놓은 적도 있었는데, 염소 발자국이 나 있는 것으로 보아 녀석들이 들어가서 곡식을 먹었음을 쉽게 알 수 있었다. 어느 날 밤에는 덫 세 개를 쳐놓고 다음 날 가봤더니, 덫은 모두 그대로 있고 미끼만 없어진 상태라서 크게 실망했다. 그러나 나는 포기하지 않고 덫 모양을 바꾸었다. 그 모양이 어땠는지 세세하게 설명해서 독자들을 괴롭힐 생각은 없다. 어쨌든 그렇게 덫을 바꾸었다. 그리고 아침에 가보니 함정 하나에는 몸집이 큰 늙은 숫염소 한 마리가 잡힌 상태였고 다른 함정에는 새끼 세 마리와 암염소 두 마리가 잡혀 있었다.

늙은 염소에 대해 말하자면, 나는 그 녀석을 어찌 처리해야 할지 몰랐다. 하도 사나워서 그놈을 잡으러 구덩이 안으로 들어갈 엄두가 나지 않았다. 다시 말하면, 내가 원하는 대로 그놈을 산 채로 잡아서 데리고 나올 자신이 없었다. 그 녀석을 죽일 수는 있었지만, 그건 내가 할 일도 아니고 목적에 맞지도 않았다. 결국 나는 그 녀석을 그냥 놔주었는데, 녀석은 얼마나 당황했는지 제정신이 아닌 것처럼 달아나 버렸다. 그러나 그때 나는 배고픔은 사자도 길들인다는 사실을 잊고 있었고 나중에서야 그 사실을 깨달았다. 내가 만약 사나흘 정도만 그 녀석에게 먹을 것을 주지 않고 거기 놔두었다가 데리고 나와 마실 물과 곡식을 조금 줬더라면, 그 녀석은 다른 새끼들처럼 길이 들었을 것이다. 염소는 잘만 해주면 아주 영리하고 유순한 동물로 변하기 때문이었다.

어쨌든 그 당시에는 뭘 몰랐기 때문에 나는 그 자리에서 녀석을 놔주었다. 그런 다음에 새끼 세 마리를 차례로 데리고 나온 뒤에 함께 줄로 묶었다. 다소 어려움을 겪었지만 세 마리 모두 집으로 데려왔다.

염소들은 한참이 지난 뒤에야 먹이를 먹기 시작했다. 하지만 맛있는 곡식을 조금 던져 주자 거기에 혹했는지 그때부터 점차 길이 들기 시작했다. 이제야 나는 화약이나 총알이 다 떨어지고 난 뒤에도 염소 고기를 먹을 생각이 있다면 염소를 길들여서 키우는 것이 유일한 방법임을 깨달았다. 아마 그때 나는 양떼처럼 집 주변에서 염소들을 키울 수 있으리라 생각한 것 같다.

그런데 그 순간에 문득 길들인 염소들을 야생 염소들과 분리시켜 두지 않으면 길들인 놈들이 다 자란 후에 다시 야생 상태로 돌아갈 수도 있겠다는 생각이 들었다. 이를 막기 위한 유일한 방법은 울타리를 치거나 말뚝을 박아서 녀석들을 아주 완벽하게 그 안에 가둬 두는 것이었다. 그렇게 하면 그 안에 있는 염소들은 밖으로 나갈 수 없고, 또 밖에 있는 야생 염소들은 안으로 들어오지 못할 것이었다.

이는 혼자서 해내기에는 엄청나게 힘든 공사였지만, 나는 그 일을 반드시 해야 할 필요성을 느끼고 있었다. 내가 가장 먼저 해야 할 일은 적합한 터를 찾는 것이었다. 염소들이 뜯어 먹을 풀이 나 있고 마실 물이 있으며 햇볕을 피할 만한 곳이어야 했다.

이런 울타리에 대해 잘 아는 사람들이라면, 내가 이 모든 목적에 적합한 터를 선정했을 때 내 머리가 잘 돌아가지 않았다고 생각했을 것이다. 내가 고른 터는 평평하고 사방이 트인 목초지 내지 사바나로(서양의 식민지에서는 그렇게 부른다.), 신선한 물이 두세 군데에서 솟아나고 한쪽 끝은 나무가 우거진 곳이었다. 그리고 내가 이 터에 둘레가 적어도 2마일은 되도록 울타리나 말뚝을 둘러치기 시작했다고 밝힌다면 앞서 말한 사람들은 나를 비웃을 것이다. 하지만 울타리 둘레에 관한 한 내 생각이 그렇게까지 미친 것은 아니었던 게, 설사 둘레가 10마일이었다고 해도 그 일을 해낼 시간이 충분했을 것이기 때문이다. 그러나 나는 그렇게 넓은 공간에서 내 염소들이 마치 온 섬을 제 집처럼 여기며 야생 염소처럼 클 것이고 내가 그 녀석들을 잡으러 다닐 공간도 너무 넓어서 실제로 놈들을 한 마리도 잡지 못할 수 있다는 점은 고려하지 않았다.

울타리를 만들기 시작해서 50야드 정도 작업을 했을 때 같은데, 그때 갑자기 이런 생각이 들어서 그 즉시 일을 중단했다. 그러고는 일단은 시작 단계로 길이 1백50야드, 너비 1백 야드 정도로만 울타리를 치기로 마음먹었다. 그 정도면 적당한 시간이 지나도 내가 잡아들일 염소들을 모두 키워 낼 수 있는 크기였다. 그리고 염소 수가 늘어나면 그때 터를 넓혀서 울타리를 치면 될 듯했다.

이는 신중한 생각에 따른 행동이었다. 나는 용기를 내어 작업을 시작했다. 그리고 석 달 정도 걸려서 첫 번째 터에 울타리를 둘렀다. 울타리가 완성될 때까지 나는 그 터에서 가장 좋은 곳에 새끼 염소 세 마리를 매어 두고는 나에게 익숙해지도록 가능한 나와 가까운 곳에서 먹이를 주었다. 그리고 자주 보리 이삭이나 쌀을 조금씩 들고 가서 직접 손으로 먹여 주었다. 그래서인지 울타리가 완성된 후에는 풀어 줬는데도 녀석들은 곡식을 달라고 음매음매 울면서 내 뒤를 졸졸 따라다녔다.

이러한 결과는 내 목적에 정확히 들어맞았다. 대략 1년 반 만에 나는 새끼와 다 큰 염소를 모두 합쳐서 열두 마리를 키우게 되었다. 그리고 다시 두 해가 더 지난 후에는 내가 잡아먹은 몇 마리를 빼고도 그 수가 마흔세 마리로 불어났다. 그 후 나는 염소를 키울 수 있는 터를 다섯 군데 더 잡아 울타리를 쳤고, 녀석들을 몰아넣었다가 필요할 때 데리고 나올 수 있는 작은 우리도 지었다. 또 한 곳에서 다른 곳으로 연결되는 출입구도 만들었다.

그러나 이게 다가 아니었다. 이제 나는 내가 원할 때 염소 고기를 실컷 먹을 수 있을 뿐 아니라 우유도 마실 수 있게 되었는데, 사실 처음에는 그 정도까지 생각하지 않았던 터라 이 생각이 떠올랐을 때 정말 뜻밖에 기분 좋은 선물을 받은 듯했다. 이제 나는 낙농장도 세운 셈이라, 가끔은 하루에 우유를 1~2갤런까지 짜기도 했다. 조물주는 모든 피조물에게 먹을거리를 안겨 주실 뿐 아니라 그것을 이용할 수 있는 방법까지 자연스럽게 알려 주시기 때문에, 염소는 말할 것도 없이 젖소 젖도 짜본 적 없고 버터나 치즈를 만드는 것을 본 적도 없는 나는 무수한 시행착오 끝에 아주 손쉽고 능숙하게 버터와 치즈를 모두 만들어 먹게 되었다. 그 이후로 버터와 치즈는 부족함이 없었다.

우리의 위대하신 창조주께서는 당신의 피조물들을 너무나도 자비롭게 대해 주신다. 그들이 파멸에 짓눌려 있는 듯한 상황일 때도 예외는 없다. 그분께서는 가장 쓰디쓴 섭리조차도 달콤하게 바꾸어 주실 수 있으니, 우리가 지하 감옥이나 형무소에 갇혀 있어도 당신을 찬양할 이유를 우리에게 주신다. 그분은 처음 도착했을 때 굶어 죽는 것 외에는 아무 생각도 할 수 없었던 이런 황량한 곳에서도 내 앞에 이렇게 대단한 성찬을 차려 주신 것 아닌가!

금욕을 소중히 여기는 스토아 철학자라 해도 나와 내 단출한 가족이 자리에 앉아 만찬을 즐기는 모습을 보았다면 미소를 지었을 것이다. 그 자리에는 섬 전체를 지배하는 영주이자 군주인 내가 있었다. 나는 내 모든 백성들의 목숨을 맘대로 할 수 있었다. 나는 그들을 교수형에 처할 수도, 능지처참할 수도, 자유를 줄 수도 다시 뺏을 수도 있었다. 그리고 백성들 사이에서 반란은 있을 수 없었다.

내가 내 하인들의 시중을 받으며 왕처럼 홀로 식사하는 광경은 어떤 가. 앵무새 폴은 나의 총신(寵臣)이기라도 한 듯 내게 유일하게 말을 걸 수 있는 존재였다. 이제 너무 늙어서 정신이 이상한 내 개는 자손을 함께 만들, 같은 종족을 찾지 못한 채 늘 내 오른편에 앉아 있었다. 그리고 고양이 두 마리는 가끔 총애의 표시로 던져 주는 먹을거리를 기다리며 식탁 양편에 한 마리씩 앉아 있었다.

그런데 이 고양이들은 내가 처음 섬에 데려온 녀석들이 아니었다. 그 녀석들은 모두 죽었고 집과 가까운 곳에 내 손으로 묻어 주었다. 그런데 그중 한 마리가 종류도 알 수 없는 어떤 짐승과 짝을 지어 새끼를 여럿 낳았다. 지금 데리고 있는 이 두 마리는 그중에서 내가 길들여 키운 녀석들이었다. 반면 나머지 녀석들은 숲속에서 야생 고양이가 되었는데 정말 이지 내게는 큰 골칫거리가 되고 말았다. 녀석들이 종종 내 집에 와서 우리 집 음식물을 건드리는 바람에 결국 나는 그놈들을 총으로 쏠 수밖에 없었다. 나는 실제로 꽤 많은 고양이를 죽였다. 그러자 마침내 녀석들은 나를 떠났다. 그리고 이제 나는 이렇게 시중을 받으면서 풍요롭게 살게 되었다. 다른 사람들과 어울리는 일만 빼면 내게는 어떤 부족함도 없었지만, 얼마 후에는 지나치다 싶을 만큼 많은 사람들과 어울리게 되면서 그 부분에 대한 아쉬움이 해소되었다.

앞에서 말한 대로 나는 더 이상 모험을 하고 싶은 생각이 정말 없었지만, 내 보트를 사용하고 싶은 마음을 잠재울 수 없었다. 따라서 어떤 때는 섬으로 돌아가서 보트를 가져올 방법을 궁리하다가도 또 어떤 때는 그냥 눌러 앉아서 보트 없이 사는 것에 만족하자고 마음먹기도 했다. 그런데 가끔은 마음이 이상하게 불안해지면서 지난번 여행 때 해안 지형과 해류의 방향을 살펴보고 대책을 세우기 위해 올라갔던 언덕에 가봐야겠다는 생각이 들었다. 이런 마음이 하루하루 더 커지는 바람에 결국 나는 해안 가장자리를 따라 육로로 그곳까지 가보기로 결심했고, 마침내 길을 떠났다. 그런데 만약 영국인 누군가가 나 같은 사람을 만났더라면, 분명 그는 나를 보고 깜짝 놀라거나 폭소를 터뜨렸을 것이다. 사실 나도 가만히 서서 내 모습을 볼 때, 내가 이런 장비를 갖추고 이런 복장으로 요크셔 지역을 여행하고 있다면 어떨까 하는 생각을 하면 미소를 머금을 수밖에 없었다. 내 모습이 어떤지 대충 그려 보면 다음과 같다.

나는 염소 가죽으로 만든 아주 볼품없는 모자를 쓰고 있었다. 모자 뒷부분에 덮개 같은 게 늘어져 있어서 햇볕을 막아 줄 뿐 아니라 목 안으로 빗물이 흘러 들어가지 못하게 막아 주었다. 이런 기후에는 빗물이 옷 속으로 들어가 살갗에 닿는 것만큼 해로운 일은 없었다.

그리고 염소 가죽으로 만든 짧은 외투를 걸쳤는데, 외투 자락이 허벅지 중간 정도까지 내려왔다. 똑같이 염소 가죽으로 만든, 무릎이 나오는 반바지도 입고 있었다. 늙은 숫염소 가죽으로 만든 반바지는 판탈롱처럼 염소 털이 바지 양쪽을 따라 다리 중간까지 길게 늘어져 있었다. 양말과 신발은 없었지만 그 비슷한 것을 만들어 신었다. 뭐라 부를지 알 길이 없지만 어쨌든 내 다리를 덮는 반장화 같은 것을 만들어 신고 가죽 각반처럼 양쪽에 끈으로 묶어 놨다. 나머지 모든 옷가지들처럼 이 장화도 아주 야만스럽게 보였다.

나는 말린 염소 가죽으로 만든 널찍한 허리띠도 차고 있었다. 그리고 버클 대신 같은 소재로 만든 가죽 끈 두 개를 허리띠 양쪽에 묶어서 칼집 넣는 고리 같은 것으로 만들어 썼다. 거기에는 칼이나 단검 대신 작은 톱과 손도끼를 각각 매달았다. 방금 전에 말한 허리띠만큼은 넓지 않지만 허리띠가 하나 더 있었는데, 그것도 같은 방식으로 묶어서 어깨 위에 걸쳤다. 내 왼팔 바로 아래에 두른 허리띠 끝에도 역시 염소 가죽으로 만든 주머니 두 개를 달았다. 주머니 하나에는 화약을 넣고 나머지 주머니에는 총알을 넣고 다녔다. 그리고 등에는 바구니를 짊어졌고, 어깨에는 엽총을 멨다. 또한 머리 위로는 아주 서투르고 볼품없게 만든 염소 가죽 우산을 들고 다녔다. 모양새는 별로지만 우산이야말로 엽총 다음으로 내게 가장 필요한 물건이었다. 내 얼굴에 대해 말하자면, 적도에서 19도도 떨어지지 않은 지역에 살면서 외모에 전혀 신경 쓰지 않는 사람에게서 기대할 법한 얼굴색, 즉 흑백 혼혈인의 얼굴색은 아니었다. 내 턱수염은 한때 4분의 1야드 정도로 자랄 때까지 놔둔 적이 있었지만, 가위와 면도날이 충분히 있었기 때문에 아주 짧게 잘라 냈다. 다만 윗입술 위에 자라는 콧수염은 놔두고 이슬람교도처럼 다듬었다. 예전에 살레에서 일부 터키인들이 그렇게 수염을 기르는 모습을 본 적이 있었다. 터키인들은 그렇게 콧수염을 길렀지만 무어인들은 그러지 않았다. 이 콧수염이 모자를 매달 수 있을 정도로 길지는 않았지만, 어쨌든 길긴 길었고 모양새도 괴물 같아서 영국에서 그런 모습으로 다녔다면 아마 흉측하다는 말을 들었을 것이다.

하지만 이 모든 것은 그냥 말이 나온 김에 한 얘기이고 나를 지켜볼 사람도 거의 없으니 전혀 중요하지 않다. 그러니 내 모습에 대해서는 더 이상 얘기하지 않겠다. 여하튼 이런 차림새로 새로이 여행을 떠난 지 대엿새 정도가 지났다. 우선 나는 해안선을 따라가면서 처음 보트를 정박시킨 지점으로 곧장 가서 바위 위로 올라갔다. 이제는 신경 쓸 보트가 없으니 이전보다 짧은 거리를 걸어서 전에 올라갔던 언덕에 올랐다. 앞에서 말했듯이 보트를 타고 돌아가야 했던 그 암초군이 펼쳐진 모습을 바라보고 있자니 놀랍게도 이쪽 바다는 다른 쪽과 마찬가지로 어떠한 잔물결이나 움직임 그리고 해류도 없이 너무나도 평온하고 잔잔해 보였다.

이 모습이 이해가 되지 않아 당황스러웠던 나는 어떤 조류들의 움직임 때문에 이런 일이 일어난 게 아닌지 살펴보려고 시간을 두고 지켜보기로 작정했다. 하지만 나는 이내 왜 그런 일이 생겼는지 확신할 수 있었는데, 서쪽에서 시작된 썰물이 해안 어딘가의 커다란 하천으로부터 흘러나온 물살과 합류하면서 이곳의 해류를 일으킨 게 분명했다. 그리고 바람이 서쪽에서 혹은 북쪽에서 더 강하게 불어옴에 따라, 이 해류가 해안 가까이서 흐르든지 더 멀어지든지 한 것이었다. 그 부근에서 밤까지 기다렸다가 다시 바위에 올라가 보니, 그때는 썰물이 밀려와서 다시 전처럼 해류가 흐르는 게 뚜렷하게 보였다. 다만 이번에는 훨씬 떨어진 곳에서, 즉 해안에서 약 0.5리그 정도 떨어진 곳에서 흐르고 있었다. 한편, 지난번의 내 경우는 해류가 해안 쪽으로 더 가까이 밀려오는 바람에 나와 내 카누를 황급히 휩쓸어 버렸던 것이다. 그러니까 내가 다른 시간에 그곳을 지나갔다면 그런 일은 벌어지지 않았을 것이다.

이 관측을 통해 나는 밀물과 썰물의 흐름만 관찰하면 섬 주위를 내 보트로 아주 손쉽게 돌 수 있겠다는 확신이 들었다. 하지만 막상 그 계획을 실행에 옮겨야겠다고 생각하자, 일전에 겪은 위험이 기억나면서 두려움이 밀려왔고 인내심 없이는 또다시 그 생각을 떠올릴 수 없었다. 오히려 나는 힘은 더 들겠지만 더욱 안전한 해결책을 택하기로 했는데, 그 방법은 페리아구아 혹은 카누를 하나 더 만들어서 한 척은 섬 한쪽에서 사용하고, 다른 하나는 섬 반대쪽에서 사용하는 것이었다.

여러분도 알게 되겠지만, 이제 나는 이 섬에 두 개의 농장을 갖게 되었다. 농장이라 불러도 된다면 말이다. 하나는 바위 아래에 방벽을 두른,

작은 요새 내지 텐트가 있는 농장으로 이 요새 뒤로는 동굴이 있고 지금까지 나는 동굴을 계속 확장하여 그 안에 여러 개의 방 같은 굴을 만들어 놓았다. 이 동굴들 중에서 가장 건조하고 클 뿐 아니라 방벽 내지 요새 너머로 나가는 문이 나 있는 동굴 방, 다시 말하면 내 방벽이 바위와 만나는 지점 너머로 문이 나 있는 동굴 방은 앞에서 설명한 적 있는 커다란 토기 단지들과 열네 개 내지 열다섯 개의 바구니들로 가득 차 있었다. 하나당 5~6부셸 정도의 곡식이 들어가는 이 바구니에는 식량 특히 곡식이 저장되어 있었는데, 짚에서 짧게 잘라 낸 이삭 형태로 된 것들도 있고, 손으로 비벼서 턴 곡식도 있었다.

전에 말한 것처럼 긴 말뚝이나 장대로 만든 내 방벽에 대해 설명하자면, 그 말뚝들은 모두 나무처럼 자라 지금은 키도 아주 크고 워낙 넓게 퍼져서 누구 눈에도 그 뒤에 사람이 사는 것처럼 보이지 않았다.

내가 사는 곳 근처에서 내륙 쪽으로 조금 더 들어간 저지대에는 곡식을 재배하는 밭이 두 군데 있었다. 나는 때를 맞춰 밭을 갈아 씨를 뿌렸고 철에 맞춰 곡식을 추수했다. 곡식이 더 필요할 때가 생기면 그때마다 가까운 곳에서 기존의 밭만큼 적합한 땅을 확보했다.

나는 이 농장 외에 전원주택도 갖고 있었다. 그리고 이제는 그곳에도 그런 대로 괜찮은 농장을 갖게 되었다. 우선, 그곳에는 내가 정자라 부르는 작은 집을 만들어 계속 손을 보며 사용하고 있었다. 다시 말하면, 그곳을 울타리로 둘러싼 다음 일상적인 높이에 맞게 계속해서 다듬었고 방벽 사다리는 늘 안쪽에 두었다는 것이다. 처음에는 말뚝에 불과했던 나무들을 그대로 놔두었더니 이제는 아주 단단하고 키가 큰 나무로 자라났다. 나는 나무가 옆으로 퍼져 나가면서 야생의 나무처럼 무성해지고 더 쾌적한 그늘을 만들어 줄 수 있도록 늘 나뭇가지를 다듬었다. 그리고 내 생각에 실제로도 나무들은 그 역할을 효과적으로 해주었다. 이 한가운 데다가 나는 늘 텐트를 쳐놨는데, 바로 이 목적을 위해 세운 기둥 위에다 돛으로 쓰는 천을 씌워 놓았다. 이 텐트는 수리를 하거나 새롭게 교체할 필요가 전혀 없었다. 그리고 텐트 안에는 내가 잡은 동물들의 가죽과 다른 부드러운 소재들로 만든 푹신한 쿠션 혹은 소파를 놓았다. 쿠션 위에는 본선에서 챙겨 온 해상용 침구류 중의 하나인 담요를 깔았고, 커다란 야간 경비복을 덮는 용도로 사용했다. 나는 본채를 떠날 일이 있을 때마다 이 전원주택에서 지냈다.

이 전원주택 옆에는 내 가축, 즉 염소를 기르는 우리가 있었다. 이곳에 울타리를 치느라 상상도 할 수 없을 정도로 고생을 했기 때문에 우리를 온전하게 지키지 못할까 봐 몹시 불안한 마음이 들었다. 혹시나 염소들이 울타리를 뚫고 나가지는 않을지 걱정이 돼서 울타리 바깥을 작은 말뚝들로 가득 메울 때까지 한시도 쉬지 않고 일을 했다. 하도 촘촘히 박아 놓은 탓에 울타리라기보다는 담장에 가까웠고, 말뚝 사이에는 손 하나도 들어갈 공간이 없었다. 나중에 이 말뚝들이 우기를 맞아 무럭무럭 자라면서 담벼락처럼 튼튼한 울타리가 되었다. 정말이지 이 울타리는 어떤 담벼락보다도 튼튼했다.

이러한 사실들은 내가 게으르지 않았고, 내 편안한 삶에 필요해 보이는 것은 그 무엇이든 실행에 옮기는 데 어떤 노고도 아끼지 않았음을 증명해 줄 것이다. 나는 이렇게 가까이서 짐승들을 길들여 키운다면, 이곳에서 설사 40년을 산다 해도 염소 우리를 살코기, 우유, 버터, 치즈를 제공해 주는 살아 있는 창고로 이용할 수 있을 거라고 생각했다. 그래서 이 것들을 내 손 안에 두는 것은 전적으로 염소들을 한데 모아 두었다고 확신할 수 있을 정도로 완벽하게 울타리를 만드는 데 달려 있다고 생각했다. 그래서 나는 앞에서 말한 방식을 이용해 아주 효과적으로 튼튼한 울타리를 만들었던 것이다. 사실 너무 촘촘하게 심은 탓에 이 작은 말뚝들이 자라기 시작했을 때 몇 개는 다시 뽑아내야 했다.

나는 이곳에서 포도도 재배했다. 겨울철에 먹을 건포도는 주로 이곳에서 재배하는 포도에 의존했다. 내가 먹는 음식 중에서 가장 훌륭하고 맛있는 별미였기 때문에 늘 조심스럽게 포도를 보관했다. 건포도는 정말이지 아주 맛이 좋을 뿐 아니라 건강에도 무척 좋고 영양분도 풍부하고 원기 보충에도 아주 좋은 음식이었다.

이곳이 나의 다른 거처와 보트를 놓아둔 곳의 중간 정도 되는 지점이었기 때문에 대개 그쪽으로 갈 때는 여기에 머물면서 잠을 잤다. 나는 자주 보트를 보러 갔고 보트에 있는 모든 물건들과 그 주변을 아주 잘 정돈해 놓고 있었다. 때때로 나는 기분 전환을 위해 보트를 타고 바다로 나갔지만, 모험적인 항해는 더 이상 하고 싶지 않아서 해안에서 돌 한두 개를 던지면 닿을 만한 곳 너머로는 절대로 나가지 않았다. 나도 모르게 해류나 바람 혹은 어떤 사고에 의해 바다로 휩쓸려 나갈까 봐 몹시 두려웠기 때문이었다. 그런데 이제 나는 내 인생에서 새로운 상황을 맞이할 운명에 놓여 있었다.

어느 정오 무렵, 나는 보트로 가던 길에 해변 위에 찍힌 사람 발자국을 보고 너무나도 놀랐다. 모래 위에 찍힌 모양으로 보아 사람 발자국이 분명했다. 나는 벼락을 맞은 사람처럼 혹은 유령이라도 본 사람처럼 그 자리에서 꼼짝도 못하고 서 있었다. 귀를 기울여 보고 주위를 둘러봤지만 아무것도 들리거나 보이지 않았다. 그리고 더 멀리 살펴보기 위해 높은 곳으로 올라가기도 하고 다시 해변을 위아래로 다녀 봤지만, 발자국은 딱 그것 하나였다. 그 발자국 외에는 아무것도 없었다. 다른 발자국이 더 있는지 혹은 내가 착각한 것은 아닌지 확인하기 위해 다시 그곳에 가보았다. 하지만 그럴 가능성은 없었다. 발가락이나 뒤꿈치 같은 발의 세부적인 형태가 아주 정확하게 찍혀 있었기 때문이었다. 도대체 이 발자국이 어떻게 생겼는지 전혀 알 수가 없었다. 아니 상상조차 할 수 없었다. 나는 이런저런 생각을 수없이 하다가 완전히 혼이 나가 제정신이 아닌 사람처럼 내 요새로 돌아왔다. 흔히 말하듯 내가 어떻게 땅을 밟고 왔는지 생각이 나지 않을 정도로 극도로 겁에 질려 있었다. 나는 두세 걸음마다 뒤를 돌아보았고, 관목이나 숲을 혼동하기도 했고 멀리 있는 나무 그루터기를 볼 때마다 사람으로 착각하기도 했다. 공포에 사로잡힌 상상력이 어찌나 다양한 형태로 사물들을 바꾸어 내게 보여 줬는지, 매순간 내 상상 속에서 엉뚱한 생각들이 얼마나 잔뜩 떠올랐는지, 말로 표현할 수도 없을 정도로 기괴한 생각들이 얼마나 내 머릿속을 맴돌았는지는 설명하기도 힘들다.

이 일을 겪은 이후로 내 거처를 성이라고 부른 것 같은데, 어쨌든 나는 내 성에 도달하자마자 쫓기는 사람처럼 성 안으로 몸을 피했다. 내가 처음에 궁리해 낸 사다리로 넘어갔는지 아니면 내가 문이라 부르는 바위에 낸 구멍으로 들어갔는지도 기억나지 않았다. 아니, 다음 날 아침까지도 기억하지 못했다. 겁에 질려 몸을 숨기는 토끼나 여우 굴로 달아나는 여우도 은신처로 몸을 숨기는 나보다 더한 공포감에 사로잡혀 있지는 않았을 것이다.

그날 밤 나는 한숨도 자지 못했다. 내게 공포감을 안겨 준 원인으로부터 멀어졌는데도 불안감은 더 커졌다. 그런 상황에서의 자연스러운 이치에 정반대되는, 특히 두려움에 사로잡힌 모든 동물들이 보여 주는 일반적인 행태와는 아주 달랐다. 그러나 나는 이 사건에 대해 내 스스로 만들어 낸 두려운 생각들로 인해 너무 당황했던 터라 이제는 사건의 현장에서 아주 멀리 떨어져 있는데도 내 스스로에게 암울한 그림만을 상상해서 보여 주었다. 가끔 나는 그게 악마의 발자국일 거라고 상상했고, 이성도 그런 나를 한몫 거들었다. 그게 아니라면 어떻게 인간의 형상을 한 존재가 그곳에 올 수 있었겠는가? 그들을 데려온 배는 어디 있었단 말인가? 다른 사람들 발자국은 어디 있는가? 어떻게 한 사람만 거기에 올 수가 있었는가? 하지만 악마가 인간의 형상을 띠고, 내가 자기 발자국을 볼 거라는 확신도 없고 그런 일이 생길 가능성도 없는 곳에 아무런 목적도 없이 자신의 발자국을 남기고 갔다고 생각한다면, 어떤 면에서는 이것도 당혹감을 안기는 일이었다. 악마가 나에게 겁을 주려 했다면 이렇게 발자국 하나만 남기는 것 말고도 무수히 많은 방법을 찾아낼 수 있었을 것이었다. 섬의 반대편에 살고 있는 내가 자신의 발자국을 보게 될 확률이 1만분의 1밖에 안 되는 곳에, 그것도 바람이 세게 불어 파도라도 치면 처음 밀려오는 물결에 완전히 지워져 버릴 모래사장에다가 발자국을 남기다니, 악마가 그렇게까지 순진할 리는 없어 보였다. 이 모든 일이 상황 자체나 우리가 일반적으로 생각하는 악마의 교활한 면과는 전혀 맞지 않아 보였다.

이와 같은 생각들을 계속 하다 보니 그 발자국이 악마의 것일지 모른다는 온갖 두려움에서 빠져나오는 데 도움이 되었다. 그리고 나는 곧바로 다음과 같은 결론을 내렸다. 그것은 어떤 위험한 사람의 발자국일 것이다. 다시 말하면, 바다 건너 본토에서 온 야만인 중 한 명이 자기네 카누를 타고 바다로 나왔다가 해류나 역풍에 밀려 이 섬에 도착한 후 뭍에 내렸는데, 이 황량한 섬에 머물기가 싫어서 다시 바다로 떠난 것이다. 나도 물론 그들이 이 섬에 머무는 게 싫었다.

이런 생각들이 머릿속을 맴도는 동안, 나는 그 시간에 내가 그 주위에 없었고 그들이 내 보트를 보지 못했다는 사실에 기뻐하면서 크나큰 감사함을 느꼈다. 그들이 내 보트를 봤더라면 누군가 이 섬에 살고 있다고 결론을 내렸을 것이고 어쩌면 멀리까지 나를 찾아 나섰을지도 몰랐다. 그 순간 그들이 내 보트를 찾아내서 여기에 사람이 있음을 알게 됐을지 모른다는 끔찍한 생각이 내 머리를 괴롭혔다. 만약 그렇다면 그들 여럿이 다시 몰려와서 나를 잡아먹을 게 분명했다. 그리고 만약 그들이 나를 찾지 못한다고 해도 그들은 내 울타리를 찾아내서 내 농사를 모두 망치고 내가 길들인 염소들을 모두 데려갈 것이고, 그렇게 되면 나는 결국 순전히 먹을 게 부족해서 죽고 말 것이었다.

이러한 두려움은 내 종교적인 희망을 모두 몰아내고 말았다. 하나님의 선함을 기적적으로 경험하면서 생긴 하나님에 대한 믿음이 확 사라져 버렸다. 마치 지금까지 기적적으로 나를 먹여 살려 주신 분이 당신의 선하심으로 내게 마련해 주셨던 식량을 이제는 당신의 능력으로 지켜 주지 못하겠다고 하시는 것 같았다. 나는 땅 위에 자라난 내 곡식을 즐기지 못하게 할 사고 따위는 전혀 일어나지 않을 것처럼 매년 다음번 농사철까지 먹고살 만큼만 곡식을 재배해 온 내 안일한 태도를 자책했다. 나는 이러한 자책을 마땅히 들어야 할 비난의 말로 생각했다. 그래서 앞으로는 2~3년 치 곡식을 미리 재배해서 무슨 일이 생겨도 빵이 없어서 죽을 일은 없게 하겠다고 작정했다.

인간의 삶이란 하나님의 섭리에 의해 얼마나 기묘한 흥망성쇠를 겪는가! 그리고 상황이 달라질 때마다 인간의 감정이 여러 가지 은밀한 힘에 얼마나 급하게 이리저리 끌려다니는가! 오늘 우리가 좋아하던 것을 내일은 증오하고, 오늘 우리가 찾아다니는 것을 내일은 피해 다니고, 오늘 우리가 갈망하는 것을 내일은 두려워한다. 아니, 그 불안감에 몸을 떨기까지 한다. 이 사실은 이번에 나를 통해 상상 가능하고 가장 생생한 방식으로 입증되었다. 나의 유일한 고통은 인간 사회에서 추방된 듯하다는 것, 즉 인간 세상과는 단절된 상태로 끝도 없는 대양에 둘러싸여 외롭게, 내가 이름 붙인 대로 그 침묵의 삶을 영위하도록 저주받았다는 사실이었다. 나는 하나님께서 살아 있는 사람들과 함께 살 가치가 없는 사람 혹은 창조주의 피조물들 사이에 나타날 가치가 없는 인간으로 생각하는 사람 같았다. 그러니 내가 나와 같은 인간을 봤다는 것은 죽은 상태에서 살아 있는 상태로 격상된 것이자 하늘이 구원이라는 최고의 축복 다음으로 내게 줄 수 있는 최고의 축복으로 여겨야 할 일이었다. 그런데 그런 내가 사람을 볼 수도 있다는 바로 그 불안감에 몸을 벌벌 떨고 있고, 누군가가 섬에 발을 내디딘 그 그림자 혹은 고요한 자국 때문에 금방이라도 땅속으로 꺼져 들어갈 지경이 되어 버린 것이었다.

인간의 삶은 이렇듯 들쭉날쭉한 것이다. 이 일을 계기로 나는 처음에 깜짝 놀란 상태에서 약간 회복되고 난 이후에도 갖가지 기묘한 생각들을 떠올리게 되었다. 나는 이번 일이 무한히 선하시고 현명하신 하나님의 섭리가 나를 위해 정해 놓은 삶의 단계라고 생각했다. 그리고 이 모든 일을 통해 하나님의 지혜가 무엇을 보여 주려는지 예측할 수 없었기 때문에 나는 그분의 지배권에 반항하지 않으려 했다. 내가 그분의 피조물이기에 그분은 당신이 적절하다고 생각하는 대로 나를 다스리고 처분할 수 있는 확실한 권리를 갖고 계셨다. 게다가 나는 그분의 뜻을 어긴 피조물이기 때문에 그분은 나에게 적절하다고 생각하시는 그 어떤 처벌도 내릴 수 있는 심판권까지 갖고 계셨다.

그래서 나는 정의로우실 뿐 아니라 전능하신 하나님께서 나를 벌하시고 내게 고통을 주시는 게 적절하다고 생각하는 만큼 그가 나를 구원할 수도 있다고 생각했다. 만약 나를 구해 주시는 게 적절하지 않다고 생각하신다면, 그분의 의지를 절대적으로 그리고 한결같이 기꺼이 따르는 것이야말로 의문의 여지가 없는 나의 의무라고 생각했다. 그리고 한편으로는 하나님을 믿고, 하나님께 기도드리고, 매일 하나님의 섭리가 내리는 지시와 명령을 묵묵히 따르는 것 또한 내 의무라고 생각했다.

나는 이런 생각을 하며 여러 시간, 여러 날, 아니 여러 주와 달을 보냈는데, 이 사건을 심사숙고하다 보니 생긴 특별한 효과 한 가지를 말하지 않고 넘어갈 수가 없다. 어느 날 아침, 침대에 누워 야만인이 나타난다면 내가 얼마나 위험해질까 하는 생각을 하니 머릿속이 복잡해지고 마음이 몹시 심란해졌다. 그때 갑자기 다음과 같은 성경 말씀이 떠올랐다. "힘들 때 나를 부르라. 내가 너를 구해 주리니 네가 나를 찬미하리라."

문득 떠오른 이 구절에 나는 기분 좋게 침대에서 일어났다. 마음이 편안해졌을 뿐 아니라 구원을 받으려면 하나님께 열심히 기도하라는 가르침과 격려까지 받은 듯했다. 기도를 마친 뒤에 성경을 읽으려고 책을 집어 들어 펼쳤더니 다음과 같은 구절이 맨 먼저 보였다. "주님을 기다려라. 그리고 기운을 차려라. 그러면 주님께서 너에게 용기를 주실 것이다. 내가 말한다. 주님을 기다려라." 이 구절이 내게 준 위안은 말로 표현하기가 불가능하다. 나는 이에 대한 회답으로 감사하는 마음을 갖고 성경을 내려놓았다. 그리고 적어도 그때만은 더 이상 우울하지 않았다.

이렇게 깊은 생각에 빠졌다가 불안해하고 다시 반성을 일삼던 어느 날, 이 모든 것이 내가 만든 망상에 불과할지도 모르겠다는 생각이 문득 들었다. 내가 보트에서 뭍에 내릴 때 생긴 내 발자국일지도 모를 일이었다. 이 생각에 다시 조금 기운이 났고, 나는 모든 게 내 착각이었다고 스스로를 설득하기 시작했다. '그건 내 발자국일 뿐이야. 내가 보트에서 내려서 그쪽으로 갔거나 보트로 갈 때 그쪽으로 갔을지도 모르잖아.' 그러고는 다시 '내가 어디를 밟고 어디를 밟지 않았는지 확실하게 알 수가 없잖아.'라고 생각했고, 만약 그게 정말로 내 발자국에 불과하다면, 나는 귀신이나 유령 이야기를 잔뜩 지어냈다가 정작 자기 얘기에 가장 많이 놀라 자빠진 바보 같은 짓거리를 한 거라는 생각이 들었다.

이제 나는 용기를 내어 다시 밖을 살펴보기 시작했다. 사흘 밤낮을 내 성에서 꼼짝하지 않았던 터라 먹을 게 없어서 굶어 죽을 지경이었다. 집 안에는 보리 빵과 물 외에는 거의 아무것도 없는 상태였다. 게다가 염소들의 젖을 짜줄 때가 되었다는 것도 깨달았다. 젖 짜는 일은 주로 밤에 기분 전환 삼아 하는 일이었다. 내가 젖을 짜주지 않아 그 가여운 녀석들은 많이 아파하고 불편해하고 있었다. 실제로 어떤 녀석들 젖은 못 쓰게 되었거나 거의 말라 있었다.

그것이 내 발자국에 불과하며, 정말 내 그림자에 놀란 것이라는 생각에 용기를 얻은 나는 다시 밖으로 나가기 시작했다. 나는 내 전원주택에 가서 염소들의 젖을 짜주었다. 그러나 내가 얼마나 많이 두려워하면서 앞으로 걸어갔고, 얼마나 자주 뒤를 돌아보았으며, 얼마나 자주 여차하면 바구니를 내려놓고 도망치려 했는지 본 사람이 있다면, 내가 사악한 양심에 시달리고 있거나 최근에 끔찍하게 무서운 일을 겪었다고 생각했을 것이다. 사실이 그렇기도 했다.

그러나 나는 그렇게 2~3일을 다니면서 아무것도 목격하지 않았고, 좀 더 대담해지기 시작했다. 그리고 정말로 그것이 내 상상에 불과할 뿐, 아무것도 아니라고 생각하기 시작했다. 그러나 다시 해안으로 내려가 발자국을 찾아보고 내 발을 대보면서 나와 비슷한지, 딱 들어맞는지 확인해 그게 내 발자국인 것을 확신할 수 있을 때까지는 스스로를 완벽하게 납득시킬 수가 없었다. 그런데 그곳에 가서 보니 우선 내가 보트를 정박했을 당시 해안 근방으로 올라갈 수 없었다는 게 명백해 보였다. 둘째로, 내 발과 모래 위 발자국을 비교해 봤더니 내 발이 훨씬 더 작다는 것도 알게 되었다. 이 두 가지 사실로 인해 내 머릿속은 다시 새로운 상상들로 가득 차게 되었고, 나는 극도로 우울한 상태에 빠지고 말았다. 나는 오한이 난 사람처럼 부르르 떨었다. 그리고 나는 어떤 사람 또는 사람들이 그곳 해안에 왔다 갔다는 확신을 갖고 집으로 돌아왔다. 요컨대 이 섬에 사람이 산다는 생각과 나도 모르게 습격을 당할 수도 있겠다는 생각이 들었지만, 내 안전을 위해 어떤 조치를 취해야 할지는 알 수 없었다.

아, 인간은 공포감에 사로잡히면 어찌 그리 터무니없는 결심을 하는 것인지! 공포감은 이성이 우리를 돕기 위해 제공하는 수단들마저 사용하지 못하게 만들어 버린다. 내가 스스로에게 제안한 첫 번째 해결책은 일단 적들이 발견하지 못하도록 염소 우리를 모조리 부수고 길들인 가축들을 모두 숲으로 돌려보내자는 것이었다. 그들이 염소를 발견한다면 약탈을 위해 자주 섬을 찾아올 것이기 때문이었다. 두 번째 해결책은 농사를 짓는 밭 두 군데를 몽땅 갈아엎어서 그들이 곡식을 찾지 못하게 하자는 것이었는데, 그들이 곡식 때문에 자주 섬을 찾고 싶어 할까 봐 떠올린 생각이었다. 그런 다음에는 그들이 사람이 살았던 흔적을 찾지 못하도록 내 정자와 텐트를 부숴야겠다고 생각했다. 그러면 그들이 이곳에 살고 있는 사람을 찾기 위해 섬을 더 뒤져 볼 생각을 하지 않을 것이었다.

다시 집으로 돌아온 그날 밤, 나는 이런 문제들을 고심하며 보냈다. 내 머릿속은 생생히 되살아난 불안감으로 가득 찼고, 앞에서 말한 대로 우울한 생각밖에 들지 않았다. 이렇듯 위험에 대한 공포심은 눈앞에 보이는 위험 그 자체보다 1만 배는 더 무시무시한 법이며, 우리는 우리가 걱정하는 불운보다 불안감이 안기는 부담 자체를 더 무겁게 느낀다. 그런데 이 모든 것보다 안 좋았던 것은 이처럼 힘든 상황에서 내가 쭉 실천해 왔고 갖추길 희망했던 복종의 삶에서 위안을 얻지 못했다는 사실이었다. 내가 마치 블레셋인들에게 공격받았을 뿐 아니라 하나님께 버림받았다고 불평한 사울 왕 같아 보였다. 내가 전처럼 곤경에 빠져 하나님께 소리치고, 하나님의 섭리에 의지함으로써 나는 구원받고 수호받을 거라며 마음을 안정시키는 정당한 방법을 취하지 않은 점이 그랬다. 그렇게 했다면 나는 적어도 이 충격적이고 새로운 사건을 겪고도 더욱 기운을 차렸을 것이며, 더욱 단호하게 일을 처리해 나갔을 것이다.

이런 생각들로 머릿속이 혼란스러워서 그날 밤은 한숨도 잠을 이루지 못하다가 아침에 돼서야 잠이 들었다. 이런저런 생각에 머리가 하도 복잡한 데다가 지치고 진이 다 빠져서 나는 아주 깊게 잠들었다. 한잠 자고 났더니 전보다 마음이 훨씬 차분해졌다. 그때부터 나는 차분하게 생각하기 시작했다. 내 자신과 치열한 논쟁을 벌인 끝에 나는 이 섬이 아주 쾌적하고 비옥할 뿐 아니라 내가 본 대로 본토 대륙에서도 멀지 않기 때문에, 상상한 것만큼 완전히 버려진 섬은 아니라는 결론을 내렸다. 비록 이곳에 살고 있는 사람은 없더라도 가끔 사람들이 어떤 의도를 갖고 오거나 아니면 아무런 계획도 없이 역풍에 밀려 이 해안에 보트를 대는 일이 있을지도 모른다는 이야기다.

나는 지금까지 이곳에 15년 동안 살면서 사람이라고는 그림자나 형체도 보지 못했다. 언제든 본토 사람들이 이곳으로 떠밀려 왔었더라도 그들은 도착하자마자 떠났을 가능성이 높았다. 그들이 지금까지 어떤 경우에도 이곳에 정착하는 게 적절하다고 생각한 적이 없다는 점을 고려해 보면 짐작할 수 있는 결과였다.

그렇다면 내가 생각할 수 있는 가장 큰 위험은 우연히 본토에서 낙오되어 이 섬에 도착하는 사람들로 인해 생길 수 있는 위험이었다. 여기까지 떠밀려 왔다고 해도 자신들의 의지에 반하여 오게 된 사람들일 것이었다. 따라서 그들은 조류의 도움을 받지 못하거나 낮 시간에 돌아가지 못할까 봐 해안에 하룻밤도 머물지 않고 가능한 신속하게 다시 떠날 것이었다. 그러니 나는 혹시나 이 섬에 상륙한 야만인들을 마주칠 때를 대비하여 안전하게 몸을 숨길 곳만 생각해 두면 될 듯했다.

그제서야 나는 다시 문을 낼 정도로 동굴을 너무 크게 판 것을 후회하기 시작했다. 내 요새가 바위와 맞닿는 곳 너머로 출구가 나 있는, 앞서 말한 그 문 말이다. 이 문제에 대해 고민을 거듭한 끝에 나는 대략 12년 전에 나무를 두 줄로 심어 만든 방벽에서 조금 떨어진 곳에다 똑같이 반원 형태로 두 번째 방벽을 둘러치기로 결심했다. 전에 이 나무들을 아주 촘촘하게 심어 뒀던 터라 그 사이에 말뚝을 몇 개만 더 박으면 훨씬 더 두텁고 튼튼한 방벽이 될 것이었고, 작업도 금방 끝낼 수 있었다.

그렇게 나는 이중 방벽을 갖게 되었다. 바깥쪽 방벽은 목재와 낡은 닻줄들 그리고 생각할 수 있는 것은 죄다 동원한 덕에 아주 두꺼웠다. 그리고 이 방벽에 팔이 들어갈 정도의 크기로 구멍을 일곱 개 냈다. 방벽 안쪽 밑부분은 동굴에서 파낸 흙을 계속 날라다가 발로 다져서 10피트가 넘도록 두텁게 보강했다. 그리고 본선에서 가져온 머스킷 총을 떠올리고는 일곱 개의 구멍에 그것들을 대포처럼 설치해 놓을 방법을 궁리해 냈는데, 받침대 같은 틀을 만들어 그 안에 총을 집어넣고 2분 안에 일곱 정을 모두 발사할 수 있게 해두었다. 이 방벽을 완성하느라 여러 달을 무척 힘들게 보냈지만, 방벽이 완성될 때까지는 내 자신이 결코 안전하다고 생각할 수 없었다.

방벽 작업을 마친 다음, 나는 방벽 바깥쪽 땅에 사방으로 멀리 떨어진 곳까지 나무 말뚝 내지 버들가지 말뚝을 나무숲처럼 최대한 가득 심었다. 이 나무들이 쉽게 자라고 잘 부러지지 않는다는 사실을 알고 있어서였다. 내 생각에 거의 2만 그루 가까이 심은 듯하다. 그리고 그 나무들과 방벽 사이에 공간을 많이 남겨 둠으로써 적을 볼 수 있는 공간을 확보했고, 적들이 혹시 바깥쪽 방벽에 접근을 시도하더라도 어린 나무들 뒤로 몸을 숨기지 못하도록 했다.

그렇게 2년이 지난 후에 나는 내 거처 앞에 비교적 울창한 나무숲을 얻게 되었고, 5~6년이 흐른 뒤에는 거대한 나무숲을 갖게 되었다. 어찌나 빽빽하고 튼튼하게 자랐던지 정말 그 무엇도 숲을 통과할 수 없을 정도였다. 누구든 그 뒤에 사람이 사는 거처는 고사하고 무언가가 있으리라고도 생각할 수 없었을 것이다. 숲에 길을 내지 않았기 때문에 내가 출입할 방법으로 생각해 낸 것은 사다리 두 대를 설치하는 방법이었다. 바위가 낮은 쪽에 사다리를 하나 대서 들어간 다음, 다시 거기에 다른 사다리를 올려놓을 공간을 남겨 두었다. 따라서 이 두 사다리를 치워 두면, 그 어떤 사람도 몸을 다치지 않고는 내게 접근할 수 없었다. 설령 그쪽으로 내려온다고 해도 그들은 여전히 내 바깥쪽 방벽 밖에 있는 것이었다.

이렇게 나는 나 자신을 보호하기 위해 인간의 신중함이 제안할 수 있는 모든 조치를 취했다. 그 당시에는 단순히 두려움이 제시하는 근거 외에는 아무것도 예견할 수 없었지만, 그런 조치들이 정당한 근거가 없는 것은 아니었다는 사실이 마침내 밝혀질 것이다.

이 일을 하는 동안 내가 다른 일을 전혀 신경 쓰지 않은 것은 아니었다. 나는 내가 키우고 있는 염소 떼에 대해서도 많이 걱정하고 있었다.

염소들은 모든 경우에 있어서 당장의 먹을거리를 공급해 주었기 때문에 총알과 화약 없이도 충분히 살 수 있게 해주었을 뿐 아니라 야생 염소들을 뒤쫓으며 사냥하느라 피곤해질 일도 없게 해주었다. 그래서 나는 염소를 키우며 얻는 이득을 놓치고 싶지 않았고, 녀석들을 다시 새롭게 키우는 일도 하고 싶지 않았다.

이를 위해 오랜 궁리 끝에 염소를 지키는 방법으로 생각해 낸 것은 두 가지밖에 없었다. 하나는 동굴을 파기 편리한 지하 공간을 다시 찾아서 밤마다 녀석들을 그 안으로 몰아넣는 것이었고, 다른 하나는 서로 멀리 떨어져 있는 공간 두세 곳에 최대한 보이지 않게 울타리를 치고 각각의 우리 안에 새끼 염소를 대략 여섯 마리씩 키우는 방법이었다. 그렇게 하면 염소 떼 전체에 어떤 재난이 발생하더라도 큰 어려움 없이 짧은 시간 내에 그 새끼 염소들을 키울 수 있을 것이었다. 이렇게 하려면 시간도 힘도 많이 들겠지만 내 생각에는 이것이 가장 합리적인 계획이었다.

이에 따라 나는 시간을 들여 섬에서 가장 후미진 곳을 찾아다녔다. 그리고 내 마음에 딱 드는 정말로 은밀한 부지를 선택했다. 그곳은 아래로 움푹 꺼져 있는 울창한 숲속 한가운데 위치한 조그만 습지대였는데, 전에 얘기한 대로 섬 동쪽 지역에서 그 길을 따라 집에 돌아가려다가 길을 잃을 뻔했던 곳이다. 거기서 나는 3에이커 정도 되는 휑히 트인 땅을 발견했다. 그곳은 숲에 둘러싸여 있어서 마치 자연이 울타리를 쳐준 것 같았다. 그래서 다른 울타리를 칠 때만큼 크게 힘을 들일 필요가 없었다.

나는 곧바로 이 터에서 작업을 시작했고, 한 달도 채 안 되어 둥글게 울타리를 둘러놓았다. 뭐라 부르든 상관없는 내 염소 무리 혹은 염소 떼가 지금은 처음에 생각했던 것만큼 사납지 않아서 그 안에 안전하게 잘 가둬 둘 수 있었다. 나는 더 이상 지체하지 않고 암염소 열 마리와 숫염소 두 마리를 이곳으로 옮겨 놓았다. 일단 염소들을 이동시킨 뒤에도 나는 이 우리가 다른 우리만큼 완벽해질 때까지 작업을 계속했다. 하지만 이 일은 조금 더 느긋하게 진행했기 때문에 시간이 훨씬 더 걸렸다.

이 모든 수고는 순전히 내가 본 사람 발자국에 대한 불안감 때문이었다. 아직껏 사람이 섬에 접근한 것을 본 적이 없었는데도 나는 2년 동안을 이렇게 불안한 마음으로 살고 있었다. 그런 마음 상태로 인해 정말이지 내 삶은 그전보다 훨씬 불편해져 있었다. 사람에 대한 공포라는 올가미에 걸린 상태로 그 공포의 끝이 언제인지 모를 시간들을 보내는 게 어떤 것인지 알고 있는 사람이라면, 내가 어땠을지 상상할 수 있을 것이다. 그리고 유감스럽지만 덧붙여 언급해야 할 사실은 내 마음의 동요가 내 사고의 종교적인 부분에도 아주 큰 영향을 미쳤다는 점이다. 야만인과 식인종에 붙잡힐지도 모른다는 두려움과 공포감이 내 영혼을 강하게 짓누르는 바람에 나는 내 창조주에게 전념할 마음을 제대로 가질 수 없었다. 적어도 과거처럼 차분하고 침착한 마음을 갖추면서 그분께 내 영혼을 복종하지 못했다. 오히려 나는 위험에 둘러싸여 밤마다 아침이 오기 전에 죽임을 당하고 잡아먹히리라는 생각에 크나큰 고통과 심적인 압박에 시달리면서 하나님께 기도를 올렸다. 그래서 내 경험을 근거로 증언할 말은, 평온과 감사, 사랑과 애정이 넘칠 때가 공포와 불안에 시달릴 때보다 기도하기에 훨씬 더 적합한 기분이라는 것이다. 또한 재앙이 닥칠 것이라는 불안감에 시달리는 사람이 병상에 누워 참회하는 사람처럼 하나님께 기도의 의무를 다하며 위로를 받기란 부적합하다는 것이다. 이러한 불안감이 육체뿐 아니라 정신에도 영향을 미치기 때문인데, 심적인 동요는 부득이 신체가 편치 않은 것만큼이나 큰 장애일 수밖에 없다. 사실 하나님께 기도드리는 일은 신체 활동이 아니라 정신 활동이기 때문에 더 큰 장애다.

하지만 이야기를 계속하자면, 나는 그렇게 내 새끼 염소들의 일부를 안전하게 보호해 놓은 다음 가축을 숨겨 놓을 또 다른 은밀한 장소를 찾으러 섬 전체를 돌아다녔다. 그러던 어느 날, 내가 이제껏 가본 것보다 더 먼 섬의 서쪽 지역으로 갔을 때였다. 멀리 바다를 쳐다보고 있자니 먼 바다 위에 보트 한 척이 보이는 것 같았다. 나는 배에 있던 다른 선원들의 궤짝에서 망원경을 한두 개 찾아 챙겨 왔지만, 그 순간에는 갖고 있지 않았다. 거리가 꽤 멀었기 때문에 그게 무엇인지 판단할 수가 없었다. 더이상 눈이 아파서 쳐다보지 못할 정도까지 바라봤지만 그게 보트인지 아닌지는 알 수가 없었다. 어쨌든 언덕에서 내려오고 보니 더 이상은 보이지 않았고, 나는 결국 포기하고 말았다. 그저 앞으로 밖에 나올 때는 꼭 주머니에 망원경을 넣어 가지고 다녀야겠다는 결심만 할 뿐이었다.

언덕을 내려와 사실상 한 번도 가본 적이 없는 섬의 끝자락까지 가면서 나는 이 섬에서 사람 발자국을 보는 일이 생각했던 것만큼 신기하지는 않다는 생각을 했다. 그리고 내가 이 섬에서도 결코 야만인들이 오지 않는 지역에 난파당한 일이 하나님의 각별한 섭리였음을 확신했다. 나는 본토에서 온 카누들이 바다에서 조금 멀리 나왔다가 섬의 이쪽 지역에 정박하는 일이 빈번히 있다는 사실을 쉽게 깨달았어야 했다. 또한 카누를 타고 서로 마주친 야만인들끼리 싸움을 벌이다가 승리한 쪽이 포로를 잡아서 이 해안으로 데려와 식인종들의 끔찍한 관습에 따라 잡아먹는 경우도 많다는 것을 예상했어야 했다. 그 내용에 대해서는 나중에 이야기하겠다.

앞서 말한 대로 언덕에서 섬의 서남쪽 해안으로 내려왔을 때, 나는 너무 놀라 혼비백산했다. 해안에서 사람의 해골, 손뼈, 발뼈, 기타 신체 부위의 뼈들이 여기저기 흩어져 있는 모습을 보았기 때문이었다. 그 광경을 보고 내가 느낀 공포가 어땠는지는 말로 다 표현할 수 없었다. 특히 불을 피운 자리와 보트의 좌석처럼 둥글게 파놓은 구덩이도 목격했다. 아마도 야만인들이 거기 앉아서 같은 인간의 몸을 먹으며 비인간적인 잔치를 벌인 모양이었다.

이 광경을 보고 어찌나 놀랐던지 거기 서 있는 게 내 자신에게 위험하다는 생각은 하지도 못한 채 한참을 있었다. 그런 비인간적이고 무시무시한 야만 행위와 그렇게까지 타락할 수 있는 인간 본성에 대한 공포에 내 모든 두려움은 묻히고 말았다. 식인종 얘기는 자주 들어 봤지만 한 번도 가까이서 그런 광경을 본 적은 없었기에 나는 그 끔찍한 광경으로부터 얼굴을 돌려 버리고 말았다. 속이 메슥거리기 시작했다. 나는 거의 기절하기 직전에 자연의 이치에 따라 속에 있던 것을 게워 냈다. 흔치 않을 정도로 격렬하게 게워 내고 났더니 속이 조금 가라앉았다. 하지만 한순간도 그 자리에 머물러 있을 수가 없어서 최대한 잽싸게 언덕으로 다시 올라가서 내 거처를 향해 걸어갔다.

섬의 그쪽 지역에서 조금 벗어난 나는 너무 기가 막힌 심정으로 잠시 멍하니 서 있었다. 그리고 다시 정신을 차린 뒤, 크나큰 감동 속에 눈물을 펑펑 흘리면서 하늘을 우러러보며 하나님께 감사를 드렸다. 하나님께서 그런 끔찍한 인간들과 분리된 지역에 내 첫 운명을 던져 주셨다는 점, 비록 내가 현재의 처지를 아주 비참하게 생각했지만 내게 그 안에서 많은 위안을 안겨 주셨다는 점, 불평할 거리보다는 감사할 일이 훨씬 더 많다는 점, 그리고 무엇보다 내가 이 비참한 상황에서도 하나님을 알게 되고 하나님의 축복을 받으리라는 희망 덕택에 위로를 받아 왔다는 점에 대해 감사드렸다. 이것은 내가 그간 겪었거나 다시 겪을 수도 있는 모든 불행과 충분히 맞먹고도 남을 만한 행복이었다.

　나는 이렇게 하나님께 감사드리는 마음으로 내 성으로 돌아왔다. 이제는 전보다 내 처지가 안전하다고 느껴져서 훨씬 더 마음이 편해지기 시작했다. 그 철면피 같은 작자들이 이 섬에 뭔가를 찾으러 올 일은 없다는 사실을 목격했기 때문이었다. 그들이 이곳 섬에서 무언가를 찾거나 원하거나 기대할 것은 없는 듯했다. 그들이 숲이 우거진 곳까지 자주 왔다 간 것은 분명했지만 그들의 목적에 맞는 것은 하나도 찾지 못한 듯했다. 생각해 보니 내가 이곳에서 산 지가 18년 가까이 되었지만 한 번도 인간의 발자국 같은 것을 본 적은 없었다. 내가 그들에게 모습을 드러내지만 않는다면 나는 지금처럼 완전히 숨은 채로 18년을 더 지낼 수 있을 것이었다. 사실 내가 그들에게 내 모습을 드러낼 일은 없었다. 따라서 내가 할 일은 지금 있는 곳에서 완벽하게 은폐된 채로 살아가는 것뿐이었다. 혹시 식인종들보다 좀 더 나은 인간들을 만난다면 내 모습을 드러낼지도 모르지만 말이다.

　그러나 나는 이제껏 이야기해 온 그 야만인들과 다른 인간을 잡아먹는 그 흉악하고 비인간적인 관습에 극도의 혐오감을 느꼈기 때문에 계속 기분이 우울하고 슬픈 상태였다. 그래서 그 일이 있고 거의 2년 동안은 내 생활 반경만 지키며 살아갔다. 여기서 내 생활 반경이란 내 농장 세 곳을 말한다. 내 요새 같은 성, 내가 정자라고 부르는 전원주택, 숲속의 염소 우리가 여기에 포함된다. 염소 우리는 염소를 돌보는 우리 외의 용도로는 주의를 기울이지 않았다. 자연의 이치가 내게 심어 준, 그 끔찍한 작자들에 대한 반감이 워낙 강했기 때문에 나는 그들을 보는 것이 악마를 보는 것처럼 너무 두려웠다. 나는 그 기간 내내 내 보트를 보러 가지도 않았다. 대신 보트를 하나 더 만들까 생각하기 시작했다. 원래의 보트로 섬을 돌아보겠다는 시도는 생각조차 할 수 없었기 때문이었다. 바다에서 그 야만인들과 마주치게 될지도 몰랐고, 만약 그자들의 손에 잡히기라도 한다면 내 운명이 어찌 될지는 불 보듯 뻔했다.

그러나 시간이 흘러가면서 내가 그자들에게 발견될 위험이 없다는 사실에서 만족감을 느끼게 되자 그들에 대한 불안감이 약해지기 시작했다. 나는 전과 똑같이 평온한 마음으로 살기 시작했다. 다만 다른 점이 있다면 우연히 그자들에게 발견될까 두려워서 예전보다 좀 더 조심하고 주변을 주시하며 살았다는 점이다. 나는 특히 총을 쏘는 일을 더욱 조심했다. 그들 중 누군가가 섬에 왔다가 우연히 총소리를 들을까 봐 두려워서였다. 그러므로 내가 이제 염소를 길들여 놓아서 더 이상 숲 주변에서 사냥을 하거나 총을 쏠 필요가 없다는 사실은 너무나도 선하신 하나님의 섭리가 내게 작용한 결과였다. 혹시 내가 이 사건 이후에 염소를 잡은 적이 있다면 그 경우에는 예전처럼 덫을 놓거나 함정을 파서 시도했을 것이다. 따라서 나는 이 사건 이후 2년 동안 단 한 번도 총을 쏜 적이 없었다. 물론 밖에 나갈 때는 항상 총을 지니고 다녔지만 말이다. 엽총 외에도 본선에서 가져온 권총 세 정 중에 적어도 두 정은 항상 갖고 다녔는데, 염소 가죽으로 만든 허리띠에 매달고 다녔다. 또한 칼을 넣을 허리띠도 만들어서 본선에서 가져온 단검 중 한 자루를 제대로 갈아서 지니고 다녔다. 앞서 설명한 모습에다가 권총 두 정과 폭이 넓은 단검 하나가 칼집도 없이 허리띠에 매달려 있는 특이한 모습이 추가되었으니, 밖으로 나갈 때 내 모습은 누가 봐도 상당히 위협적이었다.

내가 말한 대로 한동안 내 상황은 이런 식으로 지나갔다. 아주 조심했다는 사실만 빼면 나는 예전처럼 차분해졌고 평온한 생활로 되돌아간 듯했다. 그리고 이 모든 것들은 내 처지가 다른 사람들의 모습, 아니 하나님의 뜻으로 내 운명이 되었을 법한 여러 가지 삶과 비교해 봐도 불행과는 거리가 멀다는 사실을 점점 더 일깨워 주었다. 이런 일을 겪으면서 나는 사람들이 자신의 처지를 늘 자신보다 더 좋은 처지와 비교함으로써 투덜거리고 불평을 늘어놓는 대신 그보다 열악한 처지와 비교하며 감사하는 마음을 갖는다면, 어떤 상황에 놓이더라도 불평할 일이 거의 없을 거라는 생각을 하게 되었다.

현재의 내 처지에서는 사실 아쉬운 것이 많지는 않았다. 이 야만인들에 대한 두려움과 나 자신을 지켜야 한다는 걱정 때문에 그동안 삶의 편의를 위해 무언가를 만들어 내던 내 능력은 그 예리함을 잃게 되었다. 그리하여 한때 지나치다 싶을 정도로 집중하던 좋은 계획을 하나 포기해 버리고 말았는데, 그것은 바로 보리를 맥아(麥芽)로 만들고 다시 그걸로 맥주를 만들어 먹으려는 계획이었다. 이 계획은 정말이지 별난 생각이었기에 종종 나는 그렇게 모자란 생각을 한 내 자신을 책망하곤 했다. 맥주를 만드는 데 꼭 필요한 몇 가지가 없다는 사실은 물론, 그것들을 마련하는 일이 불가능하다는 사실도 곧바로 알아차렸기 때문이었다. 첫째, 내게는 맥주를 보관할 통이 없었다. 이미 앞에서 말했듯이 통은 내가 절대로 만들 수 없는 물건이었다. 통을 만들어 보겠다고 몇 날 며칠, 아니 몇 주, 몇 달을 소비했지만 허사였다. 다음으로 내게는 맥주 맛을 나게 하는 홉도, 발효시키는 데 필요한 이스트도, 맥주를 끓이는 구리 그릇이나 솥도 없었다. 그런데 이 모든 것들이 없는데도 불구하고 내게 이런 일들이 중간에 일어나지 않았더라면, 다시 말해서 야만인들 때문에 내가 두려움과 공포에 시달리지 않았더라면, 나는 맥주 만드는 일을 시작해서 결국엔 성공시켰을 것이라고 진심으로 확신한다. 나는 충분히 생각한 뒤 어떤 일이든 일단 시작하기로 마음먹으면 완성할 때까지 포기하는 법이 없었기 때문이다.

그러나 나의 창의력은 이제 완전히 다른 방향으로 작동하기 시작했다. 나는 그 괴물 같은 놈들이 밤낮으로 피비린내 나는 잔인한 향연을 벌이고 있을 때, 그자들을 박살 내고 가능하다면 놈들이 여기에서 죽이려고 데려온 희생자를 구해 낼 방법만 생각했다. 그들을 박살 내기 위해, 아니 적어도 그들을 겁먹게 만들어 더 이상 여기 오지 못하게 하기 위해 내가 세운 계획이나 머릿속으로 골똘히 생각해 낸 온갖 발상들을 여기에 적으려면 이 책 한 권으로도 모자랄 것이다. 하지만 모든 발상들은 수포로 돌아갔는데, 내가 그곳에 가서 직접 행동으로 옮기지 않으면 아무런 효과를 낼 수 없기 때문이었다. 그리고 만약 그자들이 모두 합쳐 스무 명 혹은 서른 명이 있고 창, 화살, 활들로 무장하여 내가 총을 쏘듯 정확하게 표적을 명중시킨다면, 나 혼자서 어떻게 그들을 감당할 수 있겠는가?

가끔 나는 그들이 불을 피운 곳 아래에 구덩이를 파고 거기다 5~6파운드의 화약을 넣어 둘까도 생각했다. 그들이 불을 붙이는 순간 화약에도 불이 붙어서 그 근처에 있는 모든 것들을 날려 버릴 수 있을 것이었다. 하지만 우선적으로 내 화약이 한 통밖에 남지 않은 마당에 그 많은 화약을 그 일에 써버리기가 너무 꺼려졌다. 또한 그들을 급습할 수 있는 특정 시간에 딱 맞게 화약이 터질 것이라고 확신할 수도 없었다. 기껏해야 그자들의 귀 끝이나 태우고 겁먹게 할 뿐 그곳을 떠나게 만들기에는 충분하지 않을 수도 있었다. 그래서 나는 이 방법은 포기하고, 대신 엽총 세 정을 이중으로 장전한 채 편리한 장소에 매복해 있다가 그들이 한창 피비린내 나는 의식을 치르고 있을 때 총을 쏘자고 생각했다. 그렇게 하면 한 발에 두세 명은 확실히 죽이거나 다치게 만들 수 있었다. 그 후 권총 세 정과 칼을 들고 그자들을 덮치면 그들이 스무 명이라 해도 틀림없이 모두 죽일 수 있을 거라 생각했다. 몇 주 동안 이런 몽상이 내 마음을 흡족하게 했고, 그 생각을 어찌나 자주 했던지 종종 꿈까지 꿨다. 때로는 잠을 자다가도 그들을 덮치려고 했다.

그런 생각을 하도 하다 보니 결국엔 앞서 말한 대로 매복하여 그자들을 지켜보기에 적당한 곳을 며칠씩 찾아다니기까지 했다. 식인 현장에 자주 가다 보니 이제는 그곳이 더욱 익숙해졌다. 특히 내 마음이 온통 복수에 대한 생각, 즉 20~30명쯤 되는 그자들을 칼로 무참히 베어 죽이겠다는 생각으로 가득 차 있었던 터라 그 야만적인 놈들이 서로를 잡아먹은 현장과 그 흔적들을 보고 느낀 공포심은 내 적의를 부추겼다.

마침내 나는 언덕 한쪽에서 그자들의 보트가 오는 것을 안전하게 지켜볼 수 있겠다는 확신이 드는 곳을 발견했다. 그자들이 해안에 착륙할 채비를 하기 전에 울창한 덤불 속으로 몰래 자리를 옮긴 뒤에 커다란 구덩이로 들어가 몸을 완전히 숨기면 될 것 같았다. 거기 앉아 그자들의 잔혹한 짓거리를 지켜보다가 그자들이 한곳에 모일 때 머리를 정통으로 겨냥하면 명중시키지 못한다거나 첫발에 서너 명에게 부상을 입히지 못할 가능성은 거의 없을 것 같았다.

나는 이곳에서 내 계획을 실행하기로 결정했고, 그에 따라 머스킷 총 두 정과 평소에 새 사냥에 쓰던 총 하나를 준비했다. 머스킷 총 두 정에는 각각 산탄 총알 한 쌍과 권총 총알보다 약간 작은 총알 네댓 개를 장전했다. 그리고 새 사냥에 쓰던 엽총에는 크기가 제일 큰 백조 사냥 총알을 한 움큼 정도 장전했다. 그리고 권총에도 각각 네 개 정도씩 총알을 장전했다. 이런 태세로, 두 번째, 세 번째 공격을 위한 탄약도 충분히 갖추고 원정 준비를 마쳤다.

이렇게 작전 계획을 짜두고 머릿속으로 실행까지 해본 나는 섬 가까이로 오고 있는 보트나 섬 쪽으로 향하는 보트가 있는지 살피기 위해 매일 아침 언덕 꼭대기를 다녀왔다. 그곳은 내 성에서 3마일 혹은 그 이상 떨어진 곳이었다. 하지만 두세 달을 계속 감시하러 다녔더니 이 고된 임무가 지겨워지기 시작했다. 나는 늘 아무것도 발견하지 못하고 돌아왔는데, 그 기간 내내 육안이건 망원경을 통해서건 해변 위나 해변 가까이는 물론 바다 전역에서도 아무것도 보지 못했다.

매일 감시를 위해 언덕을 돌아다니는 동안 내 계획은 생생한 활기를 유지했다. 그리고 내 정신력도 무방비 상태의 야만인 20~30명을 처형하겠다는 계획에 적합한 상태를 유지하는 듯했다. 하지만 그들이 저지른 죄에 대해 말하자면, 내가 처음에 그 지역 사람들의 비정상적인 관습을 보고 느낀 공포감에 격분해서 그런 것이지 그들의 죄가 무엇인지는 머릿속으로 검토조차 하지 않았다. 게다가 그들은 세상일을 현명하게 처리하시는 하나님의 섭리에 의해 혐오스럽고 타락한 감정 외에는 그 어떤 지침도 받지 못하는 벌을 받은 자들처럼 보였다. 그 결과로 그들은 오랜 세월 동안 그렇게 끔찍한 짓을 벌여 왔고, 그 끔찍한 관습을 받아들이게 되었을 것이다. 하늘마저 완전히 포기하고 악마적인 타락에 영향을 받은 본성만이 그런 관습들을 지속시킬 수 있었을 것이다. 그러나 앞서 말했듯이 이제 매일 아침 그렇게 오래 그토록 멀리 갔다가 아무런 성과 없이 돌아온 그 무익한 정찰 활동이 지루해지기 시작하면서, 그 행위 자체에 대한 생각이 바뀌기 시작했다. 내가 관여하려고 하는 일에 대해 더욱 차분하고 침착하게 생각해 보기 시작한 것이다. 도대체 나는 무슨 권위와 소명을 갖고 있다고 감히 이들을 범죄자로서 심판하고 처형하려 하는가. 어쩌면 하나님은 아주 오랜 시간 동안 그들이 처벌받지 않은 채로 계속 살아가는 게, 말하자면 서로에 대해 하나님의 심판을 집행하는 사람들로서 살아가는 게 적절하다고 생각했을지도 모른다. 이 사람들이 나에게 얼마나 나쁜 짓을 했는가. 서로 무분별하게 피를 뿌려 대는 그 피투성이 싸움에 내가 끼어들 권리가 무엇이란 말인가. 나는 이 문제에 대해 나 자신과 자주 논쟁을 벌였다. '하나님 본인이 이 특별한 사건에 어떤 심판을 내릴지 내가 어찌 알겠는가. 이 사람들이 이 행위를 범죄로 생각하면서도 저지르는 것은 분명 아니야. 그리고 그들에게는 이것이 비난받을 일도 아니고, 양심 또는 자신들을 책망하는 지적 능력에 거슬리는 일도 아닐 거야. 그들은 그것이 범죄라는 사실을 모르고, 우리가 저지르는 거의 모든 죄가 그러하듯이 하나님의 정의에 대한 도전으로 그런 일을 저지르는 것도 아니야. 그들은 우리가 소를 잡아 죽일 때 그것을 범죄로 생각하지 않는 것처럼 전쟁에서 잡은 포로를 죽이는 일을 범죄로 생각하지 않아. 우리가 양고기를 먹는 거나 그들이 인육을 먹는 일이나 마찬가지야.'

이 점에 대해 조금 더 깊이 생각해 보니 내가 그 문제에 대해 확실히 잘못 인지하고 있었으며, 이 사람들은 전에 내가 비난했던 의미의 살인 자는 아니라는 결론이 필연적으로 뒤따랐다. 기독교인들이 전쟁에서 붙잡은 포로들을 종종 살해한다 해도 살인자가 아닌 것과 마찬가지 이치다. 기독교인들도 무기를 버리고 항복한 상대편 군대 전체를 무자비하게 칼로 베어 버리는 경우가 아주 빈번하니 말이다.

다음으로 내 머릿속에 떠오른 생각은 그들이 서로를 대하는 방법이 잔인하고 비인간적이긴 하지만 사실 그것이 나와는 아무런 상관이 없다는 것이었다. 이 사람들은 내게 어떤 위해도 가하지 않았다. 그들이 내게 그렇게 하려고 한다거나 당장 내 목숨을 지키기 위해 그들을 습격할 수밖에 없는 경우라면 그때는 뭔가 할 말이 있을 것이다. 하지만 나는 아직까지 그들의 세력권 밖에 있었고 그들은 사실상 나의 존재를 전혀 알지 못했기 때문에 나를 어찌해 보겠다는 계획도 갖고 있지 않았다. 따라서 내가 그들을 습격하는 일은 정당할 수 없었다. 이런 식의 사고는 스페인인들이 아메리카 대륙에서 자행하는 온갖 잔혹 행위를 정당화시킬 터였다. 그들은 그곳에서 수백만 명에 이르는 원주민들을 살해했다. 이 원주민들이 비록 우상 숭배에 심취해 있는 야만인들이고 자신들의 우상에게 산 사람을 바치는 등 잔인하고 야만적인 의식을 관습적으로 치르기는 했지만, 사실 스페인인들에게 해를 끼친 적이 없는 무고한 사람들이었다. 그래서 원주민들을 그 지역에서 쫓아낸 스페인인들의 행위는 당시 스페인 내에서도 극도로 혐오스럽고 진저리 나는 일로 평가받고 있다. 유럽의 다른 기독교 국가들은 스페인인들이 완벽히 대량 학살을 자행했고, 하나님에게든 인간에게든 변명할 여지가 없는 피비린내 나고 자연의 이치에 어긋나는 잔혹한 행태를 벌였다고 간주했다. 따라서 인간애를 지녔거나 기독교인으로서의 연민을 지닌 사람들은 모두 스페인인이라는 말만 들어도 두려움과 공포감을 느낄 수밖에 없었다. 마치 스페인 왕국은 자비의 원칙도 없고 누구나 불쌍한 사람들에게 느끼는 그 흔한 연민도 없는 족속들의 국가를 대표하는 듯했다. 그런 연민이야말로 너그러운 심성을 지닌 사람임을 나타내는 징표이니 말이다.

이런 것들을 생각하다 보니 나는 그 계획을 멈추게 되었다. 일종의 마침표를 찍은 셈이었다. 나는 조금씩 내 계획에서 마음이 멀어지기 시작했고, 결국엔 야만인들을 공격하겠다는 내 결심이 잘못되었다고 결론 내렸다. 그들이 먼저 나를 공격하지 않는 한, 그 사람들 일에 참견하는 것은 내가 할 일이 아니라는 생각이 들었다. 피할 수만 있다면, 그것이 바로 내가 할 일이었다. 하지만 내가 발각되어 공격을 받는다면 그때 내가 할 일이 무엇인지는 알고 있었다.

한편으로 나는 이 계획이 나를 구하는 길이 아니라 전적으로 나 자신을 파멸시키고 망하게 만드는 길이라고 내 자신과 언쟁을 벌이기도 했다. 만약 당시 해안에 도착한 사람들뿐 아니라 그 이후에 해안에 나타날 사람들까지 모두 확실하게 죽이지 못한다면, 혹시나 그들 중 한 사람이 도망쳐서 무슨 일이 있었는지 자기네 동족에게 알리기라도 하는 경우에는 수천 명이 몰려와 동료들의 죽음을 되갚으려 할지도 모를 일이었다. 그런 일이 생긴다면 나는 내 스스로 확실한 파멸을 자초하고 만 꼴인데, 당시로서는 그럴 이유가 전혀 없었다.

모든 것을 종합해 본 나는 원칙적으로나 방법적으로나 어떤 식으로든 이 문제에 관여해서는 안 된다는 결론을 내렸다. 그리고 가능한 모든 수단을 동원하여 그들에게서 내 몸을 숨기고, 그들이 이 섬에 살아 있는 생명체, 다시 말하면 인간의 형상을 한 생명체가 산다고 추측할 만한 흔적을 조금도 남기지 않는 것이 내가 할 일이었다.

종교도 이러한 신중한 결론에 합세했다. 여러모로 살펴봤을 때, 내게 아무런 해도 끼치지 않은 그 무고한 사람들을 파멸시킬 잔혹한 계획을 세운 것은 내 종교적 의무를 완벽하게 저버린 행위나 마찬가지라는 확신이 들었다. 나는 그들이 서로에게 저지르고 있는 죄와 아무런 상관이 없었다. 그 죄는 그 종족이 저지르는 것이기 때문에, 나는 종족들을 다스리고 계시며 종족들이 저지르는 죄에 대해 종족별로 어떻게 징벌을 가할지 알고 계시는 하나님의 심판에 처분을 맡겨야 했다. 하나님께서는 공적인 범죄를 저지르는 사람들에게 당신이 하고 싶은 방식으로 공적인 벌을 내리시는 분이니 말이다.

이 사실이 내게는 너무나도 자명해 보인 탓에 나는 고의적인 살인자가 저지르는 죄 못지않게 나쁜 죄였을 게 분명한 짓을 하지 않았다는 데서 최고의 만족감을 느꼈다. 나는 내가 그 잔인한 죄를 짓지 않도록 나를 구해 주신 하나님께 무릎을 꿇고 지극히 겸허한 감사 기도를 올렸다. 나는 그 야만인들의 손에 붙잡히지 않게 해주시고 내 목숨을 지키기 위해 하늘이 분명하게 명령을 내리지 않는 한 내가 먼저 그들을 습격하지 않도록 하나님의 섭리로 나를 보호해 주십사 간청했다.

그 일이 생긴 뒤부터 거의 1년 동안 나는 이런 생각을 하면서 지냈다. 나는 이 야만인들을 공격할 계기가 생기길 바라지 않았기 때문에 그 기간 내내 혹시 그들 중 누군가가 보이지는 않는지, 해변에 왔다 간 건 아닌지를 확인하기 위해 언덕에 올라간 적이 단 한 번도 없었다. 그들을 해칠 방법을 새로이 고안해 낼 유혹에 빠지거나 그들을 공격할 경우 나타날 눈앞에 이득에 자극받을 일을 막기 위해서였다. 다만 나는 내 보트를 놔둔 곳으로 가서 그것을 옮기기는 했다. 섬 반대편에 있던 보트를 동쪽 끝으로 옮겨 놓고 높은 바위 아래 후미진 곳에 밀어 넣었다. 내가 알기로 그곳은 해류 때문에 야만인들이 무슨 일이 있어도 보트를 타고 감히 올 생각을 하지 못할 곳이었다.

꼭 가져와야 할 필요는 없었지만, 나는 보트까지 가서 거기에 있던 물건들을 죄다 가져왔다. 이를테면 보트에 설치한 돛대와 돛, 최선을 다해 만들기는 했지만 닻이나 쇠갈고리로 부르기는 힘든 닻 비슷한 물건 같은 것들이었다. 보트로 보일 만한 흔적이나 섬에 사람이 살고 있다는 표시는 조금도 남기지 않기 위해 이 물건들을 모두 가져왔다.

이러한 일을 할 때를 빼고는 앞서 말한 대로 나는 그 어느 때보다도 은둔하며 살았다. 늘 하는 일들, 예를 들면 암염소의 젖을 짜고 숲속의 새끼 염소들을 돌보는 일이 아닌 경우에는 좀처럼 집에서 나가지 않았다. 게다가 염소 우리가 있는 곳은 섬 반대편이었기 때문에 위험에서 완전히 벗어나 있었다. 가끔 이 섬에 나타나는 야만인들도 여기서 무언가를 발견할 수 있다고는 전혀 생각하지 않아서 해안에서 먼 곳까지 돌아다니지는 않는 게 확실해 보였다. 야만인들에 대한 불안감 때문에 내가 조심하게 된 이후에도 그들이 전과 마찬가지로 여러 번 해안에 왔었다는 점에는 의심의 여지가 없었다. 내가 작은 총알 하나가 장전되어 있는 총 한 정만 달랑 맸을 뿐 아무런 무장도 하지 않은 상태로 무언가 챙길 게 없나 살피느라 섬 여기저기를 기웃거리곤 했던 그때 우연히 그들과 맞닥뜨려서 내 존재가 발각됐더라면, 아니면 내가 그들을 습격했더라면 내 처지가 어떻게 됐을지 생각하니 공포감이 밀려왔다. 그리고 만약 사람 발자국 하나를 발견하는 대신 15~20명 정도의 야만인들을 직접 목격하기라도 했다면, 그래서 추격을 당하기 시작했는데 그들이 워낙 쏜살같이 달리는 탓에 내가 그들에게서 벗어날 길이 없었다면 얼마나 기겁을 했을까.

이런 생각을 하면 때때로 내 영혼이 무너지는 듯했고 마음속에 너무 큰 고통이 느껴져서 쉽게 마음을 추스르지 못했다. 정말 그런 일을 당했다면 어떻게 해야 했을까. 아마 나는 그들에게 저항하지도 못했을 뿐 아니라 내가 할 수 있는 일도 침착하게 해내지 못했을 것이다. 그리고 많은 생각을 하고 준비를 잘해 놨지만 지금도 사실 제대로 할 수 있는 일은 없다. 이런 일을 심각하게 생각하다 보니 정말이지 몹시 우울해졌고, 가끔은 그런 감정이 한동안 지속되기도 했다. 하지만 결국 나는 눈에 보이지 않는 여러 가지 위험으로부터 나를 구해 주시고, 내 힘으로는 도저히 나 자신을 구해 낼 수 없던 그 재앙으로부터 나를 보호해 주신 하나님의 섭리에 감사하는 마음으로 그 모든 우울함을 극복했다. 나는 그런 재앙이 내게 닥칠 수 있다고는 전혀 생각하지 못했고, 그것이 가능하리라고도 생각하지 못했던 것이다.

이 일을 계기로 나는 우리가 이 생을 살아가면서 겪게 되는 위험들 속에서 처음으로 하나님의 자비로운 처분을 보기 시작했을 때 종종 머릿속에 떠올리게 되는 묵상을 다시 하게 되었다. 우리는 구원에 대해 아무것도 모르면서 얼마나 경이롭게 구원받는가. 우리가 이쪽으로 가야 할지 저쪽으로 가야 할지 확신하지 못하거나 망설일 때(우리는 이를 진퇴양난이라 부른다.) 어떤 은밀한 암시가 우리가 가려는 방향과 반대로 가라고 지시한다. 아니, 스스로의 의식과 성향, 어쩌면 하는 일 때문에 우리가 다른 방향으로 가려고 할 때 어디서 비롯된 것인지 혹은 어떤 힘에 의한 것인지 알 수 없는 마음속의 어떤 이상한 느낌이 우리에게 반대로 가라고 강요한다. 그런데 시간이 흐른 뒤에 우리는 만약 원래 가려고 했었고 또 이성적으로 생각하면 당연히 갔어야 했던 길을 택했다면, 결국 파멸하거나 길을 잃고 말았을 것이라는 사실을 깨닫는다. 이런 생각들과 다른 여러 생각을 토대로 훗날 나는 분명한 원칙을 하나 세웠다. 어떤 일을 하라거나 하지 말라는 은밀한 암시가 주어지거나, 이 길로 가라거나 저 길로 가라는 압박감이 느껴진다면, 그런 압박감이나 암시가 마음으로 계속 느껴진다는 것 외에는 아무것도 모른다 해도 늘 그 은밀한 지시를 따르자는 것이었다. 나는 살면서 이런 식의 행동이 성공한 예를 여럿 들 수 있는데, 특히 이 불행한 섬에서 살았던 기간의 후반부에 그런 일이 많이 생겼다. 게다가 내가 그때 지금과 같은 관점으로 생각했더라면 쉽게 알아챘을 것들도 많았다. 어쨌든 늦게라도 현명해진다면 결코 늦은 게 아니다. 나처럼 특별한 사건들을 겪으며 살아온, 아니 나만큼은 아니더라도 어쨌든 생각이 깊은 사람들이라면 누구에게나 다음과 같은 충고를 하지 않을 수 없다. 즉 하나님의 섭리가 주시는 은밀한 암시는 절대로 무시하지 말라는 것이다. 이런 암시가 어떤 보이지 않는 이성적인 존재로부

터 생기는 것인지 논할 생각이 없으며, 아마 내게는 그것을 설명할 능력
도 없을 것이다. 하지만 그것은 영혼 간의 대화가 이루어진다는 증거이
자 육체를 부여받은 자와 그렇지 않은 자 사이에 은밀한 소통이 이루어
진다는 증거다. 그리고 결코 거역할 수 없는 증거이기도 하다. 이에 대한
예로, 이 암울한 곳에서 고독하게 살아가던 시기의 나머지 부분에서 일
어난 아주 놀라운 사건들을 말할 기회가 있을 것이다.

이 작품을 읽는 독자들은 내가 살면서 느낀 이러한 불안감과 지속적인
위험들 그리고 내게 닥친 여러 걱정거리들 때문에 앞으로의 편리를 위해
세우던 온갖 궁리와 계획들에 종지부를 찍게 되었다고 고백해도 이상하
게 생각하지 않을 것이다. 이제 나는 내 먹을거리보다 내 안전에 대한 걱
정에 더 많은 신경을 써야만 했다. 이제는 누가 소리를 들을까 무서워 못
하나 박거나 나무를 패는 일도 하고 싶지 않았다. 같은 이유로 총을 쏘는
것은 더욱 조심했다. 그리고 무엇보다도 나는 불을 피우는 일에 극도로
불안감을 느꼈는데, 낮 시간에는 멀리서도 연기가 보이기 때문에 내 존
재가 드러날까 걱정이 됐기 때문이었다. 이러한 이유로 나는 불이 필요
한 일, 이를테면 토기와 담배 파이프를 굽는 일 등은 숲속에 새로 마련한
거처로 옮겨 가서 처리했다. 그런데 얼마간 이 새 거처 근처에 머물던 중
에 나는 완벽한 천연 동굴 하나를 발견했다. 그때 내가 얼마나 위로를 받
았는지는 말로 표현할 수 없을 정도이다. 이 천연 동굴은 안으로 아주 깊
이 이어져 있었기 때문에, 감히 확신하자면 어떤 야만인이 동굴 입구까
지는 오더라도 그 안으로 무모하게 들어가 볼 생각은 하지 못할 곳이었
다. 사실 야만인이 아니더라도 나처럼 안전한 은신처가 절실히 필요했던
사람 말고는 그 누구도 그렇게 하지 못할 그런 곳이었다.

동굴의 입구는 커다란 바위 아래에 있었다. 나는 순전히 우연에 의해

(이런 일까지 하나님의 섭리 덕분이라고 말할 이유가 충분치는 않다고 생각하니, 우연이라고 말할 것이다.) 그 큰 바위 밑에서 숯을 만들 생각에 두꺼운 나뭇가지를 잘라 내고 있었다. 그런데 이야기를 계속 이어 나가기 전에 내가 왜 이 숯을 만들려고 했는지 이유부터 말해 주자면 다음과 같다.

앞서 말했듯이 나는 내 거처 주변에서 연기를 내는 게 두려웠다. 하지만 빵을 굽거나 고기를 요리하지 않고 살 수는 없는 일이었다. 그래서 나는 영국에서 본 것처럼 잔디 밑에 목재를 넣고 목탄이나 마른 숯이 될 때까지 태우는 방법을 생각해 냈다. 그런 다음 불을 끄고 그 숯을 잘 간수하여 집으로 가져올 생각이었다. 그렇게 하면 집에서 불이 필요할 때 연기를 피울 위험 없이도 불을 쓸 수 있었다.

그건 그렇고, 한창 나무를 잘라 내고 있던 중에 아주 빽빽한 관목 덤불 뒤로 텅 빈 동굴 같은 게 보였다. 그 안을 들여다보고 싶어서 힘들여 동굴 입구까지 갔더니, 상당히 큰 동굴이 모습을 드러냈다. 구체적으로 설명하면, 그 안에 내가 똑바로 서 있을 수 있을 정도로 높았고 나 말고 한 사람이 더 들어와도 충분할 만큼 넓었다. 이 대목에서 한 가지 고백할 사실이 있다. 내가 동굴에 들어갈 때보다 훨씬 더 허둥대며 밖으로 뛰쳐나왔다는 것이다. 칠흑같이 어두운 동굴 안쪽의 깊숙한 곳을 쳐다봤더니, 악마인지 인간인지 모를 어떤 생명체의 커다랗고 빛나는 두 눈이 보였기 때문이었다. 동굴 입구에서 곧바로 들어오는 희미한 빛이 반사된 탓에 그 두 눈은 두 개의 별처럼 반짝였다.

하지만 잠시 주춤한 뒤에 정신을 차린 나는 내 자신을 엄청난 바보라고 부르기 시작했다. 그러고는 악마를 만나기 두려워하는 자가 어찌 섬에서 홀로 20년을 살았냐며 혼잣말을 했다. 나는 이 동굴에 나보다 더 무시무시한 존재는 없을 거라고 대담하게 생각했다. 이런 생각을 하며 다시 용기를 낸 나는 큼직한 횃불을 만들어 손에 들고 다시 안으로 돌진했다. 하지만 세 걸음도 가지 못해서 앞서와 마찬가지로 혼비백산하고 말았는데, 이번에는 통증에 시달리는 사람이 내는 듯한 아주 큰 신음 소리가 들렸기 때문이었다. 그 신음 소리에 이어 마치 말을 하다가 다 못하는 것처럼 소리가 뚝뚝 끊기며 들리더니 다시 깊은 신음 소리가 들렸다. 나는 뒷걸음질을 쳤고 너무 놀라 식은땀까지 흘렸다. 모자를 쓰고 있었다면 머리카락이 쭈뼛 서는 바람에 모자가 벗겨졌을 거라고 장담할 수 있을 정도였다. 하지만 다시 최대한 기운을 내면서 하나님의 권능과 존재가 사방에서 나를 보호해 주실 수 있다고 생각하며 살짝 용기를 냈다. 횃불을 머리 위로 약간 치켜들고 다시 앞으로 나갔더니 땅바닥에 아주 기괴하게 생긴 무섭고 늙은 숫염소 한 마리가 누워 있는 게 보였다. 말하자면 이제 막 유언장을 써놓고 마지막 숨을 헐떡이고 있는, 순전히 너무 늙어서 죽어 가고 있는 염소였다.

나는 밖으로 녀석을 끌고 나갈 수 있는지 알아보려고 녀석을 슬쩍 흔들어 보았다. 녀석은 일어서 보려고 했지만 몸을 일으키질 못했다. 그래서 나는 녀석을 그냥 놔둬도 좋겠다는 생각을 했다. 이놈 때문에 내가 그리 많이 놀랐다면 무모하게 동굴에 들어올 야만인도 녀석이 목숨이 붙어 있는 동안은 분명 크게 놀랄 것이기 때문이었다.

그제야 충격에서 벗어났고 주위를 둘러보기 시작했다. 동굴은 12피트가 겨우 넘을 정도로 아주 작지만 둥글지도 네모나지도 않은 모양이 누군가 사람의 손으로 만든 것이 아니라 순전히 자연에 의해 만들어졌음을 알 수 있었다. 또한 동굴의 맨 끝 쪽으로 가봤더니 더 안쪽으로 들어가는 길이 있었는데, 천장이 너무 낮아서 그 안에 들어가려면 손과 발로 기어

들어가는 수밖에 없었다. 게다가 그곳이 어디로 이어지는지도 알 수 없었다. 촛불이 없었기 때문에 당장은 포기할 수밖에 없었다. 나는 머스킷 총의 발사 장치로 만든 부싯깃 통과 양초, 총의 약실(藥室)에 들어 있던 약간의 탄약을 함께 챙겨서 다음 날 다시 오기로 마음먹었다.

이제 나는 염소 기름으로 제법 훌륭한 양초를 만들 수 있던 터라, 다음 날 마음먹은 대로 직접 만든 커다란 양초 여섯 개를 준비하여 동굴로 갔다. 천장이 낮은 그곳으로 들어간 나는 앞서 말한 대로 네발로 기어 10야 드 정도를 들어갔다. 그런데 그곳이 얼마나 긴지도, 그 너머에 무엇이 있는지도 몰랐다는 점을 고려하면, 내 생각에 이것은 상당히 대담한 모험이었다. 그 좁은 통로를 다 통과하고 보니 천장이 아주 높아진 것을 알 수 있었다. 대략 20피트는 되어 보였다. 그런데 이 지하 저장소 혹은 동굴의 천장과 옆면을 둘러봤더니, 이 섬에서 이처럼 훌륭한 풍경은 본 적이 없었다고 감히 말할 수 있을 정도로 멋있었다. 동굴 벽은 내가 들고 있던 두 개의 촛불에서 나오는 불빛을 무수히 반사해 내고 있었는데, 동굴 벽 암석에 있는 것이 다이아몬드인지 다른 보석인지 아니면 황금인지는 알 수 없었다. 어쨌든 내 짐작에는 황금 같았다.

내가 들어가 있던 그곳은 칠흑같이 깜깜하기는 했지만, 동굴 혹은 석굴치고는 아주 마음에 드는 곳이었다. 바닥은 습기가 없고 평평했으며, 바싹 마르고 작은 자갈이 깔려 있어서 불쾌하지도 않았고 독성을 지닌 동물이 보이지도 않았다. 또한 동굴 벽면이나 천장에도 축축하거나 젖은 데가 하나도 없었다. 유일한 난관은 입구였다. 하지만 그곳은 정말로 안전한 곳이었고, 내가 원한 곳이 바로 이런 은신처였기 때문에 그 문제가 도리어 이득이 된다고 생각했다. 나는 동굴을 발견한 사실이 정말로 기뻤다. 그리하여 조금도 지체하지 말고 가장 걱정하고 있는 물건들을 이곳으로 갖다 놓아야겠다고 마음먹었다. 특히 이곳에 화약과 내 여분의 무기들, 즉 새 사냥용 총 두 정, 머스킷 총 세 정을 모두 옮겨 놓기로 결심했다. 새 사냥용 총은 모두 세 정, 머스킷 총은 모두 여덟 정을 갖고 있었으니까 내 요새에는 머스킷 총 다섯 정만 남은 셈이었다. 그것들은 가장 바깥쪽 담장에 대포처럼 곧바로 쏠 수 있게 준비되어 있었다. 물론 원정을 나갈 때면 언제든 꺼내서 가져갈 수도 있었다.

이렇게 탄약을 옮겨 놓는 일을 하다가 이참에 바다에서 젖은 상태로 꺼내 온 화약통을 열어 봐야겠다는 생각이 들었다. 열어 보니 바닷물이 사방으로 3~4인치 정도씩은 들어가 있었다. 그런데 바깥쪽이 덩어리가 져서 딱딱하게 굳은 덕에 안쪽 부분의 화약은 껍질 속에 든 씨앗처럼 잘 보존되어 있었다. 그리하여 나는 화약통 가운데 부분에서 꽤 쓸 만한 화약을 60파운드 가량 얻을 수 있었다. 당시로서는 아주 기분 좋은 발견이었다. 나는 이 화약을 모두 동굴로 옮겼다. 어떤 식이든 기습 공격을 받을 가능성이 있으니 내 요새에 2~3파운드 이상의 화약은 절대로 보관하지 않을 작정이었다. 그리고 총알로 쓰려고 남겨 두었던 납도 모두 동굴로 옮겼다.

이제 나는 누구도 접근할 수 없는 동굴 또는 바위 구멍에 살았다고 알려진 고대의 거인이 된 듯한 기분이었다. 내가 동굴 속에 있는 한은 야만인 5백 명이 잡으러 와도 맹세코 나를 찾지 못할 것이며, 설혹 찾는다고 해도 감히 여기까지 들어와 나를 공격하지는 못할 것이라고 확신했다.

내가 발견했을 때 숨이 넘어가던 그 늙은 염소는 다음 날 동굴 입구에서 죽었다. 그 녀석을 끌고 밖으로 나가느니 거기에 큰 구덩이를 파서 묻고 흙으로 덮어 주는 게 더 쉽겠다고 생각했다. 나는 악취를 막기 위해 그곳에 녀석을 묻어 주었다.

이제 이 섬에서 지낸 지가 23년째가 되었다. 이곳과 이런 생활 방식에 너무 익숙해진 터라 이제는 어떤 야만인도 섬에 와서 나를 방해하지 못하리라는 확신만 생긴다면, 내 여생을 여기서 보내야 해도 그 운명을 받아들이고 심지어 동굴에서 죽은 그 늙은 염소처럼 여기 누워 세상을 뜨는 마지막 순간까지도 만족해하며 지낼 수 있을 것 같았다. 나는 예전보다 훨씬 더 즐겁게 시간을 보낼 수 있는 오락거리 및 취미거리를 찾기도 했다. 우선, 앞서 말한 대로 나는 폴에게 말하는 법을 가르쳤다. 그 녀석이 친숙하게 말을 거는 모습과 정확하고 분명하게 발음하는 모습을 보고 있으면 나는 정말로 기뻤다. 녀석은 나와 26년이나 함께 살았다. 그 녀석이 이후에 얼마나 더 살았는지는 알 수 없다. 브라질인들이 앵무새의 수명을 1백 년으로 생각한다는 사실은 알고 있었지만 말이다. 어쩌면 그 가여운 폴은 지금까지도 '불쌍한 로빈 크루소'를 따라 하며 섬에서 살고 있을지도 모른다. 나는 그 어떤 영국인도 불운하게 이 섬에 홀로 떨어져 그 소리를 듣지 않기를 바라지만, 만약 그렇게 된다면 그는 그 녀석을 악마라고 생각할 게 분명하다. 내 개도 내게는 아주 마음에 드는 사랑스러운 동반자였다. 그 녀석은 16년이나 나와 함께 지내다가 수명이 다하여 죽었다. 고양이들에 대해 말하자면, 앞서 말한 것처럼 처음에 그 수가 너무 많이 늘어나는 바람에 나와 내가 가진 것들을 모두 먹어 치우지 못하도록 그중 몇 마리를 쏴 죽일 수밖에 없었다. 하지만 결국 내가 데려온 늙은 고양이 두 마리가 사라지고 난 이후 얼마 동안 계속 내가 먹을 것을 주지 않고 내쫓아 버렸더니 다들 숲속으로 달아나 야생 고양이가 되어 버렸다. 다만 두세 마리는 예외여서 내가 애완용으로 길들여 키웠다. 그러나 새끼를 낳으면 항상 물에 빠뜨려 죽였다. 아무튼 이런 녀석들이 내 식구의 일부였다. 나는 이 녀석들 외에 새끼 염소 두세 마리를 항상 집에서 키웠는데, 녀석들에게는 내 손에 든 먹이를 먹도록 가르쳤다. 그리고 말을 아주 잘 하는 앵무새 두 마리가 더 있었다. 둘 다 '로빈 크루소'라고 말할 수 있었지만 내 첫 앵무새인 폴만큼은 아니었다. 그 녀석들에게는 폴을 가르칠 때만큼 열심히 하지 않았다. 나는 해안에서 잡은 이름 모를 바닷새 여러 마리도 길들였는데, 녀석들의 날개를 잘라 내서 데리고 있었다. 그 바닷새들은 이제는 울창한 숲을 이루고 있는 내 요새 방벽 앞 나뭇가지들 틈에서 새끼까지 낳으며 살고 있었다. 이 또한 내게는 상당히 즐거운 일이었다. 나는 앞에서 말한 대로 이렇게 내 생활에 상당히 만족하며 살아가기 시작했고, 야만인들에 대한 공포로부터 안전할 수만 있다면 문제될 게 없었다.

그러나 상황은 그와는 다른 방향으로 전개되었다. 그리고 이 대목에서 내 이야기를 접하게 될 모든 독자들이 나의 경우를 통해 다음과 같은 온당한 깨달음을 얻는 것도 나쁘지는 않을 듯하다. 우리가 살아가면서 정말로 피하고 싶고 일단 당하면 자신에게는 가장 끔찍한 일이 되는 그런 악운은 되레 나를 구원해 주는 수단이나 방법이 되며, 오로지 그 방법을 통해서만 우리가 빠진 불행으로부터 일어설 수 있는 경우가 정말로 비일비재하다는 것이다. 내 기묘한 인생 과정에서도 그러한 예는 무수히 찾을 수 있겠지만, 이 섬에서 고독하게 보낸 나의 마지막 몇 년의 상황만큼 더 특별하게 주목할 만한 예는 없을 것이다.

앞서 말한 대로 이 섬에 산 지 23년째 되는 해의 12월이었다. 이때를 겨울이라고 부르기는 뭐하지만, 어쨌든 남반구의 동지(冬至)였던 이 무렵은 수확을 하는 특별한 시기여서 먼 들판으로 나갈 일이 많았다. 어느 날 아침 나는 날이 밝기도 전에 밖으로 나갔다가 멀리 떨어진 해안 쪽에서 불을 지핀 듯한 광경을 보고 무척 놀랐다. 전에 야만인들이 왔다 간 흔적을 목격한 섬 끝에서 2마일 정도 떨어진 곳이었다. 하지만 이번엔 반대편 해안이 아니라 괴롭게도 내가 살고 있는 쪽 해변이었다.

그 광경을 보고 정말이지 너무 놀라 겁에 질린 나는 급하게 덤불숲으로 몸을 피했다. 습격을 당할까 봐 밖으로 나갈 엄두도 내지 못했지만, 안에 있다고 해서 마음이 더 편하지는 않았다. 이 야만인들이 섬을 어슬렁거리다가 내 곡식이 자라는 모습 또는 베어진 상태를 보거나 내가 만든 물건이나 손을 본 물건을 발견한다면, 그들은 곧바로 이 섬에 사람이 산다는 결론을 내릴 것이고, 결국 나를 찾아낼 때까지 절대로 포기하지 않을 거라는 불안감이 들었기 때문이었다. 이런 극한 상황에서 나는 곧바로 다시 내 성으로 돌아가 사다리를 오른 뒤에 그것을 끌어 올렸다. 그렇게 성 밖의 모든 것이 최대한 자연스럽고 야생 그대로인 듯이 보이게 만들었다.

그런 다음 나는 집 안에서 방어 태세를 갖추면서 스스로 대비를 했다. 우선 내가 대포라 부르는 총을 모두 장전했다. 즉 내 새로운 요새에 설치해 놓은 머스킷 총과 권총들에 모두 장전을 했다. 나는 숨을 거두는 순간까지 내 자신을 지키겠다고 결심하면서 하나님께 내 자신을 진지한 태도로 맡기고 야만인들의 손에서 나를 구해 달라고 기도하는 일도 잊지 않았다. 나는 이런 태세로 두 시간 정도를 기다렸다. 하지만 나에게는 밖으로 내보낼 염탐꾼이 없었기에 바깥 상황이 궁금해서 점차 안달이 나기 시작했다.

이 상황에서 어떻게 해야 할지 한동안 깊이 생각하고 있다 보니, 아무것도 모른 채로 더 이상 참고 앉아 있을 수가 없었다. 그래서 앞서 말한 대로 평지가 있는 언덕 옆까지 사다리를 타고 올라갔고, 거기서 사다리를 끌어 올린 다음 다시 사다리로 언덕 위쪽까지 올라갔다. 거기서 일부러 챙겨 간 망원경을 꺼내 땅바닥에 배를 대고 엎드려서 야만인들이 있는 곳을 살펴보기 시작했다. 이내 아홉 명이나 되는 벌거벗은 야만인들이 조그맣게 불을 피워 놓고 그 주위에 앉아 있는 모습을 발견했다. 물론 그들이 추워서 불을 피운 것은 아니었다. 날씨가 지독히 더웠기 때문에 그럴 필요가 전혀 없었다. 산 채로 데려왔는지 죽여서 데려왔는지는 알 수 없지만, 그들의 야만적인 음식, 즉 인육을 먹기 위해서는 준비가 좀 필요한 것 같았다.

그들이 타고 온 카누 두 척은 이미 해변 위에 끌어 올려져 있었다. 그때가 썰물 때였기 때문에 그들은 다시 섬을 떠나기에 적합한 바닷물이 들어오기를 기다리고 있는 것 같았다. 이 광경을 보고 내가 얼마나 혼란에 빠졌는지는 상상하기조차 힘들다. 그들이 내가 사는 섬 쪽에, 그것도 내 거처와 아주 가까운 곳까지 왔다는 사실 때문에 특히 그랬다. 하지만 그들이 늘 썰물에 맞춰 섬에 온다는 사실을 알게 된 이후로는 마음이 한층 더 안정되기 시작했다. 그자들이 이미 해안에 와 있는 게 아니라면 밀물일 때는 언제든 밖으로 나다녀도 안전하겠다는 확신이 들었기 때문이었다. 그리고 이런 사실을 알게 된 이후에는 더욱 편한 마음으로 추수 작업을 하러 밖에 나갔다.

내 예상은 사실임이 입증되었다. 조류가 서쪽으로 흐르기 시작하자마자 그들이 모두 보트를 타고 노를 저어 떠나가는 게 보였기 때문이었다. 그리고 한 가지 더 이야기할 것은 그들이 떠나기 전에 한 시간 넘게 춤을 췄다는 사실인데, 망원경 덕분에 그들의 자세나 동작을 수월하게 식별할 수 있었다. 내가 아주 정확하게 관찰한 것은 아니지만, 그들은 아무것도 걸치지 않은 전라의 상태였다. 하지만 그들이 여자인지 남자인지는 구분할 수 없었다.

그들이 보트를 타고 떠나는 모습을 보자마자 나는 어깨에 엽총 두 정을 걸치고 허리띠에 권총 두 정을 매달고 옆쪽에는 칼집을 씌우지 않은 큼직한 칼을 찬 채로, 처음 그들의 모습을 발견한 언덕까지 최대한 빨리 내달렸다. 두 시간이나 걸려서 그곳에 도착해 보니 야만인들의 카누가 세 척 더 있다는 사실을 알 수 있었다. 시간이 그렇게 많이 걸린 것은 너무 많은 무기로 무장을 했기 때문이었다. 어쨌든 시선을 먼 쪽으로 돌렸더니 모두들 보트를 타고 본토로 가는 모습이 보였다.

해변까지 직접 내려가서 본 광경은 너무나도 끔찍했다. 나는 그들의 그 끔찍한 짓거리가 남긴 흔적들, 즉 그들이 희희낙락하며 게걸스럽게 먹어 치운 사람의 피와 뼈, 살점들을 볼 수 있었다. 그 광경에 분노가 머리끝까지 치민 나는 다음번에 다시 보게 되면, 그자들이 누구건 얼마나 많건 간에 모조리 죽여 버려야겠다는 생각을 했다.

그 뒤에 그들이 해변에 다시 모습을 드러낸 것은 15개월이 지난 후였다. 이로써 그들이 이 섬을 그리 자주 방문하지 않는다는 사실이 명백해졌다. 그 기간 내내 나는 그들의 모습이나 발자국 혹은 흔적조차 보지 못했다. 그들은 우기에는 밖으로 나오지 않는 게, 적어도 아주 멀리 나가지는 않는 게 분명해 보였다. 그러나 나는 그동안 줄곧 불편한 마음으로 지냈다. 그들이 나를 급습해 올지 모른다는 불안감이 내내 가시지 않았던 탓이었다. 이를 보면 불행을 직접 겪는 것보다 불행이 올 것 같다는 생각을 하며 지내는 것이 훨씬 더 견디기 힘들다는 사실을 알 수 있다. 그리고 그런 예상이나 불안감을 털어 버릴 여지가 없는 경우에는 더더욱 그렇다.

이 기간 내내 나는 죽을 것 같은 기분에 빠져 있었다. 그리고 달리 더 잘 보낼 수도 있었을 대부분의 시간을 다음번에 그들을 보면 어떻게 함정에 빠뜨려 습격할까 궁리하면서 보냈다. 특히 그들이 지난번처럼 두 무리로 나뉘어 온다면 어떻게 할지 생각했다. 하지만 내가 열 명이든 열 두 명이든 한 무리를 죽이고 다시 다음 날이나 그다음 주 혹은 그다음 달에 나머지 무리를 죽이고 그다음에 또 다른 무리를 끝도 없이 죽이다 보면, 결국엔 사람을 잡아먹는 그들처럼 나도 살인자가, 어쩌면 그들보다 더한 살인자가 되는 셈이었건만, 나는 그런 생각은 전혀 하지 않았다.

이제 나는 언젠가 내가 이 무자비한 자들에게 잡히고 말리라는 생각에 몹시 당혹해하며 불안한 마음으로 하루하루를 보냈다. 그리고 과감하게 밖으로 나갈 때는 언제나 최대한 조심하고 경계하면서 주위를 살폈다. 이렇게 되니 염소 떼를 길들여 키운 일이 얼마나 다행스럽고 위안이 되는 일인지 알 수 있었다. 총을 쏘면 그들을 놀라게 할 위험이 있으니 특히 그들이 주로 찾아오는 쪽 근방에서는 어떤 경우라도 총을 쏴 사냥할 수 없었기 때문이다. 당장 그들이 내게서 달아난다 해도 그들은 분명 다시 돌아올 게 분명하고, 어쩌면 불과 며칠 뒤에 2백~3백 척의 카누를 끌고 올지도 모를 일이었다. 그리고 그때 무슨 일이 일어날지는 불 보듯 뻔했다.

그러나 야만인들을 다시 보게 된 것은 1년하고도 석 달이 더 지난 후였다. 그들을 다시 목격하게 된 이야기는 곧이어 할 것이다. 사실 그들은 그사이에 한두 번 정도 이 섬에 왔을지도 모른다. 하지만 그들이 오래 머무르지 않았거나 적어도 내가 그들의 소리를 듣지 못했을 것이다. 어쨌든 내가 최대한 정확하게 계산한 바에 따르면, 이 섬에 온 지 24년째 되는 해의 5월 나는 그들과 아주 기이하게 마주치게 된다. 이 이야기도 때가 되면 하겠다.

이 15~16개월 동안 내가 느낀 심적 불안감은 말할 수 없을 정도로 컸다. 잠도 편히 못 자고 늘 악몽을 꿨다. 밤에 깜짝 놀라 깨는 일도 잦았다. 낮 동안에는 정신적 괴로움에 마음이 짓눌렸고, 밤에는 야만인들을 죽인 뒤 그들을 처치한 내 행위가 어째서 정당한지에 대해 변명하는 꿈을 종종 꿨다. 하지만 잠시 이 이야기를 접고 하던 이야기로 돌아가자면, 때는 5월 중순이었다. 나는 그때까지도 나무 기둥에 날짜를 표시하고 있었는데, 내 변변찮은 나무 달력으로 계산해 본 바에 따르면 그날은 정확히 16일이었다. 5월 16일, 그날은 하루 종일 강력한 폭풍이 불었고 천둥 번개도 수없이 내리쳤다. 그리고 밤이 되어서도 여전히 날씨는 궂었다. 왜 날씨가 그랬는지 특별한 이유를 알 수 없었다. 어쨌든 성경을 읽으면서 나의 현재 처지에 대해 진지하게 생각하고 있던 그 순간, 나는 바다에서 발사된 듯한 포 소리에 깜짝 놀랐다.

나는 예전과는 분명히 다른 의미에서 크게 놀랐는데, 이 일로 내가 완전히 다른 시각을 갖게 되었기 때문이다. 나는 최대한 빨리 자리에서 일어났고 단숨에 사다리를 타고 바위 중간 부분으로 올라갔다. 그러고는 사다리를 끌어 올린 다음, 다시 사다리를 타고 언덕 꼭대기로 올라갔다. 그 순간 바다에서 불빛이 번쩍하면서 두 번째 포 소리를 예고했다. 그리고 30초 정도 뒤에 포 소리가 들렸다. 소리를 들어 보니, 저번에 보트를 타고 나갔다가 해류에 휩쓸린 바다 쪽에서 발사된 것임을 알 수 있었다.

나는 곧바로 이 포가 조난당한 배에서 쏜 게 틀림없으며, 동료 배나 함께 항해하던 다른 배를 향해 구조를 요청하는 조난 신호를 보냈다고 생각했다. 그 순간 나는 무척이나 침착했다. 내가 그들을 도와주지는 못해도 그들이 나를 도와줄 수는 있겠다고 생각했으니 말이다. 그래서 나는 손에 닿는 마른 나뭇가지들을 죄다 모아서 언덕 위에 제법 높게 쌓아 놓은 뒤에 불을 붙였다. 바짝 마른 나뭇가지들이라 활활 타올랐다. 바람이

234

아주 심하게 불고 있었지만 나뭇가지들은 거의 다 탔다. 나는 만약 바다에 배가 있다면 분명 그 불을 보았을 것이라고 확신했는데, 실제로도 배에서 이 불을 봤던 모양이다. 내가 피운 불이 솟구치자마자 또 다른 포소리가 들렸고 이후에도 모두 같은 방면에서 여러 차례 포 소리가 들렸다. 나는 동이 틀 때까지 밤새도록 불을 지폈다. 대낮이 되어 하늘이 맑게 개자 섬의 정동쪽 바다 멀리서 무언가가 보였다. 거리가 워낙 먼 데다가 아직 안개도 다 가시지 않아 망원경으로도 돛인지 선체인지 분간할 수 없었다. 너무 바다 멀리 있었던 탓이 컸다.

그날 나는 하루 종일 수시로 배 쪽을 쳐다봤다. 배가 움직이지 않고 같은 자리에 있다는 사실은 금세 알아차릴 수 있었다. 그래서 곧바로 배가 닻을 내리고 있다는 결론을 내렸다. 독자들도 확신하겠지만, 나는 제대로 확인하고 싶은 마음에 손에 엽총을 들고 섬의 남쪽 방향, 즉 내가 전에 해류에 휩쓸렸던 암초 쪽으로 달려갔다. 그곳에 도착했더니 마침 날이 완전히 개어 있어서 현장을 똑똑히 볼 수 있었다. 정말 애통하게도 밤에 난파된 배는 내가 보트를 타고 나갔다가 발견한 그 암초에 걸려 망가져 있었다. 거센 해류의 속도를 줄여 주면서 일종의 역류 혹은 소용돌이를 일으켜 내 평생 가장 절망적이었고 가망 없었던 나를 구해 준 바로 그 암초 말이다.

한 사람의 목숨을 살려 준 암초가 다른 사람에게는 파멸을 안겨 주고 만 것이다. 이 뱃사람들이 누군지는 모르겠지만, 그 밤에 그들은 물속에 바위가 있는 것을 모른 채로 동쪽과 동북동쪽에서 부는 거센 바람에 거기까지 떠밀려 온 듯했다. 내 생각엔 필시 보지 못한 것 같지만, 그들이 섬을 봤더라면 분명 보트를 이용하여 어떻게든 해안까지 상륙해서 살아남으려고 애를 썼을 것이다. 그런데 그들이 내가 피운 불을 보고 조난 구조 신호용 포를 발사했다는 사실은 특히 내게 이런저런 생각을 하게 만들었다. 우선, 나는 그들이 내 불을 보고는 구명보트에 몸을 싣고 해안에 상륙하려고 무진 애를 썼지만 파도가 너무 높아서 결국 난파당한 것이라 생각했다. 그리고 그들이 이미 그전에 구명보트를 잃어버렸을지도 모른다는 생각도 들었는데, 실제로 그런 일이 자주 생기기 때문이다. 특히 거센 파도가 배에 몰아쳐서 보트에 구멍이 나거나 박살이 나는 경우도 있고 가끔 선원들이 직접 바다 위로 내던지는 경우도 있다. 또는 그들과 함께 온 배나 동료 배가 있어서 그들의 조난 신호를 보고 선원들을 구조하여 태우고 갔을 수도 있겠다고 생각했다. 하지만 그들이 구명보트를 타고 바다로 나갔다가 예전에 나처럼 해류에 휩쓸려 먼 바다까지 떠밀려 갔으면 어쩌나 싶었다. 그 먼 바다에는 불행과 죽음밖에 존재하지 않기 때문이었다. 어쩌면 지금쯤 그들은 굶어 죽지 않으려고 서로를 잡아먹을 궁리를 하고 있을지도 몰랐다.

이 모든 상상은 기껏해야 추측에 불과했다. 내가 처한 상황에서는 그저 그 불쌍한 사람들의 불행을 방관하며 그들을 불쌍히 여길 수밖에 없었다. 그런 생각은 내게 여전히 좋은 효과를 미쳤다. 내가 하나님께 감사드려야 할 이유를 더 많이 제공했기 때문이다. 이런 황량한 처지에서 내게 그리 행복하고 편안하게 살 수 있는 여건을 마련해 주셨고, 이제 세상의 이쪽에서 난파당한 배 두 척의 선원들 중에서 나 빼고는 누구도 목숨을 구한 사람이 없었으니 말이다. 이 대목에서 나는 다시 한 번 다음과 같은 사실을 깨달았다. 지극히 드문 일이지만 우리가 하나님의 섭리로 정말 비천한 처지에 놓이게 되거나 엄청난 불행에 빠지더라도, 우리는 감사해야 할 무언가를 또 발견하거나 더 안 좋은 상황에 처한 사람들을 발견하게 된다는 것이다.

이들의 경우에는 생존자가 있으리라고 생각할 여지가 너무도 명백하게 희박했다. 그들 모두가 죽지는 않았을 거라고 기대하거나 바라는 일은 전혀 합리적이지 않았다. 예외가 있다면 그들이 함께 온 다른 배에 의해 구출되는 경우인데, 이것은 정말이지 순전히 가능성에 불과했다. 그런 일이 일어났을 법한 흔적이나 징후는 전혀 보이지 않았다.

이 광경을 목격했을 때 내 영혼 속에서 얼마나 이상한 갈망이나 열망 같은 마음이 느껴졌는지는 아무리 열심히 설명하려 해도 말로 표현할 수가 없다. 그리하여 내 입에서는 가끔 다음과 같은 말이 터져 나오곤 했다. "오, 한두 명이라도 아니 단 한 명이라도 살아남았다면 얼마나 좋았을까! 그래, 그 배에서 단 한 명이라도 살아남아 내게로 도망쳐 왔더라면 나와 대화를 나누는 친구나 동료가 되었을 텐데!" 이 고독한 삶을 사는 내내, 이때만큼 같은 인간이 곁에 있었으면 좋겠다는 갈망을 그토록 간절하고 강렬하게 품은 적은 없었다. 인간이 곁에 없다는 사실이 너무나도 아쉽게 느껴진 것이었다.

사람의 감정에는 은밀히 흐르는 샘물 같은 것이 있다. 눈에 보이는 어떤 대상, 보이지 않더라도 상상력의 힘으로 마음속에 등장한 어떤 대상에 의해 감정이 작동하기 시작하면, 우리의 영혼은 그 내적 충동으로 인해 그 대상을 열정적으로 껴안고 싶을 정도의 격렬한 욕망에 휩싸인다. 그리고 그 대상이 없다는 사실을 견디지 못하게 된다.

'단 한 명이라도 살아남았더라면! 오, 단 한 사람만 살아 있다면!' 이 진지한 열망이 그와 같은 경우였다. '오, 단 한 사람만 살아 있다면!'이라는 말을 수도 없이 반복한 것 같다. 자꾸 같은 말을 되뇌다 보니 내 바람이 어찌나 강렬해졌던지 그 말을 내뱉을 때마다 손이 저절로 꽉 쥐어지고 손가락이 손바닥을 짓누를 정도였다. 만약 내 손 안에 부드러운 물체가 있었다면 나도 모르게 그것을 으깨 버리고 말았을 정도였다. 위아래 치아를 너무 세게 악물어서 한동안 떼어 내지 못할 정도였다.

이러한 현상과 그 이유 및 과정에 대한 설명은 자연 과학자들에게 맡기자. 나는 그들에게 사실을 설명할 수 있을 뿐이었고, 이러한 현상을 발견했을 때에는 나조차도 무척 놀랐다. 어떤 연유로 그런 일이 생긴 건지는 나도 모르겠지만, 그것이 단 한 명이라도 좋으니 동료 기독교인과 대화를 나눈다면 위안을 얻을 수 있을 것 같다는 생각과 내 열렬한 소망이 마음속에 강력하게 자리 잡은 결과인 것만은 분명했다.

그러나 그런 일은 생길 수 없는 운명이었다. 그들의 운명이나 내 운명, 그게 아니면 양쪽의 운명이 그런 일을 금한 모양이었다. 이 섬에서 살았던 마지막 해까지 나는 그 배든 다른 배에서든 살아남은 사람이 있었는지 전혀 알아내지 못했다. 다만 며칠 뒤에 익사한 소년의 시체 하나가 난파선 부근의 섬 끝 쪽 해변까지 떠밀려 온 모습을 발견하여 고통스러워했을 뿐이다. 아이는 선원용 조끼와 무릎이 나오는 리넨 속바지, 파란색 리넨 셔츠 외에는 아무것도 걸치지 않은 상태였다. 아이의 국적을 추측할 만한 단서는 아무것도 없었다. 아이의 주머니에는 에이트 두 개와 담배 파이프만 들어 있었는데, 내게는 담배 파이프가 에이트보다 열 배는 더 가치가 있었다.

바다가 잠잠해지자 보트를 타고 이 난파선에 가보고 싶은 마음이 굴뚝같아졌다. 배에서 유용한 물건들을 발견할 수 있으리라는 사실은 의심하지 않았다. 하지만 그보다는 배 위에 누군가가 살아 있을 수 있다는 가능성이 내 마음을 더욱더 짓눌렀다. 혹시나 생존자가 있다면 내가 그 사람의 목숨을 구해 줄 수 있을 뿐 아니라 내가 그 생명을 살렸다는 사실 자체로 크게 위안을 받을 듯했다. 이 생각이 어찌나 강렬하게 내 마음을 사로잡았던지, 밤이건 낮이건 보트를 타고 난파선에 올라가야겠다는 생각에 나는 차분히 있을 수가 없었다. 나는 너무나도 강렬한 이 생각을 도저히 거부할 수 없다고 여기고는 모든 것을 하나님의 섭리에 맡기기로 했다. 이 생각은 보이지 않는 어떤 곳에서부터 온 것이 분명하며, 만약 난파선에 가지 않으면 나 스스로 나를 모자란 사람으로 느낄 것 같았다.

이 생각이 하도 강하게 든 탓에 나는 서둘러 내 성으로 돌아가서 항해를 위한 만반의 준비를 했다. 빵을 넉넉히 챙기고 신선한 물이 담긴 큰 단지도 챙겼다. 보트를 조종할 때 사용할 나침반과 럼주 한 병도 챙겼다. 럼주는 아직도 많이 남아 있었다. 그리고 바구니 한가득 건포도도 챙겼다. 그렇게 필요한 짐을 모두 꾸린 나는 보트가 있는 곳으로 내려가 물을 퍼냈다. 보트를 물에 띄운 뒤에는 모든 짐을 보트에 실었다. 그런 다음 나는 물건을 더 가져오기 위해서 다시 집으로 돌아갔다. 두 번째 짐은 쌀을 한가득 넣은 큰 자루, 햇빛을 가리기 위해 머리 위에 쓸 우산, 신선한 물이 가득 담긴 또 다른 단지 하나, 전보다 더 많이 챙긴 작은 보리 빵 스물네 개 정도, 염소 우유 한 병과 치즈 등이었다. 나는 땀을 뻘뻘 흘리며 이 모든 것들을 몹시 힘들게 보트로 옮겨 놓았다. 나는 하나님께 내 항해를 인도해 주십사 기도를 올린 다음, 바다로 보트를 밀고 나갔다. 해변을 따라 카누의 노를 저어 나간 나는 마침내 섬의 가장 끝 지점, 즉 북동쪽에 도달했다. 이제부터 대양을 향해 나가야 했는데, 모험을 할지 말지 결정해야 했다. 그때 유속이 빠른 해류가 멀리 섬 양편으로 끊임없이 흐르고 있는 게 보였다. 그 해류를 보자 전에 겪은 위험천만했던 일이 기억나서 소름이 끼치고 마음이 약해지기 시작했다. 혹시 그 해류에 휘말린다면, 섬으로 돌아오지 못하거나 섬이 보이지도 않는 먼 바다 쪽으로 휩쓸려 나갈 거라는 생각이 들었다. 게다가 내 보트가 워낙 소형이기 때문에 작은 돌풍이라도 불면 길을 헤맬 게 분명했다.

　이러한 걱정이 마음을 강하게 짓눌러 오자 계획을 포기해야겠다는 생각이 들기 시작했다. 해변에 있는 작은 어귀에 보트를 댄 나는 보트에서 내려온 뒤, 약간 솟은 언덕 위에 자리를 잡고 앉았다. 나는 항해를 계속하고 싶다는 마음과 항해에 대한 두려움 사이에서 마음을 정하지 못하고 깊은 수심과 불안감에 빠져 버렸다. 그렇게 생각에 잠겨 있는데 조류가 바뀌면서 밀물이 들어오는 게 보였다. 앞으로 몇 시간 동안은 바다로 나갈 수 없다는 의미였다. 그런데 이 모습을 보는 순간, 이 근방에서 가장 높은 곳에 올라가서 밀물이 들어왔을 때 조수와 해류가 어떻게 흐르는지 관찰해 보면 내가 한쪽으로 떠밀려 나갔다가 다시 빠르게 흐르는 그 해류를 타고 섬으로 돌아올 수 있는지 판단할 수 있겠다는 생각이 들었다. 곧장 작은 언덕 하나가 눈에 들어왔는데, 그 정도 언덕이면 양쪽으로 바다를 내려다볼 수 있을 듯했다. 나는 그곳에서 해류와 조류의 종류는 물론, 어느 쪽으로 돌아와야 할지까지도 명확하게 파악했다. 거기서 알아낸 사실에 따르면, 썰물 때 해류는 섬의 남쪽 끝 부근에서 빠져나가고 밀물 때 해류는 북쪽 해안 부근으로 들어왔다. 그래서 돌아올 때 섬의 북쪽을 벗어나지 않으면서 들어오기만 하면 별 문제가 없을 것 같았다.

　이 관찰 결과에 힘을 얻은 나는 다음 날 첫 번째 밀물 때 바다에 나가기로 결심했다. 그날 밤은 앞에서 얘기한 커다란 야간 경비복을 덮은 채 카누에서 잠을 자고 다음 날 바다로 나갔다. 처음엔 정북 방향 바다로 조금 나갔는데 해류가 나에게 유리한 쪽으로 흐르는 게 느껴지기 시작했다. 동쪽으로 흐르고 있던 해류는 아주 빠른 속도로 나를 끌고 갔지만, 전에 경험한 섬 남쪽의 해류처럼 보트를 전혀 통제할 수 없을 정도로 빠르지는 않았다. 나는 노를 세차게 저은 덕분에 엄청나게 빠른 속도로 난파선을 향해 곧장 나갈 수 있었고, 두 시간도 안 돼 그곳에 도착했다.

난파선의 모습은 정말로 암울한 상태였다. 만든 모양새로 보아 스페인 배였는데, 두 암초 사이에 끼어 단단히 박혀 있었다. 선미와 선미 옆쪽 부분은 파도에 산산조각 나 있었고, 암초에 끼인 앞 갑판 부분은 어찌나 격렬하게 부딪쳤던지 주 돛대와 앞 돛대가 뱃전 부근에 부러진 상태로 내동댕이쳐져 있었다. 하지만 배의 제1사장(斜檣)[36]은 멀쩡했고, 이물을 비롯한 배의 앞부분도 망가지지 않은 것처럼 보였다. 배 가까이에 가자 그 위에 있는 개 한 마리가 보였다. 개는 내가 다가오는 것을 보고는 캥캥 짖어 대며 울부짖었다. 녀석을 부르자 곧바로 바다로 뛰어들어 내게 다가왔다. 개를 보트에 태워 놓고 보니 녀석은 굶주림과 갈증으로 거의 죽기 직전이었다. 녀석에게 빵을 줬더니 눈 속에서 보름을 굶어 걸신 들린 늑대처럼 순식간에 먹어 치웠다. 이번에는 그 불쌍한 녀석에게 물을 줬는데, 그냥 계속 마시도록 놔뒀다면 몸이 터져 버렸을지도 몰랐다.

그러고 나서 배에 올라갔고, 처음 내 눈에 들어온 광경은 앞 상갑판 조리실에서 두 사람이 서로 부둥켜안은 채 익사한 모습이었다. 배가 암초에 부딪혔을 때 폭풍이 불고 파도가 너무 높고 지속적으로 배 위로 몰아치는 바람에 선원들이 견딜 수 없었을 거라는 결론에 도달했다. 그래서 결국 그들은 물에 빠진 사람처럼 끝없이 밀려오는 바닷물에 숨이 막혀 죽은 것이다. 정말이지 가능성은 충분해 보였다. 배에 개 외에 목숨이 붙어 있는 생물은 전혀 없었고, 물에 망가진 것들 외에 눈에 띄는 물건들도 없었다. 물이 빠지고 나니 선창 아래쪽에 술통이 몇 개 보였지만, 포도주인지 브랜드인지 알 수 없었다. 하지만 너무 커서 손을 댈 수가 없었다.

---

36) boltsprit. 배의 앞부분에서 앞으로 튀어나온 기움 돛대를 말한다.

선원들 것으로 보이는 궤짝도 몇 개 보였는데, 안에 무엇이 들었는지는 살펴보지 않고 그냥 그중 두 개만 보트로 옮겼다.

만약 선미 부분이 암초에 걸려 있고 앞쪽이 부서졌다면 쓸 만한 항해를 했다고 확신할 수 있을 것이다. 두 궤짝 안에서 발견한 물건들로 미루어 보면, 이 배에 엄청나게 많은 재물이 실려 있었다고 추정할 여지가 많았다. 그리고 배가 가고 있던 항로로 추측해 본다면, 그들은 아마도 브라질 너머 남미 지역의 부에노스아이레스나 리오데라플라타 강에서 출발하여 멕시코 만의 아바나를 지나 스페인으로 가려던 배였던 것 같다. 배에는 분명 보물도 많이 실려 있었겠지만, 그 시점에는 어느 누구에게도 쓸모가 없었다. 나머지 뱃사람들이 어떻게 됐는지는 알 수가 없었다.

이 궤짝들 외에 술이 한가득 들어 있는 작은 통도 발견했다. 대략 20갤런 정도가 들어 있었는데, 내 보트로 옮기느라 꽤나 애를 먹었다. 그리고 선실에는 머스킷 총 여러 정과 화약이 4파운드 정도 들어 있는 화약통이 있었다. 머스킷 총은 쓸 일이 별로 없어서 그냥 놔두고 화약통은 챙겼다. 그리고 부삽과 부젓가락도 챙겼는데, 이 물건들은 내게 정말로 필요했다. 아울러 작은 놋 주전자 두 개와 초콜릿 만드는 데 쓰는 구리 냄비 하나, 석쇠까지 가져왔다. 조류가 다시 집 쪽으로 흐르기 시작한 조류를 타고 이 물건들과 개를 싣고 돌아왔다. 같은 날 저녁, 극도로 지치고 피곤한 몸으로 해가 지기 한 시간 전쯤 섬에 도착했다.

그날 밤은 보트에서 잤다. 아침에 내 성이 아닌 새로 발견한 동굴에 챙겨 온 물건들을 갖다 놓기로 마음먹었다. 일단 요기를 한 후에 물건들을 모두 뭍에 내리고 자세히 살펴보기 시작했다. 술통에 든 술은 럼주의 일종이었는데, 브라질에서 마시던 종류는 아니었다. 간단히 말해 전혀 맛이 없었다. 하지만 궤짝을 열었을 때 내게 아주 유용한 것들을 여럿 발견했다. 예를 들어, 궤짝 하나에서 아주 특이한 종류의 술병 상자를 발견했는데 안에 상당히 고급스러운 독주가 들어 있었다. 병 하나의 용량은 대략 3파인트였고, 마개가 은으로 되어 있었다. 아주 맛있는 사탕 과자가 든 단지 두 개도 발견했다. 뚜껑이 어찌나 단단하게 고정되어 있었던지 짠 바닷물에도 전혀 손상을 입지 않았다. 같은 종류의 단지가 두 개 더 있었지만, 안에 물이 들어가 먹을 수 없는 상태였다. 그리고 정말 반갑게도 아주 쓸 만한 셔츠 몇 장, 하얀색 리넨 손수건과 색깔이 있는 목도리도 열여덟 장을 발견했다. 더운 날에 얼굴을 닦으면 정말로 상쾌하기 때문에 손수건도 매우 반가운 물건이었다. 이외에도 궤짝 안의 돈궤를 열어 보니 에이트가 가득 든 자루 세 개가 나왔다. 다 합쳐서 1천1백 에이트쯤 되는 듯했다. 그리고 그중 한 주머니 속에는 스페인 금화 여섯 개가 종이에 싸여 있었고, 작은 막대 혹은 쐐기 모양의 금덩어리도 들어 있었다. 내 짐작에 모두 합치면 무게가 1파운드 정도는 될 것 같았다.

나머지 궤짝 안에는 옷이 몇 벌 들어 있었지만, 가치가 있는 것들은 아니었다. 정황상 이 궤짝은 총포 담당 조수의 것이 확실해 보였다. 안에 화약은 없었지만 2파운드 정도의 광택이 나는 미세한 화약 가루가 병 세 개에 보관되어 있었는데, 내 짐작으로는 새 사냥용 엽총에 장전하려고 놔둔 것 같았다. 전체적으로 볼 때 이 항해에서 내게 쓸모 있는 것들은 별로 얻지 못했다. 돈에 대해 말하자면, 그것은 내게 정말 쓸모가 없어서 발밑에 붙은 먼지나 다름없었다. 누군가 내게 영국산 신발과 양말을 서너 켤레씩 준다면, 그 돈을 몽땅 건네줘도 상관없을 것 같았다. 지금까지 여러 해를 신발이나 양말 없이 지내 왔기 때문에 특히나 아쉬운 물건들이었다. 어쨌든 난파선에서 익사자 두 명의 발에서 신발을 벗겨 온 덕분에 지금은 신발 두 켤레가 생겼다. 궤짝 안에서 두 켤레를 더 발견해서 아주 반가웠지만, 편한 정도나 용도 면에서 우리 영국 신발들 같지는 않았다. 사실 신발이라기보다는 실내화에 가까웠다. 이 선원의 궤짝에서도 은화 50개를 발견했지만 금은 없었다. 아마도 이 궤짝 주인은 상급 선원인 듯한 앞선 궤짝 주인에 비해 더 가난했던 모양이었다.

어쨌든 나는 이 돈을 동굴로 모두 끌어 날라서 전에 우리 난파선에서 가져온 돈처럼 쌓아 두었다. 하지만 앞에서도 말했듯이, 이 배의 선미 부분이 내 몫으로 오지 못한 게 참으로 아쉬웠다. 그것을 가져왔더라면 내 카누로 여러 번 돈을 싣고 올 수 있었을 것이다. 그리고 만약 내가 영국으로 탈출하는 날이 온다면, 여기에 안전하게 두었다가 다시 와서 찾아갈 수도 있었을 것이다.

모든 물건들을 뭍에 내리고 안전하게 옮겨 놓은 나는 다시 보트로 돌아가서 해안을 따라 노를 저어 이전 정박지에 보트를 고정시켰다. 그리고는 최선의 길을 택하여 내 원래의 거처로 돌아왔다. 와보니 내 거처는 모든 것이 무사하고 평온했다. 그리고 편히 쉰 후에 예전 방식대로 살면서 집안일을 해나가기 시작했다. 한동안 나는 아주 편하게 살았다. 다만 예전보다는 조금 더 경계심을 갖고 자주 밖을 내다보았다. 그리고 멀리 나가는 일도 삼갔다. 언제든 마음 놓고 나가는 경우는 섬의 동쪽 지역에 갈 때뿐이었다. 그곳에는 야만인이 절대로 오지 않는다고 확신하고 있었기에 그다지 경계하지도 않고 다녔고 섬의 반대쪽에 갈 때와는 달리 무기와 탄약을 몸에 지니지 않고 다녔다.

이런 상태로 나는 2년을 더 살았다. 그러나 나라는 사람이 내 몸을 고생시키려고 태어난 사실을 어김없이 알려 주는 내 불운한 머리는 2년 내내 이 섬에서 어떻게 하면 빠져나갈 수 있을까 하는 계획과 구상으로 꽉 차 있었다. 어떤 때는 위험을 무릅쓰고 가서 챙겨 올 만한 게 남아 있지 않다고 이성이 말해 주는 데도 난파선에 한 번 더 가볼까 하는 계획을 세우기도 했고, 또 어떤 때는 이쪽으로 가볼까 저쪽으로 가볼까 궁리하기도 했다. 내게 살레에서 탈출할 때 탔던 보트만 있었다면, 어디로 가게 될 지도 모른 채 무작정 바다로 나갔을 것이라고 진심으로 믿는다.

지금까지 나는 내가 겪은 온갖 상황들을 통해 사람들이 흔히 앓는 전염병을 조심하라고 경고하는 상징 역할을 해왔다. 그 병이란 바로 하나님과 조물주가 정해 주신 자신의 처지에 만족하지 못하는 것이다. 사람들이 겪는 불행의 절반 정도는 바로 이 병에서 비롯된다고 할 수 있다. 애초의 내 처지와 아버지의 훌륭한 조언을 생각하지 않고 오히려 정반대의 길로 간 것, 말하자면 그것이 나의 원죄였다. 그리고 이후에도 계속 같은 종류의 실수를 저지르다 보니 결국 이 불행한 상태에 놓이게 된 것이다. 그토록 기꺼이 나를 브라질의 농장주로 자리 잡게 해주신 하나님의 섭리가 내게 한정된 욕망만을 갖도록 축복을 내리셨더라면, 나는 서서히 성공하는 데 만족할 수 있었을 것이고, 지금쯤이면 그러니까 이 섬에 와서 산 시간이었으면 브라질에서 가장 유명한 농장주가 되어 있었을 것이다. 아니, 내가 브라질에서 지낸 그 짧은 시간 동안 이룬 성공과 늘어난 재산을 감안해 볼 때, 계속 브라질에 있었더라면 10만 모이도르[37] 쯤을 소유한 자산가가 되어 있었을 거라고 확신한다. 그런데 나는 무슨 영화를 누리겠다고 그 안정된 재산과 계속 번창하고 확장 중이던 좋은 농장을 버려두고 흑인 노예를 데려오는 기니행 배의 화물 책임자가 되어 떠났단 말인가. 그냥 브라질에서 참으면서 세월을 보냈더라면 재산이 크게 불어났을 것이고, 내 집 문 앞에서 흑인 노예 상인들로부터 노예를 사

---

37) Moydor. moidore의 옛말이며 포르투갈과 브라질에서 사용되던 옛 금화를 말한다.

들이면 그만이었을 것이다. 비용이야 조금 더 들었겠지만, 그 정도의 차액은 이렇게 대단한 위험을 무릅쓰면서까지 아낄 가치가 있는 만큼은 절대 아니었다.

그러나 이런 인생이 젊은이들의 통상적인 운명이듯이, 그런 어리석은 행동들에 대한 반성도 대개는 더 긴 세월을 보내고 값비싼 경험을 치른 뒤에야 가능한 법이다. 지금의 내 경우도 마찬가지였다. 하지만 내 성품 자체에 그런 실수를 저지르는 성향이 너무 깊게 자리 잡고 있어서 내 처지에 만족할 수 없었다. 따라서 나는 끊임없이 이곳에서 탈출할 방법과 그 가능성에 대해 골똘히 생각했다. 그런데 내 이야기의 나머지 부분을 재미있게 소개하기 위해서는 이 어리석은 탈출 계획에 대해 처음에는 어떤 생각을 품었는지, 어떤 근거로 그렇게 행동했는지 독자들에게 잠시 설명하는 것도 나쁘지는 않을 듯하다.

이제 나는 난파선에 마지막으로 다녀온 이후로 내 성에서 은둔 생활을 할 생각이었다. 배도 평소대로 안전하게 물가에 정박시켜 놓았고 생활도 예전으로 되돌아갔다. 전보다 가진 게 많아졌지만, 더 부유해진 것은 아니었다. 스페인인들이 페루에 오기 전에 그곳 원주민들에게 금은보화가 아무 쓸모가 없었던 것처럼 내게도 그것들이 아무 소용 없는 물건이었기 때문이었다.

때는 내가 이 고독한 섬에 첫발을 디딘 지 24년이 되는 해의 3월, 우기의 어느 날 밤이었다. 나는 잠을 못 이루고 침대인지 해먹인지에 누워 있었다. 건강은 무척 좋은 편이었고 아픈 데도 없었다. 몸에 이상이 있거나 불편한 데도 없었다. 사실 마음도 평소보다 불안한 건 아니었다. 그런데도 도무지 눈을 붙일 수가 없었다. 한마디로 아무리 노력해도 잠이 오지 않아서 밤새도록 다음과 같은 생각만 하며 꼬박 밤을 새웠다.

이날 밤 기억이라는 내 머릿속의 거대한 통로를 휘저은 수많은 생각들을 일일이 소개하는 것은 불가능할뿐더러 그럴 필요도 없다. 나는 이섬에 오기까지와 섬에 온 이후의 인생의 일부까지, 내가 겪은 인생 내력의 축소판 내지 압축판을 쭉 훑어보았다. 이 섬에 온 이후로의 내 처지를 돌이켜 보던 나는 여기에 거처를 정한 처음 몇 년 동안 행복했던 상황과 모래에 찍힌 발자국을 본 이래로 불안, 두려움, 걱정에 휩싸여 살아온 삶을 비교하게 되었다. 사실 그때까지 야만인들이 이 섬에 자주 출몰하지 않았다고 믿었던 건 아니다. 가끔은 수백 명씩 이 섬 해변에 왔을 수도 있었지만, 내가 그 사실을 전혀 몰랐으니 그것을 걱정할 처지가 아니었을 뿐이었다. 내가 위험하다는 것은 예나 지금이나 변함없는 사실이지만, 나는 전반적으로 만족하며 살았다. 위험에 노출된 적이 전혀 없었던 사람인 것처럼 위험을 모른 채 행복하게 지낸 것이다. 이런 생각을 하다가 내게 아주 유익한 깨달음을 얻게 되었으니, 특히 인간을 다스리시면서 인간의 시각과 판단력에 그토록 편협한 한계를 설정해 주신 하나님의 섭리는 얼마나 선하신가 하는 깨달음이었다. 인간은 수많은 위험들 속을 걸으면서도 위험이 자기 눈앞에 드러나 있는 경우에만 마음이 산란해지고 기운을 잃는다. 이런 일들은 눈에 보이지 않게 숨어 있기 때문에 인간은 자신을 둘러싸고 있는 위험들을 전혀 모르고 평온함과 침착함을 유지할 수 있다.

잠시 이런 생각에 위로를 받은 나는 오랜 시간 동안 이 섬에서 살면서 내가 처하게 된 그 심각하고 실질적인 위험에 대해 진지하게 생각하기 시작했다. 나는 얼마나 안일하고 무사태평한 마음으로 섬 여기저기를 돌아다녔는지 깨달았다. 가파른 언덕이나 거대한 나무를 사이에 둔 덕에 혹은 우연히 날이 저문 덕에 그 최악의 파멸, 즉 식인종인 야만인들의 손에 붙잡히는 일을 피했는지도 몰랐다. 그들은 내가 염소나 자라를 잡을 때와 마찬가지의 목적으로 나를 붙잡았을 것이고, 내가 비둘기나 마도요를 잡아먹는 것처럼 나를 잡아먹는 것이 죄라고 생각하지 않았을 것이다. 내가 나의 위대한 보호자에게 진심으로 감사하지 않았다고 한다면 내 자신을 부당하게 욕하는 일이 될 것이며, 나는 내가 그분의 특별한 보호를 받았으며 내가 알아차리지 못한 그 모든 구원만으로도 충분하다는 것을 지극히 겸손한 마음으로 인정했다. 그런 보호와 구원이 없었다면 나는 분명 그들의 무자비한 손아귀에 붙잡혔을 것이다.

이런 생각이 지나가자 이번에는 이 비열한 인간들, 즉 야만인들의 본색을 생각하느라 시간을 보냈다. 만사를 현명하게 다스리시는 그분께서 어떻게 당신의 피조물이 그토록 비인간적인 행위를, 아니 동물만도 못하게 동료 인간을 잡아먹는 짓을 하도록 놔두실 수 있는지 곰곰이 생각했다. 하지만 이런 생각들이 (그 당시로서는 무익한) 여러 가지 추측들로 끝나 버리면서 문득 이 비열한 인간들이 어느 지역에 살고 있는지, 그들이 사는 곳은 이 해안에서 얼마나 먼지, 무엇 때문에 위험을 무릅쓰고 본토를 떠나 이 먼 곳까지 오는지, 그리고 어떤 종류의 보트를 타는지가 궁금해졌다. 나는 그들이 내가 사는 섬에 오는 것처럼 나도 그들의 본토로 가봐야겠다고 결심했고, 내 스스로 결정하지 못할 이유가 무엇인지 자문했다.

하지만 나는 그곳에 도착했을 때 뭘 할지, 만약 야만인들에게 붙잡힌다면 내가 어떻게 될지, 그들이 나를 공격해 온다면 어떻게 피할지 등을 고려해야겠다는 생각은 전혀 없었다. 그뿐만 아니라 아예 구출될 가능성이 없는 상황에서 그들의 공격을 피하면서 그쪽 해안에 어떻게 도달할 수 있는지 생각하지 않았고, 그들에게 붙잡히지 않을 경우에 식량은 어떻게 할지, 어떤 쪽으로 방향을 정할지도 생각하지 않았다. 요컨대 이런 생각들은 내 머릿속에 전혀 존재하지 않았으며, 오직 내 마음은 보트를 타고 본토로 건너가는 일에만 쏠려 있었다. 현재의 내 처지가 세상에서 가장 비참한 상황이라고 생각했기 때문에 죽음을 향해 내 자신을 내던진 다 해도 이보다 더 나쁠 수는 없으리라는 생각마저 들었다. 만약 본토 해안에 도착한다면 어쩌면 도움의 손길을 만날 수도 있을 것이고, 아프리카 해안에서처럼 해안선을 따라가다 보면 사람이 사는 지역에 도착하여 도움을 얻을 수도 있는 일이었다. 그리고 기독교인들의 배를 만나게 되어 그들에게 구출될 수도 있을 것이었다. 만약에 상황이 최악으로 치닫는다 해도 죽으면 그뿐이었다. 어쨌든 이 모든 고통이 한 번에 끝날 수는 있을 테니 말이다. 아무쪼록 이 모든 생각들이 정신이 혼란스럽고 초조해져서 생긴 결과물에 불과하며, 오랫동안 불행이 지속된 데다 난파선에서 실망만 안고 돌아오자 나도 모르게 절박해진 마음에 그랬다는 사실만 이해해 주기 바란다. 나는 난파선에서 내가 그토록 간절히 열망해 온 것, 즉 함께 이야기를 나누고 내가 지금 있는 곳과 나를 구출해 줄 방법을 알고 있는 사람을 만날 뻔했지만 그러지를 못했다. 결국 이 모든 생각들로 인해 내 마음이 동요하고 만 것이었다. 하나님의 섭리에 복종하고 하나님의 처분을 기다리던 내 평정심은 정지되고 만 듯했다. 말하자면 본토로 가겠다는 계획 외에 그 어떤 것으로도 내 생각을 돌릴 수가 없었다는 것이다. 그 생각이 내게 어찌나 강력하게 다가오고 어찌나 격렬한 갈망으로 나를 사로잡았던지 도저히 거부할 수 없었다.

이런 갈망이 내 머릿속에 피어오르며 두 시간 넘도록 나를 세차게 뒤흔들었는데, 마치 온몸의 피가 솟구치는 느낌이었다. 열병에 걸린 사람처럼 맥박도 빠르게 뛰었는데, 순전히 그 갈망에 대한 내 특별한 열정 때문이었다. 단순히 생각만 했을 뿐인데도 나는 피로를 느끼고 지쳐 버린 사람처럼 자연스럽게 깊은 잠에 빠져 버렸다. 아마 내가 이 섬을 탈출하는 꿈을 꿨을 거라고 생각하겠지만, 나는 그와 전혀 관련 없는 꿈을 꾸었다. 꿈속에서 나는 평상시처럼 아침에 내 성에서 나와 밖으로 나가려 했는데, 그때 카누 두 척과 야만인 열한 명이 해안에 도착해 있는 걸 보았다. 그들은 다른 야만인 한 명을 데려왔는데 그를 잡아먹을 작정인 듯했다. 그런데 갑자기 그들이 죽이려던 야만인이 살기 위해 펄쩍 뛰어 달아나는 것이었다. 꿈속에서 나는 그가 내 요새 앞의 울창하고 작은 숲 쪽으로 달려와 몸을 숨겼다고 생각했다. 나는 그가 혼자 있고 다른 야만인이 그를 잡으러 이쪽으로 오지 않는 것을 확인하고는 그자 앞에 내 모습을 드러냈다. 나는 그에게 미소를 지으면서 안심시키려 했다. 그는 내게 자기를 도와 달라고 빌 듯 내 앞에 무릎을 꿇었다. 이 모습을 보고 나는 그자에게 사다리를 내어 주며 올라오라고 한 뒤 그자를 내 동굴로 데려갔다. 이후 그는 내 하인이 되었다. 나는 하인을 얻자마자 "이제는 본토에 틀림없이 가볼 수 있어. 이자가 내게 길잡이가 되어 줄 거야. 그리고 무엇을 할지, 식량을 얻으려면 어디로 가야 하는지, 잡아먹히지 않으려면 어디로 가서는 안 되고 위험을 무릅쓰더라도 어디로 가야 하고 어떻게 탈출할지 이자가 다 알려 줄 거야."라고 혼잣말을 했다. 이런 생각을 하는 순간 잠에서 깼는데, 꿈일망정 이 섬에서 탈출할 수 있다는 가능성을 보았다는 것에 말할 수 없을 정도로 기뻤다. 하지만 정신을 차리자마자 이것이 꿈이었음을 깨달았고 크게 실망하고 말았다. 기쁨이 컸던 만큼 반대로 실망도 너무 컸던 터라 극도로 낙담했다.

　하지만 이 꿈을 계기로 나는 탈출을 시도할 수 있는 유일한 방법은 가능하면 야만인 한 명을 내 손에 넣는 것이라고 결론 내렸다. 그것도 그들이 잡아먹으려고 이곳에 데려오는 포로들 중에 한 명이면 좋을 것이었다. 그러나 이러한 생각을 실현시키기에는 여전히 다음과 같은 어려움이 뒤따랐다. 섬에 찾아온 야만인 무리를 공격하여 전부 죽이지 않으면 이 일을 해낼 수 없었다. 이 계획은 모든 것을 걸어야 하는 시도였고 실패할 수도 있었다. 그뿐만 아니라 내가 그들을 모두 죽이는 일이 정당한지 생각해 보면, 그 일을 실행하는 게 망설여졌다. 나 자신의 구출을 위해서라지만 그렇게 많은 피를 흘려야 하는 일이라니 심장이 떨렸다. 이 행동에 반대하는 논거는 앞에서도 언급한 적이 있으니 다시 거론할 필요는 없을 듯하다. 하지만 이제는 그자들이 내 목숨을 위협하는 적이고 여건이 된다면 나를 잡아먹을 수도 있다는 등의 다른 이유들이 생겼다. 목숨을 잃을 수도 있는 이 상황에서 나 자신을 구하는 것은 지극히 자기 보존적인 행위이며, 그들이 실제로 나를 공격하는 것과 마찬가지이므로 내 계획은 나를 지키기 위한 행동이라고 생각했다. 어쨌든 이런 이유들이 내 계획의 정당한 근거가 되긴 했지만, 나 자신의 구원을 위해 다른 사람들의 피를 흘리게 하는 일은 너무나도 끔찍하다는 생각이 들었다. 그래서 한동안 그런 생각을 받아들이기가 무척 힘들었다.

어쨌든 오랜 시간 동안 머릿속에서 양쪽의 논리가 서로 부딪치는 바람에 내 자신과 은밀히 여러 차례 논쟁을 벌였고, 상당한 혼란을 느낀 끝에 결국에는 섬을 벗어나고 싶다는 뜨거운 갈망이 모든 생각을 눌러 이겼다. 가능하다면 나는 어떤 희생을 치르더라도 야만인 한 명을 손에 넣겠다고 결심했다. 그다음으로 할 일은 그 일을 해낼 방법을 궁리하는 것이었는데, 정말이지 해결하기가 무척 어려웠다. 하지만 그 일을 가능하게 할 방법을 결정할 수 없었기 때문에, 일단은 야만인들이 해안에 오면 지켜보며 감시하다가 나머지는 사건의 추이에 맡기기로 했다. 무슨 일이 일어나든 기회가 생기면 조치를 취하자는 생각이었다.

이렇게 다짐한 나는 가능한 자주 정찰을 나갔다. 정말 어찌나 자주 나갔던지 나중에는 정말로 지겨워질 정도였다. 사실 그렇게 기다리기만 한 지가 1년 반이 넘었으니 그럴 만도 했다. 섬의 서쪽 끝자락과 남서쪽 구석 지역을 거의 매일 찾아가서 그자들의 카누가 있는지 살펴보았지만, 단 한 척도 발견할 수 없었다. 이러한 결과에 내 실망은 커져 갔고 마음도 무척 심란해졌다. 하지만 그로 인해 예전처럼 내 계획에 대한 갈망이 식어 버렸다고 할 수는 없었다. 오히려 이 일이 지연될수록 나는 더욱더 간절하게 바라게 되었다. 한마디로, 이제 나는 처음처럼 이 야만인들을 목격하는 일을 피하거나 그들에게 발각당하지 않도록 조심하는 게 아니라 그들과 마주치기만을 간절히 바랐다는 이야기다.

게다가 나는 내 완전한 노예로 만들 수 있는 야만인을 한 명 아니 두세 명까지 손에 넣을 수 있다면, 내가 그들을 관리하고 그들을 내 지시대로 행동하게 만들고 그들이 나에게 해를 끼치지 못하게 언제든 막을 수 있을 것이라고 상상하기까지 했다. 하지만 이후로도 쭉 아무 일도 일어나지 않았으며, 내가 이 일로 대단히 기뻐하기까지는 한참 더 시간이 흘러야 했다. 한동안 어떤 야만인도 섬 가까이에 오지 않았기 때문에 내 모든 상상과 계획은 수포로 돌아가고 말았다.

이러한 계획을 마음속에 품은 지 거의 1년 반이 지났을 때였다. 계획을 실행에 옮길 기회가 없어서 머릿속으로만 생각하다가 모든 게 무위로 돌아갈 무렵이었다. 어느 날 아침 일찍 나는 내가 거주하는 쪽 해안에 다섯 척이나 되는 카누가 있는 것을 보고 깜짝 놀랐다. 카누에서 내린 사람들은 모두 뭍으로 갔는지 보이지 않았다. 항상 보트 하나에 네 명 내지 여섯 명이 타고 오는 것을 알고 있었기에, 야만인들의 수는 내가 감당할 수 있는 한도를 넘어섰음을 깨달았다. 나는 혼자서 20~30명을 공격하려면 어떤 수를 생각해 내야 할지, 어떤 조치를 취해야 할지 알 수 없었다. 그래서 당황하고 불안한 마음으로 성 안에 가만히 있었다. 그러면서도 예전에 준비한 대로 공격을 하기 위한 태세는 그대로 갖추고서 무슨일이 벌어지면 행동 개시를 할 참이었다. 그들이 어떤 소리라도 내지 않나 싶어 귀를 기울이고 한참을 기다리고 있었다. 하지만 결국엔 너무 조급한 마음이 들어 사다리 밑에 엽총을 내려놓고 늘 하던 대로 두 번에 걸쳐 언덕 위로 올라갔다. 물론 그들이 절대로 나를 볼 수 없도록 언덕 위로 머리를 내밀지는 않았다. 망원경을 통해 지켜봤더니, 그들은 30명이나 되었고 고기를 먹으려고 손질해 놓았는지 불을 피워 놓은 상태였다. 그들이 어떻게 요리했는지, 그 종류가 무엇인지는 알 수 없었다. 하지만그들은 불 주위를 에워싸고 처음 보는 아주 야만스러운 동작과 몸짓으로자기들 식의 춤을 추고 있었다.

그렇게 그들을 보고 있는데 가엾은 포로 두 명이 보트에서 끌려 나오는 모습이 망원경에 잡혔다. 아마도 보트에 놔뒀다가 지금 도살하기 위해 끌어내는 모양이었다. 곧바로 그들 중 한 명이 무언가에 맞아 쓰러지는 모습이 보였다. 곤봉이나 목검에 맞은 것 같았는데, 그게 그들의 방식인 듯했다. 그러고 나자 야만인들 두세 명이 곧바로 요리를 하기 위해 죽은 자의 몸통을 갈랐다. 나머지 포로는 야만인들이 준비가 될 때까지 홀로 남아 서 있었다. 그런데 바로 그 순간, 그 가엾은 포로는 자기 몸이 다소 자유로워진 것을 알고 살기 위해 본능적으로 달아나기 시작했다. 그자는 믿을 수 없을 정도로 날랜 걸음으로 해변 모래사장을 따라 곧장 나에게로, 정확히는 내 거처가 있는 해안 쪽으로 달려왔다.

나는 그자가 내 쪽으로 달려오는 모습을 보고 극도의 두려움을 느꼈다. (이 사실은 인정할 수밖에 없다.) 특히 야만인들 모두가 그의 뒤를 쫓아오는 게 보이자, 내 꿈이 실현되어 그자가 분명 내 숲에 몸을 숨길 것 같다는 기대감이 들었다. 하지만 내 꿈의 뒷부분처럼 다른 야만인들이 여기까지 그를 따라와서 찾아내지 못할 것이라고 확신할 수는 없는 일이었다. 어쨌든 나는 내 자리를 지키면서 그자를 따라오는 야만인이 세 명을 넘지 않는 것을 보고는 다시 기운을 차리기 시작했다. 그리고 그자가 추격자들보다 훨씬 더 달리기를 잘해서 한참 앞서가고 있는 모습에 더욱 용기를 얻었다. 그렇게 30분만 더 버텨 준다면 그자는 쉽게 추격자들을 따돌릴 수 있을 것 같았다.

그들과 내 성 사이에는 이야기의 첫 부분에서 자주 언급한 강어귀가 있었다. 내가 본선에서 가져온 짐들을 내려놓은 그곳 말이다. 내가 보기에 그자는 반드시 그 강을 건너와야만 살 수 있었다. 그렇지 않으면 거기서 붙잡힐 게 분명해 보였다. 그런데 강어귀에 도착한 그 야만인은 밀물이 들어온 상태라 물이 제법 깊었는데도 전혀 아랑곳하지 않고 물속으로 뛰어들었다. 그리고 대략 서른 번 정도 손발을 휘젓더니 강을 건너 버렸다. 그는 강 반대쪽에 도달하자마자 아주 힘차고 날쌔게 다시 달렸다. 그때 그를 추격하던 세 사람이 강어귀에 도착했는데, 셋 중 둘만 수영을 하고 세 번째 녀석은 수영을 못하는 모양이었다. 그자는 건너편에 서서 반대편만 쳐다볼 뿐 더 이상 앞으로 나가지 못하고 있었다. 결국 그자는 조용히 발걸음을 돌렸다. 공교롭게도 그 일은 전체적으로 보면 그자에게는 아주 잘 된 일이었다.

가만히 지켜보니 수영을 할 줄 아는 그 두 명이 강을 건너는 데는 도망 중인 야만인보다 시간이 두 배는 더 걸렸다. 그러자 그때 문득 지금이야말로 하인이든 동료든 조수든 누군가를 손에 넣을 수 있는 적기라는 생각이 거부할 수 없을 정도로 강렬하게 들었다. 하나님의 섭리가 내게 이 가여운 자의 목숨을 구해 주라는 명을 내리신 게 분명하다는 생각도 들었다. 곧바로 나는 최대한 빠르게 사다리를 내려가서 엽총 두 정을 집어들었다. 앞에서 얘기했듯이 사다리 밑바닥에 이것들을 놓아두기 때문이었다. 그리고는 다시 내려올 때만큼 서둘러서 사다리를 타고 언덕 위로 올라간 뒤 이번에는 바다 쪽을 향해 달려갔다. 지름길을 택하여 언덕을 내려간 나는 추격자들과 도망자 사이에 끼어들었다. 내가 도망치던 그자를 큰 소리로 불렀더니 그가 뒤를 돌아보았다. 처음에는 나를 보고 추격자들을 봤을 때만큼 놀라는 기색이었다. 하지만 나는 그자에게 내 쪽으로 돌아오라고 손짓했다. 그러면서 그자를 추격하던 두 녀석 쪽으로 천천히 나아갔다. 그런 다음 우선은 앞에 오던 녀석을 향해 돌진한 뒤 엽총으로 때려눕혔다. 나머지 야만인들이 총소리를 듣는 걸 바라지 않았기 때문에 총을 쏘고 싶지 않았다. 물론 그 정도 거리였으면 쉽게 들을 수 없었을 것이고, 연기도 보이지 않았기 때문에 무슨 소리인지도 몰랐을 것이다. 앞선 녀석을 때려눕혔더니 그 뒤에 따라오던 녀석이 겁에 질린 듯 멈춰 섰다. 나는 신속히 그자를 향해 나아갔는데 더 가까이 가보니 그자가 활과 화살을 들고 나를 쏘려고 하는 게 보였다. 그래서 나는 어쩔 수 없이 그자를 먼저 쏠 수밖에 없었고, 첫 발에 명중시켜 죽였다. 이에 도망치던 그 불쌍한 야만인도 걸음을 멈춰 섰다. 그자가 자신의 적이 둘 다 쓰러져 죽은 모습을 봤다고 생각은 했지만 내가 쏜 총소리와 연기에 워낙 놀란 탓인지 앞으로도 뒤로도 가지 못한 채 그 자리에 얼어붙은 모양이었다. 비록 내 쪽으로 오기보다는 다시 달아나고 싶어 하는 것 같아 보이기는 했지만 말이다. 나는 다시 그자를 부르면서 앞으로 나오라는 신호를 보냈고 그자는 쉽게 알아들었다. 하지만 그자는 조심조심 발걸음을 떼다가 멈추고, 다시 조금 더 나아가다 멈추기를 반복했다. 그때 그는 자신의 두 적들처럼 자기도 포로로 잡혀서 죽임을 당할 차례라고 생각했는지 몸을 부들부들 떨고 있었다. 나는 다시 그자에게 내 쪽으로 오라고 손짓하면서 생각해 낼 수 있는 온갖 격려의 신호를 보냈다. 그랬더니 그가 자신의 목숨을 살려 주어 고맙다는 표시로 열두어 걸음씩을 뗄 때마다 무릎을 꿇으며 가까이 다가왔다. 나는 그에게 미소를 보이고 상냥한 표정을 지어 보이면서 조금 더 가까이 오라고 손짓했다. 마침내 내게 바싹 다가온 그는 다시 무릎을 꿇고 땅에 입맞춤을 하더니 머리를 땅바닥에 대고 내 발을 부여잡아 자기 머리 위에 올려놓았다. 아마도 영원히 내 노예로 살겠다는 맹세의 표시인 듯 보였다. 나는 그 친구를 일으켜 세우고 그를 존중한다는 듯 최대한 격려의 태도를 보여 주었다. 하지만 나에겐 아직 할 일이 남아 있었다. 내가 때려눕힌 그 야만인이 죽은 게 아니라 잠시 기절한 상태였고 그가 정신을 차리기 시작하는 게 보였기 때문이었다. 나는 내 친구에게 야만인을 가리키며 그자가 죽은 게 아님을 알려 주었다. 그러자 그가 내게 몇 마디를 건넸다. 무슨 말인지 알아들을 수는 없었지만 나는 정말 듣기 좋은 목소리라고 생각했다. 25년 만에 처음으로 내 목소리 말고 다른 사람의 목소리를 들었기 때문이었다. 그러나 지금은 그런 상념에 잠길 시간이 아니었던 것이, 쓰러졌던 야만인이 이제는 일어나 앉아 있을 수 있을 정도로 정신을 회복했기 때문이었다. 나는 야만인이 겁을 먹기 시작했다는 사실을 알아차렸다. 이를 보고 나는 그자를 쏠 것처럼 또 다른 총을 겨누었다. 그런데 그 순간, 지금 당장은 이렇게 불러야겠는데, 내 야만인이 내 옆구리 허리띠 쪽에 칼날이 드러난 채로 달려 있던 칼을 자신에게 빌려 달라는 몸짓을 해보였다. 내가 넘겨준 칼을 받자마자 이 친구는 자신의 적에게 달려가더니 단칼에 그자의 머리를 베어 버렸다. 독일의 어떤 사형 집행관도 그보다 더 빠르고 훌륭하게 죄수를 해치울 수는 없을 듯했다. 나는 그 모습이 아주 이상하다고 생각했다. 평생 살면서 목검 말고 철검을 보지 못했을 사람이 그런 칼질을 했기 때문이었다. 그러나 나중에 알게 된 바에 따르면, 그들은 목검을 매우 날카롭고 무겁게 만드는 데다 워낙 단단한 나무를 쓰기 때문에 그것으로도 단칼에 사람의 목이나 팔을 벨 수 있다고 한다. 처형을 마친 이 친구는 내게 의기양양한 웃음을 지으며 칼을 다시 가져왔다. 그는 도무지 뭔지 모를 별의별 몸짓을 해가며 자신이 죽인 야만인의 머리를 칼과 함께 내 앞에 내려놓았다.

그러나 그 친구는 내가 다른 원주민을 그토록 먼 거리에서 어떻게 죽였는지 알고는 제일 많이 놀랐다. 그는 죽은 야만인 쪽을 가리키며 그에게 가보고 싶다는 몸짓을 했다. 그래서 나는 내가 할 수 있는 최대한의 몸짓으로 그렇게 하라는 신호를 주었다. 죽은 야만인에게 가까이 간 그는 넋 나간 사람처럼 죽은 자를 내려 보며 서 있었다. 그러다가 죽은 자의 몸을 이리저리 돌려 보고 총알이 만든 상처 자국을 들여다보았다. 정확히 가슴에 명중하여 구멍이 난 것 같았는데, 다량의 피가 흘러나오지는 않았지만 몸속의 출혈이 심해서 죽은 것 같았다. 그는 죽은 자의 활과 화살을 챙겨 돌아왔다. 나는 자리를 뜨려고 몸을 돌리면서 그를 향해 따라오라는 손짓을 했고, 더 많은 야만인들이 뒤따라올지도 모른다는 신호도 보냈다.

내 손짓을 본 그는 다른 야만인들이 따라올 경우 그들이 죽은 자들을 발견하지 못하도록 모래에 묻겠다는 몸짓을 했다. 그래서 나는 그렇게 하라고 다시 몸짓을 했다. 그는 양손으로 순식간에 첫 번째 녀석이 들어가기에 충분한 구덩이를 파더니 그자를 끌고 와 구덩이에 넣고는 모래로

덮어 버렸다. 나머지 녀석도 똑같이 처리했다. 내 생각에는 시체 두 구
를 모두 파묻는 데 불과 15분이 안 걸린 듯했다. 나는 다시 그 친구에게
떠나자고 손짓을 했고, 내 성이 아니라 멀리 섬의 다른 쪽에 있는 동굴로
데려갔다. 따라서 그가 내 은신처의 숲으로 몸을 피했던 내 꿈은 이 부분
에서는 실현되지 않은 셈이었다.

　동굴에 도착한 뒤, 나는 이 친구에게 빵과 꽤 많은 양의 건포도 그리고
물 한 모금을 주었다. 뛰어다니느라 상당히 목이 말랐을 거라 생각했다.
그가 다소 원기를 회복하자, 나는 볏짚을 높이 깔고 그 위를 담요로 덮은
곳을 가리키며 누워서 잠을 좀 자라고 몸짓을 했다. 나도 가끔 이용하던
잠자리였다. 그러자 이 가엾은 야만인은 자리에 누워 잠이 들었다.

　이 친구는 예쁘고 잘생긴 편이었다. 너무 길지 않은 팔다리가 쭉 뻗은
게 몸의 균형도 완벽하게 잡혀 있었다. 키도 크고 몸매도 훌륭했다. 나이
는 스물여섯 정도로 보였다. 인상도 아주 좋아서 사납거나 무뚝뚝한 면
은 보이지 않았다. 남자다운 기운이 있으면서도 유럽인처럼 상냥하고 부
드러운 부분이 얼굴 전체에서 느껴졌는데, 특히 미소 지을 때가 그랬다.
머리카락은 길고 검었지만 양털처럼 곱슬곱슬하지는 않았다. 이마가 아
주 높고 넓었으며 눈빛에서는 활기와 반짝이는 예리함이 느껴졌다. 피부
가 아주 까맣지는 않았고 꽤 황갈색에 가까웠다. 하지만 브라질인이나
버지니아인 혹은 다른 아메리카 원주민들처럼 기분 나쁠 정도로 보기 흉
한 황갈색이 아니었다. 설명하기 쉽지는 않지만 아주 보기 좋은 회갈색
의 올리브 빛깔이었다. 그의 얼굴은 둥글고 통통한 편이었고, 코는 작지
만 흑인들처럼 납작하지는 않았다. 입도 아주 잘생겨서 입술이 얇고 상
아처럼 흰 치아가 고르게 잘 나 있었다. 잠을 잤다기보다는 30분 정도 선
잠에 들었다 깨어난 그는 동굴 밖으로 나와 내게로 왔다. 나는 바로 옆

울타리에서 염소젖을 짜고 있던 중이었는데, 그는 나를 보자마자 내 쪽으로 냉큼 달려왔다. 그는 겸손하게 감사의 마음을 표시하는 온갖 몸짓과 기괴한 동작을 다 하면서 다시 땅바닥에 몸을 엎드렸다. 그러고는 전에 했던 것처럼 자기 머리를 내 한쪽 발 가까이에 대고 나머지 발은 자기 머리 위에 올려놓았다. 복종과 예속과 굴복을 의미하는 여러 몸짓을 보여 주며 자신이 목숨이 붙어 있는 동안은 나를 섬길 것임을 알리려는 듯했다. 나는 그의 많은 몸짓을 이해했고, 그가 아주 마음에 든다고 알려 주었다. 얼마 지나지 않아 나는 그에게 말을 걸면서 내게 말하는 법도 가르치기 시작했다. 우선 나는 그의 이름이 '프라이데이'임을 알려 주었는데, 내가 이 친구의 목숨을 구해 준 요일이 금요일이라 그때를 기억하고자 그렇게 부르기로 했다. 또한 나는 '주인님'이라고 말하는 법을 가르친 다음, 그것이 내 이름이라고 알려 주었다. 그리고 '네', '아니요'라는 말을 가르치고 그 뜻도 알려 주었다. 나는 이 친구에게 염소젖을 토기에 담아 주고는 그 앞에서 직접 우유를 마시고 빵에 찍어 먹는 모습을 보여 주었다. 그리고 똑같이 해보라고 빵을 주었더니 그는 재빨리 내 행동을 따라 하면서 아주 맛있다는 몸짓을 했다.

그날 밤은 동굴에서 이 친구를 데리고 있었지만, 날이 밝자마자 나와 함께 가자고 손짓을 하면서 입을 옷을 주겠다고 알려 주었다. 이 친구는 알몸 상태로 있었던 터라 무척이나 좋아하는 것처럼 보였다. 가는 길에 야만인 두 명을 묻은 곳을 지나가게 되었는데, 그는 정확히 그곳을 가리키더니 자신이 다시 찾을 수 있게 남겨 둔 표시를 보며 시체를 파내서 먹자는 몸짓을 했다. 그에 나는 아주 화가 난 얼굴을 하면서 그런 짓을 무척 싫어한다고 표시했다. 그리고 그런 생각만으로도 토할 것 같다는 몸짓을 하며 어서 가자고 재촉했다. 이 친구는 곧바로 내 말에 순종하면서 따라왔다. 나는 그의 적들이 갔는지 확인하기 위해 언덕 꼭대기로 그를 데리고 올라갔다. 망원경을 꺼내 보니 그자들이 와 있던 곳이 확실하게 보였는데, 사람이나 카누의 모습은 전혀 보이지 않았다. 그들은 동료 두 명을 찾아보지도 않고 떠나 버린 게 분명했다.

그러나 나는 이러한 사실을 알게 되었다고 만족하지는 않았다. 그래도 이제는 용기가 더 생겼고 그에 따라 호기심도 한층 더 발동했다. 나는 총 두 정을 들었고, 나의 하인 프라이데이에게는 칼을 쥐어 주며 동시에 그가 활과 화살을 아주 능숙하게 다루는 것 같기에 그것도 등에 메게 한 다음 내 총 하나를 더 들려 주고 야만인들이 머물렀던 곳으로 행군을 나갔다. 그자들에 대해 더욱더 완벽하게 알고 싶은 마음이 생겼기 때문이었다. 그곳에 가서 그 끔찍한 광경을 직접 보니 온몸의 피가 얼어붙고 심장이 철렁하는 것 같았다. 프라이데이는 아랑곳하지 않았지만, 적어도 내게는 정말이지 무시무시한 광경이었다. 그곳은 사람들의 뼈로 뒤덮여 있었고, 땅바닥은 그들이 흘린 피로 물들어 있었다. 여기저기에 난도질되어 불에 그슬린, 먹다 만 커다란 살점들이 널려 있었다. 한마디로 적에게 승리를 거둔 후 그들이 벌인 축제의 온갖 흔적들이 남은 곳이었다. 나는 두개골 세 개, 손뼈 다섯 개, 다리 및 발뼈 서너 개와 수많은 다른 신체 부위들을 바라보았다. 프라이데이의 몸짓을 통해 이해한 바로는, 그자들은 잔치를 벌이기 위해 포로 네 명을 데려왔다고 했다. 그중 세 명은 먹어 치웠고, 손가락으로 자신을 가리키며 자기는 네 번째였다고 했다. 그들과 그들의 차기 왕 사이에 싸움이 벌어졌는데, 프라이데이는 아마도 이 새로운 왕의 백성이었던 모양이다. 상대편이 이기면서 수많은 포로들을 붙잡았고, 전투에서 승리한 자들이 잔치를 벌이기 위해 여러 곳으로 나눠 포로들을 데려갔다고 한다. 이자들이 여기로 데려온 포로들을 상대로 잔치를 벌인 것처럼 말이다.

나는 프라이데이에게 두개골, 뼈, 살점, 그 밖의 남은 것을 죄다 모아 쌓은 다음 그 위에 크게 불을 피워 재가 되도록 완전히 태워 버리라고 시켰다. 가만 보니 프라이데이는 인육을 먹고 싶어 하는 마음이 여전했고 그의 본성에는 식인종 기질이 아직도 남아 있었지만, 내가 그런 생각 자체에 대해 적어도 표정으로라도 극심한 혐오감을 드러냈기 때문에 그는 감히 그런 모습을 표출하지 못했다. 혹시라도 그가 그런 짓을 하려 든다면 곧바로 죽여 버리겠다는 내 의지를 어떤 식으로든 전했기 때문이기도 했다.

이 일을 마친 후에 우리는 성으로 돌아갔다. 곧바로 나는 내 하인이 된 프라이데이를 위해 일을 시작했다. 가장 먼저 그에게 리넨 바지를 하나 건네줬는데, 앞에서 말한 난파선의 가난한 포수 궤짝에서 꺼낸 옷이었다. 약간 손을 봤더니 그의 몸에 아주 잘 맞았다. 그런 다음, 내 솜씨가 허락하는 한 최선을 다해 염소 가죽으로 조끼를 하나 만들어 주었다. 이제는 재봉사로서 내 솜씨도 꽤 괜찮은 수준이 되어 있었다. 그리고 녀석에게 상당히 편리하고 멋있는 토끼 가죽 모자도 만들어 주었다. 이렇게 당장은 입고 지낼 만한 옷을 입혀 놨더니, 그는 자기 주인처럼 잘 차려입은 제 모습을 보고는 꽤나 흡족해했다. 사실 처음에 프라이데이는 이 옷가지들을 거북해했다. 바지를 입는다는 게 아주 어색한 모양이었고, 조끼가 닿는 어깨와 팔 안쪽의 살이 벗겨지기도 했다. 하지만 녀석이 아프다고 하는 부위를 조금 낙낙하게 고쳐 주었고, 녀석도 조끼에 점점 익숙해지자 결국엔 아주 마음에 들어 했다.

함께 본채로 돌아온 다음 날, 나는 이 친구를 어디에 재울지 고민하기 시작했다. 그에게 좋은 대우를 베푸는 장소이자 내 마음도 아주 편한 곳을 찾으려 했다. 결국 나는 두 방벽 사이의 빈 공간, 즉 나중에 만든 방벽 안쪽이자 처음 만든 방벽 바깥쪽에 자그마한 텐트를 쳐주었다. 그곳에는 동굴로 들어가는 문이 있었기 때문에 그 출입구에서 약간 안쪽으로 들어가 있는 통로에 정식으로 문틀을 만들고 널빤지로 된 문을 달았다. 그 문은 안쪽에서 열리게 만들었으며, 밤에는 사다리까지 안쪽에 넣어 두고 빗장을 걸었다. 따라서 프라이데이는 시끄러운 소리를 내지 않고는 절대로 안쪽 방벽을 넘어 내게로 접근할 수가 없을 터였다. 혹여 소리가 난다면 내가 잠에서 깰 수밖에 없도록 조치한 것이다. 지금 내 첫 번째 방벽에는 긴 막대기로 이루어진 지붕이 내 텐트를 완벽하게 덮고 있었다. 그리고 지붕은 언덕 측면 쪽에 기대어 있는 상태였는데, 지붕에 바르는 데 쓰는 윗가지 대신 짧은 나무 막대기들을 다시 얼기설기 덧대어 놓은 다음 그 위에 갈대처럼 튼튼한 볏짚을 아주 두껍게 한 겹 더 올려놓았다. 사다리로 출입하기 위해 남겨 놓은 구멍 혹은 자리에는 뚜껑 비슷한 문을 만들어 놓았다. 밖에서 열려고 해도 절대로 열리지 않았으며, 억지로 열었다가는 문이 부서져 내리면서 큰 소리가 날 수밖에 없었다. 그리고 무기들은 모두 매일 밤 내가 거처하는 쪽에 들여다 놓았다.

하지만 내게는 이런 사전 조치들이 전혀 필요하지 않았다. 프라이데이만큼 내게 충실하고 사랑스럽고 성실한 하인은 결코 없었기 때문이었다. 크게 화를 내는 일도, 삐치거나 음모를 꾸미는 일도 전혀 없었고, 오로지 감사하는 마음으로 내게 헌신했다. 프라이데이가 나에 대해 품은 애정은 아이가 아버지에게 품는 마음과 비슷했다. 무슨 일이 생기면 나를 구하기 위해 자기 목숨도 아끼지 않을 거라고 감히 말할 수 있을 정도였다. 프라이데이가 이런 점을 무수히 많이 입증해 보인 터라 나는 의심을 버렸다. 이내 나는 프라이데이로부터 내 안전을 지키려는 조치는 취할 필요가 없음을 확신하게 되었다.

이런 확신은 종종 놀라움을 안기면서도 다음과 같은 사실을 깨달을 기회를 주었다. 하나님께서는 세상만사를 직접 다스리시고 섭리를 펼치는 와중에 당신의 많은 피조물들로부터 그들의 재능과 정신 능력이 이용되는 최고의 쓰임새를 빼앗은 뒤 흡족해하신다. 그러면서도 우리에게 준 것과 똑같은 능력과 이성, 감정, 친절한 행위와 의무에 대한 의식, 불의를 보고 분개하는 마음, 보은, 성실함, 충직함에 대한 의식, 선을 행하고 받아들이는 온갖 능력을 그들에게 주신다. 그리고 하나님께서 그들에게 이런 능력들을 발휘할 기회를 기꺼이 주시면, 그들은 우리만큼이나 기꺼이, 아니 우리보다 더 기꺼이 자신들이 받은 그 능력을 제대로 사용한다. 실제로 그런 일들을 생각할 기회가 생겨 사색에 빠지다 보면 이러한 깨달음이 나를 아주 우울하게 만들곤 했다. 이를테면 우리의 능력이 사고력과 가르침의 위대한 등불인 성령과 하나님의 말씀에 의한 깨우침 덕분에 계몽되었음에도 우리가 그 모든 능력들을 너무나도 비천하게 사용하고 있다는 사실이나 하나님께서 그토록 수많은 인간들에게 이런 구원의 지식을 기꺼이 숨기시는 이유에 대한 생각이었다. 이 불쌍한 야만인을 보고 판단한다면, 그자들은 그런 지식을 우리보다도 훨씬 더 잘 이용할 것이다.

그때부터는 생각이 너무 앞서가는 바람에 하나님의 섭리라는 절대적 주권까지 침범하는 일도 가끔 저질렀다. 말하자면 누구에게는 계몽의 빛을 숨기시고 또 누구에게는 보여 주시면서 양쪽 모두로부터 똑같은 의무를 기대하시는 하나님의 처분이 너무 자의적이라고 비난했다는 얘기다. 하지만 나는 입을 닫으며 다음과 같은 결론으로 내 생각을 저지했다. 첫 번째로, 우리는 이 야만인들이 어떤 빛과 계율에 의해 판결을 받아야 하는지 알지 못한다. 하나님은 필연적으로도 그렇고 그분의 존재 자체의 속성에 비춰 봐도 무한히 신성하시고 공평하시기 때문에, 만약 이들이 모두 하나님 없이 살도록 판결받았다면, 성경에서도 말한 바와 같이 그들 자신들에게는 율법인 빛을 어긴 죄 때문에 그런 것이다. 그리고 우리에게는 그 근거가 밝혀지지 않았더라도 그들의 양심이 정당하다고 인정하는 원칙들 때문에 그렇게 사는 것이다. 그리고 두 번째로는, 우리는 옹기장이의 손에 놓여진 찰흙 같은 존재로, 그 어떤 그릇도 옹기장이에게 왜 나를 이렇게 만들었냐고 말할 수 없다.

어쨌든 내 새로운 동반자 이야기로 돌아가자면, 나는 이 친구 때문에 아주 즐거웠다. 그래서 나는 그를 쓸모 있고 솜씨 좋고 유익한 사람으로 만드는 데 적절하다고 생각되는 모든 것을 가르치는 일에 전념했다. 특히 말하는 법을 가르치고 내 말을 알아듣게 만드는 일에 신경 썼는데, 그는 아주 영리한 학생이었다. 더구나 아주 명랑했으며 늘 부지런했고, 내 말을 알아듣거나 내가 자기 말을 알아들으면 무척이나 좋아했다. 그래서 그에게 말하는 것도 내게는 즐거운 일이 되었다. 이제 내 생활은 너무나도 편해지기 시작해서 야만인들로부터 안전하기만 하다면 지금 살고 있는 이 섬을 떠나지 못한다고 해도 괜찮다고 스스로에게 말할 정도였다.

성으로 돌아온 지 2~3일 정도 지난 후에 나는 프라이데이가 끔찍한 식습관을 버리고 식인종으로서의 입맛을 즐기지 못하도록 다른 고기를 맛보여 줘야겠다고 생각했다. 그래서 어느 날 아침 나는 이 녀석을 숲속으로 데려갔다. 실은 내가 기르던 염소 무리 중 새끼 한 마리를 잡은 뒤 집으로 가져와서 요리할 생각이었다. 그런데 농장으로 가던 도중에 암염소 한 마리가 그늘에 누워 있는 모습을 보았다. 옆에는 새끼 두 마리도 앉아 있었다. 나는 프라이데이를 붙잡으면서 움직이지 말고 가만히 있으라는 신호를 보냈다. 나는 곧바로 총을 겨눈 뒤 총알을 발사하여 새끼 한 마리를 잡았다. 사실 이 가여운 친구는 내가 자신의 적인 야만인을 죽이는 광경을 멀리서 보긴 했지만, 어떻게 그런 일이 이루어졌는지 알지도 못하고 상상하지도 못했던 터라 이번에도 상당히 놀라서 몸을 부들부들 떨고 넋이 나간 듯한 표정을 지었다. 충격이 너무 커서 그 자리에 그냥 주저앉을지도 모르겠다는 생각이 들 정도였다. 프라이데이는 내가 총으로 쏜 새끼 염소를 보지 못했고, 내가 죽였다는 사실도 알아차리지 못한 모양이었다. 그는 자기 조끼를 들춰 다친 곳이 없는지만 확인하고 있었다. 아마도 내가 자기를 죽일 작정이라고 생각한 것 같았다. 그가 내게 달려와 꿇어 앉더니 내 무릎을 부여안고는 알아듣지 못할 말들을 한참 내뱉었기 때문에 그렇게 추측했다. 그의 이런 행동이 자신을 죽이지 말라고 애원하는 의미라는 것은 쉽게 알 수 있었다.

이내 나는 그에게 해를 입힐 생각이 아니었음을 납득시킬 방법을 찾아 냈다. 그래서 그의 손을 잡고 웃으면서 내가 죽인 새끼 염소 쪽을 가리키고는 달려가서 그것을 가져오라고 손짓을 했더니 시키는 대로 했다. 프라이데이가 새끼 염소가 어떻게 죽었는지 궁금해하며 살펴보고 있는 동안, 나는 다시 총을 장전했다. 마침 사정거리 안의 나무 위에 매처럼 생긴 커다란 새 한 마리가 앉아 있는 것이 보였다. 그래서 프라이데이에게 내가 무엇을 하려는지 이해시키기 위해 그를 다시 오라고 불렀다. 그리고는 매라고 생각했지만 실제로는 앵무새였던 그 새를 가리켰다. 나는 내가 새를 떨어뜨릴 것임을 보여 주기 위해 내 총과 앵무새, 그리고 앵무새 밑의 땅을 번갈아 가리켰고, 결국엔 내가 총을 쏴서 그 새를 죽이겠다는 것임을 이해시켰다. 나는 잘 보라고 지시하면서 총을 쐈다. 이내 프라이데이는 앵무새가 떨어지는 모습을 목격했다. 하지만 이렇게 미리 다

이야기를 해줬는데도 이 친구는 다시 겁에 질린 사람처럼 놀라 서 있었다. 내가 총에 무언가를 넣는 모습을 보지 못했기 때문에 더 많이 놀란 것 같았다. 아마도 이 친구는 가까이 있건 멀리 있건, 또한 사람, 짐승, 새 할 것 없이 죄다 죽여 버릴 수 있는, 죽음과 파멸을 불러일으키는 불가사의한 존재가 그 총 안에 대단히 많이 들어 있다고 생각한 듯했다. 이 일로 그가 받은 충격은 한참이 지나도 사라지지 않았다. 만약 내가 나와 내 총을 섬기라고 시켰으면 분명히 그대로 했을 것이다. 프라이데이는 이후 며칠 동안 총을 만지려고도 하지 않았다. 혼자 있을 때는 총에게 말을 걸기도 하고 총이 대답이라도 해주는 것처럼 대화까지 나누었다. 나중에 이 친구가 내게 말해 줘서 알게 되었는데, 자기를 죽이지 말라고 총에게 애원했다고 한다.

어쨌든 프라이데이의 충격이 조금 가시고 난 뒤, 나는 내가 쏜 새를 그에게 가져오라고 시켰고 프라이데이는 내 지시대로 했다. 하지만 시간이 조금 걸렸는데, 그 앵무새가 완전히 죽지 않고 날개를 퍼덕이며 처음에 떨어진 곳에서 꽤 멀리까지 날아갔기 때문이었다. 어쨌든 프라이데이는 새를 발견하고 집어 들어 가져왔다. 프라이데이가 총에 대해 전혀 아는 게 없다는 사실을 알아차린 나는 이 점을 이용하여 그 녀석이 못 볼 때 다시 총을 장전해 두고, 언제든 다른 표적이 나타나면 곧바로 쏠 수 있게 준비를 해두었다. 하지만 그때는 더 이상 아무것도 나타나지 않아서 그냥 새끼 염소만 집으로 가져왔다. 나는 그날 밤 당장 염소 가죽을 벗기고 최선을 다해 살점을 발라냈다. 그리고 뭔가를 끓이는 데 쓰는 냄비에다가 그중 일부를 끓이고 삶아서 아주 맛있는 국물을 만들었다. 내가 먼저 음식을 먹은 다음, 프라이데이에게도 주었더니 아주 좋아하면서 꽤 맛있게 먹는 것 같았다. 그런데 이 녀석이 보기에는 고기에 소금을 쳐서 먹는 게 아주 이상했던 모양이었다. 녀석은 내게 몸짓으로 소금이 먹기 좋은 게 아님을 알리더니, 소금을 자기 입에 조금 넣었다가 바로 토하는 시늉을 하면서 퉤 뱉어 버리고는 깨끗한 물로 입을 헹구었다. 그래서 나도 소금을 찍지 않고 고기를 조금 입에 넣었다가 이 친구가 방금 전에 소금을 먹고 그랬던 것처럼 재빨리 퉤퉤하며 뱉는 척을 했다. 하지만 내가 그렇게까지 했는데도 아무 소용이 없었다. 그는 고기든 국물이든 조금도 소금을 넣어 먹으려 하지 않았다. 적어도 상당히 오랫동안 그랬고, 나중에도 소금은 아주 조금만 넣어 먹었다.

그렇게 삶은 고기와 국물을 먹인 뒤, 다음 날에는 고기를 구워 먹이기로 마음먹었다. 나는 고기를 줄로 묶어서 불에 구웠다. 영국에서 많은 사람들이 그렇게 하는 것을 본 적이 있었는데, 불 양쪽에 막대기를 두 개 세우고 다시 막대기 한 개를 그 위로 가로질러 얹었다. 그러고는 가로지른 막대기에 끈으로 고기를 묶어서 계속 돌려 가며 익혔다. 프라이데이는 넋을 잃고 이 모습을 쳐다보았고, 고기 맛을 본 뒤에는 온갖 방법을 동원하여 얼마나 맛이 좋은지 표현했기 때문에 무슨 뜻인지 이해하지 않을 수가 없었다. 그리고 마침내 앞으로 다시는 인육을 먹지 않겠다고 내게 말할 때는 정말 기뻤다.

다음 날 나는 그에게 곡식을 턴 다음 앞서 말한 방식대로 체로 거르는 일을 시켰다. 녀석은 금세 일하는 방법을 이해하고 나만큼 일을 잘 해냈다. 특히 이 작업의 의미를 알고 나서는 다시 말해서 빵을 만들기 위해서 이 일을 해야 한다는 사실을 알고 난 후에는 더 잘했다. 이 작업을 끝낸 뒤에 빵을 만들어 굽는 모습을 보여 줬더니 그는 이 일도 얼마 지나지 않아 나만큼이나 잘하게 되었다.

이제 먹여 살릴 식구가 하나 더 늘었으니 전보다 경작지를 더 늘리고 곡식을 더 많이 심어야겠다는 생각이 들기 시작했다. 그래서 나는 전보다 더 넓은 땅을 표시하여 전과 같은 방식으로 울타리를 치기 시작했다. 프라이데이는 이 일도 아주 기껍고 열심히 했을 뿐 아니라 아주 즐거운 마음으로 했다. 나는 프라이데이에게 빵을 더 많이 만들려면 곡식을 더 많이 거둬야 하기 때문에 이 일을 한다고 얘기하면서, 이제는 우리 둘이 함께 살게 되었으니 두 사람 모두에게 충분할 만큼 농사를 지어야 한다고 했다. 프라이데이는 이 말을 충분히 알아들은 듯 보였다. 그는 내가 자기 때문에 혼자 살 때보다 더 많이 일을 하게 되었으니 자신에게 할 일을 알려만 주면 나를 위해 더 열심히 일하겠다고 뜻을 전했다.

이 해는 내가 섬에서 살아온 시간 중에서 가장 즐거운 해였다. 프라이데이는 제법 말을 잘하게 되어서 내가 필요로 하는 물건과 심부름 보내는 장소의 이름을 거의 다 알아들었고, 내게 말도 많이 했다. 한마디로 내 혀를 쓸 일이 다시 생겼다는 이야기인데, 정말이지 그전에는 그럴 일이 거의 없었다. 프라이데이와 말을 하는 즐거움 외에도 나는 이 친구 자체가 특별히 마음에 들었다. 순진하고 가식 없는 그의 정직한 면모가 날이 갈수록 더욱 확실히 드러나면서 나는 그를 정말로 사랑하기 시작했다. 그도 전에 좋아했던 그 어떤 사람보다 나를 더 많이 사랑했을 거라 믿는다.

한번은 이 친구가 고향으로 다시 돌아가고 싶은 마음이 있는지 알아보고 싶다는 생각이 들었다. 이제는 그가 내가 묻는 질문에 대부분 대답할 수 있을 정도로 영어를 아주 잘 익혔기 때문에 나는 그가 속한 부족이 전투에서 승리한 적이 없었냐고 물었다. 그는 미소를 지으며 "네, 네, 우리는 항상 더 잘 싸워요."라고 답했다. 늘 전투에서 이겼다는 소리였다. 그래서 우리는 다음과 같은 대화를 시작했으며 내가 먼저 입을 열었다. "프라이데이야, 너희가 항상 더 잘 싸운다면서 너는 왜 그때 포로로 잡혀 온 것이냐?"

프라이데이: 그건 그래도 우리 부족은 많이 이겨요.

주인: 어떻게 이겨? 너희 부족이 적들을 이겼다면 넌 왜 잡혀 온 거지?

프라이데이: 내가 살던 곳에서는 그자들이 우리 부족보다 더 많아요. 그자들이 한 명, 두 명, 세 명, 그리고 나를 붙잡아요. 우리 부족이 내가 살지 않는 다른 쪽에서 그자들을 이겨요. 거기서 우리 부족은 1천 명, 2천 명, 수천 명을 붙잡아요.

주인: 그런데 너희 편은 왜 그때 적들의 손에서 너를 구하지 않았던 거지?

프라이데이: 그들이 하나, 둘, 셋, 그리고 나 달려가요. 그리고 카누로 가게 해요. 우리 부족은 그때 카누가 없어요.

주인: 그럼, 프라이데이야. 너희 부족은 붙잡아 온 사람들을 어떻게 해? 이자들처럼 다른 데로 데려가서 잡아먹어?

프라이데이: 네, 우리 부족도 사람 먹어요. 다 먹어 치워요.

주인: 그들을 어디로 데려가지?

프라이데이: 생각하는 다른 장소로 가요.

주인: 여기도 와?

프라이데이: 네, 네. 여기도 와요. 다른 곳에도 가요.

주인: 너도 그들과 여기 와본 적이 있어?

프라이데이: 네. 여기 온 적 있어요.(그는 섬의 북서쪽을 가리켰는데, 아마도 그쪽이 자기들이 오는 쪽인 듯했다.)

　이 대화를 통해 나는 내 하인 프라이데이가 자기가 끌려왔던 것과 똑같이, 섬의 끝 쪽 해안에 자주 오던 야만인들과 함께 사람을 잡아먹는 잔치를 치르기 위해 이 섬에 온 적이 있음을 알게 되었다. 그리고 얼마 뒤 용기를 내어 프라이데이를 방금 전에 얘기한 바로 그곳에 데려갔더니, 프라이데이는 곧바로 그 장소를 기억해 내고는 그곳에서 남자 스무 명, 여자 두 명, 아이 한 명을 먹어 치울 때 자기도 왔었다고 말했다. 영어로 스물이란 단어를 몰랐던 프라이데이는 돌 여러 개를 일렬로 늘어세우더니 내게 세어 보라고 했다.

내가 이 이야기를 한 이유는 다음의 내용 때문이다. 프라이데이와 위와 같은 대화를 나눈 나는 우리 섬에서 그쪽 해안까지 얼마나 먼지, 카누가 종종 실종되는 일은 없는지 물었다. 프라이데이는 위험한 일이 아예 일어나지 않아서 카누가 실종된 적은 없지만, 바다로 조금 멀리 나가면 해류가 흐르고 바람은 언제나 오전에는 한 방향으로, 오후에는 다른 방향으로 분다고 했다.

처음에 나는 이게 밀물이 나갔다가 썰물이 들어온다는 얘기로만 이해했다. 하지만 나중에 알고 보니, 그것은 장대한 오리노코 강에서 엄청나게 많은 강물이 흘러나왔다가 역류하는 바람에 생긴 물결이었다. 나중에 알게 된 것이지만 우리 섬은 바로 이 강의 입구에 위치해 있었다. 그리고 섬에서 서쪽 혹은 북서쪽에 있는, 내가 육지로 생각한 곳은 오리노코 강 입구 북쪽 끝에 위치한 거대한 트리니다드 섬이었다. 나는 프라이데이에게 그 지역과 그 지역에 사는 사람들, 바다와 해안, 가까이 사는 부족 등에 대해 수없이 질문을 던졌다. 프라이데이는 아주 솔직하게 자신이 아는 것을 죄다 내게 말해 주었다. 나는 그와 비슷한 사람들이 사는 부족의 이름을 물었지만, '카리브'라는 이름 외에는 어떤 정보도 얻을 수 없었다. 어쨌든 이름으로 보면 이들이 카리브 족(族)이라는 것을 쉽게 알 수 있었는데, 우리 지도에서는 이들의 지역이 오리노코 강 입구에서 기아나 그리고 계속해서 산타마르타까지 이어지는 아메리카 대륙의 일부로 표시되어 있다. 또한 프라이데이는 달을 넘어서 가면, 그러니까 달이 지는 쪽 너머 자기들이 사는 곳의 서쪽으로 가면 나처럼 하얀 수염이 난 사람들이 살고 있다고 말하면서 앞서 설명한 바 있는 내 긴 수염을 가리켰다. 프라이데이의 표현대로 하면 '크게 많이 사람들을' 죽였다는 말도 덧붙였는데, 모든 내용을 듣고 이해한 바로는 스페인인들에 대한 설명인 듯했다. 아메리카 대륙에서 스페인인들이 저지른 잔학 행위는 이미 대륙 전체에 퍼져 있었기 때문에 모든 부족들이 대대로 그 사실을 기억하고 있었다.

프라이데이에게 섬을 떠나 그 백인들에게로 가서 살 수 있는 방법을 아느냐고 물었더니 그는 "네, 네. 카누 두 척이면 갈 수 있어요."라고 대답했다. 나는 무슨 말인지 알아듣지 못해서, 카누 두 척이 무슨 뜻인지 설명해 보라고 하지도 못했다. 결국 아주 힘들게 그 말이 카누 두 척만큼 길이가 긴 대형 보트를 뜻하는 것임을 알아냈다.

나는 프라이데이와의 대화 내용에서 특히 이 대목이 마음에 들었다. 이때부터 나는 언젠가 이곳에서 탈출할 기회를 잡을 수 있으며, 이 가여운 야만인이 그 일을 하는 데 나를 도와줄 수단이 될 수 있으리라는 희망을 품게 되었다.

프라이데이가 나와 함께 산 그 긴 시간 동안, 그가 내게 말을 하고 내 얘기를 알아듣기 시작할 때부터 나는 그의 마음속에 종교 지식의 토대를 마련해 주기 위해 더없이 노력했다. 특히 한번은 "너를 만든 사람이 누구냐?"라고 물었더니, 이 가엾은 녀석은 내 말을 전혀 이해하지 못하고 자기 아버지가 누군지 물어본 것으로 생각했다. 한편 다른 기회를 이용하여 이 바다와 우리가 걸어 다니는 땅, 언덕과 숲을 누가 만들었냐고 물었더니, 이번에는 만물 너머에 사는 베나머키 노인이라고 대답했다. 프라이데이는 그 위대한 노인이 아주 늙었다는 사실 외에는 아무것도 설명하지 못했다. 그 노인은 바다나 땅보다도, 달이나 별보다도 더 나이가 많다고 했다. 그래서 나는 이 늙은 노인이 만물을 만들었다면 왜 모든 만물이 그를 숭배하지 않느냐고 재차 물었다. 프라이데이는 아주 심각한 표정을 짓더니 정말 순진한 얼굴로 "모든 것들이 그에게 '오'라고 말해요."라고 대답했다. 그래서 거기서 죽은 사람들이 어디 먼 곳으로 가지는 않는지 또 물었더니, 모두가 베나머키에게 간다고 대답했다. 그들이 잡아먹은 사람들도 거기로 가냐고 물었더니 그렇다고 대답했다.

이런 대화를 필두로 나는 프라이데이에게 진정한 하나님에 관한 지식을 가르치기 시작했다. 나는 하늘을 가리키면서 만물을 만드신 위대한 창조주가 저 위에 살고 계신다고 말했다. 그리고 그분은 만물을 만들 때와 똑같은 권능과 섭리로 세상을 다스리시며, 전능하시다고 말했다. 또한 우리를 위해 무슨 일이든 해주실 수 있으며, 우리에게 모든 것을 주거나 우리로부터 모든 것을 빼앗아 가실 수도 있다고 말했다. 나는 이렇게 조금씩 그의 눈을 뜨게 해주었다. 프라이데이는 대단히 집중해서 내 말을 들었고, 예수 그리스도가 우리를 구원하러 보내졌다는 사실, 우리가 하나님께 기도를 드리는 방식, 그분께서는 하늘에서도 우리의 기도를 들으실 수 있다는 생각 등을 아주 기쁘게 받아들였다. 하루는 그가 내게 우리의 하나님이 태양보다 더 높은 곳에서 우리의 기도를 들으실 수 있다면 분명 자기들이 섬기는 베나머키보다 더 위대한 신이 틀림없다고 말했다. 베나머키는 아주 먼 곳에 사는 것도 아니면서 자신들의 말을 듣지 못한다고 했다. 그에게 말을 하려면 그가 살고 있는 큰 산에 올라가야만 한다는 것이었다. 내가 프라이데이에게 그 산에 가본 적이 있냐고 물었더니 없다고 했다. 그러면서 젊은 사람들은 절대로 가지 못하며, 그곳 야만인들 말로 '우오카키'라는 늙은 사람들만 간다고 말했다. 내가 설명을 시켜 보니, 사제(司祭)들을 말하는 모양이었다. 그 사제들이 가서 '오'(프라이데이는 기도드리는 것을 이렇게 표현했다.)라고 한 다음 돌아와서는 베나머키가 한 말을 전해 주었다고 했다. 이러한 설명으로 내가 알게 된 사실은 세상에서 가장 무지몽매한 이교도 집단에도 교활한 사제들이 있다는 것인데, 일반인들이 사제들에게 계속 존경심을 품도록 은밀한 종교 의식을 만드는 술책은 로마 교회에서만이 아니라 전 세계 모든 종교에서, 심지어 가장 야만적이고 미개한 부족들에게서도 나타나는 듯했다.

나는 나의 프라이데이가 이런 속임수의 실체를 깨달을 수 있도록 노력했다. 나는 프라이데이에게 그곳 늙은이들이 그들의 신인 베나머키에게 '오'라고 말하러 산에 오르는 척하는 것이 속임수에 불과하며, 거기서 베나머키가 한 말을 듣고 내려온다는 사실은 더더욱 그렇다고 말했다. 만약 그들이 거기서 어떤 응답을 들었다거나 누군가와 이야기를 했다면, 그것은 분명 악령을 만난 것이라고 말했다. 그러고 나서 나는 사탄에 대해 그와 긴 대화를 나누었다. 나는 사탄이 생겨난 이유, 사탄이 하나님께 반기를 들었던 일, 사탄이 인간에 대해 적의를 갖고 있다는 점, 적의를 갖게 된 이유, 세상의 어두운 곳에서 하나님 대신 자신이 신으로 숭배받으려고 한다는 점, 인간을 현혹하여 파멸시키기 위해 이용하는 수많은 책략 등을 설명해 주었다. 또한 사탄이 인간의 감정과 정념에 은밀히 접근하여 인간의 성향에 맞게 함정을 파놓기 때문에 우리가 자기 자신을 유혹하여 스스로 파멸을 선택하게 된다는 것도 설명했다.

나는 하나님의 존재를 설명할 때와는 달리 그의 마음에 사탄에 대한 올바른 생각을 심어 주기가 쉽지 않음을 깨달았다. 그에게 하나님의 존재를 입증할 때는 자연계의 만물이 나의 모든 논거에 도움을 주었다. 조물주와 모든 것을 지배하시는 그분의 권능, 은밀히 우리를 인도하시는 하나님의 섭리, 하나님의 공평하심과 우리를 만들어 주신 그분께 경의를 표하는 일 등이 불가피함을 설명하는 데도 도움이 되었다. 하지만 사탄의 개념, 기원, 그것의 존재, 본색, 무엇보다도 악을 행하고 다른 사람들까지 악행에 끌어들이려는 성향을 설명하는 과정에서는 이런 것들이 전혀 보이지 않는 개념들이라 이해시키는 데 어려움이 따랐다. 한번은 이 가여운 친구가 무심코 던진, 지극히 자연스럽고 순진한 질문에 어떻게 대답해 줘야 할지 몰라 당황한 적이 있었다. 내가 하나님이 갖고 계신 능력과 그분께서 전능하시다는 사실, 죄를 극도로 싫어하시고 사악한 죄를 저지른 자들에게 모든 것을 태워 버리는 불과도 같은 존재임을 한참 설명하고 있을 때였다. 한마디로, 그분께서 우리 모두를 만드셨듯이 우리와 온 세상을 한순간에 멸하실 수 있다는 사실을 말하고 있었고, 프라이데이는 내가 말하는 내내 아주 진지하게 경청하고 있었다.

이 설명을 마치고 이번에는 이 사탄이라는 존재가 인간의 가슴속에 존재하는 하나님의 적이 되어 하나님의 선한 의도를 무너뜨리고 이 세상의 그리스도 왕국을 파멸시키려고 온갖 악의와 술책을 동원한다고 설명하고 있었다. 그 순간 프라이데이가 "알겠어요. 하지만 주인님은 하나님이 힘이 세고 위대하다고 말해요. 그럼 사탄보다 훨씬 더 힘세고 위대하지 않나요?"라고 물었다. 그래서 나는 이렇게 대답했다. "그래, 프라이데이야. 하나님은 사탄보다 더 강하고 더 높은 곳에 계신단다. 그러니 우리는 하나님께 그자를 우리 발로 짓밟고 그자의 유혹을 거부하고 그의 불화살을 끌 수 있는 능력을 주십사 기도하는 거야." 그러자 프라이데이가 다시 물었다. "하지만 하나님 힘세면, 사탄보다 강하면, 왜 하나님 그놈이 더 이상 나쁜 짓 못하게 죽이지 않아요?"

나는 그의 질문에 이상할 정도로 놀랐다. 나이는 많이 먹었지만, 어쨌든 나는 선생으로서 경험이 미천했고 어려운 문제를 풀어내는 해결사나 결의론자(決疑論者)[38]로서는 자격이 부족했다. 처음에는 뭐라고 대답해야 할지 몰라서 일단은 그의 말을 못 들은 척하고 뭐라고 말했는지 다시 물었다. 하지만 대답을 듣고 싶은 마음이 너무나도 간절한 이 친구가 자기 질문을 잊을 리 없었다. 프라이데이는 위에서 내가 옮겨 놓은 대로 엉터리 영어로 다시 질문했다. 이번에는 나도 정신을 조금 추스른 터라 이렇게 말했다. "하나님께서는 결국 악마를 엄하게 벌하실 거야. 악마는 심판을 받게 되어 있는 몸이라 나중에 지옥에 던져져 영원히 꺼지지 않는 불 속에서 살게 되겠지." 하지만 프라이데이는 이 대답에 만족하지 못했다. 그는 내 말을 그대로 따라 하면서 다시 내게 물었다. "결국엔 심판을 받게 되어 있는 몸. 나 이 말 이해 못해요. 왜 지금 악마를 안 죽여요? 왜 한참 전에 안 죽여요?" 이에 나는 이렇게 대답해 주었다. "넌 차라리 이렇게 묻는 게 나을 거야. '주인님과 내가 이 세상에서 하나님의 뜻에 어긋나는 나쁜 짓을 할 때, 왜 하나님이 우리를 죽이지 않으시나요?' 하고 말이야. 하나님께서는 우리가 죄를 뉘우치고 용서받을 수 있도록 목숨을 보존해 주시고 계시는 거야." 프라이데이는 한참을 생각한 뒤에 아주 다정한 목소리로 말했다. "좋아요. 그거 좋아요. 그러니까 주인님, 나, 악마 다 사악해요. 다 목숨을 보존하고 뉘우치고 하나님이 다 용서해 줘요." 이 대목에서 나는 다시 한 번 프라이데이의 말에 극도로 맥이 빠지는 기분이 들었다. 그리고 이 친구와의 대화는 다음과 같은 사실을 입증해 주었다. 이성적인 인간들은 만물에 대한 단순한 개념들만 알아도 하나님의

---

38) casuist. 개개인이나 사회의 도덕 문제를 법으로 규정한 도덕법, 교의적 원칙 등에 관한 지식으로 해결하는 사람을 말한다.

존재를 알 수 있고, 그분에게 마땅한 숭배나 경의를 표하며 그분을 우리 본성의 최종적인 결말로서 인식할 수 있다. 하지만 예수 그리스도에 대한 사실과 그분이 우리를 위해 죄를 갚아 주셨다는 사실, 그리고 하나님과 성약(成約)을 맺을 때나 하나님의 옥좌 발판에 올라설 때 우리를 중재해 주신다는 사실은 하나님의 계시 없이는 알 수 없다는 것이다. 다시 말하면, 하나님의 계시만이 우리 마음속에 이러한 사실들을 형성시켜 준다는 얘기다. 따라서 우리의 주님이시며 구세주이신 예수 그리스도의 복음, 즉 하나님의 백성들을 인도하시고 거룩하게 해주시는 하나님의 성령과 하나님의 말씀만이 구원을 가능케 하는 하나님에 대한 지식과 구원 방법을 사람의 영혼에게 가르치는 데 절대적으로 필요한 선생이다.

　그래서 나는 내 하인과 나누던 대화를 잠시 피하기 위해 갑자기 밖에 나갈 일이 생긴 사람처럼 급하게 자리에서 일어난 뒤, 프라이데이에게 뭘 좀 가져오라고 먼 곳으로 심부름을 보냈다. 그러고 나서 하나님께 내가 이 가엾은 야만인에게 구원의 가르침을 줄 수 있게 해달라고 기도했다. 성령의 힘으로 이 불쌍하고 무지한 녀석의 마음이 그리스도 안에서 하나님에 대한 지식의 빛을 받아들여 스스로 깨닫도록 해주시고, 내가 하나님의 말씀을 통해 그에게 가르침을 전하여 그의 양심이 확신을 갖게 되고, 그의 눈이 뜨이고, 그의 영혼이 구원받을 수 있도록 해주십사 진지하게 기도를 올린 것이다. 프라이데이가 되돌아왔을 때, 나는 세상의 구세주께서 인간을 구원하신 일과 하나님께서 설교하신 복음의 교리, 즉 하나님 앞에서 참회할 것과 우리의 신성한 주 예수 그리스도에 대한 믿음을 주제로 긴 대화를 시작했다. 그런 다음, 나는 최선을 다해 왜 우리의 귀하신 예수 그리스도가 천사의 모습이 아니라 아브라함의 자손의 모습으로 나타나셨는지, 왜 타락한 천사들이 구원받을 자격이 없는지, 왜 하나님께서 길 잃은 양떼인 이스라엘 백성에게만 오신 것인지를 설명했다.

하나님도 아시겠지만, 이 가여운 야만인을 가르치느라 동원한 온갖 방법들은 내가 잘 알아서가 아니라 그냥 그에게 가르쳐 주고 싶은 진정한 마음에서 우러난 결과물이었다. 따라서 나는 같은 원칙에 근거하여 행동하는 사람들이라면 다들 다음과 같은 사실을 알게 될 것이라고 고백하지 않을 수 없다. 내가 그에게 이런저런 것들을 설명하다 보니, 실제로 내가 잘 몰랐거나 전에 충분히 생각해 보지 않은 많은 사실들을 새롭게 알게 되었다. 이 가여운 야만인에게 알려 주려고 이리저리 궁리하다 보니 자연스럽게 생각이 떠오른 것이었다. 나는 이 일을 계기로 과거 그 어느 때보다 애정을 갖고 이런 것들을 탐구했다. 따라서 이 가엾고 야만적인 녀석이 나로 인해 얼마나 훌륭한 사람이 되었는지 여부와 관계없이, 그가 내게 온 것 자체를 감사해야 할 이유는 충분했다. 이제 내 슬픔은 가벼워졌고, 내 거처는 헤아릴 수 없을 만큼 편안해졌다. 갇혀 산 것이나 마찬가지였던 이 고독한 삶을 되돌아보면, 언젠가부터 내 마음이 너무 뭉클해져서 스스로 하늘을 우러러보며 나를 여기로 데려온 그분의 손길을 갈구하게 되었을 뿐 아니라 이제는 하나님의 섭리에 의해 가여운 야만인의 목숨을 구하고, 잘은 모르지만 영혼까지 구하는 도구가 되었다는 생각이 들었다. 나는 프라이데이가 예수 그리스도를 알게 하고, 그분을 아는 것이 바로 영생임을 깨달을 수 있도록 프라이데이를 종교의 참된 지식과 기독교 교리로 인도한 셈이었다. 한마디로, 이 모든 것들을 되돌아보면 내 영혼 곳곳으로 은밀한 기쁨이 퍼져 나갔고, 예전에는 내가 겪을 수 있는 모든 고통 중에 이 섬에 오게 된 일이 가장 끔찍하다고 수없이 생각했지만 이제는 그 자체를 기뻐하게 되었다.

나는 이렇게 감사하는 마음으로 이 섬에서의 나머지 시간을 보냈다.

프라이데이와 이야기를 나누며 보낸 시간은 너무나도 즐거웠기 때문에, 우리가 함께 산 그 3년의 세월은 지상에서 완벽한 행복 같은 것을 누릴 수 있다 해도 그보다는 행복하지 않을 거라 느낄 만큼 훌륭했다. 비록 우리 둘 다 똑같이 회개했고, 그 회개를 통해 위안을 느끼는 돌아온 회개자가 되었음을 소망했으며 그에 대해 하나님을 찬양할 이유가 분명 있었지만, 이제 이 야만인은 나보다도 더 훌륭한 기독교인이 되어 있었다. 우리에게는 읽어야 할 하나님의 말씀이 있었고, 영국에 살고 있는 것이나 마찬가지로 가르침을 주시는 하나님의 성령과도 멀리 있지 않았다.

나는 항상 성경을 읽는 데 전념했고, 프라이데이에게 내가 읽은 구절의 의미를 최선을 다해 알려 주는 일도 게을리하지 않았다. 프라이데이가 앞서 말한 것처럼 진지한 질문들을 내게 던져 준 덕분에 나는 혼자서 성경을 읽을 때보다 훨씬 더 훌륭하게 성경 지식을 얻을 수 있었다. 그런데 이렇게 외딴 섬에서 살면서 얻은 경험을 통해 깨달은 사실을 하나 더 말하자면, 하나님에 대한 지식과 예수 그리스도의 구원에 관한 교리가 성경에 너무나도 분명하게 밝혀져 있는 덕분에 손쉽게 받아들이고 이해할 수 있다는 사실이 무한하고 표현할 길 없는 은총이라는 점이다. 그래서 단지 성경만 읽어도 나는 내 의무, 즉 지은 죄를 진심으로 회개하는 위대한 행위를 즉시 실행에 옮기고, 생명과 구원을 위해 구세주를 붙잡고, 정해진 갱생의 삶을 실천하고, 하나님의 모든 계율에 복종하는 의무를 충분히 깨달을 수 있었다. 이러한 깨달음은 어떤 선생님이나 지도자, 그러니까 인간 지도자 없이도 이루어졌으니, 그렇게 알기 쉬운 가르침은 이 야만인을 계몽하는 데도 똑같이 도움이 되어 그는 내 평생 이 친구만큼 독실한 기독교인을 본 적이 없을 정도로 훌륭한 기독교인이 되었다.

이 세상에서 종교 때문에 생기는 온갖 논쟁과 언쟁, 갈등과 다툼은 세

278

부적인 교리 때문이든 교회 통치 조직에 대한 이견 때문이든 우리에게 는 모두 무익하기 짝이 없었다. 그리고 내가 보기에 이러한 일들은 나머 지 세상 사람들에게나 일어나는 것들이었다. 우리에게는 하늘로 가는 확 실한 안내자인 하나님의 말씀이 있었다. 그리고 우리는 그 말씀으로 우 리를 가르치고 인도하여 모든 진리로 이끌어 가시는 하나님의 말씀을 모 두 기꺼이 따르고 복종하게 만드시는 성령에 대해 편한 마음으로 생각하 고 있었다. 그래서 나는 세상을 그토록 혼란스럽게 만든 종교 분쟁에 관 해 전부 알고 있었다고 해도 그것이 우리에게는 아무런 쓸모가 없었으리 라 생각한다. 하지만 이쯤에서 이 이야기를 접고 지금은 내가 겪은 일들 로 되돌아가 순서대로 이야기해야겠다.

프라이데이와 내가 더욱더 친해진 상태에서 녀석이 내 말을 대부분 알 아들을 수 있게 되었고 비록 엉터리 영어지만 내게도 유창하게 말할 수 있 게 되자, 나는 그에게 내 이야기, 적어도 이 섬에 오게 된 경위와 여기에 서 얼마나 오랫동안 어떻게 살아왔는지를 이야기해 주었다. 그리고 나는 그 녀석이 너무나도 신기하게 생각한 화약과 총알에 대해서도 설명해 주 고 총 쏘는 법도 가르쳐 주었다. 또한 칼도 한 자루 주었는데, 그 녀석은 그걸 받자 무척이나 좋아했다. 나는 허리띠를 만들어 준 다음, 영국 사람 들이 단검을 매달고 다니듯 칼꽂이도 달아 주었다. 나는 그 칼꽂이에 단 검 대신 도끼를 넣어 주었다. 손도끼는 경우에 따라 훌륭한 무기가 되기 도 하고 단검보다 훨씬 더 유용하게 사용될 때도 많았다.

나는 프라이데이에게 유럽 지역, 특히 내 고향인 영국에 대해 설명해 주었다. 그곳 사람들은 어떻게 사는지, 어떻게 하나님을 섬기는지, 서로 에게 어떻게 행동하는지, 세계 각 지역과 어떻게 배로 교역을 하는지 설 명해 주었다. 그러고는 내가 타고 온 난파선에 대해 이야기하면서 그 배가 있던 곳으로 최대한 가까이 가서 보여 주기까지 했다. 하지만 이미 배는 모두 부서져 사라지고 없었다.

나는 배에서 탈출한 뒤에 잃고 만 보트의 잔해도 보여 주었다. 당시 온 힘을 다해 움직여 보려 했지만 그러지 못한 보트 말이다. 하지만 그것도 이제는 거의 산산조각이 나 있었다. 이 보트를 보자마자 프라이데이는 한참을 아무 말 없이 서서 깊은 생각에 빠졌다. 내가 무엇을 그렇게 골똘히 생각하느냐고 묻자, 프라이데이는 마침내 입을 열었다. "나 그런 보트 모양 내 동족 장소에 온 거 봐요."

나는 한동안 그 말이 무슨 뜻인지 이해하지 못했다. 하지만 좀 더 캐물어 결국엔 그의 말을 알아들었는데, 이렇게 생긴 보트가 자기가 살던 지역 해안에 왔었다는 얘기였다. 그의 설명에 따르면, 험악한 날씨 때문에 그곳까지 떠밀려 왔다는 것이었다. 곧바로 나는 어떤 유럽 배가 야만인들이 사는 지역 연안에서 난파되었고, 그 배에서 떨어져 나온 보트가 해안까지 떠밀려 온 것이라 생각했다. 하지만 워낙 머리가 둔한 편이라 선원들이 난파선에서 탈출하여 거기까지 갔으리라는 생각은 전혀 하지 못했고, 그들이 어디서 왔을지는 더더욱 예상하지 못했다. 그래서 나는 그 보트가 어떻게 생겼냐는 질문만 했다.

프라이데이는 그 보트를 제법 잘 설명해 주었다. 하지만 그가 "우리가 구해요. 물에 빠진 하얀 사람."이라는 말을 열정적으로 덧붙인 뒤에야 나는 그 말의 의도를 제대로 이해할 수 있었다. 그 즉시 나는 보트에 그들이 말하는 하얀 사람들이 있었는지 물었다. 그러자 "그래요. 그 보트는 하얀 사람들 가득 찼어요."라고 대답했다. 그래서 몇 명이었냐고 묻자, 그는 손가락으로 열일곱을 세었다. 내가 다시 그 사람들이 어떻게 되었냐고 묻자, "그들 살아요. 그들 우리 동족이랑 살아요."라고 답했다.

280

이 말을 듣자 내 머릿속에 새로운 생각이 떠올랐다. 어쩌면 그 사람들이 내 섬을 눈앞에 두고 난파당한 그 배의 선원들일 수도 있겠다는 생각이 든 것이다. 배가 암초에 걸리자 불가피하게 배를 포기할 수밖에 없었던 그 사람들은 보트에 몸을 실어 목숨을 구했고 야만인들이 사는 그 황량한 해안에 상륙한 것이 아닐까 생각했다.

그래서 나는 프라이데이에게 그들이 어떻게 되었는지 더 자세히 물었다. 프라이데이는 내게 그들이 아직도 그곳에 살 거라고 장담했다. 그리고 그들이 거기에서 산 지 4년이 되었으며, 야만인들이 그들을 따로 살게 놔두었고, 그들에게 먹고살 식량까지 주었다고 말했다. 내가 왜 그들은 죽여서 먹지 않았냐고 묻자 프라이데이는 이렇게 대답했다. "아니에요. 그들이 그들과 형제 만들어요." 내가 이해하기로는 평화 협정을 말하는 것 같았다. 그리고 "그들은 전쟁을 만들어 싸울 때 빼고는 사람들 안 먹어요."라고 덧붙였다. 즉, 그들은 서로 싸우게 되어 포로로 잡은 경우를 제외하고는 결코 사람을 먹지 않는다는 소리였다.

이 일이 있고 한참 후 섬 동쪽 언덕 위에 올라갔을 때였다. 지난번에 말했듯이 날씨가 맑은 날에 본토, 즉 아메리카 대륙을 발견한 그 언덕이었다. 날씨가 아주 맑은 날이었는데, 프라이데이가 본토 쪽을 아주 열심히 쳐다보다가 갑자기 깜짝 놀라 펄쩍펄쩍 뛰면서 춤까지 추었다. 그러고는 조금 멀리 떨어져 있던 나를 불렀다. 내가 무슨 일이냐고 묻자, "아, 기뻐요! 정말 기뻐요! 저기 내 고향 보여요. 저기 내 동족이요!"라고 프라이데이는 외쳐 댔다.

그의 얼굴에서 예사롭지 않을 정도로 좋아하고 있다는 게 느껴졌다. 그의 눈은 반짝거렸고 자기 고향에 되돌아가고 싶은 마음이 생겨난 듯 얼굴에 이상한 열망 같은 게 피어올랐다. 이런 모습을 보고 나니 내 머릿속에는 오만 가지 생각이 떠올랐고 처음에는 하인 프라이데이를 대하는 마음이 전처럼 편하지가 않았다. 프라이데이가 자기 동족에게로 다시 돌아갈 수 있다면 자신의 종교뿐 아니라 나에 대한 의무도 죄다 잊어버릴 것이란 생각이 들었다. 심지어 뻔뻔스럽게 자기 동족 사람들에게 내 얘기를 한 다음, 1백~2백 명을 데리고 섬으로 돌아와서는 포로로 데려온 자기 적들을 잡아먹을 때만큼이나 신이 나서 나를 잡아먹을 게 분명하다는 생각까지 들었다.

하지만 이런 생각은 이 가엾고 정직한 친구를 너무 많이 오해한 결과였다. 이후에 나는 이 점에 대해 아주 많이 미안해했다. 어쨌든 그 당시에 내 경계심은 커져만 갔다. 여러 주 동안 나는 이런 경계심에 사로잡혀 좀 더 신중하게 행동했고, 그에게 전처럼 허물없이 친절하게 대하지 않았다. 확실히 이런 행동도 내 잘못이었다. 나중에 밝혀지듯이, 은혜를 아는 이 정직한 친구는 그런 생각조차 하지 못한 채 신앙심 깊은 기독교인이자 고마움을 아는 사람으로서 최선의 원칙과 일치하는 것만 고려하고 있었다. 물론 내게는 너무나도 만족스러운 일이었다.

여러분도 이해하겠지만, 프라이데이에 대한 경계심이 계속되는 동안 나는 그가 새롭게 품고 있는 생각을 무심코 드러내지 않을까 하는 마음에 매일 이것저것 캐물었다. 하지만 그는 무슨 말을 하든 너무나 솔직하고 순진하게 털어놔서 내 의심을 키울 만한 구석이 전혀 없었다. 그리고 내 마음이 그렇게 불편했는데도 결국은 내가 자기를 다시 믿게 만들었다. 프라이데이는 내가 불편해하는 것조차 알아채지 못했다. 그래서 나는 더 이상 그 녀석이 나를 속일 거라고 의심할 수 없었다.

어느 날 지난번과 같은 언덕을 걸어 올라가고 있을 때였다. 바닷가에 안개가 끼어 있어서 대륙이 보이지 않았다. 나는 프라이데이를 부르며 말했다. "프라이데이, 네 고향에 가고 싶지 않니? 네 동족을 만나고 싶지 않아?" 프라이데이는 그렇다고 답하면서 "나 내 동족에게 가면 아주 기뻐요."라는 말을 덧붙였다. 내가 "그곳에 가면 뭘 할 거야? 다시 야생 상태로 돌아가 인육을 먹고 전처럼 야만인으로 살 거야?"라고 물었더니 프라이데이는 근심이 가득한 얼굴로 고개를 저으면서 말했다. "아니요, 아니요. 프라이데이가 그 사람들 착하게 살라고 말해요. 하나님께 기도하고, 곡식 빵과 염소, 우유 먹으라고 말해요. 다시는 사람 먹지 말라고 말해요." 내가 "글쎄, 그럼 그 사람들이 너를 죽일 텐데."라고 말하자, 그는 아주 심각한 얼굴을 하더니 이렇게 말했다. "아니요, 그들 나 안 죽여요. 그들 사랑 배우기 해요." 그들이 기꺼이 배울 것이라는 뜻 같았다. 그러고는 동족들이 보트를 타고 온 수염 난 사람들에게서도 많은 것을 배웠다고 덧붙였다. 그래서 나는 다시 그들에게 돌아가겠냐고 물었고, 프라이데이는 빙긋이 웃으면서 그렇게 멀리까지는 헤엄쳐 가지 못한다고 말했다. 나는 그에게 카누를 만들어 주겠다고 말했다. 그러자 그는 내가 함께 가면 자신도 가겠다고 대답했다. 내가 "내가 간다고? 왜? 내가 거기 가면 사람들이 나를 잡아먹을 거야."라고 말했더니, 그는 "아니요, 아니요. 내가 그 사람들 주인님 못 먹게 만들어요. 내가 그 사람들 주인님 많이 사랑하게 만들어요."라고 답했다. 그의 말은 그들에게 내가 자기 적들을 어떻게 죽이고 자기 목숨을 어떻게 살려 주었는지 설명해서 그들이 나를 사랑하게 만들겠다는 뜻이었다. 그러고는 동족들이 조난을 당해 해안에 도착한 백인 혹은 수염 난 사람들 열일곱 명에게 얼마나 친절하게 대했는지를 최선을 다해 설명했다.

고백하자면, 나는 바로 이때부터 위험을 무릅쓰고 모험을 떠나 이 수염 난 사람들에게 합류할 수 있지 않을까 생각하기 시작했다. 내 짐작에 그들은 스페인인들이나 포르투갈인들이 분명했다. 그곳은 대륙이고 사람들 수도 꽤 되니까 해안에서 40마일이나 떨어진 섬에서 도움받을 곳 없이 혼자 있을 때보다 훨씬 더 수월하게 탈출 방법을 찾을 수 있으리라는 것을 의심하지 않았다. 그래서 며칠 뒤에 나는 이 이야기를 할 작정으로 프라이데이를 데리고 다시 일하러 나갔다가 그 녀석에게 고향으로 돌아갈 수 있도록 보트를 하나 주겠다고 말했다. 나는 섬 반대편에 정박시켜 놓은 내 전함으로 그 녀석을 데리고 갔다. 항상 물속에 가라앉혀 두기 때문에 보트에 있던 물을 퍼내어 꺼낸 뒤 함께 보트에 올랐다.

가만 보니 이 녀석은 보트를 아주 능숙하게 다루었고, 나만큼이나 빠르고 신속하게 보트를 부릴 줄 알았다. 그래서 나는 프라이데이가 배에 타고 있을 때, "자, 프라이데이야, 우리 그냥 너희 동족에게 갈까?"라고 말했다. 프라이데이는 내가 그렇게 말하는데도 아주 덤덤한 표정을 지었다. 아마 그렇게까지 멀리 가기에는 보트가 너무 작다고 생각하는 듯했다. 그래서 나는 그 녀석에게 더 큰 보트도 있다고 말해 주었다. 다음 날, 나는 내가 만들어 놓고 물에 띄우지 못한 첫 번째 보트가 있는 곳으로 갔다. 프라이데이는 그 정도면 충분히 크다고 말했다. 하지만 전혀 신경 쓰지 않은 채로 22~23년을 방치해 놓은 탓에 보트는 햇볕에 망가져서 쩍쩍 갈라져 있었다. 어찌 보면 썩어 있다고 할 수 있었다. 프라이데이는 그런 보트만 있으면 아주 잘 할 수 있다고 말했는데, 그 정도면 식량, 물, 빵을 충분히 실을 수 있다는 것을 그렇게 표현한 모양이었다.

나는 그 무렵에 프라이데이와 함께 대륙에 가보겠다는 계획을 거의 완전하게 굳힌 상태였다. 그래서 나는 그에게 이만큼 큰 보트를 만들러 가자고 말하면서, 그렇게 되면 그 보트를 타고 고향에 갈 수 있다고 덧붙였다. 그러자 프라이데이는 한마디 말도 없이 아주 심각하고 슬픈 표정만 지었다. 내가 무슨 일이냐고 물었더니 도리어 내게 이렇게 물었다. "왜, 주인님 프라이데이에게 화났어요? 내가 뭐 했어요?" 나는 무슨 말이냐고 되물으면서 너 때문에 화난 게 전혀 없다고 말했다. 그러자 프라이데이는 몇 차례 똑같은 말을 반복했다. "화 안 나요! 화 안 나요! 왜 프라이데이 고향으로, 내 동족에게 보내려 해요?" 그래서 나는 "왜냐고? 프라이데이야. 네가 고향에 가고 싶다고 말했잖니?"라고 말했더니, 녀석은 "그래요. 그래요. 둘 다 거기 가고 싶어요. 주인님 거기 안 가면 프라이데이도 가고 싶지 않아요."라고 대답했다. 한마디로, 프라이데이는 나 없이는 고향에 돌아갈 생각이 전혀 없었던 것이다. 내가 다시 말했다. "프라이데이야, 내가 거기 간다고? 내가 거기서 뭘 하겠니?" 프라이데이는 이 말을 듣고 재빨리 나를 향해 몸을 돌리며 말했다. "좋은 일 아주 많이 해요. 사나운 사람들 가르쳐서 착하고 멀쩡하고 온순한 사람들로 가르쳐요. 그 사람들에게 하나님 알고 하나님께 기도하고 새롭게 살라고 가르쳐요." "아, 프라이데이. 넌 네가 지금 무슨 말을 하는지 알고는 있니? 난 그냥 무식한 사람일 뿐이야." 내가 이렇게 말하자, 프라이데이가 다시 말을 이었다. "아니요. 아니요. 당신 나한테 좋은 것 가르쳐요. 그 사람들에게도 좋은 것 가르쳐요." "아니야, 절대 아니야, 프라이데이. 너는 혼자 고향으로 가고, 나는 예전처럼 여기 혼자 살게 그냥 떠나거라."라고 했더니, 프라이데이는 다시 한 번 당황한 표정을 짓고는 몸에 지니고 다니던 도끼 하나를 급하게 집어 들고 와서는 내게 건넸다. "이걸로 뭘 하라고?" 내가 물었다. "그걸 들고 프라이데이 죽여요." 그가 말했다. "왜 내가 널 죽여?" 내가 다시 묻자 프라이데이는 재빨리 답했다. "왜 주인님 프라이데이 멀리 보내려고 해요? 그냥 도끼 들고 프라이데이 죽여요. 프라이데이 멀리 보내지 마요." 그 녀석이 어찌나 마음을 다해 말하던지, 나는 그의 눈에 눈물까지 맺혔음을 알아챘다. 이 일을 통해 나는 그가 내게 품고 있는 애정이 얼마나 대단한지, 그의 마음속에 품고 있는 결심이 얼마나 단호한지 똑똑히 알 수 있었다. 그래서 나는 그때는 물론 이후에도 여러 번에 걸쳐, 그가 나와 함께 있고 싶다면 절대로 떠나보내지 않겠다고 말해 주었다.

전체적으로 그리고 프라이데이와의 대화를 통해 봤을 때, 나는 그의 마음속에 나를 향한 애정이 확고하게 자리 잡고 있으며 어떤 것도 내게서 그를 떼어 놓을 수 없음을 알게 되었다. 그래서 나는 그가 자기 고향에 돌아가고 싶어 하는 마음이 동족에게 느끼는 열렬한 애정과 내가 그들에게 좋은 일을 해주기를 바라는 희망에서 비롯된 것임을 알 수 있었다. 사실 나는 내 자신을 그런 사람으로 생각한 적이 없었고, 그런 일을 맡아 해보겠다는 생각이나 의지, 소망 같은 것도 전혀 없었다. 하지만 탈출을 시도해 보고 싶은 마음은 여전히 강렬했는데, 그 강한 충동은 바로 수염 난 사람들 열일곱 명이 살고 있다는 이야기를 통해 얻게 된 추정 때문이었다. 따라서 나는 더 이상 지체하지 않고 곧바로 프라이데이와 큼직한 나무를 찾아 나섰다. 베어 넘겼을 때 항해용 페리아구아 또는 카누를 만들기에 적절한 나무여야 했다. 사실 이 섬에는 페리아구아나 카누 선단이 아니라 상당히 큰 선박으로 이루어진 소규모 선단을 만들기에도 충분할 만큼 나무가 많았다. 하지만 내가 가장 중점적으로 본 것은 완성한 다음 물에 띄울 수 있도록 물가 가까이에 있는 나무여야 한다는 것이었다. 그래야 처음에 저지른 실수를 피할 수 있었다.

마침내 프라이데이가 나무 한 그루를 골랐다. 그 녀석은 어떤 종류의 나무가 카누 만들기에 적합한지 나보다 훨씬 더 잘 알고 있었다. 실은 나는 지금까지도 우리가 무슨 나무를 베었는지 알지 못한다. 다만 그것이 사람들이 황목(黃木)이라 부르는 나무와 아주 비슷하거나 그게 아니면 그 나무와 니카라과 나무 중간쯤에 해당하는 나무라는 사실만 알고 있었다. 왜냐하면 색깔과 냄새가 아주 비슷했기 때문이다. 프라이데이가 이 나무를 보트로 만들기 위해 나무 안쪽을 태워서 빈 공간을 만들려고 하기에 나는 도구로 나무를 깎아 내는 방법을 보여 주었다. 내가 도구를 어떻게 사용하는지 시범을 보이자 그는 아주 능숙하게 따라 했고, 한 달 정도 고생한 끝에 아주 미끈한 보트를 완성해 냈다. 특히 프라이데이에게 도끼를 다루는 법을 가르쳤더니, 둘이 함께 보트 바깥쪽을 쳐내고 다듬을 수 있어서 제대로 모양새를 갖춘 보트를 만들 수 있었다. 하지만 보트를 완성한 이후에도 물에 띄우기까지 보름 정도가 더 들었는데, 커다란 굴림대 위에 보트를 올려놓고 1인치씩 살살 밀어야 했기 때문이었다. 어쨌든 물에 띄우고 보니, 보트는 스무 명까지 무리 없이 태울 수 있을 듯했다.

　나는 물에 띄운 보트가 꽤나 큰데도 프라이데이가 아주 능숙하고 신속하게 보트를 다루고 틀고 노를 저어서 무척 놀랐다. 그래서 내가 그에게 보트를 타고 과감한 항해에 나서겠냐고 묻자, 프라이데이는 "그래요. 보트 타고 아주 잘 나갈 수 있어요. 비록 큰 바람 불어도요."라고 답했다. 하지만 내게는 그 녀석이 전혀 알지 못하는 원대한 계획이 하나 더 있었다. 그것은 바로 돛대와 돛을 만들고 닻과 닻줄까지 설치하는 것이었다. 돛대의 경우에는 구하기가 쉬웠다. 근처에서 발견한 곧게 뻗은 어린 삼나무를 골랐는데, 섬 어디서나 볼 수 있는 나무였다. 나는 프라이데이에게 나무를 베라고 시킨 다음, 어떤 모양으로 만들어야 하는지 알려 주고 작업을 지시했다. 하지만 돛은 내가 특별히 신경 써서 처리해야 했다. 내게 오래된 돛과 천 조각들이 충분히 남아 있긴 했지만 26년째 갖고만 있었지 이런 일에 쓸 날이 올 거라고 생각하지 않아 정성 들여 보관하지 않았던 터라 분명히 전부 썩었을 거라 생각했다. 실제로 찾아보니 대부분 그런 상태였다. 하지만 꽤 멀쩡해 보이는 조각 두 개를 찾아내서 이것들로 작업을 시작했다. (다들 예상하겠지만) 바늘이 없어서 아주 힘들고 지루하게 천 조각을 이어 붙인 결과, 보기는 흉하지만 그럭저럭 삼각형 모양의 돛을 완성할 수 있었다. 영국에서 양어깨 돛이라 부르는 것과 비슷하게 생긴 돛이었다. 그리고 이와 함께 돛대 아래쪽에는 아래 활대를, 위쪽에는 보통 대형 보트로 항해할 때 많이 다는 짧은 스프리트 활대를 만들어 달았다. 내 이야기의 앞부분에서 설명했듯이 나는 북아프리카에서 도망칠 때 탄 보트에도 달려 있었던 이런 활대에 대해서 잘 알고 있었다.

돛대와 돛을 만들어 설치하는, 이 마지막 작업을 끝마치는 데 거의 두 달이 걸렸다. 바람이 불어오는 쪽을 향해 가야 하는 경우를 대비하여 돛대를 받쳐 주는 밧줄과 보조 돛 혹은 보조 앞 돛까지 만들다 보니 그럴 수밖에 없었다. 그리고 특히 그중에서도 배를 조종하기 위해 선미 쪽에 키를 고정시켜 놓는 일이 중요했는데, 비록 내가 서투른 목공이었지만 그래도 그런 것이 유용하고 필요하다는 사실쯤은 알고 있었기에 그 작업에 수고를 아끼지 않았다. 괜히 궁리만 하다가 실패로 끝난 멍청한 계획들까지 고려하면 보트를 만드는 데 들어간 노동이 이 작업에 들어간 노동에 맞먹을 테지만, 어쨌든 완성하는 데 성공했다.

이 작업까지 모두 끝낸 뒤에 나는 내 하인 프라이데이에게 보트의 항해 방법을 가르쳐야 했다. 이 녀석이 카누 젓는 데는 일가견이 있었지만, 돛이나 키에 관해서는 전혀 아는 게 없었기 때문이었다. 그래서 프라이데이는 내가 바다에서 키를 움직여 카누를 몰고 다니고, 항해하는 방향이 바뀔 때마다 돛을 이리저리 이동시키는 모습을 보고는 무척이나 놀라워했다. 다시 말하면, 그 모습을 보고 크게 놀라 넋이 빠진 사람처럼 서 있었다. 하지만 사용법을 조금 가르쳐 주었는데도 프라이데이는 모든 것을 잘 깨우쳤고, 금세 노련한 선원이 되었다. 다만 나침반만은 제대로 이해시키지를 못했는데, 이 섬은 흐린 날이 거의 없고 안개도 좀처럼 또는 전혀 끼지 않아서 나침반이 필요한 경우가 그리 많지 않았다는 이유도 한몫 거들었다. 밤에는 항상 별을 볼 수 있고 낮에는 해안가를 볼 수 있었기 때문에 더욱 그랬다. 우기는 예외지만, 사실 이때는 육로로든 뱃길로든 누구도 밖으로 나다니려는 사람이 없었다.

이제 이 섬에서 감금된 상태로 살아온 지도 27년째에 접어들고 있었다. 이 녀석과 함께 머무른 마지막 3년은 그 이전의 모든 시간과는 완전히 다른 삶이었기에 그 계산에서 빼는 게 맞는 것 같다는 생각도 든다. 이 섬에 도착한 날은 첫 번째 기념일과 마찬가지로, 자비를 베풀어 주신 하나님께 감사하는 마음으로 보냈다. 이제는 하나님의 섭리가 나를 보호해 준다는 증거가 더 많아진 데다가 내가 실제로 빠른 시일 내에 구원받을 수 있다는 희망까지 갖게 되었으니 감사드릴 게 훨씬 더 많아진 셈이었다. 구원의 시간이 가까이 다가왔고, 이 섬에서 살게 될 시간이 1년도 채 남지 않았으리라는 생각이 점점 더 확고해져 갔다. 그래도 나는 평소대로 땅을 개간하고 작물을 심고 울타리를 치면서 일상적인 집안일을 처리해 나갔다. 그리고 전처럼 포도도 따서 말리는 등 필요한 모든 일을 해 나갔다.

그럭저럭하다 보니 우기가 찾아왔다. 이 기간 동안에는 다른 때보다 더 집에만 머물렀다. 그래서 새로 만든 배를 가능한 안전하게 정박시켜 놓았다. 내가 얘기한 대로, 처음에 본선에서 뗏목을 타고 와 내린 바로 그 샛강까지 카누를 몰고 올라간 다음, 수위가 가장 높을 때 뭍으로 끌어 올려놓았다. 나는 프라이데이에게 배가 들어갈 만큼의 크기와 물이 들어와 뜰 수 있을 정도의 깊이로만 땅을 파게 해서 일종의 작은 독을 만들도록 했다. 그런 다음 물이 빠져나갔을 때, 독 끝에 튼튼한 둑을 세워서 물이 더 이상 들어오지 않게 했다. 그래서 바다 쪽에서 밀물이 들어오더라도 배는 건조한 상태를 유지할 수 있었다. 여기에 비를 맞지 않도록 초가집 지붕처럼 커다란 나뭇가지를 아주 두껍게 얹어 놓았다. 그렇게 우리는 11월과 12월이 오기를 기다렸다. 나는 그때 모험을 감행하기로 계획했다.

다시 날씨가 좋은 계절이 오자, 맑은 날씨와 함께 마음속에 품고 있던 계획도 다시 생각나면서 매일 항해 준비를 하게 되었다. 가장 먼저 한 일은 항해에 필요한 식량을 어느 정도 비축하는 일이었다. 나는 일주일이나 이주일 뒤에 독을 열고 보트를 바다에 띄울 생각이었다. 어느 날 아침 이런 일을 하느라 한참 분주했던 나는 프라이데이를 불러 바닷가로 나가서 거북이나 자라를 찾아보라고 시켰다. 살코기뿐 아니라 알을 먹기 위해서도 일주일에 한 번 정도는 늘 이놈들을 잡았다. 밖으로 나간 지 얼마 안 되어 프라이데이가 헐레벌떡 뛰어오더니 바깥 방벽을 훌쩍 뛰어넘어 왔다. 어찌나 빨리 뛰어오던지 발이 땅에 닿는 게 보이지 않을 정도였다. 내가 말을 꺼낼 새도 없이 프라이데이가 나를 향해 큰 소리로 외쳤다. "오, 주인님! 주인님! 오, 슬퍼요! 오, 나빠요!" 내가 대체 무슨 일이냐고 묻자, 그 아이는 "오, 저 너머, 저기요. 하나, 둘, 세 개 카누요! 하나, 둘, 셋!"이라고 답했다. 프라이데이가 말하는 걸로 봐서는 카누가 여섯 척일 거라고 결론을 내렸지만, 더 자세히 물어보니 카누는 고작 세 척이었다. 나는 말했다. "프라이데이, 겁먹지 마라." 그렇게 나는 최선을 다해 그의 기운을 북돋웠다. 하지만 보아하니 이 가여운 녀석은 너무나도 겁에 질려 있었다. 녀석의 머릿속에는 그자들이 자기를 찾으러 왔고, 자기를 토막 낸 다음 먹어 치울 거라는 생각밖에는 없었을 것이다. 녀석이 하도 덜덜 떨어서 어떻게 해줘야 할지도 모를 지경이었다. 나는 최대한 그의 마음을 달래 주면서 나도 마찬가지로 크게 위험하며, 너뿐 아니라 나도 잡아먹힐 거라고 말해 주었다. "프라이데이, 우리는 그자들과 싸울 결심을 해야 해. 싸울 수 있겠지, 프라이데이?" 그러자 프라이데이는 "나 총 쏴요. 하지만 거기 사람 많아요."라고 말했다. 나는 다시 입을 열었다. "그건 문제가 되지 않아. 우리가 죽이지 못하더라도 우리 총 때문에 겁을 먹을 거야." 그러면서 내가 너를 지켜 준다면 너도 나를 지켜 주겠냐고, 내 곁에서 내가 시키는 대로 하겠냐고 물었더니, 프라이데이는 "나 죽어요. 주인님이 죽으라고 시키면." 하고 대답했다. 그래서 나는 럼주 통으로 가서 술을 가지고 온 다음, 녀석에게 건넸다. 내가 럼주를 워낙 아껴 마신 덕분에 꽤 많은 양이 남아 있었다. 프라이데이가 럼주를 들이켜고 나자, 나는 우리가 늘 갖고 다니던 사냥용 엽총 두 정을 갖고 오게 한 다음 소형 권총 총알 만한 백조 사냥 총알을 장전했다. 그런 다음, 머스킷 총 네 정도 가져와서 각각에 산탄 두 발과 소형 총알 다섯 발씩을 장전했다. 또한 권총 두 정에도 총알을 한 줌씩 장전했다. 나는 평소대로 칼집 없이 커다란 칼을 옆에 차고는 프라이데이에게 도끼를 건네주었다.

그렇게 모든 준비를 마친 다음, 망원경을 챙겨 언덕 옆으로 올라가 무엇이 보이는지 살펴보았다. 망원경으로 보니 거기에는 야만인 스물한 명, 포로 세 명, 카누 세 척이 있었다. 나는 그들이 이 세 사람 몸으로 승리의 잔치를 벌이는 데 정신이 온통 쏠려 있음을 알 수 있었다. (정말이지 야만스러운 잔치였지만) 앞에서 말했듯이 그들에게는 너무나도 흔한 일에 불과했다.

또한 그들이 전에 프라이데이가 도망칠 때 상륙했던 그 지점이 아니라 내가 사는 샛강 쪽에 더 가까운 저지대 해안가로 상륙했다는 사실도 알게 되었다. 울창한 숲이 거의 바다에 이를 정도로 아래쪽까지 이어진 곳이었다. 이 야만인들이 자행할 그 무자비한 짓에 대한 혐오감과 더불어 이들이 내가 사는 곳 가까이에 왔다는 사실까지 더해지자 분노가 어찌나 치솟아 오르는지, 프라이데이가 있는 곳까지 다시 내려간 나는 당장 그 자들이 있는 곳에 가서 모두 죽여 버릴 결심이 섰다고 말했다. 그러고는 그에게 내 곁을 지키겠냐고 물었다. 이제 프라이데이는 두려움을 모두 극복한 상태였다. 내가 건넨 럼주 때문에 용기도 조금 생긴 모양이었다. 프라이데이는 아주 기분 좋았는지, 전처럼 내게 "나 죽어요, 주인님이 죽으라고 시키면."이라고 말했다.

이렇게 분노가 치밀어 오른 상태에서 우선 나는 이미 장전해 놓은 무기들을 전처럼 프라이데이와 나눠 가졌다. 프라이데이에게는 권총 한 정을 주어 허리띠에 매달게 하고 어깨에는 엽총 세 정을 걸치게 했다. 나도 권총 한 정과 나머지 엽총 세 정까지 챙겼다. 우리는 이런 태세로 진군해 나갔다. 나는 작은 럼주 병 하나를 주머니에 넣고 프라이데이에게는 화약과 총알 여분이 든 커다란 자루를 들게 했다. 나는 프라이데이에게 내 뒤를 바짝 쫓아오되, 내가 명령할 때까지는 움직이거나 총을 쏘지 말고 아무것도 하지 말라고 했다. 그리고 한 마디도 하지 말라고 했다. 나는 이런 태세로 샛강을 지나 숲속에 들어갈 때까지 오른쪽으로 거의 1마일 정도를 나아갔다. 그들에게 발각될 염려 없이 그들을 총으로 쏠 수 있는 사정거리 안까지 들어간 셈이었다. 망원경으로 파악해 둔 것이라 손쉽게 이동할 수 있었다.

그런데 이렇게 행군하고 있는 동안, 예전에 했던 생각이 다시 떠오르면서 결심이 흔들리기 시작했다. 그들이 숫자적으로 많아서 두려웠다는 얘기는 결코 아니다. 그들이 발가벗은 채 아무런 무장도 하지 않은 상태라 내가 그자들보다 우위에 있는 건 분명했다. 설령 나 혼자 있었어도 그랬을 것이다. 대신 다음과 같은 생각이 떠올랐다. 내가 누구의 부름으로, 무슨 근거로, 무슨 불가피한 사정으로 거기까지 가서 손에 피를 묻혀야 하고, 내게 아무런 나쁜 짓도 하지 않았고 그럴 생각조차 없는 자들을 공격해야 하는가? 나와 관련하여 말하자면, 그들은 내게 아무 죄도 짓지 않았다. 그들의 야만적인 풍습은 하나님이 그쪽에 사는 다른 부족 사람들과 함께 그토록 어리석고 비인간적인 행위를 하도록 내버려 두셨다는 표시이기 때문에 그들에게 닥친 재앙일 뿐이었다. 하지만 하나님은 내게 그들의 행위를 심판하라고 하신 적이 없고, 하나님의 정의를 집행하는 집행관이 되라고 하신 적은 더더욱 없었다. 그리고 하나님께서는 당신이 적합하다고 생각하시면 언제나 그 대의를 당신 손으로 처리하는 분이시며, 이들 종족이 저지른 범죄에 대해서는 종족 차원에서 징벌을 받도록 하는 분이시라 그들 사이에 내가 상관할 일은 전혀 없었다. 사실 프라이데이라면 그런 행위를 정당화할 수 있을 텐데, 그는 이 종족의 공표된 적이며 그들과 전쟁 중이기 때문이었다. 그래서 프라이데이가 그들을 공격하는 행위는 정당했다. 하지만 나의 경우에는 프라이데이와 똑같다고 할 수 없었다. 진군하는 내내 이런 생각들이 내 머리를 열렬히 눌러 내린 탓에 나는 일단 현장에 가서 그들 가까이에 숨어 있다가 그들의 야만스러운 잔치를 지켜보면서 하나님께서 지시하는 대로 행동해야겠다고 결심했다. 어쨌든 내가 이제껏 이해하게 된 것보다 더 분명한 명분이 생기지 않는 한 끼어들지 않겠다고 다짐했다.

이런 결심을 하고 숲에 들어섰다. 최대한 소리를 내지 않으려고 조심하고 있었고 프라이데이는 내 뒤를 바짝 따라오는 중이었다. 마침내 야만인들이 있는 곳 바로 옆의 숲 가장자리까지 나아갔다. 이제 나와 그들 사이에는 숲 가장자리만 가로놓여 있었다. 여기서 나는 조용히 프라이데이를 불러 숲 가장자리에 서 있는 큰 나무 한 그루를 가리키면서 그 나무로 가서 그들이 하고 있는 짓이 똑똑히 보이는지 확인하고 오라고 했다. 프라이데이는 지시대로 하고서 곧바로 돌아와 거기서 야만인들이 똑똑히 보이며, 지금 모두 불 주위에 둘러앉아 포로 한 명을 죽여 그 인육을 먹고 있는 중이라고 말했다. 그리고 또 다른 포로 한 명이 그들로부터 조금 떨어진 모래 위에 묶인 채 누워 있는데 다음에 잡아먹힐 것 같다고 말했다. 그 말을 듣는 순간, 내 영혼이 품은 분노의 불길이 타오르는 듯했다. 프라이데이는 나머지 포로가 자기네 동족 사람이 아니라 보트를 타고 자기 고향에 왔다고 얘기한 적 있는 수염 난 사람들 중 하나라고 말했다. 수염 난 백인이라는 말을 듣자 소름이 끼쳤고, 나무로 가서 망원경으로 보니 바닷가에 누워 있는 백인이 또렷하게 보였다. 그의 손과 발은 창포 잎인지 골풀인지 모를 것에 묶여 있었다. 유럽인이 분명했고 옷도 입고 있었다.

내가 있던 지점보다 그들에게 50야드 정도 더 가까운 곳에 나무 한 그루가 있었고, 그 너머로는 자그마한 덤불이 있었다. 약간 돌아가면 들키지 않고 그 자리로 갈 수 있을 것 같았는데, 그렇게 되면 사정거리가 절반으로 줄 듯했다. 정말이지 극도로 화가 났지만, 애써 화를 억누르면서 스무 걸음 정도를 뒤로 돌아가 덤불 뒤에 몸을 숨겼다. 덤불은 내가 말한 다른 나무까지 쭉 이어져 있었다. 그런 다음, 약간 지대가 높은 곳으로 올라갔더니 80야드 전방에 그자들의 모습이 훤히 다 보였다.

이제 나는 한순간도 허비할 수가 없었다. 끔찍한 야만인들 열아홉 명이 한데 바짝 모여 앉아 있었는데, 방금 전에 동료 두 명에게 그 가엾은 기독교인을 죽이고 사지를 따로 떼서 불 근처로 가져오라고 시킨 듯했다. 두 놈이 포로 발을 묶은 줄을 풀려고 웅크리고 앉아 있었다. 나는 프라이데이를 향해 몸을 돌리며 말했다. "지금이야, 프라이데이. 시키는 대로 해." 프라이데이는 그러겠다고 말했고, 나는 그에게 재차 말했다. "프라이데이, 내 행동을 보고 그대로 따라 해. 절대로 실수해서는 안 돼." 나는 머스킷 총 한 정과 엽총 한 정을 땅에 내려놓았다. 프라이데이도 그대로 따라 했다. 나는 나머지 머스킷 총으로 야만인들을 겨냥하면서 프라이데이에게도 똑같이 하라고 지시했다. 그런 다음, 준비됐냐고 물으니 프라이데이는 그렇다고 대답했다. 그자들에게 총을 쏘라고 말하는 동시에 나도 총을 쐈다.

프라이데이는 나보다 훨씬 더 정확히 조준을 했던 모양이었다. 그가 총을 쏜 쪽에서는 야만인 두 명이 죽고 세 명이 부상을 입었으며, 내 쪽에서는 한 명이 죽고 두 명이 부상을 입었다. 여러분도 확신하겠지만, 그자들은 예상치 못한 공격에 무척이나 당황해했다. 다치지 않은 자들은 모두 자리에서 벌떡 일어났다. 하지만 그들은 어디로 도망가야 할지, 어느 쪽을 봐야 할지를 모른 채 우왕좌왕했다. 자신들을 파멸시킨 원인이 어디서 시작된 것인지를 전혀 알지 못했기 때문이었다. 프라이데이는 지시대로 내 행동을 지켜보느라 내게서 눈을 떼지 못했다. 첫 번째 사격을 마치자마자 나는 머스킷 총을 던져 버리고는 엽총을 들었다. 그러자 프라이데이도 똑같이 했다. 프라이데이는 내가 공이치기를 당겨 세우고 총을 겨누자 이번에도 그대로 따라 했다. "프라이데이, 준비 됐어?" 내가 물었다. "네." 그가 대답했다. 나는 "자, 그럼. 하나님의 이름으로 발사!"라는 말과 함께 충격에 빠져 있는 야만인들에게 다시 총을 쐈다. 프라이데이도 마찬가지였다. 우리의 엽총에는 내가 일명 백조 탄환 혹은 소형 권총 총알이라 부르는 총알들이 장전되어 있었기 때문에 쓰러진 사람은 둘뿐이지만 부상자는 상당히 많았다. 그들은 미친놈들처럼 고함을 치고 비명을 지르면서 이리저리 뛰어다녔는데, 다들 피투성이였고 대부분 심하게 다친 상태였다. 곧바로 세 명이 더 쓰러졌지만, 완전히 숨이 끊어진 상태는 아닌 듯했다.

나는 다 쏜 엽총을 내려놓고 아직 장전이 되어 있는 머스킷 총을 집어 올리며 말했다. "자, 프라이데이. 이제 나를 따라와." 프라이데이는 용기 백배하여 내 말을 따랐다. 나는 숲에서 뛰쳐나가면서 모습을 드러냈다. 프라이데이는 내 뒤를 바짝 쫓았다. 야만인들이 내 모습을 봤다는 것을 알아차리자마자 나는 목청껏 소리를 질렀고, 프라이데이에게도 그렇게 하라고 시켰다. 그리고 최대한 빠르게 달려가서 그 불쌍한 포로에게 곧장 다가갔다. 무기를 한껏 짊어진 상태라 사실 그리 빠르지는 못했다. 앞서 말한 대로 포로는 야만인들이 앉아 있던 곳과 바다 사이의 해변 위에 누워 있었다. 그를 죽일 참이었던 도살자 두 놈은 이미 첫 번째 사격에 놀라 혼비백산하여 바닷가에 있는 카누 안으로 뛰어든 뒤였다. 무리 중 세 놈도 똑같이 그쪽으로 피해 있었다. 나는 프라이데이 쪽으로 몸을 돌리면서 그에게 앞으로 돌진하여 그자들을 총으로 쏘라고 지시했다. 프라이데이는 곧바로 내 말을 알아듣고 40야드 정도를 뛰어서 그들 가까이로 가더니 총을 쐈다. 그들이 카누 위로 죄다 쓰러지는 모습이 보여서 모두 죽은 걸로 생각했더니, 그중 둘이 다시 곧바로 일어나는 게 보였다. 어쨌든 그들 중 둘은 죽고 세 번째 녀석은 부상을 입었는데, 그 녀석은 죽은 사람처럼 보트 바닥에 뻗어 있었다.

내 하인 프라이데이가 그들에게 총을 쏘는 동안, 나는 칼을 꺼내서 그

296

가엾은 포로를 묶고 있는 창포 잎들을 잘라 냈다. 그의 손발을 풀어 준 뒤 나는 그를 일으켜 세우며 포르투갈어로 "당신은 누구시오?"라고 물었다. 그는 라틴어로 "기독교인이요."라고 대답했다. 그는 너무 쇠약해진 데다가 어지러웠는지 일어서거나 말하는 것도 힘들어했다. 나는 마시라는 손짓을 하며 주머니에서 꺼낸 술병을 그에게 건넸다. 그가 몇 모금 넘기고 난 뒤에는 빵을 건네주었다. 그는 빵도 먹었다. 그러고 나서 나는 그에게 어느 나라 사람이냐고 물었다. 그는 스페인인이라고 답하고는 약간 정신을 차렸는지 온갖 손짓 발짓으로 자기 목숨을 구해 준 내게 큰 빚을 졌다며 정말로 고맙다는 표시를 했다. 나는 알고 있는 스페인어를 죄다 동원하여 "선생, 그 이야기는 나중에 합시다. 일단 우리는 지금 싸워야 합니다. 아직 힘이 남아 있다면, 이 권총과 칼을 받아 마구 휘두르시오."라고 말했다. 그는 아주 고마워하면서 무기들을 받더니, 손에 무기를 들자마자 새로이 힘이 솟은 모양인지 복수의 화신처럼 자신을 죽이려던 살인자들에게로 덤벼들어 순식간에 두 녀석을 난도질해 버렸다. 사실 그들에게는 이 모든 일이 깜짝 놀랄 기습이었을 것이다. 그 불쌍한 자들은 우리가 쏜 총소리에 너무 놀란 나머지 순전히 경악과 공포에 휩싸여 쓰러지고 말았다. 그리고 그들의 살이 우리의 총알을 버텨 내지 못한 것처럼 그들은 도주 시도를 할 힘조차 없었다. 프라이데이가 총으로 쏜 보트에 있던 야만인 다섯 명이 바로 그런 경우였는데, 그중 세 명은 총상으로 인해, 나머지 두 명은 두려움으로 인해 쓰러진 것이었다.

나는 장전 상태를 유지하기 위해 총을 쏘지 않고 계속 들고만 있었다. 스페인 사람에게 내 권총과 칼을 넘겨주었기 때문에 나는 프라이데이를 불러 처음 우리가 총을 쏜 나무까지 뛰어가서 이미 쏜 뒤 바닥에 내려 둔 무기를 갖고 오라고 했다. 프라이데이는 정말로 재빠르게 내 지시를 처리했다. 프라이데이에게 내 머스킷 총을 건넨 뒤, 나는 앉아서 모든 무기들을 다시 장전하고 두 사람에게 필요하면 내게 오라고 지시했다. 그런데 내가 무기들을 장전하고 있는 동안, 스페인인과 야만인 한 명 사이에 치열한 싸움이 벌어졌다. 야만인은 내가 막지 않았더라면 스페인인을 도살하는 데 사용했을 바로 그 커다란 목검으로 그에게 덤벼들었다. 비록 몸에 힘은 없었지만 상상 이상으로 대담하고 용감했던 스페인인은 이 원주민 녀석과 한참 격투를 벌이면서 녀석의 머리에 두 곳이나 크게 자상을 입힌 상태였다. 하지만 워낙 튼튼하고 건장했던 그 야만인은 결국엔 스페인인에게 달려들어 그를 넘어뜨리고는 (기절 직전이었다.) 그가 쥐고 있던 내 칼까지 빼앗으려 하고 있었다. 그러나 그때 야만인 밑에 깔려 있던 영리한 스페인인은 칼을 포기하는 대신, 허리띠에서 총을 꺼내 야만인의 몸에 총알을 관통시켰다. 야만인은 그 자리에서 죽었다. 그를 돕기 위해 달려가고 있던 내가 그에게 가까이 가기도 전에 이미 상황은 종료되었다.

이제 마음대로 행동할 자유를 얻은 프라이데이는 손도끼 외에는 아무런 무기도 들지 않은 채 도망가는 야만인들 뒤를 쫓더니, 앞서 말한 부상당해 쓰러져 있던 야만인 세 명을 해치워 버렸다. 그리고 추격할 수 있는 나머지 녀석들까지 모두 해치웠다. 스페인인도 한몫 거들었다. 그는 내게 건네받은 엽총을 들고 야만인 두 명을 뒤쫓더니 그 둘 모두에게 부상을 입혔다. 하지만 그가 제대로 달리지를 못해서 두 녀석 모두 숲으로 달아났는데, 프라이데이가 대신 그 둘 뒤를 쫓아가 한 놈을 죽였다. 나머지 한 놈은 프라이데이가 따라가지 못할 정도로 몸이 날랬다. 그놈은 상처를 입었는데도 바닷물에 뛰어들었고, 있는 힘을 다해 카누에 남아 있던 야만인 두 명과 합류했다. 카누에 탄 이 세 명과 상처를 입었지만 죽었는지 살았는지 알 수 없는 한 명이 스물한 명 중에 우리 손을 빠져나간 야만인들 전부였다. 나머지를 집계하면 다음과 같다.

3명이 나무에서 처음 쏜 총에 맞아 죽음.

2명이 다음에 쏜 총에 맞아 죽음.

2명이 보트에서 프라이데이에게 죽음.

2명이 처음에 부상당한 자들이었는데 프라이데이에게 죽음.

1명이 숲에서 프라이데이에게 죽음.

3명이 스페인인에게 죽임을 당함.

4명이 부상당한 채 여기저기서 발견되거나 쫓아간 프라이데이에게 죽음.

4명이 보트를 타고 도망갔고 그중 한 명은 죽지는 않았지만 부상을 당함.

총 21명.

카누를 탄 야만인들은 사정거리에서 벗어나기 위해 안간힘을 썼다. 프라이데이가 그들을 향해 총을 두세 발 쐈지만, 한 명도 맞지 않은 듯했다. 프라이데이는 내가 그들이 타고 온 카누 한 척을 타고 그들을 추격하기를 원했다. 실제로 나도 그들이 탈출한 게 무척이나 걱정스러웠는데, 그들이 고향으로 돌아가 자기 동족들에게 자신들이 공격당한 소식을 전하고 카누 2백~3백 척을 끌고 이리로 돌아올까 봐 불안했기 때문이었다. 순전히 숫자로 압도한다면 우리가 잡아먹히는 것은 불 보듯 뻔한 일이었다. 그래서 나는 바다로 간 그들을 추격하는 데 동의하고는 그자들의 카누로 달려가 그 안으로 뛰어들었다. 그러고는 프라이데이에게 나를 따르라고 지시했다. 그런데 카누에 뛰어든 순간, 나는 또 다른 가여운 포로 한 명이 그 안에 산 채로 누워 있는 모습에 깜짝 놀랐다. 그 포로는 스페인인처럼 도살을 앞두고 손발이 묶인 채 누워 있었는데, 무슨 일이 벌어지는지도 모른 채로 두려움에 떨며 죽어 가고 있었다. 목이며 발이며 어찌나 오랫동안 단단히 묶여 있었던지, 그가 보트 바깥쪽을 쳐다보지도 못할 정도로 몸이 굳어 있었다. 실제로 살날이 얼마 남지 않은 것 같았다.

곧바로 나는 그자를 묶고 있던 꼬인 창포 잎 내지는 골풀을 잘라 낸 뒤에 그를 일으켜 세우려고 했지만, 그는 일어서지도, 말을 하지도 못한 채 그냥 애처로운 신음 소리만 냈다. 여전히 자기를 죽이기 위해 결박을 풀었을 뿐이라고 생각하는 듯했다.

프라이데이가 다가왔고, 나는 이자에게 말을 걸어 목숨을 구하게 됐다는 사실을 알려 주도록 했다. 그러고는 럼주 병을 꺼내어 그 불쌍한 야만인에게 한 모금 주라고도 했다. 이 불쌍한 야만인은 자신이 구출되었다는 사실을 전해 듣고 럼주를 들이켜더니 정신을 차려 일어나 앉았다. 그런데 그자의 말소리를 듣기 위해 다가온 프라이데이가 그의 얼굴을 보고는 갑자기 그에게 입을 맞추고, 그를 와락 부둥켜안고, 울고 웃다가 소리를 지르고, 여기저기 뛰어다니고, 춤을 추고 노래를 부르다 다시 울고, 양손을 꽉 쥐고 자기 얼굴과 머리를 때리고, 다시 노래를 부르는 등 미친 사람처럼 여기저기서 날뛰는 게 아닌가. 만약 누군가가 그의 그런 모습을 봤다면 가슴이 뭉클해져서 눈물을 흘렸을 것 같다. 한참이 지난 뒤에야 나는 프라이데이에게 말을 걸 수 있었고, 도대체 무슨 일인지 설명해 보라고 할 수 있었다. 다소 정신을 차린 프라이데이는 우리가 목숨을 구한 이 야만인이 바로 자신의 아버지라고 말했다.

이 불쌍한 야만인이 자기 아버지를 발견하고, 아버지가 죽음의 문턱에서 구출된 사실을 알고 난 후 마음속으로 느낀 희열과 자식으로서의 애정을 지켜보며 얼마나 감동을 받았는지는 말로 다 표현하기가 어려울 정도이다. 정말이지 이 일이 있고 난 뒤 프라이데이가 자기 아버지에게 보여 준 넘치는 사랑은 그 절반도 설명하기가 힘들다. 프라이데이는 보트에 들어갔다 나오기를 수없이 반복했다. 그는 아버지 옆으로 가서 앉은 채로 자기 가슴을 열어 헤치고 30분 정도 아버지의 머리를 자기 가슴에 바싹 대고 품더니, 오랜 결박으로 마비되어 뻣뻣해진 아버지의 팔과 발목을 붙잡고 양손으로 비비고 문질러 댔다. 그 행동의 이유를 알아차린 내가 상처 부위를 문지르라고 병에서 럼주를 조금 꺼내어 줬는데, 효과가 아주 좋았다.

이렇다 보니 카누를 타고 야만인들을 추적하는 일은 흐지부지되어 버렸다. 게다가 그들은 이제 시야에서 거의 벗어나 있었다. 우리가 그렇게 하지 않은 것은 결과적으로 다행스러운 일이었다. 두 시간이 채 못 된, 그들이 가야 할 거리의 4분의 1도 가지 못했을 시점에 바람이 아주 강하게 불기 시작했기 때문이었다. 바람은 밤새도록 끝없이 몰아쳤다. 게다가 그들이 가던 방향과는 반대인 북서쪽에서 불어 댔으니, 그들의 보트가 살아남았거나 그들이 사는 해안에 무사히 도착했을 거라고는 생각할 수 없었다.

다시 프라이데이 얘기로 돌아가자면, 이 친구는 아버지를 챙기느라 너무 분주했기 때문에 나는 당분간 그 녀석을 말릴 수 없겠다고 생각했다. 그러다 프라이데이가 잠시 아버지를 놔둬도 될 것 같아 보일 때 그 녀석을 부르자, 그는 깡충깡충 뛰고 웃으면서 말할 수 없을 정도로 흡족한 얼굴로 다가왔다. 내가 아버지께 빵을 좀 드렸는지 묻자, 그는 머리를 가로저으며 이렇게 말했다. "아니요. 못된 놈이 다 먹어요." 나는 그럴 생각으로 챙겨 온 작은 주머니에서 빵을 꺼내 주었고, 이어서 프라이데이에게도 럼주를 한 모금 따라 주며 마시라고 했다. 그는 맛도 보지 않고 그것까지 아버지에게 갖다 주려 했다. 내 주머니에 두어 송이 있던 건포도도 아버지에게 주라고 한 줌 건네주었다. 그런데 녀석이 아버지에게 건포도를 건네주자마자 곧바로 카누 밖으로 뛰쳐나와 뭔가에 홀린 사람처럼 달려가는데, 그 속도가 어찌나 빠르던지 그렇게 빨리 달리는 사람은 이제껏 본 적이 없을 정도였다. 다시 말하면, 순식간에 프라이데이가 시야에서 사라져 버린 것이다. 내가 큰 소리로 이름을 불러도 그는 계속 달리기만 하더니 15분쯤 뒤에 다시 돌아왔다. 이번에는 갈 때만큼은 빠르지가 않았다. 좀 더 가까이 왔을 때 보니, 손에 무언가를 들고 있어서 걸음이 느려진 모양이었다.

프라이데이가 내 앞에 온 모습을 보니 그는 아버지에게 신선한 물을 주기 위해 물 단지를 가지러 집까지 갔다 온 모양이었다. 그리고 빵도 두 덩이를 더 가져왔다. 녀석은 빵은 내게 건네줬지만, 물은 자기 아버지에게 가져다주었다. 하지만 나 역시 몹시 목이 말랐던 터라 물을 조금 마셨다. 그의 아버지는 탈수 때문에 기절하기 직전이었던지라, 그 물이 내가 준 럼주나 독주보다 제대로 원기를 회복하는 데 도움을 주었다.

녀석의 아버지가 물을 마시고 나자, 나는 녀석에게 물이 남았는지 물어보았다. 그렇다는 대답을 들은 나는 그 불쌍한 스페인인에게도 물을 주라고 시켰다. 그도 프라이데이의 아버지만큼이나 애타게 물을 원할 게 분명했기 때문이었다. 나는 프라이데이가 가져온 빵 한 덩이도 그 스페인인에게 보냈다. 그는 정말이지 너무 몸에 힘이 빠져서 풀밭의 나무 그늘 아래에 누워 있었다. 그의 팔다리 역시 무척이나 굳어 있었고, 거칠게 결박되어 있었던 탓에 굉장히 많이 부어 있기도 했다. 프라이데이가 물을 들고 다가가자 그는 일어나 앉아 물을 마시고 건네받은 빵을 먹기 시작했다. 나는 그 모습을 보고 그에게 다가가 건포도 한 줌을 주었다. 그는 사람 얼굴로 보여 줄 수 있는 온갖 감사와 보은의 표정을 지으며 내 얼굴을 올려다보았다. 그는 야만인과 싸울 때는 온 힘을 다했지만, 지금은 워낙 쇠약해진 상태라 일어서지도 못했다. 두세 번 일어서려고 애는 썼지만, 발목이 워낙 부어오른 데다 통증도 심해서 그러지 못했다. 나는 그에게 그냥 앉아 있으라고 하면서 프라이데이에게 앞서 자기 아버지에게 해준 것처럼 그의 발목을 럼주로 적셔 문질러 주라고 시켰다.

가만히 보니까 이 불쌍하고도 다정한 녀석은 스페인인 옆에 있는 동안에도 2분마다, 아니 그보다 더 자주 고개를 돌려 자기 아버지가 같은 곳에 같은 자세로 앉아 있는지 살펴보는 모양새였다. 그러다가 자기 아버지가 보이지 않자 갑자기 벌떡 일어나 한 마디 말도 없이 그 특유의 신속한 동작으로 아버지에게 쏜살같이 달려갔다. 얼마나 빠르던지 가는 도중 그 녀석의 발이 땅에 닿는 게 보이지 않을 정도였다. 막상 아버지가 그저 팔다리를 편히 쉬려고 누워 있는 모습을 보게 된 프라이데이는 곧바로 내게 다시 돌아왔다. 나는 스페인인에게 혹시나 일어날 수 있다면 프라이데이를 시켜 보트까지 그를 부축하여 데려가게 하겠다고 말했다. 그래야 그를 우리 거처로 데려가서 돌볼 수 있을 터였다. 하지만 프라이데이는 워낙 건장하고 힘이 센 친구라 내 말을 듣자마자 스페인인을 바로 둘러업어 보트까지 날랐다. 그리고는 카누에 발을 들여놓고 스페인인을 카누의 뱃전에 부드럽게 내려놓는가 싶더니 다시 그를 번쩍 들어 올려 자기 아버지 가까이에 앉혀 놓았다. 그는 곧바로 다시 카누 밖으로 나와 보트를 물에 띄운 뒤, 바람이 아주 강하게 부는데도 내 걸음보다 더 빠르게 해안을 따라 카누를 저어 갔다. 그렇게 프라이데이는 두 사람을 안전하게 우리 쪽 샛강까지 데려다 놓은 후 그들을 보트에 놔두고는 또 다른 카누를 가지러 달려갔다. 그 녀석이 내 앞을 지나갈 때, 녀석에게 어디 가냐고 묻자 "가서 보트 더 가져와요."라고 대답했다. 그는 바람처럼 달려 갔다. 사람이건 말이건 그보다 더 빨리 달리는 존재는 분명히 없을 것이다. 녀석은 내가 걸어서 샛강에 도착한 때와 거의 비슷한 시기에 나머지 카누를 끌고 도착했다. 녀석은 내게 신호를 보내더니 우리의 새로운 손님들이 보트에서 내리는 걸 도와주러 갔다. 일단 보트에서 내리게는 했지만 걸을 수가 없는 상태인 두 사람 사이에서 이 불쌍한 프라이데이는 어떻게 해야 할지 몰라 쩔쩔매고 있었다.

나는 이 문제를 해결할 방법을 궁리하기 시작했다. 우선 프라이데이에게 두 사람을 강둑에 앉혀 놓으라고 한 다음, 곧바로 두 사람을 눕힐 수 있는 들것 비슷한 도구를 만들었다. 그러고는 프라이데이와 함께 두 사람을 모두 들것에 실어 날랐다. 하지만 요새 방벽의 바깥쪽까지 도달하고 보니 전보다 더 난감한 지경이 되었다. 그들을 방벽 너머로 옮길 재간이 없었기 때문이었다. 그렇다고 방벽을 무너뜨리고 싶은 생각은 없었다. 그래서 나는 다시 작업을 시작했다. 프라이데이와 나는 두 시간 정도 걸려서 꽤 괜찮은 텐트를 만들었다. 바깥쪽 방벽과 내가 심어 둔 새로운 나무숲 사이에 낡은 범포 조각을 씌우고 그 위에 다시 나뭇가지들을 덮어 만든 텐트였다. 거기에다 내가 갖고 있던 쓸 만한 볏짚 같은 걸로 침대를 두 개 만들어 그 위에 누울 수 있도록 담요를 깔고 더불어 덮을 담요까지 주었다.

이제 내 섬에는 여러 사람들이 살게 되었다. 나는 내 백성들이 많아졌다고 생각했다. 나는 내가 왕처럼 보이겠다는 생각에 종종 즐겁기까지 했다. 우선적으로, 이 섬 전체는 나의 온전한 소유물이었다. 따라서 내게는 의심할 여지가 없는 지배권이 있었다. 두 번째로, 내 백성들은 완벽하게 내게 복종했다. 나는 절대 군주이자 입법자였고, 그들 모두 내 덕분에 목숨을 구했기 때문에 그럴 필요가 생기면 나를 위해 목숨까지 바칠 준비가 되어 있었다. 그리고 백성은 세 명뿐이지만 다들 종교가 달랐다는 점도 주목할 만한 사실이었다. 내 하인 프라이데이는 개신교도였고, 그의 아버지는 이교도이자 식인종이었고, 스페인인은 가톨릭교도였다. 그러나 나는 내 영토 안에서는 양심의 자유를 허용했다. 어쨌든 이 이야기는 곁들여 하는 말일 뿐이다.

목숨은 구했지만 몸이 허약해진 두 포로들에게 안전한 거처와 쉴 곳을 마련해 준 나는 이들에게 먹을 것을 좀 만들어 줘야겠다고 생각하기 시작했다. 그리고 처음으로 한 일은 프라이데이에게 내가 키우는 염소 떼 중에서 새끼 염소와 다 큰 염소의 중간 정도 되는 한 살배기 염소를 잡아오게 한 것이었다. 나는 엉덩이 부위를 떼어 내어 자그맣게 조각낸 다음, 프라이데이에게 삶아 국물을 내라고 지시했다. 보리와 쌀까지 넣어서 끓였으니, 고기와 육즙이 들어간 수프는 기가 막히게 맛있으리라고 장담할 수 있었다. 내가 안쪽 방벽 안에서는 불을 피우지 않으며 지냈기 때문에 요리는 문 밖에서 만들어 새로 만든 텐트로 날랐다. 이들을 위해 식탁을 마련했고 나도 그들과 함께 앉아 식사를 했다. 나는 성심성의껏 그들을 즐겁게 해주고 용기를 북돋워 주었다. 프라이데이는 자기 아버지와 내가 대화할 수 있도록 통역사 역할을 했는데, 스페인인도 야만인들의 말을 아주 잘 했기 때문에 그 사람과 나 사이의 통역까지 도맡았다.

만찬을 했다 할지 요기를 했다 할지 모를 식사를 한 후에 나는 프라이데이에게 카누를 한 척 가지고 가서 우리의 머스킷 총과 다른 무기들을 갖고 오라고 시켰다. 시간이 없어서 전투 현장에 그대로 두고 왔기 때문이었다. 그리고 다음 날에는 현장에 가서 죽은 야만인들의 시체를 묻어 주라고 시켰다. 햇빛에 그대로 놔뒀다가는 금세 역겨운 상태로 변할

게 분명해서였다. 또한 그들이 야만적인 잔치를 벌이다 남긴 끔찍한 잔해도 모두 묻고 오라고 시켰다. 내가 알기로 제법 잔해가 많았는데, 내가 그 일을 처리한다는 것은 상상조차 할 수 없었다. 혹여 그쪽에 갔더라도 눈으로 쳐다보는 것조차 견디지 못했을 것이다. 프라이데이는 내가 시킨 일을 전부 완벽하게 처리했다. 야만인들이 거기 왔었다는 흔적 자체를 지워 버린 셈이었다. 그래서 그곳에 다시 갔을 때, 나는 현장이 어디였는지조차 전혀 알 수 없었다. 숲 가장자리만이 현장의 위치를 알려 주고 있었다.

그다음, 나는 새로이 내 백성이 된 두 사람과 간단히 대화를 나누기 시작했다. 먼저, 나는 프라이데이를 통해 그의 아버지에게 카누를 타고 달아난 야만인들이 어떻게 되었을 것으로 생각하는지, 혹시 그들이 우리가 대적할 수 없을 정도로 엄청난 병력을 이끌고 이 섬에 돌아올 거라고 예측할 수 있을지 물어보았다. 그의 아버지는 보트를 타고 도망가던 야만인들이 그날 밤 불어 댄 폭풍 때문에 살아남지 못했을 것이며, 분명 물에 빠져 죽었거나 남쪽의 다른 해안으로 떠밀려 갔을 거라는 의견을 내놓았다. 만약 남쪽 해안에 상륙했다면 잡아먹혔을 게 확실하고, 바다로 떠밀려 갔다면 익사했을 게 분명하다고 덧붙였다. 하지만 그들이 자기네 고향 해안에 무사히 상륙했다면 어떻게 나올지는 자신도 잘 모르겠다고 대답했다. 그래도 자기 생각을 밝히자면, 그들은 자신들이 공격받은 방식, 즉 그 총소리나 번쩍이는 불빛에 너무 겁을 집어먹었기 때문에, 동족 사람들에게는 모두가 사람의 손이 아닌 천둥과 번개에 목숨을 잃었다고 말했을 것이라고 했다. 그리고 현장에 나타난 두 사람, 즉 프라이데이와 나는 무기를 든 인간이 아니라 자신들을 죽이러 하늘에서 내려온 정령 내지 복수의 화신으로 생각했을 듯하다고 말했다. 그가 이렇게 예상하는 이유는 야만인들이 자기네들 말로 서로 그렇게 부르짖는 소리를 들었기 때문이었는데, 그들 입장에서는 사람이 불을 쏘거나 천둥소리를 내고, 손 하나 까딱 안 하고 멀리서 사람을 죽인다는 것은 상상조차 할 수 없는 일이었다. 그런데 이 늙은 야만인의 생각이 옳았으니, 나중에 다른 경로를 통해 알게 된 바에 따르면 그 야만인들은 그때 이후로 우리 섬에 와볼 시도를 전혀 하지 않았다. 그들은 그 네 명이(아마 그들은 바다에서 무사히 탈출한 모양이었다.) 전한 이야기에 질려 버린 나머지, 누구든 그 마법에 걸린 섬에 가면 신들이 내리는 불에 파멸할 거라고 믿게 되었다.

하지만 나는 이 사실을 알지 못했기 때문에 한동안은 계속 불안한 마음으로 지냈다. 그래서 늘 나와 내 모든 병력을 경계 태세로 유지하고 있었다. 이제는 우리 편도 도합 네 명이나 되니 야만인 1백 명이 쳐들어와도 언제든 당당하게 맞서 싸울 생각이었다.

하지만 시간이 조금 더 흘러도 더 이상 카누가 나타나지 않자, 이들이 다시 올 거라는 두려움도 수그러들었다. 이제 나는 전에 품었던 본토 항해 계획을 다시 꿈꾸기 시작했는데, 프라이데이 아버지가 내가 그곳에 가면 자기 때문에라도 사람들이 내게 잘 해줄 거라고 장담한 덕에 더욱 그런 생각을 했다.

하지만 스페인인과 진지한 대화를 나눈 뒤 나는 계획을 잠시 보류했다. 그에게서 들은 바로는, 그곳에 스페인인들과 포르투갈인들을 모두 합쳐서 열여섯 명이 더 있는데, 난파된 배를 두고 그곳으로 탈출하여 현지 야만인들과 평화롭게 살고는 있지만 생필품이 부족하여 사실은 목숨을 부지하기도 무척 힘들다는 것이었다. 내가 그에게 그들의 항해에 대해 자세히 물어봤더니, 그들의 배는 라플라타 강을 출발하여 아바나로 가는 스페인 배였다고 한다. 그들은 주로 동물 가죽과 은을 싣고 가서 아바나에 내려놓은 뒤 그곳에서 구할 수 있는 유럽산 제품을 싣고 돌아올 예정이었다. 그들 배에는 포르투갈 선원 다섯 명도 타고 있었는데, 그들은 다른 난파선에서 구해 준 사람들이었다. 그리고 처음 침몰한 그 배에서 선원들 중 다섯 명이 물에 빠져 죽었고, 나머지 선원들은 무수한 위험과 고난을 헤치고 탈출했다가 결국 거의 굶어 죽기 직전에 식인종들이 사는 해안에 도착했지만 이제든 저제든 잡아먹힐 날만 기다리고 있었다고 했다.

그는 내게 말하기를, 그들에게도 무기가 좀 있지만 화약도 총알도 없기 때문에 전혀 쓸모가 없다고 했다. 화약은 바닷물에 젖는 바람에 아주 적은 양 말고는 전혀 쓸 수가 없는 상태였고, 그나마 성한 화약도 처음에 상륙했을 때 먹을 것을 얻기 위해 써버렸다고 했다.

나는 다시 그에게 거기 있는 사람들이 어떻게 될 것 같은지, 탈출 계획을 세운 적은 없는지 물어봤다. 그는 자기들이 여러 번 그 문제로 상의를 했지만 배, 배를 만들 도구, 식량이 없었기 때문에 늘 상의만 하다가 끝내 눈물을 흘리고 절망에 빠지고 말았다고 했다.

나는 그에게 혹시 내가 탈출에 도움이 될 만한 제안을 한다면 그들이 어떻게 받아들일 것 같으냐고 물었다. 그리고 그들이 모두 여기로 온다면 탈출이 가능하지 않겠냐고도 물었다. 나는 허심탄회하게 내가 그들에게 내 목숨을 맡겼는데 그들이 나를 배신하거나 내게 못되게 대할지도 모른다는 사실이 가장 두렵다고 말했다. 사실 감사하는 마음은 인간의 본성에 내재된 덕목이 아니며, 사람들이 항상 자기가 받은 은혜가 아니라 자신이 기대하는 이익에 따라 사람들과의 관계를 이용하려 하기 때문이라고 설명했다. 그래서 나는 그들의 탈출을 도와주었는데 나중에 그들이 스페인령 식민지에 가서 나를 그들의 포로로 삼는다면 정말로 괴로울 거라고 덧붙였다. 필요에 의해서든 우연에 의해서든 영국인이 그런 식민지에 가게 된다면, 희생양이 될 게 분명했다. 나는 그런 곳에서 사제들의 무자비한 발톱에 걸려들어 종교 재판을 받느니 차라리 야만인들에게 잡혀 가서 산 채로 잡아먹히는 편이 낫겠다는 말도 했다. 그리고 내가 그런 일이 일어나지 않겠다고 확신하여 다들 이 섬으로 오게 하면 일손이 많아질 테니, 그때 커다란 배를 만들면 모두들 브라질 남쪽, 스페인령 제도, 스페인 북쪽 해안으로 타고 갈 수 있을 것이라는 설명을 덧붙였다. 하지만 내가 그들에게 무기를 건네주었는데도 그 답례로 나를 강제로 자기 나라 사람들에게 데려간다면, 결국 나는 그들에게 친절을 베풀고도 학대를 당한 꼴이며 전보다 더 열악한 상황에 빠지는 꼴이 될 거라고 말했다.

그는 아주 솔직하고 솜씨 좋게 대답했다. 그는 자신들의 처지가 너무나 비참한 데다 본인들 스스로 제 처지가 어떤지 정확히 알고 있기 때문에 자신들의 탈출을 도와준 사람을 그렇게까지 몰인정하게 대한다는 것은 생각조차 하기 싫어할 거라고 했다. 그래서 내가 원한다면 자신이 이 늙은 야만인과 함께 가서 그들과 이 문제를 논의한 다음, 그들의 대답을 듣고 다시 돌아오겠다고 했다. 그는 엄숙한 맹세를 근거로 나를 그들의 지휘관이자 대장으로 여겨 내 지시를 절대적으로 따를 것이며, 성례(聖禮)와 복음서를 걸고 나를 진심으로 섬길 뿐 아니라 내가 동의하는 기독교 나라로 가겠노라 다짐할 것이며, 내가 원하는 나라에 도착할 때까지 내 명령에 절대적으로 그리고 전적으로 따르겠다는 조건을 붙이겠다고 했다. 또한 이런 내용으로 그들이 직접 쓴 계약서도 받아 오겠다고 했다.

그러면서 그는 우선 자신부터 나에게 맹세하겠다고 하면서, 죽는 날까지 내가 명령을 내리지 않는 한 절대로 나를 떠나지 않을 것이며, 혹시라도 자기 나라 사람들이 신의를 저버리고 배신하는 일이 생긴다면 자신의 마지막 피 한 방울이 남을 때까지 내 곁을 지킬 것이라고 다짐했다.

그는 그들이 다들 아주 예의 바르고 정직한 사람들이지만, 지금은 무기, 입을 옷, 먹을 것이 없이 그저 야만인들의 자비와 처분에만 의지한 채 상상할 수도 없을 만큼 크나큰 고통에 시달리고 있는 상태라고 말했다. 그들은 고향으로 돌아가겠다는 희망도 모두 버린 상태라 만약 내가 그들을 탈출시켜 주는 일을 맡는다면 내 곁에서 생사를 결정할 것이라고 확신한다는 얘기도 했다.

그의 이런 확언에 따라 나는 가능하다면 그들을 구해 주는 일을 감행해 보기로 결심했다. 그래서 일단 이 스페인인과 늙은 야만인을 그들에게로 보내 그 문제를 의논하게 하기로 마음먹었다. 그런데 모든 일을 정하고 진행할 준비를 했더니 스페인인 본인이 반대 의사를 표시했다. 그의 의견은 한편으로는 아주 신중하고 다른 한편으로는 아주 진심이 담겨 있어서 충분히 수긍하지 않을 수 없었다. 그래서 나는 그의 충고대로 그의 동료들을 구출하려는 계획을 적어도 반년 정도 미뤘는데, 사정은 이러했다.

그가 한 달 정도 우리와 함께 지내는 동안 나는 그에게 하나님의 도움을 받아 내가 어떤 식으로 식량을 조달해 왔는지를 보여 주었다. 그는 내가 비축해 둔 곡식과 쌀의 양이 얼마나 되는지 분명히 알게 되었다. 그양은 나 혼자 먹고살기에는 남아돌 정도로 많았지만, 아주 아껴 먹지 않으면 네 명으로 늘어난 우리 식구가 먹고살기에는 충분치 않았다. 그런데 그의 말대로 아직 살아 있다는 그의 동료 열네 명이 온다면, 식량은 훨씬 더 부족할 게 뻔했다. 그리고 무엇보다 우리가 아메리카 대륙의 기독교 식민지로 항해를 떠나기 위해 배를 한 척 만들 계획이라면, 그 배에 식량으로 심기에는 턱없이 부족할 양이었다. 따라서 그는 내게 자신과 야만인 두 명이 함께 땅을 좀 더 개간하여 최대한 많이 곡식을 뿌려 놓고 다음번 수확을 기다리면, 자신들의 동료가 오더라도 그들이 먹을 곡식을 충분히 확보할 수 있을 거라고 말했다. 그는 만약 먹을 게 부족해지면 동료들이 딴마음을 품을 수 있고 자신들이 구출된 게 아니라 한 가지 곤경에서 나와 또 다른 곤경에 빠진 것이라 생각할 수 있다고 했다. 그는 내게 이스라엘의 자손들도 이집트에서 탈출했을 때 처음에는 몹시 기뻐했지만 광야에서 먹을 빵이 부족해지자 자신들을 구출해 주신 하나님께 반항했다는 일화를 알고 있지 않느냐고 말했다.

그의 경고는 무척이나 적절했고 조언은 지극히 타당했다. 나는 그의 신의에 만족했을 뿐 아니라 제안에도 상당히 흡족해했다. 그래서 우리 넷 모두가 갖고 있는 나무 도구들이 허락하는 한 열심히 땅을 파기 시작했다. 그리고 한 달쯤 뒤에 파종기가 되었을 때 파종 가능한 총 곡물량인 보리 22부셸, 쌀 16단지 가량을 뿌릴 수 있을 정도의 땅을 개간하여 정비해 두었다. 사실 우리는 수확을 기다리는 6개월, 즉 파종을 위해 씨앗을 따로 챙겨 놓는 시점으로부터 계산해서 6개월 동안 우리가 먹을 보리를 충분히 남겨 두지 않았다. 그 지역 땅에서는 파종 후 6개월이 되기 전에 보리를 수확할 수 있었기 때문이었다.

이제 사람도 여럿이 되었고, 야만인들이 떼 지어 몰려오지 않는 한 그들이 오더라도 두려울 게 없을 정도로 우리 쪽 인원수도 충분해졌기 때문에 필요한 일이 생기면 언제든지 자유로이 섬 전체를 돌아다녔다. 이렇게 모두들 탈출 또는 구출 자체만을 생각하고 있는 마당에 적어도 나만큼은 머릿속으로 그 방법을 생각해 봐야 했다. 나는 이를 위해 우리의 작업에 적합해 보이는 나무들을 여러 개 표시해 둔 뒤, 프라이데이와 그의 아버지에게 베도록 시켰다. 그런 다음, 스페인인에게는 이 작업에 대한 내 생각을 알려 주고서 두 사람의 작업을 감독하고 지시하도록 했다. 나는 그들에게 커다란 나무 한 그루를 널빤지 하나로 만드는 데 얼마나 끈덕진 수고를 들여야 하는지 보여 준 뒤에 그들에게 똑같이 하라고 지시했다. 결국 그들은 폭이 약 2피트, 길이는 35피트, 두께는 2~4인치인 커다란 참나무 널빤지 10여 개를 완성했다. 이 작업에 얼마나 막대한 노동이 들어갔는지는 누구라도 상상할 수 있을 것이다.

동시에 나는 키우는 염소 숫자도 최대한 늘려 나갈 궁리를 했다. 이를 위해 하루는 프라이데이와 스페인인이, 그다음 날은 나와 프라이데이가 교대로 염소를 잡으러 나갔다. 그리고 이런 방식으로 우리는 스무 마리가 넘는 새끼 염소를 잡아 나머지 염소들과 함께 키울 수 있었다. 우리는 어미를 총으로 사냥할 때마다 새끼들은 살려서 우리가 데리고 있던 무리에 추가시켰다. 한편, 포도를 말리는 계절이 돌아와서 나는 다른 일보다 먼저 햇볕에 포도를 엄청나게 많이 말리도록 시켰다. 내 생각이지만 우리가 건포도를 말리는 곳으로 유명한 스페인의 알리칸테에 있었다면, 아마도 60~80개의 큰 통을 가득 채울 수 있었을 것이다. 건포도는 빵과 함께 우리 주식(主食)의 큰 부분을 차지했다. 상당히 영양가가 높은 음식이라, 우리는 정말이지 잘 먹고산 셈이었다.

그러다가 추수철이 되었다. 우리의 곡식에는 아무런 이상이 없었다. 내가 이 섬에서 경험한 수확량 중에 가장 많은 것은 아니었지만, 이 정도로도 우리의 목적에 충분히 부합했다. 보리 22부셸을 심어 2백20부셸이 넘게 탈곡했으니 말이다. 쌀도 비슷한 비율로 수확했다. 그 정도면 스페인인 열여섯 명이 모두 섬으로 와서 산다고 해도 다음 수확 때까지 충분히 먹고살 양이었다. 그리고 혹시 항해에 나선다고 해도 배에 실을 식량이 충분했기 때문에 아메리카 대륙 같은 세상 어느 지역에도 갈 수 있을 법했다.

이렇게 곡식 창고에 넉넉하게 곡식을 확보해 둔 다음, 우리는 고리버들 세공 작업, 즉 곡식을 담아 둘 커다란 바구니를 만드는 작업을 시작했다. 스페인인이 이 작업에 있어서는 아주 손재주가 있고 능숙했다. 그는 이런 방식으로 방어용 물건들을 만들어 놓지 않았다면서 종종 나를 책망했지만, 사실 나는 그럴 필요성을 느끼지 못했었다.

이제 앞으로 이 섬에 오게 될 모든 방문자들이 먹을 식량이 충분히 쌓였다. 그래서 나는 스페인인에게 본토로 건너가서 거기 남겨 둔 사람들이 어떻게 할 것인지 알아보고 오라고 했다. 나는 그와 늙은 야만인이 보는 앞에서 다음과 같이 맹세하지 않는 사람은 절대로 데려오지 말라는 엄중한 책임을 글로 써서 건넸다. 섬에서 만나게 될 사람, 즉 친절하게도 그들을 구출하기 위해 두 사람을 보낸 사람을 해치지 않고, 그와 싸우지도 그를 공격하지도 않을 것이며, 어떤 공격에도 그의 옆에서 그를 지킬 것이며, 어디를 가든 전적으로 그의 명령에 따르겠다는 내용이었다. 또한 이러한 내용을 문서화하여 그들의 서명도 받아 오라고 했다. 사실 나는 그들에게 펜과 잉크가 없다는 것을 알고 있어서 어떻게 이 일을 해낼까 궁금한 마음은 들었어도 의문은 전혀 품지 않았다.

스페인인과 늙은 야만인(프라이데이의 아버지)은 이러한 지시와 함께 그들이 타고 온 카누 한 척을 타고 떠났다. 정확히 말하면, 야만인들에게 잡아먹힐 포로로 끌려올 때 탔던 카누였다.

나는 각자에게 화약 심지가 달린 머스킷 총 한 정과 여덟 번 정도 발사할 수 있는 화약과 총알을 주면서, 그것들을 아주 아껴서 긴급한 경우 외에는 사용하지 말라고 지시했다.

이것은 참으로 기분 좋은 일이었다. 27년이 넘는 시간 동안 나의 탈출을 위해 취한 첫 번째 조치였기 때문이었다. 나는 두 사람이 여러 날을 먹을 수 있고, 더 나아가 그 동료들까지 여드레 정도 버티는 데 충분할 양의 빵과 건포도를 건넸다. 나는 그들이 순탄한 항해를 하기를 기원하면서 그들이 떠나는 모습을 지켜보았다. 그들은 돌아와서 해안에 도착하기 전에 그들이 돌아왔음을 알 수 있도록 멀리서 어떤 표시를 내걸기로 약속했다.

이들은 내 계산으로 10월 보름달이 뜨는 날에 순풍을 타고 떠났다. 정확한 날짜 계산에 대해 말하자면, 내가 한 번 계산을 깜박 놓친 이후로 다시는 정확한 날짜 계산을 하지 못했을 뿐 아니라 연도도 정확하게 따지지 못해서 내가 맞는지 확신할 수 없었다. 하지만 이후에 내 계산을 검토해 보니 내가 제대로 연도 계산을 했다는 사실이 입증되었다.

그들을 기다린 지 여드레가 채 지나지 않은 어느 날, 예상치 못한 기이한 사건이 끼어들었다. 역사상 비슷한 사건을 들어 보지도 못했을 법한 일이었다. 어느 날 아침 오두막집에서 곤히 잠들어 있었는데, 갑자기 나의 하인 프라이데이가 달려오더니 큰 소리로 "주인님, 주인님. 그들이 와요. 그들이 와요."라고 외쳐 댔다.

나는 위험 따위는 개의치 않고 자리에서 벌떡 일어나 대충 옷가지를 걸치자마자 방벽 앞에 울창해진 숲을 뚫고 밖으로 뛰쳐나갔다. 내가 위험 따위는 개의치 않았다고 얘기한 것은 무기 없이 나갔다는 뜻인데, 이는 평소 습관과는 다른 행동이었다. 바다 쪽으로 눈을 돌리자, 놀랍게도 1.5리그 정도 떨어진 곳에 양어깨 돛을 단 보트 한 척이 해안 쪽으로 들어오는 게 보였다. 마침 배가 해안에 다가올 수 있도록 바람이 꽤 잘 불고 있었다. 그런데 그들은 섬의 해안 쪽이 아니라 남쪽 끝에서 오고 있었다. 이를 본 나는 프라이데이를 불러들여 몸을 숨기라고 지시했다. 그들은 우리가 기다리던 사람들이 아닌 데다 아군인지 적군인지도 알 수 없는 상태였기 때문이었다.

나는 그들이 어떤 사람들인지 파악하기 위해 다시 집 안으로 들어가 망원경을 갖고 나왔다. 그런 다음, 무슨 걱정스러운 일이 있을 때마다 하던 대로 언덕 위로 올라가서는 몸을 숨긴 채로 상황을 더 정확히 파악하려 했다.

언덕에 발을 내딛자마자 내 쪽에서 남남동쪽으로 2.5리그 정도 떨어진 앞바다에 배 한 척이 닻을 내리고 서 있는 모습이 눈에 들어왔다. 해안에서 1.5리그를 넘지 않는 거리였다. 내 관찰에 의하면, 그 배는 영국 배가 분명했고 보트도 영국식 대형 보트처럼 보였다.

배를 보았고, 그것도 내 고향 사람, 즉 내 친구들이 타고 있을 거라고 믿을 만한 이유가 분명한 배를 봤다는 게 정말로 기쁜 일이라 말로 설명할 길이 없었지만, 그와 동시에 표현하기 힘들 정도의 혼란이 느껴졌다. 어디서 그런 느낌이 생긴 건지는 말할 수 없지만, 뭔가 이해하기 힘든 의구심 같은 것이 내게 경계를 늦추지 말라고 명령하고 있었다. 우선, 도대체 영국 배가 무슨 일로 여기까지 왔는지 잘 따져 봐야겠다는 생각이 들었다. 이곳은 영국 배가 교역을 하러 지나다니는 길에 들르는 곳이 아니었기 때문이었다. 그리고 내가 알기로는 조난을 당하는 경우처럼 배를 이쪽으로 떠밀 만한 폭풍이 분 적도 없었다. 그리고 만약 그 배가 정말로 영국 배라면, 좋지 않은 의도로 여기에 왔을 가능성이 아주 높다는 생각이 들었다. 도둑이나 살인자들 손아귀에 들어가느니 지금처럼 계속 살아가는 편이 더 나을 거라는 생각이 들었다.

실제로 위험해질 가능성이 전혀 없어 보이더라도 가끔 느껴지는 은밀한 낌새나 위험 신호를 무시해서는 안 된다. 세상만사를 주의 깊게 관찰해 본 사람 중에서 그렇게 느껴진 낌새나 신호를 부인할 수 있는 사람은 거의 없을 것이다. 우리는 그런 것들이 보이지 않는 세계가 있음을 알리는 확실한 증거물이며 정령이 전해 주는 이야기임을 의심할 수 없다. 만약 그런 것들이 우리에게 위험을 경고하는 듯하다면, 그것이 우리에게 우호적인 어떤 존재가 보낸 신호라고 생각하지 않을 이유는 없을 것이다. 그 존재가 최고의 존재이든 열등한 하급 존재이든 문제가 되지 않는다. 어쨌든 우리에게 도움이 되라고 주어진 경고가 아니겠는가?

현재의 사태는 이러한 추론이 정당함을 충분히 입증해 주고 있었다. 이 은밀한 경고가 어디서 온 것인지는 모르겠다. 하지만 어쨌든 그에 따라 내가 신중하게 행동하지 않았다면, 여러분도 곧 알게 되겠지만, 나는 불가피하게 끝장났을 것이고 전보다 훨씬 더 안 좋은 상황에 처할 뻔했기 때문이었다.

이런 태세를 갖춘 지 얼마 되지 않아서 보트가 해안 쪽으로 가까이 다가오는 게 보였다. 보트는 상륙하기 편한 샛강 같은 곳을 찾고 있는 듯 보였다. 하지만 그들은 충분히 멀리까지 오지 않았기 때문에 내가 전에 뗏목을 내린 작은 샛강 어귀를 발견하지 못했고 내 쪽에서 0.5마일 정도 떨어진 모래사장에 보트를 댔다. 나로서는 아주 잘된 일이었다. 그렇지 않았다면, 그들은 내 문 바로 앞에 상륙했을 것이고 곧바로 나를 제압하여 성에서 쫓아낸 다음 내가 가진 전부를 약탈했을 것이다.

나는 상륙한 사람들을 살펴보고, 그들이 영국인이라는 사실을 확신했다. 그중에 한두 명은 네덜란드인이라고 생각했지만, 나중에 그렇지 않은 것으로 판명이 났다. 그들은 모두 열한 명이었는데, 그중 세 명은 무장한 게 아니라 결박되어 있는 것 같았다. 그들 중 네다섯 명이 먼저 뭍

316

으로 뛰어내리면서 보트에서 포로 세 명을 끌어 내렸다. 포로 세 명 중 한 명이 과하다 싶을 정도로 애원했고 고통과 절망이 섞인 몸짓을 하는 게 보였다. 나머지 두 사람은 가끔 두 손을 올리며 정말로 우려하는 표정을 짓긴 했지만, 첫 번째 포로만큼은 아닌 것 같았다.

이 광경을 보면서 도대체 무슨 상황이 벌어지고 있는지 몰라 너무나도 당황스러웠다. 프라이데이는 자신의 영어 실력을 최대한 동원하여 내게 이렇게 외쳤다. "오, 주인님! 봐요. 영국인들도 야만스러운 사람들처럼 포로 먹어요." 내가 "프라이데이야, 저자들이 왜 사람들을 잡아먹을 것 같니?"라고 묻자, 프라이데이는 "그래요, 저들이 저 사람들 먹을 거예요."라고 답했다. 나는 다시 이렇게 덧붙였다. "프라이데이야, 아니야. 저자들이 포로들을 죽일 것 같기는 하다만, 분명 먹지는 않을 거야."

이러는 동안에도 도대체 무슨 일인지 파악조차 할 수 없었다. 그저 언제든 포로 세 명이 죽임을 당할 거라고 예상했고, 그 끔찍한 광경을 지켜보며 벌벌 떨고 서 있었다. 그런데 정말 악당 중 한 명이 (선원들 사이에서 커틀러스라고 불리는) 커다란 단검을 들어 올려 그 불쌍한 사람들 중 한 명을 치려는 모습이 보였다. 순간 그가 쓰러지는 모습을 보겠다는 생각에 온몸의 피가 얼어붙는 듯했다.

그 순간 나의 스페인 친구와 그와 함께 떠난 야만인이 어찌나 아쉬웠던지. 나는 어떤 방법을 동원해서라도 들키지 않고 그들을 맞힐 수 있는 사정거리로 접근하여 그 세 사람을 구해 낼 수 있으면 좋겠다고 생각했다. 내가 보기에 이들은 총기가 없었기 때문이었다. 하지만 사태는 내 생각과는 다른 방향으로 흘러갔다.

그 무례한 선원들은 세 사람을 무지막지하게 대하더니 주위를 둘러볼 작정인지 섬 여기저기로 흩어졌다. 나머지 세 사람은 마음대로 가라고 풀어 준 듯했는데, 그들은 그저 절망에 빠진 사람들처럼 수심 가득한 표정으로 땅에 주저앉아 있었다.

그 모습을 보니 내가 처음 이 섬에 도착하여 주변을 둘러보던 때가 생각났다. 당시 나는 홀로 남겨졌다는 사실 때문에 자포자기에 빠져 미친 듯 주위를 둘러보았었다. 그리고 끔찍한 불안감에 시달리며 야생 짐승에게 잡아먹힐까 봐 밤새 나무 위에서 잠을 자야 했다.

그날 밤 나는 하나님의 섭리 덕분에 얼마나 많은 것을 얻게 될지 전혀 모르고 있었다. 폭풍과 조류에 의해 배가 육지 가까이로 떠밀려 온 덕분에 그때 이후로 아주 오래도록 잘 먹고살 수 있었으니 말이다. 절망에 빠진 이 가여운 세 사람도 그 당시의 나와 다름없었다. 그들 역시 자신들이 얼마나 확실하게 구원받고 먹을 것을 얻게 될지, 그런 일이 자신들에게 얼마나 가까이 다가와 있는지, 얼마나 실질적이고 완벽하게 안전한 상황에 놓여 있는지 전혀 알지 못했다는 점에서 말이다.

그렇게 우리 인간은 바로 앞의 일도 내다보지 못한다. 그래서 우리에게는 세상을 창조하신 위대한 창조주께 기꺼이 의지해야 할 이유가 그토록 많은 것이다. 창조주 하나님은 당신의 피조물들을 완전히 결핍된 상태로 놔두는 분이 아니기에 우리는 최악의 상황에서도 늘 감사할 대상을 갖게 된다. 어떤 때는 자신이 생각했던 것보다 구원에 훨씬 더 가까이 다가가 있기도 하다. 심지어 자신을 파멸로 몰고 갈 것처럼 보이는 수단에 의해 오히려 구원받는 일도 생긴다.

이들이 해안에 상륙했을 때는 밀물이 만조 수위일 때였다. 그들은 한편으로는 자신들이 데려온 포로들과 협상을 하느라, 다른 한편으로는 자신들이 상륙한 이곳이 어떤 곳인지 둘러보러 다니느라 바닷물이 빠지는 것도 모르고 부주의하게 섬에 머물러 있었다. 결국 썰물이 상당히 빠져

나가는 바람에 그들의 보트는 모래사장에 좌초된 꼴이 되었다.

그들은 보트에 선원 둘을 남겨 두고 나온 모양이었는데, 나중에 알고 보니 브랜디를 조금 많이 마신 탓에 잠이 든 상태였다고 했다. 그래도 그 중 한 놈이 다른 놈보다 먼저 깨어나서 보트가 모래사장에 너무 단단히 박혀 꼼짝하지 않는다는 것을 알고는 여기저기 돌아다니는 동료들을 불러 댔다. 그들은 동료의 외침을 듣고 곧바로 보트 쪽으로 돌아왔다. 하지만 모두 달려들어 힘을 써봐도 보트를 물에 띄우는 건 불가능했다. 보트가 워낙 무겁기도 했고, 그쪽 모래가 부드럽게 흘러내렸기 때문이기도 했다.

이런 상황에서 그들은 모든 인간들 중에서 앞날을 내다보는 능력이 가장 부족한, 진정한 선원들답게 보트 띄우는 일을 곧바로 포기하고 다시 섬 주위를 돌아보러 갔다. 그중 하나가 다른 동료에게 큰 소리로 뭐라고 외치는 게 들렸다. "잭, 보트는 그냥 놔둬. 다음번에 물이 들어오면 뜰 테니까." 이 말을 들으니 그들이 어느 나라 사람들인가 하던 나의 주된 궁금증이 완전히 해소되었다.

이러는 내내 나는 몸을 숨기고 관측 장소인 언덕 꼭대기에 가는 것 외에는 단 한 번도 성 밖으로 나가지 않았다. 내 거처가 훌륭하게 요새화되어 있다고 생각하니 기분이 아주 좋았다. 나는 보트가 다시 물에 뜨려면 열 시간은 지나야 한다는 사실을 알고 있었다. 그때쯤에는 날이 어두워질 테니, 그들의 움직임을 더 자유롭게 엿볼 수 있고 그들이 대화를 나눈다면 더 편하게 엿들을 수 있을 것이었다.

그사이에 나는 전과 마찬가지로 전투태세를 갖추었다. 다만 처음과는 다른 종류의 적을 상대해야 하는 것을 알았기에 더욱 신중을 기했다. 나는 프라이데이에게도 무장을 하라고 지시했는데, 이미 나는 그 녀석을 아주 훌륭한 저격병으로 키워 놓은 상태였다. 나는 사냥총 두 정을 챙겼고, 프라이데이에게는 머스킷 총 세 정을 주었다. 내 차림새는 아주 볼썽사나웠다. 전에 얘기한 대로 나는 위협적으로 보이는 염소 가죽 외투를 입고 커다란 모자를 쓴 상태에서 옆구리에는 칼집 없이 칼을 차고 허리띠에는 권총 두 정을 매단 채 양쪽 어깨에 총을 걸친 모습이었다.

방금 말했듯이 내 계획은 어두워질 때까지 공격을 시도하지 않는 것이었다. 그런데 하루 중 햇살이 가장 뜨거운 2시쯤이 되자, 선원들 모두가 낮잠을 자려는지 숲속으로 뿔뿔이 흩어지는 모습이 보였다. 하지만 자신들의 처지가 너무 걱정되어 잠을 잘 수 없었던 그 불쌍한 세 사람은 내 쪽에서 4분의 1마일쯤 떨어진 커다란 나무 그늘 아래 마냥 앉아 있었다. 내가 생각하기에는 나머지 선원들의 시야에서 벗어나 있는 듯했다.

그래서 나는 그들에게 내 모습을 드러낸 다음 그들의 상황을 알아봐야겠다고 마음먹었다. 곧바로 나는 위에서 말한 차림새로 길을 나섰다. 내 뒤로 조금 거리를 두고 프라이데이가 따라왔다. 그 녀석도 나처럼 무시무시하게 무장을 했지만, 나만큼 머리털이 곤두설 정도로 유령 같은 모습은 아니었다.

나는 최대한 들키지 않게 그들 가까이로 접근했으며, 그들 중 누군가가 나를 발견하기 전에 그들에게 스페인어로 크게 외쳤다. "이보시오, 댁들은 누구시오?"

그들은 그 소리에도 놀랐지만, 나를 보고 또한 내 기괴한 차림새를 보고 열 배는 더 어리둥절해했다. 어찌나 놀랐던지 그들은 대답조차 하지 못했다. 그때 그들이 내게서 도망치려고 한다는 생각이 들어서 나는 영어로 그들에게 말을 걸었다. "이보시오. 나 때문에 너무 놀라지 마시오. 당신들이 기대하지 않은 순간에도 당신들을 도와줄 아군이 가까이에 있을지도 모르잖소." 그러자 그들 중 한 사람이 모자를 벗어 보이며 내게 아주 진지하게 말했다. "그렇다면 그분은 분명 하늘에서 보낸 분일 거요. 우리의 처지는 인간이 도울 수 있는 수준이 아니오." 이에 나는 입을 뗐다. "모든 도움은 하늘에서 오는 법이오. 어쨌든 당신들을 어떤 방법으로 도와줄 수 있을지 이 낯선 이에게 일러 줄 수 있겠소? 보아하니 당신들은 큰 어려움에 빠진 것 같은데. 나는 당신들이 이 섬에 상륙하는 모습도 봤고, 당신이 함께 온 짐승 같은 자들에게 뭔가 애원하는 모습도, 그자들 중 하나가 당신을 죽이려고 칼을 들어 올리는 모습도 보았소."

그 가여운 남자는 두 뺨 위로 눈물을 흘리며 넋 나간 사람처럼 몸을 부르르 떨면서 이렇게 대답했다. "오, 내가 하나님과 이야기하고 있는 건가, 인간하고 이야기하고 있는 건가! 진짜 사람인가, 천사인가!" 내가 말했다. "그 점에 대해서는 두려워하지 마시오. 하나님이 당신들을 구하려고 천사를 보내셨다면, 여러분 눈앞에 있는 저보다는 더 좋은 옷을 입고 다른 방식으로 무장을 하고 나타났을 것이오. 부디 두려움일랑 잊어버리시오. 난 사람이오. 영국인이란 말이오. 보다시피 당신들을 도와주러 왔소. 내게 하인은 한 명뿐이오. 하지만 무기와 총알이 있답니다. 그러니 거리낌 없이 말하시오. 우리가 당신들을 도울 수 있겠소? 어떻게 된 일인지 말이나 들어 봅시다."

"우리를 죽이려는 자들이 너무 가까이 있어서 우리의 사정을 다 이야기하기에는 너무 길 것 같습니다, 선생님. 간단히 말하면, 저는 저기 저 배의 선장입니다. 선원들이 제게 반란을 일으켰고요. 저들한테 나를 죽이지만 말아 달라고 설득했지만, 결국 이 황량한 섬 해안에 저 두 사람과 나를 끌고 왔습니다. 여기 이 사람은 우리 배 항해사이고, 저분은 승객입니다. 우리는 이곳이 무인도라고 믿고 무엇을 어찌해야 할지도 모른 채 그냥 죽겠구나 생각하고 있었습니다."

"당신의 적들인 그 짐승 같은 놈들이 어디로 갔는지 아시오?" 내가 물었다. "저기 누워 있습니다, 선생님." 그는 나무 덤불 쪽을 가리키며 말했다. "저들이 우리를 봤을까 봐, 또 선생이 하는 말을 들었을 까 봐 두려워서 가슴이 떨립니다. 만약 그랬다면 분명 우리 모두를 죽일 것입니다."

"저들이 총기를 갖고 있소?" 내가 물었다. 그는 총은 두 정밖에 없으며 그나마 한 정은 보트에 놔두고 왔다고 대답했다. 그래서 나는 말했다. "그럼, 나머지 일은 내게 맡기시오. 저들이 모두 잠들어 있으니 모조리 죽여 버리는 건 어렵지 않겠소. 혹시 포로로 생포하는 쪽이 낫겠소?" 그는 그들 중에 두 명이 아주 극악무도한 놈들이라고 말하면서 그들에게 자비를 베푸는 것은 안전하지 않다고 말했다. 하지만 그 둘을 제압하면, 나머지는 다들 본연의 임무로 돌아갈 것이라고 말했다. 내가 그 둘이 누구냐고 묻자 그는 거리가 있어서 인상착의를 설명하기는 힘들다며, 일단은 내 지시대로 따르겠다고 다짐했다. 이에 나는 이렇게 말했다. "좋소. 일단 저들이 깨지 않도록 눈에 띄지 않고 우리 목소리가 들리지 않는 곳으로 물러납시다. 그런 다음 문제를 해결하도록 합시다." 그들은 내 말을 기꺼이 따라 우리 몸을 완벽하게 숨길 수 있는 숲속으로 후퇴했다.

내가 말했다. "이보시오. 내가 위험을 무릅쓰고 당신들을 구해 준다면, 내가 제시하는 두 가지 조건을 흔쾌히 수락하겠소?" 내가 무슨 제안을 할지 짐작하고 있는 사람처럼 그는 자신의 배를 되찾는다면 모든 일에 있어서 나의 지시와 명령을 전적으로 따르겠다고 먼저 말했다. 그리고 혹시나 배를 되찾지 못하더라도 내가 자신을 세상 어디로 보내든 거기서 나와 함께 살다가 죽을 것이라고 덧붙였다. 나머지 두 사람도 똑같이 맹세했다.

그래서 나는 이렇게 말했다. "좋소. 내 조건은 다음 두 가지뿐이오. 첫째, 당신이 이 섬에 나와 함께 머무는 동안 당신은 여기서 어떠한 권한도 주장해서는 안 되오. 내가 당신 손에 무기를 들려 줄 경우, 당신은 언제든 내게 무기를 돌려줘야 하오. 그리고 이 섬에 있는 동안 나와 내 하인에게 어떠한 피해도 입혀서는 안 되고, 내 명령에 통제받아야 하오."

이어서 나는 두 번째 조건도 말했다. "둘째로 만약 배를 되찾을 경우에는 나와 내 하인을 영국까지 공짜로 태워 줘야 하오."

그는 인간이 생각해 낼 수 있고 신의를 전달할 수 있는 온갖 방법을 동원하여 지극히 합리적인 이 조건들을 이행하겠다고 다짐했다. 그리고 그에 덧붙여 자신이 내게 목숨을 빚지고 있으니 자신이 살아 있는 동안은 어떤 경우에든 그 사실을 감사하게 여기고 살겠다고 말했다.

"좋소. 그럼 머스킷 총 세 정과 화약, 총알을 주겠소. 이제 무슨 일을 하는 게 좋을지 당신 생각을 말해 보시오." 내가 말했다. 우선 그는 할 수 있는 모든 감사의 표현을 전하면서 전적으로 나의 지휘에 따라 행동하겠다고 했다. 나는 그에게 어떤 일이든 위험을 감수한다는 건 어려운 일이지만, 그들이 누워 있을 때 그들에게 일제히 사격을 퍼붓는 것이 내가 생각해 낼 수 있는 최고의 방법이라고 말했다. 만약 첫 번째 일제 사격에서 죽지 않고 항복하겠다는 자가 있으면 그들은 살려 주는 게 나을 것이고, 하나님의 섭리가 사격 결과를 인도하시도록 모든 것을 맡기자고 했다.

그는 피할 수만 있다면 그자들을 죽이고 싶은 마음은 없다고 아주 겸손하게 말했다. 하지만 그 구제불능의 악인들은 모든 선상 반란의 주범이기 때문에 그들이 도망치기라도 하면 우리는 여전히 끝장이라고도 말했다. 놈들이 배로 돌아가 그 안에 있던 선원들을 모두 데려와서 우리를 전멸시킬 것이기 때문이었다. 그때 내가 이렇게 말했다. "그렇다면 그런 불가피한 상황으로 인해 내 충고는 정당화되는 셈이오. 그것이야말로 우리 목숨을 구할 수 있는 유일한 방법이니 말이오." 하지만 그가 피를 보는 일에 대해 계속 조심스러워하는 것을 보고, 나는 일단 직접 가서 보고 적절하다고 생각되는 대로 처리하라고 말했다.

이런 대화를 나누는 도중에 놈들 몇 명이 잠에서 깨어 일어나는 소리가 들렸고, 곧이어 그들 중 두 명이 일어서 있는 게 보였다. 내가 그에게 저 두 사람 중에 반란 주동자라고 말한 자가 있는지 물으니 그는 없다고 했다. 그래서 나는 이렇게 말했다. "일단 저자들은 도망치게 놔둡시다. 하나님께서 저자들은 살려 둘 생각으로 일부러 깨우신 듯하오. 자, 이제 나머지 녀석들이 도망친다면 그건 당신 탓이오."

이 말에 자극을 받은 듯 그는 내가 건네준 머스킷 총을 손에 들고 권총을 허리띠에 찼다. 그의 동료들도 각기 총 한 정씩을 들고 함께 나섰다. 그와 함께 있던 두 사람이 앞서가면서 소리를 내자, 선원들 중 한 명이 잠에서 깼다. 주위를 둘러본 그놈은 그들이 공격해 오는 것을 보고 나머지 놈들에게 소리를 질렀지만, 이미 때는 너무 늦었다. 그가 소리치는 순간 그들은 사격을 개시했다. 내 말은, 앞서가던 그 두 사람이 총을 쐈고 선장은 현명하게 자기 총을 들고만 있었다는 말이다. 자신들이 알고 있던 놈들을 이들이 얼마나 제대로 겨누었는지, 한 명은 그 자리에서 죽고 다른 한 명은 중상을 입었다. 겨우 죽지는 않은 한 사람이 그 자리에서 벌떡 일어나 다른 동료에게 필사적으로 도움을 청했다. 그러나 그때 선장이 그에게 다가가더니 큰 소리로 "도움을 청하기에는 너무 늦었어. 하나님께 너의 악행을 용서해 달라고 간청이나 해라."라고 말하고는 머스킷 총 개머리판으로 그자를 내려쳤다. 놈은 더 이상 말을 하지 못했다. 그 패거리에는 세 명이 더 있었는데, 그중 한 명도 경상을 입었다. 내가 현장에 갔을 때는 그들도 위험을 감지했는지 저항이 소용없음을 깨닫고 목숨만 살려 달라고 애원했다. 선장은 그들이 선상 반란을 혐오한다고 확실하게 인정하고, 배를 되찾아 처음 출발지인 자메이카로 돌아갈 때까지 선장에게 충성을 다하겠다고 맹세하면 목숨만은 살려 주겠다고 말했다. 그들이 선장이 바라는 만큼 진심을 다해 충성하겠다고 복창하니, 선장도 흔쾌히 그 말을 믿고 그들의 목숨을 살려 주기로 했다. 나도 그의 결정에 반대하지 않았다. 다만 나는 그들이 섬에 있는 동안은 그들의 손발을 결박하라고 지시했다.

일이 이렇게 진행되는 동안, 나는 프라이데이와 선장의 항해사를 시켜 보트를 확보하고 노와 돛을 치워 놓으라고 지시했다. 그들은 지시대로 이행했다. 얼마 지나지 않아 나머지 일행과 떨어져 돌아다니던 세 사람도 (그들에게는 다행스럽게) 총소리를 듣고 돌아왔다. 전에는 자신들의 포로이던 선장이 이제는 정복자가 되어 있는 모습을 보더니 그들도 항복을 하고 결박을 받아들였다. 그렇게 우리는 완벽한 승리를 거두었다.

이제 선장과 내가 서로의 상황에 대해 물어볼 일만 남았고 내가 먼저 이야기를 시작했다. 나는 나의 지난 이야기를 모두 해주었고, 그는 어안이 벙벙해질 정도로 놀라며 이야기를 경청했다. 특히 내가 식량과 무기를 갖게 된 놀라운 과정을 듣고 신기해했는데, 사실 내 이야기야말로 놀라운 사건들의 집합체이기 때문에 그는 깊은 감동을 받았다. 한편 그는 내 이야기를 듣고는 자기 자신에 대해 생각하는 것 같았다. 내가 이제껏 여기 살아남아 있는 이유가 자기 목숨을 구해 주기 위해서였던 것 같다는 생각이 들었는지, 그의 얼굴에 눈물이 줄줄 흘러내렸고 목이 메인 듯 말문을 잇지 못했다.

이 대화가 끝난 뒤, 나는 그와 그의 두 동료를 내 거처로 데려갔다. 내가 빠져나온 언덕을 통해 안으로 들어가서는 그들에게 갖고 있던 식량을 주어 기운을 차리게 해주었다. 그리고 내가 그토록 오랫동안 그곳에서 살면서 만들어 사용해 온 여러 물건들을 그들에게 보여 주었다.

그들은 내가 보여 준 모든 물건들과 들려 준 이야기에 무척이나 놀라워했다. 하지만 무엇보다도 선장은 내가 거처를 요새처럼 만들고 나무숲으로 완벽하게 숨겼다는 사실에 경탄을 금치 못했다. 심은 지 20년이 넘는 데다가 이곳 나무들은 영국보다 훨씬 더 빨리 자라기 때문에 이제는 작지만 빽빽한 숲을 이루고 있었다. 그 덕분에 구불구불한 통로로 남겨 놓은 한쪽 측면을 제외하면 어느 곳으로도 뚫고 지나갈 수가 없었다. 나는 그에게 이것이 내 성이자 집이라고 말했다. 그리고 왕들 대부분이 그렇듯이 교외에도 저택이 있으니 필요하면 거기서 쉴 수 있다고 하면서 다음에 그곳도 보여 주겠다고 했다. 하지만 지금 당장 우리가 해야 할 일은 배를 되찾을 방법을 궁리하는 것이라고 말했고, 그도 그 점에 동의했다. 하지만 그는 어떤 조치를 취해야 할지 도무지 모르겠다고 말했다. 그리고 아직 배에는 스물여섯 명이 남아 있고, 이들은 모두 저주받은 음모에 가담한 터라 법에 의하면 모두 목숨을 잃은 것과 마찬가지라서 이미 자포자기하여 냉혈한들이 된 상태라고 했다. 만약 진압당한다면 영국이나 영국 식민지에 도착하자마자 교수대로 끌려갈 것임을 알기 때문에, 저항을 계속할 거라고도 했다. 따라서 우리처럼 적은 인원으로 그들을 공격하는 것은 불가능하다고 말했다.

선장이 한 말을 곰곰이 생각해 보니 아주 합리적인 결론이라는 생각이 들었다. 그러니 아주 신속하게 결정을 내려야 한다고 생각했다. 배에 있는 자들이 섬에 상륙하여 우리를 파멸시키지 못하도록 그들을 꾀어내 함정에 빠뜨린 뒤 기습을 감행해야 할 듯했다. 그때 내 머리에 떠오른 생각이 있었다. 시간이 조금 지나면 배에 있는 선원들은 자기 동료들과 보트가 어찌 되었는지 궁금해하다가 결국 다른 보트를 타고 해안으로 올 게 분명한데, 아마도 그들은 무장한 상태일 테니 우리가 상대하기에는 너무 버거울 것이다. 그도 내 생각이 타당하다고 인정했다.

그가 그렇게 인정하자, 나는 선장에게 우리가 가장 먼저 해야 할 일은 해변에 방치되어 있는 보트를 망가뜨려서 그들이 끌고 가지 못하게 하는 것이라고 말했다. 나는 보트에 있는 물건을 죄다 갖고 나온 다음, 물에 뜨지 못하도록 만들자고 했다. 그래서 우리는 보트에 오른 뒤 그들이 남겨 놓은 무기들을 다 치우고, 브랜드 한 병, 럼주 한 병, 비스킷 빵 몇 개, 뿔 화약통 하나, 범포 조각에 싸인 커다란 설탕 덩어리같이 눈에 띄는 것들은 모두 챙겨 나왔다. 설탕은 5~6파운드 정도 되어 보였다. 이 모든 물건이 나는 정말 반가웠는데, 특히 브랜디와 설탕은 여러 해 전에 다 떨어진 터라 더욱 그랬다.

이 모든 것들을 뭍으로 가져다 놓은 다음(노, 돛대, 돛, 키는 앞에서 말한 것처럼 이미 치워 두었다.), 우리는 보트 바닥에 큰 구멍을 냈다. 그들이 우리를 압도할 정도로 강한 힘을 갖추고 오더라도 이 보트는 가져갈 수 없었다.

사실 나는 우리가 선장의 배를 되찾을 수 있으리라는 생각은 별로 하지 않았다. 다만 그들이 보트를 놔두고 간다면, 물에 뜰 수 있게 다시 수리하여 그 보트를 타고 바람이 불어 가는 쪽 섬으로 가는 길에 우리의 우군인 스페인인들을 방문하는 것은 전혀 문제가 되지 않는다고 생각했다. 나는 여전히 그들을 염두에 두고 있었다.

그렇게 우리의 계획을 준비하면서, 우리는 일단 힘을 모아 보트를 높은 지대로 끌어 올려 밀물 때 바닷물 수위가 가장 높아지더라도 보트가 떠내려가지 않게 해두었다. 그런데 보트 바닥에 구멍을 워낙 크게 뚫어 놓아서 빠른 시간 안에 그것을 막아 놓기가 힘들어 보였고, 다들 자리에 앉아 어찌해야 할지 궁리하고 있던 참에 배에서 대포 쏘는 소리가 들렸다. 그리고 보트를 향해 깃발을 올리며 배로 돌아오라는 신호를 보내는 모습도 보였다. 하지만 보트가 아무런 움직임도 없자, 그들은 다시 여러 번 대포를 쏘고 보트를 향해 여러 가지 신호를 계속 보냈다.

아무리 신호를 보내고 대포를 쏴도 아무런 소용이 없는 것으로 드러나자, 마침내 그들은 보트가 움직이지 않는다는 사실을 깨달은 모양이었다. 내 망원경으로 보니 그들은 다른 보트를 들어 올려 바다에 내렸고, 보트는 해안 쪽으로 노를 저어 오고 있었다. 그들이 가까이 왔을 때 살펴보니, 보트 안에는 무려 열 명이나 있었고 총기도 소지한 상태였다.

그들의 배가 해안에서 2리그 정도 떨어진 곳에 정박해 있었기 때문에 우리는 그자들이 오는 모습을 전부 볼 수 있었다. 조류 때문에 그들이 탄 보트가 첫 번째 보트보다 동쪽으로 더 밀려나는 바람에 처음 보트가 상륙하여 정박해 있는 곳까지 오려면 해안을 따라 올라오는 수밖에 없었다. 그 덕에 우리는 그자들의 얼굴까지도 똑똑히 볼 수 있었다.

어쨌든 내가 말한 대로 우리는 그자들을 똑똑히 보았고, 선장은 보트에 타고 있는 자들이 누구인지, 성격이 어떤지도 알고 있었다. 선장은 그들 중에 세 사람은 아주 정직한 사람들이라 아마도 나머지 놈들의 압력에 시달리다 겁에 질려 이 음모에 가담한 모양이라고 확신했다.

그러나 선장은 그들 중에서 대장처럼 보이는 갑판장과 나머지 놈들은 다른 선원들 못지않게 극악무도한 자들이며, 새로이 꾸민 이 일에 필사적으로 덤빌 게 분명하니 우리가 감당하기에 그들이 너무 강할까 봐 몹시 걱정했다.

나는 선장에게 미소를 지어 보이며 우리 같은 상황에 처한 사람들은 두려움의 영향을 받는 경지에서 벗어난 게 아니냐고 말했다. 그리고 어떠한 상황도 우리가 처하게 될 상황보다 낫다는 것을 알고 있으니 살든 죽든 이 일의 결과가 분명 구원이 될 것으로 기대해야 한다고 말했다. 나는 그에게 현재 내 삶의 상황을 어떻게 생각하느냐고 묻고, 이런 상황에서는 과감하게 탈출을 시도하는 게 가치가 있지 않겠냐고도 물었다. 그리고 다시 "내가 당신의 목숨을 구하기 위해 여기 이렇게 살아남아 있었다는 믿음은 어디로 갔소? 방금 전만 해도 그 믿음에 당신은 기분이 좋아진 것 같던데. 내 입장에서는 이 일에 대한 모든 전망에서 한 가지가 잘못된 것 같소."라고 말했다. 그러자 그가 "그게 뭡니까?"라고 물었다. 이에 나는 이렇게 답했다. "글쎄요. 당신이 한 말 가운데 저들 중에 정직한 자들이 서너 명이 있으니 그들은 살려 줘야 한다고 주장한 것이오. 그들이 다른 선원들처럼 모두 사악한 자들이라면, 하나님께서 저들을 골라내어 당신 손에 인도하셨으리라고 생각하오. 분명히 말하지만, 이제 뭍에 내린 저자들은 모두 우리의 손에 달려 있소. 저놈들은 우리에게 어떻게 행동하느냐에 따라 생사가 결정될 것이오."

내가 유쾌한 표정으로 목소리를 높여 이렇게 말하자, 선장도 상당히 기운을 얻은 것처럼 보였다. 그래서 우리는 우리가 할 일을 힘차게 시작했다. 우리는 배에서 보트가 출발하여 처음 모습을 나타낸 순간, 포로들을 분리해야 한다고 생각했고 실제로도 그들의 신병을 확보했다.

선장이 다소 미심쩍게 생각하는 두 사람과 (구출된) 세 사람 중 한 명은 프라이데이와 함께 동굴로 보냈다. 동굴은 꽤 멀리 떨어진 곳이라 말소리가 들리거나 발각될 위험이 없었다. 게다가 혹시 그곳에서 탈출한다고 해도 숲속에서 길을 찾아 빠져나갈 리도 없었다. 거기에 그들을 묶어

두었지만, 먹을 것은 주었다. 그리고 거기서 계속 조용히 있으면 하루나 이틀 뒤에는 자유롭게 풀어 주겠다고 약속했다. 하지만 탈출을 시도한다면, 가차 없이 목숨을 빼앗겠다고도 했다. 그들은 인내심을 갖고 감금 상태를 견디겠다고 굳게 약속했으며, 자신들을 먹여 주고 불도 밝혀 줄 정도로 잘해 준다며 정말 고마워했다. 프라이데이는 그들이 편안하게 지낼 수 있도록 (우리가 직접 만든) 양초까지 줬다. 하지만 그들은 동굴 입구에서 프라이데이가 보초를 서며 감시한다는 사실은 알지 못했다.

다른 포로들은 더 나은 대접을 받았다. 포로들 중 두 명은 선장이 마음 놓고 신뢰할 수 없는 자들이라 손발이 묶인 상태로 있었지만, 다른 두 명은 선장이 추천하기도 했고 우리와 생사를 같이하겠다고 진지하게 약속했기 때문에 내 수하로 삼았다. 따라서 그 두 명과 정직한 세 사람까지 포함하여 우리는 총 일곱 명이 되었고, 모두 제대로 무장까지 하고 있었다. 나는 우리가 보트에 타고 오는 열 명 정도는 너끈히 처리할 수 있으리라 굳게 믿었다. 게다가 선장 말로는 그들 중에 서너 사람은 정직한 사람들이라고 했으니 더더욱 그랬다.

그들은 다른 보트가 정박해 있는 곳에 도착하자마자 보트를 모래사장에 댔고, 다들 내린 다음 타고 온 보트를 뭍으로 힘껏 끌어 올렸다. 나는 이 모습을 보고 다행이다 싶었는데, 그들이 보트를 지키는 사람 몇 명을 남겨 두고 해안에서 조금 떨어진 곳에 닻을 내리고 정박할까 봐 걱정했기 때문이었다. 그럴 경우에 우리는 보트를 빼앗지 못할 수도 있었다.

뭍에 내리자마자 그들 모두는 가장 먼저 다른 보트로 달려갔다. 앞에서 이야기했듯이 보트에 있던 물건이 하나도 남김없이 사라진 데다 바닥에 구멍까지 난 것을 보고 그들이 얼마나 놀랐는지는 쉽게 알아차릴 수 있었다.

그들은 잠시 이 문제에 대해 심각하게 고민하더니 다른 동료들이 들을 수 있도록 두세 차례 온 힘을 다해 큰 소리로 외쳤다. 하지만 아무 소용이 없었다. 그러자 그들은 모두 둥그렇게 모여 갖고 있던 소총을 일제히 쏘아 댔다. 사실 우리는 그 소리를 들었고, 메아리는 숲속까지 울려 퍼졌다. 하지만 결과는 마찬가지였다. 우리는 동굴 속에 있는 자들이 그 소리를 듣지 못했을 것이라고 확신했다. 물론 우리가 지키고 있던 자들은 총소리를 분명히 들었지만, 감히 응답할 생각은 하지 못했다.

나중에 들은 이야기지만, 그들은 이 사태에 무척이나 충격을 받아서 모두 보트를 타고 다시 배로 돌아가 남아 있던 선원들에게 섬에 갔던 사람들이 모두 살해당했고 대형 보트에 구멍까지 나 있다는 사실을 알릴 작정이었다. 그들은 그 즉시 보트를 다시 물에 띄워 모두 올라탔다.

선장은 이 모습을 보고 몹시 놀랐고 심지어는 크게 당황해했다. 그자들은 섬에 갔던 동료들이 모두 실종된 것으로 결론 내리고 다시 배로 돌아간 뒤 곧바로 떠나 버릴 것이라고 믿었기 때문이었다. 그렇게 되면 우리가 되찾을 수 있으리라 희망하던 그의 배는 영영 잃고 말 것이었다. 하지만 그는 이내 다른 일 때문에 무척이나 놀라게 되었다.

그들은 보트를 타고 떠난 지 얼마 되지 않아 모두들 다시 해안으로 되돌아왔다. 아마도 자기들끼리 상의한 뒤에 새로운 행동을 시작한 것 같았다. 그곳에는 세 사람만 남고 나머지는 해안으로 가서 나머지 동료들을 찾아 나섰다.

우리 입장에서는 크게 실망스러운 일이었다. 우리는 어떻게 대응할지 몰라 당황스러웠다. 보트가 도주해 버리면, 뭍에 올라온 일곱 명을 잡아 봤자 우리에겐 아무런 이득이 없었다. 배에 남은 세 놈이 노를 저어 도망치면, 나머지 선원들이 분명 닻을 올리고 떠나 버릴 것이었다. 그렇게 되면 배를 되찾는 일은 영영 끝이었다.

하지만 우리에겐 어찌할 방법이 없었다. 그저 상황이 어찌 되는지 지켜보는 수밖에 없었다. 어쨌든 그 일곱 명은 해안에 내렸고, 보트에 남은 세 명은 해안에서 제법 떨어진 곳으로 보트를 끌고 가서는 닻을 내리고 그들을 기다렸다. 따라서 우리가 보트에 있는 자들을 공격하는 것은 불가능해졌다.

해안에 내린 자들은 서로 바싹 붙어서 내 거처 위쪽에 있는 작은 언덕의 꼭대기를 향해 걸어갔다. 그자들은 우리를 볼 수 없어도 우리는 그자들을 확실히 볼 수 있었다. 우리는 이 상황이 아주 마음에 들었다. 그자들이 우리 쪽으로 좀 더 가까이 오면 그들에게 총을 쏠 수 있어서 좋았고, 그들이 멀리 가버리면 우리가 밖으로 나갈 수 있으니 좋았다.

하지만 그들은 언덕 비탈 즈음에 와서 지칠 때까지 계속 고함만 질러 댔다. 그곳에서 보면 북동쪽으로 펼쳐져 있는, 섬에서 지대가 가장 낮은 계곡과 숲들이 훤히 보여서 그러는 듯했다. 그들은 해안에서 먼 곳까지 들어가 볼 생각은 전혀 없었는지 나무 아래에 서로 바싹 붙어 앉아 이 사태에 대해 고민하고 있었다. 앞서 섬에 올라온 자들처럼 거기서 눈을 붙이는 게 좋다고 생각했다면 우리 일을 크게 덜어 주었을 테지만, 그들은 위험에 대한 불안감이 너무 커서 감히 자야겠다는 생각을 하지 못했다. 물론 그들은 자신들이 두려워해야 할 위험의 정체도 알지 못했다.

그들이 이처럼 상의를 하고 있는 모습을 보고 선장은 내게 아주 적절한 제안을 했다. 그들이 동료들에게 들리도록 곧 다시 일제 사격을 할 테니 그들이 장전한 총알이 모두 떨어질 시점에 맞춰 그들에게 반격을 가하자는 것이었다. 그렇게 되면 그들은 분명 항복할 것이고, 그러면 피 한 방울 흘리지 않고 그들을 생포할 수 있다고 했다. 나는 그 제안이 마음에 들었다. 다만 그들이 다시 총알을 장전하기 전에 다가갈 수 있도록 우리가 충분히 가까운 거리에 있어야 한다고 생각했다.

그러나 그런 일은 일어나지 않았다. 우리는 어떤 조치를 취해야 할지 몰라 오래도록 우물쭈물하며 있었다. 마침내 나는 밤이 될 때까지 우리가 할 일은 없겠다는 의견을 밝혔다. 만약 밤에도 그들이 보트로 되돌아가지 않으면 그들과 해안 사이로 끼어드는 방법을 찾아 보트에 남은 자들을 뭍에 올라오게 만드는 계략을 꾸며 보자고 말했다.

우리는 그들이 이동하기만을 바라며 한참을 아주 초조한 마음으로 기다렸다. 그런데 마침내 그들이 오랜 상의를 마친 후 모두 벌떡 일어나 바닷가 쪽으로 걸어가는 모습에 불안한 마음을 감출 수 없었다. 아마도 그들은 이곳이 위험하다 싶은 생각에 불안감이 너무 커져서 동료들을 실종된 것으로 치고 다시 배로 돌아가 원래 하려던 항해를 계속하기로 결정한 듯 보였다.

그들이 해안 쪽을 향해 가는 모습을 보자마자, 나는 그들이 수색을 포기하고 배로 다시 돌아가려는 것이라고 생각했다. 선장에게 내 생각을 말하자, 그는 이 걱정스러운 상황에 금방이라도 주저앉을 것 같아 보였다. 하지만 나는 곧바로 그들을 되돌아오게 만들 묘수를 하나 생각해 냈고, 그 계략은 어김없이 내 의도대로 들어맞았다.

나는 프라이데이와 선장의 항해사를 서쪽의 샛강 어귀 너머로 보냈다. 프라이데이가 구출될 때 야만인들이 상륙했던 바로 그곳이었다. 그리고 0.5마일쯤 떨어진 작은 언덕에 도착하면 목청껏 크게 소리친 다음, 선원들이 그 소리를 들었는지 알 수 있을 때까지 기다리라고 했다. 그자들이 호응하는 소리가 들리면 그 즉시 응답하라고 시켰다. 그다음으로는 그들 눈에 띄지 않도록 길을 빙 돌면서 상대편이 소리를 치면 계속 대답해 주면서 결국에는 그들을 섬 안쪽 깊숙한 곳까지, 가능하면 숲속까지 오도록 유인해 보라고 했다. 그 후에는 내가 지시한 길을 따라 내 쪽으로 돌아오라고 했다.

그들이 막 보트에 오르려는 순간, 프라이데이와 항해사가 큰 소리로 외치자 그들은 그 소리를 즉시 알아듣고 응답을 보내면서 해안을 따라 서쪽으로 내달렸다. 그런데 소리가 난 쪽을 향해 가다 보니 샛강이 길을 막고 있고 바닷물이 차오른 상태라 그들은 강을 건널 수가 없었다. 정말 내가 예상했던 대로 그들은 보트를 불러 자기들을 태워 달라고 했다.

가만히 지켜보니 그들은 보트로 강을 건넌 뒤에 샛강 안쪽으로 한참을 올라갔는데, 이를 설명하자면 내륙 깊숙한 항구에 배를 댄 셈이었다. 그들은 보트에 타고 있던 세 사람 중 한 명만 데려가고 둘은 보트에 남겨 두었다. 보트는 강가의 작은 나무 그루터기에 묶어 두었다.

이것이 바로 내가 원하는 바였다. 나는 프라이데이와 선장의 항해사는 원래 하던 일을 하도록 남겨 둔 채 곧바로 나머지를 데리고 눈에 띄지 않게 샛강을 건넌 다음, 보트에 남은 두 명이 알아채기 전에 그들을 덮쳤다. 한 명은 강가에 누워 있었고 다른 한 명은 보트에 있었다. 비몽사몽한 상태로 강가에 누워 있던 자가 깜짝 놀라 벌떡 일어나자 맨 앞에 있던 선장이 달려가서 그를 때려눕혔고, 보트에 있던 자에게 항복하지 않으면 죽여 버리겠다고 소리쳤다.

자신에게 다섯 명이 덤벼든 데다 동료마저 맞아 쓰러진 상황이라 이 홀로 남은 자를 설득하여 항복시키는 데는 입씨름할 필요가 거의 없었다. 이자는 다른 선원들처럼 반란에 적극적으로 가담하지 않은 세 명 중 한 명 같았다. 결국 그는 쉽게 설득당하여 항복했을 뿐 아니라 나중에는 진심으로 우리 편에 가담했다.

그사이에 프라이데이와 선장의 항해사는 나머지 선원들을 상대로 자신들의 임무를 완벽하게 수행해 냈다. 그 둘은 큰 소리로 부르고 응답하며 그자들을 이 언덕에서 저 언덕으로, 이 숲에서 저 숲으로 계속 유인하고 다니면서 그자들을 완전히 지치게 만들었다. 게다가 날이 어두워지기전에 보트로 되돌아가지 못할 게 분명해 보이는 곳까지 그놈들을 끌어다놓았다. 어찌나 열심이었는지 나중에 우리에게 돌아왔을 때에는 본인들도 완전히 녹초가 되어 있었다.

이제 우리에게는 어둠 속에서 그들이 오는지 지켜보다가 그들을 습격하여 확실하게 일을 끝내는 것 외에는 해야 할 일이 없었다.

그들이 보트로 돌아온 것은 프라이데이가 돌아오고 나서 많은 시간이지난 뒤였다. 그들이 모습을 나타내기도 훨씬 전에 맨 앞에 오던 놈들의소리를 들을 수 있었는데, 뒤처지는 놈들에게 계속 따라오라고 재촉하는모양이었다. 또한 뒤에 따라오던 놈들의 대답과 다리가 너무나 아프고지쳐 더 이상 빨리 갈 수 없다고 불평하는 소리도 들렸다. 우리에게는 이만큼 반가운 희소식도 없었다.

마침내 그들이 보트에 도착했다. 하지만 썰물이 빠져나간 자리에 남은 보트가 샛강 바닥에 단단히 박혀 있고 보트를 지키던 두 사람도 사라져 버린 것을 발견하자 그들이 얼마나 당혹스러워했는지는 표현이 불가능할 정도였다. 이들은 정말로 처량한 목소리로 서로를 부르며 자신들이귀신 들린 섬에 와 있는 것 같다고 했다. 그들은 이 섬에 누군가가 살고있어서 자신들을 죄다 죽이든지 아니면 악마와 귀신이 살고 있어서 자신들을 모두 어디론가 데려가 잡아먹든지, 둘 중 하나일 거라고 서로에게말하고 있었다.

그들은 다시 큰 소리로 보트를 지키던 두 동료의 이름을 여러 차례 불렸다. 하지만 아무런 대답이 없었다. 얼마 후 희미한 빛에 비춰진 그들은 절망에 빠진 사람들 같았고, 두 손을 움켜쥔 채 이리저리 뛰어다니고 있었다. 그리고 가끔 보트에 들어가 앉아 잠시 쉬다가 다시 강가로 올라와서 여기저기 서성이기를 반복했다.

내 부하들은 어둠을 틈타 당장에 그들을 습격하고 싶어서 허락이 떨어지기만을 고대하는 듯했지만, 나는 그들을 최소한만 죽이고 대부분은 살려서 이용하고 싶었다. 특히, 상대편이 무장을 상당히 잘 하고 있다는 걸 알고 있었기에 우리 부하들 중 누구라도 목숨을 잃을지 모르는 위험을 감수하고 싶지 않았다. 나는 이자들이 흩어지지는 않는지 지켜보기로 했다. 그리고 이들을 확실하게 제압하기 위해 그들과 더 가까운 곳으로 매복 장소를 옮겼다. 프라이데이와 선장에게는 발각되지 않도록 최대한 몸을 땅에 붙이고 양손과 양발로 기어서 가능한 그들에게 가까이 다가간 다음에 총을 발사하라고 했다.

두 사람이 그런 자세로 있은 지 얼마 되지 않아 반란의 주모자였던 갑판장 녀석이 이제는 일행 중에서 가장 낙담하고 의기소침해진 표정으로 다른 선원 두 명과 함께 그들 쪽으로 걸어오는 모습이 보였다. 선장은 이 악당을 자기 손으로 처치하고 싶은 마음이 간절했던 터라 확실하게 처리할 수 있는 거리까지 놈이 다가오길 기다리는 동안 안절부절못했다. 하지만 아직은 그놈의 목소리만 들리는 거리였다. 마침내 그들이 더 가까이 왔을 때 선장과 프라이데이가 벌떡 일어나 그들을 덮쳤다.

갑판장은 그 자리에서 죽었고, 그다음 놈은 몸통에 총을 맞고 갑판장 옆에 쓰러졌다. 그자도 결국 한두 시간 뒤에 죽었다. 그리고 세 번째 녀석은 도망쳤다.

총소리가 나자 나는 곧바로 내 병력을 모두 이끌고 앞으로 나갔다. 현재 내 병력은 모두 여덟 명으로, 총사령관인 나, 나의 부사령관 프라이데 이, 선장과 그의 두 동료, 믿고 무기를 맡긴 포로 세 명으로 구성되어 있었다.

우리가 어둠을 틈타 그들에게 다가갔기 때문에 그들은 우리가 몇 명인 지 볼 수 없었다. 나는 보트에 남아 있다가 지금은 우리 편이 된 자에게 직접 녀석들의 이름을 부르도록 시켰다. 그자들을 협상 자리에 끌어내어 항복을 받아 낼 수 있을지 알아보기 위해서였는데, 상황은 우리가 바라는 대로 풀렸다. 사실 그들이 당시 처한 상황을 감안하면 기꺼이 항복하리라고 예상할 수 있었다. 그자는 최대한 큰 목소리로 그중 한 명을 불렀다. "어이, 톰 스미스, 톰 스미스." 그러자 톰 스미스가 곧바로 대답했다. "누구야? 로빈슨이야?" 아마도 그의 목소리를 알고 있는 듯했다. 반대편 은 다시 이렇게 대답했다. "그래, 톰 스미스. 제발 부탁할게. 무기를 버리고 항복해. 안 그러면 자네들은 지금 이 순간부터 죽은 목숨이 될 거야."

스미스가 다시 말했다. "누구한테 항복하란 거야? 그자들이 어디 있는 데?" 로빈슨이 대답했다. "여기 선장님과 그의 부하 50명이 있다네. 지 금까지 두 시간 동안 자네들을 찾아다녔지. 갑판장은 죽었어. 윌 프라이어는 부상을 입었고. 나는 포로로 잡혔어. 자네가 항복하지 않으면 모두 끝장날 거야."

톰 스미스가 말을 이어 갔다. "그럼 우리가 항복하면 자비를 베풀어 줄까?" 로빈슨이 대답했다. "항복한다고 약속하면 내가 가서 물어볼게." 로빈슨이 선장에게 묻자, 선장은 큰 소리로 말했다. "어이, 스미스. 내 목소리 알아듣지? 즉시 무기를 내려놓고 항복한다면 너희들을 살려 주겠어. 단, 윌 앳킨스는 예외야."

이 말을 듣자 윌 앳킨스가 소리쳤다. "선장님, 부디 제게도 자비를 베풀어 주세요. 제가 뭘 했다고 그러십니까? 다들 저처럼 나쁜 짓을 저질 렀습니다." 사실 그의 말은 전혀 사실과 달랐다. 이 윌 앳킨스라는 자는 맨 처음 배에서 반란이 일어났을 때 선장을 붙잡는 데 앞장섰고, 그의 양 손을 묶고 그에게 상스러운 말까지 퍼붓는 등 무자비하게 굴었던 모양이 었다. 그러나 선장은 그자에게 일단 무조건 무기부터 버리고 다른 일은 총독의 뜻에 맡길 거라고 말했다. 여기서 총독은 나를 두고 하는 말로, 다들 나를 그렇게 불렀다.

짧게 말하면, 그들은 다들 무기를 내려놓은 채 목숨만 살려 달라고 애 원했다는 것이다. 그래서 나는 그자들과 협상했던 선원과 더불어 두 명 을 더 보내서 그자들을 모두 결박했다. 그런 다음 나의 대군 50명은, 사 실 이 세 명을 포함해도 여덟 명밖에 되지 않았지만, 그들을 급습하여 모 두 체포하고 보트까지 접수했다. 다만 나와 다른 한 명은 정치적인 이유 에서 그들 앞에 모습을 나타내지 않았다.

다음으로 우리가 할 일은 보트를 수리하고 배를 접수할 방법을 생각해 내는 것이었다. 선장은 이제 여유롭게 그들과 협상할 수 있었다. 그는 그 들이 자신에게 얼마나 극악무도한 짓을 했는지, 그들이 계획이 얼마나 사악했는지 조목조목 이야기하고, 결국 그 일로 인해 그들이 대단히 불 행하고 고통스러운 상황에 빠질 게 분명하며 사형에 처해질 가능성도 있 다고 훈계했다.

그자들은 모두 크게 뉘우치는 모습을 내비치며 목숨만 살려 달라고 애 원했다. 선장은 그 문제에 관한 한, 그들이 자신의 포로가 아니라 이 섬 사령관님의 포로라고 말했다. 그러면서 그들이 자신을 황량한 무인도 해 안에 버렸다고 생각했겠지만, 기쁘게도 하나님의 뜻대로 인도하시어 사 람이 사는 섬에, 그것도 총독이 영국인인 섬에 인도하셨다고 했다. 또한 총독님께서 원하신다면 그들 모두 이곳에서 교수형에 처할 수도 있지만, 모두에게 자비를 베풀어 영국에서 심판을 받도록 본국으로 보낼 계획이라고 말했다. 다만 앳킨스는 총독의 명령에 따라 죽음을 준비해야 할 것이며, 내일 아침 교수형에 처해질 것이라고 덧붙였다.

이 모든 이야기는 그가 지어낸 것이었지만, 그가 원한 효과를 제대로 발휘했다. 앳킨스는 무릎을 꿇더니 총독에게 잘 말해서 자신을 살려 달라고 선장에게 애원했다. 나머지 선원들도 제발 자신들을 영국으로 보내지 말아 달라고 애걸복걸했다.

그 순간 드디어 내가 구출될 시간이 왔다는 생각이 들었다. 나는 이자들을 우리 편으로 받아들여 배를 되찾는 일에 전력을 다하게 만드는 일이 무척이나 쉽겠다고 생각했다. 나는 그자들이 어떤 총독을 섬기게 되었는지 보지 못하게 하려고 어두운 곳으로 물러나면서 선장을 내 쪽으로 불렀다. 나는 꽤 멀리 있는 것처럼 위장하려고 그들 중 한 명을 시켜 선장에게 말을 전하라고 지시했다. 그자는 "선장님, 사령관님이 부르십니다."라고 말했다. 그러자 곧바로 선장이 답했다. "내가 곧 간다고 사령관님께 전해라." 그들은 완벽하게 속아 넘어갔다. 다들 사령관이 부하 50명을 거느리고 있다고 믿었다.

선장이 다가오자 나는 배를 탈환할 계획을 말해 주었다. 그는 내 계획을 무척이나 마음에 들어 했고, 다음 날 아침 실행에 옮기기로 결정했다.

하지만 나는 이 계획을 더욱 요령 있게 실행하고 성공을 확실하게 보장하려면, 포로들을 나눠 놓아야 하고 앳킨스를 비롯해 죄질이 가장 나쁜 두 명을 결박하여 다른 포로들이 감금되어 있는 동굴로 데려가야 한다고 했다. 이들을 데려가는 일은 프라이데이, 선장과 함께 섬에 온 두 사람에게 맡겼다.

프라이데이 일행은 이자들을 감옥 같은 동굴로 데려갔는데, 그런 처지에 처한 사람들에게는 정말이지 암울하기 짝이 없는 곳이긴 했다.

그리고 나머지는 앞에서 자세히 설명한 바 있는 내 정자로 보내라고 명령했다. 울타리가 쳐져 있고 그자들이 결박된 상태인 데다 뉘우치는 태도까지 보인다는 점을 고려해 보면 그곳은 충분히 안전했다.

다음 날 아침, 나는 이들에게 선장을 보내 협상해 보라고 했다. 말하자면 그자들을 떠봐서 배에 올라가 기습할 때 믿고 일을 맡길 수 있는지를 알아보고 내게 전달해 달라는 것이었다. 선장은 그자들에게 자신이 어떤 피해를 입었는지, 그자들이 현재 어떤 처지에 처했는지 설명한 다음, 총독이 자비로운 마음으로 그들의 목숨을 살려 주긴 했어도 만약 그들이 영국으로 보내진다면 쇠사슬에 묶여 교수형에 처해질 것이 분명하다고 말했다. 하지만 만약 그들이 배를 되찾는 이 정의로운 계획에 가담한다면, 총독에게서 사면 약속을 받아 주겠다고 덧붙였다.

그들 같은 처지에 놓인 사람들이 그런 제안을 얼마나 선뜻 받아들였을지는 누구든 쉽게 짐작할 수 있을 것이다. 그자들은 선장 앞에 무릎을 꿇고 마지막 피 한 방울이 남을 때까지 충성을 다하겠다는 극단적인 말까지 동원하며 맹세했다. 그리고 자신들의 목숨은 모두 선장의 것이고 세상 어디를 가든 선장과 함께할 것이며, 목숨이 붙어 있는 한 선장을 자신들의 아버지로 인정하겠다고 말했다.

이에 선장은 이렇게 말했다. "좋아, 내가 총독에게 가서 너희들의 말을 전하겠다. 총독님 허락을 받아 내려면 어찌해야 할지 생각을 좀 해보지." 이후 선장은 내게 그자들이 어떤 마음인지 이야기해 주면서 그들이 충성을 다하리라고 진심으로 믿는다고 말했다.

하지만 나는 안전을 확실히 지켜야 했다. 그래서 나는 선장에게 다시 돌아가 다섯 명을 추려 내라고 했고, 그들이 사람이 모자라다는 인상을 받지 않도록 그들에게 조수로 다섯 명을 데려갈 예정이라고 말하라고 했다. 그리고 그 다섯 명이 충성을 다하도록 총독이 나머지 두 명과 동굴에 포로로 보내진 세 명을 인질로 잡아 둘 것이며, 그들이 계획을 실행하는 과정에서 충성을 다하지 않으면 인질 다섯 명은 해안에서 산 채로 쇠사슬에 묶여 교수형에 처해질 것이라는 말도 전하라고 했다.

이는 가혹한 조치였다. 그래서 그들에게 총독이 진짜로 그 일을 할 수도 있겠다는 확신을 심어 줄 수 있었다. 그러나 그들에게는 이를 받아들이는 것 외에는 다른 방법이 없었다. 따라서 선장뿐 아니라 동굴에 갇혀 있는 포로들도 나머지 다섯 명에게 맡은 일을 제대로 하라고 설득할 수밖에 없었다.

이리하여 이번 원정에 나설 우리 쪽의 병력은 다음과 같이 정리되었다. 1. 선장과 그의 항해사 그리고 배에 탔던 승객. 2. 처음 섬에 왔던 무리 중에 포로로 잡혔다가 선장이 정직하다고 하여 풀어 주고 무기까지 맡긴 두 명. 3. 지금까지 결박한 채로 정자에 가둬 두었다가 선장의 제안으로 지금 풀어 준 두 명. 4. 보트에서 잡힌 한 명. 5. 마지막에 풀어 준 이들 다섯 명. 이렇게 우리 병력은 총 열세 명이었다. 물론 동굴에 포로로 잡아 둔 다섯 명과 인질 두 명은 뺀 숫자이다.

나는 선장에게 이 병력으로 배에 오르는 모험을 감수할 의향이 있냐고 물었다. 나는 섬에 아직 일곱 명이 남아 있는 상황이니 나와 나의 하인 프라이데이는 함께 움직이지 않는 게 적절한 방법 같다고 덧붙여 말했다. 포로들을 분리하여 잡아 두고 먹을 것을 대주는 일도 만만치 않을 테니 말이다.

동굴에 있는 다섯 명에 대해 말하자면, 나는 그들을 꼼짝 못하게 만들어야겠다고 마음먹었다. 다만 프라이데이가 하루에 두 번씩 그자들에게 필요한 것을 주러 그곳에 갔다. 그리고 다른 두 명에게는 좀 떨어진 곳에 프라이데이가 음식을 갖다 놓으면 그들이 가져다 먹도록 했다.

나는 두 명의 인질 앞에 나설 때 선장을 데려갔다. 선장은 나를 가리켜 총독이 그들을 감시하라고 보낸 사람이며, 내 지시 없이는 아무 데도 가서는 안 된다는 것이 총독의 뜻이라고 말했다. 그리고 만약 지시를 어긴다면, 성으로 붙잡혀 가서 쇠사슬에 묶이게 될 것이라고 엄포했다. 이렇듯 그들이 나를 총독으로 생각하지 않게 되었기 때문에, 이제 나는 다른 사람처럼 그들 앞에 나타나 총독이나 요새, 성 등에 대해 언제든 이야기할 수 있었다.

이제 선장 앞에는 어려움이 하나도 없었다. 보트 두 척을 챙겨 한 척의 구멍을 막고 인원을 배치하기만 하면 끝이었다. 그는 자신의 승객이었던 자를 보트 한 척의 선장으로 임명하여 네 명의 선원을 딸려 보냈다. 그리고 그 자신, 항해사, 또 다른 다섯 명이 나머지 보트에 탔다. 그리고 그들은 자신들이 무엇을 해야 할지를 아주 훌륭하게 생각해 냈다. 그들은 한밤중에 배에 접근했다. 그리고 소리를 지르면 배에서 들릴 만한 지점에 도달하자마자, 로빈슨을 시켜 배 위의 선원들을 큰 소리로 부른 후 보트와 선원들을 무사히 데려왔다고 말하도록 시켰다. 그러면서 선원들을 찾는 데 시간이 오래 걸렸다는 등 이런저런 잡담을 나누며 보트가 배의 측면에 접근할 때까지 그자들을 붙들어 두게 했다. 선장과 항해사는 무기를 들고 배에 뛰어들었고 맨 먼저 머스킷 총 개머리판으로 이등 항해사와 목수를 때려눕혔다. 다른 선원들이 충실하게 보좌해 준 덕에 그들은 주갑판과 선미 갑판에 있던 나머지 녀석들을 모두 진압할 수 있었고, 뒤이어 아래쪽 선실에 있던 자들을 가둬 두기 위해 출입구를 단단히 잠가

버렸다. 다른 보트와 거기 타고 있던 선원들은 앞쪽 사슬 방향으로 진입하여 앞 상갑판과 취사실로 내려가는 갑판 승강구를 장악한 뒤 거기서 찾아낸 선원 세 명을 포로로 잡았다.

이 공격을 끝으로 갑판 위를 완전히 장악한 선장은 항해사를 비롯한 선원 세 명에게 반란으로 새로이 선장이 된 자가 누워 있는 후갑판 선실을 부수고 들어가라고 명령했다. 그놈은 위급한 상황임을 보고받고 자리에서 일어나 다른 선원 두 명과 견습 선원에게 총기를 지급해 놓은 상태였다. 항해사가 쇠지레로 문을 부수고 들어가자, 새 선장 녀석과 그의 부하들이 대담하게 항해사 일행에게 총을 발사했다. 항해사는 머스킷 총알에 맞아 팔이 부러졌고 다른 두 선원도 부상을 당했지만, 죽은 사람은 없었다.

항해사는 지원을 요청하려고 소리를 지르면서 선실 안으로 돌진해 들어갔다. 그는 부상을 입은 상태에서도 자신의 권총으로 새 선장 녀석의 머리를 날려 버렸다. 총알은 그자의 입으로 들어가서 한쪽 귀로 다시 나왔다. 그렇게 그자가 비명조차 지르지 못하고 즉사해 버리자, 나머지 선원들 모두가 항복했다. 그들은 더 이상의 인명 손실 없이 효과적으로 배를 접수했다.

그렇게 배를 확보하고 나자 선장은 곧바로 대포 일곱 발을 쏘라고 명령했다. 이는 성공 여부를 알리기 위해 선장이 나와 약속한 신호였다. 새벽 2시까지 그 신호를 기다리며 해안에 앉아 그곳을 지켜보던 내가 그 소리를 듣고 얼마나 기뻤을지는 여러분도 충분히 짐작할 것이다.

그렇게 성공 신호를 똑똑히 듣고 난 뒤에야 나는 자리에 누웠다. 너무나도 피곤한 하루였기에 몹시 깊은 잠에 빠졌다. 그러다 포 소리에 깜짝 놀라 자리에서 벌떡 일어났더니 누군가가 나를 "총독님, 총독님." 하고 부르는 소리가 들렸다. 선장의 목소리라는 것을 바로 알아차리고 언덕 위로 올라갔더니 선장이 거기 서 있었다. 그는 배를 가리킨 다음 두 팔로 나를 부둥켜안더니 이렇게 말했다. "나의 친애하는 벗이자 구원자여. 저기 선생의 배가 있습니다. 저 배는 온전히 선생 것입니다. 그리고 우리와 저 배에 속한 모든 것들 또한 선생 것입니다." 눈을 돌려 그쪽을 쳐다보니 배는 해안에서 0.5마일 조금 더 되는 앞바다에 정박해 있었다. 그들은 배를 장악하자마자 닻을 올렸고, 날씨가 좋았던 터라 작은 샛강 입구까지 배를 몰고 와서 그곳에 정박해 놓았다. 마침 밀물 때여서 선장은 내가 처음 뗏목을 댔던 곳 가까이로 중형 보트를 끌고 와서 바로 내 집 앞에 내렸다.

처음에 나는 너무 놀라 그만 그 자리에 주저앉을 뻔했다. 이제는 정말로 내 구원이 현실이 될 수 있다는 생각이 또렷하게 들었다. 모든 일이 순조롭게 해결된 터라 이제는 저 대형 선박을 타고 내가 원하는 곳이라면 어디든 갈 수 있게 되었다. 처음에 나는 그의 말을 듣고도 한참 동안 아무 말도 하지 못했다. 하지만 그가 두 팔로 나를 부둥켜안자 나는 그를 꽉 붙잡았는데, 그렇게 하지 않으면 땅바닥에 쓰러졌을 것이다.

그는 내가 놀란 것을 알아채고는 그 즉시 주머니에서 병을 하나 꺼내더니 독주 한 모금을 마시게 했다. 그가 나를 위해 일부러 가져온 모양이었다. 나는 그걸 마시고 난 뒤 땅바닥 위에 주저앉았다. 술을 마시고 정신을 차렸지만, 한참이 지날 때까지 그에게 한 마디도 건넬 수 없었다.

이러는 내내 그 가여운 선장도 나처럼 충격을 받지만 않았을 뿐, 나만큼이나 환희에 휩싸여 있었다. 그는 내 마음을 진정시키고 정신이 돌아오게 하려고 따뜻한 말들을 수도 없이 건넸다. 하지만 내 가슴속에서 기쁨이 홍수처럼 넘쳐흐르는 바람에 나는 도무지 정신을 차릴 수가 없었다. 결국엔 눈물까지 터뜨리고 말았다. 그리고 한참이 지나서야 다시 말문을 열 수 있었다.

이제는 내 차례였다. 나는 나의 구원자로서 그를 힘껏 끌어안았다. 우리는 함께 기쁨을 나누었다. 나는 하나님이 나를 구해 주라고 그를 보내셨다고 생각하며 그 모든 과정이 경이로운 기적의 연속인 것 같다고 말했다. 그리고 이런 일들이야말로 세상을 지배하는 하나님의 은밀한 섭리를 입증해 보이는 증거들이며, 무한한 권능을 지닌 하나님께서 세상의 가장 외딴 구석까지 들여다보시다가 언제든 원하실 때면 불행한 자들에게 구원의 손길을 보내 주신다는 증거라고 말했다.

나는 또한 하늘을 향해 감사 기도를 올리는 일도 잊지 않았다. 그런 황폐한 곳에, 그렇게 황량한 처지에 빠진 자에게 기적적인 방식으로 모든 것을 베풀어 주셨을 뿐 아니라 늘 모든 구원을 가능케 하는 분으로 인정해야만 하는 그분께 어떤 사람이 감사하지 않을 수 있겠는가.

한참 이야기를 나누던 중에 선장이 나를 위해 배에서 구할 수 있는 음식들을 가져왔다고 말했다. 오랫동안 배의 주인 노릇을 하던 그 악당들이 미처 챙기지 못하고 남은 것들이라고 했다. 그는 이 말을 건네자마자 보트를 향해 크게 소리를 지르며 총독님을 위해 가져온 물건들을 해안에 내려놓으라고 지시했다. 그리고 정말 그 선물은 마치 나는 그들과 함께 떠나지 않고, 홀로 섬에 계속 남아 살 것으로 생각하고 챙겨 온 물건들 같았다.

먼저 그는 최고급 독주가 가득 든 술병 상자와 마데이라 포도주가 든 큰 병 여섯 개를 가져왔다. 각각에는 2쿼트[39] 정도씩 술이 담겨 있었다.

---

39) quart. 1쿼트는 약 1.1리터에 해당한다.

여기에 최고급 담배 2파운드, 배에서 쓰는 고급 소고기 열두 덩이, 돼지고기 여섯 덩이, 완두콩 한 자루도 챙겨 왔고, 비스킷도 1백 파운드 정도 있었다.

그는 설탕 한 상자, 밀가루 한 상자, 레몬이 가득 든 자루, 라임 주스 두 병 외에도 여러 물건들을 넉넉하게 가져왔다. 하지만 그가 가져온 선물들 중에 이것들보다 천 배는 더 쓸모 있는 물건들이 몇 가지 있었다. 그것들은 바로 깨끗한 새 셔츠 여섯 장, 최고급 목도리 여섯 장, 장갑 두 켤레, 신발 한 켤레, 모자 하나, 양말 한 켤레, 선장이 입은 적이 있지만 아주 약간 닳은 양복 한 벌이었다. 한마디로 그는 나를 머리부터 발끝까지 차려입혔다.

누구든 상상할 수 있겠지만, 이 선물은 나와 같은 처지에 있는 사람에게 매우 도움이 되고 기분도 좋아지게 하는 선물이었다. 하지만 처음 그 옷가지들을 입었을 때 그것만큼 나를 불쾌하고 어색하고 불편하게 만드는 것은 이 세상에 없었다.

이러한 의식이 끝나고 그가 가져온 최고급 물건들을 모두 내 작은 거처에 옮겨 놓은 후, 우리는 지금 데리고 있는 포로들을 어떻게 처리할지 논의하기 시작했다. 그들이 우리와 함께 있어도 되는지는 신중하게 생각해 볼 문제였다. 극도로 다루기 어렵고 구제불능인 그 두 명의 경우에는 특히 그랬다. 선장은 그자들이 너무나도 악한 놈들이라 은혜를 베풀어 봤자 소용없을 것이며, 만약 데려간다면 죄인처럼 쇠사슬에 묶어서 맨 처음 도착하는 영국 식민지의 사법부에 넘겨야 할 것이라고 말했다. 나는 선장이 그 문제를 아주 걱정하고 있음을 알 수 있었다.

이 말을 듣고 내가 선장에게 "당신이 원한다면, 그 악당들 두 명이 자기들 입으로 이 섬에 남게 해달라고 간청하게 만들어 보겠소."라고 말했더니, 선장은 "그렇게 해주신다면 진심으로 기쁠 겁니다."라고 답했다.

이에 나는 이렇게 말했다. "내가 그자들에게 당신을 대신해 말해 보겠소." 그래서 나는 동료들이 약속을 지킨 덕에 자유의 몸이 된 인질 두 명과 프라이데이를 동굴로 보내 결박되어 있는 다섯 명을 정자로 데려간 다음, 내가 갈 때까지 지키고 있으라고 지시했다.

얼마 있다 나는 새 의복을 차려입고 정자로 향했다. 이제는 다시 총독님 소리를 들으며 선장과 함께 포로들을 만났다. 나는 그자들을 내 앞으로 데려오게 했다. 나는 그자들이 선장에게 저지른 악독한 행동과 배를 탈취한 과정, 추후로 약탈을 계획한 일까지 죄다 들었다고 말했다. 하지만 하나님의 섭리는 그들을 스스로 만든 함정에 빠지게 만드셨으니 남들을 해치려 파놓은 함정에 본인들이 빠지게 되었다고 말했다.

나는 내 지시로 배를 다시 빼앗았고 지금 그 배는 정박지에 머물러 있으며, 머지않아 그들의 새 선장이 자신이 저지른 악행에 대해 어떤 벌을 받았는지 알게 될 것이라고 말했다. 그자가 활대 끝에 매달려 죽어 있는 모습을 보게 될 것이라는 이야기였다.

이어서 나에게 내 직권에 따라 그들을 해적 현행범으로 처형할 권한이 있음을 그들이 의심할 수 없겠지만, 혹시 내가 그러지 못할 이유가 있다고 생각한다면 말해 보라고 했다.

그들의 대표자 한 명이 선장이 자신들을 체포할 때 목숨만은 살려 주겠다고 약속했다는 사실 외에는 할 말이 없다고 대답하면서, 내게 겸허하게 자비를 베풀어 달라고 애원했다. 하지만 나는 모든 부하들을 이끌고 섬을 떠나 선장과 함께 영국으로 가는 뱃길에 오르기로 결정한 마당이라 그들에게 무슨 자비를 베풀어야 할지 모르겠다고 말했다. 그리고 선장은 그들을 선상 반란죄로 재판에 회부하기 위해 쇠사슬에 묶어 포로로 데려가는 것 외에는 별다른 방법이 없을 것이며, 그 경우에 교수형에 처해질 거라는 사실은 스스로도 너무 잘 알고 있지 않느냐고 반문했다. 따라서 나는 그들이 이 섬에 남는 운명을 받아들일 마음이 없다면, 그들에게 무엇이 최선이라고 단정 짓기는 힘들다고 했다. 만약 그들이 남기를 원해도 나는 개의치 않을 것이며, 나야 어차피 떠날 사람이니 그들이 이 해안에서 그럭저럭 살겠다고 마음먹으면 목숨은 살려 줄 의향이 있다고 덧붙였다.

그들은 내 제안에 아주 고마워하면서 영국으로 끌려가 교수형에 처해지느니 차라리 여기 남아 살아 보겠다고 말했다. 그래서 나는 이 문제는 이 정도 선에서 처리하기로 했다.

하지만 선장은 이자들을 섬에 남겨 두기가 꺼려지는지 내 제안에 불만이 있는 표정이었다. 그래서 나는 선장에게 다소 화가 난 표정을 지어 보이면서 그들은 그의 포로가 아니라 내 포로라고 말했다. 그러고는 내가 그자들에게 크게 호의를 베풀겠다고 제안하는 것을 그도 보았을 테니 이제 내가 한 약속을 지키겠다고 말했다. 만약 선장이 내 의견에 동의할 생각이 없다면 나는 그자들을 처음 발견했을 때처럼 자유롭게 풀어 줄 것이며, 그것조차 마음에 들지 않는다면 능력껏 잡아 보라고까지 말했다.

그자들은 이 말을 듣고 무척이나 고마워하는 표정이었다. 나는 그들을 풀어 주고 원래 있던 숲으로 돌아가라고 지시했다. 그러고는 그들에게 무기와 탄약을 약간 남겨 줄 것이며 그들이 원한다면 섬에서 어떻게 해야 잘살 수 있는지도 알려 주겠다고 했다.

이 일을 마치고 나는 배를 탈 준비를 했다. 그 전에 나는 선장에게 그날 밤 섬에 머물며 내 물건들을 정리할 작정이니 그사이에 미리 배에 올라 항해 준비를 제대로 해놓고 다음 날 해안으로 보트를 보내 달라고 부탁했다. 또한 배에 오른 뒤에는 여기 남은 포로들이 볼 수 있도록 활대 끝에 새 선장의 시신을 매달아 놓으라고 지시했다.

선장이 떠나자 나는 포로들을 다시 내 거처로 불렀고 그들이 처한 상황에 대해 진지하게 이야기했다. 나는 그들이 올바른 선택을 내린 것이라 생각한다고 말했다. 만약 선장이 그들을 데리고 갔다면 그들은 분명 교수형에 처해졌을 거라고 장담한다며, 그들에게 배의 활대 끝에 매달려 있는 새 선장의 시신을 보여 주었다. 그러면서 그들에게 무엇도 기대할 수 없을 거라고 말했다.

그들 모두가 섬에 남겠다는 의사를 밝히고 난 뒤, 나는 그들에게 내가 이 섬에서 살아온 이야기를 하고 이 섬에서 편하게 사는 방법에 대해 알려 주겠다고 말했다. 이에 따라 나는 이 섬의 내력과 이 섬에 오게 된 경위를 모두 이야기해 주고, 내 요새를 보여 주었다. 그다음, 빵을 만들고 곡식을 심고 포도를 말리는 방법을 알려 주었다. 한 마디로 그들이 편히 생활하는 데 필요한 모든 것을 알려 주었다. 그리고 이 섬에 올 예정인 스페인인 열여섯 명에 대한 이야기도 해두었다. 나는 그들에게 편지 한 통을 남겼고, 이 포로들로부터 그들을 자신들과 똑같이 대하겠다는 약속까지 받아 냈다.

나는 그들에게 내 무기, 즉 머스킷 총 다섯 정, 엽총 세 정, 칼 세 자루를 남겨 주었다. 처음 두 해 이후에는 거의 쓰지 않고 낭비도 하지 않았기 때문에 내게는 화약이 한 통 반 넘게 남아 있었다. 나는 그들에게 염소를 다루는 방법, 염소의 젖을 짜고 살을 찌우는 방법, 버터와 치즈를 만드는 방법도 가르쳐 주었다.

요컨대, 나는 그들에게 내 이야기를 모두 해주었다. 그리고 선장을 설득하여 화약 두 통과 채소 씨앗도 남겨 두고 가겠다고 했다. 내가 섬에서 지내 보니 채소가 부족한 게 무척 아쉬웠기 때문이었다. 나는 선장이 먹으라고 갖다 준 완두콩 한 자루를 주면서 반드시 씨를 뿌려 양을 늘리라고 지시했다.

나는 이 모든 일을 마치고 다음 날 그곳을 떠나 배에 올랐다. 우리는 곧바로 출항할 준비를 했지만, 그날 밤은 닻을 올리지 않았다. 그런데 다음 날 일찍 섬에 남은 다섯 명 중에서 두 명이 배 옆까지 헤엄쳐 오더니 나머지 세 명에 대해 처량하게 불만을 늘어놓으며 제발 자신들을 배에 태워 달라고 사정했다. 그자들은 분명히 자신들을 죽일 생각을 갖고 있다고 주장했다. 그러면서 그들은 즉시 교수형에 처해도 좋으니 제발 배에 태워 달라고 선장에게 애원했다.

이 말을 들은 선장은 내 허락 없이는 아무런 결정도 내릴 수 없는 척했다. 그렇게 얼마간 그들을 애먹이고 마음을 고쳐먹겠다는 진지한 맹세를 받아 낸 뒤에야 배에 태웠다. 선장은 얼마 후 그들을 심하게 매질한 다음 상처에 소금과 식초를 문지르는 벌을 내렸다. 그 후 그들은 아주 성실하고 조용한 선원이 되었다.

이 일이 있고 나서 얼마 후 밀물이 들었기에 섬에 남은 자들에게 약속한 물건을 실은 보트를 해안에 보내라고 지시했다. 선장은 나의 중재로 그들 소유의 궤짝과 옷가지도 보트에 함께 싣도록 했다. 그들은 그것들을 받고 무척 고마워했다. 나는 그들을 잊지 않을 것이며 혹시 항해 중에 섬을 지날 일이 있으면 그들을 태울 보트를 보내 주겠다는 말로 그들에게 용기를 주었다.

이 섬을 떠나면서 나는 내가 만든 커다란 염소 가죽 모자와 우산, 앵무새를 기념품 삼아 배에 실었다. 그리고 전에 이야기한 대로 쓸모가 없어서 오래도록 곁에 두고만 있던 돈도 잊지 않고 가져갔다. 돈은 문지르고

350

손질하지 않으면 은화처럼 보이지 않을 정도로 녹이 슬고 색이 변해 있었다. 물론 스페인 난파선에서 찾은 돈도 잊지 않았다.

배의 기록을 통해 알게 된 바에 따르면, 1686년 12월 19일에 나는 이섬을 떠났다. 섬에서 28년 2개월 19일이라는 긴 세월을 보낸 뒤였다. 그런데 두 번째 감금 생활에서 탈출한 바로 그날은 내가 살레의 무어인들에게 붙잡혀 있다가 대형 보트를 타고 탈출한 날과 같은 날이었다.

이 배를 타고 나는 긴 항해를 끝내고 1687년 6월 11일에 영국에 도착했다. 영국을 떠난 지 35년만이었다.

영국에 도착하고 보니 나는 마치 나를 아는 사람이 하나도 없었던 것처럼 온 세상 사람들에게 완벽한 이방인이 되어 있었다. 내 돈을 맡아 준 은인이자 충실한 재산 관리인은 아직도 살아 있었지만, 그동안 세상의 온갖 풍파를 겪은 모양이었다. 그녀는 두 번째 남편도 잃고 아주 비참한 생활을 하고 있었다. 나는 그녀에게 내게 진 빚은 걱정하지 말라고 당부하면서 어떤 곤란도 안기지 않겠다고 약속했다. 반대로 나는 과거에 그녀가 나를 배려해 주고 내게 신의를 지켜 주어 고맙다는 뜻으로 적은 재산이지만 형편이 되는 한도 내에서 그녀에게 도움을 주었다. 정말이지 당시에는 지극히 미미한 액수밖에 줄 수 없었지만, 그녀가 전에 내게 베푼 친절을 절대로 잊지 않겠다고 굳게 약속했다. 실제로 나는 그녀를 도와줄 수 있을 만큼 재산이 넉넉해졌을 때 그녀를 잊지 않았다. 이 이야기는 차례가 되면 하겠다.

그 후 나는 고향인 요크셔로 갔다. 하지만 아버지와 어머니께서는 모두 돌아가신 뒤였고, 형님 한 분의 자식 두 명과 여동생 두 명을 빼고는 친척들도 모두 이 세상 사람이 아니었다. 그리고 내가 오래전에 죽은 사람으로 간주된 터라 내 앞으로 남긴 유산도 없었다. 한마디로 내게 도움이 될 만한 것은 하나도 찾을 수가 없었다. 그나마 내 수중에 있던 얼마 안 되는 돈도 세상에 정착하는 데는 큰 도움이 되지 않았다.

그런데 정말이지 전혀 기대하지 않은 사람이 내게 호의를 베풀어 주었다. 그러니까 나 때문에 다행스럽게 목숨을 건지고 배와 화물까지 되찾은 선장이 다른 선주들에게 내 얘기를 좋게 한 모양이었다. 내가 선원들의 목숨을 구하고 배를 되찾은 과정을 상세히 들은 그 사람들이 나를 좀 보고 싶다며 초대를 했다. 그 배와 관계된 상인들까지 함께 모인 자리에서 모두들 내가 했던 일을 극구 칭찬하더니 2백 파운드에 가까운 거액을 선물했다.

그러나 내가 처한 상황을 여러 각도에서 분석해 보니 그 정도 돈은 세상에 정착하기에는 턱없이 부족한 액수였다. 그래서 결국 나는 리스본으로 떠나야겠다는 결심을 했다. 거기서 브라질에 있던 내 농장과 동업자가 어찌 되었는지 소식이라도 알아봐야겠다고 생각했다. 물론 여러 해가 지난 지금, 동업자는 나를 죽은 사람으로 생각하여 포기했을 게 명백했지만 말이다.

이런 목적으로 나는 리스본행 배에 몸을 실었고, 이듬해 4월 그곳에 도착했다. 나의 하인 프라이데이는 이 모든 방랑 중에도 늘 내 곁을 충실하게 지켰다. 그는 어떤 경우에든 지극히 충직한 하인 역할을 수행했다.

리스본에 도착한 나는 수소문 끝에 기쁘게도 내 오랜 친구인 선장을 찾아낼 수 있었다. 처음 아프리카 해안에서 나를 배에 태워 준 바로 그 선장이었는데, 이제는 나이가 지긋한 노인이 되어 바다를 떠난 상태였다. 그는 장성한 아들에게 배를 넘겼고, 그 아들은 지금도 브라질에서 무역을 하고 있었다. 처음에 노인은 나를 알아보지 못했다. 사실 나 역시 그를 알아보지 못했다. 하지만 얼마 지나지 않아 내가 그를 기억해 냈고,

내가 누구인지 말하자 그도 나를 기억해 냈다.

옛 친구를 만난 기쁨에 격한 감정을 표현한 뒤, 당연히 나는 그에게 내 농장과 동업자가 어찌 되었는지 물었다. 연로한 선장은 브라질을 떠난 지 대략 9년이 되었다고 말했다. 하지만 자신이 떠날 때 내 동업자는 살아 있었고, 내가 선장과 함께 내 몫을 공식적으로 인정해 줄 사람들로 지정한 피신탁자들 두 명은 모두 사망한 게 확실하다고 했다. 하지만 그는 늘어난 농장 소득을 제대로 기입해 놓은 장부를 받을 수 있을 거라고 말했다. 왜냐하면 내 피신탁자들이 내가 난파를 당하거나 익사했다고 믿었고, 이를 근거로 농장에 대한 내 지분만큼의 산출량을 적은 장부를 지방 검사에게 제출했으며 그 검사는 내가 권리를 주장하러 오지 못할 경우를 대비하여 이 돈을 다른 용도로 썼기 때문이라고 했다. 그 돈의 3분의 1은 국왕의 몫이 되었고, 3분의 2는 성 아우구스투스 수도회에 기부하여 원주민들을 가톨릭 신자로 개종시키는 용도로 사용됐다는 말도 덧붙였다. 그렇다 해도 내가 살아 돌아오거나 대리인이 나타나 상속권을 주장한다면, 선장은 그 돈을 되찾을 수 있을 것이라고 말했다. 자선 용도로 기부된 연간 소득이나 증식분은 되찾을 수 없지만, 국왕의 수입(토지로부터 얻은 수입)을 담당하는 관리와 '프로비에도레'라 불리는 수도원 재산 관리인은 모든 과정을 꼼꼼하게 처리하기 때문에 현재의 농장 점유자인 내 동업자가 매년 충실히 산출량을 장부에 적고 그 산출량의 절반인 내 몫을 받아 왔을 거라고 분명히 말했다.

나는 내 동업자가 농장을 어느 정도까지 키웠는지에 대해 알고 있는지, 농장이 내가 가서 살펴볼 만한 가치가 있다고 생각하는지, 또 내가 거기까지 가서 농장 절반에 대한 내 정당한 소유권을 찾으려 할 때 어떤 문제가 있을 것 같은지 물었다.

그는 농장이 어느 정도까지 커졌을지는 정확히 예상할 수 없지만, 내 동업자가 농장 재산의 절반만 소유하고도 엄청난 부자가 되었다는 사실은 확실히 들었다고 했다. 자신이 기억하는 한, 국가가 가져간 내 재산의 3분의 1은 다른 수도원이나 종교 시설에 하사된 듯했는데, 어쨌든 그 돈만 해도 1년에 2백 모이도르가 넘는다는 얘기가 있었다고 했다. 그리고 내 동업자가 살아 있어서 내 권리를 증명해 줄 것이고 내 이름이 지방 등기부에 등록되어 있으니 아무런 문제 없이 순탄하게 소유권을 되찾을 거라고 말했다. 또한 그는 내 피신탁자들의 유족들이 상당히 정직하고 부유한 사람들이니 내가 소유권을 찾는 데 도움을 줄 뿐 아니라 내 몫으로 상당한 액수의 돈을 보관하고 있을 것으로 믿는다고도 했다. 그 돈은 그들의 부친 대에서 재산을 맡아 관리하던 동안의 농장 소득으로, 위에서 말한 대로 내 소유권이 포기되기 전까지의 12년 치 정도로 기억한다고 했다.

나는 이러한 설명에 다소 걱정스럽고 불편한 기색을 내비쳤다. 내가 유언장을 써서 포르투갈 선장인 당신을 내 포괄 상속인으로 지정해 놓았는데, 대체 어떻게 피신탁자들이 내 자산을 그런 식으로 처분할 수 있었느냐고 연로한 선장에게 물었다.

그는 그건 사실이지만 내가 사망했다는 증거가 없어서 확실하게 내 사망 소식이 전해질 때까지는 자신이 유언 집행인으로 행동할 수 없었다고 설명했다. 더불어 그는 그렇게 멀리 떨어진 일에 끼어들고 싶은 마음이 없었다고도 했다. 하지만 자신이 내 유언장은 물론 자신의 권리 역시 등재해 놓은 게 사실이니, 자신이 나의 생사에 대해 설명할 수 있다면 위임장에 의거하여 브라질어로 인제니오라고 하는 제당 공장에 대한 소유권을 찾을 수 있을 거라고 했다. 그리고 지금 브라질에 있는 자기 아들에게 그렇게 하라고 지시할 수 있다고도 했다.

그러면서 이 연로한 친구가 내게 이런 말을 했다. "다른 소식들만큼 달갑지 않은 소식을 하나 전해야겠소. 사실 온 세상 사람들이 그렇게 믿었지만, 당신의 동업자와 피신탁자들은 당신이 실종되었다고 믿고, 당신 이름으로 처음 여섯 해 내지 여덟 해 동안의 농장 수익을 내게 전해 줬다오. 그런데 농장을 확장하고 제당 공장을 짓고 노예를 구입하느라 지출도 많았기 때문에 당시의 수익은 그 이후만큼 많지는 않았소. 그렇지만 내가 그때 받은 총액이 얼마이고 어떻게 썼는지는 정확히 보여 주겠소."

이후 며칠 동안 나와 대화를 나눈 이 오랜 친구는 내게 6년 치 농장 수익을 기록한 출납부를 가져왔다. 거기에는 내 동업자와 무역상이었던 피신탁자들의 서명이 되어 있었고, 모든 것이 현물, 즉 둥글게 만 담배, 설탕 상자, 럼주, 제당 과정에서 나오는 당밀 등으로 배달된 사실이 적혀 있었다. 출납부를 살펴보니 해마다 수익이 상당히 늘어났지만, 위에서 말한 대로 초반에는 지출 또한 많았기 때문에 수입은 그리 크지 않았다. 그런데 이 연로한 선장은 자신이 내게 금화 4백70모이도르뿐 아니라 설탕 60상자와 이중으로 만 담배 15롤도 빚지고 있다고 털어놓았다. 이것은 모두 내가 브라질을 떠난 뒤 11년 정도 지났을 때, 리스본으로 돌아오는 중에 난파된 그의 배 안에 있었다고 했다.

이어서 이 착한 선장은 자신이 겪은 불행에 대해 한탄하기 시작했다. 그는 자신의 손해를 만회하고 새 배의 지분을 구입하는 데 내 돈을 쓸 수밖에 없었다고 털어놓았다. "하지만 내 오랜 친구여, 당신이 더 궁핍해질 일은 없을 것이오. 내 아들이 돌아오면 곧바로 빚을 갚겠소."

그는 이렇게 말하면서 낡은 주머니를 하나 꺼내 내게 금화 1백60모이도르를 건넸다. 그리고 아들이 브라질로 타고 간 배의 권리증까지 내밀었다. 그와 그의 아들이 그 배의 지분을 각각 4분의 1씩 갖고 있었는데, 나머지 빚에 대한 담보로 이 두 문서를 모두 내 손에 쥐어 주었다.

나는 이 가여운 양반의 정직함과 친절함에 너무나도 감동을 받아 더 이상 참을 수가 없었다. 그가 나를 위해 해준 일, 즉 바다에서 나를 구해 주고 모든 면에서 나를 매우 너그럽게 대해 준 일, 특히 지금도 나를 진심 어린 친구로 대해 주는 일 등이 떠오르자 그의 말을 들으며 눈물을 참을 수가 없었다. 그래서 나는 우선 그에게 지금 내게 그렇게 많은 돈을 떼어 줄 형편이 되는지, 혹시 생활이 곤란해지는 것은 아닌지 물었다. 그는 조금 쪼들리긴 하겠지만 그래도 그것은 내 돈이고 그보다 내가 더 돈이 필요할 거라고 대답했다.

이 착한 선장이 하는 말에 정이 뚝뚝 묻어나서, 그가 말하는 동안 나는 쉴 새 없이 눈물을 흘렸다. 나는 1백 모이도르만 받고 펜과 잉크를 갖다 달라고 해서 이 돈에 대한 영수증을 썼다. 그리고 나머지 돈을 그에게 되돌려 준 다음, 내가 농장을 다시 찾게 되면 지금 받은 돈도 다시 돌려주겠다고 덧붙였다. 실제로 나중에 나는 그렇게 했다. 그리고 그의 아들이 타고 간 배에 대한 권리증은 절대로 받지 않겠다고 말했다. 내가 돈이 필요하다고 하면 내게 돈을 내줄 정도로 그가 정직한 사람임을 알고 있다는 이유에서였다. 그리고 돈이 필요하지는 않지만 혹시 내게 돈을 줄 것으로 기대할 만한 이유가 생기는 경우에도 한 푼도 더 받지는 않겠다고 말했다.

이런 대화를 나누고 나서 노인은 자신이 내 농장 소유권을 주장할 방법을 알려 주면 어떻겠냐고 물었다. 내가 직접 브라질에 가볼 생각이라고 했더니, 그는 원하는 대로 하라고 말하면서도 직접 가지 않더라도 내 권리를 확실하게 되찾고 곧바로 그 수익을 사용할 수 있는 방법이 있다고 했다. 그는 리스본 강에 가면 당장 브라질로 떠날 준비가 되어 있는 배가 여러 척 있을 테니, 내가 살아 있다는 사실과 해당 농장을 경작하려고 처음에 토지를 매입한 사람이 바로 나라는 사실을 확인해 주는 그의 진술서를 첨부하여 공식 호적부에 내 이름을 올리자고 했다.

선장은 이 문서를 공증인에게 정식으로 확인받고 위임장을 첨부한 다음, 자신이 쓴 편지와 함께 브라질에 그가 아는 상인에게 보내도록 했다. 그리고 수익 보고서가 도착할 때까지 자기 집에 머물라고 했다.

아마도 이 위임 절차만큼 올바른 과정으로 처리된 일은 없었을 텐데, 나는 일곱 달도 채 지나지 않아 내게 항해를 부탁한 무역상 피신탁자들의 자손들로부터 커다란 소포를 받았다. 소포에는 다음과 같이 상세한 편지와 서류가 들어 있었다.

첫째로 소포 안에는 그들의 부친들이 나의 연로한 포르투갈 선장과 수익을 정산한 해, 즉 농장을 시작한 지 6년째 되던 해부터 지금까지 내 농장 내지 농원 생산물에 대한 수입 및 지출 결산서가 들어 있었는데, 내 앞으로 생긴 잔고가 1천1백74모이도르로 보였다.

둘째로 소포 안에는 정부가 나를 실종자, 즉 법률상 사망자로 처리하여 내 재산 관리를 주장하기 전에 그들이 추후로 재산을 관리한 4년 동안의 결산서가 들어 있었다. 농장의 가치가 꽤 높아진 덕분에 내 잔고는 3만 8천8백92크루세이도[40], 다시 말하면 3천2백41모이도르에 달했다.

셋째로 소포 안에는 14년 넘게 수익을 받아 온 아우구스투스 수도원

---

40) 38,892 Crusadoes. 크루세이도는 십자가 문양이 새겨진 포르투갈의 옛 은화를 말한다. 원래 1719년에 출간된 초판에는 금액이 공란이었는데, 20세기 초반 대니얼 디포를 연구했던 학자 윌리엄 P. 트렌트(William P. Trent, 1862~1939)가 크루소의 재산 가액을 38,892크루세이도로 추정했고, 현재 작품들 안에서는 이 금액을 주로 사용하고 있다.

원장의 결산서가 들어 있었다. 자선 시설에 지급된 액수에 대한 결산서는 아니었지만, 아직 8백72모이도르가 분배되지 않았다고 정직하게 밝히면서 이 돈은 내 몫임을 인정했다. 국왕이 가져간 몫에서는 되돌려 받을 돈이 없었다.

그리고 내 동업자의 편지가 들어 있었는데, 그는 내가 살아 있다는 사실을 진심으로 축하하면서 내 농장이 얼마나 번창했는지, 1년 생산량이 얼마인지, 농장 규모가 정확히 몇 에이커에 이르는지, 농장에 무엇을 심었는지, 농장에서 일하는 노예가 몇 명인지 자세히 설명해 주었다. 그리고 내가 살아 있다는 사실을 성모 마리아께 감사하기 위해 아베 마리아를 수차례 외치고 십자를 스물두 번이나 그었다고 적혀 있었다. 또한 내게 브라질로 와서 제대로 주인 행세를 하라고 간절하게 청했다. 그러면서 혹시 직접 오지 못한다면 내 재산을 누구에게 전달하면 될지 지시해 달라고도 덧붙였다. 끝으로 그는 자신의 가족과 마음을 모아 따뜻한 호의를 진심으로 전했고 고급 표범 가죽 일곱 장을 선물로 보낸다고 했다. 아마 그가 아프리카까지 보낸 다른 배를 통해 받은 것들 같았는데, 그 친구는 나보다 순탄한 항해를 한 모양이었다. 그는 아주 훌륭한 사탕 다섯 상자와 모이도르보다 조금 작은, 아직 주조되지 않은 금 조각 1백 개도 보내 주었다.

여기에 나의 두 무역상 피신탁자들도 같은 선단을 통해 내게 설탕 1천 2백 상자와 담배 8백 롤을 보냈고, 내 몫으로 정산된 나머지는 모두 금으로 보냈다.

욥[41]은 말년이 초년보다 더 좋았다고 하더니 내가 바로 그런 경우인 듯

---

41) Job. 하나님의 시험에 든 욥은 여러 가지 고통을 참아 냈고, 결국 그는 처음보다 훨씬 더 부자가 되었다.

했다. 내가 이 편지들을 읽었을 때, 특히 내 손에 넣게 된 재산이 얼마인지 알게 되었을 때 내 심장이 얼마나 두근거렸는지는 말로 표현할 수가 없다. 브라질 배들은 모두 선단을 이루어 들어오기 때문에 내 편지를 가져온 바로 그 배는 내 물건들까지 모두 싣고 왔다. 따라서 편지가 내 손에 전해지기 전에 이미 내 재산은 안전하게 리스본 강에 도착해 있었던 것이다. 한 마디로, 나는 얼굴이 창백해지고 속이 메스꺼운 상태였다. 연로한 선장이 달려가서 독주를 가져오지 않았더라면, 나는 그 뜻밖의 환희에 대한 충격으로 아마 그 자리에서 즉사했을 것이다.

실제로 그 이후에 나는 몸이 계속 아팠고 몇 시간이 지나도 나아지지 않아 결국 의사를 불러야 했다. 의사는 내 병의 진짜 원인을 알게 되자 피를 좀 뽑아야겠다고 했다. 실제로 그렇게 조치하고 나니 안정을 찾았고 상태가 좋아졌다. 만약 그런 식으로 흥분된 마음을 분출하지 않았더라면 나는 분명히 죽고 말았을 것이다.

이렇게 나는 졸지에 5천 파운드가 넘는 거액과 매년 1천 파운드 이상의 수익을 내는 부동산을 갖게 되었으니, 이 부동산은 영국에 있는 부동산만큼이나 확실한 재산이었다. 한 마디로, 이 많은 재산을 누린다고 생각하니 나는 어떻게 해야 할지도 알 수 없었고, 좀처럼 마음을 진정시킬 수도 없었다.

이후 가장 먼저 한 일은 내가 고통에 빠져 있을 때 제일 먼저 자비를 베풀어 준 최초의 은인인 나의 연로하고 착한 선장에게 보답하는 것이었다. 그는 처음부터 내게 친절을 베풀었고 마지막까지 정직하게 대해 주었다. 나는 그에게 내가 받은 물건을 모두 보여 주면서, 이 모든 일은 만사를 다스리시는 하나님의 섭리 다음으로 그의 덕분이니 이제 내가 그에게 보답할 차례라고 말했다. 나는 그에게 백배로 보답할 생각이라고 말했다. 우선 나는 그에게서 받은 1백 모이도르를 되돌려 준 다음, 공증인을 불러 그가 아주 단호하고도 충실하게 내게 빚졌다고 인정한 4백70모이도르를 포기하고 탕감해 준다는 문서를 작성하도록 했다. 그리고 선장에게 내 농장에서 나오는 연간 수익을 수령할 수 있는 권한을 부여하는 동시에, 내 동업자에게는 그에게 결산 보고서를 보내고 통상적인 선단을 통해 내 앞으로 올 수익을 전달하라고 지시하는 위임장도 작성했다. 위임장의 마지막 조항으로, 나는 그가 살아 있는 동안 매년 1백 모이도르를 지급하고 그가 세상을 떠난 뒤에는 아들에게 평생 50모이도르를 지급한다는 내용도 추가했다. 그렇게 나는 연로한 선장에게 보답했다.

　이제 나는 앞으로 어떻게 살아가야 할지, 하나님께서 내게 주신 이 재산을 어떻게 써야 할지 생각해야 했다. 정말이지 섬에서 조용히 살 때보다 훨씬 더 많은 걱정이 머릿속을 채우고 있었다. 섬에서는 내가 가진 것 외에는 아무것도 원하는 게 없었고, 내가 원하는 것 외에는 아무것도 가진 게 없었다. 반면, 지금은 내게 무거운 짐이 맡겨졌다. 그 짐을 지키는 일을 해야만 했다. 이제는 돈을 숨겨 둘 만한 동굴도 없고, 곰팡이가 피고 변색이 되어도 누구 하나 간섭할 사람이 없는, 열쇠나 자물쇠 없이 돈을 놔둬도 되는 장소도 없었다. 그와 반대로 나는 돈을 어디에다 보관해야 할지, 누구에게 그 돈을 맡겨야 할지 알 수 없었다. 다만 내 오랜 후원인인 선장이야말로 정말로 정직한 사람이었으니 유일하게 내가 기댈 수 있었다.

　그리고 다음으로 브라질에서의 이권 때문에 직접 브라질에 가야 할 것 같았지만, 내 일을 모두 해결하고 누군가 안전한 사람에게 재산을 맡기기 전까지 그곳에 간다는 생각은 할 수도 없었다. 처음에 나는 오랜 친구인 미망인을 생각했다. 그녀는 정직한 사람이었고 내 일을 공정하게 처리해 주리라 예상됐지만, 나이가 많고 가난한 데다 빚도 있는 것 같았다. 이러한 점을 종합해 보면 내가 직접 재산을 갖고 영국으로 돌아가는 방법밖에는 없었다.

하지만 이런 결심을 내리기까지는 여러 달이 걸렸다. 그리고 나는 내 은인인 연로한 선장에게는 그가 흡족해할 만큼 충분히 보답을 해주었기에, 이제는 가여운 미망인에 대해 생각하기 시작했다. 그녀의 남편은 내 첫 번째 은인이었고, 그녀 역시 힘닿는 데까지 충직한 재산 관리인이자 스승 역할을 해주었기 때문이었다. 따라서 나는 우선 리스본의 한 상인에게 부탁해 런던의 거래처 상인에게 편지를 보내 그녀에게 어음을 지급할 뿐 아니라 직접 본인을 찾아가서 내가 보낸 현금 1백 파운드를 전해주라고 했다. 그리고 그 상인에게 내가 살아 있는 동안은 그녀를 더 많이 도와주겠다는 말을 전하고 가난한 그녀에게 위로의 말을 해주라고 부탁했다. 이와 동시에 나는 영국에 사는 두 누이에게도 각각 1백 파운드씩을 보냈다. 누이들이 궁핍하게 살지는 않았지만, 형편이 아주 좋은 것도 아니었다. 한 명은 결혼을 했다가 과부가 되었고, 다른 한 명은 남편이 살아 있지만 그리 다정한 편은 아닌 모양이었다.

하지만 나는 모든 친척이나 지인들을 아무리 뒤져 봐도 브라질로 떠나기 전에 안심하고 내 재산 전부를 안전하게 맡겨 놓을 만한 사람을 찾을 수가 없었다. 이 때문에 나는 정말 곤혹스러웠다.

한번은, 말하자면 내가 그곳에 귀화한 사람이니, 차라리 브라질에 정착하여 살면 어떨까 하는 생각도 했다. 하지만 종교 때문에 심적으로 망설여지는 부분이 조금 있었다. 나도 모르는 사이에 그런 생각이 나를 주춤거리게 만들었다. 이 문제는 조금 있다 더 이야기하겠지만, 당장 브라질로 가지 못하는 것이 종교 때문만은 아니었다. 브라질에 살았을 때 나는 조금도 주저하지 않고 그 나라 종교를 쉽게 받아들였고, 지금도 달라진 건 없다. 다만 그들 사이에서 살다가 죽는다고 생각하니 최근에는 (전보다) 그런 생각이 더 자주 들었던 것이다. 내 자신이 가톨릭교도임을 자칭한 것이 후회스러웠고, 그 종교가 죽을 때까지 함께할 최고의 종교는 아니라는 생각이 들기 시작했다.

그러나 내가 말한 대로 이 문제가 나의 브라질행을 막는 주요한 요인은 아니었으며, 오히려 내 재산을 맡길 만한 사람을 찾지 못했다는 게 가장 큰 이유였다. 그래서 결국 나는 전 재산을 갖고 영국으로 돌아가기로 마음먹었다. 일단 영국에 가면 지인이나 친척 중에서 진실한 사람을 찾을지도 모른다는 결론을 내린 것이다. 나는 그 결심에 따라 전 재산을 갖고 영국으로 떠날 준비를 했다.

고향으로 돌아갈 준비에 나선 나는 마침 브라질 선단이 막 떠날 참이었기 때문에 우선 그곳에서 보내온 충실하고도 정확한 결산서에 적절한 답변을 해야겠다고 마음먹었다. 먼저 아우구스투스 수도원 원장에게는 공정하게 일을 처리해 주어 고맙다는 뜻을 충분히 담은 편지를 썼다. 그리고 그에게 아직 배분되지 않고 남아 있는 8백72모이도르를 기부하겠다는 의사를 밝혔다. 수도원 원장의 지시에 따라 5백 모이도르는 수도원에, 3백72모이도르는 가난한 사람들에게 나눠 줬으면 좋겠다고 했다. 그러면서 훌륭하신 신부님이 나를 위해 기도해 주시길 바란다고 덧붙였다.

다음으로 나는 피신탁자 두 명에게도 편지를 썼다. 나는 그들이 너무나도 공정하고 정직하게 일을 처리해 준 데 대해 응당 전해야 할 감사의 말을 전했다. 그리고 그들에게 선물을 보내는 일에 대해 말하면, 그들은 그럴 필요가 없을 정도로 여유롭게 사는 사람들이었다.

마지막으로, 나는 동업자에게 편지를 썼다. 우선 농장을 그토록 크게 키워 놓고 농장 재산을 불린 그의 노력과 성실성에 대해 감사를 표하고, 내 오랜 후원자에게 부여한 권한에 따라 앞으로 내 몫을 관리할 방법을 일러 주었다. 나는 내게서 별다른 소식이 없는 한, 내가 마땅히 받아야 할 몫을 그에게 보내 달라고 했다. 또한 나는 그를 찾아갈 생각이 있으며 그곳에서 정착하여 여생을 보내고 싶은 생각도 있음을 분명하게 밝혔다. 여기에 덧붙여 나는 그의 아내와 두 딸에게 줄 이탈리아산 실크를 선물로 보냈다. 선장 아들을 통해 그에게 두 딸이 있다는 것을 알고 있었다. 그리고 리스본에서 구할 수 있는 최고급 영국제 광폭 피륙 두 장, 검은색 책상보 다섯 장, 값비싼 플랑드르산 레이스도 함께 보냈다.

그렇게 일을 처리하고 짐을 모두 팔아 치우고 전 재산을 우량 환어음으로 바꾸고 나니, 어떤 방법으로 영국에 갈 것인가가 또 다른 골칫거리로 등장했다. 나는 이미 바다에 충분히 길이 든 사람이었지만, 당시에는 이상하게 배를 타고 영국으로 가는 게 영 내키지 않았다. 딱히 이유를 밝힐 수는 없었지만, 그런 느낌이 어찌나 강했던지 언젠가 한 번은 짐을 모두 배에 실었다가 마음을 바꾼 적도 있었다. 아니, 한 번이 아니라 두세 번이나 그랬다.

사실 나는 바다에서는 운이 나쁜 사람이었고, 어쩌면 이 사실이 이유가 되었을지도 몰랐다. 하지만 어느 누가 되었든 이런 순간에 마음속에서 강하게 느껴지는 충동을 무시해서는 안 되는 법이다. 실제로 내가 타기로 결정했던 배들 중 두 척, 그러니까 내가 고르고 고른 끝에 짐까지 실었던 배와 선장과 타기로 약속한 배가 잘못되고 말았기 때문이었다. 한 척은 북아프리카 해적들에게 잡혔고, 다른 한 척은 토베이 근처의 출발 기점에서 난파를 당하여 세 사람을 뺀 모두가 물에 빠져 죽었다. 그 두 배 중에 어떤 배를 탔더라도 나는 불행해졌을 것이다. 어느 쪽이 더 부정적이었을지 예상하기도 힘들 정도이다.

그렇게 마음속이 복잡하여 혼란스러울 때, 늙은 선장에게 이 모든 사실을 털어놓으니 그는 내게 배편을 포기하라고 진지하게 간청했다. 차라리 육로로 라 코루냐로 간 뒤에 비스케이 만을 건너 로셸로 간 다음, 거기서부터 다시 육로를 이용하여 안전하고 편하게 파리까지 이동해 또다시 거기서 칼레로 넘어가 도버로 가라고 했다. 그게 아니면 마드리드로 올라가서 쭉 육로를 따라 프랑스를 통과하는 경로를 택하라고 권했다.

결국 나는 칼레에서 도버로 가는 경우를 제외하고는 바다로 항해하는 것이 도무지 마음에 안 들었기 때문에 계속 육로로만 여행하기로 마음먹었다. 더욱이 나에게 별로 급한 일이 없었고, 경비도 크게 부담스러운 정도가 아니어서 훨씬 더 마음에 들었다. 게다가 내 연로한 선장이 리스본 상인의 아들인 영국 신사 한 명을 내 동행자로 데려와서 더더욱 마음에 들었다. 그는 기꺼이 나와 여행하고 싶다고 했다. 이후 우리 일행에는 다른 영국인 상인 두 명과 젊은 포르투갈 신사 두 명이 추가되었다. 포르투갈 신사들은 파리까지만 가는 사람들이었다. 그렇게 우리 일행은 총 여섯 명이 되었고, 하인은 다섯 명이 따라갔다. 상인 두 명과 포르투갈인 두 명은 경비를 아끼기 위해 두 사람당 한 명씩 하인을 데려가는 데 만족했고, 나는 내 하인 프라이데이 외에 여행에 대동할 영국인 선원 한 명을 더 구했다. 프라이데이가 이런 육로 여행에는 문외한이라 하인 역할을 제대로 할 수 없었던 탓이다.

이렇게 해서 나는 리스본에서 출발했다. 우리 일행은 다들 좋은 말을 타고 무장을 잘 하고 있어서 소규모 부대라고 해도 무방할 정도였다. 일행은 나를 대장이라 부르며 경의를 표했는데, 내가 나이가 가장 많다는 이유도 있었지만 하인 두 명을 두었고 애초에 이 여행이 나 때문에 시작되었다는 이유도 있었다.

내가 앞서 항해 일지로 독자 여러분을 귀찮게 하지 않았던 것처럼, 이번에도 육로 여행 일지로 여러분을 귀찮게 하지 않을 작정이다. 하지만 이 지루하고 힘겨운 여행 중에 우리에게 일어난 몇 가지 희한한 사건들은 빠뜨릴 수가 없다.

마드리드에 도착한 우리는 다들 스페인은 처음 와보는 것이었기에 잠시 그곳에 머무르며 스페인 궁정과 볼 만한 곳들을 구경하고 싶었다. 하지만 그때는 여름이 끝나가는 시기로 서둘러야 했던 터라 우리는 10월 중순 경에 마드리드를 떠났다. 그런데 우리가 나바르 주(州) 경계선에 도착하기까지 거쳐 간 마을 몇 곳에서 프랑스 쪽 산악 지대에 폭설이 내렸다는 소식을 들었다. 몇몇 여행객들이 극도의 위험을 무릅쓰고 그곳을 넘어가려다가 다시 팜플로나로 돌아왔다는 이야기에 무척이나 놀랐다.

실제로 팜플로나에 도착해서 보니 상황은 소문대로였다. 옷도 입고 다니기 힘들 정도로 더운 날씨에 익숙한 나로서는 추위를 견디기가 힘들었다. 더군다나 날씨가 따뜻하고 심지어 아주 덥기까지 했던 옛 카스티야 지역을 불과 열흘 전에 떠나온 터라, 피레네 산맥에서 불어오는 바람이 어찌나 매섭고 차갑던지 너무 고통스러울 뿐 아니라 놀랍기까지 했다. 혹독한 바람을 견딜 수가 없었고, 손가락과 발가락이 동상에 걸려 잘려 나갈 위험에 노출되었다.

가여운 프라이데이는 온통 눈으로 뒤덮인 산을 직접 보고 차가운 날씨를 몸소 느끼게 되자 잔뜩 겁을 집어먹었다. 그 녀석은 평생 그런 것들을 본 적도, 느낀 적도 없었기 때문이었다.

설상가상으로 우리가 팜플로나에 도착했을 때에도 눈은 오랜 시간 동안 맹렬하게 퍼붓는 중이었다. 사람들이 겨울이 일찍 찾아왔다고 말할 정도였다. 원래도 험한 길인데 지금은 통행이 불가능했다. 한 마디로, 눈이 여기저기 너무 깊게 쌓여서 여행이 불가능한 상태였다. 그리고 북쪽 지방처럼 눈이 단단하게 얼지 않아서 한 걸음 한 걸음 옮길 때마다 산 채로 눈에 파묻힐 위험을 무릅쓰지 않고는 앞으로 나아갈 수가 없었다. 결국 우리는 팜플로나에서 스무 날 이상을 머물렀다. 겨울이 온 것이 분명했다. 사람들이 이제까지 기억하는 겨울 중에 가장 혹독한 겨울이 유럽 전역에 몰아친 것이라 날씨가 더 좋아질 가능성은 전혀 없었다. 그래서 나는 일단 폰테라비아로 가서 보르도행 배를 타자고 제안했다. 거기서는 배로 얼마 안 되는 거리였다.

그런데 우리가 이 문제를 고민하고 있던 차에, 스페인 쪽 산길에서 발목이 잡힌 우리처럼 프랑스 쪽 산길에서 오도 가도 못 하다가 안내인을 구하여 무사히 산맥을 넘어온 프랑스 신사 네 명이 나타났다. 그 안내인은 랑그도크 정상 부근을 가로지르는 방법으로 그들을 무사히 이곳까지 데려왔다고 했다. 그쪽 길은 눈으로 인한 불편이 그리 크지 않았고, 그나마 눈이 많이 내린 곳도 딱딱하게 언 상태라 사람이나 말들이 밟기에 괜찮았다고 했다.

우리는 사람을 시켜 이 안내인을 불렀다. 그는 사나운 짐승들을 막아낼 만큼 충분히 무장만 한다면, 눈 때문에 생기는 위험 없이 같은 길로 데려다주겠다고 했다. 그는 이렇게 눈이 많이 오면 늑대들이 종종 산기슭까지 내려와 모습을 드러낸다고 말했다. 땅이 온통 눈으로 덮여서 먹이가 부족해진 탓이었다. 우리는 프랑스 신사들만큼 그런 짐승들에게는 충분히 대비되어 있다고 말했다. 우리는 도리어 프랑스 쪽 산악 지대에 특히 두 발 달린 늑대들이 나타나 위험하다고 들었으니 그들을 피할 수 있도록 안전하게 안내해 달라고만 했다.

그는 우리가 가게 될 길에는 그런 위험이 전혀 없다며 안심시켰다. 그래서 우리는 곧바로 그를 따르기로 했다. 신사들 열두 명도 하인들을 대동하고 일행에 합류했다. 그들 중에는 프랑스인들도 있고 스페인인들도 있었다. 앞서 말한 대로, 산을 넘으려다가 포기하고 돌아올 수밖에 없었던 사람들이었다.

　그렇게 우리 모두는 안내인을 대동하고 11월 15일에 팜플로나를 출발했다. 나는 그가 앞으로 나아가는 대신, 우리가 마드리드에서 온 길 그대로 20마일 정도를 되돌아가는 모습을 보고 깜짝 놀랐다. 강 두 개를 건너자 평지가 나오면서 다시 날씨가 따뜻해진 것을 느낄 수가 있었다. 그곳은 쾌적했고, 눈도 없었다. 그런데 그가 갑자기 왼쪽으로 방향을 꺾더니 다른 길을 통해 산맥으로 접근했다. 사실 산비탈과 절벽이 무시무시해 보이긴 했지만 안내인이 어찌나 여러 갈래의 샛길 이리저리로 우리를 데려가고 꼬불꼬불하게 돌아가도록 했던지, 알게 모르게 산 정상을 넘어와 있었고 눈 때문에 크게 고생도 하지 않았다. 그러다가 안내인이 불현듯 우리에게 쾌적하고 기름진 랑그도크와 가스코뉴 지방 쪽을 가리켰는데, 실제로 그 지역은 한참 멀리 있었고 험한 길을 더 지나야 도착할 수 있었다. 일단은 모든 것이 푸르고 풍성해 보였다.

　그런데 어느 날 낮과 밤을 가리지 않고 눈이 계속 내리자 약간 불안한 마음이 들었다. 눈이 어찌나 빠르게 쌓이던지 여행을 계속할 수 없었다. 하지만 그는 마음을 편히 먹으라고 하면서 우리가 이 지점을 빠르게 지나갈 것이라고 했다. 실제로 우리는 매일 산을 내려가고 있었고, 전보다 더 북쪽으로 가고 있었다. 이렇게 우리는 안내인을 믿고 계속 나아갔다.

　그런데 밤이 찾아오기 두 시간 전쯤에 안내인이 우리 시야에서 벗어나서 조금 앞서가고 있다가 사고를 당했다. 울창한 숲 근처의 움푹 꺼진 길에서 갑자기 괴물 같은 늑대 세 마리와 곰 한 마리가 튀어나왔는데, 그중 늑대 두 마리가 안내인에게 달려들었다. 만약 그가 우리보다 0.5마일 정도 더 앞서갔다면, 우리가 그를 구조하기도 전에 정말이지 늑대에게 잡아먹히고 말았을 것이다. 한 녀석은 안내인의 말에 달라붙었고, 나머지는 그에게 거세게 달려들었다. 늑대의 거친 공격에 안내인은 권총을 빼어들 시간이나 마음의 여유도 없이 그저 큰 소리로 우리에게 고함만 쳐댔다. 마침 내 하인 프라이데이가 옆에 있어서 나는 빨리 가서 무슨 일인지 알아보라고 지시했다. 프라이데이는 안내인 모습이 눈에 들어오자마자, 안내인만큼이나 큰 소리로 "오, 주인님! 오, 주인님!" 하고 외쳐 댔다. 하지만 대담한 친구답게 곧바로 그 가여운 안내인에게 달려갔고 자신의 권총으로 그를 공격하던 늑대의 머리통을 날려 버렸다.

그 가여운 안내인에게는 프라이데이가 달려간 게 천만다행이었다. 프라이데이는 자기 고향에서 그런 종류의 짐승에 익숙해 있던 터라 전혀 두려워하지 않았고, 곧바로 늑대 가까이로 다가가 앞서 말한 대로 총을 쏠 수 있었다. 반면 우리 중 다른 누군가가 갔더라면 그보다 멀리서 총을 쏘는 바람에 늑대를 맞추지 못하거나 안내인을 맞추는 위험을 초래했을 수도 있었다.

프라이데이가 총을 쏘자 숲 양편에서 늑대들이 음산하게 울부짖는 소리가 들려왔다. 산으로 그 소리가 메아리쳐서 더욱더 커지는 바람에 나보다 더 대담한 사람이라 해도 겁을 집어먹기에 충분할 정도였다. 정말로 일행 모두는 그 소리에 무척 놀랐다. 우리가 듣기에는 늑대가 엄청나게 많은 것처럼 느껴졌지만, 실제로는 그렇게 많지 않아서 크게 걱정할 필요가 없었을 수도 있다.

어쨌든 프라이데이가 이 늑대를 죽이자 말에게 달라붙어 있던 다른 녀석은 즉시 말에서 떨어져 도망쳤다. 녀석이 말의 머리에 달라붙었지만, 다행히도 고삐 장식 부분에 이빨이 걸려서 말에게 큰 상처를 입히지는 못했다. 사실 크게 상처를 입은 쪽은 안내인으로, 사나운 늑대에게 두 번이나 물린 모양이었다. 늑대는 한 번은 그의 팔을, 또 한 번은 무릎 조금 위쪽을 물었다. 한 마디로, 그렇게 상처를 입은 데다 말까지 흔들리는 바람에 안내인이 막 땅으로 굴러떨어지려는 순간에 프라이데이가 나타나 늑대를 쏴 죽인 것이었다.

프라이데이의 총소리를 듣고 우리가 무슨 일인지 확인하러 도로 사정이 허용하는 한 최대한 빨리 달려갔으리라는 것은 누구든 짐작할 수 있었다. (사실 그렇게 달려가기가 쉽지는 않았다.) 우리는 시야를 가리고 있던 나무들에서 벗어 나서야 무슨 일이 일어났는지, 프라이데이가 어떻게 이 가엾은 안내인을 구해 냈는지 분명하게 알 수 있었다. 하지만 프라이데이가 어떤 짐승을 죽였는지는 당장 알아차리지 못했다.

그런데 이 사건에 이어 벌어진 프라이데이와 곰 사이의 싸움만큼 대담하고도 놀라운 방식으로 치러진 싸움은 결코 없을 것이다. 그리고 둘의 싸움은 상상할 수 없을 만큼 우리에게 즐거움을 안겨 주었다. (물론 우리는 처음에 곰을 보고 놀랐고 두려워했다.) 곰은 원래 육중하고 둔하며, 몸이 날래고 가벼운 늑대처럼 질주하지 못하는 동물이다. 그래서 곰의 행동에는 두 가지 특이한 점이 있다. 첫 번째 특이점은 인간과 관련된 것으로, 곰에게는 인간이 마땅한 먹잇감이 아니라는 것이다. 땅이 온통 눈으로 덮여 있는 지금의 경우처럼 극도로 허기가 졌을 때는 곰이 어찌할지 모르지만, 대체로 자기를 먼저 공격하지 않는 한 사람들을 먼저 공격하지 않는다는 이야기다. 반대로 우리가 숲에서 곰을 만났을 때 그의 일에 간섭하지만 않는다면, 곰은 우리를 귀찮게 하지 않을 것이다. 그저 조심하면서 곰에게 예의 바르게 길을 내주면 된다. 곰은 아주 까다로운 신사이기 때문에 왕에게도 길을 내주지 않을 녀석이다. 그러니 정말로 곰이 무서우면, 다른 쪽을 쳐다보면서 계속 가는 게 최선이다. 가끔 걸음을 멈추고 가만히 서서 곰을 빤히 쳐다보면, 곰은 그것을 모욕으로 생각한다. 그러다가 만약 곰에게 무언가를 던져서 맞춘다면, 그것이 손가락만큼 작은 막대기라 해도 곰은 그것을 모욕으로 받아들여서 열 일을 제쳐 두고 복수를 위해 상대를 쫓아갈 것이다. 곰은 명예가 지켜져야 만족하는 동물이기 때문이다. 이것이 바로 곰의 첫 번째 특이점이다. 두 번째 특이점은 일단 모욕을 느끼면 복수할 때까지 밤낮을 가리지 않고 결코 상대방을 놔주지 않는다는 것이다. 곰은 상대를 따라잡을 때까지 상당히 빠른 속도로 추격한다.

나의 하인 프라이데이는 안내인을 구했다. 우리가 다가갔을 때, 그는 안내인이 말에서 내리는 일을 돕고 있었다. 안내인은 상처도 입었고 겁에 질려도 있었는데, 사실 부상보다는 겁이 더 문제였다. 그런데 그 순간 갑자기 곰이 숲속에서 나오는 모습이 포착되었다. 내가 이제껏 본 곰 중에 가장 덩치가 크고 무시무시한 녀석이었다. 우리 모두는 그 곰을 보고 다소 놀랐지만, 프라이데이만큼은 곰을 만나 기뻐하고 의기양양해하는 표정이 역력했다. 프라이데이는 곰을 가리키며 "오! 오! 오!" 이렇게 세 번이나 외친 후 다음과 같이 말했다. "오, 주인님. 내게 허락해 주세요. 내가 곰이랑 악수해요. 내가 주인님 많이 웃게 해요."

나는 프라이데이가 그토록 좋아하는 모습을 보고 놀랐다. "이 바보 같은 녀석아. 곰이 너를 잡아먹을 거야." 내가 이렇게 말하니, 프라이데이는 "저를 먹는다고요! 저를 먹는다고요!"라는 말을 두 번이나 되풀이했다. "내가 곰 먹어요. 내가 주인님 많이 웃게 해요. 다들 여기 있어요. 내가 많이 웃기는 거 보여 줘요." 그러더니 프라이데이는 그 자리에 주저앉아 순식간에 장화를 벗어 버린 뒤 주머니에 넣고 다니던 펌프스(우리는 굽 없는 신발을 이렇게 불렀다.)를 신고 자기 말을 다른 하인에게 넘겨주더니 총을 갖고 바람처럼 달려갔다.

곰은 누구도 건드리지 않겠다는 듯 조용히 걸어가고 있었다. 프라이데이는 그런 곰에게 아주 가까이 다가가더니 곰이 자기 말을 알아듣기라도 하는 것처럼 곰을 불러 댔다. "어이, 이봐. 어이. 나 당신이랑 말합니다." 우리는 좀 멀리서 따라갔다. 이제 우리는 산맥의 가스코뉴 쪽으로 내려온지라 광활한 숲속이 나타났다. 그곳은 여기저기 나무가 널려 있었지만 평탄하고 앞이 탁 트여 있었다.

흔히 말하는 대로 곰의 발뒤꿈치를 바짝 따라가던 프라이데이는 곰을 재빨리 따라잡은 뒤 커다란 돌을 집어 들고 곰에게 던졌다. 곰의 머리에 돌이 정통으로 떨어졌지만, 벽에다 돌을 던진 것처럼 아무런 해도 끼치지 못했다. 그래도 돌을 던진 것은 프라이데이의 목적에 딱 맞아떨어졌다. 워낙 겁이 없는 이 친구는 순전히 곰이 자기를 따라오게 만들고 자신이 말한 대로 우리에게 웃음을 선사할 생각이었다.

돌에 맞은 걸 느끼자마자 곰은 몸을 돌려 프라이데이를 보았고, 발을 질질 끌면서도 대단히 큰 보폭으로 신기할 정도로 빠르게 프라이데이를 쫓아가기 시작했다. 말이 보통 내달리는 정도의 속도였다. 프라이데이는 도망을 가다 마치 도움을 청하러 우리를 향해 달려오는 것처럼 방향을 틀었다. 우리 모두는 당장에라도 곰을 쏴서 프라이데이를 구하려고 했다. 사실 나는 프라이데이에게 화가 많이 났다. 다른 곳으로 잘 가고 있던 곰을 우리 쪽으로 다시 데려온 데다가 이쪽으로 몰아 놓고 자기는 달아나 버렸기 때문이었다. 그래서 나는 소리를 버럭 질렀다. "너 이놈, 이게 우리를 웃기는 거냐? 어서 가서 네 말이나 타거라. 그래야 우리가 곰을 쏠 수 있으니." 프라이데이는 내 말을 듣더니 큰 소리로 외쳤다. "쏘지 마요. 쏘지 마요. 가만히 있어요. 주인님 많이 웃을 수 있어요." 그러면서 이 재빠른 녀석은 곰보다 두 배는 더 빨리 달리다가 갑자기 우리들 쪽으로 몸을 돌리더니 자기 목적에 딱 맞는 커다란 떡갈나무를 발견했는지 우리에게 따라오라고 손짓했다. 녀석은 걸음 속도를 두 배로 높이더니 총을 바닥에 내려놓고는 날쌔게 나무를 타고 올라갔는데, 나무 밑동에서 대략 5~6야드 되는 지점까지 가서 멈췄다.

이내 곰도 나무로 다가갔고, 우리는 멀리서 뒤따라갔다. 곰은 맨 먼저 총 앞에 멈추더니 그 냄새를 맡은 다음, 그냥 내버려 두고는 그토록 육중한 몸집으로 고양이처럼 나무를 타고 올라갔다. 내가 생각하기엔 너무나도 어리석은 내 하인의 행동에 깜짝 놀랐다. 그리고 그때까지는 뭐가 웃긴 것인지 전혀 알 수 없었다. 우리는 곰이 나무 위에 오르는 모습을 보면서 좀 더 가까이 다가갔다.

우리가 나무에 도착해 보니, 프라이데이는 커다란 나뭇가지의 작은 끝자락에 서 있었고, 곰은 프라이데이가 있는 곳의 절반 정도 되는 지점에 있었다. 곰이 나뭇가지가 약해진 부분까지 다가오자, 프라이데이가 우리에게 "자, 이제 여러분은 내가 곰에게 춤 가르치는 거 봐요."라고 말했다. 그러면서 프라이데이는 갑자기 나뭇가지 위에서 쿵쿵 뛰며 가지를 흔들어 대기 시작했다. 곰은 이내 비틀거리기 시작했지만, 다시 가만히 멈춰서서 뒤를 돌아보며 어떻게 돌아갈 수 있는지 알아보는 듯했다. 우리는 그 모습에 크게 웃었다. 하지만 프라이데이는 아직도 곰을 골려 먹을 방법이 많이 남은 모양이었다. 곰이 멈춰 서 있는 모습을 보더니 곰이 영어로 말할 수 있기라도 한 듯 다시 큰 소리로 이렇게 외쳐 댔다. "왜, 더 못

오겠어? 제발 더 멀리 와봐." 그 말과 함께 프라이데이는 나뭇가지 위에서 콩콩 뛰며 흔들어 대는 것을 멈추었다. 곰은 마치 프라이데이가 한 말을 알아듣기라고 한 듯이 조금 더 앞으로 나아갔다. 그러자 프라이데이는 다시 콩콩 뛰기 시작했고, 곰은 다시 멈춰 섰다.

우리는 지금이야말로 곰의 머리를 쏠 때라고 생각했다. 그래서 내가 프라이데이에게 이제 곰을 쏠 테니 가만히 있으라고 소리쳤다. 그런데 프라이데이가 간절한 목소리로 "오, 제발! 오, 제발! 총 쏘지 마요. 내가 쏴요. 조금 전에."라고 말했다. 프라이데이는 "조금 이따."라고 말할 생각이었을 것이다. 어쨌든 줄여서 이야기하자면, 프라이데이가 엄청나게 춤을 추니까 곰은 무척이나 예민하게 굴면서도 꼼짝도 못하고 서 있었는데, 우리는 이 모습을 보고 실컷 웃었다. 그러나 도대체 이 녀석이 무엇을 어쩌려는지 전혀 상상할 수 없었다. 처음에 우리는 프라이데이가 나뭇가지를 흔들어 곰을 떨어뜨리려는 줄 알았지만, 곰이 워낙 교활해서 그런 일을 당할 리가 없었다. 곰은 땅으로 떨어질 만큼 멀리 나아가지 않고 자신의 넓고 커다란 발톱과 발로 나무에 단단히 매달려 있었다. 그래서 우리는 이 사태의 결말이 어찌될지, 이 장난이 결국 어떻게 끝날지 예측하지 못하고 서 있을 뿐이었다.

그러나 프라이데이는 곧바로 우리의 의구심을 잠재웠으니, 곰이 나뭇가지에 단단히 매달려 있는 모습을 보고는 더 이상 가까이 오라고 설득하지 않았다. 그 후 "좋아, 좋아. 네가 더 안 오니 내가 간다. 내가 가. 네가 내게 안 오니 내가 네게 간다고."라고 말하고는 곧바로 나뭇가지의 가장 가느다란 쪽으로 이동했다. 나뭇가지가 프라이데이의 무게 때문에 휘어지자 프라이데이는 나뭇가지를 타고 미끄러지듯 살며시 내려오더니 땅 위에 두 발로 뛰어내렸다. 그러고는 총이 있는 곳으로 달려가서 총을 집어 들더니 가만히 서 있었다.

　그때 내가 입을 뗐다. "프라이데이야, 이제 뭘 할 생각이냐? 왜 곰을 쏘지 않는 거냐?" 프라이데이는 "안 쏴요. 아직 총 쏴서 죽이지 않아요. 나 가만있어요. 한 번 더 주인님을 웃겨요."라고 말했다. 독자 여러분도 곧 알게 되겠지만, 프라이데이는 정말로 그렇게 했다. 한편, 곰은 적이 사라진 것을 보자, 서 있던 나뭇가지에서 내려오기 시작했다. 녀석은 나무 몸통에 이를 때까지 걸음을 한 발짝 뗄 때마다 뒤를 돌아보면서 엄청나게 천천히 뒤로 내려왔고, 몸통을 내려올 때도 똑같이 엉덩이를 쭉 내밀고 발톱으로 나무를 꽉 움켜잡으며 한 번에 한 걸음씩 아주 천천히 내려왔다. 마침내 곰이 뒷발을 땅에 내려놓기 바로 직전에 프라이데이가 곰에게 바짝 다가가 총구를 그의 귀에 대고 쏘았더니 곰은 즉사하여 돌처럼 굳어 버렸다.

　이 장난꾸러기는 우리가 웃고 있는지 확인하기 위해 몸을 돌렸고, 우리가 즐거워하는 표정을 보더니 본인도 큰 소리로 웃어 댔다. "우리 고향에서는 이렇게 곰 죽여요." 프라이데이가 말했다. 그래서 내가 "이렇게 죽인다고? 총도 없는데 어떻게 죽이니?"라고 물었더니, "총은 없지만, 아주 커다랗고 긴 화살 쏴요."라고 프라이데이는 답했다.

　이것이 정말로 즐거운 구경거리긴 했지만, 우리는 여전히 험한 산속에 있었고 안내인도 크게 다친 상태라 어찌해야 할지 도무지 알 길이 없는 상태라는 건 변함없었다. 늑대들이 울부짖는 소리가 여전히 귓전을 생생하게 맴돌고 있었다. 사실 앞서 이야기한 적이 있는데, 예전에 아프리카 해안에서 들은 짐승 소리를 제외하고 여태껏 이렇게 나를 공포로 몰아넣은 소리는 없었다.

　이런 상황인 데다가 밤이 가까워지고 있었기 때문에 우리는 서둘러 떠날 수밖에 없었다. 그렇지 않았다면 우리는 프라이데이가 하자는 대로 분명 이 괴물 같은 짐승의 가죽을 벗겨 냈을 것이다. 곰 가죽은 충분히 챙겨 갈 가치가 있었으니 말이다. 하지만 앞으로 3리그나 더 가야 했고 우리의 안내인이 서둘러야 한다고 재촉해서, 우리는 곰을 버려두고 다시 가던 길로 나아갔다.

비록 산 위처럼 눈이 깊고 위험하지는 않았지만 땅은 여전히 눈으로 뒤덮여 있었다. 나중에 들은 이야기에 따르면, 그 굶주린 늑대들이 허기를 이기지 못하고 먹이를 찾으러 아래쪽 숲과 평지까지 내려오는 바람에 마을이 아주 큰 피해를 입었다고 했다. 녀석들은 마을 사람들을 기습적으로 덮치기도 하고, 상당히 많은 양과 말은 물론 사람들까지 죽였다고 했다.

우리는 위험한 지역 한 곳을 통과해야 했다. 안내인 말로는 늑대가 많은 지역이 남아 있다면 바로 그곳일 것이라고 했다. 그곳은 사방이 숲으로 둘러싸인 자그마한 평원으로, 길고 좁은 오솔길을 지나 숲을 통과하고 나면 우리가 묵기로 한 마을에 도착할 수 있었다.

해가 지기 30분 전쯤 우리는 첫 번째 숲에 진입했고, 해가 지고 얼마 뒤에 평원에 들어섰다. 첫 번째 숲에서는 아무것도 만나지 않았다. 다만 길이가 2펄롱 정도도 안 되는 숲속의 조그만 평지에서 커다란 늑대 다섯 마리가 어떤 먹잇감을 발견하고 추적하고 있는 것같이 서로를 전속력으로 뒤쫓으며 길을 건너가는 모습을 보았을 뿐이었다. 그래서인지 그놈들은 우리를 알아차리지도 못하고 순식간에 우리 시야에서 사라졌다.

잔뜩 겁에 질린 가여운 우리 안내인은 이 모습을 보고 늑대들이 더 많이 나타날 것 같다며 우리에게 경계 태세를 갖추라고 했다.

우리는 무기를 준비하고 주변을 둘러보았지만, 0.5리그 정도 되는 숲을 지나 평지에 들어서기 전까지는 더 이상 늑대를 볼 수 없었다. 그런데 평지에 들어서자마자, 우리는 주위를 경계해야 할 이유가 충분하다고 생각했다. 우리 눈에 맨 먼저 들어온 물체는 늑대들에게 죽임을 당한 말이었다. 그 상황은 한 마디로 그 가여운 말 주위로 늑대가 적어도 열두 마리는 달려들어 뜯어먹고 있었다고 요약할 수 있다. 정확히 말하면, 이미 살은 다 먹어 치운 터라, 말이 아니라 뼈를 발라내어 먹고 있었다.

우리는 한참 신나게 먹고 있는 늑대들을 방해하는 게 적절치 않다고 생각했고, 그놈들 역시 우리를 크게 신경 쓰지 않았다. 프라이데이가 늑대들을 공격하자고 했지만, 결코 허락하지 않았다. 우리가 처리해야 할 일이 생각보다 많을 수도 있겠다 싶었기 때문이었다. 평지를 절반도 통과하지 못했을 때, 왼쪽 숲에서 늑대들이 무시무시하게 울부짖는 소리가 들리기 시작했다. 그리고 곧이어 1백 마리 정도 되는 늑대들이 무리를 지어 우리를 향해 곧장 몰려오는 모습이 보였다. 늑대들은 대부분 경험 많은 장교가 정렬시킨 병사들처럼 질서 정연하게 일렬로 달려오고 있었다. 나는 이놈들을 어떻게 맞이해야 할지 전혀 알 수가 없었고, 결국 우리도 서로 바짝 붙은 채로 일렬을 이루는 것이 유일한 대응책이라고 생각하고 그대로 실행했다. 하지만 사격 간격이 너무 길면 안 되기 때문에 두 사람마다 한 명씩 총을 쏘라고 지시했다. 그리고 총을 쏘지 않은 나머지 사람들은 늑대들이 계속 우리를 향해 다가올 경우를 대비하여 두 번째 사격을 준비하라고 했다. 또한 먼저 머스킷 총을 쏜 사람들은 총알을 다시 장전하지 말고 권총을 쏠 준비를 해두라고 했다. 우리 모두는 머스킷 총 한 정과 권총 두 정으로 무장하고 있었다. 그리하여 이 방법으로 우리는 한 번에 절반의 인원으로 총 여섯 번의 일제 사격을 가할 수 있었다. 그러나 당장에는 그럴 필요가 없었는데, 처음에 일제히 사격을 가하자 적들이 총소리뿐 아니라 총에서 나오는 불꽃에도 놀라 모두 멈춰 섰기 때문이었다. 이 사격으로 네 마리가 머리에 총을 맞아 쓰러졌고, 눈 위에 난 핏자국으로 보아 여러 마리가 부상을 입고 피를 흘리며 달아난 듯했다. 늑대들은 순간 멈칫하긴 했지만, 곧바로 물러나지는 않았다. 이 모습을 보고 나는 제아무리 사나운 맹수라도 사람의 목소리를 들으면 겁을 집어먹는다는 이야기가 생각나서 일행 모두에게 있는 힘껏 고함을 지르라고 지시했다. 이 이야기가 전혀 헛된 말은 아닌 것으로 드러났다. 우리가 고함을 지르자 늑대들이 몸을 돌려 슬슬 물러나기 시작했기 때문이었다. 그때 내가 놈들의 등 뒤를 향해 두 번째 일제 사격을 명령하자, 놈들은 숲을 향해 전속력으로 달아났다.

이 덕분에 우리는 다시 총을 장전할 시간을 확보했고, 시간을 허비하지 않기 위해 계속 전진했다. 그런데 머스킷 총에 장전하고 경계 태세를 갖춘 지 얼마 지나지 않아 같은 숲, 그러니까 왼편 숲에서 끔찍한 소리가 들려왔다. 다만 이번에는 우리가 가야 할 방향의 앞쪽 먼 곳에서 들린다는 점만 달랐다.

밤이 다가오고 있었고 날이 어둑어둑해지기 시작한 터라, 우리 상황은 더 나빠진 셈이었다. 하지만 소리는 점점 더 커졌고, 우리는 그것이 무시무시한 짐승들이 울부짖고 고함치는 소리라는 것을 쉽게 알아차릴 수 있었다. 그때 갑자기 우리의 왼쪽과 뒤쪽, 그리고 앞쪽에 늑대 두세 무리가 모습을 드러냈다. 한 마디로 우리가 그놈들에게 포위된 듯했는데, 어쩐 일인지 그놈들이 우리에게 덤벼들지 않아서 우리는 말들이 속도를 낼 수 있는 한 최대한 빠르게 계속 전진했다. 하지만 워낙 길이 험해서 기껏해야 큰 보폭으로 걸어가는 정도밖에는 되지 않았다. 이렇게 가다 보니 평지 맨 끝 쪽에 우리가 통과해야 할 숲의 입구가 눈에 들어왔다. 하지만 오솔길 같은 통로로 점점 더 가까이 갔을 때, 바로 그 입구에 셀 수 없을 정도로 수많은 늑대들이 있는 모습에 우리는 깜짝 놀랐다.

그런데 갑자기 숲의 또 다른 입구에서 총소리가 들려왔다. 그쪽으로 눈길을 돌리니 말 한 마리가 안장과 고삐를 얹은 채로 바람처럼 쏜살같이 달려 나오는 게 보였다. 그리고 열여섯 내지 열일곱 마리의 늑대들이 전속력으로 그 뒤를 뒤쫓는 모습이 보였다. 정말이지 간발의 차이로 말이 앞서고는 있었지만, 그 속도로 계속 달릴 수는 없을 것 같았다. 결국엔 말이 늑대에게 따라잡힐 게 분명해 보였고, 실제로도 그렇게 되고 말았다.

그런데 이곳에서 우리는 너무나도 끔찍한 광경을 목격하고 말았다. 그 말이 빠져나온 입구로 말을 타고 들어가 보니, 굶주린 늑대들에게 잡아먹힌 또 다른 말 사체와 시신 두 구가 보였다. 그 두 사람 중 한 명이 우리가 들은 총소리를 낸 사람인 게 분명했다. 왜냐하면 그 사람 바로 옆에 막 발사가 끝난 총 한 정이 놓여 있었기 때문이었다. 하지만 그 사람은 이미 머리를 비롯한 상체가 모두 먹혀 버린 상태였다.

이 광경을 본 우리는 공포에 사로잡혔다. 도무지 어느 방향으로 가야 할지 몰라 우왕좌왕하던 터에 늑대들이 곧바로 우리의 문제를 해결해 주었다. 그놈들이 먹잇감을 얻겠다는 생각에 바로 우리 주위로 모여들었기 때문이었다. 늑대가 족히 3백 마리는 몰려왔다는 생각이 들었다. 그런데 우리에게 아주 유리하게도 숲으로 들어가는 입구에서 조금 떨어진 곳에 커다란 목재들이 쌓여 있었다. 아마도 여름에 베어 놓고서 이번에 운반해 가려고 놓아 둔 것 같았다. 나는 얼마 안 되는 병력을 그 나무들 사이로 이끌고 간 다음, 긴 나무 뒤에 일렬로 세우고 모두 말에서 내리도록 지시했다. 그리고 그 나무를 임시 방어벽으로 삼고 삼각대형, 그러니까 세 군데 전선을 만들어서 말들을 그 가운데에 넣고 에워쌌다.

우리가 그렇게 한 것은 잘한 일이었으니, 우리를 공격한 늑대들만큼 사납게 공격을 퍼부을 짐승들이 그곳에 없는 듯했기 때문이었다. 그놈들은 으르렁거리는 소리를 내며 먹잇감을 향해 돌진할 듯한 기세로 다가오면서 앞서 임시 방어벽으로 삼은 목재 더미 위까지 올라왔다. 이놈들은 우리 뒤에 있는 말들을 보고 이처럼 사납게 덤벼드는 것 같았다. 바로 우리의 말이 놈들이 노리는 먹잇감이었던 것이다. 나는 일행에게 전처럼 두 사람당 한 명씩 총을 쏘라고 지시했다. 이들은 아주 정확하게 조준을 하여 첫 번째 사격에서 여러 마리를 사살했다. 그러나 이놈들이 마치 마귀들처럼 줄줄이 밀려들어 오는 바람에 우리는 계속해서 사격할 수밖에 없었다.

두 번째로 머스킷 총을 일제히 발사했을 때, 우리는 늑대들이 잠시 주춤거린다고 생각했다. 나는 그놈들이 가버렸기를 바랐지만, 그 희망은 잠시뿐이었다. 다른 놈들이 계속해서 앞으로 몰려들었고 우리는 권총으로 두 차례 사격을 가했다. 이 네 번의 일제 사격으로 우리는 열일곱 내지 열여덟 마리의 늑대를 죽였고 그 두 배에 해당하는 늑대에게 부상을 입혔다고 생각했지만, 그놈들은 또다시 몰려왔다.

나는 마지막 총알을 너무 성급하게 써버리고 싶지 않아서 프라이데이가 아닌 다른 하인을 불렀다. 프라이데이는 다른 일에 더 쓸모가 있었는데, 그 일은 전투 중에 상상을 초월할 정도로 민첩하게 내 총과 자기 총에 장전하는 것이었다. 그래서 내가 말한 대로, 나는 다른 하인에게 뿔 화약통을 건넨 다음, 목재 더미를 따라 길게 불씨를 뿌려 놓으라고 지시했다. 하인은 나의 지시대로 했고, 늑대들이 다가오기 직전에 자리를 피했다. 놈들 중에는 목재 위까지 뛰어오른 놈들이 있었는데, 바로 그때 나는 총알을 장전하지 않은 권총을 집어 들어 화약 가까이에 갖다 대고 불을 붙였다. 목재 위에 올라간 놈들 중에 예닐곱 마리가 불이 붙어 떨어졌다. 정확히 말하면 거센 불길과 불로 인한 공포 때문에 우리 사이로 뛰어내렸다고 해야 하는데, 우리는 즉시 이놈들을 해치웠다. 나머지 놈들은 화약 불빛에 너무 놀라 뒤로 조금 물러섰다. 이미 깜깜해진 밤이라 그 불빛이 훨씬 더 무시무시하게 보인 모양이었다.

그 순간 나는 마지막 권총을 모두 발사하라고 지시했다. 총을 쏜 뒤에는 크게 소리를 질렀다. 결국 늑대들은 겁을 먹고 달아나기 시작했고, 우리는 곧바로 부상을 입은 채 땅바닥에서 버둥거리고 있는 스무 마리 정도의 늑대를 향해 반격을 가했다. 우리가 갖고 있던 칼로 그놈들을 베어 버렸더니, 기대했던 효과가 나타났다. 이놈들이 죽어 가며 내는 울음소리는 다른 늑대들이 더 잘 알아들을 수 있는 터라, 모두 우리를 내버려 두고 도망쳐 버렸다.

우리가 죽인 늑대는 통틀어 예순 마리 정도였다. 만약 낮이었다면, 더 많이 죽였을 것이다. 전쟁터가 그렇게 정리되자 우리는 다시 전진했다. 아직도 1리그 가까이 더 가야 했기 때문이었다. 우리는 가면서 굶주린 늑대들이 숲속에서 울부짖는 소리를 여러 번 들었다. 그리고 가끔은 늑대가 우리 눈앞에 나타났다는 생각이 들었지만, 쌓인 눈 때문에 눈이 부셔서 그럴 수도 있으니 확신할 수는 없다. 그렇게 한 시간 정도 더 나아간 끝에 우리가 묵으려 한 마을에 다다랐다. 마을에 도착해서 보니 주민들이 다들 심한 공포에 사로잡혀서 무장을 하고 있었다. 전날 밤에 늑대와 곰들이 마을에 침입하여 사람들을 극심한 공포에 몰아넣은 모양이었다. 결국 주민들은 밤과 낮, 특히 밤에 가축과 사람들을 보호하기 위해 보초를 설 수밖에 없었다.

다음 날 아침, 우리 안내인은 너무 고통스러워했고 다리에 입은 두 군데 상처가 곪아 퉁퉁 붓는 바람에 더 이상 함께 갈 수 없는 지경이 되었다. 할 수 없이 우리는 거기서 새로운 안내인을 구해 툴루즈까지 가야 했다. 그곳은 날씨가 따뜻하고 땅도 비옥하고 쾌적한 지방이라 눈도 내리지 않았고, 늑대는 물론 그 비슷한 것도 없었다. 그런데 우리가 툴루즈에 도착하여 그곳 사람들에게 우리 이야기를 했더니 그들은 산기슭에 있는 거대한 삼림에서는 그런 일이 다반사이며, 특히 땅에 눈이 쌓여 있으면 더욱 빈번하다고 했다. 하지만 그들은 도대체 어떤 안내인을 썼기에 이토록 험한 계절에 그 길로 우리를 데려올 생각을 했는지 모르겠다며, 우리가 잡아먹히지 않는 것만 해도 대단한 일이라고 말했다. 우리가 말들을 한가운데 두고 어떤 대열을 이루었는지 설명하자, 그들은 크게 나무라면서 한 명도 남지 않고 모두 잡아먹혔을 확률이 절반은 되었을 거라고 했다. 늑대들이 그토록 사나워진 이유는 먹잇감이라고 생각한 말이 눈앞에 보였기 때문이었다. 평소에 늑대는 총을 정말로 무서워하지만, 극도로 허기진 상태인 데다 말 때문에 더욱 사나워진 바람에 말을 덮치려는 욕구가 강해지면서 총이 위험하다고 느끼지 못했다는 것이다. 우리가 계속 총을 쏘다가 마지막에 화약 도화선을 만드는 전략으로 그놈들을 제압하지 않았더라면, 모두 십중팔구 갈기갈기 찢기고 말았을 것이라고도 말했다. 반면에 우리가 그냥 말을 탄 채로 총을 쐈더라면, 그렇게까지 말을 자기들 먹잇감으로 생각하지는 못했을 것이라고도 했다. 늑대들은 사람이 타고 있는 말은 자기들 몫으로 생각하지 않는다는 것이었다. 이에 덧붙여 마지막으로 그들은 우리가 한데 뭉치고 말은 내버려 두었다면, 늑대들은 말을 잡아먹는 데 정신이 팔려서 우리가 안전하게 빠져나오는 데 별다른 문제가 없었을 거라 했다. 게다가 우리가 각자 총을 들고 있고 숫자도 제법 많았으니 더더욱 그럴 가능성이 높았다고 말했다.

나도 평생 살면서 그 정도의 위협을 느낀 적이 없었다. 우리를 지켜 줄 것도, 몸을 피할 곳도 전혀 없는 상황에서 3백 마리가 넘는 악마 같은 놈들이 입을 벌리고 으르렁거리면서 우리를 잡아먹으러 다가오는 모습을 지켜보며 이제는 끝장이라는 생각을 했다. 그런 이유로 이제는 절대로 산을 넘지 않기로 작정했으니 설령 일주일에 한 번씩 폭풍우를 만날 게 분명하다 해도 배로 1천 리그를 가는 편이 나을 것 같았다.

프랑스를 통과하는 과정에서는 특별히 주목할 만한 일이 없었고 이미 다른 여행자들이 나보다 훨씬 더 도움이 되는 이야기를 해주었을 테니 생략하겠다. 나는 보르도에서 파리까지 이동했고, 한군데 오래 머무는 일 없이 칼레까지 도착했다. 그리고 혹독한 추위의 계절에 여행을 한 끝에, 나는 1월 14일에 도버에 안전하게 상륙했다.

이제 나는 내 여행의 중심지로 되돌아왔고, 얼마 지나지 않아 내가 가져온 환어음을 시세에 맞게 처분한 덕분에 새로이 찾은 재산도 무사히 소유하게 되었다.

나를 주로 이끌어 주고 조언을 해준 사람은 예전부터 알고 지내던 착한 미망인이었다. 그녀는 내가 보내 준 돈에 고마워하며 나를 위해서는 그 어떤 수고나 관심도 마다하지 않았다. 그래서 모든 일을 그녀에게 전적으로 맡겼고 내 재산의 안전에 대해서도 완전히 마음을 놓을 수 있었다. 나는 처음부터, 그리고 이제는 마지막까지 이 훌륭한 부인의 흠 없는 성실성 덕분에 정말이지 행복을 느낀다.

이제 나는 재산을 이 부인에게 맡기고 리스본을 향해 떠났다가 브라질까지 가는 문제를 생각하기 시작했다. 그러나 이번에는 다른 문제가 꺼림칙하게 느껴지면서 내 길을 막았는데, 그것은 바로 종교였다. 나는 해

외에서 살 때, 특히 홀로 지낼 때에도 로마 가톨릭교에 대해 의구심을 품고 있었기에, 내가 무조건 로마 가톨릭교를 받아들이기로 결심하지 않는다면 브라질에 정착하기는커녕 그곳에 가는 것도 불가능하다고 생각했다. 반대로 로마 가톨릭을 믿지 않으면서 브라질에 간다면, 내 원칙의 제물이 되고 신앙의 순교자가 되어 종교 재판을 받고 죽을 결심을 해야 했다. 그래서 나는 그냥 고향에 머물기로 했고, 방법만 찾을 수 있다면 내 농장을 처분하기로 마음먹었다.

이 목적을 위해 나는 리스본에 있는 옛 친구에게 편지를 보냈다. 그 친구는 답장을 통해 거기서는 쉽게 재산을 처분할 수 있을 거라고 알려 왔다. 그러면서 그는 내 피신탁자들의 후손인 두 무역상에게 내 이름으로 매매 제안을 하도록 허락해 줄 생각이 있는지 물었다. 그의 말에 따르면, 그들은 브라질에 살고 있어서 내 농장의 가치를 정확하게 알고 있으며 바로 근처에 살고 있을 뿐 아니라 부자이기도 해서 분명 농장을 사고 싶어 할 것 같다고 했다. 그는 내 농장을 처분하면 은화 4천~5천 에이트 이상은 받을 수 있으리라 믿는다고도 썼다.

나는 그의 뜻에 동의했다. 나는 두 무역상에게 그런 제안을 해보라고 지시했고, 그는 내 지시에 따랐다. 그리고 여덟 달쯤 지나 배가 돌아왔을 때 그는 내게 다음의 이야기를 전했다. 두 사람은 매매 제안을 받아들였으며, 리스본에 있는 자신들 거래처에 3만 3천 에이트를 보내 지불하도록 했다.

이에 따라 나는 그들이 리스본에서 보낸 매매 계약서에 서명을 한 후, 옛 친구에게 보냈다. 그러자 그는 농장 대금으로 내게 3만 2천8백 에이트짜리 환어음을 보내 주었다. 그 옛 친구에게 평생 해마다 1백 모이도르를, 그리고 그가 세상을 떠난 뒤에는 그의 아들에게 50모이도르를 지불하기로 한 부분은 약속대로 따로 떼어 놓았다. 그 부분은 그동안 농장에서 나오는 지대(地代)로 지불하려고 했던 금액이다. 이렇게 나는 모험과 행운으로 점철된 내 삶의 1부를 소개했다. 내 인생이야말로 하나님의 섭리에 따라 파란만장한 사건들로 가득 차 있었고, 앞으로 어떤 사람도 나와 비슷한 다채로운 인생을 살아갈 수는 없을 것이다. 어리석게 시작했지만 더 이상 원할 게 없을 정도로 더없이 행복하게 끝을 맺었다.

이렇게 이해하기 어려울 정도로 좋은 운을 누리게 된 상태라, 어느 누구라도 이제는 내가 더 이상 모험을 감수하지 않으리라고 생각할 것이다. 실제로 나도 다른 상황들이 잘 맞물렸더라면 그랬을 것이다. 하지만 나는 방랑 생활에 워낙 익숙해져 있었다. 게다가 가족도 없고 친척도 많지 않은 데다, 꽤 부자였지만 사람도 별로 사귀지 않았다. 비록 브라질에 있는 재산을 처분하긴 했지만 아직도 나는 그 나라를 머릿속에서 지울 수가 없었다. 다시 한 번 바람처럼 여행을 가보고 싶은 마음이 굴뚝같았는데, 특히 내 섬을 찾아가서 그 불쌍한 스페인인들이 아직도 거기 사는지, 내가 섬에 남겨 둔 악당들이 그들을 어떻게 대하고 있는지 알고 싶은 마음을 억누를 수 없었다.

진실한 친구인 미망인은 간절하게 나를 말렸다. 지금까지 근 7년 동안은 그녀의 설득에 못 이겨 해외로 떠나지 못하고 있었다. 그동안 나는 형님 한 분의 자식들인 두 조카를 돌보고 있었다. 큰조카는 자기 재산이 조금 있어서 신사로 키웠고, 내가 세상을 떠나면 재산을 일부 증여받게 하여 그 아이의 재산에 보탬이 되도록 했다. 다른 조카는 어떤 배의 선장에게 맡겼다. 5년이 지나고 보니, 그 아이는 똑똑하고 대담하고 모험적인 젊은 청년이 되어 있었다. 나는 그 아이에게 괜찮은 배 한 척을 맡겨서 바다로 내보냈다. 그리고 이 젊은 아이가 훗날 나이 먹은 나를 더 많은 모험으로 끌어들였다.

그러는 사이에 나도 어느 면에서는 고향에 정착하게 되었다. 우선 결혼을 했다. 나로서는 크게 손해 볼 것도, 불만스러울 것도 없는 결혼 생활이었고, 아들 둘과 딸 하나, 즉 자식 세 명을 두고 있었다. 그런데 아내가 세상을 떠나고 내 조카가 스페인 항해에서 꽤 큰 성공을 거두고 돌아오자, 해외로 나가고 싶어 하는 나의 성향과 조카의 끈덕진 설득에 넘어가서 결국 나는 동인도 제도로 떠나는 조카의 배에 개인 무역상 자격으로 몸을 실었다. 이때가 1694년이었다.

이 항해 중에 나는 내가 개척한 그 섬의 식민지를 방문하여 나의 후계자인 스페인인들을 만나 그들이 살아온 이야기와 거기 남겨 두고 온 악당들에 대한 이야기를 모두 들었다. 이를테면 처음에 그 악당들이 불쌍한 스페인인들을 모욕한 이야기, 이후에 서로 합의했지만 깨지고 또다시 합쳤다가 갈라진 과정, 그리고 마지막으로 그 스페인인들이 어쩔 수 없이 그들에게 폭력을 행사한 이야기, 결국 스페인인들이 그들을 굴복시킨 뒤에 그들에게 얼마나 정직하게 대해 주었는지까지 말이다. 그 모든 이야기를 시작한다면, 내 이야기만큼이나 다채롭고 놀라운 사건들로 가득찰 것이다. 특히나 그 섬에 여러 차례 상륙한 카리브인들과 전투를 벌인 이야기라든지, 그들이 섬을 개발한 이야기, 그들 중 다섯 명이 본토를 공격해서 남자 열한 명과 여자 다섯 명을 포로로 잡아 온 이야기 등이 그럴 것이다. 내가 섬에 도착해 보니, 이 포로들이 낳은 어린아이들이 스무 명쯤 되었다.

나는 섬에서 20일 정도를 머물면서 그들에게 필요한 모든 것, 특히 무기와 화약, 총알, 옷가지, 연장 등을 제공해 주었고, 영국에서 함께 온 두 일꾼, 즉 목수와 대장장이도 섬에 두고 왔다.

이외에 나는 그 섬을 그들과 여러 부분으로 나누어 가졌다. 섬 전체에 대한 소유권은 내게 있었지만, 그들과 합의를 거쳐 섬의 부분 부분을 각자에게 배분해 주었다. 그들과 이 모든 일들을 처리하고 그들로부터 섬을 떠나지 않겠다는 약속을 받아 낸 뒤에 나는 이들을 섬에 두고 떠났다.

나는 섬에서 브라질로 갔으며, 거기서 돛단배를 구입하여 더 많은 사람들을 태워 섬으로 보냈다. 배에는 여러 가지 물품들을 실었고, 그 외에도 일손으로 쓰거나 원하는 사람의 경우에는 아내로 맞이하도록 적당한 여자 일곱 명을 태워 보냈다. 섬에 남은 영국 선원들에 대해 말하자면, 나는 그들에게 농사일에 전념하기만 한다면 영국에 가서 필요한 물건들과 함께 여자들도 보내 주겠다고 약속했다. 이후에 나는 이 약속을 지켰다. 이 친구들은 스페인인들에게 제압당하고 난 뒤에 무척 성실하고 부지런하게 지낸 덕에 자기들 몫으로 재산도 갖게 되었다고 했다. 나는 브라질에서 그들에게 암소 다섯 마리, 양과 돼지도 여러 마리 보내 주었다. 암소 세 마리는 송아지를 배고 있었다. 나중에 가보니 이 가축들의 숫자가 엄청나게 불어 있었다.

한편, 카리브인 3백 명이 쳐들어와 그들의 농장을 모두 망가뜨린 이야기, 섬사람들 모두가 그들과 두 차례나 교전을 벌인 이야기, 처음에는 섬사람들이 패하고 세 명이나 죽었지만 결국엔 폭풍이 불어 카리브인들의 카누가 모두 망가지는 바람에 적들 모두가 굶어 죽고 전멸당했다는 이야기, 이후 섬사람들이 농장을 새롭게 시작하여 다시 일구게 되었고 지금도 그 섬에서 살고 있다는 이야기 등이 남아 있다.

이후 10년 동안 내가 겪은 새로운 모험 중에 일어난 아주 놀라운 사건들과 함께, 앞의 일들은 향후에 자세히 이야기할 기회가 있을 것이다.

해설편

❙ 대니얼 디포
모험소설의 효시로 손꼽히는《로빈슨 크루소》의 작가 대니얼 디포는 영국의 사회를 냉철하게 관찰하는 정치가이자
독창성 있는 문체로 사랑받은 저널리스트로도 명성이 높다.

무인도에 고립된 인간을 통해 재현되는
서양 사회의 단면들

I. 대니얼 디포와 로빈슨 크루소

영국 소설의 시초라고 평가되는 대니얼 디포의 《로빈슨 크루소》는 1719년 4월 25일 《요크의 선원 로빈슨 크루소의 삶과 신기하고 놀라운 모험들: 본인을 제외한 선원 전원이 사망한 난파 사고로 인하여 미국 해안가 주변의 무인도에서 28년 동안 홀로 살았던 그의 이야기와 어떻게 해적들이 그를 조국으로 어떻게 되돌아올 수 있게 했는지에 대한 신기한 경험록 The Life and Strange Surprizing Adventures of Robinson Crusoe, Of York, Mariner: Who lived Eight and Twenty Years, all alone in an un-inhabited Island on the Coast of America, near the Mouth of the Great River of Oroonoque; Having been cast on Shore by Shipwreck, wherein all the Men perished but himself. With An Account how he was at last as strangely deliver'd by Pyrates》이라는 긴 제목으로 출간되었다. 또한 작가의 이름을 디포라고 하지 않았고, 앞장에 '본인의 기록(Written by himself)'이라는 말과 함께 회고록 형식임을 덧붙였다.

실제로 원작 서문에서, 디포는 이 작품의 편집자를 화자로 내세워 다음과 같이 서술한다.

《로빈슨 크루소》 초판 (1719)
왼쪽은 로빈슨 크루소의 삽화로, 본문 속 그의 차림과 일치한
다. 오른쪽에는 앞에서 말한 책의 원제가 적혀 있다.

"만약 어떤 개인의 세상 모험담이
대중에게 널리 알려질 가치가 있고
출판되었을 때 인정받을 만하다면,
이 이야기의 편집자인 필자는 이 작
품이야말로 그에 합당한 모험담이
라고 생각한다. 이 남자의 인생에서
일어난 놀라운 사건들은 현존하는
그 어떤 사건보다도 더 신기하다."

디포는 서문의 두 문장을 통해

이 작품의 신빙성을 어떻게 높이려는지 밝힌 것이다. 자신의 이름을 숨
기고 로빈슨 크루소를 작가로 내세움으로써, 이 허구적 회고록에 실재
인물의 기록과 같은 생생함을 더하면서 무게감을 입혔다. 또한 크루소가
실존하는 영국 시민이라고 독자가 믿게 만들기 위해 작품 속에 다양한
장치를 사용하였으며, 이는 작품에 현실감을 더해 주는 역할을 한다.

《로빈슨 크루소》가 출간되었을 때 디포는 59세였다. 비교적 늦은 나
이에 발표한 첫 작품이 평이한 문체와 신빙성을 부여하는 이야기 구조를
가질 수 있게 된 것은 우연이 아니다. 오히려 디포가 살아온 인생의 궤적
에서 기이한 것이라고 말할 수 있다.

집필 활동 초기부터 그가 소설을 썼던 것은 아니다. 그가 글로써 처
음으로 사람들의 주목을 받게 된 것은《사업에 관한 에세이 An Essay upon
Projects》덕분이었다. 이 에세이가 발표된 1697년부터 그는 윌리엄 3세[1]
정부에 정치, 외교 자문을 했었고, 이듬해에는 프랑스 개신교도 박해 방

---

1) William Ⅲ. 명예혁명으로 폐위된 제임스 2세의 뒤를 이어 아내인 메리 2세와 함께 왕위에 오른
인물로, 영국에서 양당 의회정치의 기틀을 마련하고, 내각 체제를 처음 시도한 왕이다.

지에 관한 조언을 하였다. 이 두 가지 생각은 《로빈슨 크루소》에서 크루소가 해상 교역과 종교적 구원을 강조하는 부분에 잘 반영되어 있다. 또한 1701년 디포는 《순수한 영국인 The True-Born Englishman》이라는 운문 풍자집을 발표하면서 대중에게 그 이름이 각인된다. 그 이후에 종교에 대한 극단적인 주장들과 채무 관계로 인하여 망명을 하는 등 다사다난한 인생을 살았으며 1731년에 뇌졸중으로 사망할 때까지 수많은 에세이와 풍자집, 문학 작품을 출간하는 등 집필 활동을 멈추지 않았다. 또한 당대 저널리스트로서 이름을 날렸으며, 여행과 망명을 하며 세상을 두루 돌아다녔다.

디포는 그렇게 18세기 영국 정치에 직간접적으로 영향을 끼친 인물이자, 무역에도 능통했고 동시에 종교에 대한 의견이 뚜렷한 인물이었다. 그리고 앞에서 말한 경험을 통해 인간에 대한 통찰과 신문물에 대한 조예를 얻었다. 이러한 통찰력과 언어를 능숙하고 정확하게 사용할 수 있었던 능력을 《로빈슨 크루소》 집필 과정에 녹여 냈고, 마침내 이 작품이 탄생할 수 있었던 것이다. 이후에도 그는 《록사나 Roxana》와 같은 소설을 집필하는 등 영국을 다양한 각도에서 조명하고자 하는 노력을 아끼지 않았다. 이러한 그의 삶을 보고 있자면 왜 그가 로빈슨 크루소를 탄생시킬 수 있었는지가 짐작된다.

학자들 사이에서도 《로빈슨 크루소》가 모티프로 삼은 서사 형식이 무엇인지, 어떤 형식이 더 큰 영향을 미쳤는지 의견이 분분하다. 그중에서도 가장 설득력이 있는 의견은 '18세기 여행기와 연관이 깊다'는 것이다. 특히 1712년에 출간된, 스코틀랜드 선원 알렉산더 셀커크(Alexander Selkirk, 1676~1721)가 실제로 무인도에서 표류한 이야기를 적은 《세계 일주 여행기 A Cruising Voyage Round the World》는 《로빈슨 크루소》의 가장 주요한 배경 작품으로 꼽힌다.

당시 영국을 비롯해 유럽의 강대국들은 해상 교역과 식민지 개척 활동을 하는 과정에서 발견하는 신대륙과 새로운 모험에 매료되어 있었다. 또한 이 시기 유럽 사람들은 경제적으로 풍족해졌을 뿐만 아니라 개인의 노력이 곧 성공으로 이어지리라는 믿음이 확고했다. 이러한 사회 분위기 속에서 《로빈슨 크루소》는 대중의 흥미를 끄는 데 성공했다. 그러자 디포는 곧바로 속편들을 집필했다.[2]

이후 무인도 표류기라는 장르가 '로빈소나드(robinsonade)'라는 호칭으로 불릴 정도로 《로빈슨 크루소》는 모험소설의 효시가 되었다. 또한 수많은 작가들과 작품들에 영감을 주었으며, 대표적인 예로는 미셸 투르니에(Michel Tournier, 1924~2016)의 《방드르디, 태평양의 끝 Vendredi ou les limbes du Pacifique》이 있다.

Ⅱ. 무인도에서 재현되는 영국 사회

《로빈슨 크루소》 하면 가장 먼저, 어느 날 갑자기 난파 사고로 자신을 제외한 선원 전원이 사망하고 크루소 혼자 무인도에 있는 장면을 떠올릴 것이다. 하지만 이 작품이 시작하는 지점은 난파될 때가 아니라 크루소가 자신의 인생을 되짚으며 어떻게 살아왔는지에 대해 회고하는 장면이

---

2) 《로빈슨 크루소》의 출간과 같은 해 8월에 《로빈슨 크루소의 더 많은 모험 The Farther Adventures of Robinson Crusoe》이 출간되었고, 다음 해에는 《로빈슨 크루소의 진지한 명상 Serious Reflections of Robinson Crusoe》이 출간되었다.

| 로빈슨 크루소 섬

이 작품의 배경으로 알려져 있는 칠레의 섬이다. 원래 명칭은 후안페르난데스 제도였으나 1966년 명칭이 로빈슨 크루소 섬으로 바뀌었다. 앞서 언급한 셀커크가 실제로 4년간 머물렀던 섬으로도 유명하며, 작품과는 달리 사람들이 살고 있다.

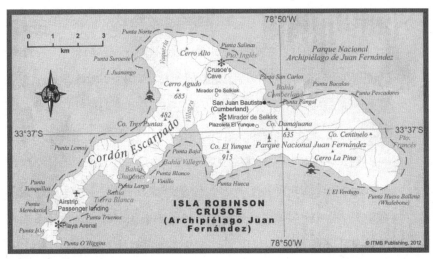

| 로빈슨 크루소 섬의 지도

다. 그는 자신이 얼마나 아버지의 말을 듣지 않았는지, 얼마나 방탕한 삶을 살았으며 얼마나 제멋대로 굴었는지 등을 떠올리며 자신이 난파당한 이유를 이야기 초반에 나오는 자신의 죄업에서 찾는다. 이러한 고뇌는 크루소가 모험이라는 길을 택하면서도 마음속에 아버지 세대의 가치관을 품고 있기에 나타나는 것이다.

> 나는 1632년에 요크 시(市)의 괜찮은 집안에서 태어났다. 아버지는 브레멘 출신으로 처음에 헐에 정착한 외국인이셨으니, 우리 가족은 그 지역 토박이는 아니다. 아버지는 무역으로 쏠쏠히 재산을 모았고, 사업을 그만둔 뒤로는 요크에서 사셨다. 거기서 어머니를 만나 결혼하셨는데, 어머니 쪽은 성(姓)이 로빈슨으로 그 지역에서는 꽤나 유명한 집안이었다. (중략)
> 현명하고도 진중한 분이었던 아버지는 내 계획이 무엇인지 예견하셨다. 그리고 진지하고도 훌륭한 훈계의 말씀으로 나를 말리셨다. 어느 날 아침, 통풍(痛風) 때문에 서재에 갇혀 살다시피 하던 아버지가 나를 불러 이 문제에 대해 따뜻한 말로 타이르셨다. 굳이 아버지의 집과 고향을 떠나려는 것이 단순히 여기저기 떠돌아다니려는 마음 때문이 아니냐고 따져 물으셨다.

《로빈슨 크루소》의 첫 부분은 위와 같으며, 크루소가 태어난 해와 장소, 그의 가족의 사회적 위치가 첫 문단에 기술되어 있다. 이어서 근엄하고 현명한 크루소의 아버지는 그에게 중산층은 하층민처럼 빈곤에 허덕일 필요도 없고, 상류층처럼 오만, 사치 등의 감정에 시달릴 필요가 없다고 조언하는 부분이 나온다. 이러한 아버지의 말은 당시 영국 중산층이 추구했던 가치를 있는 그대로 보여 준다. 하지만 아버지의 바람과 달리 크루소는 바다로 떠나고픈 욕구에 사로잡혀 당시 중산층이 원하던 삶의 궤적에서 벗어난다. 즉, 이 작품은 개인의 모험을 통해 일확천금을 벌거나 자신이 원래 살던 지역을 벗어나 새로운 곳에서 성공하는 사람이 많아지던 그즈음 영국 사회의 변화를 크루소와 아버지의 대립을 통해 보여 주는 것이다.

한편 디포는 작품 결말부에서 크루소가 아버지의 말보다 더 뛰어나고 훌륭한 일을 수행할 뿐만 아니라 도덕적으로 행동하고 더 위대한 모험을 하게 될 거라고 암시한다. 그리고 이러한 서술은 크루소의 행동에 대한 암묵적 동의로 해석되며, 작가가 기존 시각과 다른 새로운 관점을 제시한 크루소의 손을 들어 주고 있음을 짐작해 볼 수 있다. 이어서 소개할 내용에는 이러한 디포의 생각이 잘 반영되어 있다.

크루소는 난파를 당해 무인도에서 고립되기 이전에 무역상일 때도, 무어인들에게 붙잡혀 2년 넘게 노예 생활을 한다. 그리고 무어인들의 도시 살레에서 도망칠 때 발휘했던 그의 기지는 크루소가 무인도에서 보여 줄 생존 능력을 뜻한다. 그는 계획적이고 철두철미하며 담대하다. 또 자신이 공포를 느끼는 대상에서 벗어나기 위해 자기방어를 할 줄 안다. 그의 이러한 자질은 무인도에 홀로 남았을 때 더욱 건설적인 모습으로 나타난다. 예컨대 끊임없이 식량을 확보하고 물건을 만들고 자신의 집을 만들고 보수하면서 만약의 사태에 대해 준비하는 모습이 그렇다.

물론 그 밑바닥에는 준비되지 않은 미래, 예상치 못한 미래에 대한 공포심이 아주 크게 자리한다. 무인도에서 홀로 발버둥 칠 때조차 그에게 가장 중요한 것은, 크루소가 어딜 가도 따라다니는 아버지의 말과 충고이다. 크루소는 자신의 아버지가 당부한 존경받는 중산층 이상의 부유한 영국 시민이 갖춰야 하는 덕목들에 이르는 삶을 거부하고 그에 엇나가는 일탈만 했다. 그 때문에 자신이 처한 비극적인 상황을 스스로 자초한 것이라고 생각했으며, 뒤이어 후회를 일삼고 죽음에 대해서도 생각한다. 즉, 기존 가치관을 따르지 않은 데 대한 자책이 남아 있는 것이다.

하지만 그러한 생각이 듦에도 그는 무인도에서의 삶을 포기하는 게 아니라 최대한 길게 생존하고자 노력한다. 이는 그럼에도 크루소가 새로운 가치관을 놓지 않았음을 보여 준다. 삶을 포기하지 않고, 실용적인 사고와 능동적인 행동력으로 의식주를 하나씩 해결해 나가는 그의 모습에서 통쾌함과 함께 성취감을 느낄 수 있다. 그는 식량을 확보하기 위해 야생 동물을 사냥하고, 난파한 배에서 발견한 씨앗을 뿌리고, 보리 씨앗이 싹튼 걸 발견하여 환희에 차오르기도 하고, 배에서 도구를 가져와 자신의 생활을 보다 편리하게 만든다. 특히 그는 자신이 유럽의 곡물을 볼 수 있다는 생각에 크게 기뻐하면서, 어떻게든 그 씨앗을 살려서 재배하려고 애쓴다. 배에서 가져온 식량을 소비하는 데에서 그치는 게 아니라 곡식을 재배하고 가축을 키워 자신의 터전을 일궈 낼 때까지 그는 안식을 취할 곳이 없기 때문이다.

당장 아사하거나 동사하지 않을 주변 환경을 만든 뒤에는, 일상에 침투하는 외로움, 절망감과 또 한 번 사투를 벌인다. 크루소는 무인도에서 사망하면 아무도 자신을 기억해 주지 않는다는 사실을 알고 있다. 그가 죽으면 거기서 자신의 이야기가 끝나고 마는 것이다. 크루소는 혼자이기 때문에 삶에 대한 의지를 더욱 불태우게 된다. 다행히 그의 노력은 삶의 안정으로 보답받으며, 크루소는 그 기쁨에 삶의 질을 개선하기 위한 일들을 더욱더 행동으로 옮긴다. 앞서 말했듯 크루소의 이러한 노력과 성공은 디포가 당시 영국 사회의 대립된 가치관 중 무엇을 선호했는지를 짐작하게 한다.

또한 앞서 언급한 모습들은 크루소의 자립심과 독립적인 생활을 담고 있다. 이를 통해 디포가 당시 확산되던 '개인'에 대한 생각을 작품 속에 투영했음을 알 수 있다. 이 이야기가 당시 영국 대중에게 큰 인기를 끌었다는 것은 주목할 만하다. 왜냐하면 디포가 그린 무인도의 삶이 영국인들에게 공감할 만한 무언가를 시사해 주었다는 의미이기 때문이다. 아마도 그 시사점은 크루소 부자의 대립으로 표현되는 두 가치관의 충돌일 것이다.

Ⅲ. 인간이라는 나약한 존재와 종교

《로빈슨 크루소》에서 종교적 모습이 어떻게 그려져 있는지 알아보려 한다. 작품 속에서 종교는 두 가지 형태로 그려지는데, 먼저 인간이 의존하는 대상의 종교에 대해 정리해 보려고 한다.

작품 초반부에서 크루소가 직접 말하듯이 그가 배를 타고 나가는 동안은 종교적인 생각에서 멀어진다. 오히려 그가 무인도에 표류하게 되면서, 조금씩 종교에 의존하는 모습을 보인다. 특히 오한이 왔을 때 기도하는 모습을 보면 이러한 추측이 확신으로 변한다.

6월 27일. 오한이 다시 심해져서 하루 종일 자리에 누워 있었다. 먹지도 마시지도 못했다. 목이 너무 말라 죽을 것 같았지만, 몸이 너무 약해져서 자리에서 일어나거나 마실 물을 가져올 힘조차 없었다. 다시 하나님께 기도를 올렸지만 현기증이 났다. 사실은 현기증이 나지 않더라도 너무 무지해서 무슨 말을 해야 할지 몰랐다. 그저 누워서 "주여, 저를 보살펴 주소서. 주여, 저를 불쌍히 여기소서. 주여, 저에게 자비를 베푸소서."라고 외쳤다. (중략) 내가 병에 시달린 지 이틀째인지 사흘째인지 되는 날에 이러한 반성이 내 마음을 아프게 짓눌렀다. 열병뿐 아니라 내 양심의 가혹한 질책까지도 어찌나 격렬했던지 나도 모르게 입에서 하나님께 올리는 기도 같은 게 새어 나왔다.

게다가 이렇게 앓는 동안 그는 자신의 과거를 자책하며 자신이 살아온 인생이 매우 악했기에 하나님이 천벌을 내려 지금과 같은 가혹한 처벌을 받아 벌을 받게 되었다고 생각한다. 개인의 힘으로 타개할 수 없는 상황에 맞닥뜨리자 외부 세계에서 기댈 수 있는 무언가를 찾고자 한 것이다. 그 이후 크루소는 자신이 어떠한 구조의 희망도 없이 황망한 무인도에 고립되어 있다는 생각이 들 때마다 배에서 가져온 성경을 읽으며 복음을 삶의 구원으로 여긴다. 이러한 그의 사고 변화를 통해 우리는 '절망적인 상황에서 한 가닥 희망을 발견하기 위해 인간은 어떤 생각을 하는가'라는 질문을 탐구할 수 있다. 그리고 한편으로는 힘들어질 때 종교에 더욱 의탁하는 크루소의 태도는 어떻게 평가될 수 있는가라는 생각도 해볼 수 있다.

두 번째로 종교는 크루소가 감사하는 대상으로 그려진다. 크루소가 무인도에 표류한 이후 기도 시간을 빼놓는 등 당대 영국인이 지닌 종교인의 태도를 취하고 있다고 볼 수 있지만 앞서 말했듯 항해 생활은 이러한 그의 성향을 억눌렀다. 그러므로 그는 무인도에 처음 도착했을 때만 해도 하나님께 감사하는 자세가 없었다. 그런 그에게 다시 감사하는 마음이 들게 하는 첫 번째 사건은 '보리 발아'이다.

> 보아하니 그것들은 벼 이삭이었는데, 아프리카 해안에 상륙했을 때 거기서 벼가 자라는 모습을 본 적이 있어서 알 수 있었다.
> 나는 이 곡식들이 순전히 나를 도우시려는 하나님의 섭리의 산물로 생각했을 뿐 아니라 근처에도 보리나 벼가 더 있으리라는 것을 의심하지도 않았다.

그는 일어날 수 없는 일이 일어난 것을 보고 하나님께 감사 기도를 드린다. 또한 섬에서 4년 동안 살아가면서 도저히 해낼 수 없으리라 생각했던 일들을 해내는 자신을 보며 하나님께 보호받고 있다는 종교적 깨달음을 얻는다. 이후에는 무언가를 해낼 때 하나님께 감사하는 태도를 보이며 이전과는 다르게 하나님을 인식함을 알아볼 수 있다. 이전에 크루소가 자신이 얻은 지식과 경험은 스스로가 선택해 온 결과물이라고 생각했다면, 하나님의 은총을 받은 뒤에 하나님의 선하신 섭리가 그에게 현재 상황을 선물해 주신 거라 생각하게 되었다는 것이다.

그 이후에 크루소에게 종교적인 힘은 무인도 생활의 원동력 중 하나로 작용하게 된다. 인간은 나약한 존재로 무수한 어려움을 혼자 힘으로 깨쳐 나가기 어려워하고, 크루소 역시 무인도에서 살아가는 동안 종교적 힘에 자신을 의지하고 있음을 추측할 수 있다.

Ⅳ. 《로빈슨 크루소》 속 영국 제국주의

《로빈슨 크루소》에 대한 학계의 연구가 시작된 이후로 이 작품은 여러 갈래로 해석되고 분석되었다. 누구도 이 작품이 영국 소설사에 한 획을 그었다는 사실을 부정할 수 없겠지만, 이 작품이 가지고 있는 문제점을 분명히 인식하고자 하는 노력은 필요하다.

먼저, 《로빈슨 크루소》 내부에는 크루소의 가치관을 비판하는 주변 인물이 한 명도 없다는 문제점이 있다. 모두 다 그의 조력자이거나 비판하지 않는 청자이고, 그도 아니면 크루소가 경멸하는 야만인으로서 하인으로 삼아야 하는 인물에 지나지 않는다. 또한 크루소의 이야기와 크루소가 믿는 신의 복음은 그의 섬에서 하나의 진리로 인식되는데, 독자들이 이를 곧이곧대로 수용할 가능성이 높다. 다시 말해 무인도에서의 독백과 크루소의 일기에 쓰인 이야기는 다른 인물의 개입 없이 직접 전달되는 이야기여서, 독자 입장에서는 그가 하는 말이 다 정답처럼 여겨질 수 있다는 한계가 존재한다는 것이다. 더군다나 그의 사고는 실용적이며 또한 굉장히 이성적이고 체계적이며, 그가 실천에 옮긴 것들은 때로 실패할 때도 있었지만 결국에는 그와 그의 섬이 번영하는 데 도움이 되기 때문에 작품을 읽으면 독자는 그를 신뢰할 수밖에 없다. 그뿐 아니라 실패를 할지라도 꿋꿋이 앞으로 나아가는 진취적인 모습에서, 또 내면의 불안감과 밀려오는 공포감을 해소하는 과정에 감정을 이입하게 되면, 독자는 크루소가 섬의 왕이 되어 그의 신하들과 함께하는 생활을 비판적으로 보지 못하는 부분이 생길 수 있다는 것이다.

크루소의 의견을 무비판적으로 수용하면 안 되는 이유는 《로빈슨 크루소》 속에 제국주의적[3] 성격이 녹아 있기 때문이다. 소설가 제임스 조이스(James Joyce, 1882~1941)는 이 작품에 대해 다음과 같은 평가를 하기도 했다. "《로빈슨 크루소》는 영국 제국주의의 원형이다. 이 작품은 남성의 전유물로 여겨지는 독립심, 무의식적인 잔인함, 불굴의 집요함, 점진적인 지성, 성적 무감각 그리고 계산된 과묵함과 같은 앵글로색슨 특유의 무언가로 넘쳐 난다."

디포가 프라이데이를 묘사하는 방식에도 제국주의적 태도가 드러난다. 그리고 프라이데이는 《로빈슨 크루소》를 평가할 때 크루소가 그를 바라보는 시선과 작품 속의 여러 묘사 때문에 늘 논란의 중심이 되는 인물이다.

---

3) 제국주의란 강한 군사력과 경제력으로 다른 나라를 식민지 삼고 정벌하는 등의 침략적인 정책을 말한다. 여기서는 자신보다 낮다고 여기는 사람을 지배하려 드는 로빈슨 크루소의 성격을 일컫는다.

우선 나는 그의 이름이 '프라이데이'임을 알려 주었는데, 내가 이 친구의 목숨을 구해 준 요일이 금요일이라 그때를 기억하고자 이 친구를 그렇게 부르기로 했다. 또한 나는 '주인님'이라고 말하는 법을 가르친 다음, 그것이 내 이름이라고 알려 주었다. 그리고 '네', '아니요'라는 말을 가르치고 그 뜻도 알려 주었다. 나는 이 친구에게 염소젖을 토기에 담아 주면서 그 앞에서 직접 우유를 마시고 빵에 찍어 먹는 모습을 보여 주었다. 그리고 똑같이 해보라고 빵을 주었더니 그는 재빨리 내 행동을 따라 하면서 아주 맛있다는 몸짓을 했다.

프라이데이와 관계된 서술이나 묘사에는 인종으로 우월함과 열등함을 나누는 흑백의 구분법과 서구 문명이 아닌 것은 다른 것이 아니라 잘못된 것이기 때문에 훈육의 대상이라는 사고방식이 그대로 드러나 있다. 그리고 영국 백인 남성의 표상으로 남은 개척자 로빈슨 크루소의 사고와 언행은 크루소 개인의 시각이 아니라 영국인 전체를 대변한다고 말할 수 있다. 그리고 이 중심에 영국을 선두로 서양이 추구하는 가치가 무조건적으로 옳은 진리라고 믿는 서양 중심적 사고관이 내재하여 있다는 것을 암암리에 읽어 낼 수 있다.

크루소가 프라이데이를 음식과 물로 길들이는 과정은 그가 염소를 사육했던 방식과 유사하다. 그는 자신과 프라이데이의 관계를 주인과 노예 사이로 엄격히 규정하며, 섬에서 탈출한 이후에도 그를 동반자가 아닌 아랫사람으로 대한다. 게다가 그는 프라이데이를 자신보다 열등한 사람으로 구분하여 앞에서처럼 가르치려고 든다. 이러한 우열의 구분을 인종으로 하고 있다는 데에서 영국 제국주의의 모습이 비춰지는 것이다.

시간이 지나 프라이데이는 크루소에게 길들여진 매우 바람직한 노예가 되고 그의 모습을 통해 디포는 제국주의에 물든 피지배층의 모습을 보여 준다. 프라이데이는 고향에 돌아갈 때 크루소를 데려가고 싶어 한다. 그 이유는 그가 자신을 가르쳤듯 동족들도 가르칠 수 있다고 생각해서이다. 프라이데이는 고향 사람들을 야만인들이라 칭하며 크루소가 그들을 착한 사람들로 바꿀 수 있다고 여긴다. 심지어 크루소가 프라이데이 혼자 그의 고향으로 돌아가라고 권유하자, 프라이데이는 차라리 자신을 죽여 달라고 애원한다. 이러한 프라이데이의 모습은 그가 영국 제국주의가 표방하던 교화된 존재, 다른 가치를 거부하고 오로지 대영제국이 추구하는 가치만 옳다고 믿는 인간으로 변모함을 뜻한다.

야만인들을 죽이려 고심할 때도 크루소는 어김없이 이러한 사고방식으로 생각한다. 크루소는 나름대로 야만인 무리를 살상하는 것에 대해 심각하게 고민하지만 곧 살상이 맞다는 쪽으로 결론 내린다. 오히려 이 고민의 결과가 크루소의 행위에 대해 논란의 여지를 더욱 크게 만든다. 야만인의 생명이 존엄하다는 것을 인정하면서도, 백인의 생명과 동급으로 두고 있지 않다는 사실을 스스로 증명한 것이기 때문이다.

그 후 20여 년 만에 섬을 탈출해 영국으로 돌아온 크루소는 엄청난 부를 얻게 된다. 즉, 난파된 후 그가 이때까지 해왔던 일들을 모두 금전적으로 보상받은 것이다. 물론 그가 한 일들은 대부분 그의 생존과 직결되어 한 개인의 존엄성을 지키는 일이었고, 인간이 살기 위해 무슨 일까지 할 수 있느냐는 질문에 대한 하나의 답으로 볼 수도 있다. 하지만 그가 프라이데이를 훈육한 방법과 야만인들을 살인한 일 그리고 그가 섬을 식민지화한 것은 과연 얼마나 정당화될 수 있을지 의문이 든다. 또한 이러한 모습들을 어떻게 수용해야 할지 그리고 이런저런 일들을 벌였음에도 보상을 받은 작품의 결말을 어떻게 평가해야 할지 다시 한 번 생각하게 된다.

《로빈슨 크루소》는 그의 후손들이 그를 답습하지 않겠냐는, 어딘가 씁

쓸함이 느껴지는 이데올로기의 반복을 암시하며 끝이 난다. 제국주의 역
사가 되풀이될 것이라는 암시와 그가 새로이 떠난다는 모험이 남길 폐
허에 대해서 우리는 반드시 경계해야 한다. 그것이 디포의 《로빈슨 크루
소》가 현재 우리에게 계속 읽히는 이유이자 디포가 남긴 숙제이다.

V. 오늘날 《로빈슨 크루소》를 읽는 이유

│ 대니얼 디포의 묘비
동그라미 친 부분에 '로빈슨 크루소의 작가 대니
얼 디포'라고 적혀 있다.

2015년에 개봉한 영화 〈마션 The Martian〉
은 "로빈슨 크루소가 화성에(Robinson
Crusoe on Mars)"라는 문구를 띄워 광고
했다. 영화 속에서 주인공이 홀로 살아남
는 설정을 이 작품에 비유한 것이다. 로빈
슨 크루소라는 이름은 이제 우리에게 무인
도에 고립된 것과 같은 상황에 놓인 개인
을 칭할 때 쓰는 대명사가 되었다.

《로빈슨 크루소》는 재미있는 모험담이자
생존기의 원형으로서, 오늘날 다양한 대중 매체에서 모험담과 생존기의
모티프로 이용되거나 재해석되고 있다. 그리고 이 작품을 본 우리는 지
금 우리가 인간의 생명을 얼마나 존중하고 있는지, 다른 사람들과 어떻
게 어울려 살아가고 있는지, 지구상의 모든 생명체를 대하는 태도는 윤
리적인지에 대해 다시금 돌아보게 된다. 그러기에 《로빈슨 크루소》는 출
간 후 3백 년 남짓한 시간이 흐른 지금도 많은 사람들에게 재미와 감동

을 주며, 생각할 거리를 남기며 꾸준히 읽히고 있는 게 아닌가 싶다.

또한 《로빈슨 크루소》는 서양 문학사의 근간이 되는 작품 중 하나로서 확실히 자리매김했고, 많은 사람들에게 여전히 필독서로 손꼽힌다. 크루소가 하는 이야기와 이를 둘러싼 이야기들에 내재한 명암이 오늘날에도 첨예한 사회적, 정치적 쟁점들이기 때문이다. 크루소가 당연시하는 백인 우월주의적 사고와 식민 지배의 논리 그리고 환경을 오로지 착취하는 대상으로 여기는 시각 등이 그러하다. 그러므로 《로빈슨 크루소》를 읽을 때는 작품이 가진 의의를 수용하면서도 작품과 거리를 두어 냉철하게 허점과 맹점을 살피고, 현대적으로 재해석하는 일이 무엇보다 중요하다. 크루소가 자신이 처한 환경과 자신의 내면을 들여다보는 과정 그리고 그 안에서 무언가를 꾸준히 발견하고 만들어 가는 모습을 지켜보다 보면, 현대 사회까지 끊이지 않고 이어지는 문제들을 되돌아보는 기회를 얻을 것이며 이 책이 왜 많은 사람들에게 손꼽히는지 알게 될 것이다.

– 나정은(고려대학교 대학원 석사과정 수료)

토론·논술 문제편

'로빈슨 크루소'를 통해 근대적 인간의 특징과
제국주의의 속성을 살펴본다.

1. 로빈슨 크루소를 근대적 인간으로 평가할 수 있는 근거를 말할 수 있다.

2. 자급자족 경제와 분업 경제의 특징을 말할 수 있다.

3. 〈로빈슨 크루소〉의 현대적 의의를 말할 수 있다.

4. 〈로빈슨 크루소〉에 담긴 사고방식을 추론할 수 있다.

5. 로빈슨 크루소와 프라이데이의 관계를 통해 당시 제국주의의 속성을 이해하고 논술할 수 있다.

6. 노동은 가치실현의 수단이 될 수 있는지에 대해 토론할 수 있다.

7. 〈로빈슨 크루소〉를 통해 사회의 의미를 파악하고 이에 대해 논술할 수 있다.

1. 로빈슨 크루소가 브라질과 무인도에서 살았던 모습을 비교해 봅시다.

(1) 로빈슨 크루소의 대화 상대

• 브라질 : ....

• 무인도 : ....

(2) 로빈슨 크루소가 생계를 유지하기 위해 한 일

• 브라질 : ....

....

• 무인도 : ....

....

2. 로빈슨 크루소를 구해 준 선장이 그에게 친절을 베푼 이유를 찾아 써 봅시다.

> 끔찍할 정도로 비참하고 가망 없는 상황에서 이렇게 구조되고 보니, 그 기쁨은 말할 수 없을 정도로 컸다. 아마 누구라도 그렇게 생각할 것이다. 나는 곧바로 나를 구해 준 보답으로 그 배의 선장에게 내가 가진 모든 것을 주었다. 그러나 너그럽게도 그는 아무것도 받지 않겠다고 하면서 오히려 브라질에 도착하면 내 물건을 모두 안전하게 넘겨주겠다고 했다.

....

....

....

3_ 로빈슨 크루소는 섬에서의 생활을 개선하기 위해 여러 가지 용품들을 만듭니다. 그가 만든 물품들에 대한 설명 중 옳지 <u>않은</u> 것을 골라 봅시다.

① 땅을 팔 용도로 삽을 만들었으나, 나무를 파내는 것 말고는 별다른 방법이 없어서 만드는 데 굉장히 오래 걸렸으며 쇠붙이를 붙이지 않아 내구성이 떨어졌다.

② 가죽으로 만든 우산은 가죽의 털 부분이 바깥쪽으로 가 있어서 비가 잘 흐를 뿐 아니라 햇볕도 효과적으로 차단해 주었다.

③ 본선에서 실어 온 짧은 널빤지로 탁자와 의자를 만들어 글 쓰는 것 등의 활동을 즐길 수 있었다.

④ 섬은 날씨가 시원한 데다가 햇볕도 강하지 않아 따로 모자를 만들어 쓸 필요를 느끼지 못했다.

⑤ 몇 번의 실패 끝에 찰흙을 구워서 토기를 여러 개 만드는 데 성공했다.

4_ 로빈슨 크루소가 성경을 읽게 된 계기를 찾아 써 봅시다.

> 나는 담배를 어떻게 이용해야 내 병을 고칠 수 있는지 몰랐고 애초에 효과가 있는지 없는지도 확신하지 못했다. 하지만 나는 어떤 식으로든 되겠지 하는 심정으로 담배를 갖고 여러 가지 시험을 했다. (중략)
>
> 이런 일을 하는 와중에 나는 성경을 집어 들고 읽기 시작했지만, 담배 때문에 너무 머리가 어지러워서 적어도 그때는 참고 읽을 수가 없었다. 무심코 책을 펼쳤을 때 처음 내 눈에 들어온 구절은 다음과 같았다. "힘들 때 나를 부르라. 내가 너를 구해 주리니 네가 나를 찬미하리라."

5_ 로빈슨 크루소는 조난당한 상황에서 느낀 좋은 점과 나쁜 점을 적어 나갑니다. 그가 적은 좋은 점과 나쁜 점을 한 가지씩 써 봅시다.

> 이제 나는 내 환경과 처지에 대해 진지하게 숙고하기 시작했다. 그리고 내 상황을 글로 작성했는데, 내게 상속인이 있을 것 같지는 않은지라 나 다음으로 이 섬에 오게 될 누군가에게 글을 남기기 위해서는 아니었고, 매일 내 처지에 대한 고민으로 머리만 아프게 만드는 생각으로부터 벗어나기 위한 행동이었다. 내 이성이 의기소침해진 내 마음을 지배하기 시작할 때 나는 최대한 내 자신을 위로하기 시작했고, 나쁜 일과 좋은 일을 비교하면서 내가 처한 상황을 그보다 더 나쁜 상황과 구분 지을 수 있는 뭔가가 내게 있다고 생각했다. 나는 지금껏 내가 겪은 불행과 내게 기쁨을 준 위안거리를 장부의 차변과 대변처럼 아주 공평하게 열거해 보았다.

• 좋은 점 : ....

....

• 나쁜 점 : ....

....

6_ 다음 빈칸에 공통으로 들어갈 알맞은 단어를 써 봅시다.

> 곡식 껍질들을 내버린 때는 방금 전에 이야기한 큰비가 내리기 조금 전이었다. 그 후 나는 아무런 신경도 쓰지 않았고, 내가 그곳에 무엇을 내다 버렸다는 사실조차 기억하지 못하고 있었다. 그로부터 한 달쯤 지났을 때, 나는 그 땅에서 무언가 초록색 줄기 같은 게 솟아나 있는 것을 발견했다. 나는 한 번도 본 적 없는 식물이라고 생각했다. 그러다 약간 시간이 더 지난 뒤 거기에서 이삭이 열두어 개쯤 나와 있는 것을 보고는 깜짝 놀랐고 어리둥절해졌다. 그 이삭들은 우리 유럽에서 나는 (   )와/과, 아니 우리 영국에서 나는 (   )와/과 완벽하게 똑같은 품종의 녹색 (   ) 이삭이었다.

....

7_ 로빈슨 크루소가 놀란 이유를 추측해 봅시다.

> 어느 정오 무렵, 나는 보트로 가던 길에 해변 위에 찍힌 사람 발자국을 보고 너무나도 놀랐다. 모래 위에 찍힌 모양으로 보아 사람 발자국이 분명했다. 나는 벼락을 맞은 사람처럼 혹은 유령이라도 본 사람처럼 그 자리에서 꼼짝도 못하고 서 있었다. 귀를 기울여 보고 주위를 둘러봤지만 아무것도 들리거나 보이지 않았다. 그리고 더 멀리 살펴보기 위해 높은 곳으로 올라가기도 하고 다시 해변을 위아래로 다녀 봤지만, 발자국은 딱 그것 하나였다. 그 발자국 외에는 아무것도 없었다.

....

....

....

8_ 다음을 읽고, 작품의 내용과 맞으면 ○표, 틀리면 ×표를 해 봅시다.

(1) 로빈슨 크루소의 작은형은 아버지의 격렬한 반대를 무릅쓰고 전쟁에 참가했다가 전사했다. ( )

(2) 로빈슨 크루소는 항해 중 무어인에게 붙잡혀 노예 생활을 했다. ( )

(3) 로빈슨 크루소가 타고 있던 배가 난파되어 일명 절망의 섬에 오게 된 날짜는 1659년 9월 1일이다. ( )

(4) 로빈슨 크루소가 최초로 길들인 앵무새의 이름은 '슈리'다. ( )

(5) 로빈슨 크루소가 야만인을 구한 요일이 금요일이어서, 그에게 '프라이데이'라는 이름을 붙여 주었다. ( )

(6) 프라이데이는 로빈슨 크루소가 가지 않는다면 혼자라도 본토에 돌아가겠다고 말했다. ( )

9_ 다음 빈칸에 들어갈 알맞은 단어를 써 봅시다.

> 하나님께서는 세상만사를 직접 다스리시고 섭리를 펼치는 와중에 당신의 많은
> (㉠)(으)로부터 그들의 재능과 정신 능력이 이용되는 최고의 쓰임새를 빼앗
> 은 뒤 흡족해하신다. 그러면서도 우리에게 준 것과 (㉡) 능력과 이성, 감정,
> 친절한 행위와 의무에 대한 의식, 불의를 보고 분개하는 마음, 보은, 성실함, 충직함
> 에 대한 의식, 선을 행하고 받아들이는 온갖 능력을 그들에게 주신다. 그리고 하나
> 님께서 그들에게 이런 능력 등을 발휘할 기회를 기꺼이 주시면, 그들은 우리만큼이
> 나 기꺼이, 아니 우리보다 더 기꺼이 자신들이 받은 그 능력을 제대로 사용한다.

㉠ : ....   ㉡ : ....

10_ 로빈슨 크루소가 배를 뺏긴 선원들을 구해 주는 대가로 요구한 조건 두 가지가 무엇
인지 써 봅시다.

> "당신의 적들인 그 짐승 같은 놈들이 어디로 갔는지 아시오?" 내가 물었다. "저기
> 누워 있습니다, 선생님." 그는 나무 덤불 쪽을 가리키며 말했다. "저들이 우리를 봤
> 을까 봐, 또 선생이 하는 말을 들었을까 봐 두려워서 가슴이 떨립니다. 만약 그랬다
> 면 분명 우리 모두를 죽일 것입니다." (중략)
> "이보시오. 내가 위험을 무릅쓰고 당신들을 구해 준다면, 내가 제시하는 두 가지
> 조건을 흔쾌히 수락하겠소?" 내가 무슨 제안을 할지 짐작하고 있는 사람처럼 그는
> 자신의 배를 되찾는다면 모든 일에 있어서 나의 지시와 명령을 전적으로 따르겠다
> 고 먼저 말했다.

....

....

....

....

Step 1 제시문을 읽고, 물음에 답해 봅시다.

가 18세기 영국 사회는 정치적 자유가 공고해지고 경제적 개인주의가 발전되었다. 그래서 인간은 자신을 위해 개인적인 행동을 하며, 자신이 속해 있으며 실재하는 전체에 대해서 책임을 지지 않고 제 행위에만 책임을 진다는 자본주의의 법칙이 사회에 지배적으로 퍼졌다. 이와 같은 개인주의의 발전은 18세기에 이르러 자연스럽게 근대 소설의 탄생으로 이어졌다.

근대 사회의 시민들은 신에게 길을 인도받고 그의 보호 아래 있는 서사시의 주인공에게서 자신들과의 동질성을 찾지 못했다. 한 개인의 체험을 통해 개인을 고양시키고 전체 세계를 창조하는 주인공에게서 현실적 만족감을 얻게 된 것이었다. 다시 말해 이들은 주인공이 자신의 정체성을 찾아 길을 나서서 신의 보호에서 벗어나 모험을 겪고 구체적 체험을 통해 자신의 본질을 발견하는 개인적 이야기 속에 자신들의 현실과 삶의 열망이 반영되어 있다는 것을 발견하게 되었다.

나 《로빈슨 크루소》는 근대 자본주의 시대에 '부르주아의 미덕'이라고 불리는 개인주의와 개인 사업에 대한 찬양'을 그리고 있다는 점에서 '경제적 개인주의'를 가장 충실히 반영한 작품이라고 할 수 있다. 크루소는 개인의 노력에 의해 진정한 목표가 달성된다는 중산 계급의 낙관적인 감정을 잘 드러내고 있으며, 오직 혼자 힘으로 거친 자연을 이기고 질서, 행복, 법을 창조해 낸 '중산 계급의 고전적 대표자'이다. 다시 말해 자신에게 이익이 되는 합리적 선택을 하는 인간을 일컫는 경제적 개인주의의 화신(化身)인 '호모 에코노미쿠스'라 평가할 수 있다.

다 크루소는 여행을 하며 선장에게 항해술과 기상 관측에 대한 교육을 받았고, 나아가 상인으로서의 면모도 갖추게 된다. 또한 브라질로 건너가 4년 동안 농장 경영을 하며 부유하고 안정된 생활을 영위하지만, 현 상태를 유지하는 데 만족하지 않고 다시 모험을 떠난다. 이는 당대의 식민지 개척에 따른 모험심, 중산층의 이윤 추구 정신과 그것을 바탕으로 한 신분 상승 욕구가 반영된 부분이다. 결국 크루소는 노예를 사고팔 목적으로 아프리카로 항해하던 중 배가 난파되었고, 어느 무인도 해안가에 혼자 밀려오게 된다. 바로 이때부터 자연 상태에 빠진 크루소는 경험과 관찰에 입각해 삶의 터전을 마련하고, 이 섬에서 28년이나 살게 된다. 크루소가 자연을 연구하고 개선하고자 하는 노력은 경험과 실험을 중시하는 프랜시스 베이컨(Francis Bacon, 1561~1626)의 경험주의 철학을 반영하고 있다.

라 **10월 1일부터 24일까지.** 이 기간 동안은 여러 번 배에 올라 배에서 갖고 나올 수 있는 것은 모두 가져오는 일만 했다. 만조 때마다 뗏목에 물건들을 실어 해안으로 왔다. 뜨문뜨문 맑은 날도 있었지만, 이 기간 동안에도 비가 많이 내렸다. 아마 이때가 우기인 것 같다. (중략)

11월 5일. 이날은 총을 들고 개와 함께 멀리까지 나갔다. 야생 고양이를 한 마리 사냥했는데, 가죽은 아주 부드러웠지만 고기는 아무짝에도 쓸모가 없었다. 내가 죽인 모든 동물은 가죽을 벗겨 보관했다. 바닷가로 돌아오면서 여러 종류의 바닷새를 봤지만 도통 무슨 새인지 알 수가 없었다. 두세 마리의 물개를 보고는 깜짝 놀라 겁에 질렸다. 그것들이 무엇인지 잘 몰라서 한참을 쳐다보고 있자니, 그놈들이 바다로 들어가 버리면서 내 눈앞에서 사라지고 말았다.

11월 6일. 아침에 산책을 마치고 난 뒤 탁자 만드는 작업을 다시 시작했다. 마음에 들지는 않았지만 결국 완성했다. 얼마 지나지 않아 나는 탁자를 고치는 법도 익혔다. (중략)

11월 13일. 이날은 비가 와서 기분이 아주 상쾌해졌고 땅도 식었다. 그런데 끔찍한 천둥과 번개가 동반되면서 나는 화약 때문에 큰 걱정에 빠지고 무척 두려움을 느꼈다. 비가 그치자마자 나는 보관해 둔 화약을 가능한 한 여러 꾸러미로 나눠 놓기로 결심했다. 그래야 위험하지 않을 터였다.

마-1 곡식 껍질들을 내버린 때는 방금 전에 이야기한 큰비가 내리기 조금 전이었다. 그 후 나는 아무런 신경도 쓰지 않았고, 내가 그곳에 무엇을 내다 버렸다는 사실조차 기억하지 못하고 있었다. 그로부터 한 달쯤 지났을 때, 나는 그 땅에서 무언가 초록색 줄기 같은 게 솟아나 있는 것을 발견했다. 나는 한 번도 본 적 없는 식물이라고 생각했다. 그러다 약간 시간이 더 지난 뒤 거기에서 이삭이 열두어 개쯤 나와 있는 것을 보고는 깜짝 놀랐고 어리둥절해졌다. 그 이삭들은 우리 유럽에서 나는 보리와, 아니 우리 영국에서 나는 보리와 완벽하게 똑같은 품종의 녹색 보리 이삭이었다.

마-2 나는 그냥 풀이 죽은 채로 수심에 잠겨 어찌할 바를 모르고 땅바닥에 가만히 앉아 있었다. 이런 일이 벌어지는 동안에도 나는 조금도 종교적인 생각을 진지하게 품어 보지 않았고, 다만 "아, 신이시여. 자비를 베푸소서."와 같은 흔한 말을 되풀이할 뿐이었다. 그리고 지진이 끝난 뒤에는 그런 말조차 내뱉지 않았다. (중략)

그러다가 불현듯 이 바람과 비가 지진 때문에 생긴 현상이고 지진 자체는 힘이 소진되어 끝이 났으니 다시 동굴에 들어가도 괜찮겠다는 생각이 들었다. (중략)

이 격렬한 비로 인해 나는 새로운 작업을 시작해야만 했다. 새로운 요새에 하수구처럼 물이 빠져나갈 수 있는 구멍을 내는 일이었다. 그렇게 하지 않으면 동굴이 물에 잠길 것 같았다. 얼마 동안 동굴에 있으면서 더 이상 지진의 진동이 없다는 것을 확인하자 마음이 좀 더 차분해지기 시작했다. 그리고 기운을 북돋우기 위해 작은 창고에 가서 럼주를 조금 들이켰다. 그 순간 나에게는 정말로 필요한 일이었다.

마-3 6월 21일. 몹시 아팠다. 몸은 아픈데 도와줄 사람도 없고, 내 처량한 신세가 하도 걱정돼서 죽을 만큼 두려웠다. 헐에서 폭풍우를 만난 이후로 처음으로 하나님께 기도를 했다. 하지만 내가 뭐라고 지껄였는지, 왜 기도했는지 거의 기억이 나지 않는다. 머릿속이 온통 뒤죽박죽이었다. (중략)

그때 브라질 사람들은 거의 모든 병을 치료하는 데 담배 외에 다른 약을 쓰지 않는다는 사실이 생각났다. 마침 내 서랍장에는 마른 담배 한 덩이와 다소 덜 마른 담배가 조금 있었다.

나는 하나님의 명령에 따라 그곳으로 간 게 틀림없었다. 왜냐하면 이 서랍장에서 내 심신을 한꺼번에 고쳐 줄 수 있는 치료제를 발견했기 때문이었다. (중략)

나는 담배를 어떻게 이용해야 내 병을 고칠 수 있는지 몰랐고 애초에 효과가 있는지 없는지도 확신하지 못했다. 하지만 나는 어떤 식으로든 되겠지 하는 심정으로 담배를 갖고 여러 가지 시험을 했다. (중략)

이런 일을 하는 와중에 나는 성경을 집어 들고 읽기 시작했지만, 담배 때문에 너무 머리가 어지러워서 적어도 그때는 참고 읽을 수가 없었다. 무심코 책을 펼쳤을 때 처음 내 눈에 들어온 구절은 다음과 같았다. "힘들 때 나를 부르라. 내가 너를 구해 주리니 네가 나를 찬미하리라."

— 대니얼 디포, 이현주 옮김, 《로빈슨 크루소》

1_ 제시문 **가**~**다**를 토대로 근대적 인간의 특징을 써 봅시다.

....

....

....

2_ 제시문 **마**에 공통적으로 드러나 있는 로빈슨 크루소의 내면적 갈등을 써 봅시다.

....

....

....

....

3_ 제시문 **라**와 **마**를 참고하여 로빈슨 크루소의 모습에서 알 수 있는 근대적 인간상의 특징을 찾아 써 봅시다.

....

....

....

....

....

가 1659년 9월 30일. 불쌍하고 가련한 나, 로빈슨 크루소는 끔찍한 폭풍을 만나 배가 어느 해안 앞바다에서 난파되어 이 암울하고 불운한 섬 해안에 오게 되었다. 나는 이 섬을 절망의 섬이라 불렀는데, 함께 배를 탄 동료들은 모두 익사했고 나도 거의 죽을 뻔했기 때문이다. (중략)

10월 26일. 거의 하루 종일 해안가 여기저기를 돌아다니면서 거처로 적합한 곳을 찾아다녔다. 밤에 야생 동물이건 사람이건 나를 공격해 올 수 있으니 안전을 확보하는 것이 가장 신경 쓰였다. 밤이 가까워졌을 때, 바위 아래에 적당한 곳을 찾아 거처로 정하고는 텐트 칠 터를 반원으로 표시했다. 나는 이중으로 말뚝을 박고 말뚝 안에 밧줄을 넣은 뒤에 바깥은 뗏장으로 보강하는 공사를 해서 담장 내지 요새를 만들기로 마음먹었다. (중략)

11월 1일. 바위 아래에 텐트를 쳤다. 그리고 처음으로 거기서 잤다. 안쪽에 해먹을 걸어 놓을 말뚝을 박느라 최대한 넓게 만들었다.

11월 2일. 궤짝과 널빤지, 뗏목을 만들 때 쓴 나뭇조각들을 모두 모아서 그것들로 내 거처에 울타리를 둘렀는데, 내가 요새를 만들기 위해 표시해 둔 지점보다 조금 안쪽에 세웠다.

11월 3일. 엽총을 들고 나갔다가 오리같이 생긴 새 두 마리를 잡았는데, 고기가 아주 맛있었다. 오후에는 탁자를 만들기 시작했다. — 대니얼 디포, 이현주 옮김, 《로빈슨 크루소》

나 1329년 이성계가 조선을 건국하자, 새 나라를 반대한 고려 말기 유신 72명이 벼슬살이를 거부하고 경기도 개풍군 두문동에서 은둔 생활을 하였다. 그들은 마을의 동서쪽에 각각 문을 세워 빗장을 걸어 두고 밖으로 나가지 않았다. 이후 조선 개국 공신들에 의해 불이 나서 죽임을 당할 때까지 그들은 의식주 문제를 자체적으로 해결하였다.

다 무인도에 도착한 로빈슨 크루소에게 당면한 문제는 무엇을 먹고 살아갈 것인지와 그런 먹을거리들을 어디서 어떻게 구해야 할 것인지이다. 다시 말해 '무엇을 어떻게 얼마나 (㉠)할 것인가' 하는 문제이다. 이처럼, (㉠)은/는 모든 경제 활동의 시작이다. 그런데 프라이데이가 들어와 (㉡)이/가 형성되면서 문제가 다소 복잡해진다. 이전과 가장 큰 차이는 '누가 무슨 일을 할 것인가'와 '생산물을 어떻게 나눌 것인가'라는 문제가 생겨난 것이다.

 '누가 무슨 일을 할 것인가'라는 문제에 대한 최선의 방안은 생산물을 극대화할 수 있는 방식으로 일을 나누는 것이다. 로빈슨 크루소가 나무를 잘 타고 프라이데이가 수영을 잘 하면, 로빈슨 크루소는 열매 따는 일을, 프라이데이는 물고기 잡는 일을 하면 된다. 이처럼 생산물을 극대화할 수 있도록 (ⓒ   )을/를 배치하는 것을 (ⓒ   )을/를 효율적으로 활용한다고 한다.

라 미국의 근로자 한 명이 휴대전화를 1년에 30대 생산해 낼 수 있는 데 비해, 미얀마의 근로자는 같은 기간에 6대밖에 생산하지 못한다. 그리고 미국의 근로자 한 명이 1년에 양말을 200켤레 만드는데, 미얀마의 근로자는 100켤레만 생산할 수 있다. 그렇다 하더라도 미국이 두 물건의 생산을 전담하거나 각 나라가 필요한 만큼 생산하는 방법이 최선이 아닐 수도 있다. 무엇이 효율적인 생산 방법인지 알아내기 위해서는 두 나라가 상품을 생산할 때 생기는 **기회비용**을 비교해야 하고, 그에 따라 각 나라가 비교 우위를 가지는 상품을 생산해서 교역시키는 게 가장 효율적이다.

• 기회비용(機會費用) : 어떤 선택으로 인해 잃게 된 기회들 가운데 가장 큰 가치를 갖는 기회 자체. 또는 그러한 기회가 갖는 가치.

1_ 제시문 **가**와 **나** 속 인물들의 공통점과 차이점을 말해 봅시다.

• 공통점 : ....

....

....

• 차이점 : ....

....

....

....

2_ 제시문 **다**의 ㉠~㉢에 해당하는 단어와 ㉢의 의미를 써 봅시다.

- ㉠ : ....
- ㉡ : ....
- ㉢ : ....
- ㉢의 의미 : ....

....

....

....

3_ 제시문 **라**를 참고하여 〈보기〉의 상황에서 로빈슨 크루소와 프라이데이가 어떻게 하는 것이 가장 효율적인지 추론해 봅시다.

┤ 보기 ├

　무인도에 표류하게 된 로빈슨 크루소는 프라이데이와 함께 코코넛을 따고 물고기를 잡으면서 살아가야만 한다. 하루 종일 물고기를 잡는다면 크루소는 9마리, 프라이데이는 10마리를 잡을 수 있고, 또 하루 종일 코코넛만 딴다면 크루소는 8개, 프라이데이는 12개를 딸 수 있다. 단, 물고기 한 마리와 코코넛 한 개가 주는 만족감은 동일하다.

....

....

....

....

....

Theme 01_ 비교 우위

　영국의 경제학자 데이비드 리카도(David Ricardo, 1772~1823)는 《국부론 The Wealth of Nations》에 감명을 받아 경제학 연구를 시작했으며, '비교 우위 이론'을 처음으로 주장했다. 비교 우위 이론은 무역을 할 때 자주 이용되는 개념으로, 두 생산자가 생산시 발생할 수 있는 상황들을 비교해서 상대적으로 기회비용이 낮은 것을 선택하여 생산한 후 상대적으로 기회비용이 높은 물품은 수입하는 게 양쪽에게 이득이라는 내용이다.

　예를 들어 운동화 1켤레를 만드는 데 중국에서는 5달러, 한국에서는 10달러가 들고, TV 1대를 만드는 비용은 중국이 100달러, 한국이 150달러라고 하자. 이때 중국에서 두 제품 모두 저렴하게 만드니 우리나라가 둘 다 수입하는 게 유리해 보인다. 하지만 두 재화의 기회비용을 살펴보면 그렇지 않다. 우선, 중국에서 TV 1대를 만드는 자원이면 운동화 20켤레를 만들 수 있지만, 한국에서는 TV 1대를 만드는 데 운동화 15켤레만 포기하면 된다. 즉, 자국에서의 기회비용으로 본 TV 생산비는 중국이 한국보다 더 비싸다. 마찬가지 원리로, 한국에서 운동화 1켤레를 생산하는 기회비용은 TV의 1/15이고, 중국에서는 TV의 1/20로 한국보다 저렴하다. 따라서 중국은 두 제품 모두를 만들기보다 상대적으로 생산비가 싼 운동화만을 생산해서 그 돈으로 TV를 사는 것이 더 이익이다.

　재화의 양을 설정하면 이해가 더 쉽다. 교역하지 않을 경우 450달러로 한국에서는 TV 2대와 운동화 15켤레를, 중국에서는 TV 2대와 운동화 50켤레를 구입할 수 있다. 그런데 교역을 하면 한국에서는 TV 3대를 만들고 1대를 중국에서 운동화 20켤레와 교환할 수 있다. 앞의 경우와 비교해 운동화 5켤레의 이득이 생긴 것이다. 또한 중국에서 450달러로 운동화 90켤레를 만들고 30켤레를 한국에 팔면 TV 2대를 살 수 있다. 중국 역시도 교역할 때 운동화 10켤레만큼의 이득을 보는 것이다.

　이처럼 데이비드 리카도는 두 나라가 두 가지 물품을 각각 생산하는 것보다 비교 우위에 있는 물품을 생산하고 바꾸는 게 이득이라고 주장했고, 이 주장은 여러 나라가 자유무역을 채택하여 세계 무역 시장이 커지는 데 이바지했다.

Step 3 제시문을 읽고, 물음에 답해 봅시다.

가 《로빈슨 크루소》의 실제 주인공은 스코틀랜드 출신 선원 알렉산더 셀커크다. 그는 1703년 일확천금의 꿈을 갖고 사략선(私掠船)에 올라탄다. 그러나 셀커크 일행이 노리던 '마닐라 보물선'은 보이지 않고 그들은 병치레와 부족한 식수 등으로 하나둘씩 목숨을 잃는다. 그런 상황이 불만이었던 그는 선상 반란을 꾀하지만 실패하여 칠레의 후안 페르난데스 제도에 홀로 버려진다. 여기서부터 그의 홀로서기가 시작된다. 그는 직접 집을 짓고 끼니를 해결하며 살아간다. 그가 살아 돌아왔다는 사실은 놀라운 이야깃거리였고, 고난에 찬 그의 섬 생활은 '로빈슨 크루소'로 신화가 됐다.

나 로빈슨 크루소의 모습은 현대인의 모습과 많이 닮았다. 지금 많은 사람들이 복잡한 관계에서 벗어나 혼자서 살고 싶은 욕구를 마음속에 품고 있고 실제로 현대인 중 대다수가 자기만의 섬에 갇혀 살고 있다. 로빈슨 크루소가 겪은 폭풍과 지진, 병치레도 견디기 힘들지만, 시대를 막론하고 모두가 가장 무서워하는 적은 절망이다. 그런데 로빈슨은 어떤 상황에서도 절망하거나 체념하지 않고 끊임없이 도전하며 노력한다. 이것이 바로 로빈슨 크루소가 위대한 이유다.

다 로빈슨 크루소는 생존하는 데 본질적으로 자기 절망을 이기는 것, 의식주를 해결하는 것, 자신과 함께할 사람 등이 필수 조건이라는 사실을 보여 준다. 로빈슨 크루소는 성경을 통해 끊임없이 자기 성찰을 하고 정체성을 찾아간다. 절망적인 상황에서 긍정적으로 생각하면서 적극적으로 변한다. 살아가기 위한 도구를 만들면서 자신의 능력을 발견한다. 한편, 이렇게 자기 삶에 도전하고 끊임없이 노력하는 인간의 모습을 담고 있는 이 작품에서 우리는 당시의 시대상과 사회상을 엿볼 수 있다.

라 사람은 사회적 동물이다. 무인도에 표류한 로빈슨 크루소는 처음에는 모든 것을 혼자서 해결해야 했으나 프라이데이가 합류하면서 생활이 훨씬 편해졌다. 종전에는 혼자서 준비하던 먹을거리도 이제는 서로 일을 나누어 준비할 수 있게 되었으며, 혼자서는 운반할 수 없었던 무거운 바위도 둘이 힘을 합쳐 들 수 있게 되었다. 이처럼 사람은 혼자보다는 둘이, 둘보다는 여럿이 모여 살 때, 보다 편리하고 풍요롭게 살아갈 수 있다. 분업과 협동을 통하여 생산성을 높일 수 있기 때문이다. － 《고등학교 경제》

1_ 로빈슨 크루소와 현대인이 처한 상황의 공통점과 차이점을 써 봅시다.

• 공통점 : ....

....

....

• 차이점 : ....

....

....

2_ 제시문 **나**에서 로빈슨 크루소를 위대하다고 평가하는 이유를 써 봅시다.

....

....

....

3_ 현대인이 고립에서 벗어나기 위해 어떠한 노력이 필요한지 말해 봅시다.

....

....

....

....

....

Step 4 제시문을 읽고, 물음에 답해 봅시다.

가 가장 어려운 증명에 도달하기 위해 기하학자들이 사용하고 있는 아주 간단하고 쉬운 일련의 논증에 대해 성찰한 끝에 인간이 알 수 있는 모든 것을 이와 유사한 논리적 방식으로 얻을 수 있지 않나 하는 생각에 이르게 되었다. 그리고 사람들이 진리가 아닌 것을 진리로 보지만 않는다면 그리고 논증에 요구되는 순서를 신중히 따르기만 한다면, 도달할 수 없는 진리란 없으며 또 발견하지 못할 만큼 깊이 감추어진 진리도 있을 수 없다는 것을 나는 알게 되었다. 그리고 나는 어디에서부터 시작할 것인가를 찾는 데 별로 어려움을 겪지 않았다. 왜냐하면 나는 가장 간단하고 또 가장 알기 쉬운 것부터 시작해야 함을 깨달았기 때문이다. (중략)

나는 가장 간단하고도 가장 일반적인 원리로부터 출발했으며, 내가 발견한 각각의 진리들은 다른 진리를 발견하기 위한 하나의 규칙이 되었다. 그래서 나는 옛날에 내가 매우 어렵다고 여겼던 여러 문제를 해결하게 되었을 뿐만 아니라, 결국에 가서는 미해결된 문제가 어느 정도 풀릴 수 있는지 그리고 그것을 해결하는 데 어떤 절차를 밟아야 하는지를 결정할 수 있으리라 생각했다. 이에 대해서 나는 주어진 문제에 하나의 해답만이 있으며 누가 발견하든지 다른 모든 사람도 그것을 알 수 있음을 감안할 때, 내 방법이 전혀 헛되어 보이지는 않으리라고 믿는다. 예를 들면, 셈을 배운 아이가 규칙에 따라서 올바로 덧셈을 했을 때, 그 아이는 자신이 계산한 덧셈의 합계에 대해서는 인간의 정신이 발견할 수 있는 모든 것을 발견했다고 확신할 것이다. 왜냐하면 올바른 절차를 따르고 또 우리가 탐구하고자 하는 것의 모든 여건을 정확하게 진술하는 방법이야말로 산술의 규칙에 최상의 확실성을 부여하기 때문이다. 이러한 방법이 내게 가장 만족스러웠던 것은 바로 그 방법을 통해서, 완벽하지는 않지만 내 능력이 미치는 범위 안에서, 내가 모든 것에 대해 이성을 사용했다는 점이다.

                                                 – 데카르트, 《방법 서설》

나 1830년대에 레옹 포쉐가 작성한 〈파리 소년 감화원 규칙〉은 다음과 같다.

제17조 재소자의 일과는 겨울에는 오전 6시, 여름에는 오전 5시에 시작한다. 노동 시간은 계절에 관계없이 하루 아홉 시간으로 한다. 하루에 두 시간씩 교육을 받는다. 노동과 일과는 겨울에는 오후 9시, 여름에는 오후 8시에 끝낸다.

제18조 기상. 첫 번째 북소리가 울리면 재소자는 조용히 기상하고 옷을 입고 간수는

독방의 문을 연다. 두 번째 북소리가 울리면, 재소자는 침상에서 내려와 침구를 정돈한다. 세 번째 북소리가 울리면 아침 기도를 하는 성당에 가도록 정렬한다. 각 신호는 5분 간격으로 한다.

제19조 아침 기도는 감화원 소속 신부가 주재하고, 기도 후에 도덕이나 종교에 관한 독송(讀誦)을 행한다. 이 일은 30분 이내에 마치도록 한다.

제20조 노동. 여름에는 5시 45분, 겨울에는 6시 45분에 재소자는 마당으로 나와 손과 얼굴을 씻고 빵 배급을 받는다. 뒤이어 즉시 작업장별로 정렬하여 일하러 나가야 하는데, 여름에는 6시, 겨울에는 7시에 시작해야 한다.

제21조 식사. 10시에 재소자는 노동을 중단하고 마당에서 손을 씻고 반별로 정렬하여 식당으로 간다. 점심 식사 후 10시 40분까지를 휴식 시간으로 한다.

제22조 학습. 10시 40분에 북소리가 울리면 정렬하여 반별로 교실로 들어간다. 읽기, 쓰기, 그림 그리기, 계산하기의 순서대로 한다.

제23조 12시 40분에 반별로 교실을 나와 마당에서 휴식을 취한다. 12시 55분에 북소리가 울리면 작업장별로 다시 정렬한다.

제24조 1시에 재소자는 작업장에 도착해 있어야 한다. 노동은 4시까지 계속한다.

제25조 4시에 작업장을 나와 안마당으로 가서 손을 씻고, 식당에 가기 위해 반별로 정렬한다.

제26조 저녁 식사 및 휴식은 5시까지로 하고, 재소자는 다시 작업장에 들어가야 한다.

제27조 여름에는 7시, 겨울에는 8시에 작업을 종료하고, 작업장에서 하루의 마지막 빵 배급을 받는다. 교훈적인 뜻이나 감화적인 내용을 담은 독송을 재소자 1인 혹은 감시인 1인 아래에서 15분간 하고, 이어서 저녁 기도에 들어간다.

제28조 여름에는 7시 반, 겨울에는 8시 반에 재소자는 마당에서 손을 씻고 복장 검사를 받은 뒤 독방 안에 도착해 있어야 한다. 첫 번째 북소리가 울리면 옷을 벗고, 두 번째 북소리가 울리면 침상에 들어가야 한다. 각 방의 문을 잠근 후 간수들은 질서와 침묵을 지키고 있는지 확인하기 위해 복도를 순회한다. — 미셸 푸코, 《감시와 처벌》

다 섬에서 열흘 내지 열이틀을 지냈을 때, 책과 펜, 잉크가 떨어지면 시간 계산을 놓칠 수도 있고 심지어 안식일과 일하는 날도 구분하지 못할 수도 있겠다는 생각이 들었다. 그래서 이를 예방하기 위해 나는 칼을 이용해 커다란 기둥에 대문자로 도착한 날짜를 표시하고는 그 기둥을 대형 십자가 모양으로 만들어 내가 처음 상륙한 해변에 세워 놓았다. 그리고 '나는 1659년 9월 30일에 이곳 해안에 왔다.'라고 새겨 놓았다. 이 사각형 기둥 옆면에는 매일 칼로 눈금을 표시를 했는데, 7일째 되는 날은 나머지 날보다 두 배 더 길게 표시하고, 매달 첫째 날에는 그 긴 눈금보다 두 배 더 길게 표시했다. 그렇게 나는 나만의 달력을 만들어서 매주, 매달, 매해 시간을 계산했다.

다음으로 할 얘기는, 앞에서 언급했듯이 내가 여러 번에 걸쳐 배에서 가져온 많은 물건들 중에는 가치는 덜하지만 전혀 쓸모없지는 않은 물건들이 있었다는 것이다. 앞에서 제대로 밝히지 않은 것들인데, 대표적으로 펜, 잉크, 종이, 선장·항해사·포수·목수가 갖고 있던 짐 꾸러미, 나침반 서너 개, 계산 도구 몇 가지, 해시계, 망원경, 해도(海圖), 항해 서적 등이다. 나는 이것들이 내게 필요할지 아닐지를 몰라서 일단 한꺼번에 그러모아 가져왔다. (중략)

나는 배에서 물건들을 그렇게 많이 챙겨다 놓았는데도 아직도 여러 가지 물품들이 부족하다는 사실을 절감했다. 가령 잉크도 그런 물건들 중의 하나였고, 흙을 파거나 퍼내는 데 필요한 삽, 곡괭이, 가래 같은 연장이나 바늘, 핀, 실 같은 물건들도 마찬가지였다. 하지만 속옷 없이 살아가는 것은 크게 어려움 없이 금세 익숙해졌다.

이렇듯 도구가 없는 탓에 하는 일마다 힘에 부쳤다. 내 거처를 에워싸는 조그만 울타리를 완벽하게 세우는 데도 1년 가까이 걸렸다. 겨우 들 수 있을 정도의 무거운 말뚝 혹은 기둥을 숲에서 잘라서 준비하는 데도 오랜 시간이 걸렸고, 그것들을 집으로 나르는 일은 더 오래 걸렸다. 그래서 어떤 때는 말뚝 한 개를 잘라 집으로 가져오는 데 이틀을 보내고 그걸 땅에 박는 데 셋째 날을 다 썼다. 처음에 말뚝을 박을 때는 숲에서 무거운 나무를 가져다 썼고, 나중에야 마침내 쇠지레를 생각해 냈다. 그 물건을 찾아내긴 했어도 어쨌든 말뚝을 땅에 박는 일은 아주 힘이 들고 지루했다. (중략)

이제 나는 내게 가장 필요하다고 느껴진 물건들을 만드는 작업에 전념하기 시작했다. 특히 의자와 탁자가 없으면 살면서 누릴 수 있는 몇 안 되는 위안거리를 즐길 수가 없었다. 탁자 없이는 즐겁게 글을 쓸 수도 먹을 수도 없었고, 다른 여러 가지 일들을 할 수도 없었다. (중략)

여하튼 앞에서 말한 대로 나는 우선 탁자와 의자를 만들었다. 그리고 이것들은 본선에서 뗏목으로 실어 온 짧막한 널빤지들로 만들었다. 한편, 앞에서 말한 대로 내가 직접 널빤지를 만들고 나서는 동굴 한쪽 면을 따라 폭이 1.5피트인 커다란 나무 선반들을 제작했다. 거기에 내 모든 도구, 못, 철물 들을 올려놓기 위해서였다. 한마디로, 이런 식으로 모든 물건들을 제자리에 분리해 놓고 손쉽게 꺼내 쓰려고 했다. 나는 바위벽에 못을 박아 엽총이나 다른 걸 만한 것들을 모두 걸어 놓았다.

이리하여 누군가 내 동굴을 봤다면, 그곳은 필요한 물건들이 모두 모여 있는 종합 창고처럼 보였을 것이다. 나는 모든 물건들이 손에 쉽게 닿을 수 있도록 준비해 두었다. 내 모든 물건들이 그렇게 잘 정돈되어 있는 것을 보는 게, 특히 모든 필수품들이 그렇게 많이 모아져 있는 모습을 확인하는 게 내게는 큰 낙이었다.

– 대니얼 디포, 이현주 옮김, 《로빈슨 크루소》

1. 제시문 **가**~**다**에서 공통적으로 찾을 수 있는 사고방식의 특징을 설명해 봅시다.

....

....

....

....

2. 문제 1의 사고방식이 우리의 삶에 어떤 영향을 끼쳤는지 구체적인 사례를 들어 보고, 또 그러한 사고방식의 한계를 지적해 봅시다.

....

....

....

....

....

....

가-1 그는 나를 보자마자 내 쪽으로 냉큼 달려왔다. 그는 겸손하게 감사의 마음을 표시하는 온갖 몸짓과 기괴한 동작을 다 하면서 다시 땅바닥에 몸을 엎드렸다. 그러고는 전에 했던 것처럼 자기 머리를 내 한쪽 발 가까이에 대고 나머지 발은 자기 머리 위에 올려놓았다. 복종과 예속과 굴복을 의미하는 여러 몸짓을 보여 주며 자신이 목숨이 붙어 있는 동안은 나를 섬길 것임을 알리려는 듯했다. (중략) 얼마 지나지 않아 나는 그에게 말을 걸면서 내게 말하는 법도 가르치기 시작했다. 우선 나는 그의 이름이 '프라이데이'임을 알려 주었는데, 내가 이 친구의 목숨을 구해 준 요일이 금요일이라 그때를 기억하고자 그렇게 부르기도 했다. 또한 나는 '주인님'이라고 말하는 법을 가르친 다음, 그것이 내 이름이라고 알려 주었다. 그리고 '네', '아니요'라는 말을 가르치고 그 뜻도 알려 주었다. 나는 이 친구에게 염소젖을 토기에 담아 주고는 그 앞에서 직접 우유를 마시고 빵에 찍어 먹는 모습을 보여 주었다.

가-2 그날 밤은 동굴에서 이 친구를 데리고 있었지만, 날이 밝자마자 나와 함께 가자고 손짓을 하면서 입을 옷을 주겠다고 알려 주었다. 이 친구는 알몸 상태로 있었던 터라 무척이나 좋아하는 것처럼 보였다. (중략)

당장은 입고 지낼 만한 옷을 입혀 놨더니, 그는 자기 주인처럼 잘 차려입은 제 모습을 보고는 꽤나 흡족해했다. 사실 처음에 프라이데이는 이 옷가지들을 거북해했다. 바지를 입는다는 게 아주 어색한 모양이었고, 조끼가 닿는 어깨와 팔 안쪽의 살이 벗겨지기도 했다. 하지만 녀석이 아프다고 하는 부위를 조금 낙낙하게 고쳐 주었고, 녀석도 조끼에 점점 익숙해지자 결국엔 아주 마음에 들어 했다.

가-3 나는 프라이데이에게 두개골, 뼈, 살점, 그 밖의 남은 것을 죄다 모아 쌓은 다음 그 위에 크게 불을 피워 재가 되도록 완전히 태워 버리라고 시켰다. 가만 보니 프라이데이는 인육을 먹고 싶어 하는 마음이 여전했고 그의 본성에는 식인종 기질이 아직도 남아 있었지만, 내가 그런 생각 자체에 대해 적어도 표정으로라도 극심한 혐오감을 드러냈기 때문에 그는 감히 그런 모습을 표출하지 못했다. 혹시라도 그가 그런 짓을 하려 든다면 곧바로 죽여 버리겠다는 내 의지를 어떤 식으로든 전했기 때문이기도 하다.

– 대니얼 디포, 이현주 옮김, 《로빈슨 크루소》

나-1 방드르디는 어깨를 아프게 짓누르고 있던 궤짝을 땅바닥에 팽개쳤다. 궤짝 뚜껑의 돌쩌귀가 깨지면서 선인장 바로 밑으로 진귀한 옷감들과 보석들이 화려하고 무질서하게 쏟아져 흩어졌다. 그는 그것들의 광채에 홀릴 지경이었지만 로빈슨은 그가 오직 거추장스러운 물건, 혹은 의식을 올리는 도구 정도로 그것을 느끼게 만들었는데, 이제 그는 드디어 마음 내키는 대로 해볼 수 있게 될 참이었다. 자기 자신이 그런 것을 쓰겠다는 것은 아니었다. 그에게 있어서 옷은 어떤 것이든 행동을 부자유스럽게 할 뿐이었다.

나-2 저수지는 말라 있었고 씨를 뿌린 함수호의 물 높이는 날로 낮아져 가고 있었다. 그런데 이삭이 익자면 아직 한 달 동안은 더 물이 대어져 있어야 했다. 그래서 로빈슨은 그곳을 둘러보고 돌아올 때마다 걱정이 많았다.

　방드르디는 손에 조약돌을 들고 있었다. 그는 논바닥으로 그 돌을 던지고 뻑뻑한 물결을 일으키는 고인 물 위에 만들어지는 물수제비의 수를 세어 보았다. 납작한 조약돌은 아홉 개의 물수제비를 뜨고는 주저앉았다. 그러나 벌써 텐은 그 돌을 찾아 논두렁에서 밑으로 뛰어내렸다. 내친 기세라 한 20미터쯤 내닫기는 했지만 곧 걸음을 멈추어 버렸다. 물이 너무나 얕아서 개는 헤엄을 칠 수도 없는지라 진흙 속에서 어쩔 줄을 몰랐다. (중략) 방드르디는 저 어처구니없고 더러운 물 위로 몸을 수그린 채 잠시 생각에 잠기더니 마음을 고쳐먹고 물 빼는 수문 쪽으로 달려갔다. 그는 수문 첫째 구멍에 막대를 끼우고 그것을 지렛대 삼아 문턱에 의지하여 힘껏 쳐들었다. 문은 삐걱거리면서 위로 올라갔다. 곧 논을 뒤덮고 있던 진흙투성이의 양탄자 같은 수면이 움직이더니 수문 쪽으로 쓸려 나갔다. 몇 분 후 텐은 엉금엉금 기어서 둑 아래에까지 왔다. 진흙덩어리였지만 그래도 생명은 건진 셈이었다.

나-3 조개껍질을 가지고 그는 썩어 가는 내장을 긁었다. 그 다음에는 이렇게 긁어모은 구더기를 한 줌 가득 자기 입에 털어 넣더니 태연하고 침착하게 그 끔찍한 먹이를 씹고 또 씹었다. 마침내 그는 독수리에게 몸을 굽히고 마치 장님에게 밥을 먹이듯이 뻑뻑하고 미지근한 일종의 우유 같은 즙을 새가 내밀고 있는 주둥이로 흘려 넣었다. (중략)

　로빈슨은 뱃속이 뒤집히는 듯하여 도망쳐 버렸다. 그러나 그의 헌신적인 노력과 두려움을 모르는 논리에는 깊은 인상을 받았다. 그는 처음으로 자기가 느끼는 예민한 구역질 등 그 모든 백인 특유의 신경 반응이 과연 최종적이며 고귀한 문명의 보증일 것인지 아니면 반대로 새로운 삶에 접어들기 위하여 언젠가는 팽개쳐 버리지 않으면 안 될 죽은 찌꺼기일지를 자문해 보았다.　　　　　　　－ 미셸 투르니에, 김화영 옮김, 《방드르디, 태평양의 끝》

다 로빈슨과 방드르디는 각각 백인 문명인과 유색 야만인으로서 대립됨과 동시에 어른과 아이라는 반대의 관계에 놓여 있다. 로빈슨이 무인도에 이르렀을 때가 22살이며 완전한 성인이라고 할 수 있지만, 방드르디는 체격이 좋은 15살의 소년이다. (중략)

그래서 그는 웃는다. 무시무시할 정도로 폭소를 터뜨린다. 그 웃음은 총독과 그가 통치하는 섬의 겉모습을 장식하고 있는 그 거짓된 심각성의 가면을 벗겨 뒤죽박죽으로 만든다. 로빈슨은 자기의 질서를 파괴하고 권위를 흔들어 놓는 그 어린 웃음의 폭발을 증오한다. 사실 바로 방드르디의 그 웃음 때문에 그의 주인은 처음으로 그에게 손찌검을 했다.

방드르디의 폭소는 문명의 질서를 파괴하고 로빈슨을 불안으로 이끈다. 로빈슨이 만든 **주종** 관계가 방드르디의 표면적인 복종으로 유지되고 있지만, 결국 주인이 창조한 절대적인 세계를 위협하는 웃음이 분노를 **야기**시키고 이에 방드르디는 노예라기보다는 주인의 운명의 파괴자로 마주 서는 것이다. 방드르디의 자유로운 놀이의 삶, 유희적 삶을 통해 로빈슨이 생각해 온 천하고 어리석은 혼혈아의 이면에 또 다른 방드르디의 존재감을 느끼게 되고, 무의식중에 변화에 동의하며 점차 방드르디의 존재를 인정하기에 이른다.

라 디포가 섬에 홀로 남아 생존의 차원에서 섬을 개척하고 관리해 온 로빈슨 크루소를 소설의 마지막에 식민주의자로 만든 것은 어떻게 보면 당연하다. 그는 영토 확장을 위해 섬에 의도적으로 상륙한 전형적인 식민주의자는 아니다. 오히려 디포가 우연이라는 장치를 써서 크루소를 식민주의자로 섬에 상륙시킨 것이다. 그는 처음부터 난파된 배에서 천문학, 지리학, 항해술 등 17세기 자연 과학이 만든 모든 물품들을 제공받아 섬을 개발할 수 있는 자본을 가지고 있었던 것이다. 로빈슨 크루소의 제국주의적 속성은 잠재되어 있다가 프라이데이를 만난 뒤 전면으로 부상하게 된다.

- **주종(主從)** : 주인과 부하를 아울러 이르는 말.
- **야기(惹起)** : 일이나 사건 따위를 끌어 일으킴.

1_ 제시문 **가**~**다**를 읽고, **가**에 등장하는 '나'와 프라이데이의 관계와 **나**에 등장하는 로빈슨과 방드르디의 관계의 공통점과 차이점을 말해 봅시다.

• 공통점 : ....
....
....

• 차이점 : ....
....
....

2_ 제시문 **가**를 토대로 **라**에서 밑줄 친 주장의 근거가 무엇인지 말해 봅시다.

....
....
....
....
....

3. 제시문 **㉮**와 같이 로빈슨 크루소가 프라이데이를 계몽하기 위해서 행한 일들이 정당한지 토론해 봅시다.

> 주장 1 : 로빈슨 크루소의 행위들은 정당하다.
> 주장 2 : 로빈슨 크루소의 행위들은 정당하지 않다.

PROS&CONS

주장 1	
주장 2	

Theme 02_ 모험을 그린 작품들

《파리대왕 Lord of the Flies》

《파리대왕》은 외딴섬에 고립된 소년들이 원시적이고 야만적인 상태로 퇴행해 가는 과정을 다루면서, 모든 인간에게 내재하며 상충하는 두 가지 가치의 충돌을 탐구한 작품이다. 한쪽에서는 규범에 따라 평화롭게 살면서 욕망의 즉각적인 충족보다 도덕적 선(善)을 추구하려는 본능이 있는가 하면, 다른 한쪽에서는 폭력을 통해 우위를 점하고 무리를 위해 개인을 희생시키고자 하는 충동이 존재한다. 이처럼 아이들을 위협하는 섬의 '짐승'은 외적 존재가 아니라 섬의 아이들을 포함한 모든 이들의 마음속에 있었던 것이다.

《파리대왕》은 영국의 소설가 윌리엄 골딩(William Golding, 1911~1993)의 첫 작품으로 그에게 세계적인 명성을 안겨 주기도 했다. 또한 이 작품은 **냉전 시대**의 암울한 상황을 잘 비춰 줌과 동시에 인간 본성을 우화적으로 잘 그려 낸 것으로 유명하다.

《걸리버 여행기 Gulliver's Travels》

《걸리버 여행기》는 정직하고 성실한 의사 걸리버가 항해 중에 난파하여 소인국, 대인국, 하늘을 나는 섬나라 등을 표류해 다니면서 겪는 기이한 사건들을 담고 있다. 그가 각 나라에서 겪는 풍습들이 상세하게 기술되어 있어 생동감이 넘치는 작품이다. 이 이야기는 기행 문학이라는 특성과 더불어 시대를 꼬집는 풍자 문학이라는 평가를 받고 있다. 여행을 통해 만나는 나라의 모습들이 비단 소설 속 나라들만의 모습이 아니라 당시 사회의 모습을 담고 있기 때문이다.

《걸리버 여행기》는 아일랜드의 소설가 조나단 스위프트(Jonathan Swift, 1667~1745)의 작품으로, 18세기 대표 영미 문학 작품으로 손꼽히고 있다. 또한 이 작품은 《로빈슨 크루소》와 함께 다른 기행 문학들이 활성화되는 데 이바지했다는 평가를 받고 있다.

• 냉전 시대(冷戰時代) : 제2차 세계 대전 이후 미국 중심의 민주주의 지향 국가들과 소련 중심의 사회주의 지향 국가들이 무장 충돌은 없지만 긴장감을 조성하던 시대.

주장 1 : 노동은 자아실현의 수단이 될 수 있다.
주장 2 : 노동이 자아실현의 수단이 될 가능성은 적다.

가 나는 우선 탁자와 의자를 만들었다. 그리고 이것들은 본선에서 뗏목으로 실어 온 짤막한 널빤지들로 만들었다. 한편, 앞에서 말한 대로 내가 직접 널빤지를 만들고 나서는 동굴 한쪽 면을 따라 폭이 1.5피트인 커다란 나무 선반들을 제작했다. 거기에 내 모든 도구, 못, 철물 들을 올려놓기 위해서였다. 한마디로, 이런 식으로 모든 물건들을 제자리에 분리해 놓고 손쉽게 꺼내 쓰려고 했다. 나는 바위벽에 못을 박아 엽총이나 다른 걸 만한 것들을 모두 걸어 놓았다.

이리하여 누군가 내 동굴을 봤다면, 그곳은 필요한 물건들이 모두 모여 있는 종합 창고처럼 보였을 것이다. 나는 모든 물건들이 손에 쉽게 닿을 수 있도록 준비해 두었다. 내 모든 물건들이 그렇게 잘 정돈되어 있는 것을 보는 게, 특히 모든 필수품들이 그렇게 많이 모여 있는 모습을 확인 하는 게 내게는 큰 낙이었다. (중략)

나는 액체를 담을 수 있고 불에도 견딜 수 있는 토기를 만들고 싶었지만, 이 토기들 중에는 그럴 수 있는 게 아무것도 없었다. 그런데 얼마 후에 우연히 다음과 같은 일이 벌어졌다. 고기를 요리하느라 제법 크게 불을 피웠다가 요리를 마치고 막 불을 끄려던 참이었다. 그 순간 불 속에서 깨진 토기 조각 하나가 보였는데 돌처럼 딱딱하게 타서 타일처럼 붉어져 있었다. 나는 그것을 보고 놀라면서도 기분이 좋았다. 그러고는 "깨진 조각을 불에 구울 수 있다면 분명 통째로도 구울 수 있겠어."라고 혼잣말을 했다. (중략)

그 어떤 하찮은 일을 하고 느낀 기쁨도 내가 불에 견디는 토기를 만들었다는 사실을 알았을 때 느낀 기쁨과 같을 수는 없었는데, 나는 그릇이 식을 때까지 기다릴 수가 없었다. 그래서 고기를 끓여 먹으려고 그릇 하나에 물을 붓고 다시 불 위에 올려놓았다. 그릇은 감탄이 저절로 나올 정도로 훌륭하게 제 기능을 해냈다. 새끼 염소 고기를 조금 넣고 수프를 끓였는데 무척이나 맛이 좋았다. 물론 원하는 만큼 제대로 맛을 내는 데 필요한 오트밀과 다른 재료들이 없었지만 말이다.

– 대니얼 디포, 이현주 옮김, 《로빈슨 크루소》

나 바다에 나갈 때 나는 한낱 선원으로서 나간다. 그래서 돛대 앞이나 갑판 아래, 또는 제일 높은 마스트의 꼭대기에서 궂은일을 도맡아 한다. 물론 무슨 일이든지 명령을 받아야 하는 신세이니, 5월의 초원에 뛰노는 메뚜기처럼 이 마스트에서 저 마스트로 바삐 뛰어다녀야만 한다. 이것은 확실히 괴로운 일이다. 특히 지방 명문가에서 태어난 사람이라면 더욱 자존심이 상할 것이다. 배를 타는 일로 생계를 유지하기 직전까지 어느 시골 학교에서 교사로 으쓱대며 아무리 몸집 큰 학생이라도 두려워 쩔쩔매도록 한 경험이 있다면 교사에서 선원으로의 변신은 참으로 참담하기 그지없으리라. 세네카나 스토아 학파 식의 높은 수양을 쌓지 않고선 적당히 코웃음을 치며 참는다는 것은 불가능한 일이라고 나는 경고하련다. 그러나 시간이 지나면 이런 마음도 차츰 사그라든다.

시골뜨기 늙은 선장이 내게 비를 들고 갑판을 청소하라는 명령을 내린들 어쩌겠는가? 신약성서에 비추어 보면 이 정도의 굴욕이 무슨 대수란 말인가? 노예 아닌 사람이 이 세상에 존재하느냐고 나는 묻고 싶다. 늙은 선장이 아무리 나를 혹사하고 괴롭힌다고 해도, 나는 다른 사람들도 나름대로 육체적 또는 정신적인 의미에서는 노예라고 자위하면서 스스로 만족해한다. 결국 온 세상이 서로에게 주먹질을 하고 있으니 각자는 서로 어깨를 다독거리며 만족하는 수밖에 없다. — 허먼 멜빌, 《모비 딕》

다 낙원에서는 노동을 한다는 것이 고된 것이라기보다는 그저 즐겁기만 했을 것이다. 인간의 노동 덕분에 하느님이 창조하신 바는 자라나고 성숙해져 풍부한 결실을 맺게 되는 것이었다. 하느님이 인간을 낙원에 들여보내신 것은 일하게 하기 위함이었다. 노동하는 사람은 한 그루의 나무를 바라보면서 그의 시선을 창조계 전체로 옮겨 간다. 정말 세계는 한 그루 나무와 같다. 세계에는 섭리가 이중으로 작용한다. 자연에 맡겨진 부분과 의지에 맡겨진 부분이 이중으로 작용한다. 그 모두가 인간이 교육을 받는 표지이고, 교양을 쌓는 밭이며, 인간이 발휘할 기술인 것이다. 이제 의미가 밝혀진다. 하느님이 인간을 낙원에 들여보내신 것은 일하게 하기 위함이었다. 거기서 농사를 지으라는 뜻에서였다. 그것은 노예가 하는 강제 노역이 아니라 자유 의지에서 우러난 지성인의 작업이었다. 이런 일에 종사하는 것처럼 순진무구한 일이 또 어디 있겠는가? 인간이 그것을 지혜롭고 현명하게 수행한다면 노동보다 고상하고 그보다 성취적인 일이 또 있겠는가? — 아우구스티누스, 《창세기 축자 해석》

라-1 인간은 자연을 있는 그대로 이용하지 않는다. 인간은 자연을 인간을 위한 것으로 개조하고 변형하는데, 그 과정에서 창조적 능력이 발휘된다. 인간은 끊임없이 새로운 도구를 발명했으며 이를 활용해 새로운 물건을 만들어 냈다. 무언가 새로운 것을 만드는 이 과정이 창조적 활동이며 노동 그 자체다. 사실 노동이 없었다면 인간을 포함한 세계는 있는 그대로만 존재해 왔을 것이고 어떠한 변화도 없었을 것이다. 인간 사회의 역사도 문명도 존재하지 않았을 것이다. 노동은 이 세상을 유지시키고 새로운 변화를 야기하는 근본적인 힘이다. 노동이 없다면 변화와 진보, 발전은 있을 수 없다. 이 세상에서 새로운 가치를 창조하는 활동은 노동 외엔 없다. 그런 의미에서 노동은 작은 물건을 만드는 데에 그치는 것이 아니라 거시적으로 이 세상을 변화시켜 나가는 창조적 활동이기도 하다. 물론 자본주의 사회에서 일부 노동이 기계화되고 있는 것은 사실이다. 하지만 그렇다고 노동 자체의 창조적 속성을 부인할 수는 없다. 일부 노동자의 단순 작업이 존재하지만 노동자 개인이 아니라 생산 집단 전체로 볼 때 노동은 창조적 활동이라 볼 수 있다.

라-2 인간은 사회적 동물인 만큼 사회와 동떨어져 스스로 정체성을 찾는 것은 불가능하다. 자아실현의 과정 역시 사회 속에서의 인정과 사회에의 기여 등을 통해 구체화될 수 있다. 노동은 그런 의미에서 한 개인을 사회적 관계 속에 위치시키는 중요한 역할을 한다. 물론 개인적 친분 등을 통해 관계가 형성될 수 있지만 노동을 통한 사회적 관계 형성과는 차원이 다르다. 개인은 인간 생활에 필요한 모든 물건을 스스로 생산할 수 없기 때문에 분업이 생기고 고유한 직업이 생겼다. 한 개인이 고유한 노동을 통해 만들어 낸 생산물은 다른 이에게 유용하게 쓰인다. 인간은 노동을 통해 만들어 낸 생산물을 서로 주고받으며 살아간다. 그 과정에서 사회적 관계가 형성되는 것이다. 결국 인간은 노동을 통해 사회 속에서 어떤 지위와 역할을 수행하고 사회의 한 구성원으로써 존재감을 느낄 수 있다. 이처럼 노동을 통한 사회관계의 형성은 자아실현 과정의 기본이 된다.

라-3 인간은 노동을 통해서 자신의 능력을 실현한다. 또한 노동 과정을 통해 인간 자신도 바뀐다. 자신감을 얻는다든가 더 빠른 작업을 할 수 있게 되는 등의 기술적 측면뿐 아니라 세상 속의 자신을 인식하도록 해 인간의 존재감 자체를 바꾸기도 한다. 또한 노동은 인간을 좀 더 자유롭게 한다. 노동은 물질의 법칙을 이용해 자연을 파악하도록 돕고 자연을 변화시킬 수 있는 능력과 자유를 얻게 한다. 물론 현대 사회의 노동이 소외로 이어질 가능성이 농후한 것은 사실이다. 하지만 이는 노동 그 자체의 속성 때문이 아니라 불합리한 사회 구조에서 기인한 문제일 뿐이다. 다소의 억압적 체제 속에서도 노동은 자아실현을 돕고 자기 존재를 확인할 수 있게 한다. 만일 노동이 소외와 자기 상실감만을 가져다준다면 실업자의 불평은 이해하기 힘들다. 현대 사회의 실업자들은 우선 경제적 빈곤으로 인해 고통받지만 쓸모없는 사람이 되었다는 자괴감에 빠지거나 삶의 의미를 상실했다는 느낌을 받는다. 이는 노동이 단순히 욕구를 충족시키거나 생계만을 위한 것이 아님을 보여 준다. 노동은 훌륭하게 노동을 수행한 인간에게 긍지와 기쁨을 주며, 세계 질서에 참여하고 있다는 존재감을 인식시켜 준다. 노동을 통하지 않은 여가 활동이 기쁨을 주기도 하지만 이는 일시적인 유희에 불과하다. 그러한 기쁨조차 노동 후의 여가 활동이기 때문에 가능한 것이다.

라-4 노동이 사라지는 세계가 현실화되기는 힘들 것이다. 과학 기술이 발달한 미래 사회에서도 노동은 존재할 것이며 여전히 자아실현의 중요한 수단일 것이다. 물론 미래 사회에서는 육체노동이 지금보다 훨씬 많이 줄어들 것이다. 노동 시간이 단축될 가능성도 크다. 대신 기계를 통제하거나 다양한 정신노동에 종사하는 사람들이 늘어날 것이다. 하지만 노동이 주는 자아실현의 느낌은 여전할 것이다. 오히려 여가 시간의 확대는 사람들의 권태로움이나 허무를 더 크게 만들 가능성이 있다. 노동하는 것은 즐기는 것보다 덜 권태롭고 노동 이후의 여가 시간을 더 가치 있게 만든다. 미래 사회에서 노동 시간이 줄어들더라도 인간의 삶 속에서 노동이 지닌 의미와 가치는 더욱 커질 것이다.

마-1 노동이 처음 생겨났을 때 일부 노동은 창조적 활동일 수 있었다. 하지만 본래의 의미에서 노동이란 냉혹한 자연 속에서 살아남기 위한 고통스러운 노력일 뿐이다. 생존을 위해, 자손을 번식하기 위해 자연과 끊임없이 투쟁하고 변화시켜 온 것이다. 이는 현대 사회도 마찬가지다. 현대 사회의 노동도 어떤 창조적 생산물을 만들기 위한 것이 아니라 임금을 받기 위한 생계 수단일 뿐이다. 생산물 자체가 목적이 아닌 상황에서 물건을 만드는 것이 창조적인 활동이라 말하기는 힘들다. 또한 새로운 발명은 창조적 활동일지 모르지만 이후 생산물을 만들어 내는 노동은 단순 반복 작업에 불과하다. 특히 자본주의 사회의 노동자들은 대체로 기계에 맞물려 반복 작업만을 할 뿐이다. 처음부터 생산물을 기획하고 생산 공정 전반에 대해 이해하며 창조적으로 작업에 임하는 것이 아니라 주어진 일만을 고통스럽게 할 뿐이다. 권태롭고 단조로운 노동을 강요당하는 것이 창조일 수는 없다. 오히려 진정한 창조적 활동은 노동을 통해서가 아니라 정신적 사유 활동에서 나올 가능성이 크다. 노동에서 벗어나 여가 생활을 즐길 수 있을 때 가능한 것이다.

마-2 노동을 통해 형성되는 사회적 관계란 대개 일방적이고 억압적인 관계에 지나지 않는다. 고대 사회에서 노동을 강요했던 귀족과 그것을 수행해야 했던 노예 사이의 관계나 현대 사회의 자본가와 노동자 사이의 관계를 봐도 노동으로 매개되는 사회적 관계가 얼마나 비인간적인지 잘 알 수 있다. 노동으로 만들어진 관계는 종속적인 관계일 뿐이다. 또한 인간은 노동을 하면서 동료들과 경쟁할 수밖에 없다. 그런 상황에서 어떻게 진정한 관계가 맺어질 수 있겠는가. 노동은 결국 사회 속에서 자신을 실현시키는 역할을 하는 것이 아니라 실제로는 자기 자신을 상실하게 만드는 결과를 가져온다. 또한 인간은 노동을 통하지 않고도 충분히 사회적 관계를 맺을 수 있다. 같은 취미나 기호를 가진 사람들의 돈독한 모임은 많다. 개인적 친분 관계라 폄하할 수 있지만 오히려 노동과 지배 관계에서 벗어나 개인의 가치를 실현시킬 수 있는 참다운 관계이기도 하다.

마-3 노동은 어원상 지겹고 고통스러운 활동을 의미한다. 노동만이 인간에게 진정한 자유를 가져다주고 정체성을 회복하게 한다는 주장은 지나치게 이상적이다. 특히 인간이 기계화되고 도구화된 현대 자본주의 사회에서는 더욱 그렇다. 노동을 통해 자아를 실현하는 사람들은 극히 드물다. 현대인들은 노동에 구속된 삶을 살아가고 있다. 현대인들 대다수는 아침 일찍부터 밤늦게까지 하루의 절반 이상을 일터에서 보낸다. 노동은 자아실현이라기보다 자기 상실에 가깝다. 생존이라는 초라한 목적을 위해 자기 자신을 잊고 단순 작업에 매몰될 수밖에 없기 때문이다. 단순 노동은 인간을 기계처럼 변질시키고 스스로에 대해 생각하는 능력조차 사라지게 만든다. 노동은 인간의 여력을 모두 빼앗아 정신적 활동, 희망, 사랑, 증오, 걱정 등의 인간적 활동마저 빼앗아 간다. 인간이 누릴 수 있는 궁극적 가치는 멀리하게 하고 눈앞의 작은 만족에만 익숙하게 만든다. 노동이 신성한 것이며 자아실현을 돕는다고 주장하는 것은 계속 피지배층을 노동에만 매달리게 하려는 지배층의 이데올로기에 불과하다. 자신의 생산물조차 지배하지 못하는 노동은 개인의 소외만을 더욱 가속시킬 뿐이다. 단순하고 반복적인 노동을 하는 것보다 음악 감상이나 독서 등의 여가 활동을 하는 것이 더 인간의 본성에 가까운 것이며 자아실현에 더 큰 도움이 된다.

마-4 미래 사회에서 인간은 노동에서 벗어나 자유로운 생활을 누리게 될 것이다. 대부분의 노동은 기계가 맡게 될 것이기 때문이다. 인간의 노동은 매우 축소될 것이다. 지금은 많은 노동자들이 노동에 구속되어 자신을 돌아볼 기회조차 갖기 어렵다. 하지만 미래 사회의 인간은 노동에서 벗어나 더 많은 자유와 여가 생활을 즐기고 그 속에서 자아실현을 하게 될 것이다. 고대 노예제 사회 당시 노동에서 벗어난 시민 계급이 철학을 탐구하고 창조적인 예술 활동에 매진해 많은 유물과 인류의 문화적 성과를 만들어 냈던 것처럼 미래 사회의 인간들도 여유로운 시간 속에서 다양한 창조적 활동을 벌일 것이다. 정신적 창조 활동이야말로 인간의 본성을 드러내 주는 자아실현의 궁극적 방법이다.

PROS&CONS

주장 1	
주장 2	

논술하기

1 제시문을 읽고 아래 개념어를 반드시 사용하여 로빈슨 크루소와 프라이데이의 관계에 대해 논술해 봅시다.

지배·피지배	식민 사회	경제	이성	계몽	주체

In a little time I began to speak to him, and teach him to speak to me; and first, I made him know his name should be Friday, which was the day I sav'd his life; I call'd him so for the memory of the time; I likewise taught him to say Master, and then let him know, that was to be my name; I likewise taught him to say, YES, and NO, and to know the meaning of them; I gave him some milk, in an earthen pot, and let him see me drink it before him, and sop my bread, in it; and I gave him a cake of bread, to do the like, which he quickly comply'd with, and made signs that it was very good for him. (omitted)

As we went by the place where he had bury'd the two men, he pointed exactly to the place, and shew'd me the marks that he had made to find them again, making signs to me, that we should dig them up again, and eat them; at this I appear'd very angry, express'd my abhorrence of it, made as if I would vomit at the thoughts of it, and beckon'd with my hand to him to come away, which he did immediately, with great submission. (omitted)

I caus'd Friday to gather all the skulls, bones, flesh, and whatever remain'd, and lay them together on a heap, and make a great fire upon it, and burn them all to ashes: I found Friday had still a hankering stomach after some of the flesh, and was still a cannibal in his nature; but I discover'd so much abhorrence at the very thoughts of it, and at the least appearance of it, that he durst not discover it; for I had, by some means let him know, that I would kill him if he offer'd it.

                                             – Daniel Defoe, 《Robinson Crusoe》

개요표	
서론	
본론	
결론	

2_ 로빈슨 크루소가 자연과 맞설 수 있었던 힘과 지혜의 원천은 무엇일까요? 이 물음에 답하면서, 개인에게 사회가 어떤 의미가 있는지 논술해 봅시다.

> 1659년 9월 30일. 불쌍하고 가련한 나, 로빈슨 크루소는 끔찍한 폭풍을 만나 배가 어느 해안 앞바다에서 난파되어 이 암울하고 불운한 섬 해안에 오게 되었다. 나는 이 섬을 절망의 섬이라 불렀는데, 함께 배를 탄 동료들은 모두 익사했고 나도 거의 죽을 뻔했기 때문이다.
>
> 내가 처한 그 암울한 상황으로 인해 나는 하루 종일 괴로웠다. 나에겐 먹을 것, 집, 옷, 무기, 몸을 피할 장소가 없었다. 구조될 가능성도 전혀 없는 절망에 빠진 내 눈앞에는 죽음만이 보일 뿐이었다. 야생 짐승에게 잡혀 먹거나 야만인에게 죽임을 당하거나 먹을 게 없어 굶어 죽을 것이다. 밤이 다가오자 나는 야생 짐승이 두려워 나무에 올라가 잠을 잤다. 밤새 비가 왔는데도 잠은 푹 잤다. (중략)
>
> 10월 1일부터 24일까지. 이 기간 동안은 여러 번 배에 올라 배에서 갖고 나올 수 있는 것은 모두 가져오는 일만 했다. 만조 때마다 뗏목에 물건들을 실어 해안으로 왔다. 뜨문뜨문 맑은 날도 있었지만, 이 기간 동안에도 비가 많이 내렸다. 아마 이때가 우기인 것 같다. (중략)
>
> 11월 3일. 엽총을 들고 나갔다가 오리같이 생긴 새 두 마리를 잡았는데, 고기가 아주 맛있었다. 오후에는 탁자를 만들기 시작했다.
>
> 11월 4일. 아침부터 내 일과 시간을 정하기 시작했다. 총을 들고 나가는 시간, 잠자는 시간, 기분 전환을 하는 시간으로 나눴다. 다시 말해, 비가 오지 않으면 아침마다 총을 들고 두세 시간 정도 나갔다 온 다음 11시 정도까지 일을 했고, 갖고 있는 먹을거리로 점심을 먹었고, 12시부터 2시까지는 날씨가 너무 더워서 누워 낮잠을 자고 저녁에 다시 일을 하는 식이었다. 오늘과 다음 날의 작업 시간은 온통 탁자를 만드는 데 할애했는데, 내가 아직까지는 아주 한심한 기술자였기 때문이다. 하지만 얼마 안 되어 시간과 필요는 자연스럽게 나를 완벽한 기술자로 만들어 놓았다. 아마 누구라도 그랬을 것이라고 생각한다. (중략)
>
> 11월 17일. 이날부터 텐트 뒤 바위를 파내는 작업을 시작했다. 더 편리한 공간을 확보하기 위해서였다. 특기 사항: 이 작업을 하는 데는 다음의 세 가지 도구가 절실하게 필요했다. 곡괭이, 삽 그리고 외바퀴 손수레 또는 바구니였다. 그래서 일단 작업을 중단하고 어떻게 그 물건들을 구하거나 만들지 궁리하기 시작했다. 곡괭이의

경우에는 쇠지레를 대신 사용했는데, 무겁기는 해도 쓰기에 충분히 괜찮았다. 하지만 삽이나 가래가 다음 문제였다. 이 도구는 절대적으로 필요했기 때문에 그것 없이는 아무 일도 효율적으로 할 수 없었다. 하지만 어떤 종류의 삽을 만들어야 할지도 알 수가 없었다.

11월 18일. 다음 날 숲을 뒤지던 중에 브라질에서 사람들이 엄청 단단하여 철나무라고 부르던 나무와 비슷한 것을 찾았다. 엄청나게 고생을 하고 도끼를 거의 망가뜨려 가면서 이 나뭇조각을 잘라 냈다. 나무가 너무 무거워서 이것을 집으로 가져오는 일도 무척 힘들었다.

나무가 엄청나게 강한 이유도 있었지만 별다른 방법이 있는 것도 아니라, 삽을 만드는 데는 오랜 시간이 걸렸다. 사실상 조금씩 나무를 파내서 삽이나 가래 모양으로 만들어 가는 방식으로 작업했는데, 손잡이 모양은 영국에서 쓰는 삽과 정확히 똑같았다. 다만 넓적한 쪽 바닥에 쇠붙이를 대지 않았기 때문에 아주 오래갈 수는 없었다. 그러나 내게 필요한 용도에 맞게 충분히 제 몫을 해주었다. 아마도 이 세상에 그런 식으로 만들었거나 그토록 오래 걸려 만든 삽은 결코 없을 것이다.

그래도 여전히 일하기는 힘들었는데, 바구니나 외바퀴 손수레가 없어서였다. 고리버들 세공품을 만들 정도로 구부러지는 나뭇가지 같은 재료가 없었던 탓에, 아니 적어도 아직까지 발견하지 못한 탓에 바구니는 어떤 방법으로도 만들 수가 없었다. 외바퀴 손수레의 경우에는 바퀴를 제외한 모든 것을 만들 수 있을 듯했다. 하지만 바퀴에 관한 한, 어떠한 지식도 없었고 어떻게 시작해야 할지도 몰랐다. 게다가 바퀴의 굴대나 축에 들어가는 철제 축머리를 만들 방법이 전혀 없었기 때문에 그냥 포기해 버렸다. 따라서 나는 동굴에서 파낸 흙을 나르기 위해서 노동자들이 벽돌공에게 회반죽을 날라다 줄 때 사용하는 운반통 같은 것을 만들어 썼다. (중략)

12월 27일. 어린 염소 한 마리를 죽였다. 다른 한 마리는 내가 쏜 총에 다리를 맞았고, 끈에 묶어 집으로 데려왔다. 부러진 다리에 붕대를 감고 부목을 대주었다. 특기 사항: 내가 극진히 돌봐 준 덕에 녀석은 살아났다. 다리도 회복되었고, 전처럼 건강해졌다. 그런데 이렇게 오랫동안 돌봐 줬더니 녀석이 점점 온순해졌고, 급기야는 문 앞의 조그만 풀밭에서 풀을 뜯어 먹으면서 떠나려 하지 않았다. 이때 처음으로 동물을 길들여 키울 수 있겠다는 생각이 들었다. 그럴 수만 있다면 화약과 총알이 다 떨어져도 식량을 확보할 수 있겠다 싶었다. ─ 대니얼 디포, 이현주 옮김, 《로빈슨 크루소》

| 콜럼버스와 인디언의 첫 만남

왼편의 그림을 살펴보자. 멋지게 무장한 한 남자가 창을 들고 거만하게 서 있고, 그 오른쪽에 벌거벗은 사람들이 그에게 무언가를 바치고 있다.

누가 봐도 왼쪽에 있는 사람이 오른쪽 무리의 사람들보다 윗사람으로 보인다. 여기서 왼쪽에 있는 사람은 에스파냐의 탐험가 크리스토퍼 콜럼버스 (Christopher Columbus, 1451~1506), 오른쪽은 아메리카 원주민들이다.

이 사실만 보더라도 누구의 편에서 그림이 그려졌는가를 알 수 있다. 이 그림은 지극히 콜럼버스의 편에서 해석한 '신대륙 발견'의 모습이다. 아메리카 원주민의 입장에서 콜럼버스의 등장은 '침략'에 가까울 것이다. 그런데 이 그림은 당시의 사실에 대해 '유럽인은 아메리카를 침략한 것이 아니다. 문명화한 유럽인이 아메리카에 도착한 것이 그저 고마워서 미개한 원주민들이 선물을 들고 나와 열렬히 환영하고 있지 않은가?'라는 논리를 형상화한 듯하다. 즉 이 그림은 '야만과 문명'이라는 이분법적인 틀로 에스파냐의 아메리카 정복을 정당화하고, 기독교 **포교**를 합리화하는 시각을 표출한 것이다.

이번에는 콜럼버스와 로빈슨 크루소의 태도를 비교해 보자. 로빈슨 크루소는 프라이데이를 가르쳐야 할 대상으로만 보고 있다. 인육을 먹는 야만인들의 식습관에 대한 부정, 옷을 입지 않은 프라이데이에게 억지로 옷을 입힌 행위 등을 통해 이러한 사실을 어렵지 않게 찾을 수 있다. 즉 《로빈슨 크루소》 역시도 이 그림과 마찬가지로 열등한 야만인은 우등한 영국인 로빈슨 크루소에게 도움을 받았다는 관점에서 쓰인 것이다.

이렇게 두 작품은 영국을 비롯한 유럽을 비롯한 영국 전역에 '제국주의(帝國主義)'가 만연했다는 사실을 알려 준다. 제국주의는 특히 서구 열강들이 식민 사회를 건설할 때, '그들은 미개하므로 우리의 문물을 전파해야 한다.'라는 논리를 뒷받침해 주기도 한다. 그러므로 우리는 작품들 속에 은연중에 내포되어 있는 제국주의 모습들을 잘 살펴 가며 읽어야 한다.

• 포교(布敎) : 종교를 널리 폄.

一日不讀書 口中生荊棘

흔히 책 한 권이 한 사람의 운명을 바꿀 수 있다고 한다. 훌륭한 책을 차분하게 읽는 것이 개개인의 인생 역정에 지대한 영향을 미친다는 의미이다. 특히 젊은 날의 독서는 읽는 그 순간으로 그치는 것이 아니라, 독자의 인생 전반에 걸쳐 그 울림의 자장이 더욱 크다. 안중근 의사가 형장의 이슬로 사라지기 전 후대를 위해 남긴 수많은 경구 중 특히 '일일부독서구중생형극(一日不讀書口中生荊棘)'이라는 유묵이 전하는 바는 지금 이 순간에도 절절하게 다가온다.

고전은 시대와 세대를 뛰어넘어 당대를 사는 독자에게 언제나 깊은 감동을 준다. 시간이 흘러도 인간이 추구하는 근본적이고 보편적인 가치는 변하지 않기 때문이다. 이러한 고전 읽기는 가벼움과 효율성을 중시하는 담론이 지배하고 있는 시대에 우리의 삶을 다시 한 번 돌아보게 한다.

아로파 세계문학 시리즈는 주요 독자를 청소년으로 설정하였다. 번역 과정에서도 원문의 맛을 잃지 않는 한도 내에서 최대한 청소년의 눈높이에 맞추고자 노력하였다. 도서 말미에는 작품을 읽은 뒤 토론하는 데 도움을 주는 '깊이 읽기' 해설편과 토론·논술 문제편을 각각 수록하였다.

열악한 출판 현실에서 단순히 차려진 밥상에 숟가락을 얹는 것이 아닌, 청소년들이 알을 깨고 나오는 성장기의 고통을 느끼는 데에 일조하고 싶었다. 아무쪼록 아로파 세계문학 시리즈가 청소년들의 가슴을 두드리는 북이 되었으면 하는 바람이다.

옮긴이 **이현주**

서울대학교 서양사학과를 졸업하고 매일경제 신문사 편집국 편집부에서 근무했다. 현재 전문 번역가로 활동하고 있다. 옮긴 책으로는 《펭귄과 리바이어던》, 《X이벤트》, 《대중의 직관》, 《증오의 세기》, 《넥스트 컨버전스》, 《위대한 연설 100》, 《유혹과 조종의 기술》, 《뉴미디어의 제왕들》, 《위닝 포인트》 등이 있다.

아로파 세계문학 **13**
로빈슨 크루소

1판 1쇄 인쇄 2017년 9월 26일
1판 1쇄 발행 2017년 10월 15일

지은이 대니얼 디포 | 옮긴이 이현주 | 펴낸이 이재종
편   집 윤지혜, 정경선 | 디자인 차지선

펴낸곳 도서출판 **아로파**
등록번호 제2013-000093호
등록일자 2013년 3월 25일
주소 서울시 강남구 도곡로 63길 23, 302호
전화 02_501_0996
팩스 02_569_0660
이메일 rainbownonsul@daum.net
ISBN 979-11-87252-04-7
       979-11-950581-6-7(세트)